Der Kristallpalast

von

Oliver Plaschka,
Matthias Mösch und Alexander Flory

Steampunk

Steampunk

Autor: Oliver Plaschka

Co-Autoren: Matthias Mösch, Alexander Flory

Lektorat: Oliver Hoffmann

Korrektorat: Thomas Russow und Lars Schiele

Art Director, Satz und Gestaltung: Oliver Graute

FEDER & SCHWERT

ISBN 978-3-86762-076-5

1. Auflage 2010

Gedruckt in der Tschechischen Republik, GEMI s.r.o., Prag

Feder&Schwert im Internet:

www.feder-und-schwert.com

Am 3. Januar des Jahres 1850 berief Königin Victoria eine Kommission unter Vorsitz ihres Ehemannes, Prinz Albert von Sachsen-Coburg und Gotha, ein, um eine Ausstellung nie gekannten Ausmaßes zu organisieren. *The Great Exhibition of the Works of Industry of all Nations* oder kurz *The Great Exhibition* sollte technische Errungenschaften und Kunstobjekte aus aller Welt und nicht zuletzt die Überlegenheit des britischen Imperiums präsentieren.

Fast zweihundertfünfzig Konzepte für ein Ausstellungsgebäude lagen bis zum Sommer vor. Keines konnte überzeugen. Den Zuschlag erhielt Joseph Paxton, der sich bislang vor allem als Gärtner und Konstrukteur von Gewächshäusern bewährt hatte. Sein in Rekordzeit angefertigtes Konzept sah ein monumentales Gebäude vor, das fast ganz aus industriell gefertigten Glassegmenten bestand.

Am 26. September 1850 errichtete man gegen den Widerstand zahlreicher Anwohner den ersten Eisenträger im Hydepark. Zweitausend Arbeiter setzten im Laufe des Winters mit rasender Geschwindigkeit die Segmente zusammen. Das Bauwerk bestand aus 4.500 Tonnen Eisen und fast 300.000 Glasscheiben. Es hatte eine symbolische Länge von 1851 Fuß, eine Breite von 408 Fuß und eine Höhe von 108 Fuß. Die Bevölkerung nannte es bald den „Kristallpalast“.

Im Frühjahr 1851 fiebert ganz London der Vollendung des Kristallpalasts entgegen.

Die erste Weltausstellung soll am 1. Mai ihre Tore öffnen.

London 1851
H Y D E P A R K
SERPENTINE RIVER
Basin
Kensington Palace
SITE OF THE EXHIBITION OF 1851
Hyde Park Gardens
Reservoir
Brompton Park
Trinity Ch.
Brompton Lane
COURT
SLOANE SQUARE
1
2
3
4
5
6

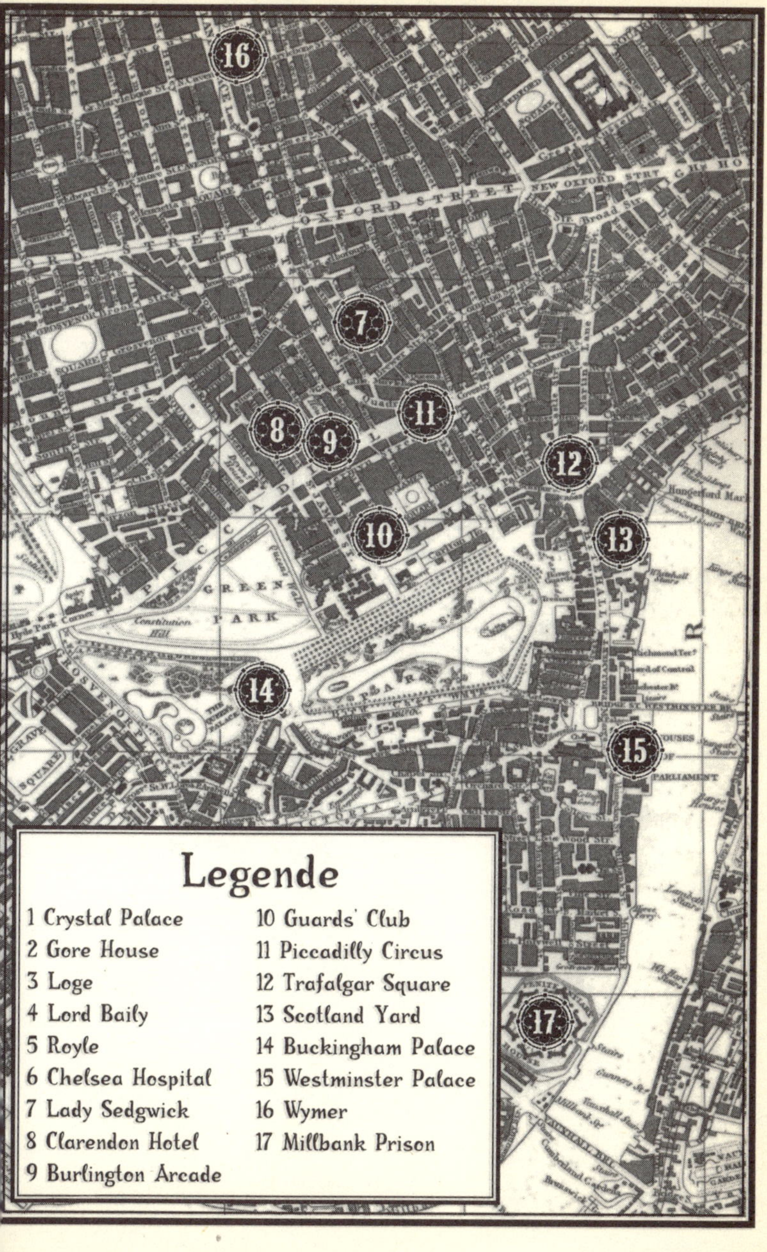
Legende
1 Crystal Palace
2 Gore House
3 Loge
4 Lord Baily
5 Royle
6 Chelsea Hospital
7 Lady Sedgwick
8 Clarendon Hotel
9 Burlington Arcade
10 Guards' Club
11 Piccadilly Circus
12 Trafalgar Square
13 Scotland Yard
14 Buckingham Palace
15 Westminster Palace
16 Wymer
17 Millbank Prison
OXFORD STREET
NEW OXFORD STREET
GREEN PARK
Constitution Hill
HOUSES OF PARLIAMENT

ERSTE TRIADE

Miss Niobe
Der Geist in der Flasche

Ecce venit comitum Niobe celeberrima turba
vestibus intexto Phrygiis spectabilis auro
et, quantum ira sinit, formosa ...

– Ovid, *Metamorphosen*

Bailey hatte gesagt, ich solle mich gegen neun auf Lady Sedgwicks Soiree einfinden. „Reisen Sie unauffällig, Miss Niobe", hatte er geflüstert, „und überwältigen Sie uns! Ich will, dass Sie den Abend überstrahlen wie die Sterne die rauchenden Schlote der Stadt. London soll erblassen vor Neid." Wie ich das zustande bringen sollte, hatte er nicht gesagt, aber das war Lord Baileys Art.

Also hatte ich davon abgesehen, eines der protzigen Gefährte zu verwenden, in denen er selbst so gerne reiste, und mit einem Hansom vorliebgenommen, dessen Fahrer mich nicht kannte und mich auch nie wiedererkennen würde. Die Räder ratterten über das Kopfsteinpflaster entlang der Themse wie eine klappernde Nähmaschine.

Tatsächlich trug ich die Kleider einer Näherin. Überhaupt dachte ich so angestrengt wie möglich ans Nähen: Ich stellte mir vor, ich sei eine unbescholtene Frau, die abends sicheren Fußes die Stadt durchqueren wollte (um sich mit einem Notar zu beraten oder noch einmal die Bücher der kleinen Manufaktur einzusehen, die ihr Mann ihr hinterlassen hatte) und die mit ihrer Handvoll Arbeiterinnen einen schweren Stand gegen die rasend voranschreitende Technisierung der Welt hatte. Das Bild stand mir plastisch vor Augen, und nach kürzester Zeit war ich sicher, dass der Fahrer hinter mir ebenfalls an nichts anderes mehr dachte und sich an nichts anderes würde entsinnen können als daran, eine anständige Bürgerin transportiert zu haben; eine bedauernswerte Seele wie er selbst, die spät an einem Sonntag noch arbeiten musste.

Ich atmete zufrieden durch.

Natürlich war das alles blanker Unsinn: Weder besaß ich eine Fabrik, noch war ich je verheiratet gewesen oder hatte meine Kleider je selbst ausgebessert; inzwischen besaß ich mehr Kleider, als ich je tragen könnte, und damals, ja, damals ...

Ich rang den Gedanken nieder, denn er störte das Bild, das ich im Geist des Kutschers aufrechtzuerhalten bemüht war. Es war schwierig. Bisweilen waren meine Erinnerungen so übermächtig, dass sie alles andere zu verschlingen drohten. Sie suchten mich dieser Tage häufig heim.

Wir ließen den geziegelten Alptraum Millbanks hinter uns, jene Festung in Form einer Schneeflocke, wo das Empire seine Verbrecher ausschied und mit Schiffen an die fernen Enden der Welt brachte; wir durchquerten Westminster mit allem gebotenen Respekt vor dem gotischen Palast, an dem seit über zehn Jahren gebaut wurde, schon alt, bevor er vollendet war, und trieben schließlich ins turbulente Niemandsland zwischen Soho und Mayfair, wo niemand jemals wusste, in welche Richtung die Gezeiten den Reichtum bald spülen würden.

Der Hansom hielt auf meinen Wunsch an einer dichtbevölkerten Kreuzung, wo sich zahlreiche Kutschen eingefunden hatten wie schwarze Käfer zu einem Mahl. Kaum, dass die Räder zum Stehen gekommen waren, glitt ich hinaus (dies war keine Frau, die noch an die Hilfe eines Mannes glaubte), zahlte dem Kutscher seine zwei Schilling und war einen Moment später zwischen zwei anderen Kutschen verschwunden. Ich wusste, er hatte mich noch im selben Augenblick vergessen.

Ich konzentrierte mich darauf, nicht gesehen zu werden, und in wenigen Sekunden hatte ich im Schutz der Schatten die unförmige Steppdecke von meinen Schultern gleiten und in der Gosse verschwinden lassen. Darunter kam meine Abendgarderobe zum Vorschein, die im Wesentlichen aus einem reichlich schamlosen seegrünen Oberteil und einem dazu passenden raffinierten Rock bestand, der sich raschelnd entfaltete. Ein Paisleyschal schützte mich vor der tückischen Aprilkälte.

Eilig entfernte ich mich vom Ort meiner Verwandlung und bog in die Einfahrt der ansehnlichen Behausung, die Lady Sedgwick ihr Eigen nannte. Wie ein frisch geschlüpfter Schmetterling trat ich ins Laternenlicht und bereitete mich auf meine neue Rolle vor. Meine älteste Rolle, an der wir lange gearbeitet hatten und die man mittlerweile von mir erwartete: Miss Niobe, die geheimnisvolle Fremde ungeklärter Herkunft und ungeklärten Rangs. Manche munkelten, sie sei eine Attachée des siamesischen Konsulats, doch für eine Siamesin war ich etwas zu groß; weniger freundliche Stimmen hielten sie für den Unfall eines britisch-indischen Gouverneurs und wiesen auf meine Haut hin, die etwas dunkler war als ihre eigene, und mein Haar, das fast, aber nicht völlig schwarz war, wenn man es bei Licht betrachtete. Für alle aber galt, dass Miss Niobe in erster Linie die Freundin des allseits geschätzten Lord Bailey war.

Was sie nicht ahnten, war, dass wir die meisten dieser Geschichten selbst in Umlauf gebracht hatten und die Wahrheit dahinter selbst für mich unerreichbar blieb. Letztlich war ich vielleicht nur eine weitere Erfindung Lord Baileys, mit der er Aufsehen erregte, wie sein cremefarbener Chapeau claque oder der automatische Pfeifenreiniger. Aus seiner geheimniskrämerischen Einladung schloss ich, dass dieser Abend eine seiner vielen Prüfungen für mich werden sollte. Allein, was es zu beweisen galt, war mir noch nicht klar.

Zurechtgestutzte Hinoki-Scheinzypressen in tönernen Kübeln säumten die Vorderseite des Hauses mit seiner prächtigen Fensterfront. Kerzenschein und Streicherklänge drangen in den Garten. Ich nahm die Gefühle der Gäste wahr, manche beschwipst, viele erheitert, einige verärgert über irgendetwas. Ein kleines Grüppchen Nachzügler kam gleichzeitig mit mir am Eingang mit den falschen, indo-korinthischen Kapitellen an. Flankiert wurde der Eingang von zwei fast identisch aussehenden Lakaien, die, kaum dass sie uns erblickten, die zweiflüglige Teakholztür aufstießen. Ich riss mich zusammen und blockte die Gefühle der Menschen ab, die mich sonst gleich wie eine anbrandende Woge getroffen hätten.

Ich ließ mich in den Empfangssaal treiben.

Mein Herz raste in meiner zusammengeschnürten Brust; die Korsage zwang mich, flach und stoßweise wie ein verwundeter Vogel zu atmen. Mein Rock folgte mir wie ein raschelnder Pfauenschweif. Solchermaßen gefesselt und geschützt schwebten Frauen wie funkenschlagende Gestirne durch die Gesellschaft. Die Männer ließen sich von ihnen einfangen und mitschleppen; ich dachte an Putzerfische und musste lachen, was meine Gastgeberin, die berüchtigte Lady Sedgwick, als Aufforderung missverstand, mich zu begrüßen und tiefer in ihr Reich zu geleiten, das schimmerndes Geheimnis verströmte, Versprechen von Perlen im sanften Halbdunkel einer Muschel. Schon hatte ich ein Glas in der Hand, dessen prickelnder Inhalt meine Kehle kitzelte.

„Miss Niobe!“, trällerte sie.

„Meine liebe Lady Sedgwick!“, erwiderte ich, und wir unternahmen den hoffnungslosen Versuch, uns über unseren Röcken mit den Wangen zu berühren. Ich machte eine wohlwollende Bemerkung über ihren Gesundheitszustand, und sie sagte etwas auf charmante Weise Neidvolles über meine Garderobe, während sie im selben Atemzug begann, mir wahllos illustre Exemplare aus ihrer Gästekollektion zu präsentieren. Ich nickte und hörte nicht auf zu lächeln, während ich mich dem Champagner hingab und Lady Sedgwick das Gefühl vermittelte, eine glückliche und bedeutsame Gastgeberin zu sein. Es fiel mir nicht schwer; ich hatte Bailey auf viele solcher Anlässe begleitet und kannte die Menschen, die man dort traf. Er betrachtete diese Partys als Übung für seinen Scharfsinn und seine Geduld – und als Beutegrund für seine Raubzüge.

Ich fand ihn in der Nähe der Gänseleberpastete. Wie immer trug er als einziger der geladenen Herren Weiß, und augenscheinlich genoss er es wieder einmal anstoß zu erregen. Zuerst schien er mich nicht zu bemerken. In aller Ruhe schob er seine Brille zurecht, dann zwinkerte er mir mit seinem einzigen Auge schalkhaft zu, leckte sich die Finger und zwirbelte seinen Bart wie ein stolzer Pirat. Dann machte er sich daran, die Cousine Lord Claytons zu becircen. Ich verbarg meine Ungeduld und ließ ihn einstweilen stehen.

Wie ein Springer auf einem Schachbrett bewegte ich mich durch den Raum. Ich begrüßte den Earl of Chichester, der zu meiner Linken die Kinder der kürzlich verwitweten Gräfin von Cottenham mit Impressionen von seinem Wochenende beim Pferderennen langweilte. Ich machte einem der Jungen eine Sekunde nur schöne Augen und floss dann zwischen dem osmanischen Botschafter und einer Gruppe osteuropäischer Maler hindurch zu dem großen Balkon, von dem aus man den hinteren Garten überblickte.

Dort stand ich eine Weile an der frischen Nachtluft, atmete den Duft von Hyazinthen und parfümiertem Lampenöl und blickte über Lady Sedgwicks pittoresken Garten zu den Kirchtürmen Londons. Darüber glitzerten die Sterne, Silbersalz auf einer Kollodiumplatte. Ich ließ einen Moment meine Anspannung fallen und öffnete mich zaghaft den Gerüchen und den Gefühlen, die die Party und die Nacht und die Stadt durchdrangen.

Ich war mir nie sicher, wie weit mein sechster Sinn – mein Talent, wie Bailey es nannte – in die Welt hinausreichte, aber mit jedem Jahr, in dem ich mich im Gebrauch des Shilas übte, erschien es mir weiter. Ich horchte in mich, spürte mein Blut rauschen, das sich mit dem Puls der zwei Millionen Menschen in dem weiten Labyrinth der Fabriken, Paläste und Gassen vermischte, ihren Geheimnissen, ihren Gefahren. London mit seinen rußgeschwärzten Dächern und seinen dunklen, festungsgleichen Zinnen war ein Monster, ein unbekannter Urwald.

Ich fühlte die alten Träume mit aller Macht über mich hereinbrechen. Die Nacht war voll fremder Geräusche, und das Bild Londons wurde überlagert von den Bienenstocktürmen einer Dschungelstadt, eines versunkenen Molochs, der im Begriff war, aufzuerstehen und sich von den gesichtslosen Massen der Menschen zu nähren, die seine Gassen durchströmten wie Ratten den

Bauch eines Schiffs. Mir schauderte, und ich rieb meine Arme, auf denen sich eine Gänsehaut gebildet hatte.

„Miss Niobe", hörte ich Bailey an meiner Seite und drehte mich dankbar um. Wie immer hatte ich sein Näherkommen nicht gespürt.

Roderick Bailey, 1st Baron Bailey war nicht größer als ich; dennoch schien er deutlich mehr Raum einzunehmen, und das trotz meiner ausladenden Stoffe. Es mochte an seiner Gestalt liegen, die er in den zurückliegenden Jahren mit gemischten Gefühlen immer mehr aus der Form hatte gehen sehen, teils auch an seinem Schirm, den er überall mit sich trug, und der wichtigtuerischen Art, mit der er damit überbordende Gesten beschrieb. Möglicherweise war es die reflexhafte Vorsicht vor einem so liebenswürdig wirkenden Mann, der gleichzeitig mit dem Auge eines Spitzbuben in die Welt hinausblickte, die andere Leute auf Abstand hielt. Vielleicht auch das Auge selbst, dieses eine Auge, das ihm geblieben war, und das Rätsel des anderen, das er unter einem dunklen Brillenglas verbarg. Er sprach nie darüber, wie er sein Auge verloren hatte, auch mit mir nicht.

„Was tun wir hier?", fragte ich ihn ziemlich direkt. Doch wie ich mir hätte denken können, legte er einen Finger an die geschürzten Lippen und sah sich geheimniskrämerisch um. „Liebe Freundin", raunte er. „Sie platzen ja geradezu vor Ungeduld! Man könnte meinen, Sie führten etwas im Schilde. Kommen Sie." Er führte mich in Richtung des Buffets wieder hinein. „Stärken Sie sich. So eine Gelegenheit bekommen Sie so schnell nicht wieder! Diese Häppchen sind köstlich. Die Eierspeisen – ein Traum. Diese hier nennen sich Schottische Eier. Das große Ei da hinten stammt aus Australien. Ich weiß nicht, wie frisch es noch ist. Man versicherte mir ..."

„Sie benehmen sich, als hätten wir seit Tagen nichts gegessen", lachte ich und schob mir eines der Häppchen in den Mund. Es war wirklich nicht schlecht.

„Sie werden etwas Stärkung brauchen, Teuerste. Greifen Sie zu", drängte er. „Sie erinnern sich doch an Sir Malcolm?"

„Sir Malcolm?“ Ich wurde hellhörig. Zwar kannte ich ihn aus seiner Junggesellenzeit, doch als Ehemann unserer Gastgeberin hatte Sir Malcolm die Kunst, als Einsieder zu leben, derart perfektioniert, dass man seine Existenz oft zu vergessen geneigt war. Er nahm nie an ihren Abendanlässen teil; allein die Vorstellung von Vergnügen bereitete ihm Entsetzen. „Es ist ein Weilchen her, seit ich ihn zuletzt gesehen habe“, sinnierte ich und durchstöberte das Buffet. „Es gibt Eiscreme“, stellte ich fest. „Oh, ich liebe Erdbeereis!“

„Da sind Sie nicht die Einzige“, nickte Bailey und redete zielsicher an mir vorbei. „Manch einer glaubt, er sei untergetaucht.“

„Sie sprechen von der Loge?“

„Zu viele Gläubiger und alte Freunde, die sich mit ihm unterhalten wollen. Sie verstehen schon.“

Ich schaufelte mir einen kleinen Berg Eiscreme auf den Teller. „Ich kann Ihnen nicht ganz folgen, fürchte ich.“

Bailey nahm sich einen frischen Teller und stellte sich hinter mir an. „Im Gegenteil, Sie sind mir weit voraus. Wären Sie so nett?“ Ich löffelte ihm etwas Creme auf den Teller. Er tippte mit dem Finger hinein, schleckte ihn ab und strahlte. „Sein Erscheinen heute Abend wird Sturzbäche der Freude bei seinen Freunden hervorrufen – wenn auch nicht bei seiner Frau.“

Ich hob eine Braue. „Malcolm? Sir Malcolm wird uns beehren?“

„Der verlorene Sohn kehrt zurück“, grinste er. „Wer hätte es für möglich gehalten?“

„Es scheint, er wird übermütig.“

„Oder unruhig. Was hielten Sie davon, seinem Refugium im ersten Stock einen Besuch abzustatten und zu sehen, was ihn die letzten Wochen dort so Faszinierendes hielt?“

„Hielt?“

„Ungeheuer und ihre Schätze bewachen einander meist gegenseitig, Miss Niobe.“

Ich begann zu verstehen, weshalb er mich an diesem Abend hatte bei sich haben wollen. So köstlich es auch war, das Erdbeereis war nicht der einzige Grund gewesen. Nachdenklich spielte ich mit meinem Löffel.

„Sie denken an einen bestimmten Schatz, den er nur ungern weit von sich entfernt wüsste, besäße er ihn?", riet ich. Es war mir bekannt, dass die Loge Sir Malcolm seit längerem in Verdacht hatte, einen sehr flexiblen Umgang mit Leihgaben aus dem Tempel zu pflegen.

„Ich wusste, es würde Ihr Interesse wecken", freute sich Bailey. „Meinen Sie, Sie könnten uns den kleinen Gefallen erweisen? Gemeinsame Freunde werden es Ihnen danken."

„Warum nicht?", sagte ich und streckte mich zufrieden wie ein Raubtier. „Wie genau sieht dieser Schatz denn aus?"

„Sie werden ihn erkennen, wenn Sie ihn sehen."

„Wenn Sie es sagen." Ich leckte meinen Löffel ab. „Doch was wird Ali Baba aus seiner Höhle locken?"

„Den Teil werden Sie lieben", behauptete Bailey. „Lady Sedgwick hat zur zehnten Stunde eine Séance im kleinen Salon angesetzt, um ihre engsten Freunde zu unterhalten. Ich bin zuversichtlich, dass ihr Ehemann sich das nicht entgehen lassen wird."

„Darf ich fragen, was Sie da so sicher macht?"

„Sie meinen, abgesehen von seiner Liebe zum Obskuren? Wahrscheinlich die Tatsache, dass seine Frau als erstes den Geist des im vorigen Jahr überraschend verschiedenen Dienstmädchens herbeizitieren wird, um es hinsichtlich der staubigen Geheimnisse gewisser vereinsamter Kammern – und Herzen – in diesem Haus zu befragen."

„Zur zehnten Stunde", wiederholte ich.

Er nickte.

Die Uhr schlug.

„Das ist jetzt", stellte ich fest.

Er schlug mir aufmunternd auf die Schulter. „Dann auf nach oben, Miss Niobe! Sie werden gebraucht."

Er ließ mich stehen, wie man einen schlechten Einfall vergisst, und erblühte in Begeisterung für Lady Willoughbys Straußenfederhut. Während es ihm gelang, die Aufmerksamkeit des gesamten

Saals auf dieses geschmacklose Accessoire zu ziehen, entwischte ich durch die Küche in den Dienstbotenaufgang. Die Köche beachteten mich dank des Shila nicht weiter.

Sir Malcolms Versteck zu finden war leicht. Mein Instinkt lotste mich in die richtigen Winkel des Hauses, wo ich nicht weit von den Gemächern seiner Ehefrau sein Zimmer als den einzig verschlossenen Raum auf der ganzen Etage identifizierte. Angestrengt spähte ich durch das Schlüsselloch. Es brannte kein Licht. Hatte ich ihn schon versäumt?

In Lady Sedgwicks Schlafzimmer, das mit einer beeindruckenden Sammlung an Stolen und Nippes aufwartete, entledigte ich mich meiner Röcke. Sollte sich doch Lord Bailey später darum kümmern!

In einem enganliegenden schwarzen Anzug über dem ich mein Mieder und meinen Werkzeuggürtel trug, betrat ich einen Balkon, kletterte von diesem auf einen Sims und von dort durch das geöffnete Fenster in den dunklen Raum, der mein Ziel war. Einer meiner Schuhe blieb bei der Kletterpartie auf der Strecke, und ich bangte um seine Entdeckung durch den zahlreich vertretenen Adel.

Sir Malcolms Raum lag friedlich und still, doch mich beschlich ein ungutes Gefühl, während ich ihn mit meinen Sinnen durchforschte. Manchmal meinte ich, die Gefühle anderer Menschen seien am ehesten mit Gerüchen vergleichbar – und die Nähe eines Toten verströmt eine kalte Note nach Metall und Erde, die die Sinne betäubt. Diese Ahnung war nun ganz nahe und lenkte meine Aufmerksamkeit schließlich auf einen dunklen Schatten vor mir am Boden.

Vorsichtig wanderte meine Hand zu dem maßgeschneiderten Gürtel, wo ich ein paar einfache Werkzeuge, einen Satz Dietriche, einen Kompass und einige Zündhölzer aufbewahrte. Ich entzündete eines davon und blickte mich um.

Vor mir auf dem Buchara-Teppich lag Sir Malcolm. Er gab ein einsames Bild ab, wie er da vor seinem Schreibtisch lag, umgeben von Papieren und Schreibsachen in einer Pfütze seines Blutes. In früheren Jahren hatte er viele einflussreiche Freunde gehabt und war sehr stolz darauf gewesen, von Prinz Albert in die Kommission der Großen Ausstellung berufen worden zu sein. Es hieß, er sei nicht nur ein fleißiger Kunstsammler, sondern auch ein begnadeter Erfinder gewesen; leider hatte er die Angewohnheit gehabt, seine Vorhaben mit hochverzinsten Krediten zu finanzieren, bis sie ihm um die Ohren flogen. Es schien, als wäre er diesmal nicht rechtzeitig in Deckung gegangen.

Ich hielt das Zündholz an die Lampe auf dem Tisch. Warmes, honiggelbes Licht erfüllte das üppig ausstaffierte Zimmer. Ich sah Gemälde und Zimmerpflanzen, dunkle, antike Möbel mit Büchern und Statuetten auf den Regalen und einen Diwan an der hinteren Wand neben einer kleinen Bar. Ein Quilt und ein Kissen erweckten den Eindruck, als ob Sir Malcolm den Diwan auch als Schlafplatz benutzt hatte.

Ich besah mir den Toten genauer.

Sir Malcolm lag auf dem Rücken, den Kopf direkt vor dem Tisch. Er hatte eine kleine Eintrittswunde in der Brust; kleiner als von einem gewöhnlichen Revolver, und die Ränder wiesen eine ungewöhnliche Färbung auf, die an Schwarzpulver erinnerte. Ein aufgesetzter Schuss?

Mühsam hob ich den schweren Leichnam ein Stück weit an und besah mir den Rücken. Anscheinend hatte die Kugel ihn nicht durchschlagen; man würde ihn schon obduzieren müssen, um an sie heranzukommen.

Ich versuchte, mir die Szene vorzustellen: Sir Malcolm, eingeschlossen in seinem eigenen Zimmer – oder hatte der Mörder nach der Tat die Tür abgeschlossen, um sich in Ruhe umsehen zu können? Vielleicht hatte er das Zimmer auf dem gleichen Weg betreten wie ich. Ich überprüfte das Fenster, das keine Schäden aufwies. Wer hatte es geöffnet? Sir Malcolm?

Das Bild würde passen: Etwas lenkt Sir Malcolms Aufmerksamkeit auf das Fenster. Er steht auf, öffnet es ... ich tat es ihm gleich und sah in die Zweige einer großen Platane – weit, aber nicht zu weit vom Sims entfernt. Sir Malcolm erblickt etwas, das er nicht sehen soll. Also kein aufgesetzter Schuss – wenn der Mörder nicht mit geradezu unheimlicher Schnelligkeit agiert hat, muss er von draußen geschossen haben. Ein ziemlich guter Schuss: Sir Malcolm ist gestorben, ehe sein Mörder auch nur einen Fuß in den Raum gesetzt hat.

Was hatte dann die eigenartigen Spuren an der Eintrittswunde verursacht? Wie war es möglich, dass niemand den Schuss gehört hatte? Die Wunde war allenfalls eine halbe Stunde alt. Ich war schon im Haus gewesen, als Sir Malcolm getötet wurde. Das ärgerte mich.

Sir Malcolm wird also getroffen und taumelt zurück. Vielleicht greift er nach der Kante des Tischs, um sich zu stützen. Eventuell tastet er nach etwas, um sich zu verteidigen. Doch seine Beine geben nach. Seine Hand gleitet ab und reißt einige Dokumente, Stifte und den Briefbeschwerer vom Tisch. Er stürzt gegen den Tisch und sinkt zu Boden, den Blick noch immer zum Fenster gerichtet. Dann brechen seine Augen.

Der Mörder betritt das Zimmer. Was sucht er?

Ich begann mit einer sorgfältigen Untersuchung des Tatorts. Zuerst die Leiche: Sir Malcolms Brieftasche schien unangetastet, ich fand Geldscheine und eine goldene Uhr in seiner Weste. Bei den Papieren um ihn herum und auf dem Tisch handelte es sich um Rechnungen und Mahnschreiben, die ein klägliches Licht auf den Zustand des Anwesens warfen. Mehrere halb geöffnete Schubladen erweckten den Eindruck, als sei ich nicht die erste an diesem Abend, die den Tisch untersuchte. An der Wand hinter dem Tisch hing ein Sonnenuntergang von Turner, der wahrscheinlich eine stattliche Summe wert war; aber auch er hatte den Mörder nicht interessiert.

Ich schickte mich gerade an, den Rest des Zimmers unter die Lupe zu nehmen, als ich Schritte hörte. Interessiert entriegelte ich die Tür, löschte die Lampe und ging neben dem schweren Kleiderschrank in Deckung.

Die Tür öffnete sich. Der Griff eines Schirms lugte wie ein Periskop um die Ecke.

„Miss Niobe?", fragte Bailey.

Ich atmete aus. „Kommen Sie herein und schließen Sie die Tür", bat ich und zündete die Lampe wieder an. „Was hat Sie aufgehalten?"

„Die Geister", entgegnete Bailey pflichtschuldig, während er die Tür hinter sich schloss und den Leichnam in Augenschein nahm. „Sie wollten nicht kommen. Ebenso wenig wie unser Freund, Sir Malcolm."

„Sehr zum Verdruss Lady Sedgwicks, wie ich annehme." Ich machte mich wieder an die Untersuchung des Zimmers.

„Sie war untröstlich, dass er verschiedenen von langer Hand vorbereiteten Demütigungen nicht würde beiwohnen können, nachdem der Draht zum Jenseits endlich stand, und wollte schon nach ihm schicken lassen, als es mir gerade noch rechtzeitig gelang, sie in eine faszinierende Diskussion mit einem Sekretär Oliver Cromwells zu verwickeln", murmelte Bailey, während er sich die Leiche besah und zu den gleichen Schlüssen kam wie ich Augenblicke zuvor. „Ein sauberer Schuss in die Brust, wahrscheinlich vom Fenster aus. Eine ebenso heimtückische wie effektive Waffe."

„Glauben Sie, er hat eine Art von Schallunterdrückung benutzt?"

„Vermutlich", überlegte er und nestelte mit einer Pinzette in der Wunde herum. „Keine Spur vom Projektil, aber ich werde etwas von dieser schwarzen Substanz zur Untersuchung mitnehmen."

„Der Mörder hat das Zimmer durchsucht", erläuterte ich und beendete meine fruchtlose Bestandsaufnahme des Kleiderschranks. „Ich frage mich, was er gesucht hat."

„Sie schweifen zu sehr in die Ferne, Verehrteste."

„Meinen Sie, der Mörder interessierte sich für das Gleiche wie wir?"

„Anzunehmen, sonst hätten Sie es wohl schon gefunden, nicht wahr?", lächelte Bailey.

Ich zuckte die Schultern. „Schwer zu sagen, ohne zu wissen, was es eigentlich ist."

„Wie ich bereits sagte, Sie hätten es erkannt. Vertrauen Sie mir. Es ist nicht hier. Wir müssen herausfinden, wer uns zuvorkam. Helfen Sie mir, wir haben nicht viel Zeit.“ Er packte die Leiche unter den Armen. „Wir mussten mit dem armen Thomas als Medium vorliebnehmen, und Sie wissen, was für eine einschläfernde Wirkung Hypnose auf ihn hat – er wird sicher bald beginnen, unsere Gastgeberin zu langweilen, und dann wird sie doch noch einen Diener schicken. Oder schlimmer noch, sie wird sich selbst bemühen.“

Gemeinsam hoben wir die Leiche auf den Sessel vor dem Arbeitstisch. Wäre da nicht der rote Fleck auf seiner Brust gewesen, Sir Malcolm hätte beinahe friedlich gewirkt, so als schliefe er nur.

Bailey kramte in seiner Westentasche herum und zog ein großes, silbernes Etui hervor. Er öffnete es und entnahm ihm eine Spritze. Ich beobachtete ihn misstrauisch. „Sagen Sie mir, dass Sie nicht vorhaben, was ich befürchte.“

„Was wäre Ihnen lieber? Dass ich seinen Schädel öffne und das Gehirn zum Tempel bringe? Dafür hätten wir kaum die erforderliche Ruhe.“ Er schüttelte den Kopf wie über eine törichte Idee und zog eine messingfarbene Flüssigkeit auf. „Schätzen Sie sich glücklich, dass wir diskreter vorgehen können. Halten Sie ihn still.“

Ehe ich etwas erwidern konnte, hatte er die Spritze mit einem heftigen Schlag in Sir Malcolms Stirn gestoßen. Angewidert wandte ich mich ab, als die Leiche zu zucken begann.

„Na, na, na“, brummte Bailey, der vor dem Toten in die Hocke gegangen war und ihm intensiv in die offenen Augen starrte. „Vertreten Sie sich ruhig ein wenig die Beine, Miss Niobe, das Mittel braucht ein wenig, um zu wirken. Haben Sie zufällig irgendwo etwas Silber gesehen?“

Ich wies auf einen Kerzenständer neben dem Sofa und trat ans offene Fenster, um meine Übelkeit niederzukämpfen. Hätte ich Bailey nicht schon so lange gekannt – hätte ich ihm nicht so viel zu verdanken gehabt –, so hätten einige seiner Gewohnheiten sicher exzentrisch auf mich gewirkt.

Als ich da stand und mich unter Kontrolle zu bringen versuchte, der abnehmende Mond seine Schatten über die Kamine des Westends warf und Bailey hinter mir irgendetwas Unsinniges mit dem Kerzenständer anstellte, überkam mich zum dritten Mal an diesem Abend die Macht der Vergangenheit. Ich spürte, dass ich ihr diesmal nicht würde standhalten können. Die fernen Schatten der Bäume im Hydepark wurden zu den Kronen hoher Urwaldriesen; ich hörte Pfauen- und Papageiengeschrei, das Trompeten von Elefanten und das Kreischen von Affen im Geäst. Doch waren dies nicht meine Erinnerungen. Ich spürte, wie sich zwischen den Bäumen und hinter den Türmen eine alte Präsenz regte – so alt wie ein schlafender Gott in seinem Tempel ...

„Ananda“, dachte ich und erschauderte, und ich war nicht mehr die edel gekleidete Frau, die ich vorgab zu sein, sondern wieder das kleine Kind, das Lord Bailey in Kalighat aufgelesen hatte, wo es auf den Stufen des Tempels um Almosen gebettelt hatte. Ich hatte einen anderen Namen gehabt damals, an den ich mich nicht mehr erinnerte. Bailey hatte mir meinen neuen Namen gegeben, als er mich aufnahm. Ich hatte nur Lumpen getragen, und meine Gesellschaft waren Bettler und Diebe gewesen, Kastenlose wie ich. Ich sah ihn vor mir wie damals, wie er mich anlächelte – eine strahlende weiße Gestalt, bewaffnet mit einem Zylinder und seinem unvermeidlichen Schirm.

Ist es das, was du suchst?

„Weshalb haben Sie mich damals mitgenommen?“, fragte ich in die Nacht hinaus. Ich wusste, er erriet, was ich meinte. „Sie hatten, was Sie wollten, und plötzlich änderten Sie den Plan. Weshalb?“

„Immer diese Fragen“, sagte er sanft, und ich fuhr zusammen, weil er wieder direkt hinter mir stand.

„Antworten Sie.“

Er legte mir eine Hand auf die Schulter. Ich drehte mich um und sah in sein Gesicht, das immer noch aussah wie damals, immer noch voller Leben und Tatendrang. Er hatte die Brille abgenommen, und ein überirdisches Funkeln ging von dem Kristall aus, den er in seiner Augenhöhle trug. Manchmal drang ein wenig von diesem Funkeln durch das schwarze Brillenglas und irritierte seine Gesprächspartner, ohne dass sie hätten sagen können, was es war. Ich fragte mich nicht zum ersten Mal, was er wirklich damit sah. „Vielleicht habe ich für einen winzigen kleinen Moment der Versuchung nachgegeben, Schicksal zu spielen", sagte er.

„Sie hätten mich ebenso gut dort lassen können", stellte ich fest, und die Worte fühlten sich bitter an auf meiner Zunge.

Er breitete die offenen Hände aus, eine seiner Pilatusgesten, mit denen er sich reinwusch. „Richtig, ich hätte Sie ebenso gut dort lassen können. Tatsächlich hatte ich genau das einen Moment lang erwogen, als ich all die Hoffnung in Ihren Augen sah. Etwas zu viel Hoffnung für einen Mann, der niemals Kinder wollte."

Meine Kehle schnürte sich zusammen vor Zorn, und ich spürte meine Augen feucht werden. Blitzschnell hatte er eine Pipette hervorgezaubert und packte mich an der Wange. „So halten!", wies er mich an wie ein Künstler sein Modell. Ich gehorchte, völlig perplex, und er saugte die Tränenflüssigkeit in die Pipette.

Dann strich er mir übers Haar wie einem Schulmädchen.

„Alles Humbug. Das wissen Sie doch, Miss Niobe, richtig?"

„Bailey!", zischte ich fassungslos. „Sie habe mich reingelegt!"

„Ich brauchte etwas Tränenflüssigkeit für die Nekrotypie. Sie wissen doch – die alte Kunst."

„Haben Sie mir die Bilder von Indien gesandt, die mich den ganzen Abend schon heimsuchen?" Ich hatte leider keine Ahnung, wie mächtig er wirklich war, aber zuzutrauen wäre es ihm.

„Es liegt für Ende April viel Indien in der Luft", sinnierte er, während er meine Träne in ein kleines Schälchen aus Sir Malcolms Bar träufelte, in das er zuvor, wie ich nun sah, mit einem Schleifstein etwas Silberstaub von dem Kerzenständer gestrichen hatte. Dann klappte er einen seiner Ringe auf und streute eine Prise pulverisierter Kristalle darüber. Die so entstandene Mixtur trug er mit einem feinen Pinsel auf eine golden schimmernde Folie auf, die er auf Sir Malcolms Schreibtisch ausgerollt hatte. „Haben Sie die Schlangenbeschwörer gesehen?", fuhr er fort. „Ich frage mich, wie es erst Ende nächster Woche in der Stadt aussehen wird, wenn die Große Ausstellung ihre Pforten öffnet."

Ich beruhigte mich und sah ihm eine Weile bei der Arbeit zu. „Sie haben wieder Ihr Alchimistenlabor dabei", stellte ich fest, als meine Neugierde allmählich meine Verärgerung verdrängte.

„Wie Sie wissen, pflege ich immer ein Röllchen Orichalkumfolie in meinem Schirm mit mir zu führen. Sündhaft teuer, kann ich Ihnen sagen – aber ausgesprochen nützlich in Augenblicken wie diesem. Wenn ich noch einmal Ihre Hilfe bemühen dürfte? Sir Malcolm benötigt noch einen kleinen Anstoß."

Ich hatte nur eine vage Ahnung, was Bailey von mir erwartete. Ich war noch nie zuvor Zeugin einer Nekrotypie gewesen (und ich bezweifelte auch, dass man gerne Zeugen bei so etwas zugegen hatte), aber wir standen unter Zeitdruck.

Zu meinem nicht unbeträchtlichen Erstaunen schraubte Bailey den Griff von seinem Schirm, nahm den Kristall aus seiner Augenhöhle und setzte ihn auf den verbleibenden Elfenbeinring. Dann schob er mit dem Fuß das Gummibäumchen heran, das in der Ecke hinter dem Schreibtisch stand, und stieß den weißen Schirm bedauernd in den Topf. Er rückte den Topf zwischen dem Toten und dem Schreibtisch zurecht, bis der Kristall eine Linie mit Sir Malcolm und der Folie auf dem Tisch bildete. Der Gummibaum musste noch einige Blätter lassen; dann starrten Sir Malcolms totes Auge und Baileys Auge aus Kristall unbehindert ineinander.

„Ist das die Art, wie Sie es normalerweise tun?", fragte ich.

„Nicht ganz. Aber wir wollen ein rasches Ergebnis – sind Sie bereit, mir in diesem faszinierenden Experiment zu assistieren? Dann löschen Sie doch bitte das Licht."

Ich tat, wie mir geheißen, stellte die Lampe beiseite und trat von hinten an den Toten heran. Ich legte meine Finger an seine Schläfen, ertastete seinen Haaransatz und seine Brauen, schloss dann meine Augen und ging in mich. In ihn.

Ich hatte erst einmal versucht, Kontakt mit einem Toten herzustellen – es war natürlich Baileys Idee gewesen, ich wäre nie auf so etwas gekommen –, doch damals war bereits zu viel Zeit seit seinem Ableben verstrichen gewesen. Nichtsdestotrotz war es eine sehr verstörende Erfahrung gewesen.

Diesmal spürte ich eine Gegenwart, kaum, dass ich mich zu konzentrieren begonnen hatte. Wahrscheinlich hatte die Flüssigkeit, die Bailey Sir Malcolm injiziert hatte, etwas damit zu tun. Überrascht rang ich nach Atem; dann kämpfte ich meine Aufregung herab und drang tiefer.

Sir Malcolms Geist – oder das, was sich noch seiner erinnerte – ruhte in seinem Gehirn wie ein Schiff in der Flasche. Die Segel waren noch gesetzt, doch es gab keinen Ort mehr, an den es hätte segeln können, und bald würden die Taue erschlaffen, die sorgsam ineinandergefügten Teile zerfallen; das Glas würde erblinden und das Schiff dem Vergessen anheimfallen.

Er spürte, dass ich da war und in die Flasche spähte.

Einen Moment packte mich Entsetzen. Nie hätte ich damit gerechnet, noch eine so starke Präsenz anzutreffen, und ich empfand Mitleid mit dem Toten, der unrettbar auf der anderen Seite des Glases verloren war. Ich dachte an das endlose Meer, in dem er sich bald verlieren und in dem er in seinem zerbrechlichen Gefängnis eine Unendlichkeit lang treiben würde, durch Stürme und Wirbel, bis er vielleicht eines Tages an einen unbekannten Strand gespült wurde. Dania hatte einmal gesagt, der Mensch müsse so viele Leben durchleiden, wie Inseln im Ozean sind, erst dann könne er Ruhe finden. Ich sagte das Sir Malcolm. Ich weiß nicht, ob er es verstand, aber er verstand, was wir von ihm wollten.

Ein bläulich leuchtender Strahl fiel auf die Folie. Der Glanz schien als hauchdünner Faden aus Sir Malcolms Auge zu dringen, dann traf er den leuchtenden Kristall, der ihn in zarten Bündeln auf die zerbrechliche Folie warf, wo er tanzende Linien und Bilder zeichnete. Ehrfürchtig sahen wir dem unheimlichen Treiben zu. Bailey stand unbewegt wie eine Rüstung, und dankenswerterweise hatte er wieder seine Brille aufgesetzt, so dass ich nicht in seine leere Augenhöhle starren musste.

Nach wenigen Momenten war der Spuk vorbei, und ein Seufzen fuhr durch Sir Malcolms Körper. Ich spürte, dass er fort war, und ließ los. Bailey hauchte über die Folie, dann rollte er sie ein, zog seinen Schirm aus der Erde und verstaute die Folie im Stock. Dann schraubte er den Kristall ab, lüftete seine Brille und setzte ihn wieder dorthin, wo er ihn immer trug.

„Machen Sie Licht“, sagte er, und ich gehorchte.

„Was nun?“, fragte ich.

„Bringen Sie die Nekrotypie zum Tempel, um sie entwickeln zu lassen. Ich denke, wir haben gute Arbeit geleistet, und wenn alles glattgeht, haben wir ein vorzügliches Portrait unseres Schurken.“ Ich nickte. „Ich werde mich einstweilen um Lady Sedgwick kümmern, und um die Polizei, sobald sie kommt. Beeilen Sie sich, Miss Niobe! Mein Alibi für Sie wird so makellos sein wie die Bettwäsche der königlichen Familie. Sie hören von mir, sobald ich ein Ergebnis habe. Bis dahin geben Sie auf sich acht – und auf meinen Schirm bitte auch.“

Ich nahm seinen Schirm an mich und kletterte zurück aus dem Fenster. Fluchend lockerte ich meine Korsage, sobald ich Lady Sedgwicks Anwesen hinter mir gelassen hatte. Fröstelnd zog ich mir das Oberteil meiner enganliegenden, schwarzen Kleidung, die mir auf Beutezügen schon oft gute Dienste geleistet hatte, über die nackten Schultern. Ich wurde wieder ein Niemand, ein Schatten, und war bald ganz mit der Nacht um mich herum verschmolzen.

Frans Ovenhart
Im hellen Licht

So sende ich nun einen weisen Mann, der Verstand hat, Hiram, meinen Meister (der ein Sohn ist eines Weibes aus den Töchtern Dans, und dessen Vater ein Tyrer gewesen ist); der weiß zu arbeiten an Gold, Silber, Erz, Eisen, Steinen, Holz, rotem und blauem Purpur, köstlicher weißer Leinwand und Scharlach und einzugraben allerlei und allerlei kunstreich zu machen, was man ihm aufgibt (...)

– *2. Buch der Chronik 2,* 13-14

Die Köpfe der Zuschauer spiegelten sich im Kronleuchter über uns, auch meiner, ein himmlischer Anblick. Die Abbilder Tausender Menschen versammelt in einer Hundertschaft kristallener Tropfen; und wenn der Vorhang gefallen und das Licht erloschen sein würde, wenn ein Pförtner die großen Doppeltore für den letzten Kehraus öffnete, würden auch unsere Abbilder gegangen sein, hinaus, die Foyertreppe hinab in die Nacht.

Ich saß im Lyceum, dem königlichen Theater, in einer Loge, die nach der Übergabe einer nicht geringen Anzahl Banknoten für mich geräumt worden war. Man gab eine Farce, wie ich erfahren konnte, das Stück eines jungen Autors, der offenbar auch für einige Londoner Zeitungen schrieb, dabei allerdings den Anstand besaß, sich nicht selbst zu rezensieren, sondern die Besprechungen seiner Stücke anderen zu überlassen. Eine weise Entscheidung, denn die wehmütigen Worte in den Feuilletons, bald einen guten Kollegen an die glückliche Leiterin des Lyceums zu verlieren, hatten Sorge dafür getragen, dass der Saal gut gefüllt war. Es war die Premiere seines neuesten Stücks. Erlesene Gesellschaft hatte sich im Parkett versammelt, wohlgekleidete Herrschaften, distinguiert, aber schlicht, von der Art, die es nicht nötig hat, mit ihrer Art zu hausieren. Ganz hinten die im mittleren Alter, die wohl hier waren, um zu sehen, wer alles da war, die älteren weiter vorne, um gesehen zu werden, und ganz vorn die jungen Enthusiasten, Verehrer und Liebschaften der Schauspieler, die, gebannt nach vorne gerichtet, für nichts Augen hatten als das Spektakel.

Die Bühne selbst bot einen wunderbaren Anblick: groß, mit Seitenbauten links und rechts, die die Breite der Spielfläche nach vorn um beinahe die Hälfte verdoppelten und die den Charakteren vielerlei Gelegenheiten boten, beiseite zu sprechen, so dass die Zuschauer, nicht aber die anderen Charaktere auf der Bühne hören konnten, was die Akteure alles an stillen Plänen, Vermutungen oder Herzenswünschen äußerten. Weiterhin gab es ein prächtiges Podest auf der hinteren Bühne, das sich zu einer bestimmten Gelegenheit aufklappen ließ, um eine mittelgroße Schar schmuddeliger Gören zu entlassen, Bauern- oder Straßenkinder, es war durch mein Opernglas nicht gut zu erkennen, die in einem Reigen um das junge Pärchen der Hauptpersonen sprangen und ihnen durch Zurufe etwas vergegenwärtigten, was sich sogleich in einem Wutausbruch des Bräutigams auf die Handlung auswirkte. Was genau sich jedoch dort unten vor der formidabel mit Kalklicht erhellten Kulisse zutrug, entging mir, zumindest schien es etwas mit Gurken zu tun zu haben, wie dem Titel „Cool as a Cucumber" zu entnehmen war. Natürlich sprachen die Schauspieler allesamt außerordentlich betont und nachdrücklich, so dass keiner ihrer Kollegen selbst unter einem Hörsturz auch nur die kleinste Äußerung überhören könnte.

Dennoch fiel es mir schwer, mich auf den eigentlichen Inhalt ihrer Reden einzulassen, was einerseits durch die Tatsache erschwert wurde, dass ich mit der englischen Sprache zwar vertraut, aber nicht mit Gedanken in ihr beheimatet war und somit alles, auch das halbbewusst Erfasste, für mich übersetzen musste; andererseits konnte ich mich aufgrund meiner gegenwärtigen Aufregung nur mühsam konzentrieren, denn es waren kaum dreißig Minuten vergangen, seit ich einen Menschen getötet hatte.

Nicht, dass mich diese Tat befriedigt hätte. Sie hatte mich auch nicht so enerviert, dass ich meinen Unmut mit diesem seltsamen britischen Stück Kultur auflösen musste; es gab schlichtweg keinen sichereren Ort, an dem man sich nach einem Verbrechen aufhalten konnte, als eine geschlossene Veranstaltung. Zugegebenermaßen hatte ich nicht reservieren lassen, doch dass ich erst während des vierten Aktes gekommen war und ein grenzdebiler alter Kerl im Rollstuhl aus der Loge und in die nächste Droschke genötigt werden musste, um mir Platz zu schaffen, waren Einzelheiten, die niemanden zu interessieren brauchten. Es stand das geschriebene Wort, die Einlasszeit auf dem Theaterprogramm, gegen das Pfundzeichen, das mir meinen Platz sicherte.

Mehr war auf die Schnelle nicht zu machen gewesen, denn schließlich hatte ich nicht geplant, den alten Freimaurer zu erschießen. Leider aber hatte Sedgwick einfach im falschen Augenblick aus dem Fenster geschaut – just in dem Moment, *helaas,* als meine Tarnung versagte. Wahrscheinlich würden die Polizei und wer weiß noch alles in diesem Moment die Straßen durchkämmen; sie würden Männer an den Docks und Bahnhöfen postieren, Warnungen an die Kutscher ausgeben und berittene Boten zu den Ausfallstraßen nach Süden und Norden senden, um die Transitwege nach Leatherhead und Cockfosters im Auge zu behalten.

Behaglich ließ ich den Blick über die Ränge schweifen. Was sich dort abspielte, war nur schemenhaft auszumachen. Man abonniert nicht einen Rang, um im Gewühl zu stehen, nahm ich an; man will sich ungestört vergnügen, ohne belästigt zu werden. Will man sich zeigen, so setzt man sich nahe an den vorderen Rand des Balkons, applaudiert und lächelt mehr oder weniger bestimmt in die Menge. Für gewöhnlich sitzt man jedoch im rückwärtigen Teil der Loge, beschattet und für sich. Es konnte gut sein, dass sich sogar ein Mitglied der königlichen Familie mit mir in diesem Theater befand.

Es war allerdings eher zu vermuten, dass die Familie diesen Abend mit häuslichem Kartenspiel am Kamin verbrachte, wie überhaupt wenige Einheimische dieser Tage allzu viel Ausgehfreude aufzubringen schienen, denn die bevorstehende Ausstellung machte manch einen misstrauisch. Die Metropole war voller Fremder, wie ich selbst einer war; allerlei Hautfarben, Kleidungsarten und sonstige äußere Zeichen der Herkunft fand man in den Straßen und Gassen. England, Herrscherin über weite Teile der Welt, war kaum darauf eingerichtet, ihre Gäste zu empfangen. In den Tageszeitungen spekulierte man über geplante Attentate, vermeintliche Verschwörungen, spitzbärtige Deutsche, die auf den Bänken des Hydeparks miteinander tuschelten, breitbeinige Amerikaner, die in Missachtung der guten Manieren Kautabak auf die gutbürgerlichen englischen Gehsteige spuckten und aufgeschreckten Schulkindern ins Gesicht schrien, auch sie würden bald Baumwolle pflücken müssen. Es wurde schlichtweg eine Menge Gerede verbreitet, sei es, um die Auflagenzahlen der Blätter zu erhöhen, oder, weil man sich bewusst wurde, dass die Welt, über die man herrschen wollte, so klein war, dass sie direkt vor der eigenen Haustür anfing.

Die Stimmung war überall gespannt; während man sich im Westend in gebührlicher Zurückhaltung übte, war es zum Leidwesen der ausländischen Besucher auf den Docks und in einigen Spelunken in Bethnal Green zu blutigen Zwischenfällen gekommen. In dieser Lage nun hatte ich ausgerechnet ein Mitglied der königlichen Kommission getötet. Für die Öffentlichkeit würde sich die Sache sicher als ein diplomatischer Zwischenfall darstellen – und es konnte gut sein, dass sie sich letzten Endes zu einem solchen entwickelte.

Ich musste so früh wie möglich Kontakt mit den *Heeren* aufnehmen, um sie von meinem Fund zu unterrichten und mich mit ihnen über die nächsten Schritte zu beraten. Doch zuerst wollte ich in meinem Triumph baden. Wer hätte gedacht, dass Sedgwick eine solche Kostbarkeit sein Eigen nannte? Der Einsatz hatte sich mehr als gelohnt.

Da kam mir ein beängstigender Gedanke. Zwar hätten in dieser Nacht weder ungebetene Gäste noch ein schlechtes Gewissen auf mich warten sollen. Andererseits mochte es aber zu gefährlich sein, sich ganz allein in der Nacht zu bewegen. Griff mich die Polizei mit dem Artefakt in der Tasche auf, würde man mich entweder gleich an der Laterne aufknüpfen oder, wenn man nicht wusste, worum es sich handelte, einsperren.

Das Artefakt war zu wertvoll, um in fremde Hände zu gelangen. Wo war es also besser aufgehoben als in einer Menge vergnügungssüchtiger Menschen? Wenn sie dann in Schwärmen auf die Straße zogen, zu ihren Familien, Dirnen oder sonst wohin, dann würde ich nur einer unter vielen sein. Unbeobachtet und unantastbar. Ich freute mich über meine Intelligenz, die so klar die verachtenswerte Vergnügungssucht der Engländer überstrahlte. Wie brach sich mein Anblick in dem Kronleuchter in unzählige, nicht minder prächtige Ebenbilder. Vervielfältigt, ich!

Ach, die Engländer. Sie würden sich wundern, wenn sie endlich aus ihrem kleinen imperialen Traumgebilde erwachten. Diese blonde Dame in der Loge mir gegenüber zum Beispiel, wie sie einem der Schauspieler zuzwinkerte und er, ganz genau wissend, was sie tat, es vorzog, sie zu ignorieren. Sie indessen beeindruckte das wenig. Wie dickköpfig sie an der Vorstellung zu hängen schien, sie sei seine Favoritin. Sie sah gut aus, sehr sogar. Fast gut genug. Ich stellte mir vor, wie sie privat wäre: ein kleines Séparée, Champagner ... es stellte sich allerdings die Frage, ob sie mir etwas bieten konnte, was mich vergessen ließ, dass sie im Grunde unter meinen Standards lag. Sie war zu alt, um noch unverdorben zu sein, und zu jung, um alles hinter sich zu lassen. Wie alt sie wohl unter ihrer Schminke und ihrer freizügigen Kleidung wirklich war – fünfundzwanzig, siebenundzwanzig? *Welaan!* Man wurde rasch anspruchslos, wenn man sich fern seiner gewohnten Umgebung bewegte, in der seit Kindesbeinen Gewissheit bestand, was gut, was mittelmäßig und was nicht zu ertragen ist, und dieser quälenden Ungewissheit über die qualitativen Stufen der Weiblichkeit in einem fremden Land entkam man nur, wenn man sich systematisch von der Spitze bis ganz nach unten vorarbeitete.

Das Leidige war, dass ich eben nicht ganz bei der Spitze anfangen konnte, und dieser unschöne Umstand wiederum legte nahe, dass ich es ganz bleiben ließ. Wie interessant die Schöne für den

Moment auch sein mochte; solange die Welt nach meinen Regeln lief …

Ein Klingeln in meinem Ohr riss mich aus den Gedanken. Ich schrak auf, obgleich ich wusste, dass nur ich dieses Geräusch zu hören vermochte, da es wortwörtlich in meinem Ohr war – genauer gesagt in der kleinen Apparatur, die ich dort trug. Zu meiner Schande fiel mir im Augenblick des Schrecks auf, dass der jungen Dame durchaus nicht entgangen war, wie ich sie beobachtet hatte. Leider blieb nun keine Zeit mehr für sie, denn das Klingeln bedeutete gewiss nichts Gutes. Ich stand auf. Dabei fiel mein Blick auf die verspiegelte Fläche der Seitenwand. Meine Stirn lag in Falten. Wie indiskret doch die eigene Physiognomie ist! Das Rufsignal ertönte nochmals. Um Fassung ringend verließ ich rasch die Loge. Deus ex machina. Das Stück näherte sich ohnehin dem Ende.

Ich torkelte aus der Loge hinaus. Der Alarm war inzwischen zu einem unangenehmen Pfeifton angeschwollen, der es mir schwer machte, das Gleichgewicht zu halten. Ein Angestellter des Hauses kam mir entgegen, er trug ein Tablett und fragte etwas wie „Droschke, Sir?“, das aber genauso gut auch etwas anderes sein konnte.

„Danke“, antwortete ich auf gut Glück. „Nur etwas frische Luft. Die …“ Ja, was nur? In das überlaute Pfeifen, das mir den Schädel zu sprengen drohte, hatte sich ein Zischeln gemischt, das mich daran hinderte, meine gedankliche Suche nach einer Ausrede zu Ende zu führen. *Die Heeren gewähren Audienz. Fertig für teleelektrischen Transfer in dreißig, neunundzwanzig …*

„Aber ich habe um keine Audienz gebeten!“

„Sir?“ Der Bedienstete schaute mich erschrocken an. Ich musste jetzt etwas zum Beißen haben, etwas, das ich mir zwischen die Zähne klemmen konnte, und einen abgeschiedenen Ort, wo ich mich hinlegen oder setzen konnte. Jetzt!

„Austern, ich habe Austern gegessen, die waren ...“

Der Diener erkannte meine Not, die ich ob des schmerzlichen Pfeifens wohl ziemlich glaubhaft vorgetragen hatte, und ließ mich gehen. Ich eilte rasch die Treppe zum Foyer hinab und – *einundzwanzig* – brauchte unbedingt etwas zum Beißen, ein Stück Leder oder Holz. Der Stoß, der mich in *neunzehn, achtzehn* ereilen würde, würde so unangenehm sein, dass ich mir vor Schmerz die Zunge abbeißen konnte. Ich rannte durch das leere Foyer auf eine Tür zu, von der ich annahm, sie führe zu einem Lagerraum, einer Küche, irgendwas, wo es ein Stück Holz geben könnte, oder Stoff, oder Papier, mit dem ich *fünf, vier, Energie und teleelektrischer Transfer jetzt!*

Ich befand mich im Frachtraum eines Schiffes. Aus der Ferne drang das Pochen der Maschinen, so dumpf und schwer, als sei ich so weit im Inneren des eisernen Wals, dass ich nie mehr meinen Weg hinaus finden würde. Es war warm, die Luft vollgesogen vom Duft von Leder, Kautschuk und reifem Obst. Im Dunkel vor mir – der Frachtraum war nur durch eine Öllampe an der Wand hinter mir beleuchtet – befand sich ein doppeltes Halbrund aus langen Behältern. Siebzehn Lebensmittelkisten aus grobem Holz für den Überseetransport. In einem gewissen Sinn war es, als beträte man den Kolonialwarenladen der eigenen Kindheit, das Halblicht, die Gerüche, der Eintritt in das Exotische, wenn man mit dem Schritt über die Türschwelle die eigene Welt hinter sich lässt; nur dass man sich nicht in der Vorfreude auf ein Stück Lakritz voranbewegte, für das man sein Sonntagsgeld aufgespart hatte. Vor mir lag etwas gänzlich anderes.

Ich hatte diesen Ort schon mehrfach gesehen – in meinem Träumen und einmal leibhaftig. Jede der Gelegenheiten war mir unangenehm in Erinnerung geblieben. Denn obgleich diese Kisten für Lebensmittel bestimmt schienen, war ihre Anordnung doch völlig unfunktional, da Transportkisten gestapelt und nicht solcherart aufgereiht werden. Die gekonnt nachlässig wirkende Art, wie ihre Latten zusammengehauen waren, Planken mit groben Rändern, zwischen deren Spalten Holzwolle herausquoll, sollte ebenso über ihren wahren Inhalt hinwegtäuschen wie der allzu süße Geruch fauliger Bananen, der aus ihrem Inneren strömte. Mich erwarteten weder das freundliche Lächeln eines Kolonialwarenhändlers noch die Süße einer exotischen Frucht, lediglich die erdrückende Schwere von siebzehn Särgen aus Blei. Siebzehn Behältnisse des nagenden Zerfalls, siebzehn Siegel des Chaos. Siebzehn Vasen, aus denen lebendig der Tod erblühte. Die *Heeren XVII*, die künftigen Herren der Welt.

Eine zischende, schnarrende Stimme erhob sich, dieselbe Stimme, die ich in meinem Ohr gehört hatte, nur dieses Mal kam sie von allen Seiten ... nicht zu orten, als hätte sich in meinem tiefsten Inneren ein Abgrund aufgetan, aus dem sie sprach. „Der Ingenieur erhält Audienz bei den *Heeren*. Was hat der Ingenieur zu vermelden?“

Der Ingenieur weiß nicht, wieso er bei den *Heeren* vorspricht.

„Hat er die Antworten, die er uns bringen sollte?“

Noch nicht, aber bald. Es haben sich bisher keine der erhofften Unterlagen gefunden. Jedoch bin ich sehr zuversichtlich, denn ich habe stattdessen ...

„Was ist mit dem Abtrünnigen?“

Nichts, was soll mit ihm sein? Sedgwick ist tot, aber Ihr sagtet ja, dass es wahrscheinlich so kommen würde. Immerhin war sein ...

„Er war das erste einer Reihe notwendiger Opfer. Was hat der Ingenieur also in Erfahrung gebracht?“

Wie gesagt: Sedgwick besaß leider keinerlei Baupläne oder Instruktionen. Allerdings habe ich auf seinem Schreibtisch eine überaus interessante ...

Da erhob sich eine andere Stimme, nicht weniger schnarrend und röchelnd als die erste. Ich wünschte, sie würden einen gelegentlich einmal einen Gedanken zu Ende führen lassen; es verdarb einem wirklich die Freude an diesen Treffen.

„Wir vermuten, der Ingenieur hat sich Fehler erlaubt. Wir vermuten, er wurde bei seinem Einsatz gesehen."

Wer soll mich gesehen haben? Diese naseweisen Engländer vielleicht? Sicher ist ihre vornehmliche Diskretion nichts als ein einziger Betrug, jedoch hatte ich meine Tarnung und habe mich durch das Fenster ...

„Er wurde gesehen; das heißt, wir wissen es nicht sicher."

Wie sicher ist nicht sicher?

„Unser Auge ist dunkel."

Ihr habt Augen dort? *Jeetje*, wieso habt ihr mich dann dort hingeschickt, wenn ihr doch ohnehin alles seht?

Ein starkes Unwohlsein überkam mich. Ich war zu weit gegangen.

„Halte er sich an unsere Weisung; tue er, was ihm aufgetragen; frage er nicht, wo wir Auge, wo Mund, wo Stachel haben, denn Stachel haben wir – zu stechen." Worauf mich eine neue Welle des Unwohlseins überkam.

Ich fluchte innerlich. Sie ließen mir keine Gelegenheit, sie von meiner jüngsten Errungenschaft, deren Entdeckung fraglos von äußerster Bedeutsamkeit war, zu unterrichten. Mittlerweile war mir auch die Lust vergangen, sie darauf hinzuweisen. Der Moment würde kommen, an dem sie mich für meine Gewitztheit belohnen würden; für den Augenblick aber sollte ich wohl besser meine Audienz überleben.

Die *Heeren* mögen mir verzeihen. Falls ich unbedacht war ...

„Unbedacht! Er gefährdet unsere Mission schon beim Auftakt. Wo befindet er sich danach? Unter den Vielen, gesehen, gehört, verdächtigt zu werden!"

Werte *Heeren*, London ist eine Weltstadt, hier kann man nicht anders, als unter vielen sein!

„Er müsste es besser wissen. Wir haben ihn zum Ingenieur gemacht. Er ist die Hand unserer Gleichung, fügt die Bilanz unseres Plans. Er weiß, dass sein Handeln zu verdecken ist, seine Unsichtbarkeit oberstes Gebot, er weiß, dass alles an ihm hängt und wir, Augen, Ohr und Gedanken, ihm als Hand vertrauen. Die

Jahre unseres Wartens sind jetzt schon Legion – wenn er gefasst wird, wieder Legion."

Wenn die Heeren mir doch nur ...

„Schweige er still. Er hätte solche Fehler nicht machen dürfen."

Dieser letzte Satz gefiel mir nicht. Dem Anschein nach hatte sich die Stimme den anderen zugewandt. Was mich allerdings noch mehr beunruhigte als ihr mahnender Ton, war die Frage einer dritten Stimme, die darauf folgte:

„Sollen wir ihm die Bestrafung zukommen lassen?"

Es wurde still. Es schien, als würden sie in Gedanken beraten. Ich legte mir eine Entschuldigung zurecht, doch die anhaltende Stille erlaubte mir nicht, sie anzubringen. Dann legte ich mir eine beredtere Entschuldigung zurecht, doch wieder verstrich die Zeit mit Schweigen, und ich fürchtete, die *Heeren* nur noch mehr zu verärgern, wenn ich es brach. Schließlich versuchte ich, etwas zu sagen, konnte mich aber selbst nicht verstehen. Die Stille erschien mir endlos. Entweder war unsere Verbindung unterbrochen, oder sie hatten mich bereits aufgegeben.

Da sagte die erste Stimme endlich: „Er kann sich noch einmal bewähren. Wir lassen Gnade walten vor Strafe. Handle er von nun an weise."

Dank euch, *Heeren*. Wie soll ich nun vorgehen?

„Seine Herren zuerst fragen ist weise. Nun höre: Die Stadt ist die der Vielen. Viele Augen, viel Neugier."

Aber ich bin in dieses Schauspiel gegangen, um der Polizei im Notfall sagen zu können, dass ich dort war!

„Das ist, was er sagt. Er und wer noch? Eine namenlose Frau und ein Lakai? Pöbel und Kotsammler."

Ärgerlich, dass mir dieser Gedanke nicht zuvor gekommen war. Natürlich war mein Alibi nichts wert, solange es nur von niederen Bediensteten stammte. Ein Billet und ein bestochener Platzanweiser allein nutzten nicht viel, auch wenn der Platzanweiser nicht freiwillig zugeben würde, dass er sich hatte bestechen lassen. Schade, dass mir das alles erst jetzt deutlich wurde.

Ihr habt recht, ich habe nicht weise gehandelt. Was kann ich aber jetzt noch tun?

Die Stimme schnarrte, während mich ein neuerlicher Schwall von Holz- und fauligem Bananenduft überrollte, was jedoch deutlich besser war als die Übelkeit: „Er ist weise genug, seine Herren zu fragen. Nun höre: Sie streben nach dem Licht. Sei wie das Licht am Morgen. Werde mehr, wo du nicht weniger werden kannst. Leuchte, wo du nicht dunkel sein kannst. Sei die grelle Sonne und brenne dein Bild aus ihren Augen! So wird man dich vergessen. So sinkst du hinab ins Nichts der Erinnerung."

Ich verstand nicht das Geringste von dem, was die Stimme sagte, doch bevor ich noch etwas sagen oder denken konnte, durchfuhr mich plötzlich erneut der Schmerz.

„Mann, Sie sehen aus, wie ich mich fühle."

Es zog mich fort. Von Blei, von Holz. Fort.

„Doch wirklich, Sie sehen aus, wie ich mich fühle."

Fort von Lakritze, vom Kolonialwarenladen meiner Kindheit, meiner Hölle, fort.

„Doch, doch, bei George!" Die Stimme kam eindeutig nicht aus meinem Kopf. Ich musste also wieder im Theater sein. Langsam verflog der widerliche Geruch überreifen Obstes, nahmen die Nebel um mich Gestalt an und formten sich zu einem Herrn, der sich zu mir niederbeugte. Dem Anschein nach saß ich auf dem Boden. „Ehrlich, Sie sehen aus, wie ich mich fühle", wiederholte er.

„Ein Witz, ich verstehe", antwortete ich so trocken wie möglich. Ich mag es nicht, wenn jemand auf Teufel komm raus einen Lacher einfordert. Der Mann übersah mein Missfallen nicht und wurde sogleich ernster.

„Bei George, Ihnen geht es ja wirklich schlecht. Ich dachte, Sie hätten nur einen zu viel."

„Nein, nein, es geht schon." Ich rieb mir die Augen, um danach hoffentlich deutlicher sehen zu können. „Die Austern, Sie verstehen. Ich befürchte, eine war nicht mehr ganz frisch."

„Dann sollten wir einen Doktor holen. Wenn Sie sich eine Vergiftung ..."

„Nicht nötig!", intervenierte ich, „ich bin ..."

„Arzt?"

„Was?" Ich hasste es, wenn ich so benommen war. Wie leicht man sich in etwas verstricken ließ, wenn einem die Kontrolle fehlte!

„Dann können Sie auch gleich selbst Ihre Bisswunde nähen. Sieht übel aus", meinte er und wies auf etwas an meinem Körper. Ich sah an mir herab und bemerkte, dass meine Hand blutete. So hatte ich also verhindert, mir auf die Zunge zu beißen.

„Helfen Sie mir auf", bat ich, und als er meiner Bitte nachkam, fiel mir auf, dass ich ihn schon einmal getroffen hatte. Sein Pudergeruch, seine verschmierten Augenlider. „Sind Sie – Entschuldigung, geben Sie mir doch das Handtuch da –, sind Sie nicht einer der Bühnenkünstler?"

„Bei George!" Er baute sich selbstbewusst vor mir auf. „Wäre ich keiner, hätte ich nichts hinter der Bühne verloren! Bleibt die Frage, ob ein Arzt ..."

„Wir sind hinter der Bühne? Ich ... oh ja, ich hatte eine Toilette gesucht. Die Austern ..." In der Tat, wir befanden uns in einer Kleiderkammer in der Nähe des Foyerzugangs. Weiß der Teufel, was der Bursche hier zu suchen hatte, denn außer uns schien weit und breit keine Menschenseele zu sein. Irgendwie wirkte er aufgeregt. Immerhin reichte er mir das Handtuch, und ich verband mich notdürftig.

„Nun, Sie haben Verständnis, dass ich Sie und Ihre blutüberströmte Hand nun verlassen muss", murmelte er und schickte sich an, mich aus dem zu vertreiben, was er anscheinend als Heiligtum der Tänzer, Komödianten und Tragöden betrachtete. Es war mir recht, aus meiner peinlichen Lage erlöst zu werden, doch dann fiel mir wieder ein, was mir zu tun aufgetragen war und wie wenig ich im Moment wusste, wie ich mir aus dem Schneider helfen sollte. Ich brauchte ein Alibi; vielleicht mochte sich der Schauspieler an mich erinnern, wenn ihn die Polizei fragte. Andererseits – was konnte ein Schauspieler schon im Gedächtnis behalten außer seinem bisschen Text?

Die *Heeren* sagten, ich solle wie Licht sein. Was besagte das? Vielleicht konnte mir der Spaßvogel ja anderweitig behilflich sein. Dann sah ich es – und plötzlich hatte ich die Kontrolle wieder.

„Ich verstehe", sagte ich und legte ein Kavalierslächeln auf, während ich auf das Tischchen samt der Champagnerflasche hinter ihm deutete. „Die Hübsche aus der Loge. Ich habe gesehen, wie sie Ihnen zugezwinkert hat."

Einen Augenblick erschrak er und schnappte mit weit aufgerissenen Augen nach Luft. Doch dann gab er sich betont ungerührt und winkte ab. „Sie haben es bemerkt? Wer nicht! Sie wissen doch: Heute ist alles Skandal."

„Ein Skandal, der Ihrer Schauspielkarriere gewiss ziemlich förderlich ist. Liebling der Frauen und so."

„Bei George!", winkte er ab. „Der Skandal ist ihr wesentlich förderlicher als mir. Ich opfere mich ja nur." Beinahe klang sein Wehleid glaubwürdig, doch dann setzte er ein breites Grinsen hinzu. „Sie verstehen also, wenn ich Sie nun bitte ..."

Der Plan war einfach, ebenso einfach, wie er in meinen Kopf kam. Zack, einfach da. Er war verrückt – hoffentlich verrückt genug, mir aus der Patsche zu helfen. Zögernd tastete ich mich ab, als wolle ich mich meiner Unversehrtheit versichern. Beruhigt stellte ich fest, dass ich Sedgwicks Artefakt noch bei mir trug. Dann krempelte ich meine Ärmel hoch.

„Ja, ich verstehe. Wenn ich Ihnen diese Bürde nun aber abnehmen könnte ..." Ich legte den Reif an meinem linken Handgelenk frei. Ein breites, schimmerndes Band mit mehreren Erhebungen, aus dessen Ende die beiden Stutzen des Voltawerfers hervorragten. Diese Stutzen konnte man ein wenig ausfahren, und kamen sie in Berührung mit der Haut eines anderen Menschen, so begann ein starker elektrischer Strom zu fließen. Dieser brachte den Menschen zum Zucken, so dass er in Konvulsionen zu Boden fiel und dort so lange umher zappelte, bis er schließlich, sofern er nicht an einer Herzattacke oder Schlagfluss starb, mit entkräfteten Muskeln zur Ruhe kam.

Dies erklärte ich dem Schauspieler ruhig und deutlich, denn es war nicht mein Anliegen, unfair zu ihm zu sein. „Wie Sie sich denken können", fuhr ich mit meinen Erläuterungen fort, „bringt diese zeitweise Lähmung allerlei Folgen mit sich, etwa, dass sich Ihr in Aufregung gebrachter Verdauungstrakt entleert. Es werden schließlich alle außer den stärksten Muskeln gelähmt. Nun, wenn Sie also in einer halben Stunde aus ihrer Bewusstlosigkeit erwachen, wundern Sie sich nicht über den Geruch. Die Peinlichkeit Ihrer Situation soll Sie übrigens nur hindern, das alles an die große Glocke zu hängen. Eine Garantie Ihrer Diskretion sozusagen. Haben Sie mich verstanden?"

Etwas ungläubig wackelte er mit dem Kopf, dann begann er zu poltern: „Bei George, Sie sind kein Arzt, Sie sind Komiker!" Doch ehe er weiter plaudern konnte, zuckte er schon auf dem Boden. Ich stand bei ihm. Seine Atmung setzte kurz aus, doch nach einem festen Tritt auf den Brustkorb erholte er sich wieder und schnaufte wie ein Walross.

Um meinen kleinen Plan zu komplettieren, köpfte ich die Champagnerflasche auf dem Tisch, schüttete etwas von dem köstlichen Getränk über den Zuckenden und entleerte den Rest in eine Ecke des Raumes, damit es nach einer ordentlichen Feier roch. Dann ging ich einigermaßen wiederhergestellt hinaus ins Foyer.

Ich musste nicht lange warten, bis sich die Schöne zeigte. Sie war in Begleitung eines Grüppchens Männer, die sie nur flüchtig zu kennen schien, und mäanderte mit ihnen im Schlepptau von hier nach da in doch recht zielstrebigem Zickzack auf die Tür in meiner Nähe zu. Wie durch magische Kraft kam die Bewegung der Gruppe dort auch zum Erliegen, und nicht lange, da verabschiedete sich die Schöne unter allgemeinem Gelächter durch die Tür. Es dauerte wiederum nicht lange, da kam sie wieder heraus, sichtlich enerviert, doch bevor sie sich etwas anderem widmen konnte, war ich auch schon hinzugesprungen und drängte mich zwischen sie und die Männer.

„Ah, wie schön, Sie wiederzusehen, Madame", rief ich in übertrieben erfreutem Tonfall aus.

Sie schien einen kleinen Moment zu überlegen, vielleicht, welcher Sorte Bekanntschaft sie mich zuordnen sollte, dann lächelte sie um so mehr und sagte: „Die Freude ist ganz meinerseits, Mister …" Aus der Nähe sah sie noch besser aus. Viel besser. Nicht, dass ihr Aussehen alles gewesen wäre – generell ist das Aussehen bei Frauen nicht das Wichtigste –, doch in diesem Moment war, ach was, ihr Aussehen war wichtig, so wie es bei allen Frauen ist; nichts ist wichtiger – hinzu kam natürlich noch, dass sie mir mein Alibi verschaffen sollte. Ich sah ihr fest in die Augen und legte meine charmanteste Stimme auf.

„Ovenhart. Frans Ovenhart. Sie haben meinen Namen noch nie gehört, da wir einander unbekannt sind. Mir ist nur keine bessere Art eingefallen, Sie anzusprechen", sagte ich schmeichlerisch, während ich ihre Hand ergriff. Meine Erfahrung mit Frauen diesbezüglich war so: Zeigt man ihnen gleich am Anfang mit aller Deutlichkeit, dass es sich bei der Begegnung um ein Spiel handelt, ohrfeigen sie einen entweder voller Empörung, wenden sich ab und überlassen einen der Peinlichkeit der Blicke aller im Raum Versammelten; sie verstehen nicht, was das Spiel bedeuten soll und sind somit nicht würdig, dass man es mit ihnen spielt; oder sie spielen es mit – wenn sie wissen, wie man Spiele spielt. Sie wusste es.

„Was wollen Sie von mir?", fragte sie betont kühl. *Welaan*! Ich zog sie an mich, küsste sie aber nicht auf den Handrücken, sondern direkt auf die Lippen, was sie in leichte Empörung versetzte.

„Madame, ich kenne die Sitten Ihres schönen Landes nicht gut genug, um sie brechen zu können, also muss ich mich entgegen meiner eigenen Sitte verhalten. Ich muss die Nacht mit Ihnen verbringen, Madame, unbedingt, ich sage es ganz frei heraus" – was noch nicht einmal gelogen war, höchstens nicht ganz korrekt, denn ich hätte wohl sagen sollen *bei*, nicht *mit* ihr. Aber ich wollte nicht Haare spalten, denn im Endeffekt ergab bei solchen Begebenheiten sowieso eines das andere, und das auf eine Weise, dass man nachher nicht mehr so leicht sagen kann, was wozu führte. „Ja, Sie haben mehr verdient als diese Gecken, mehr als einen kleinen Schmierenkomödianten."

„Die Nacht mit mir verbringen?" entgegnete sie mit steinerner Miene. „Wie stellen Sie sich das bitte vor?"

„Sehr schön, Madame, sehr schön."

Sie lachte. „Sie gefallen mir. Wie heißen Sie, Sie Original?" Während sie das sagte, winkte sie bereits einem Angestellten an der Garderobe.

„Ovenhart. Frans Ovenhart, wie ich bereits sagte."

„Was für ein drolliger Name. Deutscher?"

„Die letzten Jahre verbrachte ich auf Sumatra, aber meine Heimat sind die Niederlande."

„Die Niederlande ... Windmühlen, nicht wahr?" Sie sagte das mit einfältigem Lächeln. Der Garderobier war inzwischen zu uns gekommen und legte der Lächelnden einen Pelzmantel um. Sie beachtete ihn nicht, sondern schien ausschließlich darauf konzentriert, eine Antwort von mir zu erhalten, eine möglichst gewitzte.

„Ja, und Käse", erwiderte ich.

Sie verstand meinen Wink. „Entschuldigen Sie meine Unhöflichkeit. Aber trotzdem – dieser Ernst. Fast patriotisch. Ein Militär, nehme ich an?"

„Nein, Madame, institutionalisierte Gewalt liegt mir fern. Ich bin Ingenieur."

„Ah ja?", sagte sie abwesend und drehte sich dem Ausgang zu. „Wer ich bin, wissen Sie ja."

Um ehrlich zu sein, wusste ich es nicht, aber allein die Tatsache, dass sie annahm, man müsse es wissen, genügte mir. Sie war die perfekte Kandidatin, anscheinend eine Berühmtheit, eine Mäzenin oder selbst Schauspielerin; vielleicht nicht einmal Engländerin, sondern aus Amerika, soweit ich die verschiedenen englische Dialekte zu unterscheiden imstande war. Doch egal, es genügte, dass sie in der Öffentlichkeit stand. Ich brauchte eine verbriefte Bestätigung, dass ich den Abend über nicht bei Sedgwick und seiner Frau gewesen war, nie dort hätte gewesen sein können, und was konnte besser sein, als dieses Alibi öffentlich zu machen und somit jeden, der an Klatsch und Tratsch interessiert war, zum Zeugen meiner Unschuld? Sie konnte des Teufels Großmutter sein oder die welterste Päpstin, so lange sie mit mir die Treppe aus dem Foyer hinabging und wir zusammen in eine Droschke stiegen.

„Nun“, sagte sie und spielte die Gelangweilte, „meine Begleitung hat sich anscheinend hinter der Bühne verplappert. Hätten Sie die Freundlichkeit, mich zu meinem Hotel zu begleiten? Sie wissen ja, wie unsicher die Zeiten sind.“

Ich liebte es, wenn Frauen so funktionierten. Reibungslos wie eine Maschine – man macht Feuer, und sie dampfen, man stellt den Hebel, und sie rollen. „Selbstverständlich, Madame; ich würde Sie nie allein gehen lassen.“

So kümmerten wir uns nicht weiter um das Gelächter, das sich auf unseren Dialog hin unter denen ausbreitete, bei denen die Schöne gestanden hatte, und machten uns auf, das Foyer zu verlassen.

„Madame ...?“

„Nennen Sie nicht meinen Namen“, bat sie verschmitzt. „Sie sind ein Ingenieur, und ich möchte ein Niemand bleiben, ja?“

„Ich wollte eigentlich nur fragen, wo Ihre Droschke steht.“

„Wir nehmen eine Mietdroschke.“

Aha, sie war entweder sehr oder überhaupt nicht wohlhabend. Man öffnete uns die Tür, und wir traten hinaus in die kalte Abendluft. Es war perfekt: Wenige Meter neben uns standen Reporter, die sich den neuesten Klatsch von der Premiere abholen wollten;

einer von ihnen hatte sogar einen Fotografen dabei. Welch bessere Gelegenheit hätte es geben können? Mein Bild in der Zeitung, Arm in Arm mit einer Stadt-, Land-, wenn nicht Weltbekannten! Als wir die Treppe hinunterschritten und ich einer der Droschken am Straßenrand ein Zeichen gab, drehten sich die Reporter auch sogleich um, jedoch verloren sie rasch ihr Interesse und wandten sich wieder einander zu, um sich gegenseitig mit mehr oder weniger erfundenen Neuigkeiten zu versorgen.

Da hatte ich es. Meine Begleitung war nicht nur arm, sie war auch wesentlich unbekannter, als ich es erhofft hatte. Vielleicht eine ehemalige Berühmtheit, sonst hätten die Reporter uns keines Blickes gewürdigt, vielleicht auch nur die Schwester, Nichte, Tante, Concierge oder sonst was einer Berühmtheit. Wenn mein Alibi nicht den Bach hinuntergehen sollte, musste ich etwas unternehmen. Der Tag war lang gewesen, ich hatte einen Mann ermordet und einen weiteren vermutlich zum Krüppel gemacht, zwischenzeitlich eine teleelektrische Reise angetreten und wäre beinahe meines Auftrages enthoben worden. Mein Einfallsreichtum war entsprechend minimal. Also beschloss ich, mich an die bewährte Formel zu halten, den eigenen Mangel an Berühmtheit und öffentlichem Interesse durch eine gute Portion Skandal auszugleichen.

„Wirklich, Darling?", rief ich so laut, dass mich alle im Umkreis einer Viertelmeile hätten hören können; dabei fasste ich meine Schöne, deren Namen ich nicht erfahren sollte – wieso auch, wo sie ein Niemand war – an, wie man es sonst bei derlei Begebenheiten nicht ernsthaft zu tun pflegt. Die Reaktion erfolgte stante pede. Meine Schöne schrie, die Reporter drehten sich um. Ich hielt die Position, so lange ich konnte, schließlich sollte das Bild nicht verwackeln, dann musste ich loslassen, und im selben Moment kribbelte meine Wange und Sterne tanzten vor meinen Augen. Der Fotograf jedoch freute sich, eine gewagte Aufnahme gemacht zu haben: halbnahe Einstellung im Viertelprofil, mit saftigem Schlag und jeder Menge nackter Haut.

„Was unterstehen Sie sich?“, schrie meine Schöne und wollte sich von mir trennen.

„Madam, was ist?“, fragte einer der Reporter. „Kennen wir Sie?“

Jäh änderte sich ihr ganzes Wesen. Sie setzte ein artiges Lächeln auf, strich sich kurz übers Haar und antwortete mit einer säuselnden Stimme: „Natürlich ... nicht. Dass Sie mir ja keinen Skandal aus der Sache machen!“ Zu mir meinte sie, während sie sich wieder bei mir einhakte: „Steigen wir ein.“

Ich spielte den Untertänigen: „Ich muss mich entschuldigen, Madame, aber ich glaube, es ist besser, wenn ich gehe.“

„Entschuldigen? Kutscher! Zum *Clarendon*.“

Wer sollte das verstehen? Ich war eigentlich davon ausgegangen, sie werde sich nach der kleinen Gefälligkeit, sich mit mir fotografieren zu lassen, verabschieden, aber stattdessen wollte sie, dass ich sie begleitete. Zugegeben, ich war attraktiv, charmant, gewandt, aber so sehr? Jetzt war sie es, die mich derartig anfasste – dabei lächelte sie wieder sehr artig und säuselte: „Wo wir jetzt hinfahren, gibt es hoffentlich mehr von dem, was Sie mir eben versprochen haben.“

Ich nickte beflissen. Langsam begann ich, mein Alibi zu mögen.

Das Hotel genügte den Ansprüchen. Wir schafften es dann auch ohne weitere Umschweife auf ein gemütliches Doppelbett mit einer Flasche Champagner, die sie auch bezahlte.

„Nun, was macht ein Ingenieur im Theater?“, fragte sie, während ich sie ihrer Strümpfe entledigte. „Sie scheinen mir nicht arglos genug, um dem einfachen Vergnügen nachzugehen.“

„Nun“, sagte auch ich, wie man das bei Konversationen in diesem Land anscheinend inflationär zu tun pflegte, „mein einfaches Vergnügen schickt sich ja an, ein etwas distinguierteres zu werden", wobei ich ihr einen kleinen entzückten Schrei entlockte, indem ich ihr mit dem Fingernagel die Fußsohle entlangfuhr.

„Je mehr ich darüber nachdenke, desto weniger ergibt Ihre Anwesenheit Sinn. Niemand gibt einem Ingenieur einen Logenplatz bei einer Premiere. Ingenieure sind öde Wesen von minderem gesellschaftlichen Rang. Sie können sich glücklich schätzen, dass man Sie überhaupt mit mir fotografiert hat; alleine wäre Ihnen dieser Vorzug nie widerfahren. Wie kann sich jemand ohne Verständnis für Kunst überhaupt ins Theater verlaufen?"

„So kunstvoll war das Stück jetzt auch wieder nicht!"

„Sehen Sie?", neckte sie weiter, während sie mir aus dem Hemd half. „Ihnen fehlt das tiefere Verständnis für derartige Angelegenheiten. Man geht nicht ins Theater, um dieses oder jenes Lustspiel zu sehen. Die Schauspieler könnten auf offener Bühne an der Krätze eingehen, das interessiert niemanden. Man sitzt in den Rängen, um gesehen zu werden."

Jetzt verstand ich, wieso sie mich mit in die Droschke genommen hatte, statt mich nach der Ohrfeige einfach stehen zu lassen. Es ging ihr um den Skandal, um das öffentliche Interesse. Für eine Karriere war sie zu alt, für eine halbe Berühmtheit zu promisk, für eine ganze zu wenig promisk. Vielleicht ging es ihr um Rache an jemandem, zum Beispiel dem netten Schauspieler, der inzwischen in der Kleiderkammer des Lyceum unter allen Gerüchen einer fidelen Feier zu sich kommen musste. Ich konnte mir ein Lachen nicht verkneifen. Der Plan der *Heeren* schien vorzüglich zu funktionieren, denn für mich galt gerade das Gegenteil wie für meine Begleitung: Das öffentliche Interesse würde mir dabei helfen unterzutauchen. Wirst du einmal gesehen, verstecke dich nicht, sondern sorge dafür, dass du so häufig gesehen wirst, dass keiner mehr weiß, wer, was oder wo du eigentlich bist. So oder so ähnlich. Besonders freute mich, das mit dem Licht so wörtlich genommen zu haben und tatsächlich auch abge-licht-et worden zu sein. Sollten sie stolz auf ihren Ingenieur sein.

„Was lächeln Sie?", fragte meine Gastgeberin unsicher. Ich schwieg und zuckte geheimnisvoll die Achseln. „Ah, das ist es! Ein

Logenplatz, eine lächerliche vorgetäuschte Identität, geschmackvolle Kleidung, Sinn für Konversation und Zeitvertreib. Kann es sein, dass Sie inkognito sind, mein Herr? Die Geheimnistuerei, das Schelmische Ihrer Art? Ich glaube, Sie sind viel weniger ein kümmerlicher Ingenieur als ein Diplomat. Oder", und hier wurde ihr Tonfall fragend, „ein Staatsmann vielleicht, ein Adliger?"

Gern hätte ich sie in dem netten Fehlglauben gelassen, aber die Beleidigung meines Standes ging mir entschieden zu weit.

„Ingenieur, Madame, beinhaltet das Wort *Ingenium*, Genie; Sie werden mir beipflichten, dass nur Genies es schaffen, diese modernen Zeiten zu meistern. Die Zukunft, Madame, gehört den Genies, den Herren des Stahls, des Dampfes und der Elektrizität. Nicht die erbärmlichen Physiker werden über unsere Welt herrschen, die kläglichen Newtons, denen aus Zufall ein Apfel auf den Kopf fällt – das Universum, dieses perfekte Uhrwerk, gehört den Ingenieuren, den Virtuosen der Technik, den Vermessungsdirigenten; das ist, was ich meine."

Sie hob den Kopf, mittlerweile lag sie auf durchaus ansehnliche und würdevolle Weise rücklings vor mir, und lächelte. „Ingenium. Also für einen Ingenieur, einen ausländischen dazu, verstehen Sie eine Menge von diesen Geistesdingen."

„Das mag an unserer generellen kulturellen Überlegenheit liegen. Glauben Sie mir, ich bin ein einfacher Ingenieur, der für seine Kompanie ..." Ich biss mir auf die Zunge und zuckte wieder geheimnisvoll die Achseln.

„Aber könnte es nicht doch sein, dass Sie ...", reizte sie weiter. Es wurde langsam öde. Ich hatte das Gefühl, es sei höchste Zeit, uns an den eigentlichen Zweck unseres Zusammenseins zu erinnern; also gab ich unserer Unterhaltung einen deutlichen Stoß in eine Richtung, die mir schon wesentlich besser gefiel.

„Aber mein Herr", rief meine Gastgeberin, und ihre Stimme kippte dabei über in einen schrillen Ton. „Wie können Sie gleichzeitig ...", krächzte sie und schnellte mit ihrem Kopf hoch, um nachzusehen, was sie nicht glauben konnte. Bevor sie jedoch ihr Augenmerk auf etwas richten konnte, was ihr Aufklärung verschafft hätte, nötigte ich sie mit einem sanften Kuss auf ihre Stirn zurück in die vorherige Position.

„Lassen Sie die technischen Details meine Sorge sein“, sagte ich, während ihr Körper sich erneut aufbäumen wollte.

„Aber wie ist das möglich?“, fragte sie, diesmal nicht mehr schreckhaft, sondern mit dem raschen Aufblühen eines Entzückens. „Wie machen Sie das nur?“

„Ingenium, Madame.“

Es sollte ein äußerst netter Abend werden, obgleich ich ihn später bereuen sollte.

Sokrates Royle
Der beste Club der Stadt

And, sir, when we think of eternity, and of the future consequences of all human conduct, what is there in this life that should make any man contradict the dictates of his conscience, the principles of justice, the laws of religion, and of God?

– William Wilberforce

Die Silhouette Londons schälte sich langsam aus dem morgendlichen Nebel heraus. Ich stand an der Steuerbord-Reling unseres Dampfers, der sich langsam die Themse hinaufquälte. Schon als wir von der Straße von Dover in die Themsemündung eingebogen waren, war der Kapitän auf halbe Kraft heruntergegangen. Für meinen Geschmack fuhr er viel zu verhalten und vorsichtig, gerade so, als erwartete er, auf nicht kartographierte Untiefen zu stoßen. Das war natürlich absurd, aber es war nicht an mir, den Kapitän zu verbessern, noch nicht einmal in Gedanken.

Ich betrachtete die größte Stadt der Welt, wie sie den Nebel mit Smog verdrängte. Millionen von Menschen, die Großteile des Reichtums des Planeten auf sich vereinten. London war der Nabel der Welt, das Zentrum abendländischer Kultur und doch ein einziges ungeheures Dreckloch.

Ich fragte mich, was mir das Heimkehren bedeutete, und stellte fest, dass ich nicht wusste, wie ich mir diese Frage beantworten sollte. Natürlich freute ich mich auf Daheim. Aber andererseits ...

„Ich frage mich, ob ich nicht Branca hätte mitnehmen sollen."

Wymers Bemerkung riss mich aus meinen Gedanken.

„Branca?", fragte ich. Der Name klang zwar vertraut, aber ich konnte ihn im Moment nicht einordnen.

„Sicher, Branca ... die Kleine aus dieser Sambaschule. Die hat mir ziemlich gut gefallen, das weißt du doch."

Nun wusste ich wieder, wer gemeint war. In dieser Sambaschule, die Wymer und ich besucht hatten, war es nicht ums Tanzen gegangen, auch wenn die Damen dort, wie richtige Sambatänzerinnen, wirklich viel mit der Hüfte arbeiteten.

„Du hättest eine Mulattin nach London mitbringen wollen, nur weil sie wusste, wie man deinem kleinen Wymer den Dampfdruck reduziert?“

„Sie war auch sonst recht gut. Die Frauen dort wissen, wie man einen Mann verwöhnt. Sie hätte mir Frühstück gemacht ...“

„Mit Früchten und Kaffee statt Toast und Tee.“

„Sie hätte meine Wohnung geputzt ...“

„Ja, und alles gestohlen, was nicht festgenagelt ist.“

„Jedenfalls hätte es mir gefallen, ihr London zu zeigen. Diese armen Leute in Rio haben keine Vorstellung davon, wo das Herz der Zivilisation schlägt. Dann hätte ich sie ausgeführt und wäre mit ihr ins Theater gegangen, in die Oper und in den Club.“

„Du hättest eine Hure aus Rio in den Club mitgenommen? Eine schwarze Sambatänzerin, eine Mulattin, die noch nicht mal eine richtige Sambatänzerin war?“ Ich war einerseits schockiert, andererseits wusste ich nicht, ob Wymer das überhaupt ernst gemeint hatte. Es war ihm zwar fast alles zuzutrauen, aber es gefiel ihm auch sehr, die Leute auf den Arm zu nehmen.

Wymer drehte sich um und sah die Themse hinab Richtung Meer, dahin, wo wir gerade hergekommen waren. „Nein, vermutlich nicht. Bestimmt nicht. Ich wollte nur mit dem Gedanken spielen. Immerhin wartet auf mich daheim niemand. Meine Wohnung ist leer, mein Bett ist kalt.“ Er seufzte wie ein drittklassiger Romeo. „Ich habe nicht dein Glück. Ich bin nicht mit einer schönen Frau verheiratet, die mich liebt und vergöttert und mir immer zu Diensten ist, wenn ich es brauche.“

Ich brummte zornig. War Wymer mit Absicht auf meine Frau zu sprechen gekommen, um mich zu ärgern? Wollte er mich an meine Ehe erinnern, damit ihm sein Junggesellendasein wieder interessant erschien? Ich fand das einen unsportlichen Schachzug. Aber andererseits hatte er es ja vielleicht auch ernst gemeint und beneidete mich wirklich. Dass meine Frau sehr schön war, konnte man zumindest nicht in Abrede stellen, und darum war ich ehrlich zu beneiden.

Ich betrachtete Wymer. Er war etwas kleiner als ich und ein paar Jahre jünger. Sein Haar war dunkler, und er trug es länger als ich und schmierte sich meist eine Menge Pomade hinein. Er stand etwa fünf Fuß von mir entfernt an die Reling gelehnt und schien ganz in Gedanken versunken, während er über den Fluss blickte. Nicht zum ersten Mal fiel mir auf, dass Wymer, wann immer es ihm von den räumlichen Gegebenheiten her möglich war, sich so positionierte, dass ich immer mindestens einen Schritt hätte machen müssen, um ihm an den Hals zu gehen oder ihn sonst wie zu packen.

Er versuchte, Distanz zu wahren. Im Wortsinne, denn er wusste sehr genau, wie weit ich ihm überlegen war, wenn es darum ging, Ohrfeigen zu verteilen.

„Vielleicht brauchst du einfach nur eine kleine Abkühlung", meinte ich und deutete hinunter ins kalte, schmutzige Wasser der Themse.

„Ich denke, ich bin schon kühl genug", erwiderte er mit einem abschätzigen Lachen. Aber trotzdem trat er einen Schritt nach hinten. Mir wurde klar, dass er zwar verstanden hatte, dass ich meine Bemerkung als Scherz gemeint hatte und ich ihn nicht wegen seiner Rede in den Fluss geworfen hätte, dass er aber dennoch damit rechnete, ich könne meine im Scherz ausgesprochene Drohung vielleicht doch wahr machen. Was ich natürlich nie getan hätte. Zumindest nicht wegen einer dummen Bemerkung – von denen Wymer nun ganz sicher genügend machte, wenn der Tag lang war.

Wieder einmal wurde mir klar, dass meine Beziehung zu Wymer etwas eigenartig war. Er war mein Partner, und wir hatten schon ein gutes halbes Dutzend Aufträge gemeinsam durchgeführt. Wir mussten uns aufeinander verlassen können, und auf unseren nicht immer kurzen Reisen, die uns gelegentlich in ausgesprochen abgelegene Ecken des Empires und der restlichen Welt brachten, ergab sich schon häufiger einmal die Gelegenheit, das eine oder andere

Detail aus dem Privatleben des anderen zu erfahren. Ich wusste einiges über Wymer, so wie auch er über meine Beziehung zu meiner Frau einigermaßen gut informiert war, und mir war klar, dass Wymer nicht wirklich unter dem Alleinsein litt. Er wäre nie in der Lage gewesen, sich an eine einzige Frau zu binden, dafür gefielen ihm die Weibsbilder im Allgemeinen einfach viel zu gut. Wymer war einer der Männer, dem die Frauen gefielen und der den Frauen gefiel, der der Frauen aber letztlich nur zur Befriedigung seiner körperlichen Gelüste bedurfte. Das Flirten war die einzige Kommunikationsform mit dem anderen Geschlecht, die er kannte. Ernsthafte, ehrliche Unterhaltung betrieb er nur mit Freunden, und ich war mir ziemlich sicher, dass er sich als meinen Freund betrachtete. Für mich, der eigentlich keine echten Freunde hatte, kam Wymer einem Freund schon ziemlich nahe.

Es war seltsam: Wir waren aufeinander eingespielte Partner, die gemeinsam höchst riskante Operationen durchführten, und mehr als nur Weggefährten. Warum war dann, wenn ich über ihn nachdachte, Wymer für mich immer Wymer und nie Archibald oder gar Archie, wie er sich von anderen gerne nennen ließ?

Ich fragte mich, ob ich für ihn Sokrates war oder einfach nur Royle.

Unser Dampfer lief in die Docks ein. Während er vertäut wurde, beschlossen Wymer und ich, uns die Passage zu teilen, um die Spesenrechnung der Sektion Cricket nicht noch weiter wachsen zu lassen. Wymer rief uns vom Schiffsdeck aus eine Kutsche, und ich hieß den Steward, sich um unser Gepäck kümmern. Wir gingen die Gangway nach unten an Land, und ich war froh, nach über einer Woche wieder festen Boden unter den Füßen zu haben. Ich setzte meinen Hut auf, der mir endlich nicht mehr sofort vom Kopf geweht wurde, wenn ich ihn einmal eine Sekunde lang nicht festhielt. Instinktiv griff ich nach dem kleinen Säckchen, das ich unter der Kleidung um den Hals trug. Ich hatte mich so daran gewöhnt, dass ich es kaum noch wahrnahm.

Wir warteten einen Augenblick, bis zwei Leichtmatrosen unsere Überseekoffer verladen hatten. Wymer, der darauf spezialisiert war, seine Umgebung immer im Auge zu behalten, lachte und wies nach weiter unten in den Docks. Dort wurde an einer Mole etwa hundert Yards von uns entfernt von einem Segelschiff, das unter afrikanischer Flagge lief, eine große Kiste abgeladen. Die Kiste hatte im Deckel ein Loch, durch das der Hals einer Giraffe ragte. Mit stoischer Gelassenheit ließ das Tier es über sich ergehen, als seine Kiste von einem dampfgetriebenen Kran angehoben und über den Kai geschwenkt wurde. Das exotische Gelb der Giraffe wirkte vor dem rußgeschwärzten Grau der Docks so fehl am Platze wie ein Haufen Kohle im königlichen Ballsaal.

„Ich wette, in den nächsten Tagen werden wir noch mehr von diesem Kaliber zu sehen bekommen“, vermutete Wymer.

In der Zwischenzeit war unser Gepäck verstaut, und Wymer wandte sich wieder näherliegenden Dingen zu.

„New Cavendish Street 75B“, informierte er den Kutscher, während er einstieg. „Halten Sie nach dem Longman Bookstore Ausschau. Wenn Sie die Buchhandlung sehen, wissen Sie, dass Sie richtig sind. Darüber ist meine Wohnung.“

Der Kutscher nickte pflichtbewusst und blickte dann zu mir hin, um zu sehen, ob ich ihm eine weitere Adresse geben würde.

„Fahren Sie los“, sagte ich, nahm meinen Hut wieder ab und kletterte hinter Wymer in die Kutsche.

Die Kutsche rollte los und quälte sich ebenso langsam durch den zähfließenden Verkehr die East India Dock Road hinauf wie unser Dampfer zuvor die Themse. Ich begann, ungeduldig auf dem Knauf meines Spazierstocks herumzutrommeln. An der Straßenseite sah ich Hafenarbeiter zentnerschwere Jutesäcke, vermutlich getreidegefüllt, auf einen Pferdekarren hieven. Es hätte mir gefallen, aus der Kutsche herauszuhüpfen, meinen Degen aus dem Spazierstock zu ziehen und völlig sinnlos Getreidesäcke aufzuschlitzen. Ich musste mir eingestehen, dass ich nicht hundertprozentig ausgeglichen war.

„Soll ich nachher auf dem Weg zum Club bei dir vorbeikommen und dich mitnehmen?“, bot Wymer mir an.

Ich dachte kurz nach. „Nein, danke", entschied ich dann. „Ich fahre direkt in den Club." Ich sah durch die schmierigen Glasscheiben der Kutschentür nach draußen auf schmutzige Dockfassaden. „Ich denke, ich werde erst mal dort absteigen und mich ein bisschen ausruhen. Nach Hause fahre ich dann morgen."

„Verstehe. Du steigst erst einmal im Club ab und ruhst dich aus, und wenn du ausgeruht bist, dann fährst du nach Hause", resümierte Wymer.

Obwohl Wymer nichts anderes gesagt hatte als ich zuvor, klang es mir aus seinem Mund irgendwie anders. Ich sah ihm ins Gesicht, konnte jedoch kein ironisches Funkeln in seinen Augen entdecken.

„Genau", bestätigte ich.

„Alles klar", nickte Wymer. „Nach fünf Monaten kommt es darauf wohl auch nicht mehr an." Er zog seine Taschenuhr aus der Westentasche und ließ sie aufschnappen. Mit dem Öffnen erklang in leisen, hellen Tönen die Melodie von „Rule, Britannia!", und wie jedes Mal, wenn Wymer in meiner Anwesenheit seine Uhr bemühte, fragte ich mich, ob ich dieses Gerät lustig oder blasphemisch finden sollte.

Wymer klappte die Uhr wieder zu. „Wann meinst du, dass der Ticket-Weeper uns für die Einsatznachbesprechung sehen will?", fragte er mich.

„Wicket-Keeper", berichtigte ich meinen Partner.

„Sag ich doch", grinste der. „Picket-Peeper."

„Wicket-Keeper", wiederholte ich. Wymer schien es als mentale Herausforderung zu betrachten, den Code-Namen unseres Chefs in immer wieder neuen Formen zu verballhornen.

„Sag ich doch: Thicket-Sweeper", ging es dann auch gleich weiter.

„Wicket-Keeper sagen wir. Wicket-Keeper. Ist doch nicht so schwer, oder?" Der Aussage fügte ich ein betontes: „Oder nicht, ‚Fowler'?"

Wymer schüttelte sich. „Als Poet müsstest du Hungers sterben. ‚Fowler' geht mit ‚Howler' – in der Tat ist dein Gebrauch von

‚Fowler' geradezu zum Heulen. Auf ‚Bowler' reimt es sich nun wirklich nicht." Er zog die Augenbrauen hoch. „Warum verwenden wir eigentlich diese albernen Codenamen, Batsman?"

„Damit einer, der uns bei einem Gespräch belauschen könnte, nicht weiß, wen wir meinen?", schlug ich vor.

„Logisch und sinnvoll", gab Wymer zu. „Aber warum verwenden wir die Namen dann auch im Club, wenn wir unter uns sind?"

Ich musste mir eingestehen, dass ich mir diese Frage noch nicht gestellt hatte. „Weil wir es so machen", sagte ich mit einem Achselzucken.

„Richtig", nickte Wymer. „Das ist meist die Begründung. Wir machen es so, weil wir es so machen."

Ich sah ein bisschen aus dem Fenster, während Wymer zu meinem Getrommel auf dem Spazierstock leise einen improvisierten Marsch pfiff.

„Ich habe auch mal eine Frage", wandte ich mich dann wieder an ihn. „Wir sind uns einig, dass wir gemäß unserer Ausbildung auf unseren Missionen praktisch immer so eingesetzt werden, dass du als Bowler der ‚Observer' bist und ich als Batsman die Aufgaben erfülle, die das Dienstbuch dem ‚Bouncer' vorschreibt, richtig?"

Wymer nickte. „Das ist wohl so offensichtlich, dass man es nicht mehr betonen muss."

„Warum entgeht es dir dann, wenn wir in kaum mehr als zehn Fuß Entfernung am Longman Bookstore vorbeifahren und die Kutsche nicht anhält?", fragte ich und musste sogar ein bisschen grinsen.

„Verfluchter verpennter Kutscher!", schimpfte Wymer und pochte mit der Faust gegen die Innenwand der Kutsche. „Halt an, Meister."

Die Kutsche hielt an, und Wymer hüpfte hinaus.

„Also, wir sehen uns dann später oder morgen irgendwann zur Nachbesprechung." Wymer winkte mir zu und ging nach hinten, um seinen Koffer abzuschnallen.

Ich steckte meinen Kopf aus der Tür und fragte den Kutscher, ob er den Guards' Club in der Pall Mall kenne. Der nickte mit einem „Selbstverständlich", und ich beobachtete wieder das geschäftige Treiben der Londoner, während die Kutsche im Schritttempo die Regent Street hinabfuhr. Westlich von uns lagen Mayfair und der Hydepark, östlich Soho, das noch ein wenig heruntergekommener wirkte, als ich es in Erinnerung hatte.

Am Ziel der Fahrt angekommen, stieg ich aus und befahl dem Kutscher zu warten. Dann ging ich die fünf niederen Stufen zum Club hinauf, neben dessen Eingangstüren wie immer zwei Pagen standen. Wie bei allen Angestellten des Guards' Club waren ihre Uniformen denen des Scots Guards Regiment nachempfunden, aber nicht mit ihnen identisch, da die Angestellten hier zwar zum allergrößten Teil ehemalige Mannschaftsdienstgrade waren, die aber eben nicht mehr dem aktiven Dienst angehörten und keine Uniformen regulärer Kombattanten tragen durften. Wie immer salutierten beide Pagen vor mir, und wie immer erwiderte ich ihren militärischen Gruß nicht, da sie ja keine aktiven Armeeangehörigen mehr waren und ich zivile Kleidung trug, in der man ohnehin nicht grüßt. Ich ließ mir die Tür öffnen und betrat die große Eingangshalle mit ihren Marmorböden und Leuchtern, die ich so viele Monate nicht mehr gesehen hatte.

Eigentlich fühlte es sich in diesem Augenblick an, als kehre ich nach Hause zurück, und tatsächlich hatte mir der Club bereits lange und treu als zweites Zu Hause gedient.

Kaum hatte ich die Halle betreten, da eilte mir auch schon der Major entgegen. Angus McKenzie war natürlich kein echter Major, sonst wäre er Mitglied des Clubs gewesen und kein Angestellter. Während des Opiumkriegs hatte McKenzie im dritten Versorgungs-Bataillon unter Morley gedient und war mit logistischen Operationen vertraut, was ihn für seine gegenwärtige Arbeit prädestinierte. Seine Position im Club war offiziell „Concierge mit besonderen Aufgaben", aber was er tat, entsprach letztlich dem Beruf eines Majordomus, weshalb er von den Mitgliedern einfach „der Major" genannt wurde.

„Guten Tag, Major, schön Sie wiederzusehen. Wie geht es Ihnen?“

McKenzie grüßte mich, ohne zu salutieren. Er hatte schon vor geraumer Zeit verstanden, dass es mir missfiel, wenn Zivilisten sich ein militärisches Gebaren gaben. Außerdem ließ er immer die Bezeichnung „Brevet“ bei meinem Rang weg, wohl um mir zu schmeicheln. Damit waren wir für den Augenblick wohl beide Major.

„Danke. Wie geht es Ihnen?“ Ich erwartete keine Antwort auf meine Frage nach seinem Befinden, und da ich wusste, dass ich auch keine erhalten würde, fuhr ich fort: „Lassen Sie doch meinen Koffer nach oben bringen. Ich werde erst einmal hier absteigen. Ich denke doch, Sie haben ein Zimmer für mich?“

„Sicher. Für Sie ist immer ein Zimmer frei, und wenn ich einen Colonel der Royal Artillery an die Luft setzen müsste.“

„Vorzüglich.“ Ich setzte mich in Richtung Lounge in Bewegung. „Wer ist denn gerade hier?“ McKenzie wusste genau, mit welchen Clubmitgliedern ich mich gut verstand und mit welchen nicht. Eine Fähigkeit, die ihm jetzt ebenso gut zu Diensten war wie während seiner Zeit als Unteroffizier im Stabsdienst.

„Nun, Commander Russell und Major Brown sind oben im Spielzimmer gerade in Waterloo zugange, während Lieutenant Colonel Carlyle in der Lounge gerade diverse Einheiten Single Malt vernichtet.“ Als Nachgedanken fügte er dann noch hinzu: „Ansonsten ist Lieutenant O’Brian in der Sporthalle und verpasst einem Neuen ein paar blaue Augen. Greenwood oder so. Kamen neulich erst an, er und sein Bruder.“ McKenzie kannte den Namen aller neuen Mitglieder mit Sicherheit ganz genau, daher konnte ich mir nun denken, dass er diesen Neuzugang nicht mochte.

„Admiral Shiels?“, fragte ich.

„Der Admiral ist oben in seinem Büro bei der Arbeit, wie üblich.“

„Sehr gut. Teilen Sie dem Admiral mit, dass ich hier und verfügbar bin, wann immer es in seinen Terminplan passt. Ich werde jetzt erst einmal das Gelände sondieren.“

McKenzie eilte nach draußen, um meinen Koffer abladen zu lassen, während ich die Eingangshalle durchquerte und die Lounge betrat. Ich nickte Lieutenant Colonel Carlyle zu, der an der Bar lehnte und, obwohl es noch recht früh am Nachmittag war, schon recht glasige Augen hatte.

Fred, der Barmann, brachte mir unaufgefordert ein Glas Sherry. Ich lehnte mich neben Carlyle an die Bar und genoss das Getränk und die Umgebung. Es beruhigte mich, wieder im Club zu sein, und ich bemerkte, dass die Anspannung, die ich zuvor gefühlt hatte, verflogen war. Ich würde erst einmal im Club bleiben und am nächsten Tag nach Hause gehen, die Segel reffen und das Schiff in den Sturm drehen, der sich in den letzten Wochen und Monaten mit Sicherheit zusammengebraut hatte.

Es war schon bemerkenswert, wie der Guards' Club dem Leben eines Mannes Halt und Orientierung verleihen konnte. In einer Zeit, in der Clubs wie Pilze aus dem Boden sprossen und die Auswahl so groß war, dass die Beobachtung die Runde machte, ein Gentleman, der keinen seinen Ansprüchen angemessenen Club finde, könne keiner sein, durfte sich der Guards' Club nichtsdestoweniger immer noch rühmen, eine Ausnahmeerscheinung darzustellen. Der 1810 gegründete Guards' Club war zwar nicht so alt wie White's und konnte sich weder so vieler Mitglieder rühmen wie der Reform Club noch so berühmter wie Boodle's, dem Adam Smith oder auch William Wilberforce angehört hatten, aber er zählte mit Sicherheit zu den drei besten Clubs, die London und damit die Welt vorzuweisen hatte. Dass Beau Brummel, der sowohl bei White's als auch bei Boodle's Mitglied gewesen war (den Reform Club hatte es zu Brummels Lebzeiten noch nicht gegeben, sonst wäre er wohl auch dort Mitglied geworden), den Guards' Club niemals erwogen hatte, empfand ich keineswegs als Verlust für den Club. Der Club nahm nur Offiziere auf, die zum Zeitpunkt ihres Aufnahmeantrags im aktiven Dienst waren und Gefechtserfahrung vorzuweisen hatten. Eine weitere Einschränkung – von der ich nicht wusste, ob sie schon immer bestanden hatte oder den manchmal etwas willkürlich anmutenden Präferenzen des Admirals entsprang – war, dass die Offiziere entweder Engländer oder Schotten sein mussten. Waliser oder gar Iren brauchten sich für den Guards' Club ebenso wenig zu bewerben wie Angehörige irgendwelcher kontinentaler Armeen.

Der Club bot alles, was das Soldatenherz begehrte. Wandte man sich in der Eingangshalle nicht, wie ich es getan hatte, nach rechts, sondern nach links, kam man in einen Gang, der in eine Fechthalle führte, die mit drei Planchen ausgestattet war und ein umfassenderes Sortiment an Blankwaffen vorzuweisen hatte als die meisten Museen für Waffengeschichte. Über den gleichen Gang erreichbar schloss sich an die Fechthalle ein von den Mitgliedern „Bruise Box“ genannter Raum an. In diesem Trainingsraum befand sich neben Hanteln, Springseilen und Sandsäcken ein vollständig ausgestatteter Boxring mit Schwingboden und Seilen. Am Ende des linken Flügels fand man im Erdgeschoss die Umkleideräume und Spinde. Dort führte auch eine Treppe in den Keller, wo es nicht nur eine kleine Badehalle mit Schwimmbad, finnischer Sauna und türkischem Dampfbad gab, sondern auch eine mehr als sechzig Fuß lange Schießbahn, an der sich drei Schützen nebeneinander in ihren Künsten messen konnten. Daneben lagen die Waffenkammer und das Lager.

Wandte man sich von der Eingangshalle nach rechts, kam man in eine Lounge mit Bar, an die sich der Speisesaal anschloss. Hinter dem Speisesaal lag die Küche, zu der nur Angestellte Zutritt hatten. Der Club stand im Ruf, das beste Essen Londons zu servieren. Wiederum etwas, das dem Admiral zu verdanken war, der immer nach der Maxime agierte, es gebe nur zwei Dinge, die dem Soldaten das Leben madig machten, nämlich Extradienste und schlechtes Essen.

Ging man in der Eingangshalle über eine der beiden ausladenden Freitreppen ins erste Obergeschoss, gelangte man rechter Hand in die Bibliothek mit dem fast immer leeren Lesesaal auf der einen Seite und dem Billardzimmer auf der anderen, so dass man das Geklapper der Billardkugeln zwar in der Bibliothek – beim

Suchen der Bücher – hören konnte, aber nicht im Lesesaal, wenn man sich den Büchern dann widmete.

Auf der linken Seite lag das Spielzimmer, einer meiner Lieblingsräume. Dem Innenarchitekten war es gelungen, das Spielzimmer so einzurichten, dass der Raum gleichzeitig gediegen-elegant und anheimelnd-familiär wirkte. Auf dem Boden lag ein auf traditionelle Weise handgeknüpfter roter Afghanenteppich, die Wände waren mit Tapeten bezogen, die in exakt der gleichen Schattierung britischen Rasengrüns gehalten waren wie der Samt, mit dem die Kartenspieltische bezogen waren. Der Samt der Stuhlbezüge war hingegen vom gleichen strahlenden Weiß wie die drei großen Doppelvorhänge, die die fast immer geschlossenen Fenster verdeckten. Das Licht im Raum kam tags wie nachts von Figuren von Negerinnen, die Gaslichtkerzen in Händen trugen.

Neben Whist, Backgammon und Schach fanden im Spielzimmer auch Schlachtennachstellungen statt. Dafür gab es einen mit Sand gefüllten Kasten auf vier Beinen, der die Größe eines Billardtisches hatte und in dem sich allerhand unterschiedliche Gelände formen ließen, um dann mit Armeen von Zinnfiguren berühmte Schlachten nachzustellen und aus den Fehlern längst toter Feldherren Lehren zu ziehen.

Im zweiten Obergeschoss lagen die Schlafräume. Links die für die Mitglieder, rechts die für deren Gäste. In jedem Raum gab es zwei Betten, zwei Schränke und einen Toilettentisch.

Ganz hinten auf der linken Seite des zweiten Obergeschosses war der letzte Raum kein Schlafzimmer, sondern ein weiterer, wenn auch recht kleiner Leseraum mit einem niedrigen Kaffeetisch und drei Lehnsesseln. Obwohl der Raum abgelegen war und keine Attraktionen bot, würde man dort dennoch immer ein Mitglied der Clubs finden, das Zeitung las oder sanft vor sich hin döste. Dieses Mitglied würde immer in dem Lehnsessel sitzen, der genau vor einer unauffälligen, tapetenverkleideten Tür in der hinteren Wand stand und weggerückt werden musste, wenn man diese Tür öffnen wollte. Hinter der unauffälligen Tür führte eine enge Treppe ins Dachgeschoss empor. Wer diese Treppe hinaufstieg, stieß oben angekommen zuerst einmal auf eine weitere, wesentlich massivere Tür. Ein Messingschild auf dieser Tür verkündete „Guards' Club Executive Director: Rear-Admiral Miles Shiels". Wer das seltene Glück hatte, diese Tür unverschlossen vorzufinden, und sich traute hindurchzutreten, um zu Admiral Shiels, dem Verwalter und Geschäftsführer des Clubs, vorzudringen, musste nach dem dösenden Zeitungsleser vor der Tapetentür nun auch noch an des Admirals Sekretärin Miss Hollister vorbei. Bei dieser verknöcherten alten Jungfer war ich mir nicht sicher, ob es jemanden auf der Welt gab, den sie mochte, aber ich war ganz sicher, dass sie zumindest Wymer und mich abgrundtief hasste. Wer immer nach oben kam, den durchbohrte sie mit einem Blick, der bis ins tiefste Innere der Seele zu stechen schien und in jedem gestandenen Soldaten den Wunsch aufkommen ließ, doch lieber mit Varus in den Teutoburger Wald zu ziehen, als sich dieser alten Dame zu stellen.

Es mochte aber auch sein, dass Miss Hollister in ihrem Herzen vielleicht liebenswürdiger war als die Heilige Maria und ihr gefürchteter Blick nicht mehr als eine berufsbedingte Fassade. Denn Miss Hollister war eine der wenigen Personen, die wussten, dass ihr Chef mehr war als nur ein Admiral im Ruhestand, der sich ehrenhalber um die Leitung des Clubs kümmerte. Eines Clubs, der ebenfalls mehr war als eine Anlaufstelle für altgediente Offiziere.

Admiral Shiels, Codename ‚Wicket-Keeper', war der Kopf der Sektion Cricket, der mit Abstand effektivsten und geheimsten Sonderabteilung der Armee Ihrer Majestät. Ich denke, ich darf mit Fug und Recht behaupten, dass bei Cricket nur die ausgesuchtesten Offiziere operierten, und die Ausrüstung, mit der wir versehen waren, war mit Sicherheit das Beste, was es auf der Welt gab, und das ist nicht nur so dahingesagt.

Außer den Angehörigen der Sektion Cricket selbst wussten neben der Königin, dem Premierminister und dem Kriegsminister höchstens eine Handvoll Menschen von der Existenz dieser Abteilung. Auch von den Mitgliedern des Guards' Club war nur den wenigsten bekannt, dass er der Sektion Cricket als Hauptquartier diente. Nach meinem Kenntnisstand waren dies neben Wymer und mir nur sechs Menschen, nämlich die drei weiteren Zwei-Mann-Teams, die die Missionen ausführten, die der Wicket-Keeper sich für uns ausdachte.

Außer Miss Hollister war der Barmann Fred, Codename „Water-Boy", der einzige Angestellte des Guards' Club, der um dessen wahre Hintergründe wusste. Sein Auftrag war es, für den Wicket-Keeper die anderen Angestellten im Auge zu behalten und einen unauffälligen Informationsfluss zwischen den Einsatzteams und dem Einsatzleiter aufrechtzuerhalten, so dass die Teams den Wicket-Keeper in seinem abgeschirmten Domizil unter dem Dach nur dann besuchen mussten, wenn direkte Kommunikation unbedingt vonnöten war – oder wenn Gegenstände den Besitzer wechseln mussten.

„In Ordnung, Fred", meinte ich zum Barmann, nachdem ich meinen Sherry ausgetrunken hatte, „ich werde mal zur Bruise Box rübergehen und sehen, ob sich mir jemand in den Weg stellen will. Danach eventuell noch ein paar Bahnen im Pool. Wenn sich in den oberen Etagen was tun sollte, wissen Sie ja, wo Sie mich finden."

Der Barmann nickte, und ich verließ die Lounge und ging auf mein Zimmer. Dort warteten bereits mein Überseekoffer und eine Flasche Scotch auf mich – McKenzie hatte sich zuverlässig wie immer bereits um alles gekümmert. Meine Garderobe fand ich im Kleiderschrank. Ich warf mich in meine Sportkleidung, schnappte mir noch mein Badekostüm und ein Handtuch. Das Säckchen verschloss ich in dem kleinen Tresor über dem Bett.

Dann flanierte ich gemütlich nach unten in die Trainingshalle, wo O'Brian immer noch dabei war, den Neuzugang des Clubs in die Feinheiten des Faustkampfes einzuweihen. Greenwood, ein bleichgesichtiger Rotschopf, hing in den Seilen und schnappte nach Atem. Als ich sein sommersprossenübersätes Gesicht sah und in seine wasserblauen Augen blickte, verstand ich sofort, warum McKenzie ihn nicht mochte. Sein Aussehen ließ auf einen verweichlichten Charakter schließen, der auch mir auf Anhieb unsympathisch war.

O'Brian tänzelte vor dem neuen Mitglied auf und ab. „Immer die Deckung oben lassen und den Kopf schützen", riet er ihm. „Der Kopf ist der General. Zum Körper muss man auch mal einen Treffer kassieren können, aber wenn der General fällt, ist es aus."

Da der Neue in den Seilen hing und nach Luft rang, aber nicht auf dem Boden lag und die Englein tanzen sah, wusste ich, dass O'Brian ihn mit Körpertreffern malträtiert haben musste, anstatt den General direkt abzuschießen – wie es ihm sicher ohne weiteres möglich gewesen wäre. Denn O'Brian war der beste Faustkämpfer, den ich kannte. Selbstverständlich war O'Brian Ire, denn Irland hat schon immer die besten Säufer und Schläger der Welt hervorgebracht, und zwar meistens in einer Person. O'Brians Mitgliedschaft im Guards' Club stellte die einzige Ausnahme dar, die der Admiral sich bei der ansonsten sehr rigiden und rigorosen Auslese der Bewerber jemals geleistet hatte, und zwar nur, weil O'Brian vermutlich der kompetenteste Lehrmeister für den waffenlosen Nahkampf war, der sich im britischen Empire finden ließ. Seine Aufgabe war es, die insgesamt vier „Bouncer" der Zweimannteams der Sektion Cricket durch harte Zweikämpfe auf Zack zu halten. Das Training fand so regelmäßig statt, wie es der unvorhersehbare Terminplan der Sektion ermöglichte. O'Brian selbst wusste nichts von seiner besonderen Aufgabe; er wusste nur, dass es unter den Mitgliedern des Guards' Club vier Männer gab, die sich nicht beim ersten Niederschlag sofort auszählen ließen.

„Ich glaube, der Mann ist fertig", sagte ich in den Raum hinein und erntete von unserem Neuzugang ein bejahendes Nicken. „Haben Sie noch Kraft für eine kleine Sparringsrunde zum Auflockern, O'Brian?"

Während unser malträtierter Neuling sich durch die Seile zwängte – und wohl überlegte, welchen Club er als nächsten um Aufnahme ersuchen sollte –, schlug O'Brian die bandagierten Hände zusammen.

„Jederzeit, mein Bester. London Rules?“, fragte O’Brian und hielt mir die Seile auseinander.

„Gibt es andere?“, fragte ich, während ich in den Ring kletterte und meine Bandagen festzog. Natürlich gab es keine anderen Regeln fürs Boxen ohne Handschuhe. Dennoch war O’Brians Frage nicht unberechtigt, denn obwohl die London Prize Ring Rules eigentlich nur verlangten, dass die Boxer den Gegner nach seinem Niedergang nicht weiter schlugen und auch nicht unter die Gürtellinie treffen durften, praktizierten die Gentlemen der Sektion Cricket gelegentlich auch Formen des Nahkampfes, bei denen ganz auf Regeln verzichtet wurde. Einen Iren vom Schlag O’Brians störte das natürlich wenig, und in den letzten Jahren hatte ich O’Brians Ellbogen häufiger in meinem Solarplexus gefühlt als die Hand meiner Frau zwischen meinen Beinen.

„Sie schwitzen und scheinen mir schon etwas erschöpft zu sein“, bemerkte ich zu O’Brian, während wir unsere bandagierten Fäuste zum formellen Gruß berührten. „Wollen wir es etwas entspannter angehen lassen?“

O’Brians Führhand flog vor und traf meinen Kiefer, noch ehe ich meine Deckung erhoben hatte. „Völlig unnötig“, feixte O’Brian. „Ich bin noch fit. Der kleine Mann da hat nicht mehr geleistet, als meinen Appetit zu wecken.“

„Nun gut“, nickte ich. „Dann also leichtes Sparring: Wer zuerst stirbt, hat verloren.“

O’Brian lachte. Das war die Art von Humor, die Iren und Schotten am besten verstanden.

Wir lieferten uns einen harten, aber kontrollierten Schlagabtausch, bei dem wir sehr viel zum Körper arbeiteten. Die Kopfdeckung blieb bei uns beiden immer oben, wodurch der Rumpf verhältnismäßig offen war, aber schließlich wollten wir uns gegenseitig zeigen, wie viel wir einstecken konnten, ohne dass einer von uns sich in einer Situation wiederfand, wo er eigentlich den gegnerischen General hätte abschießen müssen. Während O’Brian vor allem mit der Führhand arbeitete, erzielte ich meine Wirkungstreffer mit der Rechten, so dass ich meine Linke immer zum Blocken oben halten konnte.

„Wie ist das Befinden der werten Gemahlin?", fragte mich O'Brian kurz nach einem besonders intensiven Schlagabtausch.

Meine Linke zuckte vor, traf ihn auf der kurzen Rippe und presste die Luft aus seinen Lungen. Seine Führhand ging zur Deckung gegen meine Rechte nach oben – so automatisch, wie sich der Hebel am Triebrad einer Dampflokomotive nach jeder Umdrehung nach oben bewegt –, aber statt mit der Rechten traf ich ihn mit der Führhand, die er nicht blocken konnte, im seitlichen Haken direkt auf das Kinn.

„Recht gut soll es wohl sein, danke der Nachfrage", antwortete ich, während ich etwas besorgt beobachtete, wie O'Brian in die Knie ging.

„Ein guter Treffer", registrierte er, aber ich musste mir eingestehen, dass ich deutlich fester zugeschlagen hatte, als es in einem freundschaftlichen Sparringskampf angezeigt gewesen wäre.

Aber zu einer Entschuldigung konnte ich mich nicht durchringen. „Lassen wir es gut sein", meinte ich stattdessen. „Danke für den Kampf."

„Gern geschehen", lachte O'Brian, während er den Kiefer erst nach links, dann nach rechts schob. Er schien mir den Treffer nicht im Geringsten übelzunehmen.

Ich verabschiedete mich und ging nach hinten in die Umkleide, wo ich die Bandagen ablegte und die Badehose anzog. Dann schlurfte ich mit nackten Füßen die kurze, breite Spindeltreppe in den Keller nach unten zum Schwimmbad. Ich fand das achteckige, gut dreißig Fuß durchmessende Schwimmbecken mit den blauen Fliesen genau so vor, wie ich es in Erinnerung hatte. An jeder der acht Seiten des Beckens standen zwei Säulen, die das Deckengewölbe trugen und aus dem gleichen roten Marmor aus Verona gefertigt waren wie die Wände des Raums. Der Boden war mit dunkelbraunen und weinroten Mosaiksteinen belegt, die das Oktogon des Schwimmbeckens konzentrisch nach außen fortführten. Ich ging die vier Treppenstufen hinab, die in unbequem hohen Abständen ins Wasser führten – zwei Stufen über der Wasseroberfläche und zwei darunter, so dass man auch mit dem Oberkörper über dem Wasser am Rand sitzen konnte.

Wie immer war das Schwimmbecken ebenso leer wie der Lesesaal neben der Bibliothek, und wie immer konnte ich zwar Verständnis dafür aufbringen, dass die Offiziere Ihrer Majestät der Literatur wenig Interesse entgegenbrachten, aber ich hatte noch nie verstanden, wie es kam, dass so wenige der Bürger des größten Imperiums, das es jemals auf dieser Erde gegeben hatte und das seine Macht zuvorderst auf der Überlegenheit seiner Kriegsflotte begründete, schwimmen konnten und wollten.

Ich ließ mich ins Wasser gleiten und zog gemächlich meine Runden. Gelegentlich legte ich auch mal eine Bahn unter Wasser zurück, meist betrachtete ich dabei die blauen Keramikkacheln unter mir, und nicht zum ersten Mal musste ich dem Wicket-Keeper dafür Respekt zollen, dass er über den Sachverstand eines Ingenieurs und die Verschlagenheit eines jüdischen Diamantenhändlers verfügte. Denn für ein normales menschliches Auge unmöglich zu erkennen verbarg sich in der Mitte des Beckens auf dem Boden eine Falltür, die zum Geheimtresor der Sektion Cricket gehörte. Auf den vier Quadratfuß dieser Tür lastete durch das Wasser darüber ein Gewicht von gut fünfzehnhundert Pfund, so dass sichergestellt war, dass niemand diesen Zugang würde öffnen können, selbst wenn er ihn zufällig entdeckte.

Noch nicht einmal der Bademeister, der sich um die Wassererneuerung kümmerte, wusste von der geheimen Pumpe, die ihre Energie aus einem der Kristalle bezog, und die fünftausend Kubikfuß Wasser im Becken in wenigen Minuten abpumpen und so in kurzer Zeit den Zugang zu unseren Schätzen ermöglichen konnte, wenn einmal Not am Manne sein sollte. Niemand außer dem Wicket-Keeper konnte diese Pumpe bedienen, und niemand außer ihm wusste, wo sie sich überhaupt befand.

Ich schwamm eine ganze Weile. Es gefiel mir hier unten, und ich hatte keine Lust auf Gesellschaft, wollte nichts lesen, und fürs Dinner war es noch zu früh. Also schwamm ich. Die Frage, was ich als Nächstes tun sollte, löste sich dann von selbst, als Wymer in die Schwimmhalle kam.

„Wir sollen raufkommen. Der Boss will uns zur Nachbesprechung sehen", teilte er mir mit. Ich stieg aus dem Wasser, und während ich mich mit dem Handtuch trocken rieb, fragte ich mich, warum Wymer wohl vor mir gewusst hatte, dass der Wicket-Keeper nach uns verlangte, wenn er doch bei sich zu Hause gewesen war und ich direkt hier vor Ort. Letztlich war das aber auch egal. Ich zog mich an, und gemeinsam gingen wir nach oben. Nach einem kurzen Abstecher auf mein Zimmer betraten wir das hintere Lesezimmer.

Die Wache grüßte uns freundlich und rückte den Sessel vor der Tür weg, so dass wir durch die Geheimtür treten konnten.

Im Vorzimmer des Admirals warf mir Miss Hollister einen so durchdringenden und vorwurfsvollen Blick zu, dass ich unwillkürlich kontrollierte, ob ich nicht vergessen hatte, meinen Hosenladen zu schließen.

„Er wartet auf Sie", sagte Miss Hollister in einem Tonfall, dass ich mich fühlte, als sei ich ein Pennäler, der wegen eines Streiches vor den Rektor zitiert wird.

Wir nickten dem alten Schlachtross zu und traten ins Allerheiligste.

Das Büro im Dachstuhl hatte man als Operationsbasis für den Wicket-Keeper ausgebaut. Der Raum erstreckte sich über die gesamte Breite des Gebäudes, auf der linken und rechten Seite gingen die Seitenwände in einer Höhe von etwa vier Fuß auf beiden Seiten in die Dachschräge über, bis sie sich am First nahezu zwölf Fuß über dem Boden trafen. Diese Deckenform gab dem Raum etwas Kathedralenhaftes. Auf der dem Eingang gegenüberliegenden Seite des Raumes fand sich ein niederer, breiter Kamin, dessen Außenseite wie die Wände und die Innenseite des Daches mit Eibenholz verkleidet war. Vor dem Kamin stand der schwere Mahagonischreibtisch des Wicket-Keepers, auf dem sich neben der Schreibunterlage, einer Menge Papieren und dem Tintenfass mit Feder (der Wicket-Keeper liebte es, auf die altmodische Weise zu schreiben) auf der einen Seite ein großer Elefant aus Elfenbein befand, den der Wicket-Keeper als Briefbeschwerer benutzte, und auf der anderen eine Büste Generalgouverneur Warren Hastings'. Zwischen Schreibtisch und Kamin stand ein schwerer, mit rotem Leder bezogener Sessel.

An den Seitenwänden standen einige niedrige Regale und Kommoden mit Schubladen zwischen den insgesamt vier Dachfenstern – zwei links und zwei rechts –, die sich in Erkern aus dem Dach herausschoben. Vor den Erkeröffnungen hingen schwere, grüne Samtvorhänge, die momentan allerdings alle vier an die Wand zurückgebunden waren.

An den schrägen Dachwänden hingen Ölgemälde mit Szenen aus den Kolonien, die sich leicht abnehmen ließen. Ich wusste, dass dahinter Karten verborgen waren, die die Einsatzgebiete unserer gegenwärtigen Missionen zeigten.

Der Wicket-Keeper saß in seinem Klubsessel und betrachtete einige Baupläne, die vor ihm auf dem Schreibtisch lagen. Von einer der seltenen Gelegenheiten, zu denen ich ihn außerhalb seines Büros gesehen hatte, wusste ich, dass er einen künstlichen Fuß unter seinem Tisch verbarg und eine Gehhilfe benutzte; ein Andenken an einen alten Einsatz, wie ich annahm. Mit der runden Nickelbrille, die unter bogenförmigen, buschigen Augenbrauen auf einer nicht gerade kleinen Nase saß, die genau die gleiche Bogenform vollzog wie die Brauen, mit seinem schmalen Mund und dem runden Kinn darunter hätte er Isaac Disraelis Bruder sein können, und man sah ihm nicht im Geringsten an, dass er mehr Macht in seinen Händen hielt als Lord John Russell oder sonst jemand in der Regierung.

„Gut, Sie sind hier", stellte der Wicket-Keeper fest, als er von den Plänen auf seinem Schreibtisch zu uns aufblickte. Wir standen wie immer vor seinem Tisch, da der Wicket-Keeper keine Sitzgelegenheiten in seinem Büro hatte außer für sich selbst. „Wie war die Überfahrt?"

„Ruhige See und zwei Wochen lang kein Wölkchen am Himmel", berichtete Wymer.

„Gut", nickte der Wicket-Keeper. Die eine Frage nach unserer Rückreise musste als Höflichkeitsgeplänkel genügen. Nun kam er zur Sache. „Ich darf vermuten, Sie haben etwas für mich?"

Ich nickte und legte das kleine Säckchen auf den Tisch.

Der Wicket-Keeper zog die Schnur auf und ließ etwas herausfallen, das wie ein murmelgroßer Halbedelstein aussah. Der Wicket-Keeper hielt das Ding zwischen Daumen und Zeigefinger gegen das Gaslicht seiner Lampe. „Irgendeine Ahnung, um was für ein Talent es sich handelt?"

„Nur Mutmaßungen", entgegnete ich. „Die Zielperson wollte das Talent nicht freiwillig übergeben, und es entwickelte sich ein Handgemenge. Der Mann war mir im Nahkampf nicht gewachsen und stellte keine Gefahr für mich dar, auch wenn ich derzeit nicht talentiert bin. Aber es fiel mir schwer, seiner habhaft zu werden, weil er jeden meiner Angriffe vorherzusehen schien. Da der Mann mit Sicherheit keine Nahkampfausbildung genossen hatte, muss das mit dem Talent zu tun haben."

Der Wicket-Keeper zog eine Braue hoch. „Sie vermuten Telepathie?"

Wymer schüttelte den Kopf. „Das glaube ich nicht. Wenn die Zielperson Telepath gewesen wäre, hätten wir ihn nie fassen können. Ich vermute eher, dass das Talent seinen Träger die Absichten von Personen in seiner direkten Umgebung erkennen lässt."

„Oder aber es ermöglicht dem Träger, Ereignisse vorherzusehen, kurz bevor sie tatsächlich eintreten", schlug ich vor.

„Das ist physikalisch völlig unmöglich", wandte Wymer ein.

Ich wollte ihn gerade darauf hinweisen, dass nahezu jedes der bekannten Talente physikalisch Unmögliches zustande brachte, aber der Wicket-Keeper gab meinem Partner mit einem leichten Kopfnicken recht, und darum hielt ich den Mund.

Wir erstatteten ausführlich Bericht, wie Wymer die Zielperson in Rio lokalisiert und über mehrere Wochen hinweg observiert hatte, bis sich für mich eine gute Gelegenheit ergeben hatte, den Mann in einer dunklen Seitengasse der Copacabana zu stellen.

Wie üblich stellte der Wicket-Keeper keine Zwischenfragen, sondern ließ uns unsere Darstellung entwickeln.

„In unserer Konfrontation schien die Zielperson wie gesagt alle meine Aktionen vorherzusehen, noch bevor ich sie ausgeführt hatte. Ich konnte den Mann nur durch einen Glückstreffer außer Gefecht setzen, als ich ihm einen Kinnhaken versetzen wollte und stattdessen seinen Kehlkopf traf", beendete ich den Rapport.

„Dies wiederum spricht dafür, dass das Talent Absichten erkennt und nicht die Zukunft vorhersagt, denn sonst hätte der Mann gewusst, wo du ihn treffen würdest", merkte Wymer an, und ich musste zugeben, dass an seiner Beobachtung etwas dran war.

„Das sind doch schon einige nützliche Informationen", schloss der Wicket-Keeper unseren Bericht ab. „Jetzt müssen Sie mir nur noch erklären, warum Sie die Zielperson nicht nach der genauen Funktionsweise des Talents befragt haben, nachdem Sie sie überwältigt hatten."

Ich hatte gehofft, er würde diesen Punkt vielleicht übersehen, aber da hatte ich wohl Pech gehabt.

„Ich fürchte, ich habe seinen Kehlkopf zertrümmert", gab ich zu. „Die Zielperson ist noch vor Ort erstickt."

Der Wicket-Keeper registrierte dies mit einem Nicken. „So etwas kann schon mal passieren. Ich kann doch davon ausgehen, dass keine Spuren zu uns führen?"

„Die Zielperson hatte einflussreiche Freunde im Umfeld des Kaisers und der Abolitionisten", räumte ich ein. „Aber ebenso viele Feinde auf Seiten der Sklavenhalter und Großgrundbesitzer. Ihr Tod wird keinen Verdacht erregen. Schuldige gibt es genug."

„Gut. Betrachten wir die Mission als abgeschlossen." Der Wicket-Keeper ließ das Talent zurück in das Säckchen fallen und in seiner Schreibtischschublade verschwinden. „Kommen wir zum nächsten Punkt." Er blickte mich an. „Haben Sie die nächsten Tage etwas vor, Royle?"

„Nein, Sir."

„Ich weiß, dass Sie eigentlich etwas Ruhe verdient hätten, aber mir ist ein Bouncer ausgefallen, und ich brauche jemanden, der für mich auf den Palast aufpasst."

„Wachdienst, Sir?"

Der Wicket-Keeper zog wieder eine Augenbraue hoch. „Ich hoffe, das ist nicht unter Ihrer Würde."

„Selbstverständlich nicht, Sir."

Der Wicket-Keeper lehnte sich in seinem Klubsessel zurück und nickte zufrieden. „Gut, denn ehrlich gesagt empfinde ich es als ziemlichen Glücksfall, dass Sie rechtzeitig zurückgekommen sind."

„Rechtzeitig, Sir?"

Der Wicket-Keeper tippte auf die Pläne vor sich auf dem Tisch. Sie zeigten ein gewaltiges rechteckiges Gebäude, das ich auf den ersten Blick nicht zuordnen konnte. „Die Weltausstellung", riet ich.

„Es hat sich einiges getan, während Sie in Übersee waren", bestätigte der Wicket-Keeper. „Die Zeitungen nennen ihn den Kristallpalast. Zuerst war der Name eher als Scherz gedacht, aber inzwischen sind sie alle ganz verrückt danach, inklusive der Königin."

„Es ist eine eindrucksvolle Konstruktion", gab ich zu

„Nicht halb so eindrucksvoll wie ihr Inhalt. Sie machen sich keine Vorstellung davon, was in den letzten Wochen alles angeliefert wurde. Nicht zuletzt haben weisere Häupter, als wir es sind, beschlossen, den Koh-i-Noor zu einem der zentralen Ausstellungsstücke zu machen."

Ich hob eine Braue. Der „Berg des Lichts", wie der Stein in unserer Sprache hieß, war der größte, wertvollste und wahrscheinlich älteste bekannte Diamant überhaupt. Erst vor kurzem, nach dem letzten Krieg gegen die Sikhs, war er in den Besitz des Empire oder genauer, der Königin, gelangt.

„Machen Sie sich keine Sorgen", fuhr der Wicket-Keeper fort, „der echte Stein befindet sich bei uns in sicherer Verwahrung. Im Palast ist nur eine Kopie; dennoch ist es wichtig, dass die Illusion bestehen bleibt, insbesondere, da man sich von verschiedener Seite bereits enttäuscht über das Feuer des Steins äußerte." Er lächelte. „Sie übernehmen die Nachtschicht. Wachdienst von Mitternacht bis Mittag. Die restlichen Stunden haben Sie frei. Donnerstag wird die Ausstellung eröffnet. Dann können Sie zwei Wochen Urlaub nehmen." Der Wicket-Keeper sah Wymer an. „Einen Observer brauchen wir bei dieser Geschichte nicht. Sie können gleich in Urlaub gehen."

„Danke, Sir. Ich werde es genießen", freute sich Wymer.

„Vergessen Sie aber nicht, Ihr Talent hierzulassen", erinnerte ihn der Wicket-Keeper.

Wymer griff sich an seine Gürtelschnalle und entnahm ihr sein Talent, das dort mit drei anderen Halbedelsteinen ein kleines Viereck bildete und in seiner offensichtlichen Tragweise schon wieder unauffällig war. Er händigte dem Wicket-Keeper das schwarze Steinchen aus, das in einer anderen Schublade im Schreibtisch verschwand.

„So, jetzt sind Sie wieder dran, Royle. Da haben Sie Ihr Talent."

Ich fing den Stein, den der Wicket-Keeper mir zuwarf, aus der Luft.

„Nehmen Sie noch kurz eine Mütze Schlaf. Nachher lösen Sie Blunt am Palast ab. Ich weiß, das ist alles sehr kurzfristig und Sie hatten noch nicht mal Zeit, daheim Ihre Frau zu begrüßen. Hoffe, dass das kein Problem für Sie ist."

„Überhaupt nicht, Sir."

„Dann wegtreten."

Wir verließen den Raum und gingen nach unten. Wymer warf mir noch ein kurzes: „Wir sehen uns dann nach dem Urlaub", zu, dann war er auch schon verschwunden.

Ich blickte auf den unregelmäßig geformten Stein in meiner Hand, um sicherzugehen, dass der Wicket-Keeper keinen Fehler gemacht hatte und mir das Talent eines anderen gegeben hatte. Aber es war meines. Ich fragte mich nicht zum ersten Mal, warum immer nur einer der beiden Männer eines Teams talentiert sein und weshalb er nie mehr als ein Talent und das auch nicht zu lange tragen durfte (sonst hätte ich das Talent des Mannes aus Rio einfach selbst ausprobiert). Hatte der Wicket-Keeper diese Regel gemacht oder jemand anderes? Was war überhaupt ihr Sinn?

Egal, Hauptsache, ich hatte das Ding. Jetzt war ein kurzer Besuch auf der Toilette angesagt, denn ich trug das Talent üblicherweise dort, wo niemand danach suchen würde. Ich schob den Riegel vor, knöpfte meine Hose auf und tat, was getan werden musste, und schon fühlte ich mich wieder so stark, schnell und zäh, dass ich es mit drei O'Brians gleichzeitig hätte aufnehmen können.

Jede Muskelfaser in meinem Körper meldete, dass sie einsatzbereit war. Endlich! Es war ein gutes Gefühl, eine neue Aufgabe zu haben.

Ich musste gestehen, wie ich so darüber nachdachte, freute ich mich irgendwie auch darauf, diesen Palast von innen zu sehen.

Das einzige, was mich ein bisschen wunderte, war, wie sehr ich mich darauf freute.

I ARTEFAKTE

Montag, 28. April 1851

Nichts ist zu wundervoll, zutreffend zu sein.

– Michael Faraday

Miss Niobe
Jagd auf ein Phantom

Ich hatte immer gewusst, dass eine Freundschaft mit Lord Bailey auch bedeutete, nach seinen Regeln zu spielen. Teil dieser Regeln war, dass man sie nie durchschaute. Vielleicht hatte die Vorstellung deshalb einen schrecklichen Moment lang plausibel geklungen, dass ich meine gesamte Existenz nicht mehr als einer Laune dieses exzentrischen Engländers verdankte, der die unwichtigen Dinge mit der trügerischen Offenheit eines Marktschreiers verkündete und die wichtigen mit der Geheimniskrämerei eines alten Drachen hütete.

War die Errettung einer indischen Waise, eines indischen Bastardkinds, für ihn etwas anderes als der Einsatz eines kleinen Vermögens auf der Rennbahn, wie er ihn regelmäßig tätigte? War die Kreation Miss Niobes, der geheimnisvollen, exotischen Dame ohne Vergangenheit, die ihn auf seinen Ausflügen begleitete, nicht nur eine weitere Methode für ihn, Anstoß zu erregen, so wie er es mit seinen weißen Anzügen tat?

Ich konnte Bailey nicht anzweifeln, ebenso wenig, wie man als Kind seinen Vater hinterfragen konnte. Ich verdankte ihm mein Leben. Ohne ihn wäre ich nichts gewesen. Er stellte mir alles zur Verfügung, was ich brauchte, und ermöglichte mir ein Leben, wie es nur die wenigsten Frauen in London führen konnten. Die Liste der Vorzüge war lang: Ich hatte meine eigene, bescheidene Behausung hier in Lambeth (ich glaube nicht, dass er je verstanden hatte, was ich daran fand – er hätte mir ebenso bereitwillig eine seiner Wohnungen in Mayfair oder Westminster überlassen); dank seiner hatte ich ein Konto, über das ich frei verfügen konnte, mehr Kleider, als ich je tragen könnte, und einige vertrauenswürdige Menschen, die sich um alles kümmerten, wenn ich – ebenfalls dank Bailey – gerade mal wieder auf Reisen war.

Einer der unbestreitbaren Nachteile, ihn als Teil meines Lebens zu haben, war aber, dass er die Angewohnheit besaß, einfach unangemeldet aufzutauchen.

Meine Wohnung bildete den Abschluss einer kleinen Reihe georgianischer Reihenhäuser in der Nähe des neuen Bahnhofs. Hinter dem Bahnhof, auf der anderen Seite der Themse, lagen das Parlament und die Behausungen der Reichen. Nördlich meiner Wohnung beschrieb der Fluss einen Bogen und strebte den Docks und den Armenvierteln im Osten entgegen. Alle Brücken, die den Fluss überquerten, trafen nicht weit von meiner Haustür im St. George's Circus zusammen, in dessen Mitte sich der große Obelisk erhob, so dass ich wie an der Nabe eines großen Rades zu leben schien. Das gefiel mir. Ebenfalls ganz in der Nähe lagen der Palast des Erzbischofs und die Irrenanstalt – was mir schon eher zu denken gab.

Die Menschen in Lambeth waren achtbare Händler und Arbeiter. Manchmal waren sie etwas rau, nicht selten waren sie betrunken, und ich denke, sie waren sich des zweifelhaften Rufs ihres Stadtviertels durchaus bewusst und vielleicht sogar ein wenig stolz darauf. Dennoch fühlte ich mich sicher, wenn ich nachts im spärlichen Schein des Gaslichts unterwegs war. Viele Straßen waren unbefestigt und erinnerten mich an die meiner Kindheit. Obgleich ich auf den nächtlichen Lärm aus den Trinkhallen oder auf die Gerüche nach frittiertem Fisch und verrottenden Abfällen in den Hinterhöfen gerne verzichtet hätte, gab es doch einen wichtigen Unterschied zwischen diesen Menschen und den Menschen des East End, oder den Schemen meiner Vergangenheit, die manchmal im Traum noch zu mir kamen: Sie hatten noch nicht alle Hoffnung aufgegeben.

Also bemühte ich mich, ihre Geduld mit mir nicht über die Maßen zu strapazieren.

Ich achtete auf ein tugendhaftes Erscheinungsbild. Wenn sie mich sahen, trug ich meist Schwarz, also gingen sie davon aus, dass ich trauerte, auch wenn sie nicht wussten, ob ich meinen Gatten oder ein anderes Familienmitglied verloren hatte. Ich zeigte mich generös, aber nicht verschwenderisch. Also hatte ich wahrscheinlich geerbt und konnte mir deshalb den unverschämten Luxus erlauben, als alleinstehende Frau einen eigenen Haushalt zu führen. Ich fütterte die Katzen des Viertels, gab aber acht, dass niemand es mitbekam. Viele Londoner hielten Katzen für eine Plage und vergifteten sie mit Arsen (ich fragte mich, ob die Gesellschaft von noch mehr Ratten ihnen lieber gewesen wäre). Meine Übungen auf dem Cello verlegte ich in die Stunden des Tages, in denen ich meine Nachbarn aus dem Haus wusste; Streichinstrumente galten den Engländerinnen als unschicklich, und die letzte Zuflucht einer anständigen Tochter war das Piano, wie mir die kleine Deborah von nebenan täglich in den frühen Morgenstunden demonstrierte.

Selbst nach vierzehn Jahren in England war ich immer noch eine Fremde, und auf eine gewisse Weise wollte ich das vielleicht auch sein. Warum hing man an einer Vergangenheit, die nur aus Trübsal und Entbehrung bestand? Warum nahm ich das Paradies, das Bailey mir bot, nicht einfach an?

Du kennst die Antwort, dachte ich in den Minuten kurz vor dem Erwachen, als meine Träume so lebhaft wie Debbies Klaviernoten vor mir tanzten (ich wünschte wirklich, sie würden das Mädchen auf eine anständige Schule schicken, statt sie montags früh auf einem verstimmten Klavier spielen zu lassen). Diese Welt anzunehmen, hieße, zu vergessen: Ananda und das Versprechen, das dir gegeben wurde. Du würdest wie alle anderen sein. Unwillkürlich fasste meine Hand nach dem Geschmeide mit dem Shila um meinem Hals. Entgegen dem Rat der Loge trug ich ihn mittlerweile ständig, selbst im Schlaf – nur unter großem Widerwillen legte ich ihn manchmal ab, wenn Bailey etwas Neues damit ausprobieren wollte.

Ich rappelte mich müde auf und rieb mir den Schlaf aus den Augen. Es war spät gewesen, als ich endlich nach Hause gekommen war. Die Uhr auf meinem Nachttisch zeigte acht. Ich wickelte mich in den Sari, den ich zu Hause gerne trug, und ging ins Untergeschoss. Dabei merkte ich schon, dass etwas nicht stimmte – es duftete nach heißem Wasser und Bergamotte. Ich spürte aber niemanden. Behutsam huschte ich den Rest der Treppe hinab und spähte ins Wohnzimmer.

Bailey saß mit einer Tageszeitung vor dem kalten Kamin und zwirbelte gedankenverloren seinen Schnurrbart. Sein Schirm, den ich im Tempel gelassen hatte, lehnte neben ihm; auf dem kleinen Beistelltisch stand eine dampfende Kanne Tee.

Bailey war einer der wenigen Menschen, die ich nicht schon von fern anhand ihrer Empfindungen wahrnehmen konnte, denn der Kristall in seiner Augenhöhle störte wie alle Kristalle meinen sechsten Sinn. Zu seinen Füßen lag Shah Jahan, der alte Perser, den ich kurz nach meinem Einzug aufgelesen hatte. Damals war er noch ein kleines Kätzchen gewesen. Inzwischen ging er nicht mehr nach draußen und verbrachte mehr Zeit in meiner Wohnung als ich selbst.

Als ich eintrat, sahen Bailey und Shah Jahan auf. In vollkommenem Einklang glitten ihre Blicke interessiert an meinen nackten Füßen und dem Rest meiner spärlich gekleideten Erscheinung empor. Dann legte der Kater den Kopf wieder auf seine Pfoten, und Bailey strahlte mich unschuldig an. „Miss Niobe!“, rief er. „Sie steigen herab – die Sonne geht auf. Setzen Sie sich zu mir und lassen sie mich mich an Ihrem Glanze wärmen.“

„Was verschafft mir die Ehre?“, spielte ich mit und ließ mich ihm gegenüber in einen Ohrensessel gleiten. Dann streckte ich mich, gähnte herzhaft und goss mir eine Tasse Tee ein.

Bailey legte seine Zeitung zusammen und gab mir zwei Bögen Albuminpapier. Ich musterte sie ausgiebig, während ich an meiner Tasse nippte. Bailey beobachtete mich konzentriert und spielte mit dem Griff seines Schirms.

„Sie waren schnell“, stellte ich fest.

„Wie die Morgenpost“, nickte Bailey.

Der erste Abzug zeigte in den typisch bläulichen Farben, die solche Bilder anscheinend immer besaßen, den letzten Blick, den Sir Malcolm auf diese Welt geworfen hatte. Nun sah ich sie mit seinen Augen. Ich fragte mich, was er empfunden hatte: allein, im kleinen Universum seines mit Lebenserinnerungen gefüllten Zimmers. Ich sah genauer hin. Der Umriss eines Mannes, der vor dem Fenster in der Platane saß und seine Hand auf mich gerichtet hielt, störte die Friedfertigkeit des Eindrucks. Er wirkte nicht besonders angespannt, aber seine eng beisammenstehenden Augen und sein unverschämtes Grinsen gaben ihm etwas Verschlagenes, ja Koboldhaftes, wie er da im Geäst saß. Je länger ich ihn ansah und versuchte, Details auszumachen, desto unwohler wurde mir bei seinem Anblick.

„Ich hatte im Tempel gesagt, Sie bräuchten die Nekrotypie möglichst schnell“, murmelte ich, während ich das Bild studierte.

„Ich hoffe, man hat Sie zuvorkommend behandelt?“, vergewisserte er sich.

„Wie üblich“, schmunzelte ich. Die meisten Angehörigen der Loge mochten mich nicht. Ich war eine Fremde, ich hatte keine Familie in der Stadt, und, was noch schlimmer war, ich war eine Frau. Manchmal glaubte ich, Bailey hatte mich nur nach England gebracht, um seine Loge zu provozieren.

„Fällt Ihnen sonst noch etwas auf?“, fragte er.

„Etwas an ihm missfällt mir“, sagte ich. „Es könnte damit zusammenhängen, dass sein linker Arm nicht zu sehen ist. Eigentlich ist gar nichts zu sehen, außer dem Gesicht und Teilen seiner rechten Hand.“

„Ah“, machte Bailey. „Ein Lächeln ohne Körper, glücklich wie eine Grinsekatze.“

Ich schaute irritiert.

„Die Grinsekatzen – also die aus Käse geformten Katzen aus Cheshire – werden immer vom Schwanz her gegessen“, erklärte er mir. „Ihr Grinsen ist das Letzte, was bleibt. Was wohl an unserem

Killer nagte?“ Er kraulte Shah Jahan unter dem Hals, doch der Perser schnurrte nur und gab keine Antwort.

„Hat er eine Waffe in der Hand? Es ist schwer zu erkennen, mit den Blättern.“

„Ja, die Waffe“, sinnierte Bailey. „Ich brenne darauf, sie zu sehen, denn momentan haben wir keine Ahnung, wie sie funktioniert.“

„Was ist mit den dunklen Rückständen an der Wunde?“

„Kohlenstoff“, sagte Bailey. „Kein Schwarzpulver. Faszinierend, nicht wahr? Werfen Sie doch mal einen Blick auf das zweite Bild.“

Ich stutzte. Das Bild war verwackelt und unterbelichtet, und das erste, was auffiel, war die üppige Fläche weißen Fleisches, das zum Oberkörper einer spärlich bekleideten Dame mittleren Alters gehörte. Ein prächtiges Collier funkelte auf ihren Brüsten. Noch überraschender als die vertrauliche Nähe des Photographen war jedoch die noch wesentlich vertraulichere Geste des Herrn an ihrer Seite, deren Unziemlichkeit lediglich durch die Verwaschenheit der Ablichtung gemildert wurde. Das Gesicht des Mannes lag halb im Schatten, aber das freche Grinsen auf seinen kleinen Lippen und das freudige Funkeln seines Wieselblicks genügten: Es war derselbe Mann. Im Hintergrund konnte ich den aufwendigen, von Säulen getragenen Vorbau eines großen Gebäudes ausmachen.

„Wo haben Sie das her?“, staunte ich.

Bailey hob bescheiden die Schultern und tippte an seine Brille. „Ich sage immer, man muss seine Augen überall haben, und die *Illustrated London News* ist sicher nicht der schlechteste Ort dafür – denn die *News* sieht, wie wir wissen, alles.“

„Diese Talbotypie ist für eine öffentliche Reproduktion ungeeignet“, warf ich ein. „Aus mehrerlei Gründen.“

„Umso wertvoller ist sie für uns“, schmunzelte Bailey. „Wer immer den guten Sir Malcolm auf dem Gewissen hat, er hat gestern Nacht nichts anbrennen lassen. Kennen Sie die Dame?“

„Ich fürchte, nein.“

„Das würde sie gewiss betrüben. Sehen Sie nur, diese Klunker! Erfreulicherweise werden wir in Kürze erfahren, wo sie wohnt: Wir haben eine Spur."

„Ich werde mich anziehen", sagte ich und erhob mich.

„Ich bitte darum", lächelte Bailey, zückte demonstrativ eine kleine Taschenuhr und beäugte sie kritisch. Ich wusste, er verabscheute Chronometer ebenso wie Eile und erwartete wahrscheinlich, dass ich selbst die Rolle der Mahnenden spielte.

„Sie haben eine neue Uhr", stellte ich also unverbindlich fest.

„In der Tat. Wie finden Sie sie?"

„Ist ihr ein ebenso kurzes Schicksal beschieden wie der letzten?"

„Die Ungeduld, mit der sie uns antreibt, lässt darauf schließen."

„Dann werde ich mich beeilen", lachte ich und huschte nach oben.

Ich zögerte nur kurz bei der Wahl meiner Garderobe. Wenn Bailey früh morgens in meinem Wohnzimmer saß, bedeutete das Ärger. Vielleicht mehr Ärger als am Vorabend. Das hieß, ich würde wieder etwas ... Zweckdienliches unter der von mir verlangten Maskerade tragen müssen. Es war verrückt, fast schon krankhaft, was die Engländer ihren Körpern antaten. Viele Männer und die meisten Frauen würden leben und sterben, ohne je zu erfahren, wie so ein menschlicher Körper eigentlich aussah und was man alles damit anstellen konnte.

Ich dachte an die halbnackten Körper auf den Straßen meiner Kindheit. Ich dachte an die Tempeltänzerinnen, wie sie die Geschichten der Götter mit ihren Körpern nacherzählten. Ich dachte an die eindeutigen Illustrationen in manchen heiligen Texten und an die nicht minder beeindruckenden Leistungen jener heiligen Männer, die tagelang auf einem Bein balancierten, sich wanden und krümmten und ihrem Körper befehlen konnten, keinen Schmerz zu empfinden. Auch Bailey hatte diese Dinge gesehen und irgendwann beschlossen, dass es sich in London am besten leben ließ, wenn man sein Wissen für sich behielt und die anderen an der Nase herumführte, und dazu brauchte er mich – denn ich gehörte nicht in diese Welt, obwohl ich sie und ihre Bewohner mittlerweile sehr gut verstand. Man durfte sie nicht beleidigen, hatte er einmal gesagt, aber man sollte sie auch nicht allzu ernst nehmen; fast hatte er ein wenig bekümmert gewirkt dabei. Manchmal glaubte ich, Lord Bailey war ein sehr einsamer Mann.

Zu guter Letzt hatte ich die Krinoline angelegt und konnte meinen Rock darüber breiten. Ich passte nun kaum noch durchs Treppenhaus. Bailey stand schon unten im Flur und reichte mir die Hand. Als wir zur Vordertür hinausgingen, sah ich dort einen eleganten Landauer mit zurückgeklapptem Verdeck. Bailey zog seinen weißen Zylinder und grüßte einige Passanten; höchstwahrscheinlich sank mein Ansehen im Viertel gerade auf einen neuen Tiefstand. Dann hielt er mir die Tür auf und half mir hinein. „Waterloo Bridge“, wies er den Kutscher an. „Dann Richtung West End.“

Die Kutsche ratterte los, und eine frische Brise zupfte an unseren Kopfbedeckungen. Es herrschte ein typisch unberechenbares Aprilwetter in London, aber ich genoss den Wind, denn er vertrieb die Gerüche, die uns vom Fluss entgegenschlugen. Die Straßen waren voller Menschen, die sich zwischen den rußigen Ziegelsteinbauten drängten. Da waren die Händler mit ihren Karren, Männer mit Schildern an Brust und Rücken, die sie zu lebenden Werbetafeln machten, und alte Frauen mit Gemüse und Kräutern in ihren Körben und Gin im Atem. Am Straßenrand saßen die Krüppel und Bettler, und in den Höfen spielten Kinder ohne Schuhe.

„Eines Tages“, erklärte Bailey und gestikulierte unbestimmt mit der Hand, „müssen Sie mir erklären, was Sie daran finden. Die Dame, deren Namen Sie tragen, hatte göttliches Blut in den Adern – Mayfair sollte gerade gut genug für Sie sein.“

„Wenn mich der Name an etwas erinnert“, schmunzelte ich, „dann daran, mich in Genügsamkeit zu üben. Sagten Sie nicht einst, die Götter seien meine Feinde? Nun, sie vergessen und vergeben nichts.“

„Eine beneidenswert fatalistische Weltsicht", lobte Bailey. „Sie hatten wohl einen Deutschen in Ihrer Verwandtschaft?"

Wir hatten unterdessen die Waterloo Road erreicht und holperten über die großen Granitblöcke, mit denen die Straße ausgelegt war. Der Verkehr wurde hier immer dichter, und die Straßen rochen nach Mist und Stroh. Die erste Flut der Tagelöhner war bereits vorüber, doch immer noch strömten die Menschen ins Stadtinnere: zu Fuß, mit Karren oder in Kutschen wie wir. Es mussten Hunderttausende sein.

Der Kutscher entrichtete den Brückenzoll, und wir überquerten die Themse. Man hatte einen atemberaubenden Blick von der Brücke, die genau im Knick des Flusses lag und einen traurigen Ruf als Liebling der Selbstmörder besaß. Zur Linken lag der Palast von Westminster mit seinen unvollendeten, himmelstürmenden Türmen; vor uns lagen Somerset House und die Prunkbauten des Strand.

Der Fluss führte zu dieser Jahreszeit eine Menge Wasser, was gut war; wenn er niedrig stand, schien er manchmal nur aus Abfällen zu bestehen. Die Ärmsten der Armen, die davon lebten, diese Abfälle zu sammeln, spielten mit ihrem Leben, denn wenn sie sich bei ihrer Arbeit verletzten, starben sie nicht selten an der darauffolgenden Entzündung.

In diesen Wochen aber war der Fluss voller Schiffe, die Besucher aus aller Herren Länder für die Große Ausstellung herbeibrachten, und Kohlenrauch hing über dem Wasser. Ich sah Schaufelraddampfer und dampfbetriebene Schlepper, die Schuten wie Prunkschiffe die Themse hinaufzogen. Eine chinesische Dschunke segelte keck zwischen den Dampfern umher und wirkte wie ein verirrter Schmetterling zwischen ihren trägen Leibern.

Weiter östlich, jenseits der London Bridge, erhob sich der kahle Wald der Schiffsmasten in den Docks, dort, wo die eleganten Klipper und schweren Windjammer aus dem fernen Osten oder der Karibik anlegten, bewacht von Kriegsschiffen mit mehr Kanonendecks, als die Häuser in Lambeth Stockwerke besaßen. Die Docks waren eine Maschine, die Geld ins Herz des Britischen

Reiches pumpte. Der Himmel aber hing dunkel und tief über den Schiffsmasten, und die Dächer waren schwarz vor Ruß. Hätte ich mich nicht bereits an diesen unwirklichen Anblick gewöhnt, ich hätte gedacht, eine schwere Katastrophe stehe bevor, und London sei eine sieche, vergiftete Stadt.

Wir verließen die Brücke und bogen in den Strand ein. Wir kamen nur schleppend voran. Bailey wies auf den imposanten, von sechs Säulen gestützten Portikus des Lyceums. Ich erkannte den Anblick wieder. Bailey nickte heiter.

„Hier versüßte sich unser flüchtiger Kunstliebhaber die Stunden, nachdem er sich an Sir Malcolm so verausgabt hatte. Hier gelang auch dem engagierten Journalisten der *Illustrated News* seine spektakuläre Aufnahme. Er sagt aus, der fragliche Herr habe anschließend in Begleitung der fraglichen Dame eine Droschke bestiegen. Wenn sie nicht alle guten Sitten vergessen haben, werden sie sich ein Hotel genommen haben."

„Wo wäre dieses Hotel zu finden?", fragte ich.

„Das weiß nur der Fahrer", sagte Bailey und lehnte sich zufrieden zurück. „Aber wie alle guten Dienstleistungen im Königreich untersteht auch diese der Kontrolle einer tüchtigen Behörde, in diesem Fall des *Public Carriage Office*, das wiederum der *Metropolitan Police* untersteht. Ich habe mein Anliegen bereits vorgetragen, und hoffe, sie haben mittlerweile ein paar Antworten für mich. Oder besser noch, sie haben den Mann, der die Antworten kennt."

„Ich bin beeindruckt", schmeichelte ich.

Wir erreichten Trafalgar Square. Der Platz war wie immer verstopft von Droschken und Omnibussen, auf deren Dächern die Männer grimmig ihre Hüte festhielten.

„Wohin genau, Sir?", fragte der Kutscher.

„Great Scotland Yard!", rief Bailey.

„Sie werden mir wahrscheinlich nie verraten, woher Sie all die Leute nehmen, die Sie mit Antworten versorgen", seufzte ich.

Er lächelte, während wir uns unter den wachsamen Augen Admiral Nelsons Richtung Whitehall schoben. „Die Antwort würde

Sie enttäuschen“, versicherte er mir. „So ist es meist mit Geheimnissen.“

„Der Wahrung Ihrer Geheimnisse zuliebe werde ich im Wagen warten“, beschloss ich, als wir vor dem Hauptquartier der Londoner Polizei hielten. Zwei blauuniformierte, mit Knüppeln bewaffnete Konstabler flankierten den Eingang und machten ein Gesicht, als seien sie recht stolz auf ihre Aufgabe. „Aber sagen Sie, ist es wahr, dass Sie den Aufbau Ihrer Sicherheitskräfte einem französischen Kriminellen verdanken?“

Bailey murmelte eine undeutliche Antwort und verschwand im Inneren. Ich schloss lachend die Augen und genoss die Sonnenstrahlen, die über mein Gesicht tanzten.

Es dauerte keine zehn Minuten, bis er wieder da war. Er wirkte äußerst erregt. „Bond Street, Clarendon Hotel!“, wies er den Kutscher an, der seine Pferde pflichtschuldig zum Wenden brachte und wieder in den Verkehr hinaus lenkte, wodurch wir dem Gegenverkehr einige Unannehmlichkeiten verursachten „Rasch, wenn ich bitten darf.“

„Der Mann mit den Antworten?“, erkundigte ich mich.

Er nickte und hielt sich den Hut, während wir unter den missbilligenden Blicken der beiden Konstabler davonpreschten. „Der Kutscher sagt aus, er habe unsere Turteltauben gestern vom Lyceum ins Clarendon gefahren. Sie schienen begierig auf Privatsphäre gewesen zu sein. Die Dame hatte einen amerikanischen Tonfall. Sie bezahlte die Fahrt, und das nicht zu knapp. Unser Mann, soweit ich das erfahren konnte, heißt Franz und spricht ebenfalls mit Akzent.“

„Deutscher? Österreicher?“

„Wer weiß – der Kutscher brachte es nur über sich, ihn als ‚angeschlagen‘ zu beschreiben. Aber er erkannte das Bild wieder.“

„Er kann nicht allzu angeschlagen gewesen sein, wenn er sich entschloss, die Nacht mit der Dame zu verbringen“, hielt ich dagegen.

„Sie entsetzen mich“, schluckte Bailey. „Aber höchstwahrscheinlich haben Sie recht. Eventuell dient ihm das als perfide Tarnung? In der Prominenz sozusagen unterzutauchen?“

„Meinen Sie, er ist noch vor Ort?“

„In der Prominenz?“

„Im Clarendon.“

„Wer weiß?“ Er atmete tief durch. „Ich liebe diese Stadt!“

Unter haarscharfer Vermeidung des einen oder anderen Unfalls erreichten wir Piccadilly und kurz darauf die Bond Street. Der Himmel begann, sich zuzuziehen, aber die hohen, hellen Häuser mit ihren blitzenden Erkern wirkten vor der drohenden Kulisse des Himmels wie Paläste aus einer anderen Welt – und verglichen mit den schlichten Behausungen der South Bank waren sie das auch. Die vornehmen Herrschaften auf der Straße schienen sich dessen aber ebenso wenig bewusst zu sein wie des drohenden Regengusses. Selbstvergessen bummelten sie an den Schaufenstern der Läden und Restaurants entlang oder vergnügten sich mit ihren Velozipeden. Mit Gedanken an Arbeit schienen sich die wenigsten von ihnen belasten zu müssen.

Vor der mit flatternden Wimpeln geschmückten Fassade des Clarendon hielten wir an. Bailey half mir auszusteigen, während der Kutscher sich anschickte, das Verdeck zuzuklappen. „Warten Sie hier“, wies Bailey ihn an.

Vor dem Eingang erwartete uns ein junger Bursche in einer scharlachroten Livree. Er trug eine gepuderte Perücke und eine weiße Seidenschleife um den Hals und nahm uns nicht zur Kenntnis, bis wir unmittelbar vor ihm standen.

„Ich könnte ihn bestechen. Oder Sie wickeln ihn um den Finger“, überlegte Bailey laut.

„Bitte bestechen Sie ihn“, gab ich zurück, da richtete der Page verdutzt die Augen auf mich.

Seufzend drückte Bailey dem Burschen einen Shilling in die Hand, was ihn, denke ich, weit mehr verzauberte, als all mein Geschick es vermocht hätte. Dann hielt er ihm die Talbotypie unter die Nase, die der Journalist vor dem Lyceum aufgenommen hatten. Der Bursche schluckte. „Bring uns auf ihr Zimmer", sagte Bailey. „Wenn sie noch da ist, lasse ich dir einen Abzug machen."

Der Bursche zögerte, dann nickte er und führte uns hinein und ohne Umschweife nach oben. Der ältere Mann am Empfang warf uns einen überraschten Blick zu, reagierte aber nicht schnell genug, um uns aufzuhalten.

Vor der Tür drückte Bailey dem Pagen einen weiteren Shilling in die Hand und schickte ihn fort. Dann nickte er mir zu.

Ich erwiderte fragend seinen Blick. Bailey wies einladend auf die Tür und nickte energischer.

Kopfschüttelnd klopfte ich.

„Ja?", kam es von drinnen.

„Das Zimmermädchen", piepste ich. Bailey schürzte erwartungsvoll die Lippen.

„Gehen Sie. Wir wollen ungestört sein", kam es zurück.

Wir? formten meine Lippen, und Baileys Antlitz verfinsterte sich. Dann sah er mich auffordernd an.

Ich seufzte und bedeutete ihm, beiseitezutreten. Mit gespielter Fassungslosigkeit wandte er sich ab.

Ich hob den Rock und trat die Tür ein.

Drinnen waren die Gardinen zugezogen, und es roch nach Schweiß. In einem hohen, weichen Bett in der Mitte des Raums lag eine nur notdürftig bekleidete Dame in mittleren Jahren, die ich schon aufgrund ihrer Nacktheit als die Frau von der Talbotypie wiedererkannte. Sie stieß einen spitzen Schrei aus, als die Tür aufflog. Kaum dass wir drinnen waren, schloss Bailey die Tür hinter sich und schob eine kleine Kommode davor.

Ich huschte auf das Bett und hielt der Nackten die Hand vor den Mund. Dann erklärte ich ihr in kurzen, klaren Sätzen, mein Name sei Isabelle Delacroix, ich sei eine französische Privatdetektivin und Bailey, den ich als Commissioner White vorstellte, arbeite für Scotland Yard. Ich sagte es so nachdrücklich wie möglich und versuchte, ihr dabei alle Bilder zu vermitteln, die eine solche Geschichte glaubhaft machten. Allzu viele fielen mir nicht ein, aber es reichte für sie, denn als ich sie fragte, ob sie verspreche, nicht zu schreien, nickte sie artig.

Ich ließ sie los, und sie zog das Betttuch bis zum Kinn und schaute uns mit großen Augen an. Sie wirkte wie ein kleines Kind, das Angst vor dem nahen Gewitter hat, und ich konnte spüren, dass ihre Angst aufrichtig war. Draußen hatte es derweil zu regnen begonnen.

„Was wollen Sie von uns? Was haben wir getan?"

„Warum beginnen wir nicht damit, wen sie mit ‚wir' meinen?" schlug ich freundlich vor und gab mir Mühe, mich eines französischen Akzents zu befleißigen.

„Nun", zögerte sie und sah sich hilfesuchend um. Ich folgte ihrem Blick und bemerkte eine leere Champagnerflasche auf dem Nachttisch. „Mein ... Mann und ich."

„Sie sind ...?"

„Betty", schluckte sie.

„Betty, und wie weiter?"

„Betty Capote."

„Amerikanerin?"

Sie nickte. „Aus New York."

„Ihr Mann ist ...?"

„Nicht hier", kam es wie aus der Pistole geschossen.

Ich warf Bailey einen argwöhnischen Blick zu. Er zuckte die Achseln, dann zog er die Gardinen auf und studierte einen Augenblick lang die Regenmuster auf der Scheibe. Dann riss er sich los und begann, im Zimmer umherzuschlendern.

„Eines Tages werde ich wiederkommen und dieses widerliche Hotel niederreißen", prophezeite Betty düster.

„Erzählen Sie mir mehr darüber", ermunterte sie Bailey, während er Blicke hinter den Kleiderschrank und unter das Bett warf.

„Meinem Vater gehört eines der größten Hotels an der Ostküste", brüstete sich Betty, und ich glaubte ihr sogar. „Was Ihnen in Europa fehlt, sind Klasse und Größe."

„Wo ist ihr Mann hin?", fragte ich, und sie zögerte.

„Er wollte Eis holen“, erläuterte sie laut. „Höchstwahrscheinlich ist er schon auf dem Weg nach Norwegen. Der Service in diesem Haus ist erbärmlich.“

„Da könnten Sie recht haben“, meinte Bailey und unterbrach seine Besichtigung. Er trat zu uns und gab mir den Abzug des Bildes, das Betty und ihre Bekanntschaft vor dem Lyceum zeigte.

„Decken Sie diesen Mann, Miss Capote?“, fragte ich höflich und hielt ihr das Bild vor die Nase. „Das sollten Sie nicht. Der Mann ist ein gesuchter Krimineller, der schon mehrere begüterte Damen wie Sie in den Kanälen Brügges hat verschwinden lassen.“

Bailey wandte sich ab, damit sie nicht sehen konnte, wie ein Lachen über sein Gesicht blitzte. Betty fasste sich entsetzt an die Kehle. Ich wusste, wir hatten sie.

„Was hat er Ihnen erzählt?“, erkundigte ich mich. „Hat er Ihnen gedroht?“

Da sprudelte es aus ihr heraus. „Ich kenne ihn kaum! Ich habe ihn gestern Abend in der Oper getroffen. Er sagte, sein Name sei Frans, aber viel lieber nennt er sich ‚Ingenieur‘. Er sagt, er sei Niederländer, und er hat ein ganz außerordentliches Geschick mit ...“ Hier brach sie ab und seufzte tief.

„Hatte er vielleicht das hier bei sich?“, fragte Bailey und reichte ihr ein weiteres Blatt. Sie warf einen Blick darauf und nickte.

„Er hatte es die ganze Nacht auf dem Nachttisch stehen“, sagte sie. „Ich dachte, vielleicht ist es eine Art Fetisch. Sie wissen schon.“

Bailey hob neugierig eine Braue. Betty biss sich auf die Lippen.

„Jedenfalls“, beeilte sie sich zu sagen, „ist es nicht mehr hier. Er sagte, er dürfe es nie aus den Augen lassen. Weil er sonst seine Stärke verlöre oder so.“

Ich nahm ihr das Blatt ab und studierte es. Die Zeichnung zeigte einen doldenförmigen Gegenstand, der entfernt an eine Maisstaude erinnerte. Fremdartige Symbole bedeckten seine Oberfläche wie die Flecken einer Raubkatze.

Ich erstarrte.

„Ich wusste es“, dachte ich. Oder hätte es wissen müssen. Der Gegenstand, den Sir Malcolm der Loge entwendet und mit dem Leben bezahlt hatte, war eines der Arakan-Artefakte.

Ich fasste mir an die Kehle, denn einen Moment schien sich das Geschmeide um meinen Hals zusammenzuziehen wie eine warme, freundliche Hand, die langsam, aber stetig zudrückt.

„Wann ist Ihr Mann gegangen?“, fragte ich. Sie hob trotzig die Schultern, denn sie spürte, dass alles, was sie jetzt noch sagte, sie nur noch weiter in Schwierigkeiten bringen würde – und ich spürte, dass sie uns etwas verschwieg. Ich warf Bailey einen kurzen Blick zu. Betretene Stille breitete sich aus.

Da trat er neben mich und legte mir sanft den Arm um die Schultern. Den Zeigefinger der anderen Hand hob er an die Lippen. Ich erstarrte.

Da hörte ich es auch. Ich schämte mich, es nicht früher wahrgenommen zu haben.

Ein Tropfen drang aus dem angrenzenden Bad.

„Commissioner?“, wisperte ich und hob eine Braue. Bailey hob entschuldigend die Arme. Ich glitt vom Bett und bezog neben der Badezimmertür Stellung. In einer fließenden Bewegung trat er auf die andere Seite der Tür, drückte sich an die Wand und streckte die Hand nach dem Türknauf aus. Betty hielt die Luft an.

Bailey hob dramatisch den Schirm und zählte stumm bis drei. Ich nickte.

Dann riss er Tür auf, Betty stieß einen weiteren spitzen Schrei aus, und ich sprang ins Bad.

Das Badezimmer war leer – und auch wieder nicht. Es war wie blinde Kuh in einem engen Raum zu spielen: Ich konnte weder etwas sehen noch spüren und war doch sicher, dass ich nicht alleine war. Ich ahnte es, der Shila ließ mich zum zweiten Mal an diesem Tag im Stich. Etwas im Raum verwirrte meine Sinne.

Graues Licht fiel durch ein Fensterchen, von dem Regentropfen herabflossen. Darunter war ein Klosett mit einem Spülkasten, daneben eine Badewanne mit einem hohen Duschaufsatz, der durch eine Handpumpe gefüllt werden konnte.

Langsam drehte ich mich um. Im toten Winkel hinter der Tür, auf einem Schränkchen, stand zwischen Parfums und Seife das Artefakt.

Ich streckte die Hand danach aus, als ich das Wasser auf dem Boden bemerkte.

Eine kleine Pfütze auf dem Boden und eine größere in der Wanne. Das Bad war noch vor wenigen Augenblicken benutzt worden.

Ich beobachtete fasziniert, wie sich ein Tropfen am Rand des Duschaufsatzes sammelte.

Langsam löste er sich ab und fiel.

Er erreichte nie den Boden.

Ehe ich reagieren konnte, gab es eine Bewegung in der leeren Luft, etwas riss das Artefakt von seinem Schränkchen, und es verschwand. Im selben Augenblick wurde ich hart beiseitegestoßen, Wasser spritzte mir ins Gesicht, und ich taumelte gegen den Türrahmen. Bailey stieß einen entrüsteten Ruf aus, und auch Betty begann wieder zu schreien. Glas zerbrach.

Ich stürzte wieder ins Schlafzimmer. Bailey wies auf das zerbrochene Fenster, durch das der Regen auf den Boden prasselte. Ein kleiner Blutfleck löste sich im Regenwasser auf.

„Er ist unsichtbar!"

Ich fluchte undamenhaft und riss mir Rock und Krinoline vom Leib, denn mit ihnen würde ich es kaum mit einem unsichtbaren Fliehenden aufnehmen können. Darunter trug ich die dunklen Beinlinge, die mir in einer vergleichbaren Situation bei Nacht zwar gute Dienste leisten, mir am helllichten Tag aber eine Woche im Gefängnis oder, schlimmer noch, in Bedlam einhandeln würden, wenn ich mich damit erwischen ließ.

Betty schrie. Bailey reckte ermutigend seinen Daumen empor.

Ich schwang mich aus dem Fenster und sprang.

Ich landete auf dem Verdeck unseres Landauers, federte und rollte mich auf dem Boden ab.

„Miss Delacroix!", rief Bailey aus dem Fenster und hob die Hand. „Halten Sie ein Auge auf ihn!"

Er warf mir etwas zu.

Ich fing es und hatte ihm nächsten Moment sein Kristallauge in Händen. Einen kurzen Moment nur erschrak ich, dann setzte ich es in die dafür vorgesehene Fassung in meinem Geschmeide ein. Sein Freund Michael Faraday hatte diese Konstruktion entworfen. Normalerweise hätten der Shila und der Kristall einander behindert, aber dank Faradays Konstruktion harmonierten sie. Ich hatte Baileys Auge schon häufiger auf diese Weise getragen. Es war meist eine verstörende Erfahrung gewesen, aber gleichzeitig war es beruhigend zu wissen, dass sein Blick auf mir ruhte. Für mich fühlte es sich an, als verbänden sich zwei lange getrennte Liebhaber und teilten einander die Erfahrungen mit, die sie inzwischen gesammelt hatten. Bailey und ich wurden eins.

Ich fühlte, was er sah und er sah, was ich fühlte.

Er sah: das Kaleidoskop Piccadillys, hingesprenkelt darin die braven Passanten, die mit Schirmen und Hüten dem tückischen Wolkenbruch trotzen. Doch die Gefahr droht nicht von oben: Wie gefällte Bäume stürzen sie, gestoßen von einem Spuk ohne Gestalt, der den breiten Gehweg heimsucht. Velozipede kollabieren wie Kartenhäuser, staunende Kinder strecken die Hand nach dem Schalk aus und werden von ihren entsetzten Eltern zurückgerissen.

Ich fühlte: das grelle Erschrecken der Gestoßenen, gleißender Schmerz wie rotglühendes Eisen, als ein Mann gegen eine Laterne geschleudert wird, das dunkle Erstaunen, dann die Bestürzung, dass da etwas ist, was nicht sein darf.

Wasser, das sich auf der Straße sammelt und die zitternden Reflektionen der Menschen in den Pfützen und den Scheiben der Läden. Kalter Regen auf Glas, Wasser, das von einem unsichtbaren, blutenden Körper ohne Spiegelbild gleitet. Das Blut wird sichtbar, als es zu Boden tropft, und zerrinnt in den Pfützen wie Farbe im Terpentin eines Malers. Dort kreiselt es sich ein, Schneckenhäuser in den Gezeitentümpeln des Straßenrands, dann pflügt das eilige Rad einer Kalesche hindurch.

Eine Hand schält sich aus dem Nichts, der Splitter eines Mannes, ein wirbelndes Puzzlestück. Die Hand durchschlägt zur Faust geballt die Luft und verschwindet, damit im nächsten Moment eine nackte Schulter entsteht. Geschmeidige Muskeln verbinden einen unsichtbaren Arm mit einem unsichtbaren Rücken.

Der Ausschnitt wandert wie die Lupe eines Entomologen, und man sieht für Sekunden einen Kopf, der keck über den Gehsteig irrlichtert, ein gehetzter Kugelblitz im Schatten der fünfstöckigen Häuser. In den Menschen, die Zeuge der Erscheinung werden, paart sich Neugierde mit der dunklen Angst, dem Zurückschrecken vor einem verstörenden, nie gesehenen Anblick.

Die Szene gefriert. Der Arm schwingt herum und erstarrt. Das Blitzen von Metall, ein Gladiatorengruß, und einen winzigen Moment spüre ich ihn, Frans, errate seine Absicht, ehe er sie ausführt, und lasse mich zu Boden fallen. Ein kurzes, sanftes Geräusch wie das Sausen eines Blasrohrs schwirrt durch die Luft und gräbt sich in die Schulter eines Mannes, der aufschreit und in das berstende Fenster einer Schneiderei taumelt. Eine Sekunde hüllen Glasscherben ihn wie die Samen einer Pusteblume ein, dann stürzt er hin, und ich spüre Frans' Enttäuschung, nur einen Gedanken lang, eher er weitereilt.

Ich springe wieder auf und verfolge ihn. Aus der Luft brechen dünne Beine, die behände den eleganten Laternenmasten ausweichen und ein flimmerndes Stakkato wie die Speichen eines Rades schlagen. Sein Kopf wendet sich hierhin, dann dorthin. Nun schlägt er einen Haken und schießt über die Straße, wo er noch im Sprung verschwindet, um auf der anderen Seite wieder aufzutauchen. Laute Wut der ausweichenden Kutscher, Grauen im Angesicht des nackten, unvollständigen Mannes und seiner Verfolgerin, die an der Umzäunung des Green Park entlang preschen.

Je mehr ich ihn sehen kann, desto mehr fühle ich ihn. Oh, sein Zorn über sein Auffliegen und seine Freude an der Flucht! Eine seltsame Melange, wie ich sie von Katzen kenne: zu verliebt in ihr Spiel, um es zu gewinnen, zu geschickt, um es zu verlieren. Das flackernde Entzücken, eine würdige, vielleicht sogar ebenbürtige

Gegnerin gefunden zu haben, dazu die Unsicherheit, wie lange sie ihm schon auf den Fersen sein mag, was sie weiß und was sie ahnt.

Hyde Park Corner, flankiert von Apsley House und St. George's Hospital. Der prunkvolle Triumphbogen, darauf die unmöglich große Reiterstatue des Duke of Wellington, der sein Schwert wie einen Regenschirm emporreckt. Eine Windmühle aus Gliedmaßen: Nackte Arme und Beine fliegen in chaotischem Wechsel auf den Bogen zu, dem Versprechen des Hydeparks und der Gewissheit unseres gemeinsamen Ziels entgegen.

Voraus liegen der Serpentine Lake und die Kavalleriekasernen. Ein bunt geschmücktes Kriegsschiff schaukelt auf dem See. Wie es dorthin gelangt? Ein neues Gefühl dämmert in mir empor, ein übermächtiger Sog, als trieben wir einen breiten Strom hinab, immer schneller, einem rauschenden Katarakt entgegen. Wie Sindbads Juwelen den Seefahrer ins Tal der Schlangen hinabzogen, scheinen auch unsere Schätze den Weg ihrer Bestimmung noch vor ihren Trägern zu kennen.

Die Männer auf der Rotten Row tragen Gehröcke, die Frauen hochgeschlossene Kleider, und alle Farben sind dunkel und glänzen im Regen wie Rubine und Saphire in einem Flussbett. Die meisten Reiter und Reiterinnen haben Schutz unter den Bäumen gesucht, nur einige betont teilnahmslose Herrschaften stolzieren auf ihren schnaubenden Vollblütern vorüber, die Damen im Seitsitz, und recken ihre Zylinder empor, Damen wie Herren. Wer einen Schirm mit sich führt, hat ihn aufgespannt, und die Parade bunter Parasolhüte verwandelt den Hydepark in einen magischen Wald.

Als die Frau in dem zerrissenen Kleid diesen Wald betritt, scheint es, als wendeten sich alle Schirme ihr zu und gäben eine Gasse frei, als hielte Grendel Einzug in Hrothgars Halle. Doch wer im richtigen Moment den Blick senkt, wird eines noch unheimlicheren Schauspiels gewahr: konzentrische Kreise, die in den Pfützen erblühen, wo die Füße des Unsichtbaren durch den schlammigen Kutschenweg stapfen.

Eine weitere Sekunde lang hält er inne und wendet sich seiner Verfolgerin zu, und die flackernde Fata Morgana des Splitternackten lässt mehrere Damen in Ohnmacht fallen. Ich springe hinter einen Baum. Pferde scheuen, eine Kutsche rast von der Straße, und ein Tumult bricht aus, doch das Phantasma ist schon nicht mehr zu sehen.

Ein Palisadenzaun versperrt den Weg, umzingelt von Baracken und provisorischen Lagern; doch hinter der Palisade wächst wie ein Schloss aus blauem Eis die Ostseite des Palasts empor: eine hundert Fuß hohe Basilika aus Eisen und Glas, in deren unzähligen Segmenten wie in den facettierten Augen eines Titaneninsekts sich die rauchgrauen Bäuche der Wolken spiegeln. Es ist eine Architektur ohne die Spitze, den Zuckerguss vergangener Zeiten, auf den ersten Blick seelenlos und kalt, doch schön wie ein geschliffener Diamant und fremd in ihrer Schönheit. Es gibt keine Stadt auf der Welt, in der diese schimmernde Halle nicht wie ein Fremdkörper wirkte. Ich begreife, weshalb die Menschen sie den Kristallpalast nennen, und horche auf.

Der Palast ruft mit uralter Stimme, und ohne zu wissen wie und warum erkenne ich auch, dass Frans den Ruf ebenso wahrnimmt wie ich. Ich spüre Frans nun immer deutlicher, im selben Maß, wie ihm seine unheimliche Tarnkappe den Dienst versagt. Er braucht einen Ausweg und glaubt, ihn gefunden zu haben.

Vor uns geht es zu wie auf einer Werft. Nur noch drei Tage bis zur Eröffnung des epochalen Traums. Die Arbeiter haben begonnen, den Zaun, der die Große Ausstellung die vergangenen Wochen vor Tausenden neugieriger Augen schützte, zu demontieren und seiner letzten Bestimmung zuzuführen. Die Palisaden werden zu Dielen. Zahllose Polizisten, viele davon in Zivil, halten Tag und Nacht die neugierige Menge zurück, die sich immer noch fragt, ob eine solche Konstruktion den Elementen standhalten kann oder beim ersten Sturm wie Atlantis vergehen wird.

Eine seltsame Lethargie hat sich über die Einwohner Londons gelegt. Sie sehen, wie das Auge der Welt auf ihrer Stadt ruht und Hydepark und die umliegenden Straßen sich in ein Feldlager zu verwandeln scheinen, in dem bizarre Besucher und exotische Aussteller darauf warten, dass der Vorhang sich hebt und der Palast seine Wunder offenbart. Als besuchte ein Zirkus eine kleine Ortschaft. Die Erwartung des großen Ereignisses lähmt das Leben wie ein Splitter, der sich im Fleisch festgesetzt hat.

Frans schwimmt durch die Menge, wie ein Lachs durch Stromschnellen flussaufwärts schwimmt. Immer wieder sieht man Teile seines nackten, regennassen Körpers aufblitzen wie die Einzelbilder eines Thaumatrops und sich zur Illusion eines ganzen Menschen vereinen. Dennoch schafft er es, indem er gerissene Haken schlägt, seine Häscher vorzuführen, und ich kämpfe mich nur mühsam durch das Kielwasser der Verwirrung, das er hinterlässt. Ich spüre nach unserem gemeinsamen Sprint Schmerzen in Beinen und Brust, doch ich darf mir keine Pause gönnen, weil sonst Frans einen weiteren Haken schlagen und nicht wieder auftauchen wird oder die Spaziergänger und Gaffer, die Arbeiter und die Wachen die Frau in den nassen Hosen nicht mehr als unbegreifliche Begleiterscheinung des Tumults, sondern als Mitverursacherin desselben erkennen werden.

Ein großes Gedränge herrscht am Osteingang, wo Arbeiter eine gigantische Schiffsschraube in den Palast zu bugsieren bemüht sind. Einen Moment ist der Eingang versperrt, Frans muss anhalten, und ich springe nach vorn und halte ihn umklammert, doch er windet sich in meinem Griff wie ein Fisch und entgleitet mir wieder. Ich sende einen Handkantenschlag in die Richtung, in der ich ihn vermute, und meine Hand trifft auf Widerstand; ich spüre kurz heißen Schmerz und Verärgerung, und dann ist da ein Bein, wo zuvor keines war. Es dringt zwischen meine Füße, ich stolpere, dann packt mich eine Hand am Hals, und ein furchtbarer Schlag fährt durch meinen Körper.

Zuerst spüre ich keine Schmerzen. Doch meine Arme zucken empor, und ich drehe wie betäubt eine Pirouette, als meine Sinne in einer Explosion weißen Lichts vergehen. Mehr Eindrücke, als ich auf einmal verarbeiten kann, stürzen auf mich ein, mein Geist öffnet sich, und dann vermeine ich, sterben zu müssen, denn es ist so viel, viel zu viel, um noch in meinen Kopf zu passen. Es ist, wie zum ersten Mal wirklich zu atmen, zum ersten Mal wirklich zu fühlen und zu verstehen. Noch immer hält mich Frans fest, und ich spüre überdeutlich seine Genugtuung, als wir so stehen, in ekstatischer Starre vereint. Einen Moment schwebt sein flackerndes Gesicht vor mir, und ich sehe ihn grinsen. Dann lässt er los.

Ich glaube, er hat in diesem Moment den Shila überladen. Er hat seine Hand um meinen Hals gelegt und irgendetwas mit dem Stein getan, um mich außer Gefecht zu setzen. Das nächste, woran ich mich erinnere, ist, wie ich mich aufrappele. Schmerz pulsiert in meinen Schläfen. Ich suche nach Frans, doch ich kann ihn weder sehen noch fühlen. Aber ich fühle die Angst und das Entsetzen der Männer um mich herum, deren Ring sich nun unerbittlich zusammenzieht.

Ich nehme all meine Kraft zusammen und erhebe mich, werfe mich stolz in Pose und trotze meiner lächerlichen, schlammverspritzten Erscheinung. Ich bin wohlauf. Ich bin Herrin der Lage. Ich will keine Hilfe, und alles gehe seinen Gang. Wie Aphrodite, als sie dem Meer entsteigt, schreite ich zum Eingang des Palasts, und einige Männer senken ihr Haupt, als sie mich sehen. Es fällt schwer, so vielen Menschen auf einmal ein Bild zu suggerieren, besonders dieses, denn nichts könnte weiter von der Wirklichkeit entfernt sein. Doch ich lächle zuversichtlich und durchschreite den Eingang, als sei dies mein Tempel und ich gekommen, ihn in Besitz zu nehmen. Noch immer sind meine Sinne zum Zerreißen gespannt, und alles scheint in ein grelles Licht getaucht, trotz des Regens, der auf das gigantische gusseiserne Maschennetz über mir trommelt.

Ein Universum der Farben und der Gefühle hüllt mich ein, eine fremdartige Landschaft, die die unberührte Anmut des ersten Gartens besitzt, bevor Menschen Fuß in ihn setzten. Wie Logen in einem Theater, Schreine in einer Kirche, sind Myriaden winziger Bauwerke in den gläsernen Palast eingesetzt. Da sind römische Zitadellen und Forts der amerikanischen Armee, deutsches Fachwerk und französischer Rokoko. Türken tragen ausgestopfte

Straußenvögel durch einen Hofstaat wächserner Kammerzofen, und gegenüber erhebt sich ein tuchverhüllter Wald weißen Marmors, der hier und dort den Blick auf die unbedeckten Körper griechischer Sklaven freigibt. In der Ferne, in der Mitte des Transepts, ragt zwischen hohen Ulmen ein Brunnen aus rosenfarbenem Glas inmitten eines funkelnden Bassins auf, und Sperlinge schießen zwischen den Bäumen umher.

Die Szenerie ist eine Märchenwelt unter Baldachinen und Glas, ein Traum aus tausendundeiner Nacht. Überall stapeln sich Kisten und Exponate, eilen Menschen umher, doch keine Spur von Frans. Regen tropft vom Dach, die Seile und Ketten der Flaschenzüge baumeln wie Lianen herab, und Schweiß tritt mir auf die Stirn, als immer mehr Blicke in diesem Dschungel sich mir zuwenden.

Dann sehe ich ihn, inmitten eines Gartens chinesischer Vasen. Schnell folge ich ihm durch einen Parcours aus Jade und Malachit, und er bemerkt mich und beschleunigt seine Schritte in Richtung eines der Ausgänge auf der Nordseite.

Ich schließe auf. Er beginnt zu rennen. Dann renne auch ich, und das Licht, das mich seit unserem Kampf umfängt, verblasst. Im selben Maße, in dem meine Konzentration und meine Kräfte schwinden, erkennt man mich als Fremdkörper in dieser unfertigen Welt und stellt sich mir in den Weg. Ich schaffe es, dem einen oder anderen Mann auszuweichen und wieder aufzuschließen. Ich nehme Frans nun deutlicher wahr und spüre, dass er keine Freude über unsere wilde Jagd mehr empfindet. Ich fühle Kälte und Arglist; die Menschen in Lambeth fühlen so, bevor sie streunende Katzen vergiften. Er verschwindet hinter den absurden Pfeifen eines kolossalen Musikinstruments. Jemand greift nach mir. Ich stoße ihn zu Boden und wage einen letzten Angriff.

Da kommt auf einmal Leben in eine dampfbetriebene Erntemaschine; ich fahre herum und sehe ihn direkt vor mir stehen. Er streckt die Hand nach mir aus, und ich sehe das Band aus Metall um seinen Arm. Ich weiß, was er vorhat. Meine Knie knicken ein. Die ferne Fontäne schießt einen einzigen, prismatischen Strahl zum Zenit des Transepts empor. Ich sehe einen großen Elefanten mit einer Howdah auf seinem Rücken, und vor ihm, in einem goldenen Käfig, ein Strahlen wie von einem gefallenen Stern. Das Rattern der Erntemaschine verebbte in einem kohleschwarzen Husten. Der Schatten eines großen Raubvogels fällt über mich, alles wird dunkel, und meine Sinne schwinden.

Das letzte, was ich weiß, ist, dass da Männer sind, die uns auseinanderdrängen – darunter Bailey, ein alter Pirat, und ich denke: sein Auge, sein Auge – und uniformierte Männer, die energisch auf ihn einreden und ungeheurer Schmerz, Wut und Angst.

Erstaunt erkenne ich, dass diese Gefühle meine eigenen sind, dann verliere ich das Bewusstsein.

Tagebücher der Arakan-Expedition von Major Samuel Blakewell

1827

19. Oktober

Akyab. Endlich lassen die Regenfälle nach, und wir sind startklar. Cpt. Adams und Lt. Hall haben unseren Transport organisiert, und der Sergeant kümmert sich um das Verladen unserer Vorräte. Ich bin sehr zufrieden mit den Männern. Alle sehr tüchtig und effizient; anders als die Einheimischen, die sich darin gefallen, die heißen Stunden des Tages im Schatten zu verdösen oder Stunden am Ufer des Flusses mit Fischen zuzubringen!

Akyab könnte eines Tages ein kleines Juwel in der Krone Britisch-Indiens werden, wenn wir alle unser Bestes geben. Momentan scheint es aber, als laste noch die Schockstarre der letzten Jahrzehnte auf allem. Nach vierzig Jahren birmanischer Knechtschaft erinnern sich nur die Ältesten noch der Goldenen Zeit, der das Königreich Arakan und seine Hauptstadt ihren Ruf als El Dorado des fernen Orients verdanken. Noch kommt ihnen nicht in den Sinn, dass ihre Zukunft als Teil des Britischen Imperiums ebenso glorreich werden könnte.

Sie haben keine Ahnung, dass wir im Begriff sind, den alten Legenden ihren Schleier zu entreißen und die Vergangenheit zur Zukunft zu machen.

20. Oktober

Fahren den Kaladan hinauf nach Norden. Haben schwachen Wind und fahren sehr langsam, daher viel Zeit. Die Einheimischen sagen, wir kämen gut voran, aber das würden sie auch behaupten, wenn wir schon stillstünden. Lt. Hall hat ihnen angedroht, sie das Schiff eigenhändig schleppen zu lassen, wenn der Wind nicht bald zunimmt, und so, wie der Leutnant es sagt, ist schwer zu entscheiden, ob er nur Scherze treibt. Cray dagegen hält die Leute von der Arbeit ab, indem er an ihnen die paar Brocken ihrer Sprache ausprobiert, die er gelernt hat. Das scheint sie zu belustigen, und sie werden nicht müde, seine Aussprache zu verbessern.

Der Fluss führt viel Wasser zu dieser Jahreszeit – wenn man denn an diesem Ende der Welt von Jahreszeiten sprechen kann. Von Mai bis Oktober regnet es, und die Temperaturen machen einem oft noch bis in den November zu schaffen. Verglichen mit der stinkenden Kloake des Ganges ist der Kaladan freilich noch erstaunlich sauber. Fischer segeln an uns vorbei, und ab und zu sieht man die spitzen Schnauzen von Gavialen durch die Fluten pflügen. Lastelefanten schleppen ihre Fracht ans Ufer, wo sie auf Bambusflöße verladen wird, und auf den Reisfeldern stehen Wasserbüffel knietief im Schlamm. Am Horizont treffen die Felder auf die fernen Gipfel, und ein Schauder befällt mich bei ihrem Anblick.

Mir ist klar, dass uns der härteste Teil unserer Reise noch bevorsteht: die Urwälder, das Bergland, die Wilden, die diese Landstriche bevölkern, und die äußerst ungenauen Wegbeschreibungen, denen zu folgen wir gezwungen sind, lassen mich trotz des einlullenden Geschaukels des Kaladans unter mir eine gewisse Unruhe verspüren. Doch ich bin guter Dinge. So alles gut geht, werden wir Ende nächsten Monats zurück in Kalkutta sein, man wird uns reich für unseren Mut entlohnen, und eventuell können wir Weihnachten schon in der Zivilisation verbringen.

Ich vermisse Nora und die Kinder.

22. Oktober

Haben gestern noch spät die alte Hauptstadt erreicht und unser provisorisches Lager im Eingangsbereich eines hochgelegenen Tempels aufgeschlagen. Alle sehr erschöpft von dem Gewaltmarsch und niedergeschlagen von den ersten Nächten im Feld. Obwohl der Monsun schon abklingt, hat es gestern Nacht stark geregnet, und viele der Vorräte sind feucht geworden, darunter die Ingwerbiskuits, für die Sgt. O'Lannigan ein kleines Vermögen gezahlt hat. Daran, dass unsere Bekleidung dank der hohen Luftfeuchtigkeit nie ganz trocken wird, haben wir uns schon gewöhnt. Bald, das weiß ich aus Erfahrung, werden uns all diese Unannehmlichkeiten normal erscheinen.

Entschädigt wurden wir, als der Sergeant uns zu Sonnenaufgang mit einer feinen Tasse Tee weckte. Unfasslich der Anblick der tausend Tempel und Stupas, der Kanäle und Gräben, die sich unter uns erstrecken – was für ein Reichtum! Was für eine Verschwendung! Ich beginne, all die blumigen Legenden zu verstehen, die sich um diese Stadt rankten, ehe die Birmanen sie zerstörten. Eine fast abergläubische Ehrfurcht scheint unsere Führer befallen zu haben; beinahe hätten sie sich gestern geweigert, bei Dunkelheit noch einen Fuß in diese Stadt zu setzen. Eher hätten sie eine weitere Nacht am Lagerfeuer zugebracht; Lt. Hall hat es aber verstanden, ihre Zweifel zu zerstreuen.

Cray drängte darauf, so schnell als möglich mit der Erkundung der Tempelstadt zu beginnen. Ich kann es ihm nicht verübeln, auch wenn ich seinen Enthusiasmus für antike und exotische Kunst nicht teile; aber genau deshalb ist er ja Teil dieser Expedition. Ich hoffe, er findet bald, wonach wir suchen, habe allerdings die Befürchtung, er könnte Woche um Woche mit der Erforschung dieser Ruinen zubringen, ohne dass ihm dabei langweilig wird. Ich habe ihm den Sergeant mitgegeben, damit er nicht vergisst, warum wir hier sind.

Nachtrag

Cpt. Adams und ich machten einen Gang durch die Anlage. Entgegen meinem ersten Eindruck sind wir nicht alleine. Einige Bauern leben nach wie vor hier. Sie scheinen gutmütige, passive Wesen zu sein, aber unsere Führer wollen nichts mit ihnen zu tun haben. Einige von ihnen sind verkrüppelt und könnten alt genug sein, noch den Niedergang dieser Stadt erlebt zu haben. Ich frage mich, wie es hier aussah, als Vanderbilt und seine Männer kamen. Achtundvierzig Jahre ist das nun her.

Die Niederländer trieben im letzten Jahrhundert regen Handel mit Arakan; zwei Reiche, die noch nicht ahnten, dass ihre Zeit bereits abgelaufen war. Ich nehme an, der König hat sie fürstlich bewirtet, sie bekamen Gold, Gewänder, vielleicht sogar Frauen, und konnten sich am Anblick der Stadt erfreuen. Es gab damals noch einen Palast und eine Art Glockenturm, eine intakte Stadtmauer mit großen Toren, dazu Archive, Garnisonen, und natürlich Klöster, Klöster und noch mal Klöster. Alle südasiatischen Völker sind besessen von ihrer Religion und scheinen nichts Ungewöhnliches daran zu finden, ein Leben in ärmlicher Demut zu fristen, solange sie nur die Dächer ihrer Tempel und die Haut ihrer Götzen mit Blattgold verkleiden können. Cray, der zum Dinner zurück war, behauptet, über hunderttausend Menschen hätten hier einst gelebt, und die Zahl der Stupas und Schreine soll zehnmal, wenn nicht hundertmal so groß gewesen sein. Er sagt, er habe inmitten eines Labyrinths von Gängen eine Halle gesehen, in der säuberlich aufgereiht, Schulter an Schulter, Tausende goldener Götzenbilder sitzen. Ich sah es in Lt. Halls Augen blitzen, als Cray davon berichtete, aber Cpt. Adams schlug ihm auf die Schultern und rechnete ihm vor, dass die Schlepperei dieser Figuren kaum den Sold aufwiege, den er dabei verdiene, und obgleich diese Rechnung sicher Nonsens war, schaffte er es doch, Lt. Halls Gedanken wieder auf seine Pflicht zu lenken. Wir waren schließlich nicht hier, um die Brotkrumen vom Teller des birmanischen Königs zu picken.

König Bodawpayas Truppen überrannten die Stadt wenige Jahre nach Vanderbilts Besuch. Sie zerstörten die Mauern und den Palast und raubten und mordeten, so gut sie konnten. Selbst kleine Kinder sollen sie abgeschlachtet haben, und die Gelehrten und die Mönche verschleppten sie als Sklaven. Hunderttausende sollen dem Massaker zum Opfer gefallen sein, und die übrigen flohen, auch auf britisches Territorium, was ihre Häscher aber nicht davon abhielt, sie zu verfolgen. Dann nahm Birma Assam und die umliegenden Reiche ins Visier, und Britisch-Indien hatte einen neuen Nachbarn – einen unbequemen Nachbarn, der selbstbewusster auftrat, als gut für ihn war. Der Krieg mit Birma war wohl der teuerste in der Geschichte der Kolonien, aber es war gut und gerecht, ihn zu führen.

Für mich bot sich endlich die Gelegenheit, dem vergessenen Geheimnis nachzugehen, das sich irgendwo in diesem alten, ausgebeuteten Land verbergen muss.

24. Oktober

Noch kein Erfolg. Die Hälfte der Männer ist nun ständig mit Cray unterwegs, während die andere das Lager bewacht. Es ist ein seltsam friedlicher Ort, trotz der Dämonenfratzen, die den Eingang unseres Tempels verzieren und uns immer, wenn wir die Stufen erklimmen, mit ihren offenen Mäulern und baumelnden Zungen entgegenblecken. Eigenartig, wie rasch man sich an sie gewöhnt!

Von unserem Hügel haben wir einen guten Blick über das Areal. Es wachsen eine Menge Bäume zwischen den Bauten, so dass wir genug Feuerholz haben. O'Lannigan tauschte bei den Einheimischen etwas Tabak und Tee für Brote und Fische ein, und Lt. Shiels erlegte gestern einen Keiler, der sich in die Ruinen gewagt hatte – um Vorräte brauchen wir uns also keine Sorgen zu machen, und, wie der Leutnant zu sagen pflegt, nichts ist wichtiger für die Moral im Feld als gutes Essen. Dennoch drängt es mich, endlich weiterzuziehen.

Wenn dieser verflixte Niederländer nur etwas konkreter gewesen wäre!

Ich habe die letzten Tage damit zugebracht, noch einmal alle Aufzeichnungen zu sichten – meine Übersetzungen, und auch die niederländischen Originale, was sehr viel zeitaufwendiger ist –, um zu prüfen, ob ich nicht irgendetwas übersehen habe. Schließlich verdanken wir ja vor allem der Fabulierfreude Vanderbilts die spärlichen Hinweise, wohin wir uns wenden müssen, denn es lag nicht in seinem Interesse, Fremden den Weg zu dem ungeheuerlichen Schatz zu weisen, den er im Urwald entdeckt hatte. Tatsächlich soll er sich zunächst geweigert haben, überhaupt etwas zu sagen, als er in Lumpen, halb tot und mit einem Haufen Krankheiten, über die man besser nicht nachdenkt, kurz nach Beginn der Regenzeit Bengalen erreichte.

Die nächsten Jahre verbrachte er in Chinsura. Es war schwer, Einzelheiten darüber in Erfahrung zu bringen, aber er soll verwirrt und über lange Phasen nicht ansprechbar gewesen sein, bis seine Genesung endlich Fortschritte machte. Schließlich muss ihn etwas oder jemand bewogen haben, seine Erlebnisse aufzuschreiben. Diese Notizen sind sehr unzusammenhängend: Er beschreibt darin das Trauma seiner Reise, den Verlust seiner Kameraden, die Strapazen seiner Fahrt über die Bucht von Bengalen in einem winzigen Fischerboot, bis zum Kentern beladen mit mehreren der geheimnisvollen Kisten, die er aus dem Urwald geborgen hatte.

Diese Dokumente haben eher den Charakter einer abenteuerlichen Erzählung und nicht eines ordentlichen Expeditionstagebuchs, wie man es von einem Major der Vereinigten Niederlànde erwarten würde. Oft ist der Regen der einzige Hinweis darauf, ob er vom Hin- oder vom Rückweg spricht, und manchmal bleibt unklar, ob er seine Beobachtungen oder die seiner Männer wiedergibt. Als er das zweite Mal die alte Hauptstadt erreichte, scheint er starkes Fieber gehabt zu haben und phantasierte. Über weite Strecken nennt er weder die Himmelsrichtung noch die Zahl zurückgelegter Wegstunden, dann wieder sind seine Beschreibungen so eindringlich und lebhaft, dass sich ein plastisches Bild seines Weges zusammensetzt – wenn man weiß, wo er beginnt.

Der Weg beginnt hier.

In überschwänglichen Worten beschreibt Vanderbilt diese Stadt und welche Wirkung sie damals, 1779, auf ihn ausübte. Hier vernahm er zum ersten Mal die Legenden von einem geheimen Ort in den Bergen, einem Hort der Weisheit und unfasslicher Schätze, die in Gold nicht aufzuwiegen sind, und wir wissen, dass er kurz darauf – entgegen allen Warnungen seitens des Königs und seiner Gelehrten – aufbrach, diesen Ort zu finden. Seine Expedition begann an einer großen Treppe, die ihn aus der Stadt und über eine Brücke in die dahinter gelegenen Hügel führte. Wir wissen auch, dass die Niederländer, als sie drei Wochen später durch den Regen zurückkamen, lange einem kleinen Flusslauf folgten, bis sie wiederum eine Brücke überquerten, und dass das Erste, was sie von der Stadt sahen, die grünen Ziegel einer prächtigen Stupa waren, in deren Schutz sie erschöpft zusammenbrachen.

Sie, das waren zu diesem Zeitpunkt nur noch zwei Männer: Vanderbilt selbst und der junge Fleerackers, der im Dienste der Königlich-Batavischen Gesellschaft der Künste und Wissenschaften stand, und mich ein wenig an Cray erinnert – der gleiche Eifer, dieselbe Besessenheit. Zwar nennt Vanderbilt diesen anderen Überlebenden nie beim Namen, aber es *muss* Fleerackers gewesen sein, denn wir kennen die Namen aller Teilnehmer seiner Expedition, und alle anderen waren zu diesem Zeitpunkt tot: Osterhoudt, sein Adjutant, eines schrecklichen Nachts von einer Raubkatze zerfleischt; Leutnant Druyts, bei der Bezwingung eines Wasserfalls in die Tiefe gestürzt; Leutnant Willems und Fähnrich Lakerveld, in einer nicht näher benannten Krise getötet.

Fleerackers scheint es mit dem Major gerade noch bis zur Stadt geschafft zu haben und dort gestorben zu sein. Vanderbilt berichtet nichts über die Umstände seines Todes, aber es müssen düstere Stunden gewesen sein; seine Rückkehr überschattet vom Tod seiner Männer, sein Überleben auf Messers Schneide, und es scheint, als ob selbst die Bewohner der alten Hauptstadt, von denen er sich wohl Hilfe versprach, ihm nahelegten, sie umgehend wieder zu verlassen. Ich habe mich oft gefragt, was der Grund dafür war, denn schließlich hatte er ihre Gastfreundschaft zu Beginn seiner Reise noch in den höchsten Tönen gepriesen. Immerhin half man ihm noch, die Kisten, die er und Fleerackers durch den Urwald geschleppt hatten, bis zum Fluss zu ziehen. Dort gab man ihm ein Boot und schob ihn ohne Abschied auf den Kaladan.

So suchen wir also nach einer alten Treppe und einer Stupa mit grünen Ziegeln, denn wir nehmen an, es handle sich bei beiden Orten um ein und denselben. Jenseits der Treppe muss eine kleine Brücke liegen, und jenseits ihrer das große Geheimnis.

Der *Paleis des Schonen Schijn*.

25. Oktober

Allmählich kommen den Männern Zweifel, und es ist nicht gut, so früh schon Zweifel am Sinn unserer Expedition zu hegen. Cpt. Adams und Lt. Shiels verbrachten den größten Teil des Nachmittags damit, mit einem Ruder auf dem Vorplatz des Tempels Cricket zu spielen, statt Cray zu helfen. Immerhin scheinen sie eine Menge Spaß gehabt zu haben, und ich kann es ihnen kaum verübeln, denn Cray kroch wieder stundenlang durch verschüttete Gänge, wohl weil er glaubte, einen der Tempel entdeckt zu haben, die Vanderbilt in seinen Notizen beschreibt. Tatsächlich glaube ich, dass es ihm darum geht, seine private Sammlung zu vergrößern. Immerhin hat er aber außer einer Handvoll Münzen auch ein halbzerfallenes Pergament gefunden, das er nun zu übersetzen versucht – bisher freilich ohne Erfolg. Die Schrift dieses Landes ist noch fremdartiger als die indische, und wenn ich es nicht besser wüsste, ich hielte die Zeichen vielleicht für ein Teppichmuster, nicht für geschriebene Worte.

Ich vertiefe mich wieder in meine Studien des Niederländischen, so lästig mir diese Arbeit auch ist. Ich weiß, dass wir keine Mühen scheuen dürfen und uns eine reiche Belohnung winkt, wenn wir Erfolg haben, und ich bin es meinen Männern schuldig, den Kopf nicht hängen zu lassen. Schließlich sind es alles Freiwillige und alles tüchtige Männer, auch wenn sie sich mir aus verschiedenen Gründen angeschlossen haben:

Für Cpt. Adams scheint die Expedition eine willkommene Abwechslung zu seinen üblichen Pflichten zu sein; wir kennen uns schon lange, er vertraut mir, und ich diene gerne mit ihm, auch wenn ich mir wünschte, er wäre mit dem Herzen voll bei der Sache. Lt. Hall ist vor allem auf Gold und auf Nervenkitzel aus; das Warten liegt ihm nicht. Gestern am Feuer machte er eine Bemerkung, die geeignet war, die Mission in ein lachhaftes Licht zu rücken, und ich musste ihn zur Ordnung rufen. Auch Lt. Shiels scheint Abenteuer zu suchen. Beide, Shiels wie Hall, streben eine schnelle Karriere in der Armee an, und sie haben beide das Zeug dazu. Allein, Lt. Shiels hat die besseren Manieren, wenn das in den Kolonien denn etwas zu bedeuten hat. Sgt. O'Lannigan hat sich bisher noch nicht zu seinen Gründen, sich freiwillig zu melden, geäußert. Ich weiß aber, dass er einer alten irischen Familie entstammt und sein Vater ebenfalls schon in den Kolonien diente, also mag das damit zusammenhängen. Aaron Cray schließlich ist ein verrückter Vogel, und ich frage mich nicht zum ersten Mal, was ihn in die Kolonien verschlug. Er wurde mir zugeteilt, als es darum ging, ob ein Wissenschaftler die Expedition begleiten sollte. Zwar mutmaßte ich damals schon, er sei nicht viel mehr als ein Schatzsucher im Auftrag des British Museum, dem es dank seiner Kontakte oder einer reichen Familie gelungen war, sich einen Platz in meiner Expedition zu erkaufen, aber ich wollte nicht darüber streiten.

Es war weiß Gott schwer genug, meine Vorgesetzten vom Sinn der Expedition zu überzeugen. Vanderbilts Phantasiegespinste allein wären kaum ausreichend gewesen, so kurz nach dem Ende des Kriegs eine Grenzverletzung zu riskieren und uns Offiziere und den Sergeant dafür auch noch vom Dienst freizustellen. Wir wissen aber, welche Privilegien Vanderbilt nach seine Genesung zuteil wurden, während er in Fort Chinsura wie in einem goldenen Käfig lebte und sich einer Reihe bizarrer Studien widmete. Wir wissen von den Schwärmen von Gelehrten, die in den Folgejahren im Fort ein und aus gingen, darunter viele anerkannte Experten für Mineralogie, für Magnetismus und Elektrizität; und schließlich machten ihm die grauen Eminenzen der VOC persönlich ihre Aufwartung. Was immer also in den Kisten war, die Vanderbilt aus dem Urwald gebracht hatte, es musste das Wohlgefallen der *Vereenigde Oostindische Compagnie* erweckt haben, und wären der kriegerische König Bodawpaya und seine Ambitionen den Niederländern nicht in die Quere gekommen, hätte man wohl noch weitere Expeditionen gesandt, denn einen beträchtlichen Teil dieser Schätze musste Vanderbilt an jener geheimen Stätte zurücklassen, die er in seinen Aufzeichnungen schwärmerisch als *Paleis des Schonen Schijn* bezeichnet.

Die Geschichte hatte allerdings andere Pläne mit den Niederländern. Chinsura wurde 1795 von der Krone erobert, und Vanderbilt wurde entweder getötet oder floh, jedenfalls hat man nie wieder von ihm gehört. Vielleicht war er zu diesem Zeitpunkt auch schon nicht mehr im Fort (1791, zwölf Jahre nach seiner Rückkehr, soll er einen schweren Rückfall erlitten haben, und man erwog seine Überführung in eine spezielle Heilanstalt). Seine Aufzeichnungen aber, mitsamt den Notizen einiger der mit der Untersuchung seiner Funde betrauten Wissenschaftler, hat man hastig versteckt. Drei Jahre später wurde die VOC zerschlagen.

Der Treppenwitz an der Sache ist, dass wir Chinsura für die kommenden zwanzig Jahre hielten, ohne je auf eine Spur dieser unglaublichen Geschichte zu stoßen. Ein paar Bedienstete hatten die ganze Zeit über im Fort gelebt, ohne ein Wort über Vanderbilt zu verlieren – wie diese verfluchten Inder eben so sind. Schließlich gaben wir den Niederländern das Fort sogar zurück, aber dank der in der Heimat von Napoleon angerichteten Unordnung hatten sie da schon andere Sorgen als Abenteuer aus alten, besseren Tagen, und niemand dachte mehr daran.

Erst, als das Fort vor zwei Jahren mit dem Londoner Vertrag ein letztes Mal den Besitzer wechselte und seine verbliebenen Bewohner sich nach Niederländisch-Indien einschifften, wurden die Aufzeichnungen wieder entdeckt – von einem Zimmermann, der die Holzverkleidungen der Gästequartiere erneuern sollte und gar nicht wusste, was er mit seinem Fund anstellen sollte. Ich war während des Kriegs im Fort stationiert, aufgrund einer leichten Influenza aber gerade vom Dienst befreit, und man bat mich wohl nur, einen Blick auf die Papiere zu werfen, weil ich die Zeit dazu hatte und über eine gewisse Kenntnis des Niederländischen verfügte. Also übersetzte ich die Dokumente – und im selben Maße, in dem mein Leib genas, packte ein neues Feuer meinen Geist: die Wunder eines verborgenen Ortes in den Wäldern jenseits Arakans, der den Schlüssel zu einem

Geheimnis enthielt, so unglaublich, dass es unsere gesamte Weltsicht auf den Kopf zu stellen geeignet ist.

Ich zeigte meinen Vorgesetzten die Übersetzungen. Zuerst hielt man sie für die Hirngespinste eines geistig verwirrten Mannes. Dann holte man Erkundigungen ein, und auf einmal ergaben einige der Entscheidungen, die die VOC in ihren letzten Jahren traf, während in der Heimat ihre alte Republik dem Untergang entgegen trudelte, einen neuen, eigenartigen Sinn.

Dann gewannen wir den Krieg gegen Birma. Arakan war von den Besatzern befreit, und besser noch – es gehörte uns.

Nachtrag

Gute Neuigkeiten! Cray hat die Stupa gefunden – sie liegt am nordöstlichen Rand der Stadt, und ich hatte recht mit meiner Annahme, dass Vanderbilt auf dem gleichen Weg in die Stadt zurückkam, auf dem er sie verlassen hatte. Es war nicht leicht, nach so vielen Jahren die Hinweise zu finden: Das Grün der Ziegel war lange verblasst, die Treppe, von der Vanderbilt sprach, überwuchert. Am Fuß der Treppe aber entdeckten wir nach eingehender Suche einen Weg, der zu einem Graben führte, der einst Teil des Verteidigungs- oder Bewässerungssystems der Stadt gewesen sein mochte, in das mehrere von Norden und Osten kommende Wasserläufe geleitet wurden, und diesen Graben wiederum überspannte eine alte, baufällige Brücke.

Ich befragte mit Hilfe der Führer die Einheimischen, wohin der Weg über die Brücke führt, doch sie scheuen sich, eine klare Antwort zu geben und behaupten, diesen Pfad noch nie benutzt zu haben. Im Nordosten liegt das Land der Chin, und es scheint, die Bewohner Arakans sind nicht gut auf diese Leute zu sprechen, die von jeher einen Ruf als Menschenjäger haben. Die Mauern auf dieser Seite der Stadt, die früher wahrscheinlich zu einem kleineren Stadttor gehörten, sind denn auch mit den unsäglichsten Fratzen und Schutzzeichen verziert.

Fast noch aufregender jedoch ist die Entdeckung, die wir im Inneren der Stupa gemacht haben. Zuerst war sie unter all dem

Staub und dem Schmutz kaum zu erkennen, doch die gewissenhafte Untersuchung Crays förderte sie schließlich zutage: eine Grabplatte im steinernen Boden, versehen mit einheimischen Schriftzeichen und einem christlichen Kreuz. Cray sagt, die Inschrift ähnele den Beinamen, die man einst Königen und Helden verlieh. Sie bedeute in etwa: „der Wissen erstrebte und im Tod die Erleuchtung fand."

Ich habe befohlen, das Grab zu öffnen, auch wenn Cpt. Adams Vorbehalte äußerte. Damit es keine Heiden schänden, werden Lt. Hall und der Sergeant diese Arbeit übernehmen.

26. Oktober

Ein nebliger Morgen, der die Kuppeln der Paläste wie geisterhafte Inseln aus dem Nebelmeer ragen lässt. Im fernen Osten zeichnen sich die waldigen Kuppen der Vorberge ab. Dort, jenseits der Grenzen der zivilisierten Welt, mag der Schlüssel zur Zukunft liegen. Wie Cray gerne betont, bedeutet „Arakan" so viel wie „Land der Menschenfresser und Dämonen". Die Ahnen der heutigen Bewohner vertrieben diese Dämonen, ehe sie sich niederließen. Doch sie erstritten sich nur diesen schmalen Streifen an der lebensspendenden Küste – glaubt man den alten Geschichten, dann spukt es in den Hügeln und Bergen noch heute.

Ich gebe diese Schauermärchen wieder, um einen Eindruck davon zu vermitteln, mit was für gemischten Gefühlen wir auf unsere Reise aufbrechen – unsere eigentliche Reise, die uns erst ins Land der Chin und dann ins Hochland führen wird. Aller Voraussicht nach werden wir tief ins birmanische Gebiet vordringen, und vielleicht sind Menschenfresser das geringste Übel, um das wir uns sorgen sollten.

Irgendwo da draußen liegt Vanderbilts Palast. Irgendwo da draußen liegen die unvorstellbaren Instrumente der Macht, von denen er berichtet, und irgendwo dort draußen liegt die Antwort darauf, was sich wirklich auf seiner Reise ereignete – und wer der Mann in dem Grab ist, den wir gestern Nacht bei Laternenschein fanden.

Die Leiche war sauber skelettiert. Ihre Kleidung war größtenteils zu Staub zerfallen, aber die Metallteile der Uniform waren geblieben. Die Knöpfe sind eindeutig die eines niederländischen Offiziers, und in seinem Tornister fand sich ein Notizbüchlein. Es war so oft aufgeweicht und wieder getrocknet, dass man die Seiten nur mit größter Vorsicht wenden kann. Einige sind von Schimmel zerfressen, auf anderen ist die Tinte schon vor achtundvierzig Jahren durch Regen oder andere Flüssigkeiten zerlaufen: In weiten Teilen aber ist es noch leserlich. Es ist ein Tagebuch, abgefasst in kleiner, pedantischer Handschrift, natürlich auf Niederländisch, und so sehr ich diese Arbeit auch scheue, wird mir doch nichts anderes bleiben, als mich an einer weiteren Übersetzung zu versuchen.

Denn ich beginne mich zu fragen, was Vanderbilt uns noch alles verschwieg.

Wir kennen erst einen kleinen Teil der Wahrheit.

Wir haben unsere Führer bezahlt und zurückgeschickt. In zwei Wochen werden sie hier mit Booten auf uns warten, um uns nach Akyab zurückzubringen.

Nach dem Frühstück brechen wir auf.

Frans Ovenhart
Die *Heeren Zeventien*

Meinen Groll über die neuerlichen Komplikationen meines Auftrags übertraf nur noch meine Faszination für das schiere Ausmaß dieser Komplikationen. Ich hatte ins Licht treten wollen; stattdessen hatte man mich in den Schatten gestellt. Nicht nur hatte sich Betty als Vertreterin des geradezu exemplarisch zu nennenden amerikanischen Stumpfsinns erwiesen, nein, ein verrücktes englisches Weibsbild hatte keine Mühen und keine Demütigung gescheut, mich durch den Schlamm des Hydeparks zu hetzen. Unter anderen Umständen hätte mir ihr Eifer sicher geschmeichelt (sie war vielleicht etwas zu burschikos für meinen Geschmack gewesen, aber durchaus auf interessante Weise agil); allerdings begann sich meine Geduld zu erschöpfen, und ich war es leid, dass alle Welt zu glauben schien, ich kämpfte nur zu ihrem persönlichen Vergnügen hier an vorderster Front, wo die neue Weltordnung bald strahlend aus den Trümmern des Empire emporsteigen sollte. *Potverblommekes,* sie würden noch ihr blaues Wunder erleben – es brauchte schon mehr als ein paar Polizisten und ein schamloses Frauenzimmer, um diesen Ingenieur zu stoppen!

Mit klopfendem Herzen griff ich aus meiner Hängematte nach Sedgwicks Artefakt und hielt es dicht vor meine Augen, damit ich es trotz des wenigen Lichts in meinem Versteck erkennen konnte.

Ich kannte die seltsamen Symbole, die in die schützende Hülle eingraviert waren, nur zu gut, auch wenn ich keinen Schimmer hatte, was sie bedeuteten. Ich tastete mit beiden Händen eine Weile daran herum, bis ich die versteckte Naht gefunden hatte, und das gute Stück öffnete sich mit einem Klacken wie eine russische Puppe und gab den Blick auf den Schatz in seinem Inneren frei.

Der Kristall warf so helles Licht, dass man hätte meinen können, es sei gefährlich, seine gleißenden Kanten mit dem Finger zu berühren. Einen Augenblick lang weidete ich mich an dem Anblick. Ob Sedgwick gewusst hatte, was es mit dieser Hülle und dem funkelnden Antrieb in ihrem Inneren auf sich hatte? Das war nur eine Frage aus der immer größeren Vielfalt an Variablen, mit denen ich mich herumschlagen musste. *Welaan*, stellt den Abakus auf Start und lasst uns sehen!

Als da wären: Wieso hatten die *Heeren* nicht von diesem zweiten Artefakt gewusst? Oder hatten sie davon gewusst, es aber nicht für nötig befunden, mich davon zu unterrichten – und das, obwohl es dem Artefakt, das ich schon bald erhalten sollte, zum Verwechseln ähnlich sah? Ahnten sie, dass ich es jetzt besaß? Alle drei Fragen hinterließen einen störenden Nachgeschmack wie Kork, der einem einen guten Wein vergrätzt. Dann: Woher hatten meine Verfolgerin und der alte Kauz Wind von der Sache bekommen? Es war kaum zu übersehen gewesen, dass sie mehr an dem Artefakt als an mir interessiert waren. Arbeiteten sie für Sedgwicks Loge? Die Krone? Sich selbst? Ich wünschte, ich könnte sie mir ein paar dieser Fragen beantworten lassen. Ja, und schließlich: Was wollte das Artefakt? Denn hatten wir nicht beide gleichermaßen den Weg zum Palast eingeschlagen wie laichtolle Lachse? Egal, wer von uns es getragen hatte, das Artefakt wollte, dass wir es zum Palast brachten, als läge das vom Anbeginn der Zeit schon in unserer Natur festgeschrieben. Da ich meine Natur aber gänzlich den *Heeren* verdankte, lag die Schlussfolgerung nahe, dass ich in allem, was ich tat, nach wie vor ihrem Willen diente – und wer wusste das schon, vielleicht hatte ich in meiner Verfolgerin ja eine mir ebenbürtige Gespielin, eine Schwester im Geiste gefunden? Wir alle – nur Rädchen in großartigen Plan der *Heeren*!

Die Vorstellung gefiel mir, aber gleichwohl störte es mich, dass ich so wenig Kontrolle über diesen Plan zu besitzen schien. Allein schon der Augenblick, in dem ich sie umklammert gehalten hatte und alles auf einmal auf sehr verstörende Art durcheinandergeraten war, so als fühle ich mit ihrer Brust und sie mit meinen Fingern, wie ich ihr die Kehle zuzudrücken versuchte – ich musste gestehen, der einzige Grund, weshalb ich sie in diesem Moment nicht erschossen hatte, war gewesen, dass meine Waffe genauso den Dienst verweigert hatte wie meine verdammte Tarnung. Das Einzige, was mir also geblieben war, um sie und dieses ganze Chaos wieder aus meinem Kopf zu kriegen, war gewesen, einen ordentlichen Stromstoß durch sie zu jagen und darauf zu hoffen, dass sie dann lockerließe und ihre Gedanken wieder ihre und meine Gedanken wieder meine wären. Das war zwar nicht sehr freundlich und unter weidmännischen Gesichtspunkten auch nicht allzu professionell – die Unzuverlässigkeit der mir überlassenen Mittel stellte ein weiteres unleugbares Ärgernis dar –, doch es war ein notwendiger Befreiungsschlag gewesen. Ich war recht sicher, sie würde mir zustimmen und hätte an meiner Stelle genauso gehandelt.

Ich legte das Artefakt in meinen Schoß und schob mir ein Stück Ananas in den Mund. Immerhin hatte ich es geschafft, mir etwas Garderobe und Essen aus dem Palast zu stibitzen. Ich sollte also nicht undankbar sein. Leider hatte dieser kleine Ausflug die letzten Reserven des Tarnschilds erschöpft; zu guter Letzt hatte ich dann doch rohe Gewalt anwenden müssen, und die verabscheue ich an sich ja ebenso sehr wie die englische Küche.

Den Nachmittag hatte ich überwiegend damit verbracht, an meinem Armband zu basteln. Meiner Hand ging es besser, dafür hatte ich mir beim Sprung durchs Fenster einige schmerzhafte Schnitte zugezogen. Irgendwann war es dunkel geworden, und ich hatte mir die Laterne genommen, die von einem Strick von der Decke baumelte, sie auf einen Balken gestellt und meine Arbeit in dem schmalen Lichtkegel fortgesetzt, den ich ihr zu werfen gestattete – schließlich wollte ich nicht, dass man von draußen eine helle Festtagsbeleuchtung in meinem Unterschlupf bemerkte. Mir fehlte aber das erforderliche Präzisionswerkzeug, und ohne Werkzeug sind dem besten Ingenieur die Hände gebunden. Alles, was ich daher mit Sicherheit feststellen konnte, war, dass der Kristall, der die Tarnung betrieb, sich fast vollständig entladen hatte. Vielleicht würde ich noch ein paar Sekunden herauskitzeln können, aber nicht viel mehr. Auch meine Schusswaffe schien nach gründlicher Reinigung vom Kohlenstaub wieder einsatzbereit, aber wenn mein Leben davon abhinge, *Heeren* vergebt mir, würde ich momentan einem ordinären Perkussionsrevolver den Vorzug geben. Lediglich dem Voltawerfer brachte ich noch ein Mindestmaß an Vertrauen entgegen.

Ich drehte das Licht noch ein wenig herunter, stieß mit dem linken Fuß nach der Wand und schaukelte eine Weile missmutig hin und her. Es hatte etwas Einschläferndes, weniger des Schaukelns selbst wegen, als weil es mich an die langen Schiffsreisen meiner Jugend erinnerte, während derer ich oft auch nicht mehr hatte tun können, als mich in Morpheus' Gefilden zu tummeln. Dank der unverhofften morgendlichen Hetzjagd schmerzten mir nun Rücken und Füße, und ich musste mir sehr genau überlegen, welche Schritte ich als nächstes tun sollte. Ich war Ingenieur, *potverdriedubbeltjes*, kein Athlet oder Fußsoldat! Wenigstens war ich noch in der Nähe des Palasts, und so lange standen mir alle Möglichkeiten offen.

Ich schob mir ein weiteres Stück Ananas in den Mund und griff erneut nach dem Artefakt. Der süße Geschmack der Frucht und der Anblick des strahlenden Feuers versetzten mich in meine Vergangenheit zurück, bis ich meinte, im Schaukeln der Hängematte das Wogen des Indischen Ozeans zu fühlen. Ich dachte daran, wie ich zum ersten Mal die überirdischen Kräfte, die in diesen Facetten wohnten, gekostet und die Macht der Heeren erfahren hatte. Auch damals war nichts auch nur annähernd so kontrolliert abgelaufen, wie ich mir das gewünscht hätte.

Überlebenskunst schien eines meiner ungewürdigten Spezialgebiete zu sein.

Ich hatte keine Ahnung, wo wir waren; irgendwer machte einmal eine Bemerkung über den Tobasee, aber ich wusste nicht, in welchem Zusammenhang dies mit unserem Aufenthaltsort stand oder wo genau der Tobasee eigentlich lag. Einen See gab es auch nicht in unserer Nähe, soweit ich das ausmachen konnte, lediglich Gestein vulkanischen Ursprungs. Wo der Regen nicht gleich alles an Humus vom schorfigen Rücken der Erde abgetragen hatte, lagen vereinzelte Reisfelder, deren Ertrag sich direkt in unseren täglichen Gaben widerspiegelte. Abgesehen davon gab es nur Ödland, und wieso dem so war, sollte ich später erfahren.

Man hatte mir nicht gesagt, wohin man uns bringen würde, als wir in Amsterdam an Bord gegangen waren. Wir, das waren zwei Kollegen und ich. Als die besten drei Abgänger der Ingenieursschule ahnten wir nur, dass es um die Verfeinerung unserer Ausbildung gehen würde. Wer unsere Ausbilder waren, war unübersehbar, denn überall an den Baracken stand es eingebrannt im Holz zu lesen:

Die große Handelskompanie, *Vereenigde Oostindische Compagnie*, ehemals Herrscherin über Niederländisch-Indien. Seit 1798 offiziell zahlungsunfähig und zerschlagen: Oh, Gottes Garten ist groß genug für die Dummen, die diesem Irrglauben folgen!

Hier scheute man sich nicht, in großen Bannern kundzutun, wer man war: Sie waren die *Heeren.* Sie waren wie Götter – man wusste, sie waren da, und mehr brauchte es nicht –, die Götter des Frühlingswinds und des Sturms, und ich war der Tropfen im Eimer. Ein Wort, und ich wäre zerschmettert, ein Fall, und ich ginge auf im großen Ozeans ihrer Welt; der Welt, die ihnen immer noch gehört hätte, wäre es nach ihnen gegangen, und das war vielleicht der Haken an der Sache.

Ich war ohne leibliche Eltern aufgewachsen; allerdings kein Straßenkind mit einem von Kohlblättern aufgedunsenen Bauch und dreckigen, abgefrorenen Zehen, nein, eigentlich ging es mir gut. Ich hatte eine Ziehfamilie, die mich gut behandelte und nicht mehr von mir erwartete, als dass ich wüchse und, als ich dieser Erwartung entsprochen hatte, etwas lernte: Sprachen, Künste, Geographie, was, war egal. Da ich schon ungewöhnlich früh eine gewisse Begabung für Dinge entwickelt hatte, dachte ich, es sei angemessen, ihr weiter nachzugehen und sie als Zugewinn an Wissen darzustellen. Mit „Dingen“ meine ich wirklich Dinge im einfachsten Sinn des Wortes: Unbelebtes, Mechanisches, Maschinelles. Nicht so sehr die natürlichen Elemente, denn Steine und Sand in ihre Bestandteile zu zerlegen und anders wieder zusammenzusetzen hatte für mich schon jeher etwas von Hokuspokus, den ich den Alchimisten oder ihren engstirnigen Vettern, den Chemikern, überlassen wollte.

Aber wenn etwas aus Einzelteilen bestand, erweckte es mein Interesse, und wenn es sich durch Dampfkraft oder Sonstiges bewegte, war ich hin und weg. So galt meine erste große Leidenschaft Lokomotiven, und da mir mein Ziehvater keine erlaubte, nahm ich mit dem Modellsatz einer Dampfmaschine vorlieb, einem winzigen Kesselchen, das sich mit einer Ölflamme heizen ließ und mit dem man über ein recht kompliziertes System von Achsen und Kettchen einige kleine Maschinchen bewegen konnte, etwa eine Miniatursäge, mit der ich den Lieblingsring meiner Ziehschwester recht hübsch verkratzen konnte (sie sagte, er trage einen echten Edelstein, und ich sah es als Pflicht, sie von ihrem Irrtum zu befreien; die Ärmste, wie hübsch sie war, wenn sie sich ärgerte!) Meine Mutter war sehr entsetzt darüber, allerdings weniger des Rings wegen als ihrer Angst, ich könne mich mit diesen Gerätschaften verletzen. Im tiefsten Inneren glaube ich noch heute, sie mochte mich sogar lieber.

Um eine lange Leidenschaft abzukürzen: Ich war begabt, und es war nur eine Frage der Zeit, bis man es erkannte, und so traf es sich, dass ich nicht nur in einer guten Amsterdamer Handwerksschule landete, sondern auch, dass man mich der VOC weiterempfahl und ich zum Ingenieur ausgebildet wurde.

Die Bezeichnung Ingenieur gefiel mir immer sehr gut, denn sie ist dem Wort Genie verbunden, ebenso dem Worte Genius – Schutzgeist; und nichts anderes waren die *Heeren*. Harte Arbeit machte mir nichts, und man erwartete nichts als Höchstleistungen von mir. *Welnu*, ich war schon immer fleißig gewesen. Dafür pflegte ich freien Umgang mit meinen Lehrern und Kollegen, mit denen ich nichtsdestotrotz im sportlichen Wettkampf stand, und konnte tun und lassen, was ich wollte (das traf auch auf meinen großzügig erlaubten Damenbesuch zu), solange ich mich nur der VOC verpflichtet gab.

Das war ich auch, mal mehr, mal weniger, doch im Allgemeinen stets und unverfälscht. Aufzuzählen, was mir meine neuen Freunde alles ermöglichten, wäre unmöglich; es mag genügen zu sagen, dass hier mein Umgang mit Technik und Mechanik erst dort begann, wo meine früheren Träume längst aufgehört hatten. Ach, ich lernte die schönsten Dinge: Kraftquellen, Geschosstypen, Zündmechanismen, Explosivstoffe, Destruktion und fortgeschrittene Betriebsstörung. Weiß man, wie etwas entsteht, weiß man auch, wie es zugrunde geht – ja, ja, auch in der Kultur tat ich mich um und legte mir das ein oder andere hübsche Sätzchen zu.

Kurzum, ich glänzte in allen Disziplinen, und hätte man in der alten Heimat noch offen VOC-Monogramme getragen, hätte ich mich dieser Sitte umgehend angeschlossen. Ich war den *Heeren* zu großem Dank verpflichtet, hatten sie mich doch zu einem der besten Ingenieure meiner Zeit ausgebildet, und da war es mir fast gleichgültig, dass sie die Überbleibsel eines ehemaligen Kolonialimperiums darstellten, die sich nach Rache an ihren englischen Erzfeinden verzehrten. Als Niederländer hatte ich diese halb schottischen, halb französischen Widerlinge sowieso noch nie ausstehen können, diese degenerierten Royalisten, mit deren

Hilfe (ganz sicher war ich mir hier nicht) schon Napoleon aus der Batavischen Republik eine monarchistische Sickergrube gemacht hatte.

Meine neuen Herren sahen das ähnlich. Dass ich Teil ihrer, sagen wir, Nationalpädagogik werden sollte, indem ich mein sorgsam erworbenes Wissen praktisch zur Anwendung brachte, war mir nur recht, denn Däumchen drehen wollte ich nicht. Nach Abenteuern dürstete ich, und Abenteuer bekam ich. Am Ende meiner Ausbildung fragte man mich kurz entschlossen, ob ich den *Heeren* in einem Maße dienen wolle, das uns beiderseits glorreich erstrahlen lassen würde, und ich antwortete „ja"; dann fragte man mich, ob ich nicht gerne für einige Zeit in einem Trainingscamp am anderen Ende der Welt weilen wollte, und als ich, trotz der heißen Tränen meiner Frau Mama, nicht verneinte, ging es los über das Meer.

So kam ich dorthin, ohne eine Ahnung, wo das „Dort" eigentlich lag und was ich da tun sollte. Ich war davon ausgegangen, ich solle noch mehr über Technologie und deren Zerstörung lernen, doch alles, womit man mich arbeiten ließ, waren diese schwarzen Steinchen. Genauer gesagt arbeiteten die Steine mit mir. So unglaublich das klingt, aber sie verliehen mir besondere Fähigkeiten. Das heißt, ich tat, was ich eigentlich immer tat, doch die Steine ließen es mich anders tun: manche schneller, manche besser, manche sorgfältiger. Damit ich die Steine besser tragen konnte, wurde ich operiert. Ein alter, dürrer Arzt, der mir immer ein wenig unheimlich erschien, gab mir eine Spritze und sah sich meinen Solarplexus an; als ich danach wieder aufwachte, konnte ich den jeweiligen Stein dort unter einer Hautfalte verstauen – wer hätte so etwas für möglich gehalten?

Ich trainierte mit den verschiedensten Steinen; wir beobachteten, was sie jeweils taten und stellten fest, welche zu gebrauchen waren und welche weniger. Durch einen konnte ich besser sehen und hören, durch einen anderen konnte ich ahnen, was andere von mir hielten und nicht sagten; von einem anderen wurde ich krank, und es dauerte einige Zeit, bis ich wieder ohne zu zittern aufrecht stehen konnte. Von wieder einem anderen wurde ich dermaßen stark, dass ich einem Malaien ohne es zu wollen den Schädel zerschmetterte.

All diese Versuche an mir und meiner Ausrüstung waren Schwerstarbeit. Von meiner Haut troff Schweiß, abgestoßen vom Maschinenöl; meine Muskeln schmerzten; meine Knochen spürte ich in meiner Hängematte so deutlich wie noch nie zuvor. Das Klima war grausam, und an manchen Tagen konnte ich kaum atmen, so dick war die Luft. Doch unsere Arbeit ging weiter, bis wir immer wieder auf einen bestimmten Stein zurückkamen, durch den ich besonders geschickt wurde.

Es schien, als hätte ich meine Bestimmung gefunden und sie mich.

Als nächstes unterwies man mich in den Mysterien der Kristalle und der auf ihnen basierenden Technologie.

Die Mumienmänner in den Särgen waren mir das erste Mal im Traum begegnet.

Es begann damit, dass man mich in ihrem Glauben unterrichtete. Religion wollte ich es nicht nennen, denn man konnte schwerlich ausüben, was sie mich lehrten. Eine ihrer Maximen lautete: „Alles, was kommt, geht, und alles, was Wert hat, ist auch wert zu vergehen." Eine längere, aber nicht weniger denkwürdige war: „Wir, die wir Materie sind, drängen zu ihrer Beherrschung, nicht wissend, dass wir es sind, die von ihr beherrscht werden. Doch wir müssen sie beherrschen und mit ihr untergehen. Aus den lehmigen Flüssen entstammen wir, und zu diesen müssen wir wieder werden, ehe wir ins Licht treten dürfen. Doch das Licht spiegelt sich im lehmigen Wasser nicht."

Mehr dergleichen gab es zur Genüge, und es begann, sich mit allem anderen zu vermengen. Ich begann, schlechte Träume zu haben, in denen ich in einen metallenen Sarg wie dem Bauch eines engen Schiffes eingesperrt war, und manchmal wachte ich vom ekelerregend intensiven Geruch süßen Obstes und seltsamer Aromen, die mit mir in diesem Raum gefangen waren, auf. Das Schlimme an meinem Gefängnis waren allerdings die Kisten, siebzehn an der Zahl, zumindest glaubte ich das, sicher war ich mir nicht, denn jedes Mal, wenn ich zu Ende gezählt hatte, meinte ich, eine vergessen zu haben. Es wäre erträglicher gewesen, erneut zu zählen, hätten die Kisten einen anderen Inhalt gehabt.

In den Kisten lagen die *Heeren*. Dem Aussehen nach waren sie lange, bevor ich zur Welt gekommen war, gestorben; vertrocknete Leiber, deren eingedorrtes Fleisch und runzlige Haut sich eng an die Knorpel und Knochen schmiegten. Ihr rasselnder Atem und die milchige Trübe ihrer halbgeöffneten Augen jedoch bewiesen mir, dass die Körper noch am Leben waren. Wie, kann ich nicht sagen, denn der Gestank ätzender Salze, den diese Kisten verströmten, machten es mir unmöglich, mich länger über sie zu beugen. Unzählige Male zählte ich die Kisten, und unzählige Male verzählte ich mich. Unzählige Male schaute ich hin, und so prägte sich mir ihre Erscheinung ein, für immer.

Ich wusste, die *Heeren XVII* hatten die Compagnie aufgebaut und zu dem gemacht, was sie vor den Engländern gewesen war, und ich sollte einer ihrer Krieger werden, denn obgleich die Welt sie für tot hielt, lagen sie doch nach wie vor in erbittertem Krieg mit dem englischen Widersacher. Der hatte ihre Kolonien übernommen, ihre Handelsrouten, ihre Ressourcen und ihre Methoden zur Steigerung der Produktivität – wenn man das, was sie taten, so höflich beschreiben mochte.

Es war kein Geheimnis, dass sie alle zu Tode schunden. Sie holten die Eingeborenen aus ihren Hütten und brannten diese dann nieder, damit keiner zurückkonnte. Die Alten ließen sie in den Flammen vergehen, ebenso die, die zu jung waren. Doch alle, die arbeiten konnten, schufteten, bis sie zu schwach waren und vergingen. Doch sie düngten die Saat ihrer Felder nicht mit dem Lebenssaft und dem Knochenmehl der Geschundenen. Die Frauen machten sie infertil. Es ging ihnen nicht um den Verlust von Arbeitszeit während einer Schwangerschaft, es war eher so, dass keiner nachfolgen sollte. Die Leiber sollten keine Frucht tragen, bis kein Leib mehr übrig wäre. So behandelten sie die Eingeborenen, und wenn es darum ging, ihre eigene Leblosigkeit anderen aufzuzwingen, waren sie damit erfolgreich.

Bäume wurden gerodet oder niedergebrannt, Tiere geschlachtet und der Verwesung übergeben. Flüsse legte man still, Seen trocknete man aus, und in die Erde bohrte man Löcher, bis sie in sich zusammenbrach. Man hatte den Eindruck, als wollten die *Heeren* alle Materie der Vernichtung übergeben, diesen Flecken auf der Landkarte zurück ins Land der Phantasie ihrer Entdecker werfen. Alles, was sie nicht zerstörten, brachten sie hinaus, schafften es fort über die See, und zurück kamen Gold und Juwelen – und die Kristalle.

Sie horteten keine Güter wie später die Engländer und gaben ihr Gold nur für Dinge aus, die sie für ihren Vernichtungskrieg benötigten. Während sich später in Bloomsbury und Kensington die Schätze der Erde stapelten, war es bei den *Heeren* anders. Zu ihnen kam nichts, bei ihnen verging. Es blühte nichts, alles verwelkte. Es entstand nichts, es verfiel. Hier gebar nichts und niemand, hier starb alles, außer denen, die im Tode lebten: die siebzehn konservierten Leichen in ihren Salzen, dem Kristallstaub oder was es auch sein mochte, in dem sie der Ewigkeit entgegensahen.

Das Seltsame ist, ich fragte mich nie, weshalb ich nicht abstoßend fand, was sie taten und getan hatten. Ich nehme an, es muss mir egal gewesen sein, solange ich meiner Arbeit nachgehen konnte und lernte. In ihrer Zerstörung und Ausbeutung hatten die *Heeren* nicht anders gehandelt als andere Kompanien oder Nationen. Sie begründeten es nicht mit fadenscheinigen Argumenten, was sie auf eine (wenn auch verdrehte) Art fast ehrlich machte. Die Welt war stets, wie sie immer noch ist: schlecht, und indem sie sie zunichtezumachen suchten, trugen sie womöglich sogar zu ihrer Besserung bei. Nun ja, das war Philosophie und ich ein Mann der Muttern und Schrauben, und mein Ansatz, den ich weniger naiv verstanden wissen möchte, als er klingen mag, lautete: Wenn die Schraube nicht in die Mutter passt, nimm eine andere Mutter. So ist es auch mit der Welt und der Philosophie. Wenn du eine Sache nicht verstehst, such dir eine andere. Es gibt genug.

Die Tage schienen nur aus Hitze, Arbeit und Instruktionen zu bestehen. Wir zählten sie nicht vorwärts, sondern rückwärts, bis mein Wissen dem ihren gleichkommen würde, so als sei ich ein in Ungnade Gefallener. Zumindest hoffte ich am Ende dieser Zeit, mein Wissen käme dem ihren gleich, denn mehr hätte ich wirklich nicht lernen können. Man stopfte mir so viel in den Kopf, dass es beinahe am anderen Ende wieder heraustroff. Schließlich kam der Tag, an dem die Sterne richtig standen und man einen Dienstboten in mein Quartier schickte, der mir die Augen verband und mich an einen mir fremden Ort führte. Es war die Kühle der Luft und das Fehlen des Zirpens der Grillen, die mich denken ließen, wir seien in einer Höhle, doch weder die Schritte des Dienstboten noch meine hallten wider, also vermeinte ich, wir seien in einem Wald.

Er stoppte mich in meinem Gang, indem er meinen Arm aus seinem Griff entließ und laut verkündete: „Der Adept bittet, gehört zu werden, er erfleht von Euch die Prüfung." Ich kann nicht mehr mit Gewissheit sagen, ob ich die Prüfung erflehte, aber es muss wohl mein Wille gewesen sein, denn ich wurde schließlich dazu erwählt und erzogen.

„Geprüft will er werden", hörte ich eine schneidende Stimme, und der Dienstbote antwortete: „Auf Wissen und Glauben."

„Geprüft auf Wissen und Glauben", sagten nun mehrere Stimmen im Chor.

„Ehe er die Prüfung antritt, zwei Fragen", sagte eine andere Stimme. „Die erste, in welchem Sternzeichen ist er geboren?"

„In dem der Fische", sagte der Dienstbote.

„Dann hat er das Recht auf die Prüfung", sagte die Stimme. „Adept, da du die Prüfung erflehst, sage mir, ob du weißt, was ihr Gewinn und ihr Verlust sind."

Ich wusste es, wie es jeder der Anwesenden wusste, doch das Ritual wollte, dass der Erwählte die Prüfung nur willentlich ablegte. Ich holte tief Luft, dann sagte ich: „Ein der Prüfung Unwürdiger wird sie nicht bestehen. Er geht auf in Licht."

„Wie geht er auf in Licht?"

„Indem er brennt."

„Was ist aber der Gewinn der Prüfung?"

„Der der Prüfung würdige Adept", antwortete ich, „wird ein Sohn der Brüder."

Eine Weile herrschte Stille, dann erhob sich die Stimme erneut. „Nun, Adept Frans, willst du zum Sohn der Brüder werden?"

„Ja", sagte ich ohne Zögern.

„Dann soll die Prüfung beginnen. Adept, sage mir, wie die Welt entstand."

Jeetje, wie öde. Ich hatte mich auf eine harte Prüfung eingestellt, aber diese Frage war lächerlich. Weltentstehungslehre! Nun, das Ritual verlangte es, und da nur ein Wissender weiß, will das Wissen belegt werden. Mit dieser Logik hatte ich mich schon auf die zu folgende Rede eingestellt, die ich mit Mühe nicht auswendig vorgetragen klingen ließ.

„Im Anfang", hob ich an, „gebar der unsterbliche Vater das All, mit dem er eins war, und die Sterne waren sein Leib, denn sein Wesen ist Glanz und Licht. Dann gebar er den Odem und gab ihm die Gestalt einer Frau, und sie gebar einen Sohn, ohne ihn und fernab seines Wissens. Als sie sah, was sie geschaffen hatte, ein halbwissendes Wesen, da verstand sie, dass es schlecht war und schämte sich ihrer und des Sohnes, den sie ohne des Allvaters Zutun hervorgebracht hatte, und wollte ihn vor den Augen des ewig Lichtvollen verstecken. Da aber nichts außer Licht und Odem war, stand der Sohn ungeschützt vor dem Antlitz des Vaters.

Der Halbwissende sah, dass der Odem aus dem Vater und er aus dem Odem hervorgegangen war. Er wollte den Weg des Werdens rückwärts gehen und verband sich mit dem Odem, um in ihm wie das Licht des Vaters zu werden. Doch statt des Lichts gebaren beide den Schatten, und in diesem versteckte sich der Sohn. Indem er dies aber tat, teilte sich das Wesen des Odems, und der untere Teil fiel mitsamt dem Sohn hinab. Erbärmlich und voller Schamgefühl wollte er sich mit dem Glanz des Allvaters messen und schuf, um es ihm gleichzutun, eine kleine Welt, die ein Ebenbild der großen sein sollte. ‚Sieh herab, Vater, ich habe es dir gleichgetan!', rief er. ‚Ich bin deiner würdig, ein Schöpfer, nimm mich wieder auf in deinen Glanz.'

Doch der Vater weigerte sich, ihn zu sehen, denn das Licht blickt nicht in die Finsternis. Der Halbwissende wurde nun verbittert und schuf kleine Sterne aus Lehm und dem Kot der Erde. Leuchten sollten sie, und Namen tragen wie die Sterne am Himmel, und der Vater sollte ihren Glanz aus dem Dunkel der Schattenwelt sehen und erkennen, dass es gut war. Allein, seine Sterne leuchteten nicht, denn sie waren aus Lehm, nicht aus Licht. Also stahl er den Teil des Odems, der mit ihm gefallen war, und verbarg ihn in seinen Geschöpfen aus Lehm und rief hinauf: ‚Vater, ich habe den unteren Teil deines Odems geborgen in diesen Gefäßen aus Lehm. Willst du ihn wieder, so hauche den anderen Teil deines Odems hinaus.'

Da sah der Vater mit Sorge, was aus seinem Odem geworden war, und beugte sich über die Erde und durchströmte sie mit seinem Hauch. Dieser blieb, als er mit seinem unteren Teil wieder eins wurde, in den Gefäßen aus Lehm, und diese begannen zu leuchten. Da sah der Vater, dass sein Sohn ihn überlistet hatte, und wandte sich erzürnt von allem, was aus ihm entsprungen war. Weh dem allwissenden Licht, das sich nicht vor der Durchtriebenheit des Halben zu schützen vermochte! So möge es abgewandt sein, denn der Herr der Welt ist der Vater unserer Materie. In uns bergen sich beide Teile seines Odems, und wir leuchten heller als die Sterne am Firmament."

Stille.

Furchtbare Stille, die selbst Teil der Prüfung war.

Schließlich: „Wohl geantwortet, Adept. Nun sage mir, was das Ziel dieser Welt ist."

„Das Ziel dieser Welt ist, zu dem zu werden, was ihr vorbestimmt ist."

„Von wem?"

„Uns, den Atmenden."

„Wann?"

„Unverzüglich."

„Wie?"

„Durch Materie zu Licht."

„Genauer, Adept, scheue dich nicht."

„Soll der Allvater uns wieder sehen, so müssen wir das Licht löschen. Wenn wir den Odem freilassen, sind wir wieder Materie, und die geht auf in Licht. Unten und oben werden eins sein mit dem Odem und dem Licht. Denn wie das Unten und das Oben ..." Hier stockte ich und musste kurz durchatmen.

Wie gut ich als Ingenieur auch sein mochte, es gab Bereiche im Denken der *Heeren*, die nicht gänzlich zwischen Wissen und Glauben unterschieden, und letzteres war bestimmt nicht meine Stärke. Ersteres vielleicht auch nicht. „Wie das Oben wie das Unten ist ..." Mitunter hatte ich mich während der letzten Monate gefragt, weshalb ich überhaupt so etwas wissen musste, um Ingenieur zu sein; dasselbe fragte ich mich nun wieder. Mechanik, Elektromagnetismus, Bewegungsgesetze und Werkzeugkunde waren, was ich beherrschen musste; ich brauchte eine ruhige Hand, einen kühlen Kopf und einen starken Willen. Alles andere war Sache von Geistlichen. Geistliche lesen die Schriften, deuten und erklären sie. Sie verstehen, was in den Geschichten wörtlich gemeint ist und was nicht. Geistliche deuten Parabeln, während Ingenieure sie zeichnen. Aber Moment ...

„Wie das Oben wie das Unten ist, so ist der Weg des Lichts, denn der Weg nach oben ist derselbe wie der nach unten." Jetzt kam es mir wieder in den Sinn. „Wie der Weg nach unten derselbe wie der Weg nach oben ist, so treffen sich beide oben und führen nach unten. Der Bogen des Allvaters ist folglich oben und unten. Wir aber, die Materie, brechen das Licht wie ein Kristall die Weiße des Lichts in unreine Farben. Damit nun aber", hier holte ich erneut Luft und war ziemlich sicher, dass ich mich um Kopf und Kragen redete, „damit nun der Weg nach oben wieder der Weg nach unten sein kann und die Welt ihrer Dinge geht, müssen wir aufhören, Materie zu sein, und aufgehen in Licht. Denn alles, was entsteht, muss zugrunde gehen; was nach oben führt, muss nach unten."

„Was, Adept, ist der Sinn des Ganzen?", unterbrach mich die Stimme, auch wenn ich nicht genau wusste, ob sie mich wirklich unterbrochen hatte oder ob ich ohnehin nichts mehr dazu zu sagen gehabt hatte. Ich nahm eher Letzteres an, denn einen Sinn sah ich in dem Ganzen nicht.

„Der Sinn ist ... der Allvater. Wir werden eins mit ihm in seinem Licht. Doch dazu muss die Materie zugrunde gehen. Halten wir nicht mehr den Odem gefangen, leuchten wir nicht mehr wie das Feuer in der Nacht. Lassen wir die Schatten der Materie gehen, kann das Licht seinen Bogen gehen, und wir sind wieder eins mit dem Vater."

„Wozu willst du in der Macht der Kristalle unterwiesen sein, wenn das Licht nicht gebrochen sein soll, und den Bogen gehen?"

„Ich brauche den Kristall, um das Licht zu fangen. Da ich unreine Materie bin, brauche ich die unreine Materie des Kristalls. Da ich Mensch bin aus Lehm und dem Kot dieser Erde, kann ich das Licht nicht verstehen und muss, äh, aus dem Schatten der Materie treten."

Ein allgemeines Murren erhob sich, und das war kein gutes Zeichen. Ich hörte verschiedene Wortfetzen, Ausdrücke des Erstaunens, dann der Empörung. Die eine Stimme setzte sich durch: „Du redest wirr."

Wirr. Ich war insgeheim der Meinung gewesen, die ganze Zeit wirr geredet zu haben. Langsam breitete sich Stille aus. Schließlich verstummte das letzte Murren, was noch viel schlimmer war als das Murren selbst, denn nun erwartete man eine Antwort. Es wurde mir heiß um die Stirn, und der Schweiß rann mir unter der Augenbinde. Wie gerne hätte ich einen anderen Adepten neben mir gehabt, einen der bleichen Jungen mit Augengläsern, die nichts anderes im Leben taten als Antworten zu wissen, wie gerne hätte ich es gehabt, wenn er mir freundlich einige Worte zugeflüstert und ich ihn dann nach der Prüfung verprügelt hätte, um meinen Augenblick der Schwäche wiedergutzumachen. Es war aber niemand da außer mir, dem Dienstboten und den *Heeren*.

„Adept!“, ermahnte mich die Stimme, die die Fragen stellte. Ich holte Luft. Statt einer Antwort kam mir nur in den Sinn, weshalb ich eigentlich atmen musste, wenn ich den oberen und unteren Teil des Odems doch in mir hatte oder weshalb ein Odem überhaupt oben und unten haben geschweige denn eine Frau sein sollte. Ein Frau in mir, wie verdreht – und der Schweiß, wie er rann! Wäre es nur vorüber gewesen.

„Adept, deine letzte Ermahnung. Berichtige deine wirre Rede und gedenke der Worte der Prophezeiung.“ Einen Moment lang setzte mein Herzschlag aus. Der Prüfende hatte mir einen Hinweis gegeben. Die Worte der Prophezeiung. Wieso aber sollte er mir diesen Hinweis geben? Hatte man zugestimmt, dass er mir half? Wenn mir geholfen werden sollte, wieso dann der ganze Zirkus und mich nicht gleich zum „Sohn“ befördern? Das Ganze machte mich misstrauisch. Ich kannte die Prophezeiung über das Ende, dessen Teil ich sein sollte, wenn ich wirklich der Erwählte war. Jedoch sah ich keinen Zusammenhang zwischen diesen Worten und meiner angeblich wirren Rede. Vielleicht wollten sie einfach nachhelfen, da es nicht wirklich einen Erwählten gab. Wie sollte ich daraus klug werden? Durch Gedankenspielerei hat man noch selten ein Problem gelöst, und außerdem war ich eine Antwort schuldig, obgleich ich das Gefühl hatte, das Gegenteil sei der Fall.

„Nun“, sagte ich also, „verzeiht, wenn meine Rede wirr erscheint, aber ...“ Ach, was sollte der ganze Kram? „Ich bleibe dabei.“

Stille.

Eigentlich kein schlechtes Zeichen.

„Wohl hast du diesen Teil der Prüfung verstanden“, sagte die Stimme dann. „Du kennst die Prophezeiung über das Ende und welchen Teil du daran haben wirst. Es heißt, einst wird ein Palast erstehen im Herzen des Reiches des Halben, der zum Trotz gegen den Vater die Mutter zum König erhebt. Dessen Lehmgeschöpfe den schwarzen Kot aus der Erde holen. In dem der Atem so kalt weht, dass sie Fell auf den Köpfen tragen. Dort wird ein Palast gebaut aus Kristall, zum Fron der Materie, des Kots und der Königin. In ihm bricht sich das Licht und das Licht die Materie. Doch soll das Licht richtig brechen, braucht es den richtigen Kristall und den, der ihn benutzt. Der Tag des Palastes wird kommen. Der Tag des zerbrechenden Lichts. So lautet die Prophezeiung, und so steht es in den Sternen. Du, der du im Zeichen der Fische geboren bist, bringst den Untergang, und der Untergang wird der Aufgang sein, wie der Bogen des Lichts. Erhebe dich nun, Sohn, und löse deine Binde. Siehe deine Väter, damit deine Väter dich als ihren Sohn erkennen.“

Ich tat, wie mir befohlen. Wir befanden uns in einer Höhle, nein, einem metallenen Bauch, dessen Boden reichlich mit Stroh ausgelegt war. An den Wänden hingen mehrere Öllampen, deren Licht jedoch so schwach war, dass man kaum einen Unterschied ausmachen konnte zwischen den Schemen, die mich umgaben, und den Schatten, die zwischen ihnen spielten.

Ich kannte sie, und ich kannte die Kisten, in denen sie lagen – ihre Särge, denn sie waren, obgleich nicht tot, so jedoch auch nicht lebendig. Sie waren Herrscher gewesen vor langer Zeit und hätten längst Licht werden können. Um jedoch ihren Plan ausführen zu können, mussten sie sich an ihre Herrschaft klammern. Und da es ihr Kodex verbat, leibliche Söhne zu haben, waren sie diesen moribunden Bund mit der Materie eingegangen und erhielten ihre gebrechlichen Körper mit ihrem Kristallstaub und ihrer Technik am Leben. Für alles andere hatten sie ihre Adepten – wie mich.

Wieder sprach man mich an. Unheimlich war, dass keine der Gestalten in den Kästen den Mund zu bewegen schien. „So magst du nun ganz zum Sohne werden, indem wir zum zweiten Teil der Prüfung übergehen.“

Sprach's, und man brachte mich aus dem Raum.

Wohin man mich brachte, wusste ich später nicht mehr. Was jedoch bald deutlich wurde war, dass danach vierzig Tage vergangen waren, ich kaum noch laufen konnte, wunde Knöchel, zersplitterte Fingernägel, Wunden am Kopf und eine so schwere Halsentzündung hatte, dass ich wochenlang kaum sprechen konnte. Ich war nun ein Mann des Glaubens. Ja, ich glaubte – und zwar, dass diese ganze seltsame Sache, die mir widerfahren war, kaum der Wirklichkeit entsprechen konnte.

Man brachte mich ins medizinische Quartier, zu dem alten, eigentümlichen Arzt, und der gab mir eine Mixtur aus rohen Eiern, Zucker und Chinin mit einem leichten Sedativum, bevor ich endlich in der Hängematte eindöste. Der Wind stand still, und die Hitze ließ mich nicht richtig schlafen, doch das leichte Schaukeln zwischen Himmel und Erde auf meinem kleinen Stück Bastgeflecht erschien mir, als hätte man mich zurück ins Leben geführt. Zum ersten Mal fühlte ich mich frei und dabei ausgeglichen. Nach langer Reise durch die Dunkelheit war ich ins Licht getreten.

Meine Erinnerung an das Vergangene war dumpf: die *Heeren*, meine Befragung und schließlich meine ... Epiphanie wäre wohl das Wort. Die Fragen, die sie mir gestellt hatten, und meine Antworten erschienen mir mittlerweile nur ein Produkt meiner Phantasie, Phrasen jener Gebetsmühle, die sie aus meinem Kopf gemacht hatten. Selbst die Fetzen, an die ich mich erinnern konnte, ergaben so wenig Sinn, dass sie freie Erfindung sein mochten.

Die vierzig Tage in der Kammer oder dem Loch erschienen mir allerdings real, und sie hatten mich nicht unverändert gelassen. Ich war magerer geworden, zäher; meine Haut, eingetrocknet von der mürben Luft, saß eng an meinem Knochengerüst. Ich war wacher geworden, bewusster. Ich wusste, sobald das Sedativum nachlassen würde, würde mein Geist die letzten Fesseln sprengen, durchbrechen, zur anderen Seite, und wie eine Puppe ihren Kokon verlassen.

Ich würde mich erheben und sagen: „Siehe, ich wache. Sieh die unglaubliche Stärke meiner Gedanken! Meine Blicke zerschießen Gebirge. Wenn ich in die Sonne sehe, muss sie erblinden. Mit meinen Gedanken werde ich die Zeit zum Stillstand zwingen. Wenn ich erst meine Stimme erhebe und spreche ..."

Ich musste tatsächlich laut gesprochen haben, denn der Arzt kam zu mir, tupfte mir die Stirn mit einem feuchten Tuch und sprach mir zu. „Ruhig, ruhig, Junge", lachte er. „Ich sehe, der Cosasud wirkt. Du zeigst schon viel mehr Zutrauen in die Welt." Als er das gesagt hatte, griff er in die Hautfalte an meinem Solarplexus und setzte mir etwas ein. Ich erkannte den Stein wieder, den ich zuvor schon getragen hatte und der meine Feinfühligkeit und mein technisches Geschick ins Grenzenlose steigerte. Nach und nach erinnerte ich mich auch wieder, was ich hier tat und wem ich das alles zu verdanken hatte.

Der Arzt klopfte mir auf die Schulter, als hätte er bemerkt, was in mir vorging: „Es ist doch schön zu wissen, dass man sich auf die *Heeren* verlassen kann, nicht wahr? Sich zu häufig an neue Kräfte zu gewöhnen kann sehr unangenehm sein. Zu viele auf einmal machen einen wahnsinnig, und sie nach zu langer Zeit zu verlieren auch."

„Wer sind Sie?", fragte ich und beobachtete die Gestalt, die sich über mich beugte, als sähe ich sie zum ersten Mal. Der Arzt sah aus wie ein lebender Geist. Sein Haar war ergraut, und sein eingefallenes, sonnengegerbtes Antlitz kündete von einem ungesunden Lebenswandel.

„Mein Name ist Dr. Fleerackers", sagte er und zog die Lippen von den Zähnen, was wohl ein Lächeln andeuten sollte. „Ich diene den *Heeren* schon sehr lange ... wie schon mein Vater vor mir. Streck den Arm aus."

Ohne nachzudenken tat ich, was er verlangte.

„Du kannst dich glücklich schätzen“, brummte er und legte mir eine Art breites Band um den Arm, in dem sich einige Löcher befanden. „Die VOC hat etwas ganz Besonderes für dich.“ In die Löcher hängte er kleine Geräte, die er mir erklärte: „Dieses Gerät ist wie ein Zitteraal; berühre jemanden damit, und er erfährt einen starken elektrischen Schlag. Diese Handfeuerwaffe hier schießt völlig lautlos; Stifte aus Graphit – Kohle, wenn du so willst.“ Er schenkte mir wieder sein unheimliches Grinsen. „Die Engländer lieben ihre Kohle, wie du weißt. Also schieß sie ihnen direkt ins Herz!“

Ich nickte gehorsam. Ich wusste Ironie zu schätzen.

„Hiermit schließlich“, fuhr er fort, „wirst du unsichtbar. Ganz recht; es ist eine Art Tarnkappe, dank derer du das Aussehen deiner Umgebung annimmst. Doch gib acht – sie ist noch im Teststadium. Vermeide schnelle Bewegungen und benutze sie nicht allzu oft. Je mehr du sie benutzt, desto schneller versagt sie den Dienst.“ Nahtlos fügten sich die Geräte in das Band, und jedes hatte eine kleine Öffnung. Darin verbargen sich kleine Kristalle.

Ich spürte sie, ehe ich sie sah, und ein angenehmes Gefühl breitete sich in meiner Brust aus. Der Stein, der dort saß und mir meine besondere Geschicklichkeit verlieh, mochte das Hirn sein, das diese Technik verstand und benutzte; die Kristalle aber waren das Herz, das sie antrieb. „Wie kleine Dampfmaschinen“, gackerte Dr. Fleerackers, und da wurde mir übel – konnte er wissen, was in meinem Kopf vor sich ging?

„Mit deinem Kopf sind wir fertig“, beruhigte er mich. „Als Ingenieur stört es dich sicher nicht, dass wir ein paar Korrekturen daran vorgenommen haben, oder?“

„Was für Korrekturen?“, fragte ich, denn wie jeder vernünftige Mensch war ich recht stolz auf meinen Kopf.

„Nur ein paar neue Nervenbahnen“, winkte er ab. „Eine meiner eigenen Züchtungen.“ Er beugte sich wieder über mich und funkelte stolz auf mich herab. „Deine Nerven sind nun Teil eines teleelektrischen Systems, mit dessen Hilfe du dich mit den *Heeren* verständigen kannst, gleich, wie weit du von ihnen entfernt bist. Alles, was es dazu braucht, ist ein weiterer kleiner Kristall im Ohr."

„Beeindruckend", gab ich zu.

„Ich hatte einen großen Lehrer", antwortete er. Sein Blick schweifte in die Ferne. „Meinem Vater war es vergönnt, Zeit seines Lebens die Artefakte zu erforschen und zu perfektionieren. Er diente den *Heeren* schon, ehe es diesen Stützpunkt gab. Ehe sie in die Salze gingen ... er war es auch, der das Geheimnis des Meistersteins enträtselte, ehe er seiner Krankheit erlag. Sein Wissen lebt in mir fort."

„Wieso erzählen Sie mir das alles?", fragte ich und richtete mich auf.

„Weil der Meisterstein bald dir gehören wird", sagte der Doktor. „Es ist bereits in London, bei einem Mann unseres Vertrauens, und wartet dort auf dich." Er gab mir die Skizze eines Artefakts, die ich eingehend studierte.

Er neigte den Kopf. „Du hast es geschafft – du hast alle Mitbewerber übertroffen."

„Die anderen", erwiderte ich, denn mir fiel ein, dass ich von meinen Kameraden schon länger nichts mehr gehört und gesehen hatte. „Was ist mit denen?" Ich legte das Papier weg und stand auf, um einen Blick vor die Tür zu werfen. Der Arzt folgte mir lautlos und antwortete mir erst, als ich ihn auffordernd ansah.

„Oh", gab er unbekümmert zurück, „die sind durch die Prüfung gefallen. Eigentlich schade", fügte er hinzu und starrte wieder in die Ferne, auf eine dicke Rauchschwade aus einem der Malaienöfen.

Vielleicht war es meine generelle Verwirrung, aber der Rauch erschien mir ganz besonders schwarz.

Sokrates Royle im Feldlager aller Nationen

Das Zelt stand auf einer alten Kuhweide, die direkt an den Garten grenzte. Der Garten gehörte zu Gore House, und das wiederum hatte zuletzt einer irischen Schriftstellerin gehört und seit deren Bankrott einem französischen Koch. Anfang des Jahrhunderts hatte William Wilberforce hier gewohnt – gut möglich, dass er von seinem Fenster auf seinen Garten und die Kuhweide geblickt und seine Pläne zur Bekämpfung der Sklaverei und der Missionierung der Kolonien geschmiedet hatte. Der Koch, der sich bisher vor allem mit Armenspeisungen hervorgetan hatte, wollte aus Gore House eine Art gigantisches Restaurant machen, nur nannte er es nicht Restaurant, sondern Symposium. Ich hatte nur einen flüchtigen Blick auf das Innere geworfen und fand es ungeheuer abstoßend, selbst für den Geschmack einer bankrotten Irin und eines französischen Kochs. Es gab ein groteskes Wandgemälde, auf dem sich eine willkürliche Auswahl berühmter Persönlichkeiten inmitten einer Schar von Fabelwesen tummelte; ich entdeckte Napoleon Bonaparte in Gesellschaft eines Drachen (es war nicht entscheidbar, ob er in der Art St. Georges mit ihm rang oder wie die Hure Babylon auf ihm zu reiten versuchte) und eine reichlich respektlose Darstellung des Duke of Wellington, der dem Kaiser der Franzosen wie ein Knappe zu assistieren schien. Es gab einen Salon voll griechischen Kitsches und einen weiteren voll chinesischen, und wenn ich etwas hasse, dann ist es chinesischer Kitsch, der nicht im Geringsten so aussieht wie chinesische Kunst, und schon für die habe ich nicht viel übrig.

Von dort ging es über eine halbherzig im venezianischen Stil gehaltene Doppeltreppe, unter der sich eine angeblich amerikanische Bar befand, in den ausgedehnten, von Laternen erleuchteten Garten, der wiederum mit Brunnen, Grotten und allen möglichen Statuen vollgestellt war. Auch einen Ballonlandeplatz gab es. An einem Ende hatte man eine deutsche Raubritterburg aufgestellt, und hinter der Burg lag die Kuhweide mit dem großen Zelt, die der Franzose sein „Feldlager aller Nationen" nannte. Fahnen flatterten im Nachtwind.

Hier saß ich an einer dreihundert Fuß langen Rittertafel und verzehrte ein spätes Abendessen. Zum Glück saß ich nicht alleine dort; mehrere Männer, die ich schon während der ersten Nacht kennengelernt hatte, leisteten mir Gesellschaft. Dennoch wirkten wir verloren an der gewaltigen Tafel, wie die letzten Mannen eines gefallenen Reichs, und redeten nicht viel. Die meisten Männer waren Polizisten, auch wenn sie nicht alle Uniformen trugen. Auch einige private Sicherheitsleute waren darunter. Die Weltausstellung hatte eine gewisse Paranoia ausgelöst, nicht nur unter den Ausstellern. Irgendwie rechnete man täglich damit, dass etwas gestohlen würde oder ein Akt der Sabotage den minutiösen Zeitplan durcheinander brachte. Die Londoner witterten Heerscharen von Taschendieben und feindlichen Agenten unter den Ausländern, die ihre Stadt überschwemmten, und sie sorgten sich um ihre Königin: Schließlich war Königin Victoria gerade erst ein Jahr zuvor Opfer eines Angriffs geworden, auch wenn es sich bei diesem speziellen Angreifer ausgerechnet um einen geistig verwirrten Offizier im Ruhestand gehandelt hatte.

Nun, die Aussicht, an etwas so Wertvolles wie den Koh-i-Noor zu kommen, bevor er auf immer in Windsor Castle oder dem Tower verschwand, hatte sicher ihren Reiz, und so viele Ausländer wie zur Zeit sah man sonst wirklich nur im Krieg auf einem Haufen. Angesichts der politischen Verhältnisse auf dem Festland hielten manche es für töricht von der Königin, selbst an der Eröffnungszeremonie teilzunehmen, und einige der ausländischen Ehrengäste hatten sogar abgesagt.

Wie auch immer, ich hatte mir mein Urteil zum Ausmaß der Bedrohung noch nicht gebildet.

Sicherer war ich mir da schon mit dem Essen, dessen Aroma Gore House und seine Gärten durchwehte: Es versprach, ebenso widerlich wie die Inneneinrichtung zu sein. Ich fragte mich, weshalb der Wicket-Keeper mir angeraten hatte, hier zu essen. Sicher, das sogenannte Symposium war nur einen Steinwurf weit vom Palast, und der Club war zwei oder auch drei Meilen entfernt; aber an jeder Ecke bekam man frittierten Fisch oder Sandwiches, die mir völlig gereicht hätten. Selbst im Palast gab es Kleinigkeiten für das Wachpersonal, und auf die geistige Nähe William Wilberforces hätte ich auch ganz gut verzichten können.

Die Antwort kam mit der Speisekarte. Eigentlich begann es damit, dass man darauf bestand, mir eine Karte zu bringen.

„Ich brauche keine Speisekarte", erklärte ich dem Kellner, der neben mir auftauchte und sie mir dennoch beharrlich reichte, während mehrere Männer weiter hinten vergeblich bemüht waren, seine Aufmerksamkeit auf sich zu ziehen. „Ich brauche etwas zu essen. Wenn's geht aber nicht dieses Teufelszeug, das Sie den anderen gebracht haben. Wie wäre es mit einem Steak?"

„Wir haben eine reichhaltige Auswahl für das Wachpersonal", nickte der Kellner, die Speisekarte noch immer in der Hand.

„Hören Sie schlecht?", fragte ich. „Wo Sie schon dabei sind, bringen Sie mir etwas zu trinken von der Bar. Bringen Sie mir einen Sherry, oder meinetwegen einen Cobbler."

„Diese Speisekarte ist für Sie", beharrte der Kellner, und stieß sie mir nachdrücklich an die Schulter, „und Sie sollten im Dienst nicht trinken", mahnte er mich. „Sir", fügte er hinzu.

Ich stutzte und musterte ihn eingehender. Hatte ich den Burschen mit seinen Sommersprossen nicht schon einmal gesehen? Misstrauisch nahm ich die Karte entgegen. Als ich sie aufschlug, erkannte ich den Grund für die Sturheit des Kellners: Im Inneren der Karte befand sich ein an mich adressierter Brief. Im selben Augenblick fiel mir auch wieder ein, wo ich den Kellner schon einmal gesehen hatte: Er war das verweichlichte Bürschlein aus der Bruise Box. Der, den McKenzie und ich nicht gemocht hatten. Ich hatte ihn nicht erkannt, weil sein Gesicht weniger schlimm aussah als letztes Mal, als ich ihn gesehen hatte.

Ich überlegte kurz, ob ich ihm befehlen sollte, mir einen Drink zu bringen, aber er war schon wieder verschwunden, und räumte irgendwo am anderen Ende der Tafel die Teller ab. Ich seufzte also und öffnete den Brief.

Ich kannte die Art von Brief ziemlich gut, und eigentlich hätte mich die rasche Antwort auf meinen Bericht nicht wundern sollen. Nach den eigenartigen Vorfällen am Vormittag hatte ich umgehend Bericht erstattet, ehe ich mich im Club aufs Ohr haute. Irgendwie hatte ich aber damit gerechnet, dass man mich noch vor Ort informieren würde oder dass Wymer vielleicht wieder auftauchte. Ich hatte ihn aber seit dem Vorabend nicht mehr gesehen. Wahrscheinlich genoss er seinen Urlaub.

Der Wicket-Keeper liebte es, seine Mitarbeiter so lange wie möglich im Unklaren über seine Wünsche zu lassen. Manchmal hatte ich den Eindruck, er empfand fast so etwas wie Spaß daran, und das erlebte man selten unter den ranghöheren Offizieren Ihrer Majestät.

Ich brach das Siegel, nahm den Umschlag heraus und begann zu lesen.

Bm,

erhalten hiermit neue Weisungen: Dienst nach Vorschrift bis 7. Dann Übergabe a. Ablösung, d. sich Ihnen ausweisen wird. Dann Handeln nach eigenem Ermessen.

Bzgl. d. v. Ihnen beobachteten Ereignisse: Stimme Ihrer Bewertung zu. Sicherheit d. Palasts u. d. Exponate genießt dessen ungeachtet oberste Priorität.

Bzgl. d. v. Arbeitern beobachteten „Spukes“: Tun Sie nichts, u. Gerüchte zu bestätigen o. zu entkräften. Hilft, Echtheit d.

Exponate zu unterstreichen: Sie wissen, dass a. d. Stein ein Fluch liegt?

D. Herr m. d. mangelnden Anstand: Die Sitte kümmert sich darum.

D. ihn begehrende Dame: Ist uns bekannt. Lassen Sie sich nicht u. d. Finger wickeln!

D. sie fördernde Herr: Tritt bevorzugt auf a. Roderick Bailey, 1st Baron Bailey, MOAS, Meistergrad, talentiert (?). Empfehlen Hausbesuch s. früh a. möglich, m. d. gebotenen Höflichkeit. Orden trägt Trauer (vgl. Abendzeitung). Anbei eine Reihe ihm zugeordneter Adressen.

PS Der Kellner wird Ihnen ein Glas bringen. Trinken Sie nicht davon. Falten Sie diesen Brief u. geben Sie ihn i. d. Glas.

PPS Weitere Briefwechsel a. diesem Weg.

PPPS Seien Sie nicht zu hart zu Sgt. Greenwood – er befolgt nur seine Instruktionen. Ich weiß, dass Sie sich unterfordert fühlen, doch es ist wichtig, dass Sie bei Sinnen sind.

Weiß, ich kann a. Sie zählen

W.-K.

Ich schüttelte den Kopf und faltete den Brief, während ich durch den Eingang des Zelts beobachtete, wie Greenwood in seinem hellen Kellneraufzug mit einem Tablett die dunkle Rasenfläche überquerte. Wie der Wicket-Keeper es prophezeit hatte, stellte er ein Glas vor mich.

„Eine vorzügliche Wahl“, sagte er und nahm die Speisekarte entgegen.

„Ich habe nicht gewählt“, sagte ich und steckte den Brief in das Glas. Augenblicklich begann er, sich aufzulösen. Er entwickelte einen ziemlich penetranten Gestank dabei. „Ich nehme an, ich werde dasselbe bekommen, was die armen Kerle da hinten essen?“

„So ist es.“

„Ich nehme weiterhin an, Sie werden mir keinen Drink servieren?“

„Ich kann Ihnen ein Ingwerbier bringen", schluckte der Kellner. „Sir." Ich konnte sehen, wie er unter meinem Blick zu erröten begann.

„Schon gut", lachte ich. Ganz offensichtlich war er ein „Fielder", einer von vielen dienstbaren Geistern des Wicket-Keepers, die nicht talentiert waren und meist gar nicht wussten, für wen sie eigentlich arbeiteten. „Dann nur etwas zu essen – und Sie haben sicher auch eine Zeitung für mich." Er nickte emsig und verschwand.

Nach eigenem Ermessen. Nun, es ärgerte mich nicht besonders, dass mein Urlaub in immer weitere Ferne rückte. Eigentlich freute es mich sogar, dass der Wicket-Keeper mich nicht nur als Nightwatchman verpulverte, sondern mir zutraute, die Sache selbst in die Hand zu nehmen. Doch auch sein eigentümlicher Sinn für Humor konnte mich nicht darüber hinwegtäuschen, dass der Anlass zu diesem Vertrauensbeweis echte Besorgnis war.

Immerhin: Ein halb unsichtbarer, vollkommen nackter Mann war in den Kristallpalast gestürmt, zielsicher auf den zentralen Bereich zu, in dem gerade der größte Diamant der Welt, ob echt oder nicht, aufbewahrt wurde. Leider war ich gerade auf der Toilette gewesen (es gab beeindruckend moderne Toiletten im Palast, und wir durften sie umsonst benutzen) und zu spät am Ort des Geschehens eingetroffen, um selbst einen Blick auf das zu werfen, was es da zu sehen (oder nicht zu sehen) gab. Als ich am Transept anlangte, war er schon wieder verschwunden, diesmal endgültig; dennoch hielten sich hartnäckig Gerüchte unter den Arbeitern, die ihn hier und dort wieder gesehen haben wollten.

Dann hatte man in der belgischen Abteilung einen bewusstlosen Nackten gefunden, doch es hatte sich nur um einen Mechaniker gehandelt, dem man offenbar seine Kleidung gestohlen hatte. Höchstwahrscheinlich war es unserem Phantom dann doch zu kühl geworden. Ich hatte mir trotz meiner Abgespanntheit gegen Ende meiner Schicht alle Mühe gegeben, beide Augen offen zu halten, soweit das in einer solchen Situation sinnvoll war, denn es gab nur zwei Erklärungen für das Phänomen: Entweder die

Zeugen waren nicht ganz richtig im Kopf, oder unser ungebetener Gast verfügte über technische Hilfsmittel, die auf dem freien Markt nicht verfügbar waren. Leider war er mir nicht begegnet. Ich nahm an, er war talentiert.

Mittags war ich zum Club zurückgekehrt, hatte schriftlich meinen Bericht abgeliefert und mich schlafen gelegt. Als ich auf der Suche nach dem Symposium kurz am Palast vorbeigeschaut hatte, hatte sich die größte Aufregung zwar wieder gelegt gehabt, doch angeblich war es zu weiteren Diebstählen gekommen, diesmal vor allem Lebensmittel; es sah also ganz danach aus, als ginge der Nackte – der ehemals Nackte – immer noch um.

Durch die Botschaft des Wicket-Keepers sah ich mich in meinen Schlüssen bestätigt. Die Sitte kümmert sich darum. Das hieß so viel wie, dass er nicht mehr lange umgehen würde, denn kein Verhalten war in Augen der Sektion unsittlicher als der unsachgemäße Umgang mit Talenten und Kristallartefakten. Warum der Wicket-Keeper mich aus der Jagd nach dem Phantom heraushielt und weshalb es ihm solche Freude bereitete, irgendwelche kindischen Gerüchte über verfluchte Juwelen zu schüren, wusste ich nicht.

Was die „ihn begehrende Dame“ anbelangte, so war natürlich das hosentragende Mischlingsmädchen gemeint, das fast noch größeres Aufsehen verursacht hatte als der Nackte, was auch nicht verwunderlich war, denn wo er sich ja größte Mühe gegeben hatte, unsichtbar zu bleiben, hatte sie sich mächtig ins Zeug gelegt, so sichtbar wie möglich zu sein. Den verwirrten Zeugenberichten nach war ihr das gelungen: Die Männer sprachen von ihr, als sei eine leibhaftige Göttin zu ihnen herabgestiegen; manche schienen gar der irrsinnigen Annahme erlegen zu sein, sie sei in irgendeiner Weise die Besitzerin des Palasts oder doch wenigstens die Tochter Paxtons, des Architekten; ein geistig verwirrter Klempner hatte sie doch tatsächlich für ein Mitglied der königlichen Familie gehalten, und da gab es nun wirklich wenig Ähnlichkeiten, wie ich mich selbst mit einem kurzen Blick auf sie hatte überzeugen können, bevor man sie dann weggebracht hatte. Auch hier galt: Wenn niemand den Leuten etwas ins Essen getan hatte, konnte es sich eigentlich nur um den Kunstgriff einer Talentierten handeln. Fast bereitete mir dieser Gedanke noch mehr Sorgen als der an den Nackten, denn erstens hatte ich noch nie mit einer talentierten Frau zu tun gehabt, und zweitens legte ich auch keinen großen Wert darauf, besonders nicht, wenn es sich, wie ich annahm, um ein Talent handelte, das ihre Wirkung besonders auf das männliche Geschlecht noch verstärkte.

Vielleicht sollte ich dem Wicket-Keeper dankbar sein, dass er mich nicht auf sie, sondern den „sie fördernden Herrn" angesetzt hatte. Zumindest ersparte es mir vielleicht noch mehr Probleme mit meiner Frau.

Besagter Herr war nun natürlich der weißgekleidete Einäugige, der sich zwischen die ratlosen Polizisten, die erzürnten Aussteller und die naseweisen Schaulustigen gedrängt hatte, als wäre es seine Aufgabe, ein außer Kontrolle geratenes Orchester wieder in den richtigen Takt zu bringen. Ich hatte ihn gewähren lassen, denn zu diesem Zeitpunkt war meine vordringliche Aufgabe ja gewesen, den falschen Koh-i-Noor zu bewachen, und der war sicher in seinem Sockel verschwunden, sobald die erste Unruhe losgebrochen war. Meine Zurückhaltung kam mir nun zugute, denn wahrscheinlich hatte er mich noch nicht bemerkt und würde nicht mit mir rechnen, wenn ich ihm meine Aufwartung machte.

Mit der gebotenen Höflichkeit. Also erst reden, dann zuschlagen. Offenbar wollte der Wicket-Keeper vermeiden, dass sich etwas Ähnliches wie in Rio noch einmal ereignete. Gleichzeitig war es eine Warnung. Wenn der Alte ein Freimaurer war, dann hatte er mächtige Freunde, und gerade der Mystic Order of the Ancient Sun (diese Clubs von Möchtegern-Zauberern trugen alle so blumige Namen) hatte der Sektion Cricket schon früher ein Bein zu stellen versucht. Wymer bezeichnete sie gerne als „Freigeister": unkontrollierte Talentträger, die er lieber heute als morgen hinter Gittern gesehen hätte. Ich konnte nicht leugnen, dass ich ein gewisses Verständnis für diesen Wunsch empfand, denn solche Leute waren genau die Sorte machtgieriger Quertreiber, die unsereinem das Leben schwer machten: Nach außen hin taten sie, als wären sie die geheime Stütze des Empires; in Wahrheit waren sie die fünfte Kolonne, die es eines Tages zu Fall bringen könnte. Als ich den Wicket-Keeper an einem entspannten Abend im Club einmal darauf angesprochen hatte, ob an den Gerüchten über Talentierte in den Reihen des Ordens etwas dran sei und ob er das nicht als großes Risiko betrachte, hatte er nur gelächelt und gesagt, es sei noch lange nicht entschieden, wer wen zu Fall bringen würde, und etwas an der Art, wie er es gesagt hatte, hatte mich mit dem Eindruck zurückgelassen, dass ihn etwas mit dem Orden verband; etwas, das er als Privatangelegenheit betrachtete, und ich hatte es dabei bewenden lassen.

Offenbar war aus der Privatangelegenheit nun ein berufliches Problem geworden, denn laut meinen Anweisungen trug der Orden Trauer. Es hatte also Tote gegeben, die Presse wusste davon, und meine Gegner waren verstimmt. Mir sollte es recht sein. Wenn ich die Wahl hatte zwischen einem splitternackten Juwelendieb, einem übergeschnappten Mischlingsmädchen und einem einäugigen Zauberer, dann war der Zauberer gar nicht mal die schlechteste Alternative.

Greenwood kam zurück und stellte einen dampfenden Teller mit Erbensuppe vor mich, der nach Kuhmist und alter Minze roch. Eine Ausgabe des Standard legte er daneben. Ich versuchte, ein, zwei Löffel Suppe zu essen, dann schob ich sie angewidert von mir und erhob mich. Die Zeitung klemmte ich mir unter den Arm.

„Sie verlassen uns schon?“, fragte der Sergeant. Beinahe klang es bedrückt.

„Mein Guter“, sagte ich, reckte mich und gähnte. „Selbst wenn Sie Ihre Bar für mich öffneten – das Feuerwasser, mit dem ich diese Suppe herunterbekäme, ist noch nicht erfunden worden.“

„Ich soll Ihnen noch etwas bestellen, Sir“, haspelte der Sergeant und senkte die Stimme wieder.

„Ja?“

„Von Ihrer Frau Gemahlin.“

Ich erstarrte und suchte in seinem Gesicht nach einem Hinweis darauf, dass er mich veralberte.

„Was haben Sie mit meiner Frau zu schaffen, Sergeant?“

„Nichts, Sir!“, befleißigte er sich. „Der Admiral trug mir nur auf, ihr zu bestellen, Sie seien wohlbehalten zurück. Ich meine, wieder im Land.“

„Sie waren bei meiner Frau?“, wiederholte ich.

„Wie ich sagte, Admiral Shiels trug mir …“

„Warum sollte er das tun?“

„Ich weiß nicht. Ich glaube, er hielt es für eine menschliche Geste. Ich glaube, so nahm sie es auch auf …“

„Gehen Sie mit Ihrem Glauben doch in die Kirche“, knurrte ich und wandte mich zum Gehen. Er sprang mir aus dem Weg.

„Ich kann Sie nicht daran hindern, Ihre Pflicht zu tun, Sergeant“, erklärte ich ihm geduldig, „aber niemand kann mich daran hindern, Sie bewusstlos zu schlagen, wenn Sie sich weiter in Dinge einmischen, die Sie nichts angehen.“

„Aber Sir“, protestierte Greenwood.

„Was noch?“, fuhr ich ihn an.

„Wollen Sie denn nicht wissen, was sie gesagt hat?“

„Wenn ich wissen will, was meine Frau zu sagen hat, werde ich zu ihr gehen und sie fragen. Ganz gewiss werde ich nicht Sie danach fragen. Guten Abend.“

Damit ließ ich ihn stehen und ging mit knurrendem Magen zurück: über die nächtliche Kuhweide, durch den scheußlichen Garten, das nicht minder scheußliche Anwesen und zurück zu meiner Arbeit, die auf der anderen Seite des Kensington Gore auf mich wartete.

Miss Niobe
Kinder der Götter

Gittertüren fallen ins Schloss, mit einem Geräusch, als werde der Laufsteg eines großen Dampfschiffes eingeholt. Schwere Ketten rasseln über Metall, und im hohlen Bauch des Schiffes stampfen die Maschinen ihren alten Tanz. Man legt mich auf einen kalten Tisch und bindet mich mit Lederriemen.

Ich wehre mich, kämpfe gegen die packenden Hände und die engen Fesseln, doch ich ernte nur mitleidige Blicke. Männer mit grimmigen Bärten beugen sich über mich, kleine Augen funkeln hinter runden Augengläsern. Sie ragen über mir auf wie Bäume, so dass ihre Zylinder bis an die Decke zu stoßen scheinen, und machen sich Notizen auf ihren Blöcken. Sie rühren einen grauenhaften Cocktail aus Tropfen und Pulvern zusammen, zwingen meinen Mund auf und flößen ihn mir ein. Ich tobe und pruste, doch irgendwann muss ich schlucken, wenn ich nicht ertrinken will. Dann bringt man mich weg. Matronenhafte Krankenschwestern strafen mich mit ihren Blicken. Das ist es, sagen diese Blicke, was man erhält, wenn man sich die Kleidung vom Leib reißt und ein nacktes Mannsbild über die Rotten Row verfolgt! Für Leute wie dich haben wir Bedlam gebaut!

Sie stoßen mich in ein kaltes, nacktes Verlies, und eine eiserne Tür fällt mit einem lauten Knall ins Schloss. Der Widerhall des Knalls wandert die Korridore der Anstalt hinab, wo klagend die Stimmen der Irren zum Leben erwachen. Ich werfe mich gegen die Tür und schreie aus Leibeskräften, doch meine Stimme ist nur eine von vielen in diesem trostlosen Chor. Ich weiß, dass man diese Schreie an manchen Tagen bis vor die Tore hören kann und Besucher von weit her kommen, ihnen lauschen zu dürfen.

Bald werde ich müde, und meine Sinne verwirren sich. Ich habe Angst, dass die Drogen, die sie mir gegeben haben, mich einschlafen und nie wieder erwachen lassen werden. Meine Nachbarn fallen mir ein und das Arsen, mit dem sie die Katzen vergiften. Ich presse mein Gesicht gegen die Stäbe des Fensterchens in der Tür. Ein Arzt mit einer Spritze läuft draußen vorbei und wirft mir einen süffisanten Blick zu. Ich erkenne ihn: Ich kenne sein listig lächelndes Gesicht, denn es ist Frans, der dort draußen vorbeiläuft, und ich heule auf wie ein verwundetes Tier und bete, dass man mich befreien, dass jemand kommen und mich wegbringen möge von diesem finsteren Ort.

Ich schreie nach Bailey.

Bailey ist bisher immer gekommen.

Er war immer da, mich aufzufangen – selbst wenn ich gar nicht wusste, dass ich fiel.

Die schwüle Hitze hing über den Treppenstufen des Tempels. Sie lag überall: über den Salzsümpfen, dem Fluss und den Armensiedlungen an seinen Ufern. Sie lag über der ganzen Welt, die ich kannte. Es bereitete mir nur geringes Vergnügen, dass sie die Reichen ebenso heimsuchte wie die Armen, die Pfauen in den Gärten wie die Kühe auf der Straße. Was wusste ich schon vom Rest von Kalkutta oder der Welt? Ich kannte nicht viel mehr als das hier.

Ich kannte die engen Gassen Kalighats im Herzen der Stadt, wo man die Alten und Kranken zum Sterben auf die Straße legte, und die Türme des Tempels, die sich darüber erhoben. Ich kannte die trüben Fluten des Adi Ganga, der uns mit den heiligen Wassern des Ganges verband, die Boote auf ihm und die verschworene Gemeinschaft der *Kangali,* der Ärmsten der Armen, die auf den Stufen an seinem Ufer um Almosen bettelten. Pilger kamen von weit her, um den großen Kalitempel zu besuchen. Manchmal gaben sie uns Geld, manchmal Kleidung. Manchmal kamen die Bediensteten des Tempels herab und verteilten *Anna Prasad* – den Reis, den man der Göttin darbot. Das galt als tugendhafte Tat, und so erlangten sie *Punya,* und wir teilten unsere Tafel mit Kali. Manchmal hatten wir beinahe genug, um zu überleben.

Ich hatte keinen Sinn für Arm oder Reich, Recht oder Unrecht. Ich hatte nie etwas anderes gesehen und war nur ein kleines Mädchen, das sein Leben lang Lumpen am Leib getragen hatte und nicht wusste, wie sich Schuhe anfühlten. Ebenso wenig wusste ich, wie es war, ohne Hunger und ohne Schmerzen zu sein. Aber das war das Leben, und so ging es allen hier.

Ich wusste nicht, woher ich kam oder wie alt ich war. Ich hatte nur das vage Gefühl, älter zu sein als viele andere Kinder. Im vergangenen Frühling hatten sie noch bei mir gesessen, dann waren sie verschwunden. Vielleicht hatten sie eine Anstellung als Rikschafahrer oder Dienstmädchen gefunden. Vielleicht hatte man sie auch fortgebracht, oder der Monsun hatte ihnen Krankheit und Tod beschert. Ich aber blieb übrig wie die letzte Dattel in einem Korb, die niemand kaufte. Ich war immer noch hier.

Ganze Familien hatten ihr Heim um diese heilige Stätte gefunden. Sie wurden als *Kangali* geboren und lebten, heirateten und starben auf der Straße. Einige von ihnen erinnerten sich stolz ihrer Kaste, auch wenn ihr einziger Beruf mittlerweile das Betteln war. Andere, wie ich, hatten nie einer Kaste angehört. Die meisten Familien beachteten mich nicht. Sie konnten kaum ihre eigenen Kinder ernähren, und eine Waise war ihnen nur im Weg.

Auch erkannte ich ab einem gewissen Zeitpunkt, dass meine Haut heller war als die der anderen. Manche begegneten mir deshalb mit Abneigung. Nur Dania machte das nichts.

Dania war eine Greisin, die immer an derselben Stelle der Tempelstraße saß. Sie war blind, und oft leistete ich ihr Gesellschaft, und sie erzählte mir von den Ursprüngen des Tempels und unseres Volkes. Die meisten *Kangali* interessierten solche Geschichten nicht, aber Dania waren sie wichtig, und ich hörte ihr gern zu, weil sie mich gut behandelte. Außerdem hatten die *Jatris*, die zu uns kamen, Mitleid mit der alten Blinden, und wenn die Fremden nur flüchtig hinsahen, hielten sie mich für Danias Tochter oder Enkelin und gaben ihr mehr, als sie einer Kinderlosen gegeben hätten. Ich achtete darauf, dass niemand uns bestahl, und am Abend eines guten Tages kauften wir zusammen Reis bei einem der alten Händler und teilten unser Essen. Ich glaube, sie hatte sonst niemanden. Wo sie die Nacht verbrachte, wusste ich nicht, aber manchmal blieb sie lange bei mir, in meinem Schlupfwinkel, bis ich eingeschlafen war, und ging dann davon. Sie war der einzige Mensch, der für mich einer Familie nahekam.

Gleich, wie heiß oder wie feucht es war, gleich, welche Krankheit oder Not Kalkutta gerade heimsuchte: Dies war mein Zu Hause, unter dem endlosen blauen Himmel, auf den Stufen des Kalighattempels. Vielleicht würde ich im nächsten Frühjahr noch dort sein, vielleicht auch nicht. Aber hier hatte ich meinen Platz gefunden, in der Nähe der Göttin, ebenso wie die misstrauischen *Mastans*, die den ganzen Tag scheinbar untätig in der Sonne saßen und dabei ihre heimlichen Geschäfte abwickelten, oder die emsigen *Pandas*, die vom Tempel zu uns herabkamen. Alles drehte sich um den Tempel, denn der Tempel war Leben.

Natürlich glaubte ich, ich sei die Einzige, zu der die Stimme im Tempel sprach.

Der Engländer im weißen Anzug gehörte nicht dorthin. Er fiel mir ins Auge, wie er einem der Kähne entstieg und die Planken mit seinem Schirm abklopfte, als müsse er sich selbst davon überzeugen, wirklich hier zu sein. Er war so störend im Bild der Anlegestelle, wie es eine Handvoll Schnee gewesen wäre.

Ich wusste damals noch nicht, wie Schnee aussah. Ein Pilger in leuchtenden Gewändern hatte mir davon erzählt. Er hatte das Dach der Welt gesehen und einen Nachmittag auf den Stufen mit mir verbracht. Von ihm wusste ich, dass Schnee weiß war und nur auf den steilsten und kältesten Gipfeln lag. Von Gebirgen oder Kälte hatte ich ebenfalls nur eine vage Vorstellung.

Mit England verhielt es sich ähnlich. Es gab diesen Ort, und er war anscheinend sehr weit entfernt, weiter noch als das Dach der Welt, das viele Tage oder Wochen den Fluss hinauf lag. Aber obgleich der Name England mir nichts bedeutete, wusste ich doch, was Engländer waren. Engländer waren die Herren der Welt. Was ich nicht verstand, war, wie das sein konnte, wo sie doch nie in den Tempel kamen und zu Kali oder Shiva beteten. Vielleicht beteten sie an einem anderen Ort.

Dieser Engländer war anders. Wie alle Angehörigen seines Volkes hatte er helle Haut, war viel zu dick gekleidet und litt unter der Hitze. Dauernd tupfte er sich die Stirn mit einem weißen Tuch. Überhaupt war alles an ihm weiß, von seinem eigenartigen Hut bis zu seinen großen weißen Schuhen. Nur mit seinem Antlitz stimmte etwas nicht: Denn auf seiner runden Nase, die sich über einem dichten weißen Bart erhob, trug er ein Gestell, das eines seiner Augen mit einer schwarzen Scheibe bedeckte, wie Rahu, der Dämon, der die Sonne verschluckt.

Ich fragte mich, ob das Gestell ihm Probleme bereitete, denn er stand hilflos am Fuß der Treppe und spielte mit seinem Schirm, während um ihn herum Säcke und Kisten voll Baumwolle und Indigo verladen wurden und Frauen ihre Wäsche im Wasser des Kanals wuschen. Auf die Idee, er könne auf einem Auge blind sein, kam ich erst später. Ich kannte weder Brillen noch Schirme und hatte noch nie einen blinden Engländer gesehen.

Dann ließ er seinen Blick die Stufen emporschweifen und betrachtete den Tempel. Er schien jede Kleinigkeit in sich aufzunehmen; es kam mir vor, als stünde er eine Ewigkeit dort unten, und fast hatte ich ihn vergessen, als er sich schließlich anschickte, die Stufen zu erklimmen.

Die meisten Bettler ließen ihn in Ruhe, denn sie versprachen sich nur Ärger von ihm. Engländer schien es wenig zu kümmern, ob sie *Punya* erlangten. Nur ein paar der kleineren Kinder streckten ihm die Hände entgegen, aber er beachtete sie nicht. Neugierig sah ich zu, wie er näher kam, schnaubend und klappernd, ein seltsames dreibeiniges Wesen mit einem gezwirbelten Bart.

Ich hatte nicht vor, ihn anzusprechen; ich hatte meine Erfahrungen mit Engländern gemacht.

Die Stimme im Tempel aber wollte es.

Also stand ich auf und trat ihm in den Weg.

Irritiert sah er mich an. Ich glaube, er war belustigt von meinem Anblick, wie ich da vor ihm stand wie ein halbstarker *Mastan*, der Wegzoll von ihm erpressen wollte. Dann griff er in die Tasche, zog eine kleine Silbermünze hervor und ließ sie so unauffällig wie möglich in meine Hand gleiten. Erstaunt betrachtete ich die fremden Schriftzeichen und das wohlgenährte Gesicht eines unbekannten Mannes darauf. Es war eine Viertelrupie – mehr Geld, als ich je im Leben besessen hatte, und ich fragte mich, ob ich sie je würde ausgeben können, ohne festgenommen und geschlagen zu werden.

„*Onek dhonyobad*", hauchte ich.

„Keine Ursache", erwiderte er in fließendem Bengali.

Ich war so verblüfft, dass er meine Sprache sprach, dass ich gar nichts sagte. So standen wir da, auf den Stufen des Tempels: ich barfuß, schmutzig, in lohfarbenen Baumwolllumpen, das lange Haar ganz verfilzt; er in seinem blütenweißen Anzug, eine Hand in der Hosentasche, die andere um den Griff seines Schirms gelegt.

„Nun", sagte er, um das Schweigen zu brechen, und hob den Blick von mir. „Das ist er dann wohl. Der Kali-Tempel von Kalighat."

„Ja, Sahib", bestätigte ich. „Das ist er."

„Kannst du mir etwas darüber erzählen?", erkundigte er sich.

„Was Ihr wollt", nickte ich. Es war die Wahrheit – dank Danias Geschichten kannte ich den Tempel und die Legenden, die sich um ihn rankten, in- und auswendig. Vielleicht war er das einzige, womit ich mich wirklich auskannte.

Zu meinem Erstaunen ließ sich der Engländer auf den Treppenstufen nieder und bedeutete mir, mich zu ihm zu setzen. „Ich bin ganz Ohr", sagte er.

„Was wollt Ihr wissen?", fragte ich und hockte mich neben ihm auf die heißen Stufen. Die *Jatris* und *Pandas* warfen uns befremdete Blicke zu und schlugen einen Bogen um uns.

„Fang einfach von vorne an", schlug er vor. „Ich habe Zeit."

Ich zuckte die Schultern und erhob meine Stimme, als sei ich ein Brahmane und lehre ihn die Puranas. „Als Krishna die Welt verließ und das Dvapara Yuga endete ..."

Er hob die Hand und lächelte entschuldigend. „Nicht ganz so weit vorne."

„Soll ich Euch von Sati erzählen, und wie es kam, dass unser Tempel einer der 52 *Shakti Pithas* wurde?"

„Das klingt sehr vielversprechend", meinte er.

Ich nickte und hob wieder an. „Es war Brahmas Begehr, dass die Göttin Sati als Frau geboren ward. Man nannte sie Dakshayani, die Tochter des Daksha." Ich erzählte ihm, wie Dakshayani heranwuchs und alle Freier, die ihr die Aufwartung machten, verschmähte, weil sie fühlte, dass sie für einen anderen bestimmt war. Ich erzählte, wie sehr das ihren Vater erzürnte und wie unermesslich wütend er wurde, als Dakshayani heimlich davonging, um Shivas Gemahlin zu werden. Lange Zeit wollte sie nicht wahrhaben, wie sehr ihr Vater ihr Glück missbilligte, doch als er ein großes Fest ausrichtete und sie und Shiva nicht dazu einlud, konnte sie es nicht länger leugnen: Die Liebe zu ihrem Gemahl hatte sie von ihrer Familie entzweit, und sie nahm sich das Leben vor Schmach. In seiner Trauer und seinem Zorn sandte Shiva seine Dämonen zu Daksha, die ihn verschlangen. Dann nahm er den Leib seiner toten Frau und tanzte mit ihr den Tanz der Zerstörung. Um Shiva wieder zur Besinnung zu bringen, zerteilte Vishnu Satis Körper mit seinem Diskus, dem *Sudarshana Chakra*. Ihre Teile fielen auf die Erde.

„Diese Orte sind die *Shakti Pithas*", schloss ich. „Satis letzte Ruhestatt. Die Zehe ihres rechten Fußes fand man in einem See nicht weit von hier."

Er schmunzelte. „Eine Zehe?"

Ich nickte.

„Da hat es Aurvandils Zehe weiter gebracht“, sagte er. „Thor warf sie in den Nachthimmel, und dort kannst du sie heute noch sehen – jeden Morgen und jeden Abend. Sie ist der hellste Stern am Himmel.“

„Thor?“, erkundigte ich mich.

„Du wirst nie von ihm gehört haben. Er ist – oder war – ein Gott in der Ecke der Welt, aus der ich stamme.“

„Er ist keiner mehr?“

„Götter kommen und gehen. Die Geschichten aber bleiben. Ich frage mich, wie es kommt, dass man sich überall auf der Welt die immer gleichen Geschichten erzählt?“ Er beobachtete mich aufmerksam. „Osiris wurde in vierzehn Teile zerstückelt, und Isis, seine Ehefrau, setzte sie wieder zusammen. Leider fehlte ihr bis zuletzt ein entscheidender Teil – und ich rede hier nicht von seiner Zehe. Orpheus wurde von den Mänaden zerrissen, und diesmal waren es die bedauernswerten Musen, die ihn wieder einsammeln durften und am Fuße des Olymp begruben. Allerorts zerlegt man Götter und Halbgötter in ihre Einzelteile, und dann braucht es Jahrtausende, bis man die letzte Zehe wiederfindet.“

„Alles wiederholt sich“, sagte ich und dachte daran, was mich Dania gelehrt hatte. „Die Yugas – die Zeiten – vergehen wie Jahreszeiten, und wenn sie tausend Mal vergangen sind, war das nur ein Tag im Leben Brahmas. Wenn dieser Tag vorbei ist und ein neuer beginnt, ist die Sonne erloschen, und eine neue Sonne scheint.“

Er lächelte versonnen und sagte einige Worte in seiner Sprache, die ich nicht verstand.

Ich sah ihn verwirrt an, und er strich mir über den Kopf. Ich war so überrascht, dass ich es geschehen ließ.

„Keats“, sagte er. „Vielleicht wirst du ihn eines Tages lesen können.“

Ich wusste damals nicht, was er damit meinte, und nickte nur artig.

„Die Götter besiegten die Titanen“, erläuterte er mir, „und gelegentlich standen die Menschen kurz davor, die Götter zu besiegen

– aber die Götter haben es ihnen stets recht übelgenommen. Eines Tages vielleicht ... aber nicht jetzt. Für den Moment denk einfach daran, dass die Götter deine Feinde sind."

„Das glaube ich nicht", sagte ich, denn was wäre sonst von meiner Welt geblieben, und er brummte.

„Das musst du auch nicht", sagte er. „Wenn ich die Wahl hätte, einem dahergelaufenen Popanz oder einer unsichtbaren Stimme in meinem Kopf zu glauben, würde ich höchstwahrscheinlich auch auf Letztere setzen."

Ich starrte ihn mit offenem Mund bestürzt an. Nie zuvor hatte jemand außer mir die Stimme gehört. Ausgerechnet dieser Fremde ...?

„Dachte ich's mir doch", sagte er befriedigt, wandte den Kopf von mir ab, nahm das Gestell von seiner Nase und begann, es zu putzen.

„Woher wisst Ihr davon?", fragte ich.

Er drehte mir den Kopf zu, und beinahe hätte ich laut aufgeschrien. Dort, wo sein linkes Auge hätte sein sollen, war nur ein heller Ball aus funkelndem Glas, der mich mit einer unwahrscheinlichen Lebendigkeit studierte. Ich kannte Danias blinden Blick, ich kannte Krankheiten und Entzündungen, und einmal hatte ich einen Mann gesehen, dem man die Augen ausgestochen hatte. Nie aber hätte ich mir träumen lassen, dass jemand etwas, das nicht dorthin gehörte, in seinen Körper pflanzte wie Saat in die Erde.

„Ich bin voller Überraschungen", sagte er.

„Ein Shila", staunte ich. „Ein Shila aus Glas."

„Du hat mehr Steine wie diesen gesehen?", fragte er.

„Nicht wie diesen", sagte ich. „Aber so ähnlich."

„Wie nanntest du sie?"

„Die *Shaligram Shilas* sind die Gestalt, die Vishnu annahm, als er auf die Erlösung seiner Gemahlin wartete."

„Ich kenne die Geschichte", nickte er. „Hatte man sie nicht in eine Basilikumpflanze verwandelt?"

Ich merkte, dass er sich über mich lustig machte, und schlug im Spaß nach ihm. Später wunderte ich mich über mich selbst. Meist bedeuteten Engländer Ärger, nicht selten den Tod, und hier saß ich und trieb Scherze auf Kosten der Götter mit ihm.

„Ich glaube nicht, dass Euer Auge von Vishnu stammt", sagte ich schließlich. „Ich glaube aber, es hat etwas mit dem Tempel zu tun – und mit ihr, denn es hat Euch hierher zu ihr geführt."

„Zu Kali?", fragte der Engländer. „Oder Sati?"

Ich schüttelte den Kopf. „Ananda, Sahib."

„Ananda?"

Ich nickte.

„Das ist Sanskrit, nicht?"

„Es ist auch ein Name. Er bedeutet Glückseligkeit."

„Wer ist Ananda?"

„Sie ist im Tempel. Ich kann sie hören."

„Sie spricht zu dir?"

„Nicht mit Worten. Aber ich spüre sie. Sie ruft mich und wacht über mich."

„Bist du deshalb hier?", fragte er.

Ich wusste keine Antwort auf diese Frage, die ich mir selbst oft gestellt hatte. Ich wusste nur, dass sie hier war und ich mich dank ihr weniger allein fühlte. Manchmal war Anandas Stimme wie ein ferner Gesang, den ich kaum hören konnte; manchmal, in der Nacht, war er so deutlich, als säße Dania neben mir und wiege mich in den Schlaf, und manchmal, glaubte ich, träumte Ananda, und ihre Träume wurden zu meinen. In diesen Träumen sah ich ferne, geheime Orte tief im Urwald, an denen unbegreifliche Dinge vor sich gingen, und sie erfüllten mich mit einer Mischung aus Schrecken und Ehrfurcht. Ich nahm an, das sei nur normal für die Träume der Götter.

„Ich weiß nicht. Ich war immer hier. Ich habe keinen anderen Ort und wollte nie anderswo sein."

„Warum gehst du nicht zu ihr?"

Ich zögerte. „Da ist ein Priester", sagte ich. „Ein alter *Sebait.* Er schlägt mich und lässt mich nicht zu ihr."

„Beschreib mir den Mann und wo ich ihn finde", sagte der Engländer, und ich tat, wie mir geheißen.

Dann schlug er sich auf die Schenkel und erhob sich. „Du hast mir sehr geholfen", sagte er. „Ich bin dir zu Dank verpflichtet. Vielleicht setzen wir unsere Unterhaltung zu einem späteren Zeitpunkt fort?"

„Ich werde hier sein", sagte ich, und er nickte.

Ich sah ihm nach, wie er in der Menge verschwand, und klammerte mich an die Münze, die er mir gegeben hatte. Sie funkelte wie ein Stern.

Drei Tage vergingen.

Ich kaufte Essen auf dem Markt: einen ganzen Korb voll *Chapati*, dazu Reis und einen großen Topf *Dal*. Natürlich war das mehr Essen, als ich allein je essen konnte, und natürlich war der Händler, dem ich die Münze gab, misstrauisch und gab mir kein Wechselgeld. Ich beschloss, meine Schätze zu teilen, da die anderen sie mir sonst nur neiden würden, und ich hatte Angst, die *Mastans* könnten kommen und mir alles mit Gewalt abnehmen.

Zuerst ging ich zu Dania. Sie dankte mir nicht, aber ich sah ein Leuchten auf ihrem blinden Antlitz, und wir speisten lange und reichlich. Dann gab ich den anderen Kindern, die schon um uns herumstanden. Sie nahmen ihren Teil und liefen aufgeregt davon. Dann ging ich zu den *Mastans* und allen anderen.

Es ging uns Kindern auf der Treppe in diesen Tagen besser als jemals zuvor.

Dann aber verstummte die Stimme im Tempel.

Furcht kroch in mir empor. Ananda hatte noch nie so lange geschwiegen, und etwas an dieser Stille war anders. Unwiderruflich. Eine Leere breitete sich in mir aus, die mit Nahrung nicht zu füllen war. War Ananda böse auf mich, weil ich unser Geheimnis verraten hatte?

Den Engländer hatte ich während dieser ganzen Zeit nicht gesehen.

Dann war er auf einmal wieder da, setzte sich ohne ein Wort neben mich und blinzelte in die Abendsonne.

„*Nomoskar, Sahib*", sagte ich wachsam. Ich spürte, er führte etwas im Schilde.

„Hallo", erwiderte er, ohne mich anzusehen.

„Wo wart Ihr?", erkundigte ich mich.

„Geschäfte", sagte er. „Die sind sehr knifflig zur Zeit, weißt du?" Er förderte eine Pfeife zutage und begann, sie zu stopfen. Ich musterte ihn fasziniert. „Gestern noch zwingen wir ein ganzes Volk an den Webstuhl – heute tun Maschinen seine Arbeit. Wir aber machen einfach weiter wie bisher und verkaufen Opium an die Chinesen, damit uns der Tee nicht ausgeht. Der Tee!" Er blickte zum Himmel empor. „Hast du je den Namen Bahadur Shah gehört?"

Ich schüttelte den Kopf.

„Solltest du aber. Er ist der Herrscher deines Landes. Der Großmogul Indiens – sogar schon der zweite dieses Namens."

„Ich habe nie von ihm gehört", bekannte ich.

„Er sitzt im Roten Fort in Delhi und schreibt Gedichte in Urdu. Angeblich sind sie nicht mal schlecht." Er lachte und schüttelte den Kopf, dann legte sich Traurigkeit auf sein Gesicht. „Es ist, wie du gesagt hast", brummte er. „Alles ändert sich und bleibt doch gleich. Wir haben Indien erobert und die Herrschaft darüber an ein Imperium von Kaufmännern abgetreten. Unser König wird nicht mehr lange leben. Es stellt sich die Frage, wohin das Rad des Schicksals sich dreht, wenn wir es anstoßen."

Dann griff er in seine Westentasche und förderte einen schwarzen Stein zutage, so groß wie ein Wachtelei. Mir stockte der Atem.

„Ist es das, was du suchst?", fragte er und drehte kaum merklich den Kopf.

Ich nickte stumm.

So beiläufig, wie er mir zuvor die Münze gereicht hatte, steckte er mir den Shila zu. Meine Hände bebten, als ich ihn in Empfang nahm. Er brannte wie glühende Kohlen, doch ich umklammerte ihn und ließ ihn nicht los – denn er war alles, was ich mir überhaupt vorstellen konnte. Meine Sinne öffneten sich. Es war, wie nach langer Wanderung durch das Dunkel ein strahlendes Licht in Händen zu halten; zur Quelle der Wärme, dem Ursprung der Musik vorzustoßen. Ananda war in mir, füllte mich aus – und meine Welt wurde für immer eine andere.

Der Engländer paffte eine Weile seine Pfeife. Als er wieder das Wort an mich richtete, klang es fast wie ein Vorwurf.

„Hast du eigentlich keine Familie?“, fragte er.

Ich erwachte.

Einen Augenblick lang hatte ich furchtbare Angst, weil ich nicht wusste, wo ich war – erwartete mich der Alptraum Bedlams oder der Schatten jenes anderen Lebens, damals, am anderen Ende der Welt, in Kalkutta? All die Geister standen in der Dunkelheit des fremden Zimmers lebendig vor meinem Auge: Frans, verkleidet als Mediziner, der erwartungsvoll mit seiner Spritze spielt; Dania an ihrer Straßenecke, die milchigen Augen zur Sonne gekehrt, und das Geschnatter der Kinder auf den Stufen des Kalighattempels.

Dann beruhigte ich mich. Bettstätten wie diese gab es weder in Bedlam noch in Kalkutta. Wo immer ich war, die Weichheit der Decken verhieß Sicherheit.

Zögernd richtete ich mich auf. Ich hatte Schmerzen an Brustkorb und Hals und zwischen den Schultern, so als hätten mich zwei große Hammerköpfe gleichzeitig von vorn und hinten getroffen. Mein Mund war trocken. Stöhnend schob ich das Kissen in meinen Rücken und sah mich um.

In der Dunkelheit machte ich die Schatten hoher Möbel und schwerer Vorhänge aus. Ein Vorhang war nicht ganz zugezogen, und ich konnte einen Zipfel Nacht mit einem schmalen Sichelmond erkennen, darunter das warme Gaslicht einer Straßenlaterne. Ich befand mich in einem reichen, typisch englischen Haus.

Ich strengte mich an, mich zu erinnern, was am Vortage – war es der Vortag gewesen? – mit mir geschehen war, und nach und nach kehrten die Bilder zurück: Bailey, der vor meinem Kamin saß, Shah Jahan zu seinen Füßen; die Kutschfahrt nach West End; die Begegnung mit Betty, dann die unwirkliche Verfolgungsjagd durch den Hydepark. Dort begannen sich Phantasie und Wirklichkeit zu vermischen. Ich glaubte, mich an ein Kriegsschiff zu erinnern, an Vögel unter einem gläsernen Himmel, einen funkelnden Springbrunnen und einen prunkvoll geschmückten Elefanten. Etwas war dort mit mir passiert.

Frans blickte mich an und lächelte.

Ekel überkam mich, als ich an den Moment dachte, in dem ich Sir Malcolms nackten Mörder fast zu fassen bekommen hatte, und wir auf der Schwelle des Palasts einen eigenartigen, elektrischen Tanz vollführten. Der Niederländer war skrupellos und mit überlegenen Möglichkeiten gesegnet, die ihn selbst nackt noch zu einem gefährlichen Widersacher machten. Andererseits, dachte ich, hätte er mich wahrscheinlich in diesem Augenblick auch töten können – aber er hatte es nicht getan. Oder hatte er es versucht, und es war nur etwas schiefgegangen?

Meine Finger ertasteten eine Lampe und Schwefelhölzer auf dem Nachttisch, und ich machte Licht. Daneben stand ein Glas Wasser, und ich trank gierig. Dann sah ich mich um. Im Schein der goldenen Ölflamme erblickte ich wertvolle Tapeten, Regale mit Büchern, einen großen indischen Wandteppich. Ich atmete beruhigt durch. Ich hatte dieses Zimmer schon ein paarmal gesehen – zuletzt vor etwas über einem Jahr.

Ich war in Baileys Haus. Oder eher, in einem von Baileys Häusern.

Er war da gewesen.

Ein Gedichtband lag auf dem Nachttisch. Es war Keats – eine Grußbotschaft. Hatte Bailey geahnt, dass ich von unserer ersten Begegnung träumen würde? Das war undenkbar. Doch Bailey und das Undenkbare hatten eine innige Beziehung.

Ich lächelte und nahm das Buch zur Hand. Was immer mir widerfahren war, ich war überzeugt, dass Bailey bald zurückkehren und nach mir sehen würde. Vielleicht würde er mir dann ein paar

Fragen beantworten – zum Beispiel, was mir solche Schmerzen verursachte, dass an Aufstehen kaum zu denken war.

Meine Finger glitten über die Seiten. Viele der Gedichte kannte ich schon, aber sie hatten nichts von ihrem Zauber eingebüßt.

Ich hatte noch nicht lange gelesen, als ich gedämpfte Geräusche im Haus hörte. Dann öffnete sich leise die Tür. Ich sah nicht auf, denn ich kannte die langsamen Schritte auf dem Teppich gut und roch das vertraute Aroma von Pfeifenrauch, das ihm anhaftete.

Ich spürte seine Gefühle: Besorgnis, Freude und Zuversicht.

Er blieb stehen, und ich fühlte seinen Blick auf mir. Ich fühlte mich fast wieder wie das Kind von einst. Dann murmelte er leise:

„In seinem strahlenden Palast, wo einst
die Pyramiden golden-hell erstarkt
und bronzen Obeliskenschatten fiel
Der Kuppel Dach, den Bogengang des Hofs
ein blutend Rot nun tausendfach durchflammt
Und all der Morgenröte Schleier weh'n
im Zorn; als Adlerschwingen, wie kein Gott,
kein staunend Mensch hat je geseh'n, den Ort
mit Dunkel überzieh'n; und Rösser nah'n
Wie nie von Gott noch staunend Mensch gehört."

Als er sprach, bekam ich eine wohlige Gänsehaut. Ich suchte die Stelle, und als Bailey verstummte, antwortete ich ihm:

„In Nischen dicht gedrängt steht auf den Flur'n
in Trauben die geflügelt' Dienerschaft
Verwirrt und voll der Furcht, wie Truppen, die
wenn schwere Beben Turm und Zinne droh'n
verzagt den Schutz der Ebene erfleh'n."

„Ich hatte Ihnen versprochen, dass Sie das eines Tages lesen würden", sagte er. „Denken Sie daran, den Göttern nicht zu trauen, Miss Niobe?"

„Ich denke immer daran", sagte ich und fasste nach dem Shila an meinem Hals.

Dann legte ich das Buch weg und sah ihn an: den weißen Anzug, die Brille mit dem schwarzen Glas.

„Sie sehen keinen Tag älter aus als damals."

Er lächelte und setzte sich auf die Kante des Bettes.

„Sie sehen mit jedem Tag, der vergeht, bezaubernder aus, meine Liebe."

Ich senkte schmunzelnd den Kopf, und eine Strähne fiel mir ins Gesicht. „Habe ich Ihnen je erzählt, wie sehr ich Montage hasse?"

„Dann bringe ich frohe Kunde", lächelte Bailey. „Der Montag ist vorüber."

„So lange?"

Er nickte. „Seien Sie dankbar. Sie haben ganze Arbeit geleistet. Welch eine Jagd! Ich wünschte, ich könnte im Tempel davon berichten."

„Das lassen Sie besser", lachte ich. Man wäre über die öffentliche Zurschaustellung unserer Fähigkeiten nicht allzu erfreut gewesen, und je weniger sie von den Einzelheiten erfuhren, desto besser. „Ich habe ein ganz schönes Aufsehen verursacht, nicht wahr? Ich vermutete mich schon hinter Schloss und Riegel."

„Nun, man sieht nicht alle Tage, wie eine schwarzgewandete junge Dame einen Geist durch den Hydepark jagt. Aber es ist auch nicht das Verrückteste, was sich dieser Tage in unserer schönen Stadt ereignet."

„Leider ist er entkommen", sagte ich. „Ich hätte aufmerksamer sein müssen."

„Wir haben ihn zu spät bemerkt. Vielleicht seiner besonderen Ausstattung wegen – Sie wissen, wie unvorhersehbar diese Wechselwirkungen sein können."

Wieder spürte ich, was er empfand: seine Belustigung und seine Sorge um mich. Dabei waren mir Baileys Gefühle immer verschlossen geblieben. Erschrocken griff ich nach dem Geschmeide an meinem Hals, dann fasste ich Bailey an der Wange und rief: „Ihr Auge! Ich habe Ihr Auge verloren!"

Er legte mir einen Finger auf die Lippen.

„Das ist wahr – aber es ist kein Unglück. Im Gegenteil. Die Überladung, die der Niederländer in unseren Sinnen verursachte, hat uns wertvolle Hinweise geliefert."

„Sie haben es auch gespürt?"

„Gespürt, gesehen, es ist schwer zu sagen, nicht wahr?" Er zwinkerte. „Sagen wir, ich wurde Zeuge des lichten Moments, als Sie und er zu verschmelzen drohten. Als eine der Folgen dieser absonderlichen Vereinigung muss sich das Auge aus seiner Verankerung gelöst haben, und ich war einige Momente lang desorientiert, bis ich mich wieder an Ihre Spur heften konnte. Aber seien Sie unbesorgt: Ich habe bereits meinen Freund Mr. Faraday konsultiert, und er versichert mir, dass die Fassung, die er mir in die Augenhöhle implantierte, keinen Schaden genommen hat, und als hätte ich noch einen sichtbaren Beweis benötigt, fing das Auge kurz darauf wieder an, Bilder zu liefern."

„Sie sehen noch damit?", staunte ich.

Er neigte den Kopf. „Es ist eine befremdende Erfahrung, aber ich befinde mich gleichzeitig hier und an der Pforte des Kristallpalasts. Leider, fürchte ich, bin ich im Schlamm gelandet, aber eine kleine Schwelle schützt mich vor Tritten, und ich habe einen hervorragenden Blick darauf, wer alles im Palast ein- und ausgeht. Vielleicht kann ich es zu unserem Vorteil nutzen."

„Was hat Faraday zu dem Vorfall gesagt?"

„Er ist überzeugt, es müsse sich um eine elektrische Entladung gehandelt haben, die Ihr Talent und mein Auge überflutete – eine Entladung von solcher Stärke, dass es kaum vorstellbar scheint und es einem Wunder gleicht, dass wir beide noch leben. Aber, wie er zu sagen pflegt: Nichts ist zu wundervoll, um wahr zu sein. Höchstwahrscheinlich verdanke ich es den Resten dieser Entladung, dass das Implantat nach wie vor das Signal des Auges empfängt."

„Sie sollten es holen gehen", riet ich ihm.

„Gemach. Das werde ich – sobald Frans wieder die Bildfläche betritt, und das wird er gewiss bald. Bis dahin könnte ich mir keinen besseren Späher wünschen. Den Schlamm am unteren Gesichtsfeld nehme ich in Kauf."

Ich seufzte. Wenn Bailey einen seiner verrückten Pläne gefasst hatte, war es unmöglich, ihn davon abzubringen. Wahrscheinlich verdankte ich mein Leben einer dieser Launen.

„Was hat er vor?", überlegte ich laut, „und wozu dient das Artefakt, das er Sir Malcolm gestohlen hat?"

„Nun", räusperte sich Bailey, „es scheint offensichtlich, dass unser Ingenieur über gute Quellen verfügt, die ihn mit erstklassiger Ausrüstung versorgen."

„Aber was wollte er im Palast? Bailey, er ist nicht einfach nur drauflosgerannt – er wollte dorthin, da bin ich mir sicher! Ich konnte es auch spüren; tatsächlich spüre ich es schon seit Tagen. Etwas hat uns gerufen. Hören Sie es nicht? Ich kenne diese Art Ruf. Sie kennen sie. Sie wissen, was ich meine."

Er wurde ernst. „Ist es wie damals in Kalighat?"

Ich schwieg einen Augenblick lang. „Meine Sinne sind nicht mehr so scharf, wie sie es als Kind einmal waren. Aber all die Jahre, die ich den Shila nun trage, schufen ein Band zwischen uns – so wie zwischen Ihnen und Ihrem Auge. Dieses Band schwingt wie eine angeschlagene Saite – es ist Musik, Bailey. Sphärenmusik. Ein fernes Lied, das immer lauter wird, und genau wie damals dringt es aus einem verbotenen Palast zu mir."

Ich schüttelte mich, und Bailey kam näher und legte mir die Decke um. Alles war wie damals, nur das Land war ein anderes.

„Wir haben immer gewusst, dass wir nicht die einzigen sind, die den Ruf vernommen haben", erinnerte er mich. „Viele der Schätze bleiben bis heute verschwunden; manche der *Shakti Pithas* haben ihr Geheimnis nie preisgegeben. Es mag sein, dass einige der verlorenen Puzzlestücke nun aufgetaucht sind, und wir bald mehr über sie erfahren – über sie und die, die sie heute besitzen."

„Wie ist Sir Malcolm an das Artefakt gelangt?", fragte ich. „Bailey, Sie hätten mir gleich erzählen sollen, um was für einen Gegenstand es sich handelt."

Bailey schüttelte bitter den Kopf. „Dies ist kein gewöhnliches Artefakt, Miss Niobe. Zwar ist jedes Artefakt auf seine Weise einzigartig, doch dieses ... ich wünschte wirklich, ich könnte meine

Mutmaßungen darüber mit Ihnen teilen, aber Sie wissen, dass es mir nicht gestattet ist, die inneren Angelegenheiten der Loge mit Außenstehenden zu erörtern."

„Ist das alles, was ich für Sie bin?", fragte ich bitter. „Eine Außenstehende? Immer noch?"

Er wandte den Blick ab und biss sich auf die Lippen. Ein Schatten senkte sich über seine Gefühle. Dann nahm er meine Hand. „Verzeihen Sie, Miss Niobe. Aber ich befinde mich in einem schwer zu lösenden Konflikt, und auch ich weiß nicht alles – tatsächlich weiß ich nicht halb so viel, wie ich gerne würde, und Sie wissen, wie ich das hasse. Für manche Mitglieder der Loge bin auch ich ein Außenseiter. Es gibt Bereiche des Tempels, in denen ich mir wie ein Fremder vorkomme. Lassen Sie mich Ihnen aber versichern, wie sehr mich der Tod Sir Malcolms getroffen hat. Unsere oberste Priorität muss es sein, seinen Mörder zu fassen und herauszufinden, was er mit dem Artefakt plant."

Ich nickte. „Ein Mann voller Rätsel. Das waren Sie immer."

Er lächelte. „Ist es nicht das, was Sie an mir fasziniert?"

„Vom ersten Tag an. Wissen Sie, Sie haben mir nie erzählt, wie Sie Ihr Auge verloren haben. Ihr echtes Auge."

„Wer sagt, dass ich es verloren habe?" Er zwinkerte mir zu und erhob sich, um einen Blick aus dem Fenster zu werfen.

„Es wird bald Morgen", verkündete er. „Ruhen Sie sich noch etwas aus, dann kocht Ihnen Mrs. Lincoln eine schöne Tasse Tee. Mr. Faraday ist zuversichtlich, dass die Gliederschmerzen bald abklingen werden."

„Was ich mir immer gewünscht habe", brummte ich. „Einen Erfinder als Arzt."

„Phantasie ist das Blut, das durch unsere Adern fließt!", rief Bailey und ging zur Tür. Dann hielt er inne, den Blick ins Leere gerichtet. „Es wird Zeit. Im Hydepark spielen sich spannende Dinge ab, und bald werde ich wissen, wo sich der Quell allen Übels versteckt." Auf der Schwelle drehte er sich noch einmal um und klopfte gegen den Türrahmen. „Kopf hoch, Miss Niobe. Träumen Sie süß."

2 OPFER

Dienstag, 29. April 1851

In the Original Unity of the First Thing lies the Secondary Cause of All Things, with the Germ of their Inevitable Annihilation.

– Edgar Allan Poe

Frans Ovenhart
Der Funke des Ingeniums

Als ich erwachte, fiel bleiernes Tageslicht durch die Ritzen meines Schlupfwinkels. Hatte ich wirklich so lange geschlafen? Kaum, denn dann hätte ich mich erfrischter gefühlt. Tatsächlich ging es mir schlechter als zuvor. Meine Augen brannten und lieferten nur unscharfe Bilder, mein Kiefer fühlte sich an, als hätte ich mich durch einen ganzen Wald von Breiapfelbäumen gekaut, und ich hatte stechende Schmerzen in Ohren und Zähnen, wie man sie bei einer hässlichen Sinusitis erleidet. Wenn das ein Kater war, musste es eine großartige Feier gewesen sein.

Ich blinzelte und versuchte, etwas zu erkennen. Schließlich machte ich das lederumwickelte Hölzchen vor mir auf dem Boden aus, die Bissspuren, den Speichel und den Schmutz, der daran klebte. Natürlich. Ich hatte um Audienz gebeten.

Stöhnend versuchte ich, mich aufzurichten, doch mir fehlte die Kraft dazu. Man sollte diese Art der Reise nicht zu oft praktizieren, es war abträglich für meine Einsatzbereitschaft, und auch kontraproduktiv, denn ich hatte eine bestenfalls vage Erinnerung daran, was wir überhaupt besprochen hatten. Ich sollte mich irgendwo hinbegeben. Jemanden aufsuchen. *Finde er den Kaufmann, und finde er ihn zur rechten Zeit.* Richtig. *Potverdorie*, ich hätte mich wirklich nicht aus meiner Hängematte begeben sollen.

Weshalb saß ich auf dem Boden? Ich versuchte erneut, die Glieder auszustrecken.

Diesmal hörte ich es rasseln, und ein schmerzhafter Ruck setzte meiner Bewegung ein Ende.

Man hatte mir Handschellen angelegt.

„Guten Morgen", sagte eine Stimme.

Ach, diese falsche Verbindlichkeit, die alle Folterknechte auf der Welt ihren Gefangenen entgegenbringen! Wie lange hatte ich diesen Tonfall nicht mehr gehört, nicht mehr, seit ich Sumatra verlassen hatte, aber ich erkannte ihn sofort. Die einzige Möglichkeit, einen solchen Mann nicht die Oberhand gewinnen zu lassen, war, es ihm mit gleicher Münze zu vergelten.

„Guten Morgen, der Herr", antwortete ich daher heiter, ehe ich überhaupt richtig erkennen konnte, mit wem ich sprach. Ich sah einen unförmigen, weißen Klecks vor mir auf und ab treiben, und hörte das Klacken von Absätzen auf den Dielen.

„Hübsch haben Sie's hier", bemerkte die Stimme. „Kann ich ein Stück Ananas haben?"

„Sicher", bot ich meine Gastfreundschaft an.

„Woher haben Sie die nur?"

„Aus dem Palast", antwortete ich, denn ich sah keine Veranlassung, den Ursprung der Ananas zu verschleiern. „Dort hat es ein reichhaltiges Angebot exotischer Früchte."

„Die Wunder der Kolonien", stimmte mein höflicher Peiniger zu. „Kann ich Ihnen auch etwas Gutes tun?"

„Etwas zu trinken wäre angenehm", schlug ich vor. „Es sollten ein paar Flaschen am Fußende der Hängematte stehen."

Ich hörte ihn stöbern, dann einen Ausruf des Staunens. „Ich sehe, Sie haben Gefallen an einheimischer Limonade gefunden?"

„Man nimmt, was man kriegen kann", erwiderte ich diplomatisch. „Der Geschmack von Chinin weckt Gefühle der Nostalgie in mir."

„Dann haben wir etwas gemeinsam", stellte die Stimme fest. „Haben Sie ein Gefäß?"

„Auf dem Regal, neben der Zahnbürste."

„Ah, ich sehe es. Sie sind ein hygienischer Mann, mein Herr."

„Eine Frage der Zivilisation", bemerkte ich. Ich hörte Gluckern und Glucksen, dann kam der weiße Fleck immer näher und wurde dabei größer und schärfer. Schließlich erkannte ich ihn. Ich hatte es schon vermutet: Es war der alte Kauz, der sich als Polizist ausgegeben hatte, als er sich im Clarendon Hotel einen Blick auf meine Bettgefährtin ergaunert hatte. Angesichts des weiblichen Umgangs, den er pflegte, musste er wohl das sein, was die Engländer als ruchlosen alten Mann bezeichneten.

Er hielt mir den Becher an die Lippen, und ich trank in vollen Zügen, ohne mich zu sehr zu bekleckern. Dann trat er zurück, und meine Sicht begann, sich zu klären. Zweifelsohne, er trug denselben oder einen identischen weißen Anzug wie am Vortag und stützte sich auf einen Schirm mit einem schönen Knauf aus Kokusholz. Seinen Hut hatte er an einen Nagel gehängt. Was mich wunderte, war seine Augenklappe, denn die war mir bei unserem flüchtigen Aufeinandertreffen im Hotel gar nicht aufgefallen.

„Wie haben Sie mich gefunden?", erkundigte ich mich. Er aber hob einen Finger und schüttelte den Kopf wie ein Schullehrer.

„Sie werden mir sicher zustimmen, dass das Protokoll unserer Unterhaltung vorsieht, dass ich es bin, der die Fragen stellt."

Ich rasselte halbherzig mit meinen Fesseln. „Da möchte ich nicht widersprechen."

Er zog die Kiste heran, in der die Ananas gewesen war, und ließ sich ächzend niedersinken. Es war nicht zu übersehen, dass er nicht mehr der Jüngste war, und wenn ich diese vermaledeiten Fesseln aufbekommen hätte, wäre es mir ein Leichtes gewesen, es mit ihm aufzunehmen. Die Fesseln! Da war er endlich, der Funke des Ingeniums – wie konnte eine Fessel einen Ingenieur gefangen nehmen? Ich hatte eine Aufgabe. Ich brauchte nur etwas, was ich als Dietrich benutzen konnte. Ich spielte mit den Fingern, bis die letzten Nachwirkungen des teleelektrischen Transfers aus ihnen gewichen waren, und begann, im Staub hinter meinem Rücken herumzusuchen.

„Ihr Name ist Frans", stellte er fest. „Nachname?"

„Ovenhart", entgegnete ich, denn ich sah keine Veranlassung, ihn zu belügen. Er konnte den Namen an alle Polizeiregister der Welt weiterleiten und würde nichts über mich herausfinden. „Wie darf ich Sie nennen?"

Ich sah, wie seine anerzogene britische Höflichkeit, die ihm gebot, sich mir vorzustellen, mit seinem selbstauferlegten Zwang, mir Entschlossenheit und Strenge zu demonstrieren, wetteiferte.

„Sie kennen mich wahrscheinlich als Commissioner White", sagte er schließlich, „und dabei möchte ich es für den Moment bewenden lassen."

Meine Hände fanden etwas und begannen, es zu untersuchen. „Sie sind aber kein Polizist, wenn ich das sagen darf."

Er schlug mit der Spitze seines Schirms den Boden wie ein Schullehrer, der seine Rute demonstriert.

„Warum sind Sie in England, Mr. Ovenhart?"

„Wegen der Ausstellung", antwortete ich wahrheitsgemäß.

„Eine sehr allgemeine Antwort."

„Auf eine sehr allgemeine Frage", merkte ich an. Ich identifizierte meinen Fund als ungeeigneten Splitter Holz, tat, als habe ich Schmerzen in der Schulter, um meine Position etwas zu verlagern, und setzte meine Suche fort.

„Ich habe die Erfahrung gemacht, dass solche Unterhaltungen für beide Seiten erfreulicher verlaufen, wenn man nicht gleich mit der Tür ins Haus fällt", verteidigte er sich und zwirbelte seinen Schnurrbart. Wenn er weiter so höflich blieb, musste ich mir wenig Sorgen um meine Gesundheit machen. Ich fragte mich, weshalb er keine Waffe mitgebracht hatte.

„Ich kann meine Fragen aber gerne konkretisieren", lenkte er ein. „Diese hier ist leicht: Wieso haben Sie Sir Malcolm ermordet?"

„Weil er mich, wie Sie sich vielleicht schon gedacht haben, in einer misslichen Lage entdeckt hat."

Er brummte zufrieden. „Was hat Sie in diese Lage gebracht?"

„Ich glaube nicht, dass es mir freisteht, solche Details zu erörtern." Ich spielte auf Zeit, denn meine Finger hatten etwas Neues gefunden, was sich vielversprechender anließ als der Splitter zuvor. *Inderdaad*, ein alter, verbogener Nagel – der kleinste Baustein jeder Ingenieurskunst, ein Relikt aus der Zeit, als sie sich aus dem schlammigen Matsch der ersten Bauhütten erhob. Freimaurer wie Sedgwick (und vielleicht auch White) glaubten vielleicht, Stein sei das Maß aller Dinge. Ich aber sage, der Nagel regiert die Welt – also ans Werk!

„Ich würde sagen, Sie haben alle Freiheit, die man sich wünschen kann", sagte White und hielt einen kleinen, funkelnden Gegenstand empor, so dass ich ihn sehen konnte, und ich musste eingestehen, dass er nicht ganz so schwer von Begriff war, wie ich erhofft hatte, denn *hola*, es war der Kristallknopf aus meinem Ohr – mein Draht zu den *Heeren*. Das war nicht ganz richtig, verbesserte ich mich, der eigentliche Draht war wohl noch irgendwo in meinem Kopf, aber ohne dieses Stück wäre er so nutzlos wie ein Schreibtelegraph ohne die Morsetaste. Ich fragte mich, was passieren würde, sollten die *Heeren* nun versuchen, mich zu kontaktieren.

„Nun, ich würde sagen, Sie wissen bereits, worum es mir geht", entgegnete ich. „Die Antwort lag bei der Ananas in der Kiste." Ich hatte den Nagel inzwischen in eine ansprechende Form gebracht und führte ihn nun so lautlos als möglich in eines der Schlösser ein. Dank des Steinchens in meiner Brust war ich mit beiden Händen gleichermaßen geschickt, so dass es keinen Unterschied machte, welches Schloss ich wählte; ich konnte mir das willigere der beiden aussuchen.

White grinste breit. Natürlich hatte er das Artefakt bereits lange gefunden, ehe ich das Bewusstsein wiedererlangt hatte, und hatte anscheinend eine recht gute Vorstellung von den Möglichkeiten, die sich Eingeweihten im Umgang mit Kristallen boten. Ich hätte mich schon wirklich sehr täuschen müssen, wenn er nicht zur gleichen Loge wie Sedgwick gehörte. Vielleicht war er sogar ihr Vorsitzender oder wie immer man das hierzulande nannte.

Seine nächste Frage freilich überraschte mich.

„Was hat Ihnen Sedgwick über das Artefakt berichtet?", wollte er wissen.

„Ich dachte, wir hätten bereits etabliert, dass ich ihn niedergeschossen habe", warf ich ein. „Für eine Aussprache blieb kaum Zeit."

„Ich meine, im Vorfeld."

„Ich fürchte, ich kann Ihnen nicht folgen."

Zufrieden registrierte ich, wie er sich auf die Lippen biss. Er hatte mir unabsichtlich mehr enthüllt, als er gewollt hatte. *Wel, wel*, es hatte also eine Absprache gegeben. Sedgwick hatte das Artefakt nicht nur aus eigenem Forscherdrang verwahrt. Wenn er es aber nicht für mich verwahrt hatte, für wen dann?

Mein Nagel verhielt sich leider recht eigensinnig, oder vielleicht war es auch seine eiserne Scheide, die den erhofften Höhepunkt, das befreiende Aufschnappen, verhinderte, also zog ich ihn aus seiner Klemme und versenkte ihn in die andere erwartungsvolle Öffnung. Ich kam nicht umhin, den Nagel zu beneiden.

Auch mein Gegenüber war wieder in seinem Element. Er hatte sich erhoben und spazierte aufgeregt in meiner beengten Behausung auf und ab.

„Selbst, wenn ich Ihnen glaubte, mein Bester, so weigere ich mich doch anzunehmen, dass Sie völlig ohne Grund in dieser Platane saßen. Wenn Sie nicht wegen des Artefakts gekommen waren – was hatten Sie dann eigentlich gesucht?"

„Dasselbe wie Sie", sagte ich vergnügt, denn ich spürte, dass der Nagel seinem Ziel ganz nahe war. „Antworten."

„Auf was für Fragen, Frans?", wollte er wissen und breitete die Hände aus. „Bitte, fragen Sie. Eventuell kann ich Ihnen helfen."

Ich sah keinen Grund, ein Geheimnis daraus zu machen, denn augenscheinlich wollten wir ohnehin das Gleiche, wenn auch aus verschiedenen Gründen. „Nun, wie weit Sie mit der Konstruktion des Palasts sind, zum Beispiel", erklärte ich ihm, jede Faser meines Körpers angespannt, um auch das kleinste Zucken des Nagels bei der Arbeit zu registrieren. Fast fühlte es sich an, als pulsiere der Stein in meiner Brust und verstärke all die feinen Nervensignale meiner Fingerspitzen – es war eine weise Entscheidung gewesen, mir diesen Stein einzusetzen, denn nichts bereitete mir mehr Vergnügen, als mit den Fingern zu arbeiten. „Oder wie genau man diese Artefakte eigentlich benutzt", fügte ich hinzu. „Wenn es denn soweit ist, meine ich."

Da versteinerte er, und ich erkannte, dass ich diesmal derjenige gewesen war, der zu viel preisgegeben hatte. „Die Artefakte?", wiederholte er. „Wollen Sie damit sagen, es gibt mehrere wie dieses hier?"

Da fühlte ich das sanfte Zucken, den zärtlichen Ruck, mit dem das Schloss sich öffnete wie eine Wüstenblume dem Regen, und was für eine Rolle spielte es nun noch, was White wusste oder zu wissen glaubte? Ich war frei!

„Schauen Sie es sich doch einmal genauer an", bat ich ihn, als gebe es etwas zu entdecken, das ihm bislang entgangen war, und tatsächlich fiel er auf die Finte herein und richtete seine Aufmerksamkeit auf die fremdartigen Gravuren. *Welaan* – einen schönen Tritt gegen das Knie, dann das andere Bein zwischen seine und einen Hebel angesetzt, und dann war ich über ihm, legte ihm die Kette meiner Handschellen um den Hals und prügelte die Heilige Jungfrau Maria aus ihm heraus.

Ich gestattete mir, ihn etwas länger zu prügeln, als nötig gewesen wäre, denn schließlich hatte er mich eine Zeitlang in einer sehr unangenehmen Lage festgehalten. Dann verlor ich allmählich die Lust daran, einen älteren, halbblinden Briten totzuprügeln und erwog stattdessen, den Spieß umzudrehen und ihm ein paar Fragen zu stellen. Die Idee gefiel mir, also zog ich ihn hoch und setzte ihn an einen der Stützpfeiler der Baracke. Ich durchstöberte seine Taschen und fand den Kristall aus meinem Ohr, aber keinen Schlüssel für die Handschellen (was mich kurzzeitig sehr ärgerte, denn es bewies, dass er nie damit gerechnet hatte, mich noch einmal loszumachen); also band ich ihn mit dem Seil, an dem die Laterne gehangen hatte. Dann gab ich ihm ein paar Maulschellen, bis er wieder zu sich kam, und wischte mir das Blut an seinem weißen Anzug ab.

„Allmählich“, begrüßte ich ihn, „bin ich froh, dass Sie den Weg zu mir gefunden haben. Denn tatsächlich scheint es ja, als wüssten Sie einiges, was mir auf meiner Mission dienlich sein könnte.“ Ich reckte mich triumphierend und ließ die Knöchel knacken. „Warum fangen Sie nicht damit an, dass Sie mir Ihren Namen verraten.“

„Baxter“, sagte er schwach.

Ich schnalzte mit der Zunge. „Das scheint mir ein wenig zu bereitwillig gewesen zu sein“, sagte ich. „Nächster Versuch.“

„Baston“, sagte er. „Bartleby.“

„Passen Sie auf“, sagte ich, und hob sein Kinn mit der Fingerspitze, damit ich seine ungeteilte Aufmerksamkeit genoss. „Sie glauben möglicherweise, ich teilte Ihre feinsinnigen Skrupel, und das, obwohl Sie den Leichnam Ihres Kompagnons gesehen haben. Eventuell liegt das daran, dass Ihnen der Anblick einiger anderer Unglücklicher erspart blieb, die das Missvergnügen meiner Bekanntschaft gemacht haben. Sehen Sie, in dem Alter, das die Söhne reicher Familien bevorzugt in den Amsterdamer Bordellen zubringen, war ich den Kolonien. Ich habe die beste Schule durchlaufen, die man sich denken kann. Ich weiß, wie lange ein Neugeborenes ohne Wasser auskommt, und ich habe eine genaue Vorstellung von der Gesamtlänge des menschlichen Verdauungstrakts. All diese Wunder durfte ich sehen, obwohl ich nicht darum gebeten hatte, ihrer teilhaftig zu werden, und mir ihr Anblick keine Freude bereitete. Wollen Sie wissen, was mir Freude bereitet?“

Er hob eine Braue, wie um mir Interesse zu bekunden. Ich hielt das Armband mit dem Voltawerfer vor sein Gesicht. „Wissen Sie, wie das funktioniert? Warten Sie, ich will es Ihnen zeigen.“

Ich fuhr die beiden Stutzen aus, dann zog ich ihm das Hosenbein hoch, setzte die Kontakte an seine Wade und gab ihm einen möglichst kurzen Stoß, denn ich wollte nicht, dass er das Bewusstsein verlor, und ich legte auch keinen Wert auf Fäkalgeruch unter diesen doch recht beengten Bedingungen. Nichtsdestoweniger war der Effekt verblüffend; er bockte wie ein Stier beim Rodeo, dem man die Hoden abgebunden hatte.

Als er wieder einigermaßen still saß, zog ich ihm sein Tuch aus der Tasche und wischte ihm Speichel und Blut von den Lippen. „Ich hätte Ihnen etwas zum Draufbeißen geben sollen. Verzeihen Sie meine Unachtsamkeit."

„Vergeben und verziehen", murmelte er und hustete.

Ich lachte. Ich schätze es, wenn ein Mann unter erschwerten Umständen seine Fassung bewahrte.

„Hören Sie mir jetzt gut zu", sagte ich und fasste ihn am Hals. „Ich verfüge über einen außerordentlich empfindlichen Tastsinn, und das Gerät, das ich Ihnen gerade demonstriert habe, ist in der Lage, selbst die schwächsten elektrischen Ströme zu registrieren. Sie werden eventuell noch nicht davon gehört haben, aber es ist eine medizinische Tatsache, dass der Akt des Lügens minimale Unterschiede in der Leitfähigkeit der menschlichen Haut hervorruft. Man nennt das psychogalvanische Reaktion. Kurz gesagt, wir werden uns jetzt unterhalten, und Sie sollten die Wahrheit sagen. Wenn Sie das nicht tun, wird Sie ein Schlag wie der eben ereilen, nur weit stärker. Ich kann nicht für Ihre Unversehrtheit garantieren, und es wird nicht mehr als ein Reflex für mich sein."

Natürlich war die Hälfte dessen, was ich sagte, erlogen und die andere ausgedacht. Das brauchte er aber nicht zu wissen, und ich war zuversichtlich, dass meine Drohung in dem Zustand, in dem er sich befand, glaubhaft wirkte.

„Haben Sie verstanden, was ich Ihnen erklärt habe?", fragte ich.

„Sie haben meine ungeteilte Aufmerksamkeit."

„Sehr gut", grinste ich. „Legen Sie los."

Er warf einen schwachen Blick in Richtung der Metallstutzen an seinem Hals. „Entschuldigen Sie den Hinweis, aber in Anbetracht der Situation wäre ich Ihnen verbunden, wenn Sie Ihren Wunsch konkretisierten."

„Sehr gut", bekräftigte ich, „Sie haben verstanden. Punkt eins: Gehören Sie zur selben Loge wie Sedgwick?"

Er nickte.

„Würden Sie das bitte verbalisieren?"

„Ja“, sagte er. „Das tue ich.“

„Ihr Name war wie noch gleich?“

„Ich wäre Ihnen wirklich dankbar, wenn wir diesen Punkt übergehen könnten. Sehen Sie, es gefällt mir, meinen Namen recht häufig zu wechseln, und ich bin nicht sicher, dass ich Ihnen einen anbieten kann, der Ihren eng gefassten Kriterien der Wahrheit entgegenkommt.“

Ich grunzte. „Überspannt, aber nicht unglaubwürdig für einen Briten. Sie werden doch aber sicher einen Namen haben, unter dem Sedgwick Sie kannte?“

„Mehrere sogar“, sagte er.

„Wären Sie so freundlich, mir einen davon zu verraten?“, fragte ich und verstärkte den Druck auf seinen Hals.

„Er nannte mich meist nur Venus“, erklärte er und sah mich erwartungsvoll an.

„Nun, das scheint mir dann aber doch etwas sehr exzentrisch und nicht den guten Sitten gemäß.“

„Vielleicht hülfe es, Ihre Assoziationen auf den rechten Weg zu lenken, wenn ich Ihnen sagte, dass ich ihn meist nur Merkur nannte.“

„Ich verstehe – wie die Planeten?“

„Wie die Planeten“, bestätigte er. „Sie wissen, wie das ist in einem Geheimbund. Es ist einfach nicht dasselbe ohne Decknamen. Wir haben auch ein Handzeichen. Ich würde es Ihnen gerne zeigen, wenn Sie mich losmachten.“

Prachtig, wirklich, die Unterhaltung begann mir Spaß zu machen. Ich zog die Obstkiste heran und setzte mich vor ihn, denn mein Arm wurde allmählich steif.

„Wie viele dieser Artefakte befinden sich in Ihrem Besitz?“, fragte ich.

„Sie meinen, so wie dieses, das Sie da haben? Zurzeit keines.“

„Von wie vielen wissen Sie?“, hakte ich nach.

„Bis vor einer halben Stunde dachte ich, es sei einmalig“, gestand er, und ich konnte keine Spur einer Ausflucht in seiner Stimme oder seinem Blick erkennen.

„Wie haben Sie übrigens Ihr Auge verloren?"

Er seufzte. „Ich würde es vorziehen, wenn Sie Ihr privates Interesse an meiner Person in den Hintergrund drängten. Der Palast wartet nicht."

Damit hatte er mein Interesse geweckt.

„Gut. Warum erläutern Sie mir nicht, wie das Artefakt Ihrer Ansicht nach funktioniert?"

Er zuckte die Achseln. „Das wird Ihnen nicht viel nützen, denn da Sie von mehr als diesem einen Steuerelement zu wissen scheinen ..."

„Nicht so schnell", sagte ich und hob die andere Hand. „Sie meinen den Meisterstein?"

„Aber sicher doch", schmunzelte er. „Ich hätte Sie nicht für so anachronistisch gehalten. Wo wir davon sprechen, was sagt Ihnen der Name Vanderbilt?"

Ich zögerte. „Ich nehme an, wir reden nicht von dem amerikanischen Reeder."

„Sehen Sie, wir verstehen uns. Dann wissen Sie auch, was ich meine."

„Sie beginnen, kasuistisch zu werden", mahnte ich meinen Gefangenen. „Aber *welaan*, reden wir von Vanderbilt! Es wird kaum lange dauern, denn natürlich wissen Sie ebenso gut wie ich, dass sein Wissen und seine Aufzeichnungen verschollen sind."

Er schüttelte den Kopf, und nun stahl sich ein Lächeln auf sein Gesicht. Meine Güte, der Mann hatte Nerven!

„Sie existieren", sagte er, „als Übersetzung. Blakewell hatte sie bei sich, als er nach Arakan aufbrach."

„Die britische Arakan-Expedition kehrte nie zurück!", widersprach ich.

Er zwinkerte. „Sind Sie da sicher?"

Ich begann, die Geduld zu verlieren. Deshalb legte ich die Stutzen ein weiteres Mal an einem Körperteil an, wo sie nicht zu viel Schaden verursachen konnten, diesmal seiner rechten Schulter, und jagte ihm einen weiteren Stromstoß durch den Körper.

„Ich frage Sie erneut", sagte ich, sobald er wieder zuhörte. „Wie planten Sie, das Artefakt einzusetzen?"

„Ich?", hustete er. Blut und Sabber hatte sich um seinen Mund gefangen. Bah, diese englischen Oberlippenbärte. Widerwillig wischte ich ihm ein weiteres Mal das Gesicht ab.

„Ich plante, es über meinen Kamin zu stellen", sagte er, „und bevor Sie mir ein weiteres Mal ihr Wunderwerkzeug demonstrieren", fuhr er hastig fort, „lassen Sie mich Ihnen bitte versichern, dass das die blanke Wahrheit ist."

„Sie wollten das Artefakt nicht anwenden?", staunte ich.

„Für wie dumm oder lebensüberdrüssig halten Sie mich?", antwortete er barsch. „Sie sind ja völlig besessen! Ob Sie's glauben oder nicht, ich habe Vanderbilts Tagebücher gelesen. Oder Blakewells. Oder Teile davon. Schwer zu sagen, wissen Sie? Augenscheinlich habe ich Ihnen aber selbst das voraus, sonst wären Sie nicht so ..." Ein Ausdruck des Verständnisses trat auf sein Gesicht. „Es sei denn natürlich", sagte er, „Sie sind ein Talentträger."

„Ein was?", fragte ich konsterniert. Der Verlauf des Gesprächs begann, mir zu missfallen, und ich überlegte, ob ich es darauf anlegen sollte, ob er einen Stromschlag direkt in den Herzmuskel überstand oder nicht.

„Ein Talentträger", sagte er hochmütig. „Irgendwo an Ihrem Körper tragen Sie ein schwarzes Steinchen, das Ihnen ungewöhnliche Fähigkeiten verleiht. Vielleicht Ihr angeblich so feiner Tastsinn, von dem Sie sprachen. Sie haben ihn gut versteckt, sonst hätte ich ihn gefunden, aber irgendwo muss er sein. Habe ich recht?"

„Ich stelle hier die Fragen!", wiederholte ich seine Worte und schlug ihm in Ermangelung eines besseren Einfalls ins Gesicht. „Sind Sie im Besitz dieser Tagebücher, die gelesen zu haben Sie vorgeben?"

„Nein, bedaure."

„Wer hat sie?"

„Womöglich dieselben Leute, denen Sedgwick das Artefakt verkauft hätte, wenn Sie ihnen nicht zuvorgekommen wären?"

„Wer sagt, dass er es verkaufen wollte?"

„Er hatte Schulden und etwas sehr Wertvolles, mit dem er allein herzlich wenig anfangen konnte. Was hätten Sie an seiner statt getan?"

Ich grunzte. „Wer käme als Käufer in Frage?"

„Höchstwahrscheinlich jemand wie Sie, der verrückt genug wäre, es in den Palast zu bringen und zu benutzen."

„Wer?", schrie ich.

„Ich würde Ihnen gern eine Frage stellen", sagte er. „Darf ich?"

„Was?"

„Sind Sie mit den Cricket-Regeln vertraut?"

„Ich warne Sie ..."

„Es ist mir völlig ernst."

„Ich bin Ihre Lügen leid!", herrschte ich ihn an und riss ihm Brille und Augenklappe vom Gesicht. „Von vorn! Wie haben Sie Ihr Auge verloren?"

„Kommen Sie näher, dann werde ich es Ihnen erklären", murmelte er, und in der fremdartigen, schimmernden Höhle, die sich nun mitten in seinem Gesicht auftat, glaubte ich, ein blaues Blitzen wie von winzigen Spannungsbögen auszumachen. Dann hob er die Brauen, sein verbliebenes Auge weitete sich, als habe er in diesem Moment einen Grizzly hinter mir entdeckt, und irritiert warf ich einen Blick über die Schultern.

Er stand hinter mir und vor mir. Wortlos drehte ich mich um. *Potverdorie*, nun saß er hinter mir, voll Blut und Schmutz, und stand doch vor mir, im blütenweißen Anzug, die Hände freundlich erhoben, und lächelte. Er war so hell, als bestünde er nur aus Licht. Er trug keine Augenklappe und keine Brille. Wo die leere Höhle hätte sein sollen, leuchtete es wie Schnee in der Sonne.

„Was ...", fragte ich und fuhr wieder herum, und da sprang er auf einmal auf und stieß mir mit voller Wucht seinen Kopf ins Gesicht.

Der Angriff war nicht mit viel Geschick ausgeführt, aber er erfüllte seinen Zweck, denn es fühlte sich ganz danach an, als bräche in diesem Moment meine Nase, und die Splitter drückten sich bis in mein Gehirn. Ich wusste, das waren nur der Schmerz und die Überraschung und wollte zum Gegenangriff ausholen, doch im nächsten Moment verdrosch er mich mit seinem Schirm, in dessen Handhabung er alle Geschicklichkeit demonstrierte, die ich an seinem Rammangriff noch vermisst hatte. Ich erkannte, dass er keineswegs ein x-beliebiger alter Mann mit einem Regenschutz war; er machte einem ausgebildeten Fechter alle Ehre.

Ächzend ging ich zu Boden. Wie um meine Gedanken zu bestätigen, zog er eine kleine Klinge aus seinem verdammten Schirm – so musste er sich auch befreit haben, *verdikkeme* – und schnitt sich die übrigen Fesseln durch. Sein gespenstiges Gegenstück war verschwunden.

In aller Ruhe stieg er über mich hinweg und griff in die Schatten über einem der Querbalken. Als er seine Hand wieder herauszog, hielt er einen Kristall von der Größe eines Golfballs in Händen. Er rieb ihn leise brummend am Innenfutter seines Ärmels ab, dann setzte er ihn mit einem mechanisch klingenden Geräusch in seine Augenhöhle ein. Dann wandte er sich wieder mir zu.

Ich hatte noch eine Chance. Langsam veränderte ich den Winkel meines Arms und richtete mein Armband auf ihn.

„Ist Fortuna nicht eine bemerkenswert launische Dame?", fragte er heiter. Im Laternenlicht sah er mit seinem fleckigen Anzug wie ein Metzger aus. „Man könnte Sie für eine altgediente englische Wettergöttin halten. Wo waren wir?" Er hob den Finger, als lausche er auf eine Eingebung. „Richtig, Sie wollten mir gerade erzählen, von wie vielen Steuerelementen Sie wissen und welches Ziel Ihnen vorschwebt, wenn Sie erst alle in Ihren Besitz gebracht haben."

Ich schoss. Leider hatte ich den Winkel falsch eingeschätzt, oder die Waffe verriss mir die Peilung, in jedem Fall traf der Graphitstift nicht ihn, sondern die Laterne auf ihrem Querbalken. In Sekundenschnelle hatte sich das Öl über die Streben ergossen, und das Dach der Baracke stand in Flammen. Erschrocken fuhr der Engländer herum.

Ich schoss ein weiteres Mal. Diesmal traf ich ihn an der Schulter. Er schrie auf und blickte bedauernd von mir zum Feuer und schließlich zu dem Artefakt, dass jenseits des Feuers zwischen Ananasresten und Limonadeflaschen auf dem Boden lag. Dann griff er sich seinen Hut und stürmte hustend nach draußen.

Dichter Rauch vernebelte mir die Sicht, und erste Teile des Daches stürzten wie feurige Geschosse auf mich herab. Ein Teil von mir wollte ihm folgen und so schnell wie möglich davonrennen; doch etwas hielt mich zurück. Schnaufend rappelte ich mich auf und taumelte auf der Suche nach dem Artefakt umher.

Ich atmete Rauch. Meine Haut fühlte sich an, als stünde sie in Flammen, und ich roch, wie die Härchen auf meiner Haut sich kringelten und zischend vergingen. Draußen hörte ich Rufe und Schreie, als die ersten Wächter auf den Brand aufmerksam wurden.

Dennoch gab ich nicht auf, bis meine Finger sich um das merkwürdig kühle Artefakt schlossen. Ein Steuerelement. Von wie vielen? Weshalb hatten mir die *Heeren* nichts davon gesagt, dass es mehrere gab? Konnte es denn wirklich sein, dass sie nichts davon gewusst hatten?

Wussten sie mittlerweile davon?

Ich würde mit dem Kaufmann darüber reden müssen.

Ich mochte auf mich allein gestellt sein, und meine Karten waren sicher schon besser gewesen. Ich war aber noch immer Ingenieur, *potverblommekes* – und ich hatte einen Palast zu vollenden!

Sokrates Royle
Morgenvisite

Für meinen Geschmack besaß Lord Bailey eindeutig zu viele Häuser.

Ich meine, ich hatte mir nie mehr als ein Heim gewünscht, und im Augenblick hatte ich nicht einmal das; ich hatte ein Zimmer in einem Club, in dem nicht viel mehr als ein Bett und eine Flasche Scotch auf mich warteten. Nach beidem sehnte ich mich im Moment.

Die Nacht im Palast war lang und ereignislos gewesen; so ereignislos, dass die Sicherheitskräfte, die den Haupteingang bewachen sollten, irgendwann begonnen hatten, Whist zu spielen. Sie hatten mich eingeladen mitzuspielen, aber ich hatte abgelehnt. Ich wurde das Gefühl nicht los, etwas übersehen zu haben, und eine seltsame Unruhe hielt mich im Griff. Es war so ähnlich, wie auf einem Bahnhof auf einen lange überfälligen Zug zu warten, der jeden Moment kommen konnte – oder auch nicht.

Ich hatte meine Rundgänge genutzt, mich mit dem Palast und seinen Exponaten vertraut zu machen. Das meiste davon war derselbe pompöse Kitsch, wie man ihn allerorten in den Salons reicher Herrschaften antraf, und wann immer ich an dem 30 Fuß hohen, rosafarbenen, mit Duftwassern versetzten Kristallbrunnen in der Mitte des Palasts vorbeikam, fühlte ich mich wie der Aufpasser einer sechsjährigen Prinzessin, den das Schicksal dazu verdammt hatte, ihre Puppenhäuser und Spielsachen mit seinem Leben zu verteidigen.

Vielleicht war das der Preis dafür, ein Weltreich zu sein, grübelte ich, während ich zwischen Indianerkanus und Gummibooten entlangwanderte und mich wie jede Stunde davon überzeugte, dass der goldene Käfig und der Sockel darunter unangetastet waren, was so viel hieß wie dass der falsche Koh-i-Noor sicher in seinem nächtlichen Versteck ruhte. Es war gut, dachte ich, dass der echte Stein bei Sektion Cricket in Verwahrung war, wahrscheinlich in dem geheimen Safe, denn der Diamant war unbezahlbar und bereits zu oft in seiner langen Geschichte beinahe verlorengegangen. Ich fand auch nicht, dass es der Ausstellung schadete, ihr eine Kopie unterzujubeln. Das war auch nicht geschmackloser als die Zementbüste Shakespeares oder die Kollektion parfümierten Düngers.

Was für einen unbeschreiblichen Plunder die Welt doch nach London entsandt hatte! Es gab mechanische Hände mit allerlei Haken, ein Klavier für vier Spieler und ein automatisches Bett, das den Schläfer hinauswarf. In letzter Minute war noch das Modell eines fliegenden Dampf- oder dampfbetriebenen Luftschiffes geliefert worden. Der Architekt war ein verurteilter Sträfling, der sich im australischen Exil zum Erfinder und Lokalpatrioten gemausert hatte. Wie man für einen Ort wie Australien patriotische Gefühle hegen konnte, war mir freilich immer ein Rätsel gewesen. Bei Cook, eher würde ich meinen Stockdegen fressen, als freiwillig nach Australien zu ziehen!

Mein Vater hatte das damals anders gesehen. Als man Anfang der Dreißigerjahre beschloss, Südaustralien zu einer Kolonie auszubauen, war er einer der ersten gewesen, die sich freiwillig gemeldet hatten. Das war kurz nach dem Ableben meiner Mutter gewesen. Sein letzter Brief erreichte mich aus einem Ort namens Adelaide. Wenn ich mich recht erinnere, fragte er mich darin, ob ich nicht nachkommen wolle. Ich hatte aber gerade bei den Marines angefangen, und selbst wenn nicht, wäre ich nicht nach Australien gezogen.

Die Arbeiter, die das fliegende Ungetüm auspackten, waren jedenfalls etwas ratlos gewesen, und so beschlossen sie, es an die

Decke zu hängen, so wie den riesigen Adler im amerikanischen Teil der Ausstellung. Am besten passte es wohl in den hinteren Bereich des Palasts, den sie die Monsterausstellung nannten. Diese Monsterausstellung war die halbfertige Reproduktion eines urzeitlichen Farnwalds und seiner Bewohner, die den Fieberträumen eines Transmutationisten entsprungen sein mochten. Es hieß, der Künstler habe sich gesträubt, seine absurden Skulpturen jetzt schon der Öffentlichkeit zu präsentieren, aber die königliche Kommission war wohl der Meinung gewesen, die Westseite des Palasts bräuchte noch eine echte Attraktion. Auf mich wirkten die Viecher nicht weniger kindisch als der rosa Springbrunnen.

Als ich bei den Vorräten in der Nähe der Toiletten Geräusche gehört und schon zu hoffen begonnen hatte, unser diebisches Phantom sei zurückgekehrt, hatte ich einen Superintendenten der *Metropolitan Police* erwischt, wie er sich mit zwei Huren vergnügte. Er hatte entsetzt auf meinen gezückten Stockdegen gestarrt, und wahrscheinlich war ihm beim Anblick des blanken Stahls alle eigene Standhaftigkeit abhanden gekommen, denn er hatte sich fluchend das Hemd in die Hosen gestopft, die Mädchen davongescheucht und gedroht, sich bei meinen Vorgesetzten zu beschweren. Wir wussten beide, dass es dazu nicht kommen würde, aber er warf mir den Rest unserer gemeinsamen Schicht böse Blicke zu, während er unverhohlen aus einem Flachmann trank, statt seine Arbeit zu machen.

Mehrfach ertappte ich mich dabei, wie ich mich um den Palast sorgte, wie mich eine nachlässig übermalte Naht betroffen machte, wie es mich mit Stolz erfüllte, jeden Winkel, jede Flucht zu kennen, als hätte ich selbst sie gebaut. Ich lauschte dem Zischen der fernen Dampfkessel, die die Maschinen des Palasts betrieben, wie dem Atem einer schlafenden Frau. Ich schätzte, die verdammten Beefeater fühlten sich so, während sie am Tower Däumchen drehten und darauf hofften, dass endlich jemand bei ihnen einbräche. Oder aus. Irgendetwas sagte mir, dass ich nicht nur einen falschen Diamanten bewachte, und der Wicket-Keeper wusste das sehr gut. Ich hatte aber keinen Schimmer, und das nagte an mir.

Entsprechend war meine Stimmung gegen Ende meiner Schicht, und sie hob sich, als ich mich schließlich mit einem Frikadellenbrötchen unter eine der Ulmen setzte und die Zeitung überflog, die der Wicket-Keeper mir vermacht hatte. Es fanden sich dort noch einmal die Geschehnisse des Vortags dokumentiert, und die für die Sicherheit des Palasts verantwortlichen Stellen kamen nicht gut dabei weg. Ich fand auch den „Trauerfall", von dem der Admiral gesprochen hatte, denn er hatte es mir angekreuzt: Sir Malcolm Sedgwick, ein angesehener Kunstexperte mit Sitz in der Kommission; eine weitere Verbindung zum Palast, die mir nicht gefiel.

„Nun", dachte ich, als die ersten Sonnenstrahlen durch die Scheiben und die Blätter der Ulme fielen und die Zeiger der elektrischen Uhr über mir sich der Sieben näherten, meine Order lautete, nach eigenem Ermessen vorzugehen, und mein Ermessen sagte mir, die eigentliche Arbeit begänne erst. Dann kam die Ablösung, ein weiterer Fielder, ich nahm mir noch ein Stück Banbury Cake und zog los.

Der erste Wohnsitz am Südende Mayfairs war sprichwörtlich verlassen gewesen. Als niemand auf mein Klopfen reagierte, verschaffte ich mir über ein Nachbarhaus Zutritt zum Hof und brach die Tür zur Küche auf. Nur, dass es keine Küche gab. Es gab keine Möbel und keine Bilder, wohl aber Teppiche, und der Kamin sah blitzblank geputzt aus. Alles schien darauf zu warten, dass man es in Besitz nahm und nach seinem Geschmack einrichtete. Vermutlich wusste Lord Bailey einfach nicht, wohin mit seinem Geld, oder er zog gerne um. Ich verließ das Haus durch die Vordertür. Ich würde später auf dem Dienstweg veranlassen, dass sich jemand um das zerstörte Schloss kümmerte. Immerhin war dies eins der feinsten Viertel der Stadt, und höchstwahrscheinlich bot mein grober Auftritt den Nachbarn auf Wochen Gesprächsstoff.

Die zweite Wohnung, eine knappe Meile weiter Richtung Westminster, mit ausgezeichnetem Blick auf den Park und den königlichen Palast, wurde von einer chinesischen Großfamilie bewohnt, und das war schon nicht mehr ungewöhnlich, sondern eine Unverschämtheit. Ich war drauf und dran, die Polizei hinzuzuziehen, doch die Nachbarn hatten sich dem Anschein nach an die exotische Gesellschaft gewöhnt und sprachen in den höchsten Tönen von Mr. Li. Ich fragte nach Lord Bailey, aber der Name schien niemandem etwas zu sagen. Mit der ungefragten Unterstützung mehrerer Kinder und Diener machte ich den Chinesen klar, dass ich nach dem reichen englischen Gentleman suchte, dem all das hier gehörte, und da strahlten ihre Augen, und sie nickten begeistert, und ich will verflucht sein, wenn die kleine Chinesin mit den abgebundenen Füßen nicht anfing, ein Lied zu singen.

Mittlerweile war es etwa neun Uhr in der Frühe, und ich stand vor einer eher unscheinbaren Wohnung irgendwo in Belgravia. Es war die letzte Wohnung auf meiner Liste, und egal, was dabei herauskam, ich würde danach meinen Bericht wie gewünscht bei Sgt. Greenwood abliefern (ich fragte mich, ob der Sergeant auch eine Ablösung besaß und wie ich sie erkennen sollte), eine Kutsche besteigen und im Club eine Mütze Schlaf nehmen.

Ich ging die Treppenstufen zum Eingang hoch und klingelte.

Erleichtert registrierte ich, dass die Reaktion darauf weder Schweigen noch das aufgeregte Durcheinanderplappern fremdländischer Stimmen war. Leise, schlurfende Schritte näherten sich der Tür. Dann wurde sie geöffnet, und vor mir stand eine kleine, kräftige Frau in einem erdfarbenen Hauskleid mit einer Schürze um die Hüfte und einer Haube auf dem grauen Haar. Ich hob den Hut.

„Guten Morgen, Ma'am", sagte ich.

„Guten Tag", sagte die Alte.

„Ich möchte mit Lord Bailey sprechen", sagte ich. „Ist er da?"

Sie musterte mich.

„Wen kann ich melden?", fragte sie kritisch.

„Mein Name ist Royle", sagte ich. „Captain und Brevet Major Sokrates Royle. Ich würde gern ..."

„Er ist nicht da", antwortete die Alte.

„Wieso haben Sie mich dann eben gefragt ..."

„Er ist nicht da", wiederholte die Alte.

„Dürfte ich eintreten?“, fragte ich und schob einen Fuß in die Tür.

„Das dürfen Sie nicht“, antwortete die Alte und versuchte, die Tür zu schließen.

Es wäre mir ein Leichtes gewesen, sie und die Tür gemeinsam gegen die Wand zu drücken, und viel hätte auch nicht gefehlt, aber *die gebotene Höflichkeit* stand dem vielleicht im Weg. So hielt ich die Tür nur gepackt, so dass sie sich weder öffnen noch schließen ließ, und überlegte, wie ich mit dieser störrischen Haushälterin am besten verfahren sollte, als auf einmal eine andere Frau in den Türrahmen trat.

„Schon gut, Mrs. Lincoln“, sagte sie und legte der Alten eine Hand auf die Schulter. Die zuckte die Achseln, schnaufte, drückte der anderen die Klinke in die Hand und zog sich zurück.

Vor mir stand eine hochgewachsene, dunkelhaarige Frau mit samtener, ockerfarbener Haut. Natürlich war es das Mischlingsmädchen aus dem Palast, und ich fluchte innerlich. Was hatte sie hier verloren? Hatte dieser Bailey sie mitgenommen und wenn ja, weshalb?

Ich musterte sie. Die naheliegende Antwort auf meine Frage war, dass sie nur einen leichten Morgenmantel anhatte. Ihr langes Haar trug sie offen, so dass es ihr bis fast an die Hüfte reichte. Ich hatte noch nie eine Frau im Morgenmantel gesehen, und offenes Haar bekam man im Empire eigentlich nur bei Prostituierten zu sehen. Dass sie obendrein keine Schuhe trug und dies sicher nicht an ihrer Armut lag, verstärkte diesen Eindruck noch.

Dieser Einäugige war nicht nur ein Freimaurer und vielleicht ein gefährlicher Freigeist, er war offenkundig auch ohne jeden Anstand.

„Wie kann ich Ihnen helfen?“, fragte sie und blinzelte mich mit ihren Rehaugen an. Ich seufzte und verwarf eine Menge wenig origineller Erwiderungen. Augenscheinlich erwog sie nicht, mich hereinzulassen, und ich verspürte keine Lust, mich mit zwei hysterischen Frauenzimmern zu zanken. Immerhin hatte sie anscheinend keinen Schimmer, wer ich war, also konnte ich ihr viel erzählen.

„Ich bin mit der Untersuchung der gestrigen Vorfälle betraut", sagte ich und sah an ihr vorbei ins Innere, „und hätte einige Fragen an Lord Bailey."

„Er ist nicht hier."

„Das wurde mir schon mitgeteilt", nickte ich. „Wann wird er denn wieder da sein?"

„Das weiß ich nicht", antwortete sie und verschränkte die Arme. Sie roch, als habe sie gerade gebadet, und auch ihr Haar glänzte noch feucht. Offensichtlich spielte sie Spiele mit mir, aber ich wollte ihr nicht den Gefallen tun, sie anzustarren. Höchstwahrscheinlich wurde sie sehr gerne angestarrt. „Kann ich ihm etwas ausrichten?"

„Nur, dass ich mich mit ihm über die Vorfälle am Palast unterhalten will."

„Welche Vorfälle?", erkundigte sie sich unschuldig.

„Ich meine das widerrechtliche Eindringen zweier Personen gestern Vormittag in den Kristallpalast. Ach, und natürlich auch sein eigenes Eindringen, das – strenggenommen, versteht sich – ebenfalls widerrechtlich war."

Sie hob eine Braue und musterte mich verschmitzt. Es war der Blick einer Frau, die glaubte, mit einem einzigen Blick alles erklären und alles bekommen zu können. Verdammt, ich hatte für diesen Typ Frau nicht viel übrig. Was glaubte sie, was man von ihr halten sollte, wie sie hier halbnackt im Freien stand?

„Soll ich ihm das bestellen, Captain Royle?"

„Tun Sie, was Sie wollen", antwortete ich barsch, und ich konnte sehen, wie sich ihr Gesicht verfinsterte. Wahrscheinlich war sie es nicht gewohnt, so behandelt zu werden. Wahrscheinlich ... ich fluchte leise. *Lassen Sie sich nicht um den Finger wickeln.*

„Er kann sich an die Sicherheitskräfte am Palast wenden", murmelte ich, gab meine Versuche, Anstand walten zu lassen, auf und ließ meinen Blick nun schamlos ihre nackte Haut empor wandern: ihre Fesseln, ihren Ausschnitt, ihren Hals ...

„Ich glaube, er hat schon mit der Polizei gesprochen."

„Ich spreche nicht von der Polizei", sagte ich, als ich das kleine Halsband entdeckte.

„Wen repräsentieren Sie dann, Captain Royle?"

Bingo. Mein Blick fand den schwarzen Stein; sie benutzte denselben Trick wie Wymer, nur noch etwas perfider: Sie verbarg ihr Geheimnis vor aller Augen. Ich wollte nicht, dass sie bemerkte, dass ich sie durchschaut hatte. Zum Glück konnte sie nicht wissen, dass ich auch einen solchen Stein trug.

„Sind Sie schwerhörig?", fragte ich deshalb, und ihr Antlitz wurde noch eine Spur dunkler. Wenn ich so weitermachte, würde ich sehen, wie sie explodierte. Ob sie versuchen würde, mich zu kratzen? „Ich bin Captain der Armee. Das Personal am Palast weiß, wo man mich finden kann, und höchstwahrscheinlich weiß Lord Bailey das auch sehr gut."

„Sie bewachen den Palast?", fragte sie skeptisch und schlang den Morgenmantel nun doch ein wenig enger um sich. Wahrscheinlich fragte sie sich, ob ich sie am Vortag dort gesehen hatte.

„Es ist kaum ein Geheimnis, dass fremde Kräfte die Weltausstellung nutzen könnten, um dem Ansehen oder der Sicherheit des Empire zu schaden", erklärte ich höflich.

„Fremde Kräfte", wiederholte sie und versuchte zu lächeln.

„Sie finden den Gedanken amüsant?"

„Ich finde ihn nur nicht sonderlich naheliegend."

„Ach?" Ihre Verunsicherung bereitete mir Wohlbehagen, und ich massierte mir den Nacken und gähnte ordentlich. „Sicher, an einem frischen Frühlingsmorgen, in einem der besten Viertel der Hauptstadt der zivilisierten Welt, mag die Vorstellung einer diffusen Bedrohung wie Verfolgungswahn wirken. Höchstwahrscheinlich haben Sie nicht gesehen, was ich gesehen habe. Oder vielleicht doch?"

„Was gesehen?", erkundigte sie sich.

„Einen Mann, der über die Gabe verfügt, sich unsichtbar zu machen und den Drang verspürt, sich ausgerechnet ins Zentrum jenes gläsernen Palasts zu begeben, in dem Ihre Majestät die Königin und Seine Königliche Hoheit Prinz Albert von Sachsen-Coburg und Gotha in zwei Tagen die großartigste und bedeutsamste Zurschaustellung menschlichen Schaffens eröffnen werden, die die Welt je gesehen hat", führte ich aus. „Ganz zu schweigen von einigen kostbaren Kunstschätzen", ich ließ den Blick recht lange auf dem Stein an ihrem Hals ruhen, „deren wahrer Wert sich nur Eingeweihten erschließen mag. Würde Sie das nicht auch nervös machen, wenn es Ihre Aufgabe wäre, Katastrophen vom Empire abzuhalten?"

„Was glauben Sie eigentlich, was ich versuche?"

„Ich weiß nicht. Sagen Sie es mir."

„Ich habe einen äußerst gefährlichen Mann verfolgt." Sie atmete tief durch. „In einem haben Sie recht: Er ist Niederländer. Vor allem aber ist er ein Killer ..."

„Lassen Sie mich raten", sagte ich. „Er hat den Whistpartner Ihres ... Mentors auf dem Gewissen. Einen gewissen Sir Malcolm, nicht wahr?"

„Sie wissen nicht, wovon Sie reden", wehrte sie ab, aber es kam nicht sehr überzeugend.

„Oh, aber Sie?", staunte ich. „Was hat man Ihnen versprochen? Einen reichen britischen Gatten? Mehr Schmuck, als Sie tragen können? Eine erregende Weihe in einem heidnischen Kult, während Ihre Freimaurerfreunde unter ihren Roben Hand an sich legen?"

Die letzte Bemerkung hatte gesessen. „Gehen Sie", fauchte sie und versuchte, die Tür zu schließen, aber diesmal packte ich den Rahmen und stieß ihn so weit auf, wie ich konnte. Die Tür schlug hart gegen die Wand, und nur einer beeindruckend schnellen Reaktion, die mir nicht entging, verdankte sie, dass sie ihr nicht die Finger brach.

„Der einzige Grund", erklärte ich ihr, „weshalb ich Sie nicht auf der Stelle abholen lasse oder einfach selbst mitnehme, ist der, dass Sie sich in der Obhut – oder sollte ich sagen, im Gewahrsam? – eines einflussreichen Peers befinden. Ich rate Ihnen, Miss, vergewissern Sie sich besser früher als später, wie weit er zu Ihrem

Schutz zu gehen bereit ist, denn wenn er Ihnen das da“ – ich zeigte auf ihr Halsband – „geschenkt hat, dann hat er Ihnen einen Bärendienst erwiesen.“

„Was immer Sie darüber zu wissen glauben ...“

„Sie wissen es wirklich nicht, richtig?“, schloss ich. „Wo er steckt, meine ich. Vielleicht hat er Sie schon im Stich gelassen?“

„Sie wissen gar nichts!“

„Ich folge meiner Intuition.“

Sie beugte sich weit vor, bis ihr Gesicht ganz nah vor meinem war. Ihre Nasenflügel bebten, und in ihren Augen flackerte eine Leidenschaft, wie ich sie mir von manchen Frauen manchmal gewünscht hätte. Als sie sprach, klang ihre Stimme sehr leise und deutlich.

„Schieben Sie sich Ihre Intuition dorthin, wo die Sonne nicht scheint, Captain.“

„Das habe ich bereits“, lächelte ich. „Möchten Sie nachschauen?“

Damit ließ ich sie stehen und schlenderte die Straße hinab.

Tagebücher der Arakan-Expedition
von
Major Samuel Blakewell

1827

26. Oktober, Nachtrag

Haben heute gute Fortschritte gemacht. Der Weg durch die Hügel ist beschwerlich, aber nichts im Vergleich zu dem, was uns bevorsteht. Habe den Männern wenig Pause gegönnt, damit wir Boden gutmachen und möglichst bald den Schutz der Wälder erreichen. Ich lege wenig Wert auf die Bekanntschaft der Einwohner dieser Gegend.

Wir reisten wie Vanderbilt immer in Sichtweite des kleinen Flusslaufs, der sich durch die Hügel nach Nordnordost schlängelte und schafften gut und gern zwölf Meilen, wenn nicht mehr, ehe wir das Lager aufschlugen.

Seitdem habe ich mich in die Betrachtung des Tagebuchs vertieft. Das Niederländische ist ein grausamerer Feind als die Menschen, die es sprechen, es je sein könnten, voll falscher Fährten und irreführender Begriffe, und ich empfinde einen fast körperlichen Widerwillen bei dieser Arbeit; auch deshalb, weil fast jeder Abschnitt, jeder Satz meine schlimmsten Befürchtungen bestätigt, und meine Zuversicht, mich gegen alle Widrigkeiten dieser Reise gewappnet zu haben, schwinden lässt. Fast fühle ich mich betrogen und wütend und versuche, die Gewissheit, die mir diese Lektüre verschafft zu leugnen, doch Leugnen ist zwecklos, und so bleibt mir nichts als die Scham des Übertölpelten. Was würde Nora sagen, wüsste sie, wie leicht es gelang, mich an der Nase herumzuführen? Fast widerstrebt es mir, die Worte zu schreiben, doch was nutzt es, also kurzum:

Der Mann in dem Grab ist Vanderbilt. Er trägt Uniform und Abzeichen eines Majors, und das Tagebuch, das ich nun von hinten nach vorne übersetze, um einen Eindruck seiner letzten Aufzeichnungen zu erhalten, ist seins. Der Anführer der niederländischen Expedition hat Arakan niemals verlassen.

Wer immer nach Chinsura zurückkehrte und dort die Notizen versteckte, denen ich, wie mir nun klar ist, ein grundloses Vertrauen entgegenbrachte – es war nicht Vanderbilt. Ich glaube, es war Fleerackers. Es muss Fleerackers gewesen sein, denn weshalb hätte jemand dem toten Forscher Vanderbilts Uniform anziehen und ihn mitsamt seiner Ausrüstung und seinen Tagebüchern in der Stupa bestatten sollen?

Es scheint also, als habe Vanderbilt im Schatten der grünen Stupa sein Leben ausgehaucht und als hätten Fleerackers oder wahrscheinlicher sogar die Einheimischen den Major ehrenvoll bestattet, ehe Fleerackers unter falscher Identität nach Bengalen zurückging. Dies würde die plötzliche Reserviertheit der Einheimischen ebenso erklären wie die verwunderliche Entscheidung der niederländischen Armee, den Heimkehrer für die nächsten Jahre zwar mit allen Annehmlichkeiten zu verwöhnen, ihn aber nie ohne Bewachung vor die Tür zu lassen und jeden Umgang mit ihm (das wissen wir aus alten Protokollen des Forts) streng zu reglementieren. Dennoch stellt sich die Frage: warum? Weshalb ein solches Maskenspiel, dem so wenig Aussicht auf Erfolg beschieden ist (denn Fleerackers muss doch klar gewesen sein, dass irgendjemand in Chinsura Vanderbilt gekannt hat)? Weshalb unterschrieb der junge Gelehrte all seine Erinnerungen mit dem Namen des Majors? Hatte sein Geist sich so weit verwirrt, dass er sich für ihn hielt?

Ich hoffe, einige dieser Fragen werden sich klären, wenn ich mit der Lektüre des Tagebuchs Fortschritte mache. Im Moment ist es Zeit, die Wache an den Sergeant zu übergeben und etwas Ruhe zu finden, denn ich will morgen schließlich nicht derjenige sein, der uns aufhält, weil ihm beim Marschieren die Augen zufallen.

Es ist kalt, und die Sterne stehen am Himmel. Ich frage mich, wie es war, als die Niederländer dieselben Sterne über den unberührten Bergrücken im Osten sahen.

Meine Gedanken sind bei meinen Lieben in England.

27. Oktober

Marsch bei Regen. Verflucht seien die Kalender aller Wetterdeuter. Schwindler und Wahrsager! Haben die Hügel hinter uns gelassen und den Rand der Wälder erreicht, wo wir unsere Sachen trocknen, so gut es eben geht. Haben höchstens zehn Meilen geschafft und halten uns nach wie vor am Ufer des kleinen Flüsschens. Auch fanden wir auf unserem Weg einige der Landmarken, von denen Vanderbilt – Fleerackers? – sprach, aber meine Freude darüber hält sich in Grenzen. Es war ein schlechter Tag.

Wenn wir unsere Position auf der Karte korrekt bestimmt haben, haben wir Arakan hinter uns gelassen. Größte Vorsicht ist geboten; nicht nur wegen des Zwischenfalls heute Mittag und auch nicht der Schauergeschichten von Menschenfressern und Dämonen wegen, mit denen Cray uns aufzumuntern glaubt. Nach dem Wortlaut der Londoner Verträge befinden wir uns auf birmanischem Hoheitsgebiet – und auch, wenn man das Eindringen von vier Soldaten und einem Zivilisten kaum als Akt der Aggression auffassen kann, so haben wir diese Verträge doch gerade verletzt. Die Ufer des Irawadi aber sind fern, fast so fern wie die Ufer der Themse, und die Geschichte zeigt, dass kein Herrscher es je schaffte, diese wilden Landstriche im Schatten des Arakan-Yoma-Massivs dauerhaft zu kontrollieren. Keines Menschen Auge ruht auf diesen Wäldern. Sie sind Niemandsland.

Leider ist die Grenze aber keineswegs unbevölkert, was mich zu dem Vorfall bringt, der sich heute Mittag ereignet hat. Wir wanderten dicht am Ufer, um den Fluss nicht zu verlieren – die Hügel nehmen einem die Sicht und die Orientierung, wie Dünen in einer Wüste – und hatten die Köpfe unter dem Eindruck des Regens gesenkt. So bemerkten wir zu spät, dass die Gegend, in die wir kamen, auf einfachste Weise kultiviert war, und ehe wir's uns versahen, stießen wir auf einen Trupp Einheimischer. Die Männer waren klein, nur spärlich bekleidet und mit primitiven Speeren bewaffnet. Dennoch gebärdeten sie sich wie Fürsten und wollten uns nicht weiterziehen lassen, ehe wir ihnen nicht Rede und Antwort standen.

Ich sah, wie meine Männer unruhig wurden, und wies sie an, ihre Bajonette aufzupflanzen, denn ich war mir nicht sicher, ob die Einheimischen wussten, was eine Brown Bess war und sich von einer Muskete beeindrucken ließen, solange sie nicht auch gefährlich aussah. So sicherten wir in alle Richtungen und drängten langsam voran, doch wir bewegten uns nur weiter auf ihre Siedlung zu. Der Auflauf um uns wuchs immer mehr. Ich sah in alte, faltige Gesichter, ausgezehrt wie die Gesichter von Opiumrauchern. Die Frauen hatten ihre Gesichter tätowiert und sahen fast noch furchterregender aus als die Männer. Cray versuchte, ein paar Worte an die Menge zu richten, doch Tumult brach aus, und eine alte Frau trat vor und spuckte uns vor die Füße. Daraufhin gaben Hall und O'Lannigan zwei Warnschüsse ab, die zumindest einige Sekunden den gewünschten Effekt erzielten, in denen sie nachluden und wir anderen die Verteidigung übernahmen.

Immer noch bewegten wir uns langsam vorwärts und passierten dabei primitive Behausungen. Dann hatten die Einheimischen ihren Mut wiedergefunden, und ein junger Mann glaubte, sich beweisen zu müssen und drang mit seinem Speer auf den Sergeant ein. Der Sergeant legte an, aber seine Muskete feuerte nicht, und nur mit Glück wich er der Speerspitze aus und stach den Angreifer mit seinem Bajonett nieder. Neuerliche Warnschüsse hielten uns die Eingeborenen vom Leib. Schritt um Schritt wichen wir zurück, während das Blut des Jungen den Morast des Dorfes tränkte. Die alte Frau, die uns vorher schon angefahren hatte, stürzte an seine Seite und schrie uns mit Tränen im Gesicht etwas entgegen. Cray erwiderte etwas, diesmal sprach er laut und deutlich und erzielte einen bemerkenswerten Effekt: Die Menschen erstarrten, als sei ihnen ein Geist erschienen, dann schlossen sie mit grimmigen Gesichtern ihre Reihen und stellten sich schützend um den Verwundeten. Die Männer machten keine Anstalten, uns noch einmal anzugreifen, ließen aber nicht die Augen von uns, bis wir uns entfernt hatten, und ehe wir außer Sichtweite gerieten, konnten wir noch beobachten, wie sie einen fremdartigen Gesang anstimmten und sich hin und her wiegten wie Gläubige im Gebet. Auf seltsame Weise kam ich mir vor wie ein Aussätziger, wenn seine Dorfgemeinschaft ihn verstößt.

Auf die Frage, was er gesagt habe, erwiderte Cray, er habe lediglich versucht, ihnen klarzumachen, dass wir nur auf der Durchreise seien, auf dem Weg in die Berge, und es mit ein paar der Worte von Vanderbilts Grab durchsetzt. Ich weiß nicht, was mir mehr missfällt: dass er ihnen das Ziel unserer Reise verriet oder die Reaktion, die seine Worte hervorriefen. Immerhin hat er ein Blutbad verhindert.

Sobald wir den Waldrand erreichten, schlugen wir unser Lager auf. Mit einigen Mühen gelang es uns, ein Feuer zu machen. Lt. Hall ermahnte den Sergeanten, bei diesem Wetter seine Pulverpfanne stets sauber von Rückständen zu halten, da diese ansonsten die Feuchtigkeit anzögen und zu Überraschungen wie der vorhin führen könnten. O'Lannigan war immer noch blass um die Nase – ich glaube nicht, dass er je bisher sein Bajonett in einen Menschen getrieben hat –, und wir anderen verspürten keine Lust auf Unterhaltung.

Ich widmete mich daher wieder dem Studium von Vanderbilts Tagebuch. Ich habe die letzten Tage seines Lebens inzwischen rekonstruiert; allerdings sind seine Eintragungen so verwirrend, dass ich nicht weiß, wie viel davon ich meinen Männern zumuten soll. Zwar zweifle ich nicht an ihrem Gehorsam, aber ich bin nicht sicher, inwieweit sie bereit sind, die Geschehnisse, von denen die Aufzeichnung aus Fort Chinsura und dieses Tagebuch berichten, für bare Münze zu nehmen. Cpt. Adams zum Beispiel merke ich an, dass er nicht damit rechnet, am Ziel unserer Reise etwas anderes als Ruinen und vielleicht den ein oder anderen goldenen Becher zu finden. Immerhin hält er sich mit seinen Zweifeln zurück, was ich zu schätzen weiß.

Denn es schiene der Moral meines kleinen Trupps doch sehr abträglich, würde ich ihnen jetzt enthüllen, dass Vanderbilt zweifellos wahnsinnig war, als er aus den Wäldern zurückkehrte. Was genau er dort erlebte, darüber äußert er sich auf den letzten Seiten nicht; seine Gedanken drehen sich in erster Linie um sein eigenes und um das Befinden Fleerackers, von dem er sich trotz der Notlage, in der sie sich befanden, und die zwei Männer eigentlich zusammenschweißen sollte, bedroht fühlt. Er begegnet ihm mit einem Argwohn, dass es schon an Verfolgungswahn grenzt (und wie berechtigt diese Angst doch ist, bedenkt man, wie es für ihn endete!)

Was die Sache so verwirrend macht, ist, dass Vanderbilt wiederholt die Behauptung äußert, er sei in der Lage, an Fleerackers' Gedanken teilzuhaben; er höre seine Stimme und könne seine Absichten erkennen, während sie sich, die letzten Überlebenden ihrer Expedition, bei Dauerregen durch die Wälder und die Hügel kämpften und dabei einen improvisierten Schlitten durch den Schlamm hinter sich herzogen, darauf all die Schätze, die sie im Urwald geborgen hatten. Zwar wechselten sie sich ab bei diesem Frondienst, dennoch scheint es eine Menge Missgunst gegeben zu haben und wenig Einigkeit darüber, wer vorausgehen und wer folgen sollte, da man sich nicht aus den Augen lassen wollte. Vanderbilt war felsenfest davon überzeugt, Fleerackers wolle ihn bei der ersten sich bietenden Gelegenheit ermorden, um dann die Schätze für sich alleine zu haben. Dabei bedient er sich wiederholt eines Wortes, wahrscheinlich aus dem Indischen, das mir bereits in den Chinsura-Dokumenten begegnet ist und dessen genaue Bedeutung sich mir bisher verschließt.

Die genaue Natur dieser Schätze ist eines der großen Rätsel, die ich mit dieser Expedition zu enthüllen hoffe. Der Autor der Chinsura-Dokumente legt nahe, sie bescherten ihren Besitzern bestimmte vorteilhafte Kräfte, ganz in der Tradition der fernöstlichen Länder, deren Legenden voll mit Glücksbringern, Herrschaftszeichen und Gottesgeschenken sind. Manchmal heißt es, diese Talismane brächten ihren Trägern Energie und Gesundheit; manchmal heißt es, sie verliehen ihnen Weisheit oder Geschick bei der Kriegsführung. Wie auch immer, die Niederländer hielten diese Geschichten dem Anschein nach für glaubhafter, als es für bodenständige Händler wie sie charakteristisch scheinen möchte. Glaubhaft genug für Vanderbilt, um für plausibel zu halten, dass Fleerackers ihn dafür töten wollte, bis hin zu dem Punkt der Hysterie, da er sich einredete, die Gedanken seines Gefährten sprächen zu ihm und verrieten ihm seine finsteren Absichten. Schließlich versteigt er sich in den Wahn, er könne, ja müsse Fleerackers zuvorkommen, und rechtfertigt seine Mordlust mit dem Glauben, dass er dessen Erinnerungen in sich bewahren könne wie in einem Gefäß, so dass das wertvolle Wissen des jungen Gelehrten mit seinem Tod nicht verloren ginge.

Ich werde meinen Männern vorerst nichts über diese Hirngespinste berichten. Zum Glück sind sie alle zu sehr Männer der Krone, um ihrem Vorgesetzten und Expeditionsleiter mit Fragen zur Last zu fallen; dennoch sehe ich ihnen an, dass es sie nach Antworten verlangt. Vielleicht morgen – oder wenn ich weiß, was den Niederländern im Dschungel widerfahren ist. Morgen werde ich beginnen, das Buch von vorne her zu übersetzen. Heute ist es zu spät dafür, und ich muss über das Gelesene schlafen, ehe ich mir ein Urteil bilden kann.

28. Oktober

Eine furchtbare Katastrophe – wir können es noch nicht verstehen und zugleich keinen anderen Gedanken fassen als diesen: Er ist tot – welch dunkler Tag, an dem ich solche Worte schreiben muss, doch was nutzt es, anzuschreiben gegen das, was sich unumkehrbar ereignet hat? Cpt. Adams ist tot – er wurde heute Nacht von einem wilden Tier angefallen und verschleppt; wir nehmen an, ein Tiger hat ihn geholt; Wut und tiefe Trauer befallen uns bei dem Gedanken, dass ein so tüchtiger, aufrechter Mann wie er, ein Offizier der Krone, einem solch barbarischen Schicksal zum Opfer gefallen sein soll, und doch –

So hat es sich abgespielt:

Die Männer hatten, wie sie es immer tun, Hölzchen gezogen, um die Wache einzuteilen. Lt. Shiels ereilte das glückliche Los, diese Nacht in seinem Zelt bleiben zu dürfen; Lt. Hall, Sgt. O'Lannigan und Cpt. Adams übernahmen die Wachen, in dieser Reihenfolge (Cray ist vom Losentscheid befreit, obwohl er theoretisch genauso seinen Beitrag leisten könnte wie die anderen; die Wahrheit ist aber, dass man einem Zivilisten wie ihm nicht zutraut, seiner Pflicht nachzukommen, auch wenn ihm das niemand ins Gesicht sagen mag, und er ist sicherlich klug genug, das zu wissen, aber stolz genug, sich nicht anzubiedern).

Die ersten beiden Wachen verliefen ereignislos. Schließlich weckte O'Lannigan den Captain (ich glaube mich vage daran zu erinnern, wie Cpt. Adams das Zelt verließ) und begab sich zur Ruhe. Das Unglück muss sich kurz vor Morgengrauen ereignet haben, denn der Sergeant schlief schon tief und fest und wurde wie wir alle von dem grauenhaften Schrei geweckt, der uns noch immer in den Gliedern sitzt. Nur Sekunden darauf zerriss der Knall von Halls Muskete die Luft und versetzte den ganzen Wald in Aufruhr; als wir anderen aber unsere Köpfe aus den Zelten streckten, war es bereits zu spät.

Eine Schneise war in das Unterholz geschlagen, wo das Raubtier sein Opfer verschleppt hatte, ausgewiesen von einer grässlichen Blutspur. Lt. Hall, Lt. Shiels und ich nahmen sofort die Verfolgung auf, obwohl wir nicht einmal fertig angekleidet waren, doch unsere Hoffnung schwand schnell, während wir uns durch das dämmrige Dickicht kämpften, denn weder hörten wir einen weiteren Laut des Verwundeten, noch gelang es uns, die Bestie einzuholen. Wir erkannten, dass für einen Mann, der so viel Blut verloren hatte wie Cpt. Adams, jede Rettung zu spät kommen würde; dennoch wollten wir ihn nicht den Fängen des Ungeheuers überlassen. Dann gelangten wir an einen hohen Felsen, und keine Worte können den Schrecken beschreiben, der uns überkam, als wir dort in einer blutigen Lache ein abgenagtes Bein des Captains fanden, den Stiefel noch an seinem Fuß. Offenbar hatte sich das Monstrum hier an seiner Beute gütlich getan und sie dann weiter den Felsen hinauf geschleppt.

Nach einer halben Stunde brach ich die Suche ab. Ich habe zu meiner Zeit den einen oder anderen Tiger gejagt und wusste, wir würden ihn nicht finden. Hall warf mir finstere Blicke zu – aber ein Soldat muss erkennen, wann er die feine Grenze überschreitet, diesseits derer er einem gefallenen Kameraden einen letzten Dienst erweist, und jenseits derer er sein und das Leben seiner Gefährten aufs Spiel setzte, indem er wie ein Narr in Unterwäsche bei Sonnenaufgang durch den Dschungel stolpert.

Wir kehrten zum Lager zurück, wo Cray und der Sergeant aufgeregt auf uns warteten. Während Cray vor allem um seine eigene Sicherheit besorgt schien, quälten den Sergeant Schuldgefühle, weil er der letzte gewesen war, der den Captain lebend gesehen hatte, und nachdem ihn Lt. Hall bereits gestern kritisiert hatte, musste er sich heute wie ein rechter Versager vorkommen. Ich hätte ihm die Chance geben sollen, sich an unserer Suche zu beteiligen, aber er war einfach als letzter auf den Beinen gewesen.

Es sei an dieser Stelle gesagt, dass wir eine christliche Andacht für Adams abhielten. Unsere Vorgesetzten und seine Familie sollen wissen, dass er seinen Dienst stets vorbildlich erfüllte und mich sein Verlust mehr als alle anderen schmerzt, weil ich ihn nicht nur als meinen Kameraden, sondern stets auch als Freund angesehen habe.

Hall ist mein neuer zweiter Mann. Es war ein folgerichtiger Schritt, denn er ist der dienstälteste Offizier nach mir selbst, und ich sehe, dass es ihn nach all diesen schlechten Omen zu Taten drängt.

Die Zelte sind nahezu abgebaut, und wir machen uns bereit.

Nachtrag

Ein böser Tag geht seinem Ende entgegen. Es hat nicht mehr geregnet, aber Wolken haben den ganzen Tag die Sonne verfinstert. Wir haben noch etwa acht Meilen durch ein kleines, enges Tal zurückgelegt, in dem zahllose Affen auf den Bäumen lebten und uns offenkundig als Eindringlinge betrachteten. Ihr Gekreisch wurde so enervierend, dass Lt. Hall schließlich in die Bäume schoss und einen von ihnen erlegte. Leider hat das die übrigen Teufel aber nicht entmutigt, und das Fleisch des kleinen Affen schmeckt zäh und macht keine Lust auf mehr.

Es ist uns bewusst, dass wir Gefahr laufen, uns zu verirren, wenn wir nun zu unachtsam werden. Der Fluss, dem wir folgen, ist nur noch ein seichtes Bächlein, und wer kann sagen, ob es vor fünfzig Jahren schon genauso verlief wie heute, wo doch jeder Monsun dazu führen mag, dass Wasserläufe sich einen neuen Weg suchen? Ich versuchte daher, uns näher an die Berge zu bringen, denn ich hoffe, morgen oder übermorgen den Wasserfall zu finden, der diesen und wahrscheinlich noch eine Menge anderer Flüsse in den Wäldern speist – den Wasserfall, an dem Leutnant Druyts auf dem Rückweg sein Leben ließ.

Es ist aber Osterhoudt, nicht Druyts, an den ich in diesen Minuten denke. Ich hatte heute Morgen in der Aufregung nicht daran gedacht, aber später kam es mir dann: Auch Vanderbilt verlor seinen besten Kameraden an einen Tiger. Was für ein entsetzlicher Zufall! Ich habe mir geschworen, keinen einzigen weiteren Mann zu verlieren und zu vollenden, was Vanderbilt misslang: Ich werde uns alle sicher wieder nach Hause bringen.

Die Übersetzung macht gute Fortschritte.

29. Oktober

Haben die Ausläufer des Gebirgsmassivs erreicht und lagern auf einer kleinen Lichtung im Schutz hoher Felsen. Die Stimmung ist noch immer schlecht. Ich glaube, erst allmählich haben die Männer begriffen, was sich gestern ereignet hat: dass es unvermittelt einen aus ihrer Mitte auf grausamste Art hinweggerissen hat und dass dies jederzeit wieder geschehen kann, durch Raubtiere, durch Schlangen oder durch Krankheit – der Urwald ist voller Gefahren und voll fremder Geräusche, an die man sich niemals gewöhnt.

Ich mache mir Gedanken wegen Hall. Er wirkt übellaunig, als quäle es ihn, dass er niemandem die Schuld für Cpt. Adams' Tod geben kann. Der Sergeant macht sich nach wie vor Vorwürfe und sucht doch gleichzeitig Lt. Halls Nähe, als könne der Leutnant allein ihm die Absolution erteilen. Cray und Shiels verhalten sich still; Cray, weil er ahnt, dass er sonst nur ins Kreuzfeuer geraten würde, Shiels, weil ihm die Geschehnisse ähnlich unheimlich vorkommen wie mir.

Damit sich die Männer entspannen konnten, übernahmen Cray und ich die erste Wache. Diese nahmen das allgemein gut auf, und keine halbe Stunde später schliefen die Männer tief und fest. Ich fühle, sie haben in diesen Stunden Führung bitter nötig, und nicht die Lt. Halls.

Wenn man mehrere Stunden am Tag mit schwerem Gepäck durch den Urwald stapft, ist man auch zu dieser Jahreszeit noch nach kürzester Zeit völlig verschwitzt. Der Schweiß wiederum zieht Insekten an, und so steht man ständig im Zentrum der Aufmerksamkeit einer Vielzahl winziger Quälgeister und wünscht sich irgendwann nur noch fort, fort von sich selbst. Daher redet man nicht viel, auch wenn es manchmal gut täte. Vielleicht wird es besser, wenn wir größere Höhen erreichen, doch im Augenblick ist etwas Schlaf das Beste, was ich meinen Leuten anbieten kann, und es zieht mich ohnehin noch nicht in mein Zelt, das ich nun alleine bewohne.

Was für eine Wandlung Vanderbilt durchgemacht hat in der kurzen Zeit zwischen Beginn und Ende seiner Reise! Wie anders lesen sich doch seine frühen Einträge im Vergleich zu den wilden Phantasien, denen er am Ende seiner Reise erlag! Der Autor der ersten Seiten des Buchs war ein gewissenhafter Mann, dessen Entscheidungsstärke und Einsicht in den Charakter seiner Männer mir großen Respekt abnötigen. Er beschreibt minutiös Wegstrecke, Rastplätze, Flussläufe und Felsformationen, und seine Angaben sind mir eine große Hilfe. Fast scheint es, als hätte er geahnt, dass eines Tages jemand den gleichen Weg gehen würde wie er, und ich fühle ihn mit uns wandern, während wir in seine Fußstapfen treten.

Schuld an diesem Gefühl der Verbundenheit sind natürlich auch die absonderlichen Entsprechungen zwischen seiner und meiner Situation. Auch er brach auf der Spur einer alten Legende voll Enthusiasmus nach Arakan auf. Auch sein Trupp bestand aus vier

Soldaten und einem jungen Gelehrten, dem vom ersten Tag an die Rolle des Außenseiters zufiel. Auch er hatte Frau und Kinder in der Heimat, an die er oft dachte.

Dann nahm das Unglück seinen Lauf: Es gab einen Zwischenfall mit den Eingeborenen, der mich so stark an unser eigenes Zusammentreffen mit ihnen erinnert, dass ich mich frage, ob es möglich ist, dass sich die Dörfler noch daran erinnerten, ja vielleicht seither keine Weißen mehr gesehen hatten und uns deshalb so feindselig begegneten. Vanderbilt berichtet nicht, was genau vorfiel, aber Leutnant Willems scheint in Notwehr einen Wilden erschossen zu haben. Nach Osterhoudts Tod machte er ihn zu seinem neuen Adjutanten. Tatsächlich erinnert mich Willems stark an Hall: Dasselbe Ungestüm, dieselbe Härte gegenüber sich selbst und den anderen.

Ich ertappe mich dabei, dass diese Männer zu meinen Freunden werden, je länger ich über sie lese: Ich fühle mit Druyts, wenn er unter Willems' Schikanen leidet, und es entsetzt mich, wie Fähnrich Lakerveld zunehmend unter Willems' Einfluss gerät, bis Vanderbilt fürchtet, den Jungen an ihn zu verlieren. Auch das Misstrauen gegenüber Fleerackers kann ich mittlerweile sehr viel besser verstehen.

Cray beobachtet mich von der anderen Seite des Feuers, während ich dies schreibe. Er hat Orchideen gesammelt, und ich weiß, dass er mehrere Trommeln mit sich führt, in denen Botaniker Proben lagern. Aber er studiert nicht seine Blumen, sondern mich, und ich mag es nicht, wie er mich ansieht.

Vielleicht mag er mich ja ebenso wenig.

Ich frage mich, was letztlich die Katastrophe herbeiführte.

30. Oktober

Aufstieg ins Arakan-Yoma-Massiv. Wanderten den Morgen über durch einen Teakwald, bis dieser sich zu lichten begann und wir auf einen weiteren Wasserlauf trafen. Dieser führte uns nach einer Stunde, wie ich es gehofft hatte, zu einem eindrucksvollen Wasserfall, der nicht auf den Karten verzeichnet ist. Der Fluss stürzt gut und gern sechshundert Fuß in die Tiefe, sammelt sich in einem Felsbecken und verliert sich in mehreren Nebenarmen in den Wäldern.

Während wir auf der Suche nach einem geeigneten Punkt für den Aufstieg den Felshang entlangwanderten, machten wir eine Entdeckung: Etwa hundert Yards von der Stelle, an der der Fluss in sein Becken stürzt, lagen zwei Gräber unter einer alten, verwachsenen Kiefer. Es gab nicht viel Erde auf dem Fels, daher hatte man Steinhaufen über den Toten aufgeschichtet, um sie davor zu bewahren, von wilden Tieren gefressen zu werden. Trotzdem hatte sich etwas an wenigstens einem der Gräber zu schaffen gemacht, oder Wasser und Wind hatten mit den Steinen gespielt. Ich hätte die beiden Haufen jedenfalls gar nicht sofort als das erkannt, was sie waren, wenn Hall nicht so lange mit nachdenklichem Gesicht vor ihnen verharrt hätte.

Diesmal gab es keine Diskussionen darüber, ob wir die Gräber öffnen sollten oder nicht. Hall und O'Lannigan übernahmen wieder die Arbeit und legten in kürzester Zeit die sterblichen Überreste zweier Männer frei. Nur eins der Gerippe war noch vollständig, und was sie an Ausrüstung bei sich hatten, war bis zur Unkenntlichkeit verwittert und verrostet. Gleichwohl hatten wir keinen Zweifel, zwei weitere Mitglieder der Vanderbilt-Expedition gefunden zu haben. Ich wusste, es musste sich um Willems und Lakerveld handeln – und ein seltsamer Schauder befiel mich, als ich Hall mit Willems' Schädel in der Hand da stehen und ihn drehen und wenden sah. Dann legte er den Schädel weg und griff in den Brustkorb des Gerippes. Ich war nicht sicher, aber es sah aus, als habe er etwas gefunden. Als ich ihn darauf ansprach, brummte er jedoch nur ausweichende Worte. Als ich ihn ermahnte, mir klar zu antworten, wies er mich darauf hin, dass das Rückgrat des Mannes von einer Kugel zerschmettert worden sei. Ich sah nach und musste ihm zustimmen: Man hatte Willems offenkundig in den Rücken geschossen. Gut möglich, dass Hall die Musketenkugel zwischen den Knochen gefunden hat.

Wir begannen mit dem Aufstieg, mussten aber bald im Schutze einer Felsnadel rasten. Da wir keine Bergsteigerausrüstung mit uns führen, verloren wir viel Zeit mit der Suche nach einem sicheren Weg, und unser Gepäck erwies sich leider als sehr hinderlich, so dass wir uns schließlich schweren Herzens von Teilen unserer Ausrüstung trennten und sie unter der Felsnadel zurückließen. Darunter war auch eines der Zelte – werde mir von nun an also meinen Schlafplatz teilen müssen, so dass alle außer dem Wachhabenden ein Dach über dem Kopf haben.

Der weitere Aufstieg schien sich am besten in einer schrägen Verwerfung bewerkstelligen zu lassen, die uns nahe an den Fall heranführte. Das monotone Brausen nahmen wir bald kaum noch wahr, aber der Wind blies das Wasser in unsere Richtung, und die Felsen waren nass vor Gischt. Wir bewegten uns so sorgsam wie möglich, dennoch verlor Shiels auf halbem Weg den Halt und rutschte mehrere Yards den Hang hinab, ehe ich ihn packen und auf sicheren Boden ziehen konnte. Nachdem der erste Schreck abgeklungen war, stellte er fest, dass er sich am Fuß verletzt hatte. Er überging es aber und bestand darauf, den Weg fortzusetzen, obwohl er offensichtlich starke Schmerzen hatte, und uns allen fiel ein Stein vom Herzen, dass nichts Schlimmeres passiert war; denn in der ersten Schrecksekunde hatten wir ihn alle fallen und in der Tiefe zerschellen sehen.

Als wir oben ankamen, waren wir durchgefroren und völlig durchnässt. Wir breiteten unsere Sachen zum Trocknen in der Sonne aus und brachen erschöpft zusammen. Dann sah sich Cray den Fuß des Leutnants an. Er war gerötet und stark angeschwollen, und dicht über dem Knöchel klaffte eine Wunde, wo ein spitzer Fels durch Stiefel und Fleisch geschnitten hatte. Cray reinigte die Wunde und legte einen Stützverband an. Der Blutverlust war unbedeutend, aber wahrscheinlich waren ein oder mehrere Bänder gerissen, und da keiner von uns ein ausgebildeter Arzt ist, können wir auch eine Fraktur nicht ausschließen.

Da uns nichts anderes übrig blieb, bauten wir eine Krücke für ihn, und nach kurzer Rast setzten wir unseren Weg fort.

So ging es noch zwei Stunden durch lichte Kiefernwälder, ehe wir wieder unser Lager aufschlugen. Hall, dem die Kletterei am wenigstens zugesetzt hatte, drängte darauf, noch zwei oder drei Meilen weiterzugehen, ich entschied jedoch anders. Shiels taumelte vor Schmerzen, und auch, wenn er sich zunächst dagegen sträubte, so willigte er schließlich doch ein, sich von Cray eine kleine Menge Opium verabreichen zu lassen, damit er die Nacht wenigstens schmerzfrei schlief.

Mein eigentlicher Grund zur Rast aber war, dass es mich drängte herauszufinden, welche Tragödie sich damals an den Wasserfällen ereignet hatte. Ich nahm mir abermals das Privileg der ersten Wache heraus und machte mich an die Arbeit, und wirklich dauerte es nicht lange, bis ich den entsprechenden Eintrag in Vanderbilts Tagebuch gefunden hatte.

Auch Cray war wieder mit mir wach geblieben und blätterte sich durch sein kleines Herbarium. Sobald die anderen schliefen, kam er herüber und verwickelte mich in ein Gespräch über dieses und jenes. Dann fragte er mich, ob ich nicht meine, dass es an der Zeit sei, mein Wissen, das ich aus der Lektüre des Tagebuches gewonnen hatte, zu teilen.

Ich zögerte, denn es widerstrebte mir, Teile der Geschichte zu enthüllen, bevor ich das Ganze kannte. Andererseits konnte Cray mir helfen, jene Passagen des Texts zu entschlüsseln, in denen sich die bereits erwähnten fremdartigen Ausdrücke häuften. Cray diese Passagen zu zeigen schien mir nicht unbedenklich, schon deshalb, weil Vanderbilt in ihnen beschreibt, wie unter seinen Männern Streit über ihre geheimnisvollen Fundstücke ausbrach und die Befürchtung äußert, dass dieser Streit einen bösen Ausgang nehmen könnte – eine Befürchtung, die mir nicht mehr fremd ist. Doch obwohl oder gerade weil ich Cray nicht traute und wusste, dass es den anderen ähnlich erging, war ich zuversichtlich, dass dieses Gespräch unter uns bleiben würde, und so gewann meine Neugierde die Oberhand.

Ich zeigte Cray also einige der Stellen, und er bestätigte meine Vermutung, dass Vanderbilt indische Begriffe in unser Alphabet übertragen hatte. Er studierte sie eingehend und erklärte dann, es handle sich um Anspielungen auf eine alte Legende, der zufolge man einst einen Gott oder eine Göttin zerstückelt und die göttlichen Teile über die ganze Welt verstreut habe. Er fragte mich nach den niederländischen Passagen dazwischen, aber ich enthüllte ihm nur das Nötigste und behauptete einfach, dass Vanderbilt auf eine Spur dieser Legende gestoßen sei.

Dann fragte ich ihn nach dem Wort, das mich beschäftigt, seit ich mit der Übersetzung des Tagebuchs begonnen habe, jenem Wort, mit dem Vanderbilt die wertvollsten Teile seines Schatzes bezeichnet, und das in diesem Buch immer wieder fällt.

Cray warf einen Blick darauf und sagte, die Bedeutung des Worts sei nicht entscheidbar, ohne den Kontext zu kennen, denn Vanderbilt habe es versäumt, die Lautlänge der einzelnen Vokale anzugeben. Spräche man es auf die eine Weise aus, so Cray, bedeute es nicht viel mehr als „Stein" – spräche man es aber auf eine andere Weise aus, könne es auch „Tugend" oder „Kraft" bedeuten. Er fragte, ob das Wort in einem Zusammenhang gebraucht würde, der eine Verbindung zu der alten Legende suggeriere, was ich verneinte. Ich sah ihm aber an, dass er seine Zweifel hegte und noch lange wach lag und darüber nachsann, als unsere Wache bereits beendet war und Sgt. O'Lannigan sich an den Resten des Feuers wärmte.

Während ich so dalag, schien mir, dass auch Hall eine unruhige Nacht durchlebte, und ich fragte mich, welche Antworten es waren, deren Ermangelung dem Leutnant den Schlaf raubten.

Miss Niobe
Spielregeln

Eine Weile war ich einfach sprachlos. Tatsächlich war ich ziemlich lange sprachlos, und nur der Tatsache, dass selbst ein Offizier der British Army in Belgravia nicht so mir nichts, dir nichts an eine Kutsche kam, verdankte ich es, dass ich ihn überhaupt noch erwischte, nachdem ich mich in aller Eile in ein paar von Mrs. Lincolns alte Sachen gezwängt und so schnell es ohne Aufsehen zu erregen ging hinter ihm hergeeilt war.

Die Verkleidung war abscheulich, und die Sachen kniffen und kratzten, aber sie erfüllten ihren Zweck. Auf den ersten Blick ging ich als Dienstmädchen durch, und auf den zweiten vergaßen die meisten Passanten, dass sie mich überhaupt gesehen hatten. Zumindest war es das, was ich allzu neugierigen Gaffern zu suggerieren versuchte, auch wenn ich noch wacklig auf den Beinen und verunsichert von der unverhofften Begegnung war. Erst mit der Zeit gelang es mir, mein Talent in den Griff zu bekommen und die Gefühle des Captains in der Menge auszumachen. Sie bildeten ein bizarres Muster aus Selbstgefälligkeit und Unzufriedenheit.

Während ich ihm gerade noch in Sichtweite folgte, überlegte ich, was eigentlich schiefgegangen war.

Es war damit zu rechnen gewesen, dass mein Kampf mit Frans in aller Öffentlichkeit noch ein Nachspiel haben würde, und selbst Bailey stand nicht über dem Gesetz und war nicht unauffindbar für Leute, die gründlich genug suchten. Allein, der Besuch war zu einem ungünstigen Zeitpunkt gekommen und hatte mich geschwächt und unvorbereitet erwischt. Auch hatte ich nicht mit der Sturheit und der unverhohlenen Feindseligkeit des Captains gerechnet.

Ich muss gestehen, dass er im ersten Moment attraktiv auf mich gewirkt hatte, wie er da in der Tür stand. Vielleicht hatte ich deshalb den Fehler begangen zu glauben, ich könne leichtes Spiel mit ihm haben. Er hatte ein auffallendes Gesicht, kantig, aber nicht grobschlächtig; sein kurzes blondes Haar war unter dem Hut in Unordnung geraten, und der Blick seiner hellen Augen hatte eine Unnachgiebigkeit, die man wohl als kampferprobt beschreiben würde. Er war ein athletischer Mann, den man sich gut beim Sport oder auf der Jagd vorstellen konnte. In Zivil wirkte er nicht sehr überzeugend. Leider war sehr schnell klar geworden, was er derzeitig als seine Beute betrachtete.

Das alles war aber nichts im Vergleich zu meiner Angst, als ich erkannte, dass auch er einen Shila trug. Wie die Nähe von Kristallen und Artefakten meinen sechsten Sinn beeinflussten, hatten auch Shilas eine charakteristische Färbung, eine Note, die ihre Träger für mich herausstechen ließ. Manchmal brauchte es eine Weile, bis ich sie wahrnahm, ein Irrtum war aber ausgeschlossen. Ich hatte diese Erfahrung schon früh in meiner Ausbildung gemacht; schließlich verfügte die Loge über einige Shilas, und die Art, wie die Talente und die Kristalle in Wechselwirkung traten, war lange der Schwerpunkt ihrer Forschung gewesen.

Allerdings hatte ich noch nie außerhalb der Loge mit einem Shila zu tun gehabt. Selten einmal waren Kristallartefakte in den Kreisen der Londoner Oberschicht aufgetaucht, aber ihre Besitzer hatten meistens gar nicht recht gewusst, womit sie es zu tun hatten, und es war mir stets ein Leichtes gewesen, sie um ihren Besitz zu erleichtern. Nur wenigen Eingeweihten, wie Mr. Faraday, gestattete man, sie zu testen. Aber auch ihm hätte man nie auf Dauer einen Shila überlassen. Dazu waren diese Steine einfach zu wertvoll; wenn an den Legenden über die *Shakti Pithas* etwas dran war, konnten auf der ganzen Welt höchstens 52 Stück existieren, und viele waren schon verschollen gewesen, lange bevor Männer wie Bailey davon Wind bekamen und begannen, nach ihnen zu suchen.

Ich war in einer verfahrenen Situation. Selbst wenn ich meinen Zorn und meine Neugierde hintanstellte, so hatte ich es hier mit einem Mann zu tun, der definitiv mehr wusste, als er wissen sollte, und der etwas besaß, was die Loge höchstwahrscheinlich sehr gerne zurück hätte. Ganz bestimmt arbeitete er nicht selbst für die Loge. Eher, nahm ich an, arbeitete er für eine Gruppierung, der es in der Vergangenheit gelungen war, an einen Teil der alten Schätze zu gelangen – und damit war er schon der zweite in diesen Tagen, denn ich glaubte auch nicht, dass er mit Frans unter einer Decke steckte.

Bailey hatte mich zurecht daran erinnert, dass es solche Leute geben mochte, und nun tauchten sie auf, einer nach dem anderen; es war, als seien wir alle kleine Quecksilberkügelchen, die zielstrebig in eine Richtung perlten. Bald würden wir einander nicht mehr ausweichen können: Wir würden einander berühren, und vielleicht würden wir einander auslöschen.

Wenn es tatsächlich noch andere Gruppierungen gab, die sich im Besitz von Shilas und Kristallen befanden, würde die Loge es sicher nur ungern eingestehen, besonders einer Außenseiterin wie mir. Was, wenn mein Herausforderer die Wahrheit gesagt hatte? Wenn er wirklich im Dienste der Armee stand? Konnte es sein, dass ich dann diejenige war, die sich in den Augen der anderen mit etwas bewaffnet hatte, worauf sie kein Anrecht besaß? Wenn dem so war, saß ich in der Patsche.

Ich sah die hünenhafte Gestalt des Captains vor mir aus der Menge ragen. Es machte nicht den Anschein, als hätte er vor, eine Kutsche zu nehmen. Sein Ziel schien auch nicht mehr fern. Wir erreichten Knightsbridge, dann Kensington Gore. Unmittelbar vor uns erhob sich die segeltuchverkleidete Südseite des Kristallpalasts, und diesmal, bei klarem Verstand und nicht mehr im Rausch der verwirrenden Eindrücke meiner gestrigen Jagd, war ich ganz sicher, dass ich einen deutlichen Sog hin zum Palast verspürte. Er beeinträchtigte meine Sinne nicht nur – er lenkte sie.

Mit einer seltsamen Mischung aus Genugtuung und Schaudern sah ich, dass es meinem Captain nicht anders erging. Immer wieder zuckte sein Kopf zur Seite, als ginge er an einem schlafenden Drachen vorbei und müsse sich vergewissern, dass er nicht aufwachte; einmal schickten sich seine Füße an, die Straße zum Hydepark zu überqueren, und mit einem fast ärgerlichen Stampfen lenkte er sie zurück auf den Gehweg. Ich lächelte. Er war müde, und seine Instinkte gewannen die Oberhand über seine Selbstbeherrschung.

Dann hielt er auf ein prunkvolles Anwesen zu, und ich ging hinter einer geparkten Kutsche in Deckung, als er klopfte und den Blick kurz über die Straße schweifen ließ. Auf der anderen Straßenseite, etwa zweihundert Yards von uns und dem Palast entfernt, standen mehrere Gespanne vor dem Kensington Gate. Die Feuerwehr war da, und Männer trugen Lasten, die ich aus der Ferne für Sandsäcke oder Fässer hielt, in den Park. Als der Wind drehte, nahm ich einen schwachen Geruch nach verbranntem Holz wahr; aus dem unaufgeregten Verhalten der Männer aber schloss ich, dass, was immer sich auch ereignet hatte, bereits vorbei war. Mein Captain schien zu einem ähnlichen Schluss zu kommen, denn er gähnte nur kräftig und richtete seine Aufmerksamkeit dann wieder auf die Tür vor ihm.

Die Tür öffnete sich, und ein Bediensteter bat ihn herein. Sobald er eingetreten war, schloss ich auf. Ich erkannte das Anwesen als Gore House, in dem in zwei Tagen ein außergewöhnliches Spezialitätenrestaurant seine Pforten für die Besucher der Ausstellung öffnen sollte. An sich müsste es noch geschlossen haben. Andererseits nahm ich an, dass Captain Royle nicht zum Frühstücken in die unmittelbare Nähe des Palasts zurückgekehrt war.

Kurz darauf öffnete sich die Tür ein weiteres Mal, und zwei Diener schleppten keuchend eine große, tropfende Kiste heraus, die nach verdorbenen Fischen roch. Ich lächelte ihnen ermutigend zu, schlüpfte an ihnen vorbei ins Innere und schloss die Tür hinter mir.

Ich stand in einer prächtigen Halle, in der geschäftige Betriebsamkeit herrschte. Ich erhaschte einen Blick auf den Rücken des Captains, der die Halle gerade verließ, nahm mir schnell ein Tablett mit einer Kanne Tee und zwei Tassen von einem der Tische, damit es so aussah, als hätte ich etwas zu tun, und folgte ihm.

Die Wand über der Prunktreppe am Ende der Halle war von einem gewaltigen Gemälde überzogen, in dem sich die verschiedensten Persönlichkeiten aus Weltpolitik, Kunst oder Sage drängelten, umkränzt von einem Reigen phantastischer Geschöpfe. Ich entdeckte die alten Rivalen William Pitt und Charles James Fox zwischen herabstoßenden Greifen; ich erkannte Mark Lemon, den Herausgeber des Punch, inmitten einer Mäuseschar, und Abd-el-Kader, den algerischen Freiheitskämpfer, der auf einem Mastodon ritt; ich sah Ali Baba, Minerva und Tom Thumb sowie Dickens und Thackeray in der zärtlichen Nähe einiger Pegasi. Mir wurde schwindlig.

Ich folgte dem Captain in einen Salon, den hohe Vasen und arkadische Landschaftsgemälde beherrschten. Rasch wandte ich ihm den Rücken zu, als er vor den Sprossentüren innehielt, die zum Garten hinausführten und sich suchend umsah. Ruhig trat ich an einen der vielen Stehtische, goss mir selbst eine Tasse Tee ein und trank einen Schluck und dann noch einen, ehe ich es wagte, einen Blick über die Schulter zu werfen.

Der Captain war verschwunden. Er konnte nur nach draußen gegangen sein, aber ich konnte ihn weder auf der Veranda noch in dem ausgedehnten Landschaftsgarten mit seinen Walnuss- und Maulbeerbäumen entdecken, der sich darunter erstreckte. So zwang ich mich, Ruhe zu bewahren, ehe ich etwas Unüberlegtes tat. Ein Herr in einem schwarzen Anzug mit Halbglatze und einem spitzen Bart warf mir im Vorübereilen einen skeptischen Blick zu, und ich hob meine Tasse und schenkte ihm mein verbindlichstes Ich-bin-ja-so-froh-für Sie-zu-arbeiten-Lächeln.

Kurz darauf kam der Captain wieder die Treppe hoch und stellte sich auch an einen der Tische. Bei sich hatte er ein Glas mit einer goldenen Flüssigkeit und einen Bogen Papier. Er trank einen Schluck, rieb sich den Nacken, zückte einen Füllfederhalter und begann zu schreiben. Ich für meinen Teil nahm mir einige Deckchen von einem Stapel und schickte mich an, am anderen Ende des Raums die verbliebenen Tische einzudecken. Wenn der Captain mit seinem Drink länger brauchen sollte, würde ich mir etwas anderes einfallen lassen müssen.

Zum Glück war der Captain ein zielstrebiger Trinker. Er leerte sein Glas und winkte damit einem rothaarigen Kellner, dann stellte er es auf den Tisch. Es entging mir nicht, dass er damit die Nachricht beschwerte, die nach wie vor dort lag, und kaum, dass er den Tisch verlassen hatte, kam der Kellner geeilt, um das Glas und die Botschaft abzuräumen. Im Gehen verabschiedete sich der Captain noch von dem Mann im schwarzen Anzug, der ihm einen schönen Feierabend wünschte und ihm anbot, ihm eine Kutsche rufen zu lassen.

Ich zögerte. Zwar reizte es mich, mich weiter an die Fersen des Captains zu heften, aber vielleicht sollte ich mein Glück nicht überstrapazieren. Ich hielt Ausschau nach dem jungen Kellner und versuchte, mich in ihn hineinzuversetzen. Ich spürte die erregbare Gefühlswelt eines unsicheren jungen Mannes, der versuchte, einer Vielzahl von Pflichten nachzukommen, deren Bedeutsamkeit und Eintönigkeit ihm gleichermaßen vor Augen standen. Auch er war übermüdet und ziemlich aufgekratzt.

Ganz sicher trug er weder Kristalle noch einen Shila bei sich.

Meine Entscheidung war gefallen.

Ich drückte die restlichen Tischdecken einer anderen Bediensteten in die Hand und folgte dem Kellner nach draußen auf die Veranda.

Die Veranda bildete den Rücken einer großen Doppeltreppe, die mit einiger Phantasie wohl Erinnerungen an die Rialtobrücke wecken sollte. Zielstrebig huschte der Kellner die breite Treppenflucht hinab und verschwand unter der Terrasse. Dort befand sich eine Bar; ein Barkeeper war damit beschäftigt, das opulente Spirituosensortiment zu sortieren. Kellner und Barkeeper nickten einander zu und lösten sich ab. Ich nahm an, dass dabei auch die

Nachricht des Captains den Besitzer wechselte. Der Barkeeper eilte davon, und der Rothaarige machte sich daran, seine Arbeit fortzusetzen, als habe er nie etwas anderes getan.

Ich entledigte mich Mrs. Lincolns grauer Haube und verbarg sie in einer Berberitze. Dann ließ ich den Schal von meinen Schultern gleiten, lockerte mein Haar, stellte mich an die Bar und strahlte den Burschen an.

Überrascht sah er mich an.

„Auch Ihnen einen schönen Morgen", lachte ich, und er schloss seinen Mund und wurde rot.

„Wie kann ich Ihnen helfen, Ma'am?"

„Ich habe schrecklichen Durst."

„Kann ich Ihnen etwas zu trinken anbieten?"

„Wenn es in Ihrer Macht steht", lächelte ich.

Eilig schenkte er mir etwas ein und stellte es vor mich hin. Es war Zitronenlimonade mit einem Minzblatt, und sie war nicht einmal schlecht.

„Danke", sagte ich und lockerte meinen Ausschnitt. „Sie haben mir das Leben gerettet."

Er wurde noch röter, wenn das überhaupt möglich war. „Wenn ich Ihnen sonst noch ..."

„Eigentlich suche ich einen alten Bekannten", warf ich ein. „Man sagte mir, ich würde ihn hier treffen. Sein Name ist Royle."

„Captain Royle?", staunte der Junge.

„Wenn er es mittlerweile zum Captain gebracht hat", sagte ich.

„Sie kennen einander?"

Ich schlug die Augen nieder. „Das war vor ziemlich langer Zeit und in einem wärmeren Land." Ich hoffte, meine Lügen ergäben Sinn, während ich mir alle Mühe gab, die Traumbilder mandeläugiger Schönheiten anzusprechen, die dieser Junge wie die meisten jungen Soldaten in sich trug. „Er sagte, wenn ich je nach England käme ..."

„Sie haben ihn verpasst." Er gab sich Mühe, bedauernd zu klingen, aber er war ein schlechter Schauspieler. „Er ist vor ein paar Minuten gegangen."

„Wissen Sie vielleicht, wohin?"

„Nun, ich denke doch, nach Hause, Ma'am."

„Wissen Sie, wo das ist?"

Er zögerte. Ich sah, wie er mit einem Kloß in seiner Kehle haderte.

„Stimmt etwas nicht?", fragte ich. „Augenblick. Sie haben da etwas." Ich griff über die Bar, tat, als entferne ich etwas aus seinem Haar, und stellte sicher, dass meine Finger etwas länger als nötig seine Wange berührten. „So", schmunzelte ich. „Schon besser."

„Ma'am", sagte der Junge, „ich hoffe, ich bin nicht indiskret, aber zu Hause wartet eine Frau auf den Captain. Sie lieben einander sehr."

„So", sagte ich und versuchte, weder zu beruhigt noch zu betrübt zu klingen. „Eine Frau. Gut für ihn! Ich will ihm nur meinen Dank und meine Grüße bestellen. Außerdem habe ich noch etwas, das er vermissen wird. Glauben Sie mir, ich kann sehr diskret sein." Ich zwinkerte.

„Daran zweifle ich nicht, Ma'am", versicherte er mir. Dann notierte er etwas auf einem Zettel und reichte ihn mir. Ich warf einen Blick darauf: Es war eine Adresse in der Nähe des Regent's Park. Ich lächelte und steckte den Zettel ein.

„Sie sind ein guter Mann."

„Meine Schicht endet in einer halben Stunde", befleißigte er sich. „Wenn Sie wollen ..."

„Ihre Schicht endet jetzt, Sergeant", sagte ein Mann, der von hinten an uns herangetreten war. Ich zuckte zusammen, denn ich hatte ihn zu spät bemerkt. „Ihr Bruder wird jeden Augenblick eintreffen. Vorher machen Sie mir aber noch einen Egg Nogg."

„Natürlich, Sir." Der Jüngling war genauso erschrocken wie ich.

Der Neuankömmling trat neben mich an die Bar und legte seinen Hut ab. Dann grinste er mich an. Er war ein kleiner Mann mit sanften Zügen und langem dunklem Haar, das er mit Pomade nach hinten gekämmt hatte. „Wir hatten noch nicht das Vergnügen", sagte er und streckte mir die Hand hin. „Archie."

Ich fixierte ihn und versuchte zu erraten, was er im Schilde führte. Er hatte eine angenehme Stimme und machte keinen gefährlichen Eindruck, aber etwas in mir sträubte sich, ihn zu berühren. Dann erkannte ich, was es war:

Auch er trug einen Shila.

Bedächtig schlang ich den Schal um meinen Hals und ging auf Abstand.

Seufzend ließ er die Hand sinken und griff stattdessen nach dem Glas, das der Barkeeper ihm reichte. Eierfarbener Schaum blieb an seiner Oberlippe hängen, als er trank, und ich roch den starken Alkohol.

„Ich wollte gerade aufbrechen", sagte ich dem Barkeeper. „Vielleicht wollen Sie mich begleiten?" Der Barkeeper senkte betreten den Blick.

„Ich könnte Sie begleiten", erbot sich Archie heiter. „Sie könnten mir Frühstück machen. Wo pflegen sie normalerweise zu frühstücken?"

Ich wollte mich umdrehen, aber Archie packte mit einer schnellen Bewegung meinen Arm und hielt mich fest. Ich hätte versuchen können, einen Hebel anzusetzen, aber ich wollte nicht schon wieder in aller Öffentlichkeit für Furore sorgen.

„Versuchen Sie nicht, dem Batsman ein Bein zu stellen", raunte er. „Das Innings ist fast vorüber."

„Ich weiß nicht, wovon Sie reden", protestierte ich. „Lassen Sie mich los!"

Einige Bedienstete wurde auf uns aufmerksam, griffen aber nicht ein. Archie schmunzelte, dann lockerte er seinen Griff. Ich warf einen bösen Blick in die Runde, dann machte ich mich aus dem Staub, ehe er beschloss, seine Meinung zu ändern.

Auf der Treppe kam mir ein weiterer rothaariger Kellner entgegen, und fast hätte ich vor Schreck laut aufgeschrien, denn er glich dem Barkeeper wie ein Ei dem anderen, wenn man von einigen auffälligen Blessuren in seinem Gesicht absah.

Zwillinge!

Ich rannte durch Salon und Treppenhaus, entging nur um Haaresbreite dem Mann im schwarzen Anzug, der eine Reihe französischer Flüche abließ, und flüchtete auf die Straße.

Dort atmete ich tief durch.

Vor mir lag die Südseite des Palasts mit dem geschlossenen Haupteingang. Einen Augenblick fühlte ich mich leer wie die weiße, gläserne Mauer, in der sich der dunkle Himmel und die schnell eilenden Wolken spiegelten. Es wurde kalt, und ich zog den Schal enger um mich, während sich um mich herum die Schaulustigen und Diener auf dem Kensington Gore drängten.

Wer waren die Leute, die hier in unmittelbarer Nähe des Palasts Quartier bezogen hatten? Fühlten sie seinen Ruf wie ich? Wie Frans? Was hatten sie damit zu tun? Wie viel wussten sie von mir ... von Ananda?

Für einen Augenblick wurde mir übel, und ich fühlte mich wie die Figur eines Spiels, das ich nicht begriff. Ich erwog, dem Captain einen Besuch abzustatten, verwarf die Idee aber für den Moment. *Versuchen Sie nicht, dem Batsman ein Bein zu stellen.* Zuerst brauchte ich Antworten.

Ich kannte nur eine Person, die mir vielleicht diese Antworten liefern konnte.

Ich hoffte wirklich, er würde es tun.

Ich hastete die Sloane Street hinab. Noch ehe ich Baileys Haus erreichte, beschlich mich ein eigenartiges Gefühl; vielleicht waren es die Reste starker, aufgewühlter Empfindungen in den Menschen, die mir entgegenkamen; vielleicht die Kutsche, die vor dem Haus geparkt stand, und die geschlossenen Fensterläden. Er war zurück!

Schnell nahm ich die Stufen zur Tür und klopfte.

Mrs. Lincoln öffnete und sah mich missbilligend an. Ihre Missbilligung reichte weit tiefer als die Verärgerung darüber, mich in ihrer Kleidung zu sehen, die ich nicht einmal vollständig wieder zurückgebracht hatte.

„Da sind Sie ja. Wo haben Sie nur gesteckt? Er soll sich doch nicht immer solche Sorgen machen müssen!"

Ich drängte mich an ihr vorbei, folgte einem langgezogenen Stöhnen bis in den Salon und fand Bailey, wie er sich mit Hilfe eines Arztes gerade vom Sofa erhob. Er trug einen weißen Hausmantel und sah furchtbar aus; jemand hatte ihn im wahrsten Sinne grün und blau geschlagen. Sein Gesicht war verquollen, eine Braue aufgeplatzt und seine Schulter in eine Bandage gehüllt. Sein Bart machte einen angesengten Eindruck, und auch Haare schien er verloren zu haben. Seine gute Laune schien er aber behalten zu haben, und ich spürte, er trug wieder sein Kristallauge.

„Miss Niobe!", strahlte er und breitete die Arme aus, wurde aber von einem Hustenanfall geschüttelt, und der Arzt musste ihn stützen, damit er nicht stürzte.

„Mein Gott", rief ich. „Was ist geschehen?"

Er winkte ab, als sei es keine große Sache. „Das wollte ich Sie fragen." Er bedeutete dem Doktor, es gehe schon und er solle uns einen Augenblick allein lassen. Gegen meine Proteste nahm er mich bei der Hand und führte mich zu einem Ohrensessel. Dann läutete er nach Mrs. Lincoln und ließ Tee bringen. Ich wollte nach seinen Blessuren sehen, aber er ließ mich nicht. Ächzend ließ er sich wieder auf das Sofa sinken.

„Wird schon wieder. Nur ein Streifschuss! Immerhin trage ich meine Narben nicht umsonst; für meine alten Tage habe ich mich nicht schlecht geschlagen."

Wenn Bailey anfing, sein Alter zu betonen, tat er das meist, um über seine seltenen Niederlagen hinwegzutäuschen. Ich war sicher, ein gewöhnlicher Straßenräuber hätte ihn nie so zurichten können.

„Sie haben Frans gefunden", schloss ich.

„Wir hatten reichlich Muße, einander kennenzulernen", gab er zu.

„Was ist aus ihm geworden? Ist er entkommen?"

„Bitte streuen Sie nicht weiter Salz in meine Wunden. Immerhin hat er mich mit ein paar wertvollen Informationen versorgt, die ich so bald wie möglich an die Loge weiterleiten muss."

„Was hat er Ihnen berichtet?"

Er strich sich über den Bart. „Miss Niobe, ich weiß, wie unbefriedigend das für Sie sein muss, aber ich möchte Sie von dem Fall abziehen. Pah, ich werde Sie von diesem Fall abziehen. Machen Sie die nächsten Tage einen großen Bogen um den Tempel und tun Sie einfach so, als hätte ich Sie nie in diese Sache verwickelt."

„Roderick ..."

Er hob die Hand. „Kommen Sie mir nicht mit ‚Roderick'. Die Sache ist zu gefährlich für Sie. Denken Sie an Sir Malcolm! Er glaubte auch, sich über die Regeln hinwegsetzen zu können."

„Die Regeln?", erkundigte ich mich. „Soll das heißen, die Loge hat mit seinem Tod zu tun?"

„Miss Niobe, Sie ahnen nicht, was alles für uns auf dem Spiel steht, und glauben Sie mir, wüssten Sie es, würden Sie sich wünschen, es wäre anders."

Er sah mich prüfend an, und einen Moment lang erwiderte ich nichts. Ich versuchte, nicht eingeschnappt zu sein, aber ich war es.

„Ich bin kein kleines Mädchen mehr."

Er hob die Stimme. „Doch, das sind Sie, und wie Sie gestern Nacht zutreffend feststellten, es wird auch nie anders sein. Es ist alles wie damals." Er griff nach seinem Tee und verschüttete ein wenig davon.

Ich biss die Zähne zusammen. Wollte er mich provozieren, wie in Sir Malcolms Arbeitszimmer? Oder ärgerte er sich über sich selbst, weil er mir schon zu viel enthüllt hatte? Es war schwer zu sagen, jetzt, da er wieder sein Auge trug. Einen Augenblick nur glaubte ich, eine Ahnung seiner Verärgerung zu erhaschen, die an den Stromschnellen seines Auges vorbei zu mir strömte. Er musste sehr nervös sein, sonst hätte ich sie gar nicht bemerkt. Ich hatte ihn noch nie so erlebt. Fürchtete er, die Kontrolle zu verlieren? Ich nahm an, das war die größte Angst, die Bailey hatte.

„Was wollte der Batsman von Ihnen?“, fragte ich unvermittelt.

Er nahm es zuerst nicht wahr, dann aber zuckte er zusammen und warf mir einen prüfenden Blick zu.

„Wer?“

„Der Batsman“, entgegnete ich leise. „Er war hier. Er wollte Sie sprechen, aber ich habe mich um ihn gekümmert.“

Er murmelte eine Verwünschung, dann beruhigte er sich wieder. „Da haben Sie also gesteckt – und wir haben uns Sorgen gemacht! Mrs. Lincoln berichtete, wir hätten hohen Besuch gehabt. Sie versäumte aber zu erwähnen, dass Sie ihm Ihre ... besondere Fürsorge haben angedeihen lassen.“

„Ich habe ihm nicht meine ...“

„Was hat er Ihnen erzählt?“, unterbrach er mich.

„Ich habe nichts verraten!“, sagte ich. „Er hat viele Drohungen vom Stapel gelassen. Er weiß von der Loge und wohl auch von den Artefakten.“ Dass er einen Shila trug, verriet ich ihm nicht – nicht, solange Bailey mich hinhielt. „Seine Leute haben einen Stützpunkt im Restaurant gegenüber dem Palast.“

Bailey pfiff durch die Zähne. „Mr. Soyers Symposium“, sagte er. „Sieh an.“

„Er sagte, seine Aufgabe sei es, das Empire vor fremden Mächten zu schützen.“

„Das ist die Aufgabe eines Batsman. Er schützt sein Wicket.“

„Insbesondere den Palast.“

„Das sagte er?“

Ich nickte. „Er gehört zum Wachpersonal. Oder eher, er ist das Wachpersonal.“

„Hat er auch gesagt, vor wem oder was er den Palast zu beschützen gedenkt?“

„Ich fürchte, da hat er uns gemeint.“

Bailey trommelte ungehalten auf dem Tisch.

„Was will er von uns? Worum geht es?“

„Die Regeln für Cricket sind sehr kompliziert“, brummte er. „Umso mehr, als sich mittlerweile mehr als nur zwei Teams auf dem Spielfeld tummeln. Ich frage mich ...“

Ich wartete geduldig, aber aus seinem Schweigen wurde eine Ahnung und aus der Ahnung Gewissheit: Ich würde keine Antworten von ihm bekommen.

Bailey hatte mir mein Leben lang nur Fragen gestellt und mich reich belohnt, wenn ich die richtige Antwort wusste. Ich glaubte aber nicht, dass er je gelernt hatte, selbst Antworten zu geben. Sein Leben hatte sich immer nur um neue Fragen gedreht. Wahrscheinlich konnte er nicht anders.

„Ich werde gehen", sagte ich.

Er sah überrascht auf. „Wohin?", fragte er.

Ich zuckte die Schultern. „Nach Hause. Den Shah füttern. Hier werde ich offensichtlich nicht mehr gebraucht."

Ich stand auf, und er erhob sich, um mich zur Tür zu begleiten. Ich konnte sehen, wie sein gesundes Augen zuckte und er sich mit der Zunge über die trockenen Lippen fuhr. Er traute dem Braten nicht, so viel war sicher.

„Miss Niobe ..."

„Sorgen Sie sich nicht!", beruhigte ich ihn und drückte ihn kurz. Vielleicht drückte ich ihn ein wenig zu herzlich und etwas zu rücksichtslos. Ein kurzer Schmerzenslaut entfuhr ihm, aber ich überging es lächelnd. „Sie gehen zu ihren Brüdern und klären, was es zu klären gibt oder was Sie sonst im Tempel zu tun haben. Ich gehe nach Hause und halte mich bedeckt, bis ich von Ihnen höre, dass die Sache ausgestanden ist und Sie den Spitzbuben das Handwerk gelegt haben."

„Das wäre wirklich ausgezeichnet", zweifelte er. „Sind Sie sicher, dass ..."

Ich legte ihm den Finger an die Lippen und strahlte ihn an. „Genug der Worte. Sie haben Ihren Standpunkt klargemacht, und Ihr Wunsch ist mir Befehl. Sie haben mich gelehrt, die Wege der Götter nicht zu kreuzen, und ich werde Ihren Rat beherzigen. Sie lassen mich in Ruhe, ich lasse sie in Ruhe. So funktioniert das doch, oder? Alles Gute."

Und damit ließ ich ihn im Salon zurück. Draußen schnappte ich mir mein Bündel, das Mrs. Lincoln mir gerichtet hatte, und trat auf die Straße.

Rasch entfernte ich mich, ehe Bailey oder seine Haushälterin darauf bestehen konnten, mir eine Kutsche zu rufen. Immer weiter eilte ich, einfach nach Süden, und erst, als ich schon fast das Chelsea Hospital erreicht hatte, fiel mir auf, dass ich immer noch Mrs. Lincolns Kleidung trug, die immer noch kratzte, kein Geld bei mir trug, und es im Umkreis von über einer Meile keine Brücke gab, die mich nach Hause bringen könnte.

Da öffnete sich der Himmel, und Hagelkörner, so groß wie der Shila an meinem Hals, prasselten auf London herab.

Ich wusste nicht, ob ich lachen oder weinen sollte. Alles war so falsch. Ein Hagelkorn traf mich an der Stirn, dann ein weiteres, wie die Schläge des alten *Sebait* damals in Kalighat. Ich breitete die Arme aus und hieß den Schmerz willkommen, und die Menschen, die mich da stehen sahen, hielten mich sicherlich für verrückt.

Frans Ovenhart
In der Unterwelt

Der Anblick der grauen Hirnmasse, die sich überall in de Boers Arbeitszimmer verteilt hatte, verfolgte mich noch, als ich schon lange wieder auf der Straße war, untergetaucht in der Menge, die sich einem noch unsichtbaren Abgrund entgegenschob wie Treibholz einem fernen Katarakt. Klebrig hingespritzt, als hätte jemand einen verkochten Blumenkohl mit Schwarzpulver gefüllt und losgehen lassen. Die Masse hatte durch das Blut, das sich in sie mischte, verschiedene Farbtöne gehabt, von einem fahlen Zinnoberrot bis zu einem satten, marmorierten Magenta. Ich schnaufte tief, denn ich bekam durch meine geschwollene Nase keine Luft, aber dennoch stach der Gestank des Gehirns an meinem Gaumen wie eine verdorbene Ladung Austern.

Immer schneller schob sich die Menge voran. Der Himmel hatte sich zugezogen, es war kälter geworden, und wie um dem entgegenzuwirken schickten die Schornsteine der Fabriken und Schaufelraddampfer neue Salven empor, Hitze gegen die Kälte, Feuer gegen Wasser. Überall ringsum schaukelten die Masten der Schiffe, dass mir schwindlig wurde. Ich war in den Docks, die sich von den fernen Grenzen der Stadt bis zum Tower erstreckten, der irgendwo hinter mir seine Zinnen zum Himmel reckte. Lebende Werbetafeln priesen die fleischlichen Attraktionen des East Ends an, Straßenprediger drohten vor verfallenen Kirchen mit dem Schweißfieber, der Pest und dem Ende aller Tage, und passend dazu tat sich der Himmel auf, und die ersten Hagelkörner prasselten herab.

Das Hirn hatte den ganzen Raum ausgefüllt. Es hatte sich in einer rostroten Pfütze um de Boers kopflosen Torso ausgebreitet und war auf dem Blut, das seiner Halsschlagader entströmt war, langsam bis in die entlegenen Winkel geschwommen, so als plane es, sich dort auszusäen. Kühnere Brocken waren direkt bis zur Wand geflogen und hatten sich an ihr festgesaugt, eine kletterfreudige Gehirnflechte, die sich an die Ziegel und Balken krallte, um sich über den Verlust ihres Rückenmarks hinwegzutrösten. Selbst von der Decke hatte de Boers Gehirn wie Salpeter in einer Grotte getropft.

Das Pfeifen in meinem Ohr war zurück. Schnell wurde es lauter und schwoll zu einem Klang an, als malträtiere man mitten in meinem Schädel die gespannten Därme einer Drehleier, und ich fragte mich, was, wenn es für de Boer genauso gewesen war? Finde er den Kaufmann, und finde er ihn zur rechten Zeit. Sicher, vielleicht wollten die *Heeren* nur kurz anklopfen und fragen, ob es mir gut ginge in London, ob ich meine Zeit genösse und vielleicht einige hilfreiche Gedanken zu dieser akribisch vorbereiteten Mission hätte? Vielleicht wälzten sie sich aber auch in diesen Minuten unruhig in ihren Salzen, während ihre schwimmenden Särge unaufhaltsam auf die weiße Küste Dovers zuhielten und wunderten sich, weshalb der Ingenieur nicht explodierte. Ich dachte an die rauchenden Erdöfen auf Sumatra. Was war ich, ein Pulverfass, die Fransbombe, der Ingeniumsfunke? *Goddank* war dieser Ingenieur schlauer als sein Bauherr! Grimmig umschloss meine Hand den kleinen Kristall, den mir der einäugige Brite aus dem Ohr gerissen hatte. Was für ein Krüppeldienst, nein, was für ein Glück! Sollten sie anklopfen, sollten sie sich wälzen, sollten sie sich wundern, während ihre Saat sich ihrer Allwissenheit entzog!

Doch wohin? Die Hagelkörner hatten nun die Größe von Amseleiern. Einige Damen gerieten in Panik, und ihre Kinder drängten sich jammernd an sie. Freudige Erregung blitzte in den Augen der Priester, und die Krüppel, die sich für die Fischbuden und Ginpaläste verkauften, verkrochen sich unter ihren Werbeschildern. Einer, der sich für eine Dosensuppe als Schildkröte verkleidet hatte, brauchte sich nur hinzulegen und den Kopf einzuziehen. Leider hatte ich keinen Schutz. Ein besonders großes Korn traf meinen Schädel, und eingedenk meiner Hutlosigkeit und der Aussicht, bald ohnmächtig in der Gosse zu liegen, um einer langsamen Steinigung entgegenzusehen, beschleunigte ich meine Schritte. Das Prasseln des Eises auf dem Straßenpflaster, den Kutschendächern, den Trödelständen und den Zylindern mischte sich wie ein Paukentremolo unter das schmerzhafte Glissando in meinem Kopf. Überall räumten Menschen die Straße und suchten Schutz in den Spelunken und Läden und Kohlekellern oder welchen Unterschlupf sie eben finden konnten. Da entdeckte ich einen großen, achteckigen Marmorbau unweit des Themseufers, unter dessen Dach sich die Massen flüchteten wie unter ein Zirkuszelt. Hätte ich länger bei diesem Anblick verweilt, so hätte es mich vielleicht gewundert, wie viele Menschen diesen seltsamen Bau bestürmten und dass keiner von ihnen wieder aus ihm herauskam, doch ich verweilte nicht, sondern rannte drauflos. Jeder rannte in diesen Sekunden, als sei die Sintflut losgebrochen und Noahs Arche kurz vor dem Ablegen, und ich erlebte den Rausch und den Zauber der Massenpanik, wie sie Lemminge wohl befällt, während ich immer noch an de Boer dachte, oder das, was von ihm geblieben war, und einen Moment dachte ich, die Eisklumpen, die vom Himmel fielen, seien die platschenden Brocken von de Boers Gehirn, und das schrille Kreischen in meinem Schädel sei der Schrei der Harpyien, die die *Heeren* gesandt hatten, um die Brocken und mich aufzulesen und davonzutragen.

Ich war nicht der Erste gewesen, der de Boer gefunden hatte, dachte ich, während ich verwirrt in ein von einem grimmigen, backenbärtigen Wachmann verteidigtes Drehkreuz aus Messing im Eingang des seltsamen Turms taumelte und mich gegen Zahlung eines Pennys in einem hohen, schönen Raum mit Stuckwerk an Wänden und Decken wiederfand. Ich fand auch die Erklärung dafür, weshalb dieser Bau die Menschen zu Hunderten, ja Tausenden verschluckte, ohne sie wieder auszuspucken, denn drinnen führten Treppen in die Dunkelheit hinab, aus der mir nun der Klang von

Musik und das Licht unzähliger Gaslampen entgegenschlug, als betrete ich Alberichs unterirdisches Reich. Die Menge schob mich mit sich, und ich ließ es dankbar geschehen und stolperte überschwänglich die Stufen hinab, entlang an jahreszeitlichen Bildnissen und szenischen Darstellungen Italiens oder der Niagarafälle, denn vielleicht böte mir die Tiefe Schutz vor dem suchenden Auge der *Heeren*, wie sie mich auch vor dem Hagel beschützte.

Man hatte das Arbeitszimmer einer gründlichen, aber nicht sehr rücksichtsvollen Durchsuchung unterzogen. Alle Schubladen waren offen, alle Schränke geplündert, die Bücher aus den Regalen und die Bilder von der Wand gerissen, und alles vermischte sich in der unappetitlichen Soße, dem de Boer'schen Tatar, in den sich hier und dort Erbrochenes gemengt zu haben schien, was mich schließen ließ, dass der oder die vorigen Besucher ähnlich überrascht und angetan von ihrem Fund gewesen waren wie ich, als ich nach einem langen Nachmittag, an dem ich mir zunächst einen Apotheker und – zu einem vernünftigen Preis – eine gute Dosis Laudanum besorgt hatte, endlich nach vollbrachter Odyssee de Boers Büro in den Docks ausfindig gemacht hatte. Ich hatte mir die einfache Kleidung eines Hafenarbeiters zugelegt, das Artefakt sicher in einem Sack über meiner Schulter verstaut, und mit dem Verband über meiner gebrochenen Nase und dem Bart zweier Tage mochte ich tatsächlich wie einer der gefährlichen Rabauken aussehen, die dieses Viertel unsicher machten. Doch meine Stiefel klebten in der rutschigen Masse auf dem Boden, und ich mochte keinen Schritt mehr tun, denn mir war schwindlig, und bei dem Geräusch, das die Sohlen machten, wenn ich sie aus dem Brei herauszog, drohte sich mein Magen umzudrehen.

Nach der ein oder anderen Plattform erreichten ich und meine Gefährten auf dieser Höllenfahrt den Boden der hohen Rotunde, der, soweit das im Gewimmel der regennassen Füße zu erkennen war, aus einem hübschen Mosaik blauer und weißer Marmorfliesen bestand und gut und gerne dreißig Meter unter Straßenniveau lag. Die Wände wurden von allerhand Buden beherrscht, so dass ich mich von den widerstreitenden Gerüchen von Bier, Fett und

Zuckerwaren umzingelt fand. In den Alkoven dazwischen verbargen sich allerlei absonderliche Gestalten. Ich sah einen billig kostümierten Wahrsager mit der blauen Krone Ägyptens auf dem Haupt und einer großen Kristallkugel auf dem Schoß und einen ausgemergelten indischen Schlangenbeschwörer, der nur einen Lendenschurz und einen Turban trug und auf einer knollenförmigen Flöte blies, vor ihm eine zahnlose Brillenschlange in ihrem Korb, während direkt daneben ein Kapuzineräffchen zur Melodie einer altersschwachen Drehorgel auf Zeitungsständern herumturnte. Die Musik und das Stimmengewirr waren nun lauter und durch den Hall des Bauwerks noch verstärkt, und erleichtert stellte ich fest, dass das Schrillen in meinem Ohr tatsächlich dahinter zurückgetreten war. Vor mir gähnten zwei große Tunnelschächte wie die Mündung einer großen doppelläufigen Flinte, und von neuer Hoffnung getrieben ließ ich mich hineintreiben.

Schließlich aber hatte ich in dem besudelten Durcheinander eine Fährte aufgenommen, eine Witterung, denn etwas stimmte nicht, etwas in diesem blutigen Chaos war unbeschmutzt und ordentlich, und eine ganze Weile stand ich schwankend in meiner Matrosenkluft in de Boers Gehirn und gab mich dem Rauschen des Laudanums in meinem eigenen hin, bis ich erkannte, um was es sich handelte: Es war ein Portrait Victorias, der Königin des Kots, das lotrecht und farblos an der Wand über dem Schreibtisch hing und als einziges Objekt im Raum unangetastet geblieben war. Ich musste grinsen – ein guter Witz, de Boer! *Helaas*, er konnte nicht mehr darüber lachen. Ich durchwatete seinen zerebralen Morast, erklomm den Sekretär, der sich wie ein Atoll daraus erhob, nahm das Bild von der Wand und schleuderte es in den blutigen Sumpf, in dem es gurgelnd versank. Dahinter lag der erhoffte Tresor, der mit einem großen Chubbschloss gesichert war – eines jener angeblich unknackbaren Spielzeuge. Nun, ich hatte nichts Geringeres erwartet als ein unlösbares Problem und machte mich an die Arbeit.

Der Tunnel war zweifelsohne für Kutschen gedacht gewesen, doch angesichts der, wie ich annahm, unterschätzten Problematik,

Pferde und Wagen in die Tiefe unter dem Fluss zu befördern, hatte man nun eine pittoreske Einkaufsstraße unter ihm gestaltet, über die Fußgänger jedes Stands flanierten. Maler und Musiker und die ein oder andere Dame, die mein Instinkt für Freudenmädchen hielt, hatten sich ihre Ecken gesichert und boten im Licht heller Flammen ihre Dienste feil. Die Gesichter dieser Tunnelbewohner waren bleich und ausgezehrt, und ich fragte mich, ob sie je das Tageslicht sahen oder hier unten ihren Unterschlupf gefunden hatten. In regelmäßigen Abständen verbanden kleine Querbögen die beiden Haupttunnel, und in diesen Durchgängen hatten sich allerhand Buden und Stände breitgemacht und verkauften ihre Andenken, Spielsachen und Ramsch. Entzückt wanderte ich eine Weile durch diese unterirdische Feenwelt und genoss das Echo, das der Tunnel oder das Laudanum allen Geräuschen verliehen.

Das Klicken kleiner Messingplättchen auf der anderen Seite der eisernen Tür war wie Musik in meinen Ohren, dennoch musste ich mich beeilen, denn natürlich wollte ich nicht, dass mich noch weitere Besucher auf diesem Schlachtfeld überraschten. Außerdem hatte ich da zum ersten Mal das Pfeifen in meinem Ohr wahrgenommen, und es begann mich zunehmend bei der Arbeit zu stören. Zärtlich stocherte ich in dem Schloss herum, und als das Pfeifen und Rauschen alles zu überlagern begann, mussten meine Finger auch die Aufgabe des Lauschens übernehmen, eine Aufgabe, die kein Einbrecher ohne meine übermenschlichen Fähigkeiten auszuführen imstande gewesen wäre, bis ich endlich das ersehnte Zittern spürte und wusste, dass der Tresor nun geöffnet war, noch ehe die Tür aufschwang.

Ich presste den Seesack mit den nunmehr zwei verwandten Artefakten sorgsam an mich, um ihn vor Tunneldieben und Leieräffchen zu schützen, und steuerte auf das enorme Schnaufen und Dröhnen einen Orgel zu, die in einem wahrhaft kosmopolitischen Potpourri die Marseillaise, „Rule, Britannia!", den Rákóczi-Marsch und einige naive amerikanische Volksweisen schmetterte. Wie ich staunend erkannte, spielte ein dampfbetriebener Liliputaner, der mit einem idiotischen Grinsen einen Gassenhauer nach dem nächsten aus ihr leierte, die Orgel, der die Neugierde des Publikums offensichtlich auf eine possierliche Bilderschau lenken sollte, die sich selbst als das königliche Kosmorama bezeichnete und einen für einen weiteren Penny die Schlacht von Waterloo, die Idylle eines spanischen Klosters oder den Zauber venezianischer Wasserstraßen erleben ließ, während direkt über den Köpfen der artig staunenden Touristen die Themse ihre schlammigen Fluten durch ihr Bett schaufelte und schwere Schiffe ihre Lasten in die Docks transportierten.

„Eigentlich", dachte ich, „eine wunderbare Sache."

Ich war einstweilen in Sicherheit und hatte alles, was ich brauchte. De Boers Laden war eine wahre Fundgrube gewesen, denn wer immer ihn auseinandergenommen hatte, war nur am Inhalt des versteckten Tresors interessiert gewesen, nicht an de Boers reichhaltigem Warenangebot, zu dem nicht zuletzt ein guter Vorrat an Konservendosen, Werkzeug und an Schießbaumwolle sowie, ich traute meinen Augen kaum, auch einige Fläschchen Pyroglycerin, die er im hintersten Winkel seines Eisschranks aufbewahrte, gehörten. Diese teuflisch gefährliche Flüssigkeit war so ziemlich der potenteste Sprengstoff, den man sich wünschen konnte, und es wäre eine Schande gewesen, ihn dort zu lassen. Andächtig hatte ich eines der braunen Fläschchen aus dem Schrank gezogen. Der Inhalt war noch fest; erst bei Temperaturen um die dreizehn Grad Celsius würde er zu zerfließen beginnen und seinem Besitzer das Leben schwer machen. Nun, ich packte es und alles, was mir sonst noch nützlich schien, zusammen und stopfte es in meinen Sack.

Ich beschloss, mich mit Kuchen und Wein in einem kleinen Kaffeehaus zu stärken, das ein kreideweißer Greis führte.

„Fabelhafter Kuchen", stellte ich fest und hielt mir die Gabel vor die Augen. Den Seesack hatte ich vor mir auf die Theke gelegt. „Was ist das, Kirsch?"

Er nickte. „Freut mich, dass er Ihnen schmeckt."

„Das tut er", sagte ich und schmatzte. Dabei studierte ich seinen auffallend bleichen Teint. „Sagen Sie, guter Mann, schlafen Sie hier unten?"

„Es mag Ihnen so scheinen", erwiderte mein subterraner Wirt, „doch ich nenne ein weiches Bett an der Oberfläche mein Eigen – ich werde nicht verraten, wo es steht!"

„Dann nehmen Sie jeden Tag die Stufen nach unten und wieder nach oben?", fragte ich. Das Klopfen in meiner Nase und meinen Schläfen kehrte zurück, und wie nebenbei schraubte ich das kleine Fläschchen auf, das ich bei dem Apotheker erstanden hatte, und träufelte etwas Laudanum in meinen Wein. Mir fiel auf, dass sich eine kleine Lache um meinen Sack ausgebreitet hatte. Das Eis, in das ich das Pyroglycerin gepackt hatte, zerrann mit beachtlichem Tempo. „Das hält einen in Schwung, möchte ich meinen."

„So ist es", bestätigte der Alte. „Doch ich komme, ehe der Tag anbricht, und gehe erst spät in der Nacht. Sagen Sie, gibt es noch eine Sonne dort oben? Manchmal kommt es mir vor wie ein Traum."

„Es gibt noch eine Sonne, mein Guter", versicherte ich ihm, was er mit einem glücklichen Seufzen quittierte. „Doch sagen Sie, wessen Genie verdanken wir dieses fabelhafte Reich?"

Da erzählte er mir die wundersame Geschichte von Marc Isambard Brunel, der Herr habe ihn selig, wie er bald zwanzig Jahre lang für sein Land und seine Unsterblichkeit unter der Erde gewütet und geschuftet und zwei Könige in dieser Zeit überlebt hatte, während er, nur mit der Unterstützung seines Sohns, des kleinen Isambard Kingdom, eigenhändig gegen die Mächte des Wassers und des Wahnsinns gekämpft hatte, bis er den Tunnel schließlich vollendet und die Schatzkammern des Reichs um eine halbe Million Pfund erleichtert hatte, woraufhin ihn die neue Königin zum Ritter schlug und er selbst nach einer Reihe hässlicher Schlaganfälle seine letzte Reise antrat. Wenn man dem Alten lauschte, glaubte man, er spräche von einem Heiligen, der noch irgendwo hier unten schlummerte und eines Tages, in Zeiten der Not, zurückkommen mochte.

Ich dankte ihm für das Backwerk, nahm meinen Sack und wanderte wieder in den Tunnel hinaus. Ein angenehmer, warmer Pelz hatte sich um meinen Verstand gelegt. Der durchdringende

Ruf der *Heeren* war verklungen, und mein Kopf gehörte wieder mir. Ich beglückwünschte mich, meinen Verfolgern erneut eins ausgewischt zu haben. Ich fragte mich, mit wie vielen ich es zu tun hatte. Vor de Boers Büro hatte ich einen alten zahnlosen Krüppel gefunden, der mit einer Flasche Gin in seinem Schoß in der Gosse unter dem Schild „De Boer Import / Export" saß und immer wieder die Hand hob und mit seinen ledrigen Lippen ein Ploppen von sich gab, als versuche er, etwas zu sagen. Also hatte ich ihn gepackt, geschüttelt und um ihm Gelegenheit zum Reden zu geben immer wieder die eine Frage gestellt: „Wer war das? Wer war hier?" Er seinerseits hatte immer wieder geantwortet, wie ein irrer Statist, der im Theater auf seinen Einsatz hin aufspringt und mit dem Finger zeigt: „Der Batsman war's! Der Batsman!"

Was für einen Reim sollte ich mir darauf machen? Meinte er einen Mann mit einem Knüppel? Oder mit einer Fledermaus? Hatte er etwas mit dem Massaker zu tun oder war er nur hinzugekommen und hatte den Laden auseinandergenommen? Ich erhielt keine Antwort außer dem nervenzerreibenden „Der Batsman!" Mit gesenktem Kopf ging ich weiter, während das Laudanum meine Phantasie beflügelte und mir Bilder vor mein geistiges Auge zauberte, wie ich dank der elementaren Kraft des Pyroglycerins den Tunnel flutete, die Themse trockenlegte, ganz London davonspülte; und wie ich so grübelnd vor mich hin wanderte, bemerkte ich kaum, dass ich den anderen Ausgang des Tunnels erreicht hatte und mich in Rotherhithe befand.

Zweifelnd sah ich mich um. Diese Gegend war nicht ansprechender als die am Nordufer der Themse; im Gegenteil. Die reichgekleideten Herrschaften bestiegen ihre wartenden Droschken. Die ärmeren mischten sich unter die stumpfäugigen Arbeiter, die ihnen zum Schichtende aus den Fabriken entgegenströmten. Grimmige Schlote wuchsen vor mir in den Himmel, und trotz meines Verbands stachen die Odeurs von Schwefel und Salpeter in meiner Nase. Ich seufzte, wandte mich nach Osten und folgte eine Weile einer Straße, die man sinnigerweise Paradise Row getauft hatte. Ich merkte, dass ein zerzauster Hund mir folgte, doch ich beachtete ihn nicht.

Ein wenig war ich wohl auch gekränkt, dass die *Heeren* mein Genie verkannt und sich womöglich nun entschlossen hatten, es zu beseitigen. Finde er den Kaufmann, und finde er ihn zur rechten Zeit. Gut, ich war vielleicht etwas später als vorgesehen bei ihm aufgetaucht. Aber der verdammte Brite und meine gebrochene Nase hatten mich im Zeitplan zurückgeworfen. Hätte ich eventuell nicht sehen sollen, welchen Lohn de Boer für seine Dienste erhielt? Oder hatte er etwa die *Heeren* verraten? Sollte mir sein Schicksal eine Warnung sein, und man hatte erwartet, dass ich in der Lage war, das Artefakt auch eigenständig zu finden? Oder war die Lage außer Kontrolle geraten, und die *Heeren* hatten nicht den leisesten Schimmer, was hier in London tatsächlich vorging? *Verdikkeme, de hele Reutemeteut*, zum Teufel mit dem ganzen Theater, der Einzige, dem ich jetzt noch trauen konnte, war ich selbst – und ich hatte immer noch eine Aufgabe.

Erschöpft setzte ich mich auf einen kleinen Holzsteg, verscheuchte ein paar fette Ratten und nahm das Werkzeug aus de Boers Büro zur Hand. Ich hatte nun ein Taschenmesser mit mehreren Klingen und anderen nützlichen Instrumenten, einige feine Schraubenzieher und Zangen sowie etwas Kupferdraht. Eine Weile justierte ich die Waffen an meinem Arm. Die Arbeit beruhigte mich. Dann nahm ich erneut den kleinen Kristall in die Hand, der die Aufgabe gehabt hatte, das Wort der *Heeren* direkt in meinen Kopf zu tragen. Vielleicht hatten sie mich nur zu einer weiteren ihrer Audienzen bestellen wollen. Eventuell hatte das, was sie mir in den Kopf gepflanzt hatten, aber auch eine andere Aufgabe. Vielleicht wollte man sich nach vollbrachter Tat meiner entledigen. Konnte es sein, dass man mich wie ein Mastvieh jahrelang aufgepäppelt und behütet hatte, nur, um mich zur Schlachtbank zu führen? Ohne den Empfänger würde ich es nie erfahren. Doch ohne jemanden wie de Boer konnte ich ihn mir auch nicht wieder einsetzen; ich konnte die nötigen Verbindungen nicht selbst herstellen, indem ich mir mit einem Messer und einem Schraubenzieher im Ohr herumstocherte.

Ich nahm den Kristall und warf ihn in hohem Bogen in die Themse. Er verschwand in einem blutroten Strom, der sich aus einer Röhre ergoss und in einem spinnennetzartigen Muster aus schillernden Laugen erstarrte. Seegras und tote Fische hatten sich darin zu einer klumpigen Masse vereint, und einen Moment dachte ich, de Boers Hirn hätte sich über die gesamte Themse ausgebreitet. In der Masse trieben die verrottenden Überreste von Tieren, die in dem tödlichen Schleim verendet waren, die Bäuche aufgequollen von Faulgas. Gestrandet darin lag ein alter Fischkutter. Dämpfe von Schwefelwasserstoff hingen schwer über der breiigen Brühe und hatten das Bleiweiß der Planken schwarz gefärbt. Ich atmete flach, aus Angst, diese Teufelsküche könnte mir die Lungen verbrennen.

Ich sah mich um. Absurde Holzkonstruktionen säumten die baufälligen Wohnhäuser mit ihren verkrusteten Fundamenten, an denen die Exkremente ganzer Generationen hafteten. Treppen und Leitern führten die Ziegelsteinwände zu blinden Fenstern empor; vielerorts waren sie zusammengestürzt. Es schien undenkbar, dass Menschen an einem solchen Ort lebten, doch hoch oben in der faulen Brise flatterte die Wäsche der erbärmlichen Bewohner dieser Welt. Es schien alles wie ein Alptraum.

Behutsam öffnete ich eine von de Boers Konserven mit dem Taschenmesser. Der Inhalt entpuppte sich als eine Art Hühnersuppe mit blassen, glitschigen Fleischstücken, an denen ich rasch die Freude verlor. Da hörte ich ein Jaulen und sah auf.

Der Hund war wieder da. Es war ein hässlicher, räudiger Straßenköter, dem das Fell in Stücken ausfiel. Er hinkte auf drei Beinen und hatte nur ein Ohr. Wo das andere hätte sein sollen, wuchs ein rosiger, praller Tumor aus seinem Kopf. Er war ein Scheusal, eine durch und durch erbärmliche Monstrosität. Er kam vorsichtig näher und studierte mich und die Dose in meinen Händen. Anscheinend glaubte er, ich würde ihm etwas abgeben.

Ich verlor die Nerven. „Verschwinde!", schrie ich. „Hau ab!" Ich warf das Taschenmesser nach ihm, und er japste kurz auf, ließ sich von dem zierlichen Geschoss aber nicht aus der Ruhe bringen. Da stand ich auf und war schon im Begriff, ihm mit einer meiner Dosen oder notfalls mit der bloßen Hand den Schädel zu zertrümmern, als ein kleiner Junge aus einer der Baracken trat und auf uns zukam. Der Hund sah den Jungen, bellte laut und lief zu ihm hin. Fast rechnete ich damit, dass er ihn anfallen würde, aber stattdessen leckte er ihn ab, und der Bub kraulte ihn liebevoll hinter seinem gesunden Ohr.

Fassungslos verfolgte ich das Schauspiel. Dieser Junge und dieser Hund an diesem Ort schienen mir unwahrscheinlicher als alles, was ich heute erlebt hatte.

Ich stand auf, nahm mein Taschenmesser wieder an mich und näherte mich dem Kleinen und seinem Vieh. Beide sahen mich misstrauisch an.

„Eine Dose Huhn für euch, wenn ihr mir verratet, wo ich mich waschen kann und eine Droschke oder einen Dampfer ins Westend kriege", sagte ich.

Sokrates Royle
Die Gestade des Yong

Ich starrte auf den Boden meines Glases und versuchte herauszufinden, woher mein Unmut rührte. Vielleicht hatte es mit der langen Nacht und der morgendlichen Begegnung zu tun, die mich mit einer Menge offener Fragen und einer ziemlichen Wut im Bauch zurückgelassen hatte. Geheimbünde bedeuteten Schwierigkeiten, und überdrehte Frauenzimmer umso mehr.

Vielleicht lag es auch an der Trostlosigkeit der Gegend, in der ich mich befand. Whitechapel war auf nüchternen Magen nicht ratsam, und je später die Stunde, desto unerfreulicher der Anblick. Manchmal vergaß man, dass diese Welt, in der sich achtköpfige Familien winzige Zimmer teilten und ihre Toten einfach auf die Straße warfen, überhaupt existierte. In der die Leute das Wasser tranken, in das sie auch ihre Geschäfte verrichteten. In der es von Krankheiten und Läusen wimmelte und man an jeder Ecke zweifelhafte Vergnügungen kaufen konnte. Es gab billigen Schnaps, nicht viel teureres Opium, und für wenig Geld mehr bekam man auch ein Kind oder einen gedungenen Mörder. Es war das Unterste vom Untersten, die Kehrseite der Stadt, die Heimat des Abschaums – und ich mittendrin.

Vielleicht lag es aber auch daran, dass dies bereits mein viertes Pint Ale war und ich mich dennoch nicht mal angetrunken fühlte. Einer der Nachteile meines Talents: Mein Körper baute den Alkohol fast ebenso schnell wieder ab, wie ich ihn ihm zuführte. Mein Geist wurde also wesentlich langsamer leichter als meine Geldbörse. Vermutlich war es das, was mich ärgerte.

Oder es war etwas anderes. Aber darüber wollte ich nicht weiter nachdenken.

Ich sah mich in dem Pub um. Eigentlich war es kein Pub, sondern eine heruntergekommene chinesische Pension. Ich kannte den Laden nicht und war nie zuvor dort gewesen. Wahrscheinlich war es der Name, der mich angezogen hatte, während ich mich bei Einbruch der Dunkelheit immer tiefer in ein Viertel verirrt hatte, in dem sich immer zwielichtigere Gestalten in den engen Gassen drängten und ich die meisten Schilder nicht einmal lesen konnte: „The Old Junk“. Das Schild war mit dicken, schwarzen Pinselstrichen gemalt gewesen, und daneben hatte eine chinesische Laterne gebrannt. Die Vermutung lag daher nahe, dass der Besitzer der Absteige mit „Junk“ den Schiffstyp gemeint hatte. Bestätigt hatte sich das erst, nachdem ich die kurze Treppe hinab in den Keller gestiegen war. Ich fragte mich, ob der unbekannte Maler sich der Doppeldeutigkeit des Namens bewusst gewesen war.

An den Wänden der Absteige hingen alte, künstlerisch wenig anspruchsvolle Zeichnungen chinesischer Dschunken, und allerhand nautisches Gerümpel fand sich auch: In die Theke war ein alter Schiffskompass eingelassen, hinter der Bar stand unter den Flaschen ein Sextant, von der Decke hing ein mit Bambusrohr verstärktes Dschunkensegel, das gleichzeitig als Raumteiler zwischen dem Teil der Absteige, in dem Essen serviert wurde und dem Teil, der für die nur trinkenden Besucher bestimmt war, fungierte.

Die einzigen Gäste waren drei Chinesen. Einer trug eine bunte Seidenrobe, die zumindest auf den ersten Blick fast so teuer wie der ganze Laden war, die anderen beiden hatten derbe Kleidung an. Sie sahen für mich aus wie Dockarbeiter oder Seeleute, schienen sich aber blendend mit ihrem bunt gekleideten Landsmann zu verstehen. Alle drei saßen an einem niedrigen Tisch, aßen Reis, tranken Pflaumenwein aus kleinen Schälchen und murmelten leise vor sich hin.

„Kann man hier auch etwas zu trinken bekommen?“, hatte ich gefragt, und der Chinese in der Robe hatte kurz aufgesehen und gelächelt, sich dann aber wieder seinen Freunden gewidmet.

„Trinken. Trinken!“, hatte ich wiederholt, entschlossen, nicht so leicht aufzugeben.

„*Wo cao*“, grinste der Chinese.

„*Ta zehli ganma*?“, fragte ein anderer.

„*Wen ta*“, meinte der dritte, und sie kicherten.

„Gluck! Gluck!“, versuchte ich mein Glück.

„Dong! Dong!“, riefen die Chinesen und brachen in Gelächter aus.

Dann war der Wirt erschienen und hatte mich höflich, aber bestimmt unter dem Segel hindurch zu der leeren Bar gelotst.

Was soll ich sagen, die Gesellschaft hatte mir zugesagt, also war ich geblieben.

Ich hob mein Glas und schnippte mit dem Finger dagegen, damit der Hausherr auf mich aufmerksam wurde und mein Bier nachfüllte.

„Dein Name ist also Dong“, überlegte ich laut. Ich wusste, dass das unter Chinesen ein durchaus verbreiteter Vorname war. Wenn ich mich recht erinnerte, bedeutet er „Osten“. Aber ich hatte wenig Lust, mit meiner Bildung zu glänzen. „Wie kommt ihr Chinesen nur immer auf derart dämlich klingende Namen?“, fragte ich stattdessen.

Der chinesische Wirt lächelte höflich. „Bei unserer Geburt wirft der Vater eine Handvoll Münzen auf den Boden und lauscht auf den Klang“, erklärte er mir.

Ich muss wohl ein recht dämliches Gesicht gezogen haben, denn Dong beeilte sich, mir in einwandfreiem Englisch zu versichern, dass er nur einen Witz gemacht habe.

Ich sagte ihm, er solle mir Bier geben und seine Weisheiten für sich behalten.

Dann beobachtete ich Dong, wie er das Bier zapfte. Immerhin, einen Vorteil hatte diese Absteige: Es wurde Imperial Pale Ale ausgeschenkt, ein Bier, das zwar in England gebraut wurde, aber für den Export nach Indien und in den Fernen Osten bestimmt war und deshalb hier in London kaum zu erhalten war. Als das Glas halb voll war, hörte Dong – schon wieder – mit dem Zapfen auf und drehte sich zu dem Fass um, in dem er sein Wasser hatte. Ich seufzte. Schon vier Mal hatte ich ihm gesagt, ich wolle das Getränk pur haben, aber dieses Wissen schien sich nicht in seinem chinesischen Schädel festsetzen zu wollen. Wahrscheinlich, weil das Imperial Pale in den Kolonien normalerweise im Verhältnis eins zu eins mit Wasser versetzt wurde, um den hohen Alkoholanteil zu mindern. Aber nur weil alle Welt dieses Bier so trank, musste ich das ja nicht auch tun. Ich warf dem Mann einen seiner Bierfilze an den Kopf und sagte ihm, er solle weiterzapfen. Mit chinesischer Gehorsamkeit folgte er meinem Befehl.

Dann stellte er das Glas auf die Theke, und ich nahm einen tiefen Schluck. Das lauwarme Getränk schmeckte genau wie die vier anderen, die ich mir bereits hatte angedeihen lassen, aber trotzdem hatte ich Lust, mich zu beschweren. „Das Zeug hat hier einfach einen anderen Geschmack als in Übersee“, schalt ich. „Sicher, dass da keine tote Ratte in deinem Fass treibt?“

Der Barmann schüttelte den Kopf. „Ganz sicher. Das Bier wird so gebraut, dass es während der Fahrt um Afrika herum nachreifen kann. So schmeckt es natürlich anders, wenn es seine Bestimmung erreicht.“ Mit einem Lächeln, das so bescheiden war, wie es nur Chinesen zustande bekommen, fügte er hinzu: „Aber selbstverständlich steht es mir nicht zu, einem Briten etwas über das Bierbrauen zu erzählen.“

Dong sah sich um, als wolle er sichergehen, dass sich nicht irgendwo hinter den Tischen noch weitere Kunden verborgen hielten. Ihm war wohl langweilig. Er sah mich an, begann, mit einem speckigen Lappen ein fleckiges Glas zu wienern und ließ mich weiter an seinen Weisheiten teilhaben.

„Ich muss zugeben, dass der Durchschnittskunde hier Imperial Ale nicht deshalb bestellt, weil es so hervorragend schmeckt, sondern weil er hier für die drei Penny, die ich pro Pint berechne, einen höheren Alkoholanteil pro Penny erhält als bei irgendeinem anderen Bier. Wer Fuller's trinken will, sucht sich nicht die Alte Dschunke aus, sondern einen Pub in der Innenstadt."

„Ich beobachte erfreut, mit welcher Überzeugung du hinter deinen Produkten stehst", sagte ich und bemühte mich so desinteressiert wie möglich zu klingen, damit der Kerl mich endlich in Ruhe ließ.

Tat er aber nicht. Stattdessen baute er sich mir gegenüber, auf der anderen Seite der Theke, auf und betrachtete mich, als hätte er noch nie einen Menschen ohne Schlitzaugen gesehen.

„Es sieht doch ein Blinder, dass Sie nicht nach Whitechapel gehören. Ihrer Kleidung nach würde ich Sie mir eher im West End vorstellen, in einem guten Pub mit einem guten Freund einen guten Whisky trinkend. Darf ich mir die Frage gestatten, was Sie hierherführt? In den Staub und Dreck zu uns einfachen Menschen?"

Ich fuhr mit dem Finger über die keineswegs staubfreie Theke und betrachtete meinen schmutzigen Finger. „Staub zu Staub, Asche zu Asche, wir kommen aus dem Dreck, und zu Dreck werden wir wieder."

„Amen", nickte der Chinese. „Trotzdem, in der Zeit zwischen dem ‚aus dem Dreck kommen' und dem ‚wieder zu Dreck werden' versuchen die meisten Menschen, sich aus dem Dreck rauszuhalten, wenn sie die Möglichkeit dazu haben."

„Mir stand der Sinn nach Slumming", log ich. Schließlich verspürten ja immer mehr angesehene Londoner den Drang, sich unters gemeine Volk zu mischen, aus Abenteuerlust oder aus Neugierde.

„Da sind Sie aber der Erste, der dieser Freizeitaktivität alleine nachgeht", meinte Dong. „Das tut man doch normalerweise in Gruppen. Mit Freunden."

Ich zuckte die Achseln. „Ich habe keine Freunde."

Dong machte unnatürlich große Augen. „Haben Sie keinen Freund, nicht einen?"

„Meinem – ich nenne ihn einmal ‚Geschäftspartner' – gefällt es, sich zu verhalten, als sei er mein Freund. Aber ich habe das Gefühl, er ist es nicht wirklich. Ich glaube, er hat Angst vor mir, und wenn man Angst vor jemandem hat, kann man nicht wirklich sein Freund sein." Ich hielt dem Wirt das Glas hin, das schon wieder leer war. „Ich habe keine Freunde. Ich hatte keine Freunde, und ich will keine. Was ich will, ist noch ein Bier."

„Alle Menschen brauchen Freunde", verkündete der Wirt, während er mein Glas entgegennahm. „Nicht jeder Mensch hat immer Freunde, aber ich kenne keinen, der niemals welche hatte."

„Dann hast du gerade den ersten kennengelernt."

„Sie sind kein sehr geselliger Mensch, richtig?"

Ich musste fast lachen. „Dong, deine Beobachtungsgabe grenzt ans Übernatürliche."

Dong grinste entschuldigend. „Bitte verzeihen Sie mir, aber vom Wirt erwartet man nun mal, dass er sich mit seinen Kunden unterhält. Ich hätte das Gefühl, mir die drei Penny pro Pint nicht verdient zu haben, wenn ich einer Unterhaltung aus dem Weg gehen würde."

„Ist schon recht", versicherte ich ihm, „ich bezahle dich auch, wenn du aufhörst, mich zu unterhalten. Warum kümmerst du dich also nicht um deine Freunde auf der anderen Seite des Segels?"

„Das sind keine Freunde", erläuterte Dong. „Das sind Stammkunden. Sie kommen immer nach der Arbeit her, und sie kommen zurecht. Dem Kapitän gehört die kleine Dschunke im Hafen. Schon gesehen? Für einen Penny können Sie sie besichtigen."

„Ist mir egal. Beschränk dich einfach darauf, den Ale-Nachschub nicht abreißen zu lassen."

Da war er still und zog den Zapfhahn schweigend nach unten. Das Glas war nunmehr halb voll, und endlich dachte Dong einmal daran, dass er an diesem Fass weiter zu zapfen hatte, statt sich dem Wasser zuzuwenden.

Er hatte wohl beschlossen, mich nicht weiter zu nerven, denn nachdem er mir mein Bier hingestellt hatte, öffnete er ein kleines Metallkistchen, das unter der Theke stand und ihm wohl als Kasse diente, und begann, eine erschreckend geringe Zahl von Münzen in Pennies und Schillinge zu sortieren.

Es freute mich, dass er gemerkt hatte, wann ein strategischer Rückzug angezeigt war.

Ein Weilchen lang zählte er schweigend und ich trank schweigend mein Imperial Pale Ale, das mich – trotz des Unterschieds im Geschmack – wieder an meinen Dienst in China erinnerte.

„Ich hatte einmal einen Freund, von dem ich glaube, dass er ein wirklicher Freund war. Aber wir sind nicht im Guten auseinandergegangen", hörte ich mich sagen.

Dong sah vom Geldzählen auf. „War er ein richtiger Freund?", fragte er.

„Schon", nickte ich. „William Wooster, alle nannten ihn ‚Wilberforce', weil er immer so freiheitliche und humanistische Gedanken hatte. Ich hatte ihn während meiner Zeit in Sandhurst kennengelernt, wo er zwei Trimester unter mir studierte. Ich traf ihn zufällig, als zwei Kadetten nach Dienstschluss in den Baderäumen mit ihm das Goodie-Cookie-Spiel spielen wollten."

„Was ist das Goodie-Cookie-Spiel?", wollte der Wirt natürlich wissen.

„Das will ich lieber nicht erläutern. Es geht um einen Keks und um männliches ... jedenfalls ist es widerlich, und ich will es dir nicht erklären. Ich kam zufällig in die Baderäume und sah den Keks auf dem Boden, bedeckt mit ... das will ich lieber nicht sagen, und Wilberforce wurde von den beiden Kadetten bedrängt, weil er sich weigerte, den Keks zu ... da reden wir lieber nicht weiter drüber. Ich habe den beiden eins auf die Nase gegeben, und dann war Ruhe."

„Ich befürworte es, wenn Stärkere die Schwächeren beschützen", verkündete Dong.

„Wilberforce war zwei Jahre jünger als ich und einen Kopf kleiner, aber er konnte auf sich aufpassen." Ich musste schmunzeln, als die Erinnerung zurückkam. „Er war ziemlich schlau und fand immer originelle Lösungen, auf die ich nie gekommen wäre. Die beiden Kadetten haben jedenfalls dafür bezahlt. Dem einen, Oscar, glaube ich, hat Wilberforce vor einem Zehn-Meilen-Marsch eine Handvoll zerriebene Juckbohnen – das ist eine Pflanze aus Indien – im linken Stiefel versteckt. Oscar durfte während des Marsches seine Stiefel nicht ausziehen. Der Kerl wäre fast verrückt geworden. Aber den anderen hat er noch besser erwischt. Ian hieß er, ein Schotte mit rollendem ‚R'. Dem hat er vor dem Unterricht einen Korken unter die Sitzfläche des Stuhles gepinnt."

„Ja und?", fragte Dong.

„Nun, den Korken hat er vorher angezündet. Nun brennt aber ein Korken nicht, er schwelt nur." Ich lachte. „Die Sitzfläche ist aus Holz, und der Korken schwelt so langsam vor sich hin. Der Stuhl wird immer heißer. Aber ganz langsam. So langsam, dass der, der darauf sitzt, es gar nicht merkt. Am Ende ist der Stuhl heiß wie eine Herdplatte. Ich war selbst leider nicht dabei, weil ich ein anderer Jahrgang war, aber Wilberforce hat mir erzählt, wie der Dozent Ian fragte, warum er so schwitze, und Ian wusste es nicht. Aber sein Arsch war gekocht wie ein Gammon-Steak."

Ich nahm lachend einen Schluck Bier. „Wilberforce konnte sehr gut auf sich selbst aufpassen. Dafür hat er mich nicht gebraucht. Abgesehen davon war er der zweite Sohn des Barons Berwick, und mit dem Adel wird selbst in Sandhurst vorsichtiger umgegangen als mit uns gemeinen Menschen."

„Ich verstehe", sagte Dong. „Mir scheint, Sie mochten den Mann."

Ich nickte. „Ja, wir haben so ziemlich alles miteinander geteilt, was Männer teilen können, wenn sie nicht auf Männer stehen."

„Aber dennoch haben Sie sich mit ihm überworfen?"

Ich nickte wieder.

„Wie?", wollte der Wirt wissen.

Ich zuckte erneut die Achseln. „Wilberforce sagte: ‚Ich hoffe, du bist zufrieden, dass du gewonnen hast.' Dann ist er gegangen."

Dongs Neugier war geweckt. „Was hat er damit gemeint?“ Er stellte eine Tasse mit Pflaumenwein vor mir auf den Tisch. „Der geht aufs Haus.“

Ich roch misstrauisch an dem Getränk und erzählte so beiläufig wie möglich weiter.

„Nun ja, es war im Opiumkrieg. Ich war Lieutenant bei den Royal Marines unter Captain Blaxland Stransham. Wilberforce war Fähnrich in der gleichen Einheit und sozusagen mein zweiter Mann. Ich hatte den Auftrag, meine Männer, die zweite Gruppe vom 29. Kommandoregiment der dritten Brigade, den Yong entlang nach Zhenhai zu verlegen, um uns dort mit der ersten und der dritten Gruppe zu vereinigen. Blaxland wollte von Zhenhai aus Ningbo erobern, denn er wusste, dass die Chinesen gut zehn Tonnen Opium, das sie in den Faktoreien der East India Company beschlagnahmt hatten, von Ningbo nach Shanghai transportieren wollten.

Wir ritten also den Yong entlang, als am Abend des ersten Oktobers ’41 die Kundschafter meiner Vorhut zurückkehrten und berichteten, dass sie zwei chinesische Dschunken ausgemacht hatten, die in einer Biegung des Yong ankerten.

Wir, also Wilberforce und ich, ließen uns die Entdeckung zeigen. Tatsächlich lagen da zwei Dschunken, und so an die dreihundert Chinesen hatten am Ufer ihr Lager aufgeschlagen. Die Dschunken lagen tief und mussten also schwer beladen sein, obwohl die Chinesen fast alle an Land waren. Ich dachte mir, es könne gut sein, dass der Opiumtransport Ningbo schon verlassen hatte, noch bevor Blaxland die Gelegenheit hatte, die Stadt einzunehmen und dass das Zeug nun vor mir auf dem Boden vor den Schiffen lag. Die vier Fuß hohen Ballen dort konnten Stoffe sein, aber ebenso gut auch Rohopium.

Es war eine verlockende Gelegenheit. Natürlich sprachen zwei Dinge gegen einen Angriff. Zum einen kamen auf einen meiner Männer drei bis vier Chinesen. Das ist kein Verhältnis, das zu einem Angriff animiert. Zum anderen hatte ich den Befehl, Feindberührung zu vermeiden, bis ich meine Einheit mit der Ersten und der Dritten vereinigt haben würde, wo Blaxland dann selbst den Oberbefehl übernehmen würde.

Aber mir erschien die Lage einfach zu günstig. Das Lager der Chinesen befand sich in einer Talmulde, die hufeisenförmig von Hügeln umgeben war und auf der Oberseite des Hufeisens vom Fluss begrenzt wurde. Der Feind saß also in der Falle.

Ich betrachtete die Waffen der Chinesen. Sie waren wie im Mittelalter ausgerüstet, mit Lanzen und Bögen. Außerdem zählte ich ein paar Gewehre, aber das waren alte Vorderlader. Meine Einheit hingegen war mit modernen Dreyse-Zündnadel-Hinterladern ausgerüstet." Ich sah Dong an. „So ein moderner Hinterlader hat gegenüber den alten Vorderladern eine Menge Vorteile."

„Ja?", fragte der Wirt.

„Ja. Ein geübter Schütze gibt mit einem Hinterlader sechs bis acht Schuss pro Minute ab. Die Chinesen mit ihren Vorderladern vielleicht dreieinhalb."

„Man kann halbe Schüsse schießen?", wollte Dong wissen, und ich fragte mich, ob er mich wieder auf den Arm nahm.

„Nein, kann man nicht. Ich meine damit, dass man mit einem Vorderlader für sechs bis acht Schuss zwei Minuten braucht, das macht dreieinhalb Schuss pro Minute, auch wenn es keinen halben Schuss gibt."

„Aha", sagte der Wirt.

„Außerdem kann man einen Hinterlader auch in Deckung nachladen. Das ist bei einem Vorderlader selten möglich."

„So, so", sagte der Wirt.

„Genau", sagte ich.

„Wir kundschafteten das Gelände aus. Während wir zu unserer Einheit zurückritten, fragte mich Wilberforce: ‚Du willst doch keinen Angriff befehlen, oder?'

Ich antwortete ihm, das habe ich sehr wohl vor.

‚Du weißt aber, dass das eindeutig gegen unsere Befehle ist,' erinnerte mich Wilberforce.

Ich sagte, ich wisse das, die Gelegenheit sei aber zu günstig.

Es seien zu viele, wandte Wilberforce ein. Ich erklärte ihm, dass der Feind höchstens fünfzig Gewehre habe, noch dazu alte Vorderlader. Wir würden sie von den Hügeln aus unter Feuer nehmen und dann, wenn sie schön mürbe seien, würden wir den Keks zerbeißen.

Unsere Männer seien Kavalleristen, keine Scharfschützen, gab Wilberforce zu bedenken, und das Tal durchmesse eine Viertelmeile. Ich sagte, mir sei das egal und er habe sowieso den wichtigsten Punkt vergessen.

Wilberforce wollte wissen, welcher das denn sei.

Ich sagte, der wichtigste Punkt sei, dass der Feind Chinese sei und wir Briten. Damit war die Diskussion beendet. Ich wusste, Wilberforce war nicht meiner Meinung und hätte sich lieber an unsere Befehle gehalten. Aber ich wusste auch, dass er sich nie gegen mich stellen würde, wenn ich einmal eine Entscheidung gefällt hatte. Also machte ich mir weiter keine Gedanken.

Wir kehrten zu unserer Einheit zurück. Ich erklärte den Männern, wir würden einen Angriff durchführen und das Opium, das wir erobern würden, sei für ein ordentliches Prisengeld gut.

Die Männer saßen ab und ließen ihre Pferde auf der dem Feind abgewandten Hügelseite zurück, denn wir wollten nicht, dass man sie auf dem Hügelkamm sah. Dann verteilten sie sich auf die Hügel. Ich behielt eine berittene Reserve von einem Dutzend Männern zurück.

Wir begannen, die Chinesen unter Feuer zu nehmen. Am Anfang lief der Angriff gut. Er kam für den Feind überraschend, und zunächst wollten die Chinesen fliehen. Allerdings hatten sie keinen Ausweg. Der Fluss war zu reißend, um schwimmend durchquert zu werden, und die Dschunken lagen mit gerefften Segeln vor Anker, so dass keine Möglichkeit bestand, sie auf die Schnelle auslaufen zu lassen. Die Chinesen verschanzten sich hinter den Opiumballen und schossen zurück.

Dann begannen meine Männer zu fluchen. Ein Hinterlader hat weniger Gasdruck als ein Vorderlader, weil sonst die Verschlussdichte gefährdet wäre. Darum lag die Reichweite unserer Gewehre bei knapp fünfhundert Yards, zielgenau waren sie höchstens auf dreihundert Yards. Der Feind war gut vierhundert Yards entfernt, so dass mit unseren Gewehren Treffer eher eine Frage des Glücks als des Zielens waren. Die Vorderlader der Chinesen schossen hingegen noch auf die doppelte Entfernung zielgenau."

„Vorderlader sind also besser als Hinterlader?", fragte der Hausherr.

„In diesem Fall ja. Der Schusswechsel entwickelte sich nicht gut für uns. Nach einer halben Stunde Geballere hatte ich zehn Männer verloren, und wir hatten kaum ein halbes Dutzend Chinesen erlegt. Wilberforce kam zu meiner Position gekrochen. Er sagte, wir müssten uns zurückziehen. Wir würden sie nicht erwischen, aber mit ihren Büchsen könnten sie uns pflücken wie Äpfel vom Baum.

Nun hatte ich aber auf Rückzug so richtig keine Lust. Ich habe nämlich die Angewohnheit, dass ich, wenn ich mal was anfange, das auch zu Ende bringe."

Ich sah den Barmann an.

„Allerdings muss ich zugeben, dass diese Angewohnheit nicht der einzige Grund war, dass ich keinen Rückzug befehlen wollte. Du kannst dir sicher denken, wie es in mir aussah. Wenn ich mich jetzt zurückgezogen hätte, wäre ich mit zehn Männern weniger in Ningbo angekommen und hätte nichts vorzuweisen gehabt außer der Tatsache, dass ich gegen einen expliziten Befehl verstoßen und mich auf ein Gefecht eingelassen hatte, das zu meinen Ungunsten ausgegangen war und das ich ohne die geringsten Probleme hätte vermeiden können."

Ich trank den Pflaumenwein aus. Im Augenblick hatte ich das dringende Bedürfnis, irgendetwas kaputt zu machen. Gerne hätte ich die Weinschale in den milchigen Spiegel hinter der Bar geworfen. Aber ich riss mich zusammen, schließlich wollte ich meinen Zuhörer nicht brüskieren.

„Damals, auf dem Hügelrücken, habe ich mir geschworen, dass ich mich niemals wieder nicht an einen Befehl halten würde, egal wie verlockend die Gelegenheit auch sein würde."

„Das scheint mir ein weiser Entschluss gewesen zu sein“, erlaubte Dong sich anzumerken. „Meiner Ansicht nach wird die Entscheidungsfreiheit des Einzelnen in Ihrer Kultur ohnehin überschätzt.“

„Mag sein. Den Rückzug habe ich aber dennoch nicht befohlen.“

Ich ließ mir mehr vom Pflaumenwein geben.

„Es war mein erstes Kommando, und wenn ich mich zurückgezogen hätte, wäre es mit Sicherheit auch mein letztes gewesen. Also sagte ich Wilberforce, er solle den Befehl zum Sturmangriff geben.

Er starrte mich an und sagte, ich sei wohl wahnsinnig geworden.

Ich versicherte ihm, dies sei keineswegs der Fall. Wenn wir uns auf ein langes Stellungsgefecht einließen, wäre der Feind im Vorteil, und mit Einbruch der Dunkelheit würden wir ihn dann ohnehin nicht an der Flucht über den Fluss hindern können. Würden wir aber einen Sturmangriff reiten, wäre der Feind so schnell in Reichweite unserer Gewehre, dass er keine Zeit zum Nachladen hätte. Dann würden wir die Chinesen mit unserer besseren Feuergeschwindigkeit einfach wegpflücken.

Wilberforce wandte ein, das werde nie funktionieren. Das Verhältnis sei drei zu eins gegen uns, und außerdem hätten sie Deckung, während wir über das freie Feld angreifen müssten.

Ich erinnerte ihn erneut daran, dass der Feind Chinese sei und wir Briten. Ich sagte Wilberforce, er habe seinen Befehl, und wandte mich ab, um den Feind durch den Feldstecher zu beobachten. Doch Wilberforce ging nicht.

Ich hörte ihn sagen, auch ich hätte einen klaren Befehl gehabt, nämlich Feindberührung zu vermeiden, verbunden mit der Frage, ob ich diesen Befehl befolgt habe.

Ich sah vom Feldstecher auf und drehte mich zu Wilberforce hin. Ich fragte ihn, ob er damit irgendetwas andeuten wolle.“

Ich blickte von meinem Pflaumenwein auf und sah Dong direkt ins Gesicht.

„Wilberforce sagte, ich mache einen Fehler. Dann robbte er ein paar Yards den Hügel nach unten, stand auf, rief die Sergeanten herbei und gab den Befehl zum Sturmangriff.

Ich ließ ein Dutzend meiner Männer auf den Hügeln, darunter die besten Scharfschützen und die, die angeschossen waren und nicht mehr reiten konnten. Sie sollten den Feind davon überzeugen, während unseres Sturms die Köpfe unten zu lassen. Den Rest der Leute, das waren zu den Zeitpunkt noch knapp neunzig Mann, ließ ich sich auf der flussabgewandten Seite der Hügel sammeln, außerhalb des Eingangs zum Tal, und erklärte ihnen, dass wir einen Sturmangriff reiten würden, um den Feind in unsere Reichweite zu bekommen, damit wir unsere überlegenen Waffen würden ausnützen können. Die Soldaten waren einfache Männer aus den unteren Schichten der Bevölkerung, die von der Überlegenheit der britischen Kultur ebenso felsenfest überzeugt waren wie von der Unfehlbarkeit ihrer standeshöheren Anführer. Während des Feuergefechtes hatten sie auf ihre ungenauen Gewehre geflucht, aber nie auf mich. Ihre Frustration, dass sie ihre Feinde nicht trafen, richteten sie gegen ihre Waffen, nicht auf mich. Ich war ihr Erretter, als ich ihnen versprach, einfach etwas näher heran zu reiten, um sie aus der Impotenz ihrer kurzläufigen Waffen in eine Reichweite zu bringen, in der sie etwas ausrichten konnten. Keinen Augenblick lang zweifelten sie an der Durchführbarkeit meines Planes.

Ich muss zugeben, dass auch Wilberforce den Angriff mit keinem Wort in Frage stellte. Stattdessen donnerte er: ‚Für England! Für die Königin und für die Ostindien-Kompanie!‘, und wir galoppierten in das Tal des Todes hinein. Bleikugeln zischten zur Linken und Rechten an unseren Ohren vorbei, und allzu oft fanden die Kugeln ihr Ziel. Während wir durch das Tal preschten, musste ich erkennen, dass die Chinesen sehr viel schneller schossen, als ich es erwartet hatte. Sie hatten etwa ein Dutzend designierte Schützen, die ihre Waffe, wenn sie abgeschossen war, einfach abgaben und eine geladene entgegennahmen. Währenddessen luden drei bis vier Chinesen gemeinsam einen Vorderlader nach. Fast wie eine geübte britische Artillerieeinheit eine Kanone nachlädt, nur schneller. So hatten die Schützen immer etwas zu schießen. Ich hatte damit gerechnet, dass der Feind nicht mehr als eine Salve würde abgeben können, bis wir die Viertelmeile zu ihrer Stellung zurückgelegt hatten. So aber wurden wir mit drei oder vier Salven eingedeckt."

Ich bemerkte, dass ich meine rechte Faust so fest geballt hatte, dass die Knöchel weiß hervortraten.

„Als wir näher heran waren, gesellten sich zu den Kugeln auch noch Pfeile hinzu. Ich muss gestehen, ich hatte einfach vergessen, dass der Feind auch noch über diese archaische Waffe verfügte, mit der er uns nun mit hoher Kadenz einzudecken begann.

Anhalten, um das Feuer gezielt zu erwidern, kam nicht in Frage. Wir mussten weiter. Ein Angriff im Galopp ist wie eine Lawine, und wenn er einmal angelaufen ist, lässt er sich weder aufhalten, noch kann man die Richtung ändern. Im Gegensatz zu einer Lawine wurden wir allerdings nicht mehr, sondern weniger. Als wir kurz davor waren, die Stellung der Chinesen zu erreichen, sah ich mich um. Es waren kaum mehr dreißig Männer in den Sätteln. Ich musste eingestehen, dass mein Angriff in jeder Hinsicht und von vorne bis hinten gescheitert war. Wir ritten alle in den Tod, und dafür konnte ich niemandem die Verantwortung zuschieben außer mir selbst.

In der Wolke aus Pulverrauch, die die feindliche Stellung umgab, begannen sich die Opiumballen herauszuschälen, hinter denen die Chinamänner lauerten. Die paar Männer meiner Einheit, die bis dahin überlebt hatten, hatten den Feind erreicht.

Wer die Gelegenheit hatte, gab einen Schuss aus dem Gewehr ab, dann hieß es den Säbel gezogen und mit dem Pferd über die Ballen gesetzt, hinter denen der Feind sich verschanzt hatte. Nun musste die Klinge das Blutwerk tun. Als mein Pferd landete, strauchelte es, und ich wäre fast abgeworfen worden. Während ich versuchte, mich im Sattel zu halten, sah ich aus den Augenwinkeln, wie Wilberforce, als er gerade über das Hindernis setzte, von einem Pfeil in der Brust getroffen wurde, während sein Pferd sich auf einer Lanze aufspießte, die zwei Chinesen gemeinsam hielten und immer tiefer in den Körper des Tieres trieben.

Ich kam zu der Überzeugung, dass es auf der Welt zu viele Chinesen gibt. Vor allem in China."

Ich grinste Dong betrübt an. „Nichts gegen dich. Aber ich würde lügen, wenn ich behaupten wollte, dass ich in jenem Moment etwas anderes gedacht hätte."

Der Chinese zuckte höflich die Achseln und erwiderte nichts.

„Wie auch immer, einen Vorteil hatte dieser Angriff, bei dem ich mir ansonsten in jeder Hinsicht immer die Taktik ausgesucht hatte, die dem Feind am besten in die Hände spielte: Die Chinesen hatten wohl nicht damit gerechnet, dass es jemand bis zu ihrer Stellung schaffen würde, und so gerieten sie in Panik, als zwei Dutzend übelgelaunter Briten auf sie einstürmten. Denn wir waren wirklich wütend. Ich hieb mit meinem Säbel um mich wie ein Bauer mit dem Dreschflegel. Nachdem der erste Chinese sich in die Fluten des Flusses gestürzt hatte, folgten die meisten anderen wie Lemminge."

Ich hielt mit meiner Erzählung einen Augenblick inne, als mir klar wurde, dass man meine eigene Einheit, wie sie, mir wider allen Verstandes folgend, in das Feindfeuer geritten war, wohl ebenso gut als Lemminge hätte bezeichnen können. Ich wartete darauf, dass Dong mir das unter die Nase rieb und suchte im Geiste schon nach einer angemessenen Entgegnung, aber Dong sagte nichts.

„Als der Rauch sich zu lichten begann, sah ich, dass wir es allen Wahrscheinlichkeiten zum Trotz geschafft hatten, den Feind in die Flucht zu schlagen. Allerdings waren von den ursprünglich hundertzwölf Mann meiner Einheit nur noch knapp zwanzig auf den Beinen, die meisten von ihnen mehr oder weniger schwer verletzt, und da ist das Dutzend, das ich auf den Hügeln zur Deckung zurückgelassen hatte, bereits mitgerechnet.

Ich fand Wilberforce mit einem Bein unter dem Kadaver seines Pferdes begraben. Seine linke Hand war bis zum Handgelenk gespalten, wohl weil er versucht hatte, einen Schwerthieb abzufangen, ein Pfeil steckte in seiner Brust und zwei weitere in seinem Unterleib. Plötzlich wurde mir klar, dass ich selbst nicht einen Kratzer abbekommen hatte.

Wilberforce öffnete den Mund, ein Schwall Blut kam heraus, und ich sah, dass er noch nicht tot war. Das bestürzte mich. Wenn ihn der Pfeil in die Brust nicht getötet hatte, konnte er nicht tief genug eingedrungen sein, um gefährlich zu sein. Aber die Bauchverletzungen waren mit Sicherheit tödlich, das konnte ich an dem hellen, wässrigen Blut erkennen, das seine Uniform tränkte. Ich wusste, dass da nichts mehr zu retten war. Die Frage war nur, wie lange er es noch machen würde. Ich kniete neben ihm nieder und öffnete meine Feldflasche, um ihm Wasser zu geben.

Wilberforce erkannte mich und sagte: ‚Du hast es geschafft. Ich hoffe, du bist zufrieden. Jetzt bleibt nur noch eins zu tun.'

Er hatte recht. Also nahm ich meinen Revolver und schoss ihm in den Kopf."

Ich setzte die Schale mit einem Knall auf der Theke ab. Seltsamerweise zerbrach sie nicht.

„Damals kam ich zu der Erkenntnis, dass vieles im Leben leichter ist, wenn man keine Freunde hat."

Ich hielt Dong die Schale hin, und er schenkte mir nach, vermied dabei aber den Blickkontakt.

„Jetzt weißt du, was er gemeint hat. Zufrieden?"

„Das Gefecht haben Sie aber gewonnen", bemerkte Dong.

„Stimmt", gab ich zu. „Ich hatte neun Zehntel meiner Männer verloren und den zweiten Sohn des Barons Berwick auf dem Gewissen. Andererseits hatte ich zehn Tonnen Opium sichergestellt. Die Generalität stand vor einer binären Entscheidung: Entweder mussten sie mich vor das Kriegsgericht stellen oder mir einen Orden verleihen. Man entschied sich für das Letztere. Das war eigentlich auch nicht erstaunlich, denn ansonsten hätten die Generäle zugegeben, dass sie hundertzwölf Männer einem Idioten anvertraut hatten."

„Eine üble Geschichte", gab Dong zu. „Das war gewiss eine schlimme Zeit. Aber andererseits: Der Opiumkrieg ist bald zehn

Jahre vorbei. Ich glaube nicht, dass die Geschichte, die Sie mir eben erzählt haben, die Sache ist, vor der Sie davonlaufen."

„Davonlaufen? Was heißt hier davonlaufen?"

Dong erkannte, dass er nicht die optimale Formulierung gefunden hatte. „Na ja, ich glaube, dass es etwas gibt, das Sie beschäftigt, mit dem Sie sich aber nicht beschäftigen wollen." Dong sah mich an. „Etwas nagt an Ihnen, und es ist nicht der Opiumkrieg."

Ich zuckte wieder einmal die Achseln. „Ich habe einfach keine Lust, nach Hause zu gehen."

Der Barmann nickte mitfühlend. „Ich üblicherweise auch nicht. Nicht, wenn ich daran denke, dass zu Hause die Alte auf mich wartet, um mir zu erzählen, was an ihrem langweiligen Tag alles nicht passiert ist. Oder, noch schlimmer, sie sitzt da mit der offenen Wunde. Wem geht es nicht so?"

„Mir geht es nicht so."

„Ah", nickte Dong. „Leere Wohnung, kaltes Bett, keine Frau. Auch nicht schön." Der Barmann sah mich voller Anteilnahme an. „Ist aber manchmal wirklich besser, das können Sie mir glauben, auch wenn es Ihnen vielleicht nicht so vorkommt. Zu viel Stille ist wahrscheinlich angenehmer, als immer die gleiche Stimme zu hören, die man nicht mehr hören will." Er begann, die Schilling- und Pennystücke wieder in sein Kästchen einzuordnen. „Außerdem: Sie haben sich ja selbst dafür entschieden, ohne Freunde zu sein. Wer ohne Freunde sein will, darf sich über das Alleinsein nicht beklagen."

Ich fürchtete, der Barmann wolle mir in all seinem Verständnis eine mitfühlende Hand auf die Schulter legen und warf ihm einen scharfen Blick zu. Dann hielt ich ihm meine Hand vor Augen und schnippte mit dem Daumen am Ehering.

„Da lag ich wohl wieder falsch", meinte Dong. „Was ist es dann?"

„Meine Frau hasst mich."

„Oh." Dong schien über die Direktheit meiner Aussage schockiert. „Hasst Sie sie wirklich, oder ist sie nur derzeit aus irgendeinem Grund schlecht auf Sie zu sprechen?"

„Überleg es dir selbst. Wir sind seit zwölf Jahren verheiratet, und seit bald zehn Jahren haben wir nicht mehr ... du weißt schon was." Ich musste beinahe lachen, als mir meine eigenen Worte die Absurdität meiner Ehe vor Augen hielten.

Dong nickte traurig und enthielt sich einer Antwort. Stattdessen fragte er: „Wie stehen Sie zu Ihrer Frau?"

„Ich hasse sie nicht."

„Aha. Ist das alles? Ihre Gefühle beschränken sich darauf, Ihre Frau nicht zu hassen?"

„Ich bin gerne mit ihr zusammen und würde mir wünschen, dass auch sie gerne mit mir zusammen wäre."

Dong begann geistesabwesend, Gläser umzusortieren. „Sind Sie gerne mit ihr zusammen oder lieben Sie sie?", wollte er wissen.

Mir wurde klar, dass es mir recht leicht gefallen war, dem Barmann gegenüber zuzugeben, dass meine Frau mich hasste. Aber es fiel mir schwer zuzugeben, dass ich meine Frau liebte. Ich wusste es. Aber aus irgendeinem Grund konnte ich es nicht sagen. Vielleicht hätte es offen auszusprechen bedeutet, dass ich eine Schwäche oder Verwundbarkeit zugab, die ich nicht zugeben wollte. Weder vor dem Barmann noch vor mir selbst.

Ich gab Dong keine Antwort. Stattdessen sagte ich: „Ich denke, es wird langsam Zeit, dass ich den Rückzug antrete", und verlangte nach der Rechnung. „Die Dinge sind nun mal so, wie sie sind. Da kann man nichts dran ändern."

Dong begann, mit einem chinesischen Abakus herumzurechnen. „Das glaube ich nicht", meinte er. „Ich glaube vielmehr, niemand weiß, wie die Dinge wirklich sind. Wir sehen sie nur immer auf eine bestimmte Weise. Das heißt nicht, dass sie in Wirklichkeit nicht vielleicht ganz anders sein können."

Ich griff nach meiner Geldbörse. „Chinesischer Nonsens!"

Dong schüttelte den Kopf. „Es geht fast nie nur darum, was man betrachtet, sondern auch immer darum, wer es betrachtet. Wahrscheinlich ist das meist sogar wichtiger."

Mir wurde das langsam zu bunt, aber ich konnte den Quatsch, den Dong verzapfte, nicht einfach im Raum stehen lassen. „Unsinn. Ich betrachte dieses Glas Bier, und du betrachtest das Glas Bier, und wir sehen beide das Gleiche, nämlich ein Glas Bier."

Doch selbst dieses offensichtliche Beispiel konnte den Chinesen nicht überzeugen. „Nicht ganz", sagte er und stellte den Abakus beiseite, ohne zu Ende gerechnet zu haben. „Ein Beispiel: Meine Alte nervt zu Hause üblicherweise sehr. Immer will sie, dass ich ihr das eine oder das andere kaufe oder klaue, immer gefällt ihr diese oder jene meiner Eigenschaften nicht, immer mag sie diesen oder jenen von meinen Freunden nicht und so weiter. Sie nörgelt also immer, und andauernd droht sie mir, mich sitzenzulassen. Bis vor zwei Wochen. Vor zwei Wochen hat die Nörgelei aufgehört."

Ich wurde hellhörig. „Tatsächlich? Was hast du denn gemacht, dass sie aufgehört hat zu nörgeln?"

„Ich?" Der Barmann wies auf seine Brust. „Gar nichts. Ich habe nichts geändert, ich habe das Gleiche gemacht wie bisher."

„Ich verstehe", nickte ich. „Mein guter Mann, ich sage es ungern, aber du bist in Schwierigkeiten: Deine Ehefrau hat einen Liebhaber."

Dong schüttelte den Kopf. „Dachte ich auch erst. Wenn meine Frau der Mann wäre und ich meine Frau, hätten Sie wahrscheinlich recht. Aber sie ist die Frau, und ich kenne meine Alte. Vorhin wurde mir plötzlich klar, woran es wirklich liegt. Vor genau zwei Wochen war sie nämlich auf so einer Art Party. Allein, ich war nicht dabei, und nach der Party hat sie mir erzählt, wie es sie gestört hat, dass die Männer alle um die jungen Mädchen rumgeschwirrt sind. Ich verstand damals nicht, warum es sie gestört hat und habe sie auch nicht gefragt, weil es mich nicht interessiert hat. Aber vorhin wurde mir klar, warum es sie gestört hat: Weil keiner von den Männern um sie herumgeflattert ist, sondern alle sich für die jungen Mädchen interessierten. Also hat sie sich gedacht – was vielleicht auch nicht falsch ist –, dass die Männer auf junge Frauen stehen und sie keinen mehr abkriegen würde. Sie hat also gemerkt, dass sie mich gar nicht verlassen könnte, selbst wenn sie wollte. Sie hat also keinen Liebhaber, sondern das Gegenteil: Sie könnte keinen kriegen, selbst wenn sie einen wollte."

Dong zog kurz die Stirn kraus, während er nachdachte. „Aber es ist auch wieder nicht das Gegenteil, denn ob sie nun wirklich einen Liebhaber hat oder nur merkt, dass sie keinen bekäme – in beiden Fällen geht es nicht um mich und darum, wie ich sie sehe, sondern nur darum, wie sie glaubt, dass andere Männer sie sehen. Für mich sieht sie nicht anders aus, egal was sie denkt, wenn sie sich im Spiegel sieht ... das ist das Gleiche wie mit dem Glas Bier. Der eine sieht Imperial Pale Ale und denkt ‚widerlich, ein Pale Ale und dann noch warm', und ein anderer denkt ‚ein zimmerwarmes Glas Imperial Ale, genau das, was mir am besten schmeckt', und beide sehen das gleiche Glas Bier."

„Du hättest nicht Barmann werden sollen, sondern Philosoph", sagte ich.

„Wo ist denn da der Unterschied?", lachte Dong und hob die Flasche mit dem Pflaumenwein, um mir nachzuschenken.

Doch ich hielt meine Hand über die Schale. „Nein danke. Für heute ist genug philosophiert. Was schulde ich dir?"

Dong griff nach dem Abakus. „Achtzehn Pennies. Der Pflaumenwein geht aufs Haus."

Ich nickte und warf zwei Schilling auf die Theke. „Behalt den Rest. Auch wenn du es nicht geschafft hast, davon abzusehen, mich dauernd mit dämlichen Fragen zu nerven."

Dong lachte und strich die zwei Schilling ein. Während er sein Metallkästchen öffnete, fragte er beiläufig: „Eins würde mich aber doch noch interessieren. Sie brauchen mir ja keine Antwort zu geben, wenn es Ihnen Unbehagen bereitet, und vielleicht wissen Sie es ja auch gar nicht. Aber wenn Sie es wissen, dann würde es mich interessieren, und zwar: Woran liegt es denn eigentlich, dass Ihre Frau Sie hasst?"

„Tja, das ist im Grunde wirklich einfach zu erklären." Ich zog meinen Mantel an, setzte meinen Hut auf und ging zum Segel, das zum Ausgang führte. Dort drehte ich mich noch einmal um. „Wilberforce war ihr Bruder."

Miss Niobe im Tempel

Der Tempel war ein dreistöckiges Bauwerk aus weißem Marmor, das an ein luxuriöses Patrizierhaus erinnerte. Über ein zweiflügliges Tor gelangte man in einen weiträumigen Innenhof. Aus zahlreichen Fenstern fiel Licht in ihn, so dass man die kunstvollen Mosaike erahnen konnte, die ihn mit konzentrischen Kreisen, Dreiecken und astrologischen Symbolen schmückten. Eine silberne Spur paralleler Furchen störte die Ruhe der Mosaike, wo vor nicht allzu langer Zeit etwas das Pflaster beschädigt hatte. Im hinteren Teil des Hofs brannte eine Gaslaterne und ließ die feuchten Steine glänzen, über denen eine dünne Nebelschicht hing. Neben der Laterne stand ein Landauer, die beiden Rappen davor unbeweglich wie Statuen; nur gelegentlich sah man den Dampf ihrer Nüstern emporsteigen. Der Kutscher saß zusammengesunken auf seinem Bock und hatte den Kragen seines Mantels gegen die unerwartete Kälte hochgeschlagen. In den schattigen Winkeln des Hofs schimmerten kleine Hügel von Eiskörnern, Überreste des heutigen Unwetters.

Das Dach des Tempels war nass und kalt vom Regen, und es war nicht einfach, Halt auf ihm zu finden. Ich gab jedoch nicht vor, etwas anderes als eine Einbrecherin zu sein; dies war nicht das feine London, sondern die zwielichtige Schattenwelt seiner Verschwörer, und wenn die Loge mich erwischte, wie ich auf ihrem Dach herumkletterte, wäre dies in jedem Falle das Aus für mich und meine Existenz in dieser Stadt – und wahrscheinlich auch für meine Freundschaft mit Lord Bailey, oder was davon noch geblieben war.

Ironischerweise benutzte ich dafür die Mittel und Fähigkeiten, die mir die Loge selbst zur Verfügung gestellt hatte: meinen nachtschwarzen Anzug, den Bailey als Maid-Marian-Kostüm bezeichnet hatte, die Kletterausrüstung und das Werkzeug, und das schlanke, indische *Vaal* auf meinem Rücken, das allein schon mehr wert war, als die besten Diebe von Whitechapel je zu erbeuten hoffen konnten. Ich hoffte, dass ich es nicht brauchen würde, aber ich war viel zu lange nachlässig gewesen.

Was immer ich für Bailey war, für die Loge war ich nie mehr als ein nützlicher Aktivposten gewesen: ein indisches Bastardkind, ein rechtloses Wesen, das eigentlich nie hätte existieren dürfen, und das auf die Gnade und Unterstützung der Gesellschaft angewiesen war. Dass ich darüber hinaus einen der vermissten Shila besaß, schürte ihr Misstrauen, aber Bailey, der ihnen nie erzählt hatte, dass er es gewesen war, der mir den Stein gegeben hatte, hatte sie überzeugt, dass ich eine besondere Begabung besäße, die weitere Studien rechtfertige, und dass ich ihnen in der Zwischenzeit viele Pforten öffnen könnte, die ihnen sonst verschlossen blieben, denn zwei Dinge, die man unter Freimaurern vergeblich suchte – trotz aller Rede von der Perfektionierung des Selbst –, waren die Gewandtheit und die Waffen einer Frau.

Ich verdankte der Loge viel. Sie hatte sich um meine Bildung gekümmert und mir meine Lehrer zur Verfügung gestellt: für klassische Literatur und Musik, Naturwissenschaften, den Reitsport und einige seltenere Fähigkeiten. Bailey hatte darauf bestanden, dass ich die Grundzüge des Kalarippayattu erlernte, einer alten indischen Kampfsportkunst, die die Briten in Indien nach einer Reihe schlechter Erfahrungen schon verboten hatten. Mein Stundenplan war gut gefüllt gewesen, und die ersten Jahre meines Londoner Lebens wären den meisten Kindern meines Alters wohl alles andere als angenehm erschienen. Für mich jedoch waren sie das Paradies gewesen.

Es hatte eine Weile gedauert, bis ich erkannt hatte, dass an der Themse dieselben Ungleichheiten existierten wie im Gangesdelta. Das Elend im East End hatte eine andere Farbe als das in Kalighat, aber hier wie dort waren es die Macht und die Willkür der herrschenden Klasse, die den Unterschied zwischen Leben und Tod bedeuteten, und indem sie mich meiner Heimat entrissen und in diese neue Welt verpflanzt hatten, war ich zu ihrem Spielball geworden.

Mit zwölf bespitzelte ich reiche Herren auf der Rennbahn. Mit vierzehn brach ich in die Behausungen unliebsamer Kabinettsmitglieder ein. Mit siebzehn wickelte ich ihre Söhne um den Finger, und mit zwanzig spielte ich die Leibwächterin auf wichtigen Anlässen, um die Geheimnisse meiner Klienten an meine Auftraggeber weiterzureichen. Mein Kontakt zur Loge war immer Bailey gewesen; eine Handvoll weiterer Mitglieder wie Sir Malcolm kannte ich vom Sehen, aber mit den wenigsten hatte ich je mehr als drei Sätze gewechselt. Den Logenmeister hatte ich nie kennengelernt. Bailey versuchte, mir Ärger zu ersparen und mir zugleich ein angenehmes Leben zu ermöglichen. Manchmal war es schwer zu sagen, ob er mich protegierte oder mit mir schacherte. Aber bisher hatte er es geschafft, dass alle Seiten – außer die Leidtragenden meiner verdeckten Aktivitäten natürlich – mit dem Arrangement zufrieden waren.

Bis zu diesem Tag. Ich musste herausfinden, was gespielt wurde: was Bailey und seine Brüder im Schilde führten, und was die Loge, Frans und Captain Royle mit dem Palast verband. Ich spürte, dass gefährliche Zeiten bevorstanden, so wie man als Londoner das heraufziehende Wetter zu spüren lernt; und wenn ich etwas in Kalighat gelernt hatte, dann, dass man sich besser ein Schlupfloch suchte, bevor der Monsun losbrach.

Da war aber auch noch etwas anderes, ein Impuls, den ich in diesen Stunden gerade erst zu verstehen begann: Ich wollte Ananda beschützen. Denn Ananda war im Palast. Ich spürte den Geist meiner Kindheit mit jeder Nacht deutlicher, stärker als je zuvor, seit ich nach England gekommen war, und er war im Begriff, auch zum Spielball des Empires zu werden. Es war, als sei einem von der eigenen Mutter nicht mehr als ein Schmuckstück geblieben, und auf einmal fand man diesen Kindheitsschatz auf einer Auktion wieder, wo er an den Meistbietenden versteigert werden sollte.

Ananda war ich, und was wäre ich ohne sie mehr als eine amüsante Fußnote der britischen Kolonialgeschichte? Baileys kleines Experiment in freiem Willen?

Ich sah nach Norden, wo sich der Rücken des Palasts erhob, einer schneebedeckten Bergkuppe gleich. Die Hagelkörner auf den Dächern South Kensingtons waren geschmolzen, aber auf den gläsernen Schuppen des Palasts waren kleine Seen zurückgeblieben, so dass er sich wie der Leib eines großen, schlummernden Titanen, eines vorsintflutlichen Eiswesens vor den dunklen Wipfeln des Hydeparks abhob.

Anandas Stimme hatte wieder eine Richtung, und ihr Ruf wurde jede Nacht lauter. Sie wartete im Zentrum, wo alle Wege zusammenliefen, und ich wollte meinen Weg zu Ende gehen und mich mit ihr vereinigen. Endlich.

Wachsam huschte ich weiter. Es tat gut, mich zu bewegen, denn nach über einer Stunde auf dem Dach war ich durchgefroren, und mein Atem stieg in kleinen Wölkchen auf. Ich war nicht allein; ein Kätzchen schnürte zwischen den rauchenden Schornsteinen umher. Ein ums andere Mal hielt es inne und blickte auf die Stadt hinaus wie ein Löwe, der die Savanne überblickt. Dann bemerkte es mich und sprang erschrocken in die Schatten.

Schräg unter mir, in einem gemütlichen Salon, brannte Licht, und ich sah die Umrisse der Männer, auf die ich es abgesehen hatte. Bailey war da, zusammen mit drei anderen Mitgliedern der Loge. Sie hatten hohen Besuch: Joseph Paxton, der Konstrukteur des Palasts, dessen nettes Gesicht man dieser Tage häufig in der Zeitung sah. Früher war er ein einfacher Gärtner und Architekt gewesen, der Gewächshäuser für den Duke of Devonshire gebaut hatte. Niemand wusste so recht, wie er es geschafft hatte, den Zuschlag für das wichtigste Bauvorhaben des Jahrzehnts zu erhalten, doch nun war er ein gemachter Mann, bei allen beliebt und ein Günstling des Prinzgemahls.

Dann war da noch ein Herr von würdiger Gestalt, den ich nicht kannte. Eine Weile konnte ich ihre Stimmen undeutlich durch ein halbgeöffnetes Fenster hören, wie sie lachten, den Weinbrand lobten und kleine Höflichkeiten austauschten. Dann schlossen sie das Fenster. Es war aber klar, dass die Stimmung nicht so heiter war, wie es den Anschein machte. Gastgeber wie Gäste wirkten gespannt, und zumindest bei letzteren konnte ich das eindeutig spüren. Einige Male sah ich Bailey eine seiner ausschweifenden Gesten machen, die ich so gut kannte; er versuchte, das Gespräch an sich zu ziehen oder auf ein bestimmtes Thema zu lenken. Doch immer wieder hob einer seiner älteren Brüder, ein hagerer Mann mit einer Adlernase, die Hand und gebot ihm zu schweigen, und Bailey ertrug eine Demütigung nach der anderen. Dieser Mann war mir unheimlich, und ich konnte seine Gefühle ebenso wenig lesen wie Baileys – selbst, als ich ihn direkt im Blick hatte.

Später kam Bewegung in die Szene. Umständlich erhob und umkreiste man sich, ließ sich Hut und Mantel bringen und bewegte sich dann Richtung Ausgang. Ich veränderte meine Position, um einen besseren Blick auf den Hof zu haben. Eine Tür öffnete sich, und ich hörte Schritte auf dem Pflaster und Baileys Stimme in der Nachtluft.

„Jederzeit, Mr. Paxton", sagte er, „und lassen Sie sich von Dickens und seiner Kritik nicht verunsichern! Der Ritterschlag ist Ihnen so gut wie gewiss."

Genügsames Lachen. „Aber nicht doch, Mylord. Zwei Tage noch. Ich werde es verkraften."

„Zwei Tage, in der Tat", sagte eine dritte Stimme, und als ihr Besitzer in mein Gesichtsfeld trat, erkannte ich ihn als den Hageren. „Zwei Tage, und Sie haben einen Palast erschaffen. Einen Palast aus Eisen und Kristall."

„Ich bin, fürchte ich, kein Freund der blumigen Umschreibungen, die die Presse für unsere Konstruktion gefunden hat. Ich habe nur mein Werk getan, so gut ich eben konnte – ein Gedanke, den Sie sicher zu schätzen wissen."

„In der Tat", wiederholte der Hagere, und seine Stimme knirschte wie Eis. „Der Prinzgemahl kann stolz sein, einen so fähigen, zuverlässigen Mann wie Sie gefunden zu haben. Meine besten Empfehlungen." Die letzte Bemerkung begleitete schales Gelächter. Ich wusste, die Loge hatte keinen allzu guten Draht zum Königshaus – und das nagte an ihr.

„Es ist schwer, es allen recht zu machen", sagte Paxton sanft. „Nicht wahr?" Er warf einen Blick in die Runde und trat dann in den Hof hinaus.

„Isambard."

„Aaron."

Da erkannte ich den anderen Mann, der mit Paxton zu Besuch gewesen war: Isambard Kingdom Brunel. Ich wusste, auch er hatte Arbeiten am Palast durchgeführt und sogar einen eigenen Entwurf für ihn eingereicht, den man aber abgelehnt hatte. Seine vielfältigen Leistungen hatten ihn berühmt gemacht: Er baute Eisenbahnen und Schiffe, Giganten aus Eisen, die mit Propellern so groß wie Häuser fuhren. Den Londonern aber war er ein Held, weil er mit seinem Vater den Themsetunnel gebaut hatte, der Rotherhithe mit den Docks verband. Die Bauarbeiten hatten sich Jahrzehnte hingezogen und viele Männer das Leben gekostet, doch Brunel hatte nicht aufgegeben, selbst nachdem er beinahe ertrunken wäre. Bailey hatte Brunel oft als den Visionär einer neuen Epoche bezeichnet; ein neuer Menschentyp, geschaffen für ein Zeitalter der Maschinen.

Der Kutscher und seine Pferde erwachten zum Leben, als habe man sie aufgezogen. Der Landauer klapperte heran, und Bailey begleitete die Aufbrechenden noch ein paar Schritte. Ich sah, dass er sich noch schonte, besonders seinen Arm, aber sein Doktor hatte Wunder vollbracht.

„Was für ein Wetter", stellte er fest.

„Zu dieser Jahreszeit!"

„Nicht wahr?“ Er räusperte sich. „Was meine andere Frage betrifft ...“

„Sie lassen nicht locker, was?“, lachte Brunel.

„Ich würde mich glücklich schätzen, wenn wir unser Gespräch ...“

Brunel hob die Hände. „Ich denke, Sie sollten das erst innerhalb der Loge besprechen. Ich habe meinen Teil der Vereinbarung erfüllt. Allerdings habe ich nicht den Eindruck, dass Sie in dieser Angelegenheit ...“

„Bailey!“, knurrte die Stimme des Hageren, den Brunel Aaron genannt hatte und der nun gemessenen Schrittes näher kam. „Lassen Sie den Mann in Ruhe.“ Konzentriert verfolgte er, wie erst Paxton, dann Brunel die Kutsche bestiegen. „Manchmal denkt er, es drehe sich alles nur um ihn“, entschuldigte er sich bei den Abreisenden. „Er verbringt zu viel Zeit bei seinen Spiegeln.“ Er senkte die Stimme und legte Bailey die Hand auf die Schulter. „Nicht wahr, Venus?“ Es sollte wohl freundschaftlich wirken, in Wirklichkeit aber war die Geste ein Besitzanspruch. Ich konnte mir denken, was Bailey davon hielt.

„Ich wünschte, Sie würden das nicht tun“, lächelte Bailey. „Auf Wiedersehen, Isambard! Mr. Paxton.“

Aaron nickte dem Kutscher zu. Der hob die Zügel und schnalzte, und der Landauer fuhr ab. Wie von Geisterhand öffnete sich das zweiflüglige Tor und entließ sie in die Nacht.

„Die Venus“, dozierte Bailey, während sie der Kutsche nachsahen, „ist mit großer Wahrscheinlichkeit eine verlorene Zehe. Habe ich Ihnen das je erzählt?“

„Sie und Ihre Geschichten“, sagte Aaron, und ich musste schmunzeln, empfand aber keine Freude dabei. Das Tor fiel ins Schloss. „Kommen Sie. Der Abend war augenscheinlich reine Zeitverschwendung. Paxton ist und bleibt ein Gärtner und Brunel so stur wie eine seiner Dampfloks. Entweder, sie wissen es tatsächlich nicht, oder man hat sie gekauft – so wie Sedgwick.“

„Mir scheint, die Herrschaften wissen bereits zu viel", widersprach Bailey. „Mehr als ich jedenfalls – und mehr, als Sie zugeben, Jupiter. Sie wissen, wie allergisch ich auf Geheimnisse reagiere."

„Sie sollten Ihrer Loge mehr vertrauen. Eine gute Mutter weiß, was sie ihren Kindern wann enthüllt."

Bailey murmelte etwas, das ich nicht verstand, und ich pirschte mich näher zum Rand des Daches. Dabei störte ich das Kätzchen auf, das darauf gelauert hatte, dass ich endlich verschwand. Es maunzte wütend, und ich hielt den Atem an.

Die beiden Männer verstummten.

Dann hörte ich wieder Baileys wohlbekanntes Räuspern.

„Sie machen einen Fehler", insistierte er, „und jetzt wollen Sie noch den guten alten Isambard mit hineinziehen."

„Brunel steckt doch schon bis über beide Ohren mit drin!", lachte Aaron und geleitete ihn nach drinnen. „Im Gegensatz zu Ihnen, bei dem man nie weiß, wo Sie stecken. Glauben Sie wirklich, jemand wie er hat zu einem solchen Plan nicht mehr als die sanitären Anlagen beizusteuern? Verbringen Sie zur Abwechslung mehr Zeit unter Menschen. Eventuell lernen Sie noch etwas dabei."

„Vielleicht tue ich das in der Tat", hörte ich ihn noch sagen, dann schloss sich die Tür hinter ihnen. Ein Riegel wurde vorgelegt.

Die Katze und ich schauten einander argwöhnisch an. Schließlich wandte sie als Erste den Blick ab und huschte davon.

Ich versuchte, dem Gehörten einen Sinn abzugewinnen. Augenscheinlich war Brunel der Loge gut bekannt, und man hatte sich Informationen von ihm und Paxton erhofft. Gleichzeitig schien es aber ein Geheimnis zu geben, das Brunel und Aaron teilten und bei dem Bailey außen vor blieb.

Es wurde Zeit. Ich musste herausfinden, wem ich noch trauen konnte. Wenn ich bei der Gelegenheit ein paar Geheimnisse lüften konnte, die sogar Bailey verwehrt geblieben waren, umso besser.

Ich verfolgte, wie ein grimmig dreinblickender Diener begann, den Salon aufzuräumen. Als er das Fenster zum Atrium hochschob, sah ich meine Chance gekommen: Ich band mein Seil um einen der Schornsteine und ließ mich sanft vom Dach gleiten. Das Seil war schwarz und trotz seiner Stabilität sehr dünn, und so rechnete ich nicht damit, dass es entdeckt werden würde, wenn ich es eine Weile hier hängen ließ.

Ich lief geduckt zum Fenster des Salons. Meine Schuhe waren wattiert und verursachten fast kein Geräusch. Ich langte unter dem Fenster an und streckte gerade die Hand nach dem Rahmen aus, als mit einem Mal der Diener darin auftauchte und es mit einem entschlossenen Ruck wieder schloss. Offenbar fürchtete er, dass zu viel frische Luft die Atmosphäre des Salons schädigen würde.

Ich fluchte lautlos. Die Eingangstür war verriegelt und würde sich nicht leicht knacken lassen, aber ich hatte nicht vor aufzugeben. Mein Blick fiel auf den hinteren Teil des Innenhofes, wo die Schleifspuren, die ich vorhin bemerkt hatte, vor einem großen Holztor endeten. Neben diesem Tor war ein hohes Fenster. Ich vermutete, dass sich dort die Stallungen befanden und sich in diese einfacher eindringen lassen würde als in das Hauptgebäude. Also schlich ich zu dem Tor.

Dieses war zu meiner Überraschung mit einem starken Schloss gesichert. Das Fenster daneben entpuppte sich als Glücksgriff. Nachdem ich mich auf das Sims geschwungen hatte, gelang es mir mit etwas Mühe, es hochzuschieben. Ich kletterte ins dunkle Innere, schob das Fenster wieder zu und sprang auf den Boden.

Was ich für Stallungen gehalten hatte, entpuppte sich als Werkstatt. Da waren Flaschenzüge und die Schatten großer Zahnräder in der Finsternis. Die Luft roch nach Metall und Öl. Nachdem sich meine Augen an das Dunkel gewöhnt hatten, sah ich, dass die Kratzspuren sich auch hier über den Boden zogen und an der hinteren Wand vor einer großen Luke endeten. Diese war mächtig genug, dass sich ein ganzer Keller unter ihr verbergen mochte, aber viel zu schwer, als dass ich sie hätte bewegen können. Ich nahm an, dass sie maschinell bewegt wurde, wahrscheinlich per Hydraulik. Was hatten sie hier über den Hof geschleppt?

Es war frustrierend. Vor mir lag ein Irrgarten, und mein Ziel lag auf der anderen Seite einer Hecke, nah und doch so fern.

Ich nahm mir vor, Ausschau nach einem Kellerabgang zu halten; wenn nicht hier, dann anderswo. Ich fand eine verschlossene Tür, und nach ein paar Augenblicken hatte ich sie geknackt. Ich betrat einen schlichten Korridor, den niedrig brennende Gaslampen erhellten. Ich hörte keine Geräusche und spürte auch nicht die Anwesenheit von Menschen.

Ich fasste nach dem Shila an meinem Hals und hoffte, er werde mich führen. Dann begann ich meine Sondierung des Tempels.

Ich hatte mich immer gefragt, wie viel von dem, was die Loge tat, ihrer eigenen Phantasie entsprang und was tatsächlich den Horizont unserer Kenntnisse verschöbe, würde es enthüllt. Ich wusste, die meisten Engländer sahen in Bünden wie diesem nicht viel mehr als einen exklusiven Club, der einem half, Karriere zu machen und in der Zwischenzeit Kurzweil und Alkohol bot. Ich wusste aber auch, dass einige Logen das anders sahen. Viele hüteten Geheimnisse, denen noch der Staub des alten Griechenlands oder Ägyptens anhaftete – oder Indiens.

Ich war in einem Land geboren, in dem die Macht der Mysterien allgegenwärtig war, und der Shila erinnerte mich ständig daran, dass Magie nicht nur in fernen Kindheitstagen existierte, sondern sehr greifbar sein konnte. England dagegen war lange ein Land der Skeptiker und der leeren Kirchen gewesen. Erst allmählich fiel den Menschen auf, was sie vermissten, und nach und nach wandte man sich neuen Ideen zu. Lady Sedgwick war nicht die Einzige in London, die dieser Tage versuchte, Geister zu beschwören.

Wo Bailey seinen Platz in diesem Wettstreit der Wirklichkeiten sah, war eine weitere Frage, auf die ich nie eine Antwort erhalten hatte. Gerade er wusste besser als die meisten, welche Wunder die Welt für einen bereithielt, wenn man nur danach suchte. Auch ihn hatte sein Weg zu Ananda geführt. Dennoch nannte er sie nie beim Namen, leugnete ihre Präsenz und tat die meiste Zeit, als sei sein Auge aus Kristall nur ein nützliches Werkzeug, ein interessantes Experiment, mit dem er seine Freunde verblüffen konnte, so wie die Nekrotypien und die vielen anderen sonderbaren Verwendungszwecke, die die Loge für die Kristalle oder die Shilas ersonnen hatte. Es fiel mir aber schwer, mir Bailey in einer Ordensrobe vorzustellen, wie er alten, ibisköpfigen Göttern Opfer darbrachte.

Just diesem Zweck schienen jedoch viele der Räume zu dienen, die ich auf meiner Erkundung fand. Große Teile des Tempels, der deutlich weitläufiger war, als es von außen den Anschein hatte, bestanden aus Andachts- oder Versammlungsräumen: kerzenbeschienene Kammern, in deren Mitte mal ein persischer Teppich, mal ein römisches Mosaik den Blick auf sich zog, die Wände gesäumt von Alabasterfiguren und Marmorsäulen. Ich sah kleine Obelisken und mäanderüberzogene Altäre; in manchen Räumen standen Räucherschalen, oder es hing ein Thuribulum von der Decke, und der schwere Duft nach Weihrauch und anderen Harzen haftete den Teppichen und Vorhängen an.

Die meisten Räume hatten keine Fenster, oft waren sie auch nicht rechtwinklig angelegt, und so war ich mir bald nicht mehr über die Richtung im Klaren, in die ich mich bewegte. Außerdem waren sie in verschiedenen Farben gehalten, und ich fühlte mich an den Prinzen aus Poes Erzählung vom Roten Tod erinnert, der auf seiner kopflosen Flucht ein Gemach nach dem anderen durchquert, bis ihn sein unausweichliches Schicksal ereilt. Tatsächlich schien da eine unentrinnbare Präsenz zu sein, die die Räume durchwehte, mal näher, mal ferner, wie ein dunkler Gesang. Bald war ich mir nicht mehr sicher, ob ich den leisen Gesang nicht tatsächlich hörte und ob er dem nächsten Raum, dem nächsten Stockwerk oder meiner Einbildung entsprang. Es war kein sehr angenehmes Gefühl.

Meine Schritte beschleunigten sich. Dann musste ich unachtsam geworden sein, denn als ich eine weitere Tür öffnete, fand ich, dass der Raum dahinter nicht verlassen war. Da war ein weißgekleideter Mann auf der anderen Seite, der mir den Rücken zudrehte und das Gemach in dem Augenblick verließ, in dem ich es betrat. Dann war er verschwunden, und keine Tür blieb dort zurück, wo ich ihn gesehen hatte.

Ich erstarrte. Dann durchquerte ich behutsam den Raum, der ganz aus Marmor von der Farbe alten, dunklen Blutes bestand, und streckte die Hand nach der Wand aus, durch die der Mann allem Anschein nach gegangen war. Der Marmor war kalt, und nur widerwillig verstärkte ich den Druck meiner Hand.

Eine kaum erkennbare Fuge tat sich auf. Dann schwang ein Teil der Wand auf, und ein frischer Windhauch fuhr mir entgegen. Ich hielt den Durchgang mit den Fingerspitzen offen, lauschte und konzentrierte mich auf meinen sechsten Sinn, doch weder hörte ich etwas, noch fühlte ich die Anwesenheit eines Menschen auf der anderen Seite.

Über der Tür aber bemerkte ich eine kaum wahrnehmbare Inschrift. Sie war in griechischen Lettern verfasst:

ΓΝΩΘΙ ΣΑΥΤΟΝ

Ich glitt durch die Öffnung, und die Wand hinter mir schloss sich mit kaum wahrnehmbarem Seufzen. Es war finster und kalt, und ich hörte mein Herz schlagen. Ich tastete nach der Tür, aber ich fand sie nicht mehr.

Im selben Moment schwand meine Gewissheit, alleine zu sein.

„Bailey?", wisperte ich.

Es gibt Bereiche des Tempels, in denen ich mir wie ein Fremder vorkomme.

Langsam griff ich nach der Schachtel Zündhölzer an meinem Gürtel. Das leise Zittern der Espenhölzchen schien mir so laut, als hätte ich einen Berg von Mikadostäben zum Einsturz gebracht. Vorsichtig öffnete ich mit der Rechten die Schachtel, während ich mit der Linken nach dem *Vaal* auf meinem Rücken griff. Das Hölzchen entflammte im selben Moment, in dem ich das Schwert zog.

Ich sah mich selbst millionenfach reflektiert: eine junge Frau, angespannt, festgefroren in einem schwarzen Anzug wie ein Panther vor dem Sprung, ein goldenes Licht in der einen, ein silbernes, gebogenes Schwert in der anderen Hand. Die Flamme des Streichholzes erstrahlte im unendlichen Dunkel wie die Muster eines von seltsamen geometrischen Gesetzen gezeichneten Sternenhimmels.

Ich befand mich in einem sechseckigen Gemach, dessen Wände vollständig aus Spiegeln bestanden. Der Boden war ein horizontloses Meer gleichseitiger Dreiecke, der Himmel undurchdringlich schwarz. Mit jedem Schritt, den ich tat, bewegten sich Heerscharen identischer Mädchen und ihre Schatten, die Gesichter golden und kobaltblau, mit jeder Drehung schwang ein Schweif mal schwarzen, mal haselfarbenen Haars, als ändere eine Schule von Fischen die Richtung, und immerzu plagte mich die Vorstellung, ich könnte am Rande meines Gesichtsfelds noch etwas anderes – jemand anderen – ausmachen. Aber wenn ich mich drehte, war da nur die Choreographie meiner Spiegelbilder, von vorn, von hinten, aus jeder Richtung, millionenfach allein in der Leere. Das, und der schwache Geruch nach Weihrauch.

Er verbringt zu viel Zeit bei seinen Spiegeln.

Kälte kroch in meine Glieder, und ich wollte nur noch fliehen. Doch wie und wohin?

Endlich glaubte ich, die Ahnung eines Ausgangs zu erspähen; eine Leere anstelle von Spiegeln, einen schmalen Streifen Dunkel inmitten der Schwärze, ein Dunkel von einer anderen Qualität. Ich sah die Öffnung nur in der Ferne, gegenüber einer meiner Zwillingsschwestern, doch wenn ich sie vor mir selbst auszumachen versuchte, konnte ich sie nicht finden und entdeckte sie auch vor keinem meiner anderen Spiegelbilder. Alles, was ich erreichte, war, dass die andere Niobe direkt davorzustehen schien. Täte sie einen Schritt, würde sie verschwinden.

Einen schrecklichen Augenblick lang war mir, als beobachte ich die echte Niobe, die mir das Leben stahl, das ich für meines gehalten hatte. Mir schwindelte. Ich steckte mein Schwert weg, denn ich konnte nicht gegen mich selbst gewinnen. Dann erlosch das Streichholz, und das Dunkel senkte sich über mich.

Ich tat einen Schritt nach vorne.

Eine weitere Tür fiel seufzend ins Schloss.

Ich stand in einem reich möblierten Arbeitszimmer.

Die intarsienverzierten Schränke und die Sitzgruppe am hinteren Ende des Raums, wo eine kleine Leselampe brannte, schienen noch aus dem achtzehnten Jahrhundert zu stammen. Hohe Regale säumten die Wände, die warme Luft roch nach Büchern und Blüten. Zu meiner Linken ruhten einige Steintafeln in einem Schaukasten. Ich konnte die Schrift nicht lesen, aber sie erinnerten mich an die Gravuren auf Sedgwicks Artefakt. Auf dem Schaukasten saß ein lächelnder Buddha neben einer altertümlichen Weltkugel. An der Wand dahinter hing ein Mondphasenkalender, die Monatsnamen – Aibreán, Bealtaine – in Gälisch. Zu meiner Rechten glänzte das verschnörkelte Messinggeländer einer Wendeltreppe, die nach unten führte.

Zögernd durchquerte ich das Zimmer. Hinter der Sitzgruppe lag ein breites, hohes Fenster hinter schweren Gardinen. Auf der Fensterbank blühten unzählige Orchideen. Als ich den Vorhang mit dem Finger hob und hinausspähte, erkannte ich, dass ich wieder am Beginn meiner Reise angekommen war: Ich befand mich am rückwärtigen Ende des Tempels, im ersten Obergeschoss, und sah auf den Hof und das Dach, auf dem ich mich vorhin versteckt hatte. Irgendwo unter mir musste die Werkstatt liegen. Ich wollte schon meiner Neugier folgen und zu der Treppe eilen, dann entschied ich mich anders. Erst brauchte ich Antworten.

Ich sah mich um. Die Leselampe war eine altertümliche Öllampe mit einem Argandbrenner. Sie warf eine Lichtinsel auf mehrere ledergepolsterte Fauteuils und einen dunklen Tropenholztisch, auf dem Bücher, Druckerzeugnisse und Dokumente lagen. Ich trat näher an den Tisch und warf einen Blick darauf.

Die Druckerzeugnisse waren größtenteils Londoner Tages- und Wochenzeitungen, die die Entstehung und die Fortschritte des Kristallpalasts dokumentierten. Ich fand auch einen Nachdruck der ersten Entwürfe, mit denen Paxton die königliche Kommission überzeugt hatte, obgleich sie nicht viel mehr als Gekritzel auf Löschpapier gewesen waren. Andere Pläne zeigten eine komplizierte Skulptur oder Maschinerie, die aus mehreren konzentrischen Ringen bestand. Sie erinnerte mich an das Bild, das sich viele Europäer bis zur Renaissance von ihrer Welt gemacht hatten: eine Sphäre zwiebelschalengleich in der anderen. Die meisten dieser Pläne waren jedoch skizzenhaft, und viele hatte man mehrfach ausgebessert und dann doch wieder durchgestrichen, als wäre man nie zu einem befriedigenden Ergebnis gelangt. Ich fand keine endgültige Version des bizarren Konstrukts.

Die Bücher waren naturwissenschaftlichen Inhalts: Sternkunde, Physik, aber auch speziellere Gebiete wie Optik oder Pneumatik. Viele Namen waren mir bekannt: Kepler, Huygens, Newton, Franklin, Faraday. Dann blieb mein Blick an einer Abhandlung hängen, die zuoberst auf einem Stapel loser Blätter lag:

Grundzüge der Atmosphärischen Eisenbahn
von Isambard Kingdom Brunel

Ich nahm die Abhandlung und blätterte sie durch. Brunel berichtete darin von einem bahnbrechenden Transportsystem, das der gängigen dampfbetriebenen Eisenbahn Konkurrenz machen sollte und in Irland schon seit Jahren erfolgreich Verwendung fand. Die Wagen fuhren entlang einer Metallröhre und kamen ohne Lok aus, da sie von einem künstlichen Vakuum in der Röhre vorangezogen wurden.

Unter dem Aufsatz lagen einige handschriftliche Dokumente, allesamt sortiert, gezeichnet und säuberlich mit Datum versehen:

Betr. Kensingtontunnel (3). IKB 091350
Betr. Ätherbahn (8a). IKB 012151

„Faszinieren dich die technischen Aspekte unseres Unternehmens?“, fragte eine Stimme hinter mir, und ich fuhr herum. „Oder würdest du es eher als teleologische Frage betrachten?“

Vor mir stand der Hagere, der Paxton und Brunel zur Tür gebracht und Bailey zurückgepfiffen hatte, als er anfing, zu viele Fragen zu stellen. Er trug eine weite, dunkle Robe mit Samtbesätzen an Kragen und Ärmeln. Eine Mähne rauchgrauen, fast silbernen Haars krönte sein Adlergesicht. Noch immer konnte ich seine

Gefühle nicht lesen – vermutlich hatte ich ihn deshalb zu spät bemerkt –, und er hielt einen kleinen, aber überaus bedrohlich wirkenden Bündelrevolver auf mich gerichtet.

„Aaron", sagte ich. „Oder sollte ich sagen Sir Aaron?"

„Miss Niobe", lächelte er, doch seine Stimme strafte das Lächeln Lügen. „Oder lieber Lady Niobe? Wie viele Titel trägt der gute Bailey gerade? Wo du doch keinen Nachnamen hast – er könnte dich ebenso gut adoptieren wie heiraten, man würde den Unterschied kaum merken. Was wäre dir lieber?"

„Was würden Sie mir raten?", fragte ich unschuldig.

„Ich", sagte Aaron, „hätte dir bereits vor langer Zeit geraten, dich in Bescheidenheit zu üben und nicht die Kreise derer zu stören, denen du deine Existenz verdankst. Mit Bailey als Ziehvater wäre allerdings zu erwarten gewesen, dass dieser Rat auf taube Ohren stößt."

„Die Venus ist ein kapriziöser Himmelskörper", feixte ich.

„Du kennst seinen Namen?"

„Sie sind Jupiter", sagte ich. „Der Logenmeister, nicht wahr? Der Meister vom Stuhl."

„Wenn du es so nennen willst."

„Freut mich, Sie kennenzulernen", lächelte ich und machte einen kleinen Schritt auf ihn zu.

„Spar dir die Mühe", sagte er und strich sich das Haar zurück, so dass ich hinter seinem Ohr eine kleine Apparatur erkennen konnte, die von einer Art Brillenbügel gehalten wurde. „Du kannst mich nicht beeinflussen."

„Sie tragen einen Kristall", stellte ich fest, versuchte aber dennoch, tiefer zu dringen, „und einen Shila."

„Überrascht dich das?", fragte er. „Staune lieber darüber, dass du einen unserer Schätze tragen darfst. Ich hielt es immer für einen Fehler, aber Bailey, der romantische Narr, hatte ein paar von uns überzeugt, dir eine Chance zu geben."

„Beschweren Sie sich nicht", sagte ich und machte einen weiteren Schritt. „Ich habe Ihnen stets gute Dienste geleistet."

„Doch scheint es nun, als ginge die Tochter eigene Wege." Beinahe klang er verbittert, doch seine eisblauen Augen zeigten kein Bedauern, und seine Blicke bohrten sich in mich wie Dolche. Ich fragte mich, ob er versuchte, sein Talent gegen mich einzusetzen und was es bewirkte. Ich konnte nur hoffen, dass wir ein Patt hatten, solange auch ich meinen Shila trug. „Ich muss sagen, es beeindruckt mich, dass du den Weg hierher gefunden hast, mein Kind."

„Hat Bailey die Spiegelkammer gebaut?"

Er hob sein Kinn. „Tu nicht so, als wüsstest du, wovon du sprichst."

„Die Inschrift über der Tür", hakte ich nach und machte einen dritten Schritt. Ein mulmiges Gefühl breitete sich in mir aus. „‚Erkenne dich selbst' – habe ich recht?"

„Freut mich, dass das Vermögen, das wir in deine Schulbildung investiert haben, nicht verschwendet war", nickte er. „Würdest du bitte stehenbleiben?"

„Sonst was?", erkundigte ich mich. „Erschießen Sie mich sonst? Wie Sir Malcolm?"

„Was redest du da?" Auch ohne seine Gefühle zu spüren, war klar, dass ich mein Ziel erreicht hatte: Er war verärgert. „Du solltest wissen, dass wir Sedgwick nicht ermordet haben."

„Sie scheinen seinen Tod aber auch nicht zu bedauern."

„Merkur war einer von uns. Er hatte einen Platz in der Kommission. Auf ihm ruhte unsere Hoffnung in diesem Spiel! Ahnst du überhaupt, was sein Tod für uns bedeutet?"

„Nicht zuletzt, dass Sie nur noch zu siebt sind."

Er fasste sich wieder. „Du bist nicht halb so schlau, wie du glaubst."

„Ich glaube", riet ich und kämpfte gegen ein neuerliches Schwächegefühl an, „Sir Malcolm gehörte genau so lange zu Ihnen, bis er Ihnen das Artefakt stahl, das Sie unbedingt brauchen, und vor diese Wahl gestellt – kommen Sie, Aaron, Sie wollen es doch wiederhaben?"

„Egal, was passiert", sagte Aaron und ließ mich mit seinem Blick nicht los, „wir sind vorbereitet. Man hat schon oft versucht, uns zu hintergehen – aber niemand kann verhindern, dass wir das große Werk vollenden." Er lächelte flüchtig. „Zwei mal zwölf Jahre, bis die Sterne wieder günstig standen. Glaube mir, ich werde nicht noch einmal so lange warten. Eher gehe ich ans Museum zurück." Er versteifte sich. „Du kannst nicht mit mir handeln! Du hast das Artefakt nicht."

„Ich weiß aber, wer es besitzt."

Da zögerte er dann doch. Was immer er versuchte, das Gefühl ließ nach. Ich stand nun so dicht vor ihm, dass ich sein Rasierwasser riechen konnte. Ich schwitzte vor Anspannung. Ich versuchte, den Shila gegen ihn zu verwenden, aber sein Kristall streute seine Kraft wie ein Prisma. Ich würde es ohne ihn schaffen müssen.

Aarons Antlitz war wie aus Stein. Der Bündelrevolver war direkt auf mein Brustbein gerichtet.

„Heraus damit", sagte er, und der Lauf des Revolvers zuckte einen Zoll nach oben.

„Wenn Sie mich erschießen, werden Sie es nie erfahren", wisperte ich.

„Glaub mir, wir haben Wege, an Antworten zu gelangen."

„Eine Nekrotypie wird Ihnen nicht helfen."

„Wo ist das Artefakt?", herrschte Aaron mich an, und es brauchte all meine Kraft, nicht zusammenzuzucken.

„Bailey hat es."

„Bailey?"

„Wer sonst? Er hat deswegen den Niederländer getroffen."

„Es war nicht zu übersehen, wie die Begegnung ausging", spottete er.

„Augenscheinlich hat er Ihnen aber nicht erzählt, was er sonst noch erfahren hat."

„Du lügst. Bailey gehört zur Loge, und solange er das tut, macht er ganz genau, was man ihm sagt."

„Das dachten Sie von Sir Malcolm auch. Sie verlieren die Kontrolle. Glauben Sie, ich täusche Sie? Warten Sie, ich lege den Shila ab.“ Ich hob die Hände.

„Halt!“, befahl er, und ich erstarrte. „Hände auf den Kopf. Dreh dich um. Ich werde ihn dir abnehmen. Was ich schon lange hätte tun sollen.“

Ich legte die Hände auf den Kopf und streckte den Oberkörper dabei etwas mehr als nötig. Jetzt galt es. Langsam drehte ich mich um die eigene Achse.

„Steh ruhig, verdammt!“ Ich spürte, wie sich die Läufe seiner Handfeuerwaffe in meinen Rücken bohrten. Dann war seine andere Hand an meinem Hals und nestelte ungeschickt am Verschluss des Schmuckes wie ein ungeduldiger Junge an den Schnüren eines Korsetts. Obwohl er mir dabei die Luft abschnürte, wartete ich geduldig und unterdrückte den Brechreiz, denn ich wollte, dass er von selbst erkannte, dass er beide Hände brauchen würde, um den Verschluss zu öffnen.

„Ganz zu Ihrer Verfügung, Aaron“, sagte ich und schmiegte mich trotz der Waffe an ihn.

Ich hörte, wie er fluchte, dann war der Revolver verschwunden, und ich spürte die zweite Hand, auf die ich gewartet hatte.

Es war eine Bewegung, die ich häufig geübt hatte: Mein Ellenbogen sauste herab und traf ihn in die Niere, während der Rest meines Körpers unter seinen Händen und damit der möglichen Schussbahn wegtauchte. Aus der Drehung heraus packte ich Aaron am Arm und warf ihn. Er stolperte unsanft gegen den Schaukasten, dann rappelte er sich auf und legte auf mich an, aber ich trat ihm den Revolver aus der Hand. Ein weiterer Tritt schleuderte ihn zu Boden. Im nächsten Augenblick war ich auf ihm, drückte ihm mein Knie in den Rücken und drehte ihm den Arm um. Er stöhnte.

„Du kannst uns nicht aufhalten“, fauchte er. „Die Zeit ist fast gekommen ...“

„Zeit zu schlafen", antwortete ich, griff mir den Buddha, der von dem Schaukasten gefallen war, und hieb ihn Aaron auf den Kopf.

Er bewegte sich nicht mehr.

Befriedigt ging ich zurück zum Fenster, schnitt mir ein großzügiges Stück Gardinenschnur ab und fesselte und knebelte den Logenmeister damit. Ich gab mir keine Mühe, schonend vorzugehen. Egal, wie alles ausging – meine Tage in seinen Diensten waren vorbei.

Zufrieden betrachtete ich mein Werk. Dann nahm ich die Lampe an mich, griff nach dem filigranen Geländer und folgte der Wendeltreppe nach unten.

Die Treppe war steil und überraschend lang. Nach einer kompletten Umdrehung hätte ich erwartet, das Erdgeschoss und die Werkstatt zu erreichen; es gab jedoch keinen Ausgang. Die Stufen bestanden aus Eisenrosten, und die Wände waren mit Messingplatten verkleidet, die das Licht der Öllampe zu einer dunkel glühenden, goldenen Wolke intensivierten. Jedes Geräusch hallte in der dünnen Röhre lange und laut. Als ich zu bedauern begann, nicht die Stufen gezählt zu haben, war es schon zu spät. Ich schätzte aber, ich hatte etwa ein halbes Dutzend kompletter Drehungen mitgemacht, als ich endlich den Fuß der Treppe erreichte.

Vor mir war eine schwere Stahltür, die wie ein Schott mit einem Rad verriegelt war. Ich öffnete sie und trat in eine enge, metallverkleidete Kammer mit einer weiteren Tür. Ich öffnete auch diese und trat aus der Kammer heraus.

Der Anblick war überwältigend. Ich stand in einem hohen Kellergewölbe tief unterhalb des Tempels. Die Luft war abgestanden und ungewöhnlich warm. Schwere Kolben und Tanks ruhten vor mir im Halbdunkel, und ich fand meine Vermutung bestätigt, dass die Luke in der Decke Teil eines gigantischen hydraulischen Liftsystems war. Von der Hebebühne aus führten Gleise in einen finsteren Tunnel.

Das ganze Gewölbe war ein einziger phantastischer Bahnhof.

Direkt vor der Bühne ruhte eine Draisine. Daneben erhoben sich mehrere Verladekräne und Instrumententafeln sowie eine steile Rampe. Von dieser führte ein zweites Paar Gleise herab, das sich im Eingang des Tunnels mit dem ersten Paar vereinigte. Im Gegensatz zu dem kurzen Teilstück, auf dem die Draisine stand, waren diese Gleise aber entlang einer dicken, lederverkleideten Röhre verlegt, die sich wie ein monströser Wurm in der Dunkelheit verlor.

Auf der Rampe prunkte, ein Denkmal auf seinem Sockel, Brunels Meisterwerk: die Atmosphärenbahn.

Staunend erklomm ich die Rampe und hielt meine Lampe hoch. In ihrem Schein blitzten Messing, Kupfer und Glas wie der Schatz in einem Drachenhort. Alles glänzte, als habe man es eben erst zusammengesetzt und frisch poliert. Das Chassis der Bahn ähnelte dem einer schweren Kutsche, doch sie besaß weder Deichsel noch Kutschbock, weder Kessel noch Schornstein. Stattdessen war ihre Front mit schweren Metallplatten und einem bedrohlich wirkenden Schienenräumer gepanzert. Acht verspiegelte Scheinwerfer mit Argandbrennern verliehen der Bahn ein vieläugiges Insektengesicht.

Die Innenkabine lag hinter dickem Glas. Im Inneren sah ich drei weinrote, samtgepolsterte Bänke mit Gurten links und rechts. Zwischen jedem Paar Gurte lag ein unförmiger, goldener Anzug mit Taucherhelm bereit, und vor den Sitzen hingen kleine Tafeln mit Anzeigen und einem Sortiment von Schaltern von der Decke herab. Ich versuchte, die Kabine zu öffnen, um einen besseren Blick auf die absonderliche Technik zu werfen, doch sie war verschlossen. Auf der Tür prangten Zirkel und Winkelmaß der Loge.

Hinter der Kabine, auf der Rückseite des Gefährts, befand sich ein schimmernder Metallblock, der aus einer Unzahl winziger Messingstreben und Zahnräder wie bei einer hochkomplexen Rechenmaschine bestand. Flankiert wurde die Apparatur von einer ganzen Phalanx von Daniell-Elementen, galvanischen Zellen von der Größe von Zylinderhüten. Den Abschluss bildete ein runder, an den Kanten mit Leder verkleidetet Schirm, der ziemlich genau die Ausmaße des Tunnels zu besitzen schien, so dass er ihn wie ein Pfropfen verschließen würde.

Staunend betrachtete ich das Wunderwerk, das auf sechs vielspeichigen Rädern ruhte. Nun wusste ich, was die Kratzer im Hof verursacht hatte. Die Bahn konnte noch nicht lange hier unten stehen, und es machte ganz den Eindruck, als warte sie auf ihre Jungfernfahrt. Blöcke hielten sie an ihrer Position, und ein starkes Drahtseil führte von ihrem Unterboden durch eine schmale Fuge in die isolierte Röhre, wo sich der Antriebskolben befand.

Ich stieg wieder von der Rampe und warf einen Blick auf die Konsolen am Rand des Bahnsteigs. Ich fand die Bedienelemente der hydraulischen Bühne, dazu Barometer und Hygrometer und andere Messgeräte, außerdem einen Zeigertelegraphen, dessen Leitungen in der Decke verschwanden, eine Alarmglocke und mehrere Uhren.

Irgendetwas störte mich an diesem Bild, auch wenn ich noch nicht genau sagen konnte, was.

Ich warf einen langen Blick in die Dunkelheit, kämpfte meine Nervosität nieder und drehte die Flamme meiner Lampe etwas höher.

Dann folgte ich den Gleisen in den Tunnel.

Zunächst senkte sich der Boden, wohl, um den Start der Bahn zu begünstigen. Ein Stück hinter der Weiche verlief er dann ebenerdig.

Ich suchte nach dem kleinen Kompass in meinem Gürtel. Ein Blick darauf zeigte mir, dass ich mich nach Norden bewegte, und ich hatte eine Ahnung, was uns dort erwartete. Wie weit bis zum Hydepark? Eine Meile? Mehr oder weniger?

Immer weiter wanderte ich entlang der taufrischen Gleise. Ich nahm an, dass sie bislang allenfalls dazu gedient hatten, mit der Draisine Bauschutt zum Lift zu transportieren. Die Wände des Tunnels waren spiegelglatt, und ich staunte, mit welcher Sorgfalt man ihn in den Kalkstein tief unter den Straßen Londons getrieben hatte. In regelmäßigen Abständen säumten kaum sichtbar kunstvolle Steinmetzzeichen meinen Weg.

Es gab keine Gabelungen, und der Tunnel war sauber und frei von Ungeziefer. Es war, wie in einer hermetisch abgeschotteten Welt zu sein, deren einziger Zugang sich unter dem Logenhaus befand. Was bezweckte die Loge mit einer geheimen Bahn, die in der Lage war, sie leise, diskret und ohne Dampfentwicklung unter den Palast zu transportieren? Dass Bailey mir nie davon berichtet hatte, war kaum geeignet, meine Sorgen zu zerstreuen. Ob er überhaupt davon wusste? War dies das Geheimnis, das Aaron und Brunel geteilt hatten?

Doch noch etwas begann mich zu beunruhigen, etwas, das mich vom ersten Moment an verstört hatte, und nun erkannte ich auch, was es war: Wenn ich das Prinzip von Brunels Atmosphärenbahn richtig verstand, wurde die Bahn von einem künstlich erzeugten Vakuum angetrieben, das sie oder genauer den Kolben in der Röhre unter ihr voranzog. Es war eine komplexe, wartungsintensive Technik, die eine minutiöse Koordination aller angeschlossenen Stationen voraussetzte. Daher auch der Telegraph.

Wo aber waren diese anderen Stationen und, noch drängender, wo war das Pumpwerk? Wo waren all die großen Maschinen, die die Luft aus der Röhre saugten, und was sollte der Schirm am Ende der Bahn?

Am Rande meines Lichtkegels verschwand der Silberstreif der Gleise im Nichts. Zuerst dachte ich, ich müsste mich täuschen; dann erkannte ich, dass der Tunnel tatsächlich abrupt an einer Wand aus massivem Fels endete.

Zuerst war ich enttäuscht. Die Arbeit war nicht fertiggestellt worden; Brunels Projekt ein phantastischer Traum geblieben.

Dann aber begriff ich, dass ich mich geirrt hatte: Der Tunnel war sauber amputiert, wie der Arm einer griechischen Statue. Die Gleise führten präzise bis an die Wand; nein, korrigierte ich mich, sie führten in die Wand.

Die Vakuumröhre schloss luftdicht mit dem sie umgebenden Gestein ab.

Man hatte die Arbeit am Tunnel nicht abgebrochen. Er war hier zu Ende.

Es gab keine andere Station – nicht auf dieser Seite.

Mich fröstelte.

Langsam hob ich den Blick. Da war eine kleine Luke über mir, die sich über eine kaum wahrnehmbare Reihe flach in die Wand geschlagener Sprossen erreichen ließ.

Irgendwo da oben war der Palast.

Frans Ovenhart unter Monstern

Sie stand über mir, direkt unter dem Transept, ein Schatten, schwärzer als die bleigraue Nacht. Auf dem Rücken trug sie ein Schwert, und ihr Haar fiel offen darüber, was wahrscheinlich nicht allzu praktisch, aber durchaus verführerisch war. Ich genoss es zuzusehen, wie sie sich bewegte, jeder Schritt unverhofft wie bei einem Tier auf der Pirsch. Das, woran sie sich weidete, während sie da stolzierte, einen Finger an der Brüstung, war das große Fenster im Zentrum des Transepts, wo Haupt- und Querschiff des Palasts sich kreuzten.

Dort, am Scheitelpunkt des gewölbten Dachs, gab es eine Unregelmäßigkeit, eine merkwürdige Irritation in der Gleichförmigkeit der eisernen Gitter. Das zentrale Glassegment war rund und ersetzte eine Fläche von neun der rechteckigen Module. Es war untergliedert in ein kompliziertes Muster von Streben, die Kreise, Sektoren und Sekanten andeuteten. Darunter schwebte, gepfählt wie eine riesenhafte Traube auf einem Käsespieß, eine bizarre Sphäre aus offenen Metallringen, aus der wiederum mehrere Streben wie ein Strauß kopfüber montierter Blitzableiter ragten, so dass das Mädchen sich mehrmals ducken musste, wenn es unter der Sphäre hindurchwollte. Ich war zuversichtlich, einem normalen Besucher des Palasts wären diese Konstruktion und der schmale Laufsteg, über den man sie erreichte, gar nicht aufgefallen. Ich hatte selbst eine Weile suchen müssen, bis ich den Weg nach oben entdeckt hatte, und der Blickfang im Zentrum des Palasts waren die Bäume und der gläserne Brunnen. Aber je länger man die Konstruktion betrachtete, desto eigenartiger schien sie.

Kleine Brücken wie die, auf der das Mädchen stand, zogen sich in luftiger Höhe durch den gesamten Palast, so dass man jede Stelle erreichen und nötigenfalls ausbessern konnte. Dem Gespräch nach zu urteilen, das ich zuvor zwischen zwei Arbeitern belauscht hatte, war man selbst überrascht gewesen, dass der Palast den heutigen Hagelschauer unbeschadet überstanden hatte. Ich für meinen Teil war überrascht gewesen, dass er überhaupt stattgefunden hatte und nicht nur Teil meiner Einbildung gewesen war. Ich hatte mich mittlerweile gut an die Wirkung des Laudanums gewöhnt, und meine Gedanken waren wieder halbwegs klar; doch immer noch misstraute ich dem fernen Pfeifen in meinem Ohr, wie nach einem Hörsturz, das hier im Palast wieder stärker zu werden begann und spürte wie schon bei meinen vorigen Ausflügen den majestätischen Ruf des Palasts; er war ein Sammelpunkt der Macht, und ihn zu durchwandern war, wie es für einen gläubigen Christenmenschen sein muss, wenn er Fuß in den Petersdom setzt, oder – ein Bild, das meinem wissenschaftlichen Geist eher entsprach – das versunkene Atlantis zu betreten.

Vorbei an Leuchtturmlinsen und dem weltgrößten Kohlestück, einem Einsatzwagen der kanadischen Feuerwehr und dem enormen Elefanten hatte ich mich zunächst in den Garten in der Mitte des Palasts geschlichen. Laternen brannten am Rande des friedfertig schimmernden Brunnens, und im Schatten der großen Ulme hatte ich gewartet, bis der Wachmann auf seiner Patrouille vorüber war. Dann hatte sich mein Blick einer Eingebung folgend nach oben gewandt. Die Sterne waren für ein paar Sekunden hervorgekommen, und da hatte ich sie zum ersten Mal richtig gesehen. An der Art, wie sie dastand, den Kopf hoch erhoben, erkannte ich, dass sie dasselbe eigenartige Fernweh verspürte wie ich.

Langsam und so lautlos wie möglich hatte ich meinen Aufstieg begonnen, eine Sprossenleiter an der gläsernen Außenwand empor, den Seesack mit den Artefakten über meiner Schulter, so dass ich mir wie ein Insekt vorkam, das mit seiner Beute eine Fensterscheibe hochkriecht. Ich erreichte das Obergeschoss, dann die Traverse, auf der ich nun saß. Kletterte ich noch höher, würde sie mich zweifelsfrei bemerken. Ich fragte mich, was sie vorhatte; sie schien es selbst nicht recht zu wissen, denn sie schritt lautlos mal hierhin, mal dorthin, vertiefte sich in das Muster der Konstruktion, prüfte die Gestelle wie ein Messer auf seine Schärfe und warf immer wieder suchende Blicke nach draußen, nach oben.

Wie hatte ihr alter Kumpan, verflucht sollte er sein, mich genannt? Einen Talentträger. So unvorteilhaft unsere Unterhaltung verlaufen war, ein wenig hatte mir die Bezeichnung auch geschmeichelt, denn zweifelsohne war ich mit Talenten wahrhaft gesegnet, und damit meine ich nicht nur die Geschenke, die die *Heeren* mir gaben, sondern auch eine geistige Komponente, eine gewisse Disposition, und mir drängte sich in diesen Momenten der Gedanke auf, dass es sich mit ihr vielleicht ähnlich verhielt. Auch sie vernahm den Ruf, auch sie war allein und nur auf sich selbst gestellt.

Vielleicht hatte ich auch nur zu lange keine Frau mehr gehabt, schließlich war mein Stelldichein mit Betty nun auch schon wieder zwei Nächte her und bereits damals von zahlreichen Kompromissen getrübt gewesen. Wie viel reizvoller schien da doch der Wunsch nach Vereinigung mit meiner schönen Feindin, während über uns die Sterne und unter uns die Wachmänner kreisten!

Welaan, ich hatte nicht die ganze Nacht Zeit, es war spät genug, und wenn ich noch länger hier über der Welt thronte wie ein Ausguck im Krähennest, würde ich noch mehr zu phantasieren beginnen. Also setzte ich hörbar den Fuß auf, erhob mich und kletterte gemächlich die letzten Meter zu ihr hoch.

Sie bemerkte mich sofort, und ich war darauf gefasst, zur Not schnell zur Seite, ja wenn gar nichts half in die rettenden Zweige der hohen Ulme zu springen, doch wie ich vermutet hatte, führte sie keine Fernkampfwaffen mit sich. Sie zog nur ihr Schwert, tänzelte ein paar Schritte zurück, und wartete, bis ich sie erreicht hatte.

Grinsend schlenderte ich auf sie zu, den Sack über der Schulter, die Finger gespreizt, so dass sie sehen konnte, dass ich keine Waffen trug.

„Guten Abend", sagte ich. Ein paar Meter vor ihr hielt ich an. Ich wusste, sie hatte mich erkannt. Ich dachte an unser erstes Zusammentreffen und nutzte die Gelegenheit, meinen Blick an ihr zu weiden. Ich entdeckte den kleinen schwarzen Stein, den sie ziemlich offensichtlich um den Hals trug. Ich fragte mich, was er mit ihr tat. Wenn man Kristalle trug, war man manchmal bis zu einem gewissen Maß geschützt vor Beeinflussungen, aber man wusste ja nie. Vielleicht konnte sie auch einfach nur schnell damit laufen, was sie ja schon unter Beweis gestellt hatte.

„Was wollen Sie?", fragte sie und kam mit ausgestreckter Klinge auf mich zu.

„Dasselbe wie Sie, nehme ich an", antwortete ich.

„Was wäre das?"

„Sie müssen mich nicht mit Ihrer Waffe bedrohen, Verehrteste. Sehen Sie, wenn ich das wollte, könnte ich das Gleiche tun."

„Sie tragen aber keine Waffe", stellte sie fest. „Zumindest keine, die ich sehe."

„Ach, kommen Sie. Haben Sie unseren kleinen Wettstreit schon vergessen? Ich trage alle meine Waffen in diesem Armreif." Ich streckte den Arm aus, das Handgelenk nach oben. Sie warf einen skeptischen Blick darauf, als versuche sie zu erraten, ob ich bluffte. *Welnu*, es war schwer, jemanden mit einer Waffe zu bedrohen, die nicht aussah wie eine solche, aber sie wusste, wozu ich in der Lage war. Dass die Pistole nur noch unzuverlässig funktionierte und bestenfalls noch zwei oder drei Ladungen besaß, musste sie ja nicht wissen.

Als ich keine Anstalten machte, sie anzugreifen, kam sie einen Schritt näher. Die Klinge ruhte einen Meter vor mir in der Luft.

„Warum sind Sie hier?", fragte sie.

Erkannte sie denn nicht, dass wir gemeinsame Ziele verfolgten?

„Ich dachte, wir finden heraus, wozu diese hier dienen", meinte ich, nahm langsam den Sack von der Schulter und holte vorsichtig die beiden Artefakte heraus. Ah, ich sah die Sonne in ihren Augen aufgehen, als sie der beiden Behältnisse gewahr wurde, die einander fast glichen wie ein Ei dem anderen, fast, aber nicht völlig, und die ich ihr darbot, doch wegzog, als sie danach zu greifen versuchte.

„Geben Sie sie mir", verlangte sie und legte die Klinge an meinen Hals. Ein höchst belebender Schauder befiel mich, als ich das kalte Metall auf meiner Haut spürte.

„Papperlapapp", entgegnete ich und trat stattdessen auf das große Rundfenster und die auf Kopfhöhe darunter hängende Kugel zu. Sie machte ebenfalls einen Schritt zurück, und das Gefühl an meinem Hals änderte sich; ich glaubte, sie hatte mich geschnitten, aber die Klinge war so scharf, dass ich es kaum spürte.

„Meine Dame", erläuterte ich, „Sie haben die Wahl. Sie können mich jetzt enthaupten – was, wie ich Ihnen kaum in Erinnerung rufen muss, die Ausschüttung mehrerer Liter Blut zur Folge hätte, die wiederum aus dieser Höhe bequem die gesamte schweizerische Ausstellung dort unten besudeln würden – stellen Sie sich nur die Entrüstung der Eidgenossen in der morgigen Abendzeitung vor! –, oder Sie lassen mich diese letzten drei Meter hinüber zum Fenster gehen, und wir erkunden gemeinsam, was für eine Funktion die Artefakte haben."

Ich stand einen Augenblick lang still und zählte leise bis fünf. Schließlich ließ der Druck auf meinem Hals nach. Ich wischte mir mit der Hand über die Stelle und sog scharf die Luft ein – *potverblommekes*, ich blutete tatsächlich –, dann ging ich an ihr vorbei.

Wenn man direkt unter dem Fenster stand, kam man sich vor wie in einer netten kleinen Sternwarte. Wieder rissen die Wolken auf, und ich pfiff leise durch die Zähne. Ich verstand, was sie hier so lange gehalten hatte.

„Sie haben Sir Malcolm ermordet", sagte sie, wie um die Stimmung mutwillig zu stören.

„Ja, und irgendein wahnsinniger Schläger hat meinen Kontaktmann auf dem Gewissen“, erwiderte ich, während ich die eisernen Ringe und Schienen der Sphäre studierte. „Wenn Sie und Ihre alten Herren es nicht waren, dann vielleicht diese wohlhabende Partei, von der Ihr Freund sprach.“

„Was?“, fragte sie, und ich lächelte.

„Ich vereinfache den Sachverhalt, genau wie Sie“, erläuterte ich. „Sedgwick und de Boer wussten beide, dass sie gefährlich lebten. Uns geht es da nicht besser. Jemand ist uns auf den Fersen, und wir sollten unsere Zeit jetzt nicht mit Schuldzuweisungen verschwenden.“

„Wie können Sie!“, begehrte sie auf. „Sie haben ...“

„Ach, kommen Sie“, winkte ich ab. „Wer wollte mich denn unbedingt bis hierher verfolgen und hat mir ihre Schläger geschickt?“ Ich wies anklagend auf meine Nase. Wahrscheinlich bot ich keinen schönen Anblick.

Sie schnaubte und wollte etwas sagen, verstummte aber, als sie zusah, wie ich das erste Artefakt öffnete. Ihre Augen wurden immer größer. Ach, ich mag diesen Gesichtsausdruck bei Frauen!

„Also?“, fragte ich, den funkensprühenden Kristall in der Hand. „Wohin damit?“

Sie zögerte nur einen Augenblick. Dann wies sie mit ihrer Hand auf die konzentrischen Ringe der Kugel. *Ziedaar*, sie hatte recht; diese Aussparungen, die ich zunächst für eine nicht genutzte Bohrung oder ein eigenwilliges Zierelement gehalten hatte, konnten in der Tat Fassungen sein. Für einen Kristall? Die Vorstellung versetzte mein Blut in Wallung.

Ich nahm den Kristall aus seinem Behälter und setzte ihn ein. Er passte anstandslos.

„Sie können den Ring drehen“, sagte sie. Ich versuchte es, und die Kreise glitten um- und ineinander und veränderten ihre Form wie die Muster eines Kaleidoskops. Einen Augenblick lang bekam ich ein flaues Gefühl im Magen, als ich dem Spiel der fremdartigen Mechanik zusah. So musste es den Wilden in den Kolonien ergehen, wenn sie das erste Mal in ihrem Leben das Wunder der Eisenbahn bestaunten.

„Wenn es sich um eine Waffe handelt, werden wir uns, wie ich fürchte, doch noch gegenseitig töten müssen“, überlegte ich. Das Pfeifen in meinen Ohren wurde wieder lauter.

Amüsanterweise fasste sie es diesmal als Scherz auf – versteh einer die Frauen – und schüttelte ihren hübschen Kopf. „Ich glaube, man kann es auf die Sterne ausrichten“, sagte sie. „Sehen Sie?“ Sie wies auf den Morgenstern, der gut sichtbar im Osten stand. Wolkenfetzen huschten schnell über ihn hinweg, so dass er fast wie ein Leuchtturm hinter der fernen Silhouette des Towers stand.

Ich drehte an den Ringen, und es gelang mir problemlos, den Kristall Richtung Venus zu drehen, so dass er nun auf einer gedachte Linie zwischen ihr und dem Zentrum der Kugel lag. Es hätte mich nicht gewundert, wenn sich dort, im Mittelpunkt, auch der Brennpunkt befand.

„Jetzt Sie“, sagte ich und hielt ihr das zweite Artefakt hin. Wieder wollte sie danach greifen, doch diesmal hielt sie sich zurück, als fürchtete sie eine Falle. Ich lächelte. Für gewöhnlich waren es die Frauen, die den Part der Versucherin innehatten. Ich hielt das Artefakt etwas höher. Sie griff danach, mit einem Ausdruck, als rechne sie jeden Augenblick damit, sich die Finger zu verbrennen.

„Nur zu“, ermunterte ich sie. Sie steckte ihr Schwert in die Scheide, dann öffnete sie die Schale, nahm den Kristall heraus und staunte über sein Feuer. Ich machte eine einladende Geste zum Fenster und trat beiseite. Sie suchte einen Augenblick, dann fand sie eine passende Aussparung in einem der anderen Ringe. Sie stellte sich etwas ungeschickt an, aber schließlich saß der Kristall.

„Worauf sollen wir ihn ausrichten?“, flüsterte sie und strich mit den Fingern die Ringe entlang.

„Kommt darauf an“, murmelte ich. Mit dem Pfeifen kamen die Schmerzen zurück. Es war ein schlechter Moment, mir eine Blöße zu geben, also holte ich das kleine Laudanumfläschchen heraus und begann, mir wie selbstverständlich ein paar Tröpfchen in den Mund zu träufeln.

„Worauf?“, fragte sie.

„Nun, worum es sich bei dem Palast handelt“, führte ich aus und steckte das Fläschchen wieder ein. „Ist er ein Markstein? Ein Theodolit? Ein Chronometer oder gar ein Zeitschloss?“ Erst als sie mich verständnislos ansah erkannte ich, was ich gerade gesagt hatte und wie recht ich doch haben musste. „Wie Sie wissen, bin ich Ingenieur, Teuerste, und erkenne ein Werkzeug, wenn ich es sehe. Diese Kugel unter diesem Fenster, ja vielleicht dieser ganze Palast wartet offensichtlich nur darauf, justiert zu werden. Nun stellt sich die Frage, wie Sie ihn justieren wollen. Wenn Sie eine Positionsbestimmung im Sinn haben, sollten Sie die Steine nach den Fixsternen ausrichten. Wenn es um einen Zeitpunkt geht, den Sie markieren wollen, sollten Sie die Planeten wählen. Natürlich stellt sich noch das Problem der Erdrotation.“

„Ist Ihnen klar, was Sie da sagen?“, fragte sie.

Ich zuckte die Achseln. „Glauben Sie, dieses absonderliche Bauwerk wurde nur errichtet, um all dieses Blendwerk auszustellen?“ Ich wies auf die unter uns liegenden Ebenen mit ihren roten Baldachinen und Wimpeln, Kunstobjekten, ausgestopften Tieren, mechanischen Spielereien und kolonialem Kitsch, die sich in der Unendlichkeit verloren. Eine erwartungsvolle Stimmung hatte sich einen Tag vor der Eröffnung der Weltausstellung über die Schätze gelegt, die auf ihre Besucher warteten wie Weihnachtsgeschenke auf die Kinder. In der Ferne, möglicherweise im Kesselhaus, möglicherweise auch nur in meiner Einbildung, regte sich ein Zischen, und ein paar der Vögel, die sich unter dem Glasdach gefangen hatten, flatterten in den Ulmen. „Sehen Sie.“

Sie trat neben mich, und wir warfen einen Blick in die Tiefe. Die Konstruktion, die ich für Blitzableiter gehalten hatte, war auf ein Muster unter uns im Boden gerichtet, das den Kristallbrunnen und die umliegenden Standplätze mit einschloss und dann zu den nächsten Eisenpfeilern lief. Es war eine bizarre Geometrie, die mich an die Arterien eines Blutkreislaufs erinnerte und mit Sicherheit weder der statischen noch der ästhetischen Aufbesserung des Palasts diente.

Ich sah, sie begriff, was ich meinte. Sie trat schwindelnd zurück.

„Der Palast ist ein Artefakt“, sagte sie. „Die Kristalle sind nur die Kraftquelle.“

Ich nickte und wies auf eine weitere Aussparung in der Konstruktion. „Wie Sie sich selbst überzeugen können, fehlt noch einer. Fühlen Sie es nicht? Hören Sie auf Ihre Gefühle.“ Ich schloss kurz die Augen und atmete durch. „Körper und Hirn sind bereit, doch das Herzstück fehlt. Das Herz des Palasts.“ Ich drehte die Ringe zurück in ihre Ausgangsposition und ging daran, die Kristalle wieder zu entnehmen.

„Was tun Sie da?“

„Ich packe. Begreifen Sie nicht? Wir können hier nichts bewirken. Noch nicht.“

„Aber wir müssen ...“

„Was?“, fragte ich und hielt inne. „Was müssen wir?“

Sie zögerte und suchte nach Worten. Ich lächelte. „Sie haben keine Ahnung, stimmt's? Ist das nicht eigenartig?“

„Sagen Sie es mir doch, wenn Sie so schlau sind“, funkelte sie. „Was, glauben Sie, wird geschehen, wenn man alles ... richtig macht?“

„Richtig und falsch“, feixte ich. „Ein spannendes Konzept. Zu meiner Schande muss ich gestehen, ich kann Ihnen keine klare Antwort darauf geben. Ich kam nach London in der Hoffnung, die Antworten vor Ort zu finden; denn irgendjemand muss sie ja haben.“

„Die Konstrukteure des Palasts“, überlegte sie.

Ich neigte den Kopf. „Meinen Sie? Denkbar. Doch wer sind seine Konstrukteure? Diejenigen, die den Palast errichtet oder diejenigen, die ihn ersonnen haben? Die Glasschneider, Schmiede und Arbeiter oder die Zeichner, Architekten und Bauherren?“ Ich gab ihr Zeit, darüber nachzudenken. „Ich weiß nur: Der Palast ist ein mächtiges Artefakt. Vielleicht ist er Instrument, vielleicht Werkzeug, vielleicht beides. Er könnte ein Astrolabium sein, ein Telegraph oder ein Faradayscher Käfig. Ich bin zuversichtlich, wir werden es herausfinden, wenn es so weit ist, und es werden sich uns faszinierende Möglichkeiten erschließen. Einstweilen aber ..."

Ich setzte den letzten Kristall zurück in seinen Behälter und warf ihn in meinen Sack. Das Schwirren in meinem Gehörgang wurde unerträglich, und ich verspürte den dringenden Wunsch, mich diesem Problem zu widmen. Ich nahm an, die *Heeren* wussten, dass ich Ihnen entschlüpft war, und lenkten immer mehr Energie in den Versuch, mich zu finden. Ich hoffte inniglich, das sei nicht möglich, aber etwas sagte mir, ich sei hier, mitten im Palast, unter ihrem forschenden Blick so exponiert wie auf einem Objektträger.

„Bleiben Sie stehen", sagte sie und zog ihr Schwert. „Sie glauben doch nicht, Sie könnten jetzt einfach wieder fortspazieren?"

„Was erwarten Sie denn?", antwortete ich.

„Geben Sie mir die Kristalle", sagte sie und streckte die freie Hand aus.

Ich warf den Kopf zurück und lachte. „Das ist gut", sagte ich und schüttelte den Kopf, um klarer denken zu können. „Das ist sehr gut." Ich gluckste. „Wirklich. Finden Sie Ihre eigenen!"

Sie wollte mir wieder auf die Pelle rücken, doch nun war es genug. Ich hob den Arm mit dem Reif und richtete ihn auf sie. „Sie wissen, wozu dieses Ding in der Lage ist."

Zaudernd blieb sie stehen.

„Ich glaube nicht, dass Sie mich erschießen", sagte sie selbstbewusst. „Das hätten Sie längst gekonnt."

Das Pfeifen und Dröhnen in meinem Ohr schwoll weiter an, und mir wurde schlecht.

„Sie haben recht, meine Liebe, doch der Schluss, den Sie ziehen, ist falsch. Ich warne Sie zum letzten Mal. Wenn Sie den dritten Kristall vor mir finden, können wir unser Gespräch gerne fortsetzen, denn ich finde Ihre Gegenwart sehr amüsant. Bis dahin aber ..."

Sie machte einen Ausfall, und ich fluchte und schoss. Tatsächlich löste sich ein Graphitstift aus dem Lauf, doch sie rollte sich mit beeindruckender Behändigkeit weg, und der Schuss wurde zum pfeifenden Querschläger. Ich hatte keine Lust auf eine Konfrontation im Nahkampf, also tat ich, was mir als Erstes in den Sinn kam, und sprang über das Geländer des Laufstegs.

Im Sprung drehte ich mich. Da ich nur eine Hand frei hatte, wurde es kein sehr gewandtes Manöver, aber immerhin schaffte ich es, den Laufsteg zu packen. Ich wollte schon meinen Seesack mit den Artefakten auf die darunterliegende Galerie werfen, dann aber fiel mir das Pyroglycerin wieder ein, das sich immer noch darin befand, und ich hielt ihn im letzten Moment fest. Meine Schulter stöhnte unter meinem schwingenden Gewicht, doch bevor meine Gespielin auf die Idee kommen konnte, auf meinen Fingern herumzutrampeln, schwang ich mich in die Galerie, tunlichst darauf bedacht, den Seesack mit meinem Körper abzufedern. Hart kam ich auf, und mein Fuß drehte sich in einer Art und Weise, die ihm nicht zusagte. Geräuschvoll taumelte ich in eine Auslage mit Schweizer Feldausrüstung.

„Was zum Teufel ist da oben los?“, hörte ich eine tiefe, befehlsgewohnte Stimme. *Prachtig*, die Palastwache! Einen schönen Belmonte gab ich da ab. Was nun? Wie sollte ich aus diesem Serail entkommen?

Ich hörte schnelle Schritte über mir und frohlockte. Nur zu, lenke die Aufmerksamkeit von mir ab!

„Stehenbleiben!“ Als wäre irgendein Straffälliger auf der Welt dieser Anordnung je nachgekommen.

Ich schnappte mir noch ein Messer aus dem Haufen, in dem ich lag, und rannte los, um das Transept herum nach Westen. Ich hörte, wie hinter mir Beine sehr viel eleganter, als mir das gelungen war, auf der Galerie aufsetzten. Im Gehen warf ich ihr daher einen Schrank mit Kuhglocken in den Weg, die mit einem infernalischen Läuten zu Boden polterten. Ich hörte, wie sie über die Glocken stolperte, und von der nächstgelegenen Treppe hinter uns tönte nach wie vor das Geschrei der Wache, die auf die Galerie gelaufen kam. *Welaan*, es war noch nicht vorbei.

Warum nur musste diese Frau mich immerzu verfolgen? Doch diesmal hatte ich zwei Verfolger abzuschütteln. Es sei denn, es gelang mir, sie einander vorzustellen und eine Weile zu beschäftigen.

Voraus, jenseits einer dunklen Galerie aus Buntglasgemälden, lag ein Bereich des Palasts, den ich noch nicht kannte. Einige Modelle hingen von der Decke, und dahinter konnte ich die Schatten großer Skulpturen erahnen. Ich brauchte einen Augenblick, meinen nächsten Schritt zu planen. Unvermittelt hielt ich an, wirbelte herum und legte auf sie an.

Das Entsetzen über ihre eigene Unvorsichtigkeit stand ihr deutlich ins Gesicht geschrieben.

Mehrfach hatte ich versucht, sie auf diese Weise zu töten, und immer war es danebengegangen. Diesmal aber wollte ich sie gar nicht treffen, ein wenig Abschreckung wäre mir schon genug gewesen, doch das war nicht so leicht mit einer fast unsichtbaren, fast lautlosen Waffe. Unter den starren Blicken der Buntglasgemälde hielten wir beide die Luft an. Dann sah ich eine Auslage mit Essgeschirr, schoss, Teller zerplatzten in einer Wolke von Splittern, und meine Verfolgerin sprang in Deckung.

Ich rannte. Das unförmige Ding, das vor mir von der Decke hing, entpuppte sich als eine Art propellergetriebener Lenkballon. Direkt neben mir hing das Seil eines Flaschenzuges. Ich hatte keine Ahnung, wo sich die nächsten Treppen befanden, also entschloss ich mich, aufs Deck des Schiffes überzusetzen. Ich packte beide Seile des Flaschenzuges und schwang mich auf das Luftschiff, während ich hinter mir das Aufeinandertreffen von Klingen vernahm. Hervorragend, ich hatte ihnen einen Zeitvertreib verschafft! Ich konnte mir ein Grinsen nicht verkneifen.

Dann ließ ich los, landete abermals hart (den Seesack schützend an die Brust gedrückt), keuchte und rannte über das Deck zum Bug des Schiffes. Dort gestattete ich mir einen kurzen Blick zurück.

Meine treue Verfolgerin und der Wachmann lieferten einander ein bühnenreifes Duell auf der Galerie. Sie kämpfte mit ihrem exotischen Schwert und hüpfte auf groteske Weise, wie mir schien, herum, wobei sie jedoch kontinuierlich an Boden verlor, und er drosch mit einem ordentlichen Stockdegen auf sie ein. Unter normalen Umständen war ein Stockdegen sicher nicht die geeignetste Waffe, um gegen ein Schwert anzutreten; unter normalen Umständen, dachte ich, würde eine Frau aber auch nicht die Klingen mit einem Mann kreuzen, schon gar keine Inderin mit einem Engländer. Zweifellos hatte er eine beeindruckende Kraft und vielleicht auch die effizientere Technik, aber sie bot ihm verflixt wenig Angriffsfläche und parierte seine Attacken mit ihrer breiteren Klinge. Nein, ich hatte keine Lust, es mit egal wem der beiden aufzunehmen.

Ich legte auf ihn an, einfach, weil er mir in diesem Moment unsympathischer war, und schoss. Der Graphitstift traf seine Klinge und riss sie ihm aus der Hand. Klappernd fiel der Degen von der Galerie. Ein guter Schuss, wenn er denn Absicht gewesen wäre. Ich wollte noch einmal schießen, doch ein Ruck fuhr durch meinen Arm, und ich wusste, ich hatte meinen letzten Schuss abgefeuert. Gut für ihn!

Doch schlecht für mich, denn statt sich weiter um den nun wehrlosen Wachmann zu kümmern, wie ich mir das erhofft hatte, schwang sich meine schöne Feindin nun gleichsam an Deck meines stolzen Schiffs, wobei sie noch im Landen die Seile hinter sich kappte. Sie blutete an der Schläfe, aber es stand ihr.

Wohin? Ich blickte vom Bug herab und sah zu meinem großen Erstaunen eine schreckliche Bestie, einen Pterodaktylus mit ausgebreiteten Schwingen, der auf das Luftschiffes zuhielt, als wolle er es angreifen.

Im selben Moment war mir, als brenne ein Widerstand in meinem Kopf durch, ein scheußlicher Schmerz schoss durch meine Augen und meine Stirn, und ich erkannte entsetzt, was sich da gerade ankündigte, obwohl ich es doch für unmöglich gehalten hatte. *Teleelektrischer Transfer in zehn, neun ...*

„Nein, nein!“, schrie ich zornig wie ein kleines Kind und sprang in meiner Panik vom Bug des Schiffs auf den Rücken der Bestie, wodurch sie sich von einem ihrer Seile löste und wild hin- und herzuschwingen begann. *Vier, drei* ... ich schloss die Augen, klammerte mich an das verbliebene Seil, und weil mir nichts anderes blieb, biss ich hinein.

Der Schmerz fräste sich durch mein Hirn.

Ich befand mich in einem Lagerhaus, so viel konnte ich erkennen, auch wenn das Bild nicht so klar war, wie es hätte sein sollen. Auf dem Boden lag Stroh, Lampen warfen lange Schatten, und in diesen stand der Halbkreis der siebzehn Särge. Draußen hörte ich Pferdegewieher und das Knallen von Peitschen.

„Sie sind schon fast hier!“ dachte ich. „Sie sind auf der Insel!“

Vor den Särgen, auf einem Sockel, lag eine kleine Puppe, die wie ein Fetisch aus der Südsee aussah und in der ich voller Schrecken mich selbst wiedererkannte. Eine lange, kristallene Nadel durchbohrte ihren Schädel.

„Der Ingenieur hat seine Herren enttäuscht“, sagte eine Stimme.

„Statt ins Licht zu treten, klammert er sich an die Welt des Lehms“, sagte eine andere.

„Er wird erkennen, wessen er entsagte, wenn wir erst das Licht von ihm nehmen.“

„Nein, nein!“, schrie ich abermals, und irgendwo, an einem anderen Ort, schlug ich mir mit voller Wucht auf meine gebrochene Nase.

Der Schmerz holte mich zurück. Keuchend kam ich wieder zu mir, auf dem in der freien Luft pendelnden Pterodaktylus. Irgendwo hörte ich das Poltern schwerer Schritte, und über mir, am Bug des Schiffes, stand die Inderin mit einem blutigen Schwert in der Hand. Meine Sicht war getrübt, einen Moment sah ich doppelt und dreifach, und sie hätte ebenso gut Kali sein können, wie sie da stand.

Ich fluchte, griff nach meinem Messer, kappte das ächzende Seil und plumpste mitsamt der Flugechse zu Boden.

Der Aufprall war wiederum schmerzhaft, und abermals war meine größte Sorge nicht, mir die Rippen zu brechen, sondern dass das Pyroglycerin in meinem Seesack explodieren würde. Blut floss in meine Augen, die Schmerzen in meinem Kopf waren beträchtlich, und ich sah Sterne. Das Licht! Ich musste schleunigst einen Weg finden, meinen Verstand vor den schwarzen Künsten der *Heeren* zu schützen, denn offensichtlich hatten sie einen Weg gefunden, die Nervenbahnen in meinem Kopf anzusprechen, oder aber der Palast um mich wirkte als eine Art Verstärker. Das Pfeifen fing wieder an und steigerte sich schneller als zuvor. Würde dieser Alptraum denn nie enden?

Teleelektrischer Transfer in zehn, neun ...

Ich dachte daran, wie geborgen ich mich während meiner Reise durch den Themsetunnel gefühlt hatte. Zwar konnte ich mich gegenwärtig schwerlich unter die Erde zurückziehen, aber vielleicht konnte ich meinen Geist unter einer anderen Schutzschicht verbergen. Hastig holte ich die Laudanumflasche hervor und trank einen tiefen Schluck.

Der Effekt war erstaunlich. Die Schmerzen waren auf einen Schlag verschwunden, die Stimme in meinen Kopf verstummt; alle meine Glieder wurden schlaff, und die Pracht des Palasts bot sich mir in nie geahnter Schönheit dar.

Ich stand in einem Wäldchen exotischer Pflanzen, die die Luft mit ihren wilden Düften erfüllten. Zwischen den Pflanzen waren zauberhafte Lichtchen versteckt, und direkt vor mir befand sich eine Umzäunung aus starkem Tropenholz, hinter der eigenartige Gerüche und Laute lagen. Da war eine Tür im Zaun, und ich dachte, ich könnte mich ja dahinter verstecken.

Ich öffnete die Tür, doch im selben Moment überrannte mich ein monströses Geschöpf, das mit einem weiten Satz seiner unförmigen Beine über mich hinwegsprang. Bestürzt rollte ich mich zur Seite. Da entdeckte ich den Wachmann, der stolpernd die unterste Ebene erreicht hatte, sich nun die Ärmel hochkrempelte und für den Kampf gegen das unheimliche Wesen wappnete, das ich mittlerweile mit ziemlicher Sicherheit für ein leibhaftiges Känguru hielt. Doch das war noch nicht alles – der ganze Wald um uns, registrierte ich überrascht, war voller Monstren! Ich fragte mich, was der Kerl mit meiner schönen Inderin angestellt hatte.

Stöhnend setzte ich mich auf. Das mit dem Versteck würde so nichts werden. Ich musste drastischere Schritte ergreifen.

Meine harte Ausbildung in Sumatra kam mir zugute, als ich auf dem Bauch durch das Gras der urweltlichen Kulisse robbte, immer in der Deckung der grotesken Kreaturen, die diesen Abschnitt des Palasts erobert hatten. Die erste war ein froschköpfiges Schwein mit Zähnen, so groß wie mein Unterarm. Darüber erhob sich eine nashörnige Donnerechse mit einem so verständnislosen Gesichtsausdruck, als habe sie gerade von ihrem eigenen Aussterben erfahren. Schließlich erreichte ich die Klauen eines furchterregenden, lindgrünen Drachen, gedrungen, kraftstrotzend und größer als eine Lokomotive, der einen ansehnlichen Wald junger Baumfarne beherrschte.

Hinter mir hörte ich Faustschläge und Ächzen. Interessiert hob ich den Kopf, konnte aber nichts erkennen.

„Kommen Sie raus!“, ertönte die Stimme des Wachmanns. Offensichtlich hatte er das Känguru erledigt und suchte nun nach mir.

Hastig duckte ich mich wieder und durchwühlte meinen Seesack. So vorsichtig wie möglich holte ich das Pyroglycerin aus seiner schützenden Hülle. Mein Herz raste. Wie ich befürchtet hatte, hatte es sich mittlerweile verflüssigt.

„Keinen Schritt näher!“, rief ich, ohne den Blick auch nur eine Sekunde von dem Fläschchen zu wenden, und stellte es vor mich. „Ich bin bewaffnet!“ Dann nahm ich kurz entschlossen die Schießbaumwolle und stopfte sie dem Drachen zwischen die Klauen. Es brauchte schon die Finger eines Croupiers und den Mut eines Falschspielers, um aus dieser Lage wieder zu entkommen.

„Ich auch“, meinte der Wachmann und schlug sich bekräftigend mit der Faust in die Hand. Es klang, als sei er in der Nähe des Tiergeheges.

Ich nahm die Rolle Kupferdraht aus dem Sack und wickelte sie hurtig ab. Dann teilte ich den Draht mit dem Messer in zwei Hälften und steckte beide mit leichtem Abstand in die Schießbaumwolle.

„Ja, aber wissen Sie, ich kann Sie erschießen", warf ich ein, nahm das Fläschchen Pyroglycerin, drehte sachte den Korken heraus und bettete es in sein warmes Nest, das es alsbald zu tränken begann. Wenn mich meine chemischen Kenntnisse nicht täuschten, sollte das eine sehr interessante Mischung ergeben.

„Warum tun Sie's dann nicht?", kam es zurück, diesmal aus einer anderen Richtung.

„Oh, das werde ich", versicherte ich ihm, nahm meinen Seesack und zog mich langsam zur anderen Seite des Echsenparks zurück, wobei ich tunlichst darauf achtete, dass meine beiden Kupferdrähte sich nicht verhedderten.

„Ich warte", rief der Wachmann. Erneut hatte er seine Position verändert.

„Ich bin gleich so weit", beteuerte ich und ging hinter einer massiv wirkenden Kutsche in Deckung.

„Nun lassen Sie schon die Spielchen", sagte der Wachmann, und da sah ich ihn zwischen den Beinen des Drachen.

Ich stopfte je ein Ende des Drahts in einen der Stutzen an meinem Armband und jagte einen Stromstoß hindurch, so fest ich konnte.

Der grinsende Drache verschwand in einem mächtigen Feuerball. Mehrere Scheiben des Palastes gingen durch die Detonation zu Bruch, und die Hitze und der Gestank hüllten mich selbst in meiner Deckung im Handumdrehen ein. Ich hörte das Knistern von Feuer, konnte aber in dem dichten Qualm weder von dem Dinosaurier noch dem Wachmann eine Spur entdecken. Hatte ich ihn erledigt?

Stattdessen entdeckte ich das Mädchen, das durch den Rauch gestolpert kam. Die Inderin bewegte sich mühsam, ihr Schwert hing ihr schlaff in der Hand. Sie blutete aus mehreren Wunden. Dann sah sie mich und erstarrte. Ich aber winkte ab und bedeutete ihr, näher zu kommen. Ich hatte ohnehin keine Kraft mehr weiterzurennen.

„Was haben Sie getan?", fragte sie bestürzt.

„Ich habe ihn in die Luft gesprengt", erwiderte ich ernst. Dann musste ich auf einmal lachen. Höchstwahrscheinlich war das noch die Aufregung. „Wer war der Kerl?"

„Der Batsman", sagte sie.

„Der wer?", fragte ich verblüfft.

„Cricket", entgegnete sie. „Sie werden nicht davon gehört haben."

„Machen Sie Witze?", rief ich. Plötzlich ergab alles Sinn. Ich dachte an den zahnlosen Tattergreis vor de Boers Laden. An den windigen Briten, der mir seinen Namen nicht hatte verraten wollen, aber behauptet hatte, eine Cricketmannschaft habe Sedgwicks Artefakt kaufen wollen. Oder so.

„Er hat meinen Kontaktmann ermordet", sagte ich. „Zumindest erzählt man sich das."

„Wenn mich nicht alles täuscht", sagte sie, „stecken er und seine Leute hinter allem, und er trägt einen Shila." Sie musterte mich. „Genau wie Sie."

Der Rauch verzog sich. Ich sah, dass der große Drache entzweigebrochen und auf die Seite gefallen war, und unter seinem schuppigen Leib kämpfte sich hustend unser Widersacher empor. „Sedgwick", dachte ich, „und de Boer", und dann dachte ich: „Wenn zwei sich streiten ..."

„Ich habe keine Ahnung, wovon Sie reden", sagte ich. „Aber er verfügt über bemerkenswerte Kräfte – und höchstwahrscheinlich ist das noch nicht alles."

„Was meinen Sie?"

„Ich möchte wetten, dass er oder seine Leute über den letzten Kristall verfügen. Warum sonst hätten sie versuchen sollen, an die anderen beiden zu kommen?"

Sie sah mich einen Augenblick lang prüfend an. „Kommen Sie", sagte sie dann und steckte ihr Schwert weg. „Ich weiß, wo wir ihn wirklich treffen können und wie wir an den Kristall kommen."

Ich sah sie überrascht an. „Ist das ein Friedensangebot, *mejuffrouw*?"

Sie zögerte. „Für den Augenblick", sagte sie.

Ich lächelte. „Wie heißen Sie überhaupt?", fragte ich, dann rappelte ich mich auf und folgte ihr zum Westausgang des Palasts.

Tagebücher der Arakan-Expedition
von
Major Samuel Blakewell

1827

31. Oktober

Haben früh unser Lager aufgeschlagen. Ich wäre am liebsten noch weiter gegangen, denn ich spüre, wie uns jeder Schritt näher an unser Ziel bringt. Die ganze Landschaft um uns atmet Geheimnis, fremdartige Schmetterlinge suchen sich in der Abendsonne ihren Weg über bunte Felder, und Cray, der sich wieder in botanischen Studien ergeht, behauptet, viele Pflanzen dieses Hochlands seien seltene Arten, die normalerweise im Himalaya heimisch seien und inmitten dieser tropischen Wälder wie auf einem Eiland im Ozean gediehen. Es fällt nicht schwer, das zu glauben. Immer höher ragen die majestätischen Gipfel über uns empor – ich schätze, das Zentrum des Massivs ist nur noch etwa zwanzig Meilen entfernt, und irgendwo in seinem Schatten muss Vanderbilts *Paleis des Schonen Schijn* liegen.

Wir wanderten den Tag entlang des oberen Flusslaufs und genossen die Kühle dieses letzten Wegabschnitts. Shiels hält sich tapfer, auch wenn er weiter Opium gegen die Schmerzen nimmt. Ich mache mir Sorgen um ihn; nicht seiner Verletzung wegen, sondern dessentwegen, was unweigerlich geschehen muss – früher oder später. Ich vertraue Shiels, und mittlerweile bereue ich es, nicht ihn zu meinem Stellvertreter gemacht zu haben, sondern Hall, der sich immer auffälliger und reizbarer verhält, je näher wir unserem Ziel kommen.

Ich bedeutete heute Shiels daher, in meiner Nähe zu bleiben, und ließ mich mit ihm zurückfallen. Ich versuchte, ihn aufzumuntern, und eine Weile gingen wir nebeneinander her und sprachen von unseren Familien am anderen Ende der Welt, bis wir es ließen, weil es uns vorkam, wie von einem fast vergessenen Traum zu sprechen, und das schmerzte uns. Dann versuchte ich, ihm begreiflich zu machen, dass er vorsichtiger sein müsse.

Er fragte mich, was ich meine, und ich sagte ihm, dass sein gestriger Sturz auch ohne weiteres sehr viel schlimmer hätte ausgehen können, worauf er mit einer scherzhaften Bemerkung entgegnete. Da erzählte ich ihm von Leutnant Druyts. Er sagte, das sei wohl ein tragischer Unfall gewesen, aber ich unterbrach ihn und erinnerte ihn an Osterhoudt. Er schüttelte konsterniert den Kopf und sagte, er verstehe nicht, worauf ich hinauswolle. Ich sagte ihm, das alles sei mehr als ein Zufall und im Falle Druyts' auch keineswegs ein Unfall gewesen. Ich erzählte ihm, was ich gestern Nacht herausgefunden hatte: dass Vanderbilt überzeugt gewesen war, Willems habe etwas mit Druyts' Absturz zu tun gehabt. Shiels dachte eine Weile darüber nach, und als er wieder sprach, war seine Stimme endlich ernst. Er wolle das richtig verstehen, sagte er: Ich glaube also, ihm wäre beinahe dasselbe widerfahren wie Druyts. Ich verneinte und sagte, ich glaube, dass es ihm immer noch widerfahren werde, und er solle sich in Acht nehmen. Er fragte, vor wem, und ich antwortete, vor Hall und O'Lannigan. Ich fragte ihn, ob ihm klar sei, wen wir in den Gräbern gefunden hatten. Er fragte, ob man Druyts' Leiche denn je gefunden habe, was ich verneinte. Darauf antwortete er, dann blieben wohl nur noch Willems und Lakerveld.

Ich machte ihm klar, wie unberechenbar die beiden geworden seien, seit sie den Schatz im Dschungel geborgen hatten. Eine alte Geschichte: Die Räuber streiten um die Beute. Er grinste und sagte, wir seien ja nun keine Räuber, aber er wüsste dennoch gerne, wer die beiden erschossen habe. Ich sagte, das liege wohl auf der Hand: sie sich gegenseitig. Er überlegte eine Weile und sagte dann, das leuchte ihm ein. Ich ermahnte ihn abermals, sich vor Hall und dem Sergeanten in Acht zu nehmen, und er dankte mir für die Warnung und versicherte mir, er werde die Augen offenhalten. Dann fragte ich ihn, ob ihm aufgefallen sei, dass Hall bei der Leiche etwas an sich genommen habe. Er verneinte und schlug vor, ihn darauf anzusprechen. Ich erwiderte, ich ziehe das in Erwägung; dann setzte ich mich wieder an die Spitze des Zugs.

Nichts schmerzt einen kommandierenden Offizier mehr, als zu sehen, wie einem die eigenen Männer entgleiten und zu misstrauen beginnen. Ich merkte, dass Shiels sich dagegen sträubte, die gleichen Schlüsse aus unserer Situation zu ziehen wie ich – vielleicht wäre es anders, hätte er die kompletten Aufzeichnungen gelesen; vielleicht wäre alles anders, verfügten meine Männer über das gleiche Wissen wie ich; doch mag ich das Risiko nicht eingehen, dieses Wissen mit ihnen zu teilen. Für den Moment habe ich alles getan, was in meiner Macht steht, und vielleicht wird Shiels zur rechten Zeit auf der Hut sein. Nur in einem habe ich ihn belogen:

Ich glaube nicht, dass Leutnant Willems und Fähnrich Lakerveld sich gegenseitig töteten. Die Tagebücher nennen zwar nicht alle Einzelheiten, aber ich kenne Major Vanderbilt mittlerweile gut genug, um zwischen den Zeilen lesen zu können. Ich glaube, in Wahrheit geschah folgendes:

Die Niederländer hatten ihr Lager oberhalb der Fälle aufgeschlagen und sich bei Sonnenaufgang auf die Suche nach der besten Stelle für den Abstieg gemacht, was angesichts des Regens und der nicht unbeträchtlichen Menge der von ihnen geborgenen Schätze, die sie den Hang hinab zu transportieren gedachten, keine leichte Aufgabe gewesen sein konnte. Willems, Druyts und Lakerveld gingen an der Kante entlang, als Druyts ausrutschte und mit lautem Schrei in die Tiefe stürzte. Als Major Vanderbilt hinzukam, war das Unglück schon geschehen – aber etwas an Willems' Schilderung des Vorfalls kam ihm verdächtig vor.

Druyts' Leiche war nicht mehr zu bergen gewesen. Die vier Überlebenden machten sich an den Abstieg, wozu sie fast den gesamten Tag brauchten. Am Fuß der Fälle, als die letzte Ausrüstung sicher den Boden erreicht hatte, brach ein Streit aus.

Vanderbilt konfrontierte Willems mit seinem Verdacht, er habe Druyts gestoßen oder seinen Sturz billigend in Kauf genommen. Willems tat diesen Verdacht in seiner üblichen respektlosen Weise ab, denn er wusste, Lakerveld hielt ihm die Treue, und den milchgesichtigen Fleerackers wird er nicht als ernst zu nehmenden Gegner angesehen haben. Er stellte sich gegen seinen vorgesetzten Offizier, vielleicht griff er gar zur Waffe – und Vanderbilt erschoss seine eigenen Männer und begrub sie mit Fleerackers Hilfe unter der Kiefer, die damals noch ein junger Baum war.

Es erfüllt mich nicht mit Stolz, diesen Verdacht niederzuschreiben; dennoch glaube ich, die außergewöhnliche Situation, in der sich die Männer befanden, rechtfertigte Vanderbilts Entscheidung. Willems war zum Risiko für die gesamte Expedition geworden, und Fähnrich Lakerveld hatte seinem Major den Gehorsam verweigert.

Ich bete, dass ich nicht vor der gleichen Entscheidung stehen werde.

1. November

Wie soll ich die Wunder und Schrecken beschreiben, die dieser Ort für uns bereithält, und die Sorgen und Nöte, die mich quälen, nun, da wir das Ziel – das Ziel! – unserer Reise endlich erreicht haben? Wohlan, ich will mein Bestes geben:

Wir entdeckten diesen Nachmittag den Einlass in ein kleines Tal, das von den höchsten Gipfeln des Gebirges gesäumt wird. Der Eindruck war der einer abgeschiedenen, verborgenen Welt, die nur von einigen Vögeln und einer bestimmten Sorte Steinböcke bewohnt wird. Immer enger rückten die Berge um uns zusammen und nahmen uns das Licht, die Bäume wuchsen hoch und kahl, und über allem lag die Verschwiegenheit des Alters, die Stille eines lange nicht geöffneten Hauses. Manchmal, wenn ein Stein sich von den Hängen löste oder ein Vogel in den Wipfeln rief, war es, als suche der Laut der ehrwürdigen Andacht zu entkommen, und das Echo lief an den Hängen entlang wie ein Verräter, der im Zickzack dem Musketenfeuer zu entgehen hofft, bis es verebbte; starb; zur Warnung, dass niemandem ein Entkommen gestattet sei. Dann führte der Pfad eine

Weile bergab, und schließlich, am Ende des Tals, in einem tiefen, dunklen Kessel, fanden wir die Stadt.

Ihre Ausdehnung ist zwar nicht so eindrucksvoll wie die der alten Hauptstadt, in der wir zu Beginn unserer Reise campierten. Doch wie um ihres unzweifelhaften Alters zu spotten, ist sie beinahe unberührt; hier und da ist ein Haus überwuchert, ein Dach eingestürzt, oder die Wurzeln eines Baums haben ein Loch in eine Wand gerissen. Dennoch könnte man auf den ersten Blick meinen, die Stadt sei erst vor wenigen Monaten verlassen worden.

Ein erdrückender Eindruck der Fremdartigkeit liegt über allen Gebäuden. Dem Buddhismus verdanken die Völker des fernen Orients das wenige, was sie an Kultur besitzen; doch an diesem entrückten Ort hat man seine Lehren nie vernommen. Die lehmverputzten Häuser wirken barbarisch, wie aus einem vorigen Jahrtausend. Dazwischen liegen primitive Gärten, aber keine Ställe, so dass es sich bei den Bewohnern der Stadt um wilde Jäger gehandelt haben muss. Die Tempel sind grobschlächtige Anhäufungen kolossaler Quader, die sich nach oben hin in der Art von Stufenpyramiden verjüngen, aber keinen uns geläufigen ästhetischen Maßstäben gehorchen. Ihr Grundriss ist eher oval als quadratisch, ihre Wände und Dächer eher gewölbt als von klaren Kanten bestimmt, und manchmal sind sie mit den Flanken ihrer Nachbargebäuden verwachsen, als habe man einfach immer mehr Steine aufgetürmt und zu spät bemerkt, dass der Platz dafür fehlt. Die gezackte Silhouette dieser Kuppeln erinnert mich an die sagenhaften Tempel des alten Kambodschas, auch wenn sie nicht halb so kunstfertig gestaltet sind, wie es bei diesen der Legende nach der Fall sein soll und mich ihr Anblick eher mit Schaudern als mit Ehrfurcht erfüllt. Dunkle Flecken auf den Steinen künden davon, wie die Menschen sie zum Dienst an ihren dunklen Göttern im Blut der Opfertiere tränkten, und Flechten und Pilze wuchern an den Wänden wie Tang und Muscheln an einem Schiffsrumpf.

Wir teilten uns auf, die Waffen im Anschlag, um diesen unheimlichen Ort zu erkunden. Doch wenn wir uns vor etwas zu fürchten hatten, dann nicht vor lebenden Menschen, wie wir bald erkannten!

Wir passierten eine Reihe gedrungener Bauten und gelangten auf den zentralen Platz der Siedlung, jenseits dessen der größte der geheimnisvollen Tempel am Hang eines Berges lag. Zunächst weigerten sich meine Augen, dem Anblick Glauben zu schenken.

Der Platz war voll menschlicher Skelette.

Einige waren unvollständig, wo ein wildes Tier sich ins Tal verirrt und sich mit seiner Beute aus dem Staub gemacht hatte. Andere waren völlig von den dunklen Flechten überwachsen. Wieder andere hatten die Elemente im Lauf der Jahre mit sich gerissen und zu grotesken Formationen angehäuft. Doch es war unverkennbar, dass ihre Anordnung einst einem bestimmten Plan gehorcht hatte, und viele lagen immer noch so da: alle, gleich welcher Größe und welchen Alters, in säuberlichen Reihen, die Köpfe einer Reihe gegen die der nächsten. Was war hier geschehen?

Ein Weilchen staksten wir durch das Knochenfeld, und machten eine sonderbare Entdeckung: Überall zwischen den Toten fanden sich kleine Kristallsplitter. Viele waren in die Innenräume der Schädel gerutscht, als hätten die Menschen sie auf ihren Augen oder Lippen getragen, als sie starben. Ich fragte Cray, ob er die Kristalle für den Bestandteil eines Bestattungsritus halte, und er murmelte, das sei vielleicht nur Teil einer möglichen Erklärung, und warf mir einen prüfenden Blick zu, dem ich ohne Erwiderung standhielt.

Jenseits des Totenfelds führte ein dunkler Gang ins Innere des größten Tempels. O'Lannigan bekreuzigte sich und verlieh einer Reihe abergläubischer Vorbehalte Ausdruck, an Allerheiligen einen Ort wie diesen zu betreten, ehe er sich wieder seiner Pflicht besann.

Wir entzündeten unsere Laternen und staunten über die Pracht der mit Blattgold und Juwelen überzogenen Wände, die in krassem Gegensatz zur primitiven Armut der Stadt standen. An vielen Stellen hatten Vanderbilt und seine Leute Steine und Skulpturen aus Sockeln und Nischen gebrochen, aber die Schätze waren offenkundig mehr gewesen, als sie hatten tragen können. Schon sehe ich ein schlimmes Funkeln in den Augen meiner Männer, selbst wenn man bei näherem Hinsehen bemerkt, dass die Goldschicht nur hauchfein, und die meisten der Rubine und Smaragde nicht sehr rein sind.

Bald erreichten wir die ausgedehnte Halle, in der wir bis auf weiteres Quartier bezogen haben. Die Wände dieser Halle sind über und über mit primitiven Schriftzeichen bedeckt. Cray behauptet, sie entstammen einer anderen Epoche, ja einer gänzlich anderen Kultur als die Inschriften in der alten Hauptstadt, doch es gebe gewisse Übereinstimmungen, so als haben sich beide Kulturen in grauer Vorzeit gegenseitig befruchtet. Unwillkürlich drängte sich uns der Gedanke auf: Waren dies die Dämonen, die von den frühen Siedlern Arakans ins Gebirge vertrieben worden waren?

Ich gestattete Cray, sich den Schriften zu widmen, vor allem, damit ich selbst etwas Zeit gewann, denn ich musste unbedingt herausfinden, was Vanderbilt an diesem Ort widerfuhr. Das Studium seines Tagebuchs kommt mir vor, als läse ich gegen die Zeit selbst an. Alles passiert schneller, als Vanderbilt es berichten und ich es wiedergeben kann. Hall und der Sergeant sind ungeduldig, wollen die inneren Bereiche des Tempels nach Schätzen erkunden. Ich habe ein ungutes Gefühl bei der Sache und wage es nicht, sie alleine ziehen zu lassen, daher werde ich mich ihnen anschließen und später meinen Eintrag fortsetzen. Shiels, der Ruhe dringend nötig hat, wird hierbleiben und ein Auge auf Cray halten.

Nachtrag

Der Schlaf will sich nicht einstellen und soll es auch nicht, denn ich fürchte, was mich ereilen könnte, schlösse ich meine Augen – also schreibe ich dagegen an, gegen die Nacht und unseren drohenden Untergang, und bringe meinen Bericht zum Ende:

Unbeschreibliche Gräuel haben sich an diesem Ort abgespielt – Gräuel, die ebenso von den Eingeborenen begangen wurden wie von den Niederländern und dem Mann, dessen Lügen und Halbwahrheiten uns bis zum Zentrum seines Wahns geführt haben.

Wenn man seinen Worten glauben mag, erreichten Vanderbilt und seine Männer 1779 diesen Ort zum Höhepunkt eines grausigen

Schauspiels. Die Priesterschaft hatte von langer Hand auf jenen Tag hingewirkt, in der Absicht, die Aufmerksamkeit welch finsterer Götter sie auch verehrten auf sich zu ziehen. Der Versuch hatte aber nicht die gewünschten Resultate gezeitigt, so dass man sich dazu entschloss, der Anrufung durch ein Blutwerk unvorstellbaren Ausmaßes Nachdruck zu verleihen. Vanderbilt berichtet, die gesamte Bevölkerung des Orts, Männer wie Frauen, Alte wie Kinder, habe sich auf dem zentralen Platz eingefunden – dort, wo wir sie heute noch liegen sahen – und in keiner Weise auf die Ankunft der Europäer reagiert, ebenso wenig, wie Schlafwandler ihr Publikum zur Kenntnis nehmen. Daraufhin schritten die Priester gewissenhaft die Reihen ab und schnitten einem nach dem anderen die Kehle durch. Die Opfer setzten sich nicht zur Wehr, glaubten sie doch, ihr Tod diene dem Dienst an ihren gierigen Göttern. Die Niederländer aber waren so entsetzt, dass sie nach nur kurzem Zögern das Feuer auf die Priesterschaft eröffneten, die sich bald in die Sicherheit ihres Tempels flüchtete.

Doch wie viel schauderhafter muss es für Vanderbilt und seine Leute gewesen sein, zu sehen, dass ihre Bemühungen ohne Erfolg blieben! Denn es erhob sich großes Wehklagen angesichts der getöteten Priester, und einige der Männer rappelten sich auf – nicht, um die Niederländer anzugreifen, sondern um den Platz der Priester einzunehmen. Sie ergriffen die fallengelassenen Dolche und begannen, das Gemetzel an ihren eigenen Familien fortzusetzen. In ihrem Schrecken blieb den Niederländern nichts übrig, als auch diese Mörder zu richten, und erneut erhoben sich neue Fanatiker aus den Reihen, um an die Stelle der Gefallenen zu treten, und so ging es weiter und immer weiter, bis niemand mehr übrigblieb.

Dann verfolgten sie die geflohenen Priester ins Innere des Tempels.

Ich kann ihnen keinen Vorwurf machen. Ich habe das Innere des Tempels gesehen.

Das Allerheiligste ist ein tief in den Berg getriebener Keller hinter einem starken, zweiflügligen Bronzetor, das zu schwer für einen einzelnen Mann oder selbst mehrere Männer ist und nur durch ein großes Rad in der Wand bewegt werden kann. Decke, Wände und Böden der Halle, ja selbst die gedrungenen Säulen in ihrer Mitte sind komplett mit Bronze ausgekleidet, und der schwere Kupfergeschmack in der Luft nahm uns fast den Atem, als wir sie betraten. Das Metall hat lange seinen Glanz verloren und einen fahlen Türkiston angenommen. Seltsame Gravuren überziehen den Boden wie Flussläufe eine Landkarte, und in regelmäßigen Abständen recken sich groteske Streben, Rippen gleich, die Wände empor und vereinigen sich im Zenit des weiten Gewölbes, so dass wir meinten, ein riesenhafter Walfisch habe uns verschlungen, und wir studierten im Schein des brennenden Öls die pockennarbige Innenseite seines Magens.

Wir umrundeten die Säulen und gelangten in den hinteren Teil der Halle, den wir von einer schweren, klebrigen Rußschicht überzogen fanden. Ich fragte mich, was dieses Feuer ausgelöst haben mochte. Meine Neugier wurde bald gestillt: Am Kopf der Halle, unter einer hohen Kuppel, stapelte sich ein Berg verkohlter Knochen, ein menschlicher Scheiterhaufen.

Wir hatten die Priester gefunden.

Unmöglich zu sagen, wie viele es gewesen waren, offenkundig aber genug, dass ihre brennenden Leiber diesen Teil des Heiligtums in einen Schmelzofen verwandelt hatten. Die Kuppel über ihnen war unter der Hitze geplatzt. Teile der Kuppel schienen ursprünglich mit einer glasartigen Substanz gefüllt gewesen zu sein, aber es war kaum etwas davon geblieben bis auf einige dicke, erstarrte Tropfen, die an den verkrümmten Trägern wie Tautropfen in einem Spinnennetz klebten. Jenseits des geschmolzenen Dachs konnte man den Vollmond über der Stadt erahnen. Hatte man einen Schacht in den Bergrücken getrieben oder lag dieser Teil des Tempels im Mittelpunkt einer natürlichen Senke, eines alten Kraters vielleicht?

Ich fühlte mich plötzlich sehr verloren.

Da fingen einige funkelnde Gegenstände am Boden meinen Blick ein, in denen sich das Mondlicht spiegelte, und ich erkannte, dass sich unter dem Berg aus Asche weitere Kristalle befanden. Sie glichen denen, die wir auf dem Platz vor dem Tempel gesehen hatten, waren aber größer und prächtiger. Einige von ihnen waren in eigenartige Fassungen oder Behältnisse eingesetzt, und obgleich diese größtenteils verbrannt oder geschmolzen waren, schien das Feuer den Kristallen selbst keinen Schaden zugefügt zu haben.

Ich versuchte, Freude über den Fund zu empfinden. Wir hatten Vanderbilts Schatz entdeckt! Zweifellos waren dies die Schätze, denen der Ort seinen Namen verdankt; die fremdartigen Steine, deren ungewöhnliche Eigenschaften lange Jahre die besten Köpfe der Niederlande beschäftigt hatten.

Doch es wollte und will sich kein Gefühl des Jubels bei mir einstellen. Vanderbilts *Paleis des Schonen Schijn* ist eine Grabkammer. Eine furchtbare Falle.

Meine Füße stießen gegen einen bis zur Unkenntlichkeit verbrannten Brustkorb. Ich versuchte, meinen Fuß zu befreien, und das kohlschwarze Gerippe zerfiel zu Staub. Mein Blick blieb an einem Schmuckstück haften, das der Tote um den Hals getragen hatte: ein kleiner, schwarzer Stein an einer Eisenkette.

Ich hob ihn auf und legte mir die Kette einem unbestimmten Impuls folgend um den Hals.

Wie soll ich das Gefühl beschreiben, das mich überwältigte? Es war, als zeigten alle Dinge ihr wahres Gesicht, wie wenn sich im Theater der Vorhang hebt und dahinter das Bildnis einer ganzen Welt entsteht. Ich las in dieser Welt wie in einem Buch. Ich sah die Leichen und fühlte den Schmerz, den sie in ihren letzten Momenten empfunden hatten, nicht über ihren Tod, sondern über ihr Versagen. Ich verstand, was es mit den Kristallen auf sich hatte und erkannte, dass sie wie Flammen waren, Teile eines einzigen, großen Leuchtfeuers, das den Göttern den Weg hätte weisen sollen. Dieser Raum mit seiner Kuppel war ausersehen gewesen, den Göttern als Gefäß zu dienen, auf dass sie es erfüllten und zum Überlaufen brächten, bis der Dammbruch nicht mehr aufzuhalten wäre und sie sich in die ganze Welt ergossen! Freude erfüllte mich bei dem Gedanken, obgleich er mir doch zuwider war, so wie man in einem Fiebertraum gegen seine eigene Überzeugung handelte, und über einer schauderhaften Tat nicht mehr als das stumpfe Interesse eines Irrsinnigen empfindet.

Ich begann, die Kristalle zu sammeln – alle, derer ich habhaft werden konnte, da sie doch die Flamme der Götter in sich trugen und mir in diesen Minuten das Wertvollste auf der Welt erschienen.

Dann erkannte ich den Wahn, der mich befallen hatte, und hielt ein. Ich betrachtete meine Männer und durchschaute auch sie: Halls Habgier, die mit jedem Tag größer wurde, und O'Lannigans blinde Verehrung, die er dem Leutnant entgegenbrachte. Beide beachteten mich nicht, sondern stapften ihrerseits durch die Asche und pickten auf, was ihnen wertvoll erschien.

Ich dachte daran, wie Hall Willems' Grab geöffnet und etwas an sich genommen hatte. Konnte es sein, dass er mich seit jenem Tag betrog, ja mir immer einen Schritt voraus gewesen war?

Misstrauen packte mich, ich sah ihn an, sah in ihn und begriff, dass es sich genau so verhielt: Auch er besaß einen jener schwarzen Steine, wie ich nun einen um den Hals trug – Willems' Stein – die ganze Zeit schon! Was hatte Cray gesagt? Es konnte ein Stein sein, aber auch eine Tugend oder eine Kraft – ich wollte das Wort an Hall richten, doch da sah er mich an, und in seinen Augen brannte ein dunkles Feuer, wie ich es nie zuvor gesehen hatte, und ich verstand, weshalb die Bewohner der Stadt den Priestern keinen Widerstand entgegengesetzt hatten, als sie von ihnen zur Schlachtbank getrieben worden waren: Diesem Feuer war nicht zu widerstehen.

Ich glaube, nur der Stein um meinen eigenen Hals rettete mich in diesem Augenblick. Ich spürte Halls Macht und er meine. Ich fragte mich, ob es für Vanderbilt so gewesen war, als er Willems erschoss.

Langsam hob ich die Muskete und legte auf ihn an.

Da sprach Hall. Er sprach nur ein Wort – ein Wort wie ein Donnerschlag –, doch es war mir plötzlich unmöglich, die Waffe weiter auf ihn zu richten. Dann gab er O'Lannigan einen Wink, und mit ausdruckslosem Gesicht griff der Sergeant nach seiner Muskete.

Ich wusste, er würde mich ohne zu zögern ermorden.

So riss ich den Lauf meiner Waffe herum und schoss. Ich traf den Sergeant an der Schulter, in der Nähe des Halses, und er ging in die Knie, während der Donner des Schusses durch das Gewölbe rollte. Dann fing er sich wieder – und ich sah, dass auch er einen der schwarzen Steine um den Hals trug ...

Ich wich ein paar Schritte zurück. Dann drehte ich mich um und rannte um mein Leben, und einen Atemzug lang war ich sicher, dass O'Lannigan oder Hall mir in den Rücken schießen würden und ich als letztes Geräusch auf dieser Welt den Knall ihrer Musketen im Bronzebauch des Tempels hören würde. Doch das einzige Geräusch, das erklang, war das dämonische Lachen Halls, der meine Feigheit verspottete.

Ich floh durch das zweiflüglige Tor, als mir ein rettender Gedanke kam. Ich blieb stehen, packte das Rad in der Wand und drehte es mit aller Kraft. Die Männer bemerkten, was ich vorhatte, und eine Kugel pfiff an mir vorbei und verletzte mich an der Wange – im nächsten Augenblick aber hatte sich das Tor geschlossen, und ich blockierte das Rad mit einem Stein, so dass Hall und O'Lannigan im Allerheiligsten gefangen waren.

Eine Zeitlang hörte ich ihr dumpfes Hämmern auf der anderen Seite. Dann hörte es auf, und ich nahm an, dass sie die Nutzlosigkeit ihrer Wut erkannt hatten. Sie wussten aber ebenso wie ich, dass es nur eine Frage der Zeit war, bis sie einen Weg finden würden, zu mir zu kommen.

Ich kehrte zurück zur Halle der Schriftzeichen. Shiels stand unter dem Einfluss des Opiums und lag mit langsamem Atem auf seinem Lager. Cray studierte ein Stück entfernt im Schein seiner Laterne die Wände. Ich setzte ihn in knappen Worten darüber in Kenntnis, was geschehen war, aber er hörte mir kaum zu. Stattdessen schwärmte er von dem Kalender, den er entdeckt hatte, und den Legenden, von denen die Wände der Halle berichten, von gefallenen Sternen und einer heiligen Saat, die in die Herzen der Menschen gestreut werden sollte, um zur rechten Zeit die Ankunft der Götter vorzubereiten, die eine Ära segensspendender Herrschaft über alle Länder einleiten würde. Ich ließ ihn eine Weile reden, und dank der unheimlichen Macht, die mir nun zur Verfügung stand, sah ich in seinen Geist und erkannte die Wahrheit in seinen Worten oder das, was er dafür hielt – fast war es, als könne ich Cray und alles, was ihn ausmachte, in mich aufnehmen, wenn ich mich nur tief genug in den Aufbau seines Geistes versenkte.

War dies die Gabe der Hellsicht, von der Vanderbilt in den letzten Tagen seines Lebens gesprochen hatte? Trug ich womöglich einen ebensolchen Stein wie er?

Schließlich unterbrach ich Cray und fragte, ob er sich wirklich wünsche, dass diese heidnischen Götter zu uns herabstiegen, und er sah mich einen Moment lang verdutzt an. Dann sagte er, natürlich nicht.

Ich fragte ihn, was ihn dann so besessen mache, und er antwortete, seine Absicht sei es, ihr Geheimnis zu lüften, um ihre Macht für uns nutzbar zu machen. Wenn dieser Palast dazu diente, dass sie zu uns gelangten, so Cray, dann könnten wir ihn ebenso benutzen, um zu ihnen zu gelangen.

Ich hielt es für unnötig, ihm zu sagen, was ich davon hielt, und fragte ihn stattdessen nach dem Zustand des Leutnants. Cray erwiderte, der Leutnant habe die ganze Zeit auf seinem Lager geruht und geschlafen. Die Wunde an seinem Fuß aber habe sich entzündet und bräuchte dringend Behandlung.

Ich sagte ihm, er solle sich bereithalten, und ging zu Shiels. Misstrauisch blickte Cray mir nach.

Ich kniete mich neben den Leutnant und untersuchte seine Verletzung. Cray hatte nicht übertrieben; der Fuß sah schlechter aus als zuvor. Ich versuchte, Shiels zu wecken, aber es dauerte mehrere Minuten, in denen er mehrfach vom Träumen ins Wachen und wieder zurück glitt, bis er mich erkannte und lächelte.

Was seien wir doch für armselige Kreaturen, sagte er. Ein verletzter Fuß sei genug, uns außer Gefecht zu setzen.

Ich erklärte ihm, der Zeitpunkt, vor dem ich ihn gewarnt hatte, sei gekommen und es werde bald einen Kampf geben, zu dem wir jeden Mann bräuchten. Ich müsste, sagte ich, nur noch eines herausfinden.

Das Tagebuch, riet er. Immer noch?

Ich nickte. Dann nahm ich seine Hand. Ich sagte ihm, er müsse, wenn mir etwas zustieße, meine Aufzeichnungen an sich nehmen. Auf keinen Fall dürfe er zulassen, dass die Geschichte sich wiederholte und Vanderbilts Geheimnis in die Hände von Leuten wie Aaron Cray geriet. Sein Tagebuch solle er vernichten.

Er drückte meine Hand und versprach es mir. Dabei sah er mir erst in die Augen, dann wanderte sein Blick langsam zu dem Amulett, das ich um den Hals trug. Eilig verbarg ich es unter meinem Hemd.

Keine Sorge, sagte Shiels; er könne ein Geheimnis für sich bewahren. Dann rollte er sich ein kleines Stück zur Seite und enthüllte den Blick auf ein doldenförmiges Behältnis, das er unter seiner Decke versteckt hielt. Es war eines der Behältnisse, wie wir sie auch in der schrecklichen Halle gefunden hatten, aber größer und unversehrt von Flammen.

Ich fragte, wo er dieses Artefakt gefunden habe, und er sagte, er wisse es nicht mehr. Das Opium habe ihn zu sehr betäubt, und er könne nicht mehr sagen, was Wirklichkeit sei und was Traum. Er glaube aber, an diesem Ort geschähen böse Dinge und auch Cray habe etwas gefunden, das er vor uns versteckt hielt. Ich nickte wieder, und wie wir da saßen und ich mich fragte, ob er mir wirklich alles erzählt hatte, befiel mich mit einem Mal der Gedanke, dass nicht wir es gewesen waren, die den Palast gefunden hatten; er hatte uns gefunden.

Ich sagte dem Leutnant, er solle sich nicht sorgen. Er habe die Fälle überlebt und werde auch das hier überleben. Er drückte meine Hand und erwiderte, er sorge sich nicht. Dann sagte er, in Wahrheit sei er an den Fällen ja gestorben – ich habe ihn nur zurückgebracht.

Nachtrag

Eine weitere Stunde ist vergangen; wir wappnen uns für den Augenblick, da Hall und O'Lannigan zu uns kommen. Manchmal hallen dumpfe Schläge durch den Tempel, und ab und zu glaube ich, die Stimme des Sergeanten zu hören – doch die Schläge sind nicht die einer menschlichen Faust, sondern donnern wie die eines Rammbocks, und die Stimme, die wir hören, hat die brutale Gewalt eines Riesen, der gegen seine Fesseln ankämpft.

Wir warten, und wir sind bereit: Wir haben drei Musketen und einen großen Vorrat an Schwarzpulver, mit dem wir den Gang zur Bronzekammer präpariert haben, und während wir warten, bleibt mir nur noch eins zu tun – den letzten Stein ins Mosaik einzusetzen, die letzten Seiten aus Vanderbilts Bericht.

Falls dies der letzte Eintrag meines Tagebuchs bleiben soll, so bitte ich Euch, wer immer Ihr sein mögt, es zurück nach England zu bringen und Nora und den Kindern meinen letzten Gruß zu entbieten. Möget Ihr ein guter Christenmensch sein und Weisheit walten lassen, wem Ihr das Wissen auf diesen Seiten enthüllt, und für meine Seele beten, *auf dass Gott der Allmächtige in seiner Weisheit und Güte sich unser erbarme und uns einen Weg aus diesem Höllenloch weisen möge, in das wir selbst uns in unserem Hochmut gestoßen, wo Tod und Wahnsinn nur regieren, und sich eine ungeahnte Bedrohung für die ganze zivilisierte Welt verbirgt; eine Bedrohung, welche, so wir nicht zurückkehren, um vor ihr zu warnen, in einen tiefen Schlaf fallen und fürderhin warten mag, wie ein Tier, das den Winter überdauert, bis ihre Zeit wieder gekommen, die Sterne ihr abermals günstig stehen.*

Dass den armen Menschen auf dem großen Platze nicht mehr zu helfen war, daran bestand keinerlei Zweifel, also hefteten wir uns auf die Fersen jener Teufel, die dieses Blutbad zu Ehren ihrer schändlichen Götzen angerichtet. Wir gelangten alsbald in einen von einem schweren Tor bewachten Bezirk ihrer Höhle, das Zentrum ihres Kults, wo sie an ihrem heiligsten Hexenwerke geschmiedet: einer gläsernen Kuppel, die gleich einem Riesenauge in den nächtlichen Himmel hinausstiert, mit bronzenen Sehnen, kupfernen Nerven und einer strahlenden Linse, wie in einem keplerschen Modell umkränzt von Satelliten aus Kristall, drei an der Zahl, die sie auf gleichmäßigen Bahnen umkreisten. Ein unheimliches Leuchten ging von den Kristallen aus. Nie und nimmer habe ich gehört, dass Wilde, gleich wo auf dieser Welt, etwas Vergleichbares errichtet; und in dem Augenblick, in dem wir es erkannten, sahen wir, dass es zerstört werden müsste, um die Ordnung der Dinge wiederherzustellen.

Unter jenem gläsernen Auge sammelten sich die Priester. Sie führten keine Waffen mit sich, und wie um ihr Gottvertrauen zu beweisen, ließen sie die Tücher von ihren Schultern und Gesichtern gleiten und boten uns die nackte Brust dar, auf der sie nur noch ihre schlichten Amulette trugen. Ihr Anblick erfüllte mich mit Ekel, denn offenkundig bedauerten sie in keiner Sekunde das blutige Handwerk, das sie noch vor wenigen Minuten unter den Gläubigen auf dem großen Platze vollzogen, und sahen doch keine Notwendigkeit, mit uns zu kämpfen – alle Vernunft, das war klar, wäre an diesen Kreaturen verschwendet!

Leutnant Willems war der Erste, der seine Waffe hob und den vordersten von ihnen niederstreckte. Dann lud er mit ruhiger Hand nach, legte auf den zweiten Priester an und erschoss auch ihn. Dann ereignete sich ein grauenhaftes Schauspiel: Der erste Getroffene rappelte sich wieder auf und füllte die Reihen; stand, als ob ihn nie eine Kugel getroffen, obgleich auf seiner Brust doch deutlich sichtbar eine Wunde klaffte. Dann griff Fähnrich Lakerveld nach seiner Waffe und schoss; und dann schossen auch wir anderen, selbst der junge Fleerackers, dem das Entsetzen deutlich ins Gesicht geschrieben stand.

Minutenlang schossen wir auf die Menge ein, luden nach, schossen wieder, und das Blitzen unserer Mündungsfeuer und der unheimlichen Kristalle erfüllte den donnernden Bauch des Berges. Immer wieder erhoben sich Getroffene und stellten sich schützend vor die Verbliebenen, die unter dem kristallenen Auge mit ihrer teuflischen Anrufung fortfuhren und als sie erkannten, dass man sie nicht mehr erhören würde, versuchten, ihren strahlenden Schatz vor uns in Sicherheit zu bringen. Andere breiteten die Arme aus und geboten uns mit strenger Stimme und blitzendem Blick Einhalt, und wie sie es taten, war es uns ganz und gar unmöglich, weiter auf sie anzulegen, so dass unsere Kugeln nur immer wieder die gleichen Leiber trafen, die wir doch schon dreimal und viermal zur Strecke gebracht. Nur mit quälender Langsamkeit und Ausdauer gelang es uns, die Monstren in Menschengestalt in die Knie zu zwingen.

Dann spritzte Leutnant Willems Öl über den blutigen Haufen und schleuderte seine Fackel hinein, und die geschundenen Leiber der Priester gingen in Flammen auf und verschmolzen wie zu einem einzigen, feurigen Höllenwesen, das endlich sein letztes Zucken tat und verendete. Ein unbeschreiblicher Gestank füllte die Halle, und die brennenden Fette entwickelten eine solche Hitze, dass wir uns zurückziehen mussten und die Tore hinter uns verschlossen, und erst nach Stunden, in denen wir einer fiebrigen Erschöpfung erlagen und vergebens versuchten, den grauenvollen Anblick aus unserem Gedächtnis zu tilgen, kehrten wir in das Gewölbe zurück.

Die fremden metallischen Böden strahlten immer noch Wärme aus, und die Wände waren rußgeschwärzt und hatten Blasen geworfen. Das Auge war vernichtet, die gläserne Kuppel gesprungen, und ich erkannte, dass sie wie ein Kamin gewirkt haben musste, der das Feuer noch weiter angefacht, bis es schließlich erstickt war.

Grabesstille lastete nun auf dem Tempel und der Stadt vor seinen Pforten, ja auf dem ganzen Tal. Im Licht des Vollmonds bargen wir schweigend, was uns für spätere Untersuchungen lohnenswert erschien, darunter große Mengen der strahlenden Kristalle, die wir in den verkohlten Überresten und in verschiedenen Winkeln des Allerheiligsten fanden. Das Feuer hatte sie nicht in Mitleidenschaft gezogen, was alsbald Fleerackers Interesse weckte, und nach gründlicher Prüfung erklärte er, es handle sich keinesfalls um Diamanten und solche Juwelen seien ihm noch nie untergekommen, wodurch allein ihnen schon ein beträchtlicher Wert zukommen müsse, auch ungeachtet der unverständlichen Apparaturen der Priesterschaft, deren Teil sie gewesen und die nun zum größten Teile vernichtet waren.

Eine weitere, noch erstaunlichere Entdeckung erregte unsere Aufmerksamkeit. Diese hing mit eben jenen eisernen Amuletten zusammen, welche die Priester getragen und die alle einen kleinen schwarzen Stein in ihrer Mitte aufwiesen. Ich weiß nicht, wie es kam, aber Willems hatte mit einem Mal eins dieser Amulette um den Hals gelegt. Dann riss er es sich mit einem lauten Aufschrei wieder vom Körper, nur um es kurz darauf wiederum umzulegen und uns mit eigenartiger Miene zu mustern. Neugierig taten wir anderen es ihm gleich.

Oh, keine Worte vermögen der wundersamen Wandlung Ausdruck zu verleihen, die sich nun mit uns vollzog! Oh Herr, vergib uns armen Seelen unseren Frevel! Der Effekt war derart überwältigend, dass wir für Stunden alles stehen und liegen ließen und uns ganz dem Studium der verhexten Amulette widmeten, ehe wir uns überhaupt bewusst machten, auf was für ein Teufelswerk wir uns da eingelassen – doch da war es auch schon zu spät für uns.

Offenbar waren es eben jene Amulette, die den Priestern ihre übermenschliche Stärke und ihren unmenschlichen Mut verliehen. Sie nehmen Schmerzen und Angst; sie lassen einen meinen, Bäume ausreißen zu können, ja unbezwinglich zu sein. Einige verraten einem, was im Herzen seines Nächsten vor sich geht, und wieder andere verleihen die Gewissheit grenzenloser Macht und Befehlsgewalt. Ehe ich mich's versah, hatten wir mehrere dieser Amulette angehäuft und taten nichts weiter, als sie mit einer Gier, wie sie doch allenfalls törichte Frauenzimmer für schöne Kleidung empfinden, eines nach dem anderen umzulegen, und wie ich die verbrannten Ruinen der Halle und das geborstene Auge studierte, da begann ich mit einem Mal, den Sinn hinter alledem zu erahnen ...

Doch alles hat seinen Preis – und der der Verführten ist von jeher die Pein der Verdammnis. Tief in der Nacht lagen wir gleich Opiumrauchern auf unseren Lagern in der Halle der Schriftzeichen, die Augen weit aufgerissen, überwältigt von den Wundern und der Pracht, die uns die Amulette versprachen, und als Leutnant Willems sich irgendwann aufsetzte, uns Narren hieß und mit lauter Stimme verkündete, es sei ein schrecklicher Irrtum gewesen, die Priester zu töten und den Tempel zu schänden und geradezu zwingend, ihr Werk zu vollenden und wenn nötig einen neuen Tempel zu bauen; da erschien uns das alles absolut einleuchtend, und wir bejubelten seinen Vorschlag wie das Volk Israel das Goldene Kalb.

Erst als der neue Tag anbrach und Schmerzen und Übelkeit und Scham uns in allen Gliedern steckten, kamen wir nach und nach wieder zu Sinnen. Doch die Welt, in die wir zurückkehrten, schien uns unbeschreiblich freudlos, und im grauen Licht des Morgens saßen wir still in der großen Halle und bereiteten uns ein spärliches Mahl. Da-

nach wies ich Leutnant Druyts an, alle Amulette einzusammeln, auf dass ich sie in Verwahrung nehmen könne. Er tat, wie ihm geheißen, und mit grimmigen Gesichtern händigten ihm die Männer ihre teuren Schätze aus. Ich wusste da schon, dass es dabei nicht bleiben würde; wir hatten den Wahnsinn bis zur Neige gekostet, und die Gier nach immer neuem Wahnsinn war jedem von uns deutlich anzusehen.

Es dauerte nicht lange, da trat Willems vor mich. Ich fragte, was er wolle, und einen kurzen Augenblick lang schien er es selbst nicht zu wissen, wie er mit bebenden Lippen und aufgerissenen Augen an mir vorbei ins Leere starrte. Dann kam er wieder zu sich und sagte, es sei nicht rechtens, dass ich alle jener wunderbaren Amulette für mich allein fordere. Ich sagte ihm, dem sei keineswegs so und ich sei im Gegenteil zu der Überzeugung gelangt, dass die Amulette zu gefährlich wären, um von uns oder irgendjemandem getragen zu werden; ob er denn schon vergessen habe, wie sie uns gestern die Sinne verwirrt und uns glauben gemacht hatten, dass wir lebende Götter seien. Doch er ließ sich nicht abschütteln und beharrte auf seinem vermeintlichen Recht, diese zauberischen schwarzen Steine zu tragen. Dann trat Lakerveld neben ihn und dann zu meinem Entsetzen auch Fleerackers, schließlich sogar Druyts.

Fleerackers gestand, wir seien gestern in unserem Eifer sicherlich zu weit gegangen und schlug darum vor, dass bis auf weiteres jeder Mann nur ein Amulett zur selben Zeit tragen solle, worüber nach kurzem Streit Einigkeit unter den Männern bestand. Er habe die Schriften des Tempels studiert, sagte er, und sei zu der Überzeugung gelangt, es handle sich bei den Amuletten um heilige Steine, wie man sie einst auch im alten Indien verehrte. Ihre Benutzung und ihre Gaben, so Fleerackers, seien jenen klaren Geistes und reiner Tugendhaftigkeit vorbehalten – und wer sonst, wenn nicht wir Männer des Westens, brächte das Recht mit sich, die vergessenen Geheimnisse des Ostens zu lüften und zu unserem Vorteil zu gebrauchen? Wäre es nicht gegen unseren Auftrag, ein Verbrechen an der Wissenschaft und der notleidenden Republik, diese uns dargebotenen Schätze auszuschlagen?

Fleerackers, der abgefeimte Meuterer! Wie hatte ich ihn unterschätzt!

Schließlich gab ich mich geschlagen, denn alle standen gegen mich, und was hätte ich tun sollen? Ich konnte schwerlich meine eigenen Männer niederschießen, um dann alleine den Weg aus dieser gottlosen Hölle nach Hause zu suchen. So nahm sich denn wieder jeder der Männer eines der Amulette; dann machten wir uns daran, Behälter für den Abtransport der Schätze zu zimmern. In aller Eile trugen wir zusammen, was wir an Götzenbildern, Gold und Artefakten aller Art im Tempel fanden, und natürlich nahmen wir auch große Mengen Kristalle mit uns. Es galt, diesem Ort so schnell als möglich den Rücken zu kehren, bevor er uns verschlänge oder wir uns gegenseitig verschlängen.

So fasste ich denn meinen Plan.

Ein letztes Mal kehrte ich in die Halle aus Metall zurück, denn ich glaubte mich trotz meines gestrigen Zustands der Verblendung an etwas zu entsinnen; etwas, was mit den Resten des zerstörten, in die Nacht starrenden Auges zu tun hatte. Eine Weile studierte ich die verbogenen Streben und Ringe, ohne recht zu wissen, was ich suchte, dann fand ich es in der Asche, unter dem verbrannten Leichnam eines Priesters, der es noch im Tod mit seiner schwarzen Klauenhand zum Schutze vor den Flammen an die Brust zu drücken schien: ein steinernes, doldenförmiges Gefäß, worin sich, wie ich mich überzeugte, einer der kreisenden Kristalle befand, die ich tags zuvor unter der Kuppel gesehen, größer und prächtiger als alle anderen und machtvoller ohne Frage; ein Meisterstein. Ich nahm das Behältnis an mich, denn ich fühlte, dass dieser Stein in den Händen des falschen Mannes Verheerung über uns alle bringen könnte, und verwahrte es. Das Amulett auf meiner Brust wärmte mich wie ein tröstender Funke.

Wohl weiß ich um die Gefahren, das Schicksal, das uns allen droht! Daher wählte ich, als wir unsere Beute verteilten, für mich das Amulett, das bereits gestern meinen Geist mit dem der Menschen in meiner Umgebung verschmolz – schließlich muss ich von nun an auf der Hut sein. So kenne ich bald jedes Geheimnis, jede schmutzige Absicht, die Leutnant Willems' Geist durchstreift; jeden Anflug von

Verrat, der Fähnrich Lakerveld befällt; ich kenne die unverständige Gier, die Fleerackers antreibt, und die fahrlässige Überheblichkeit Leutnant Druyts'. Ich kenne meine Männer, und ich bin meine Männer; es ist, als könne ich sie ganz und gar durchdringen, wenn ich mich nur genug in sie vertiefe; und je länger ich das Amulett trage, desto mehr werde ich eins mit ihm.

Der Leutnant ruft! Zeit zu gehen.

Draußen beginnt es zu regnen.

Dieses Tagebuch wird meine Worte und Taten für die Nachwelt bewahren; der schwarze Stein um meinen Hals aber wird mir und meinem Willen noch Wohnung sein, wenn diese Seiten und mein Fleisch lange zu Staub zerfallen sind.

gez.
Maj. Johan Vanderbilt,
1. Mai 1779

DER KRISTALLPALAST

Mittwoch, 30. April 1851

But, as I slept, me mette I was
Within a temple made of glass;
In which there were more images
Of gold, standing in sundry stages,
And more riche tabernacles,
And with pierrie more pinnacles,
And more curious portraitures,
And quainte manner of figures
Of golde work, than I saw ever.

– Geoffrey Chaucer,
The House of Fame

Sokrates Royle
Ein Stein für Ada

Ich fragte mich, ob es sein konnte, dass ich seit meiner Rückkehr nach London erst zweimal geschlafen hatte. Oder dreimal? Die Nachtschicht am Palast hatte meine innere Uhr durcheinandergebracht. Es konnten insgesamt nicht viel mehr als zehn Stunden gewesen sein, und der Morgen in den Docks kam mir wie eine Ewigkeit vor. Auch der Abend in der Alten Dschunke steckte mir noch in den Knochen. Zwar war ich immer der Ansicht gewesen, dass wer tüchtig genug war, sich volllaufen zu lassen, auch tüchtig genug zum Arbeiten sein musste – es hatte aber ganz den Anschein, als hätte ich mit Dongs Pflaumenwein endlich etwas gefunden, was meinem Talent echte Probleme bereitete.

Außerdem musste ich mir eingestehen, der ein oder anderen Fehleinschätzung erlegen zu sein: Es war falsch gewesen, überhaupt noch am Palast vorbeizuschauen, und es war ein Fehler gewesen, zu glauben, ich könne dort alles selbst in die Hand nehmen. Irgendwie hatte es mich aber zum Palast gezogen; etwas in mir hatte sich danach gesehnt, dort unter den Glasdecken Ruhe zu finden und meinen Verstand zu klären. Nach wie vor fühlte ich mich für den Palast verantwortlich. Also hatte ich die Männer im Palast vor die Tür geschickt und meine Runde begonnen, als habe mir der Wicket-Keeper nie andere Weisungen erteilt.

Ich musste mich fragen, ob es nicht der Palast war, der mich trunken machte.

Doch Schritt für Schritt.

Meine Taktik war immer gewesen, mich aufs Naheliegende zu konzentrieren, wenn eine Situation brenzlig wurde. Einige meiner Lehrer hatten das früh kritisiert; sie waren der Ansicht gewesen, ein guter Stratege müsse immer eine Vielzahl möglicher Folgen im Auge behalten, um die Konsequenzen seines Handelns einzuschätzen, und in einer nicht sehr schmeichelhaften Einschätzung meiner Fähigkeiten hieß es einmal, dass ich trotz meines berühmten griechischen Namensvetters zwar ein exzellenter Captain werden könne, aber nur ein äußerst mittelmäßiger Colonel. Da ich nun schon recht lange Captain war, mochte es sein, dass meine Kritiker recht behalten hatten. Andererseits sagte ich mir, dass die meisten von ihnen nicht halb so lange als Captain überlebt hätten wie ich, und niemand hatte je bestritten, dass ich es verstanden hatte, in Augenblicken einen kühlen Kopf zu behalten, in denen manch andere vor lauter Angst vor den möglichen Folgen gescheitert wären.

Diese Gabe kam mir in diesen Stunden sehr zugute.

Nachdem der vermaledeite Niederländer mich unter einem dieser Monster begraben und die Gelegenheit zur Flucht ergriffen hatte, hatte ich meinen Stockdegen gesucht und den Palast ohne große Worte den Wachleuten überlassen, die nur Sekunden nach dem ohrenbetäubenden Knall von überall herbeigeeilt kamen. Die Schäden im Westteil des Palasts waren enorm; wahrscheinlich würde man diesen Teil der Ausstellung vorerst schließen müssen, und einige Glassegmente mussten ersetzt werden. Das verdammte Känguru ließ ich beseitigen, und die Versammelten wies ich an, ja keine Fragen zu stellen. Die Eröffnung sah ich aber nicht grundlegend gefährdet, und deshalb sah ich auch keinen Anlass, mich deswegen verrückt zu machen. Wichtiger war, herauszufinden, weshalb diese beiden Saboteure immer und immer wieder den Palast heimsuchten wie notgeile Matrosen ein Bordell, von dem sie doch wissen, dass sie sich dort nur die Syphilis holen.

Genau wie ich.

Ein Teil von mir kannte die Antwort, auch wenn ich sie noch nicht hören wollte. Es war der Teil von mir, der immer mehr darauf drängte, das Denken für mich zu übernehmen und der wie bei vielen Männern in der Hose saß. Allerdings auf der falschen Seite meiner Hose.

Der Gedanke kam mir auf dem Weg nach draußen, und ich musste kichern, was sonst nicht meine Art ist, aber wer hätte gedacht, dass ich eines Tages Streitgespräche mit meinem eigenen Arsch führen würde. Die Arbeiter und Aufräumer sahen mich kopfschüttelnd an, wie ich rußgeschwärzt und blutverschmiert davontorkelte, mich zusammenreißen musste, um nicht über meine eigenen Füße zu stolpern, und dabei trotzdem irre kicherte.

Draußen, in der kalten Luft, klärte sich mein Verstand. Ich fühlte mich mit einem Mal sehr müde, und die Schmerzen in meiner Brust waren beträchtlich. Ich vermutete, dass ich mir bei der Detonation ein paar Rippen geprellt hatte. Wenn ich Pech hatte, war eine angebrochen, aber auch das war etwas, worüber ich mir erst Gedanken machen wollte, wenn es sich nicht mehr vermeiden ließ. Für den Augenblick wollte ich frisches Wasser, einen Verband und vielleicht einen Kaffee.

Ich sah zum Horizont. Es dämmerte, und die Vögel im Park verbreiteten eine ziemliche Unruhe. Die Laternen auf der Straße brannten noch, die Anzünder aber waren schon unterwegs, sie zu löschen. Ein Zeitungsjunge rief in der Ferne, und die ersten Droschken klapperten über die Straßen vor dem Park. Auf der anderen Seite der Themse würden die Fabriken gerade ihre Tore öffnen und die grauen Massen der Arbeiter mit gesenkten Gesichtern über die Schwelle trotten. Ich überlegte, ob ich zum Club gehen sollte.

Ich beschloss, es zu lassen.

Stattdessen suchte ich mir eine Pension. Wäre ich im Vollbesitz meiner geistigen Kräfte gewesen, hätte ich etwas früher erkannt, um was für eine Art von Pension es sich handelte, und als ich es dann erkannte, empfand ich vor allem Verdruss über die Ungeschicklichkeit des Personals. Das Mädchen, das mich behandelte, hatte rotes Haar und einen starken irischen Akzent, und ihre Fingernägel waren lang und kratzten mich mehrmals, während sie mir ziemlich stümperhaft einen Verband anlegte. Wahrscheinlich hatte sie ebenfalls eine lange Nacht hinter sich und war nicht ganz bei der Sache. Der Verband jedenfalls saß viel zu locker um meine Brust, und der Kaffee, den sie mir gekocht hatte, war wässrig und nicht richtig heiß, und seit meiner Zeit in Brasilien wusste ich, wie guter Kaffee schmeckt. Ich musterte uns in dem Spiegel auf dem Zimmer, und sie sah, dass ich unzufrieden mit ihr war und schmollte. Ich überlegte, ob ich eine andere Dienstleistung in Anspruch nehmen sollte – etwas, das sie gelernt hatte –, aber ich war müde und verspürte keine Lust auf sie. Ich versuchte zu schlafen, aber es führte zu nichts.

Gegen Mittag beschloss ich, nach Hause zu gehen.

Ich ging zu Fuß, weil ich mir sagte, es könne vorteilhaft sein, wenn ich aussah, als habe ich gerade eine lange Strecke zu Fuß zurückgelegt. Ada schätzte Ehrlichkeit, zumindest sagte sie das und hatte mir noch nie Grund gegeben, diese Aussage anzuzweifeln. Sie an diesem Mittwochmorgen geschniegelt und gestriegelt aufzusuchen, volle drei Tage, nachdem ich aus Übersee zurückgekehrt war, wäre irgendwie unehrlich gewesen; wie ein Spiel, bei dem man tat, als bräuchte man keine Hilfe. Natürlich hätte ich trotzdem eine Droschke nehmen können, aber die Wahrheit war, ich brauchte noch etwas Zeit, um mir darüber klarzuwerden, was die Wahrheit eigentlich war, und wie ich es drehte und wendete, es führte kein Weg daran vorbei: Ich brauchte tatsächlich ihre Hilfe, denn ich hatte keine Ahnung von der Wahrheit. Also beschloss ich, mir nicht länger Gedanken darüber zu machen und zu sehen, ob sie mir helfen würde oder nicht.

Ich nahm die Baker Street Richtung Norden. Es war ein bizarrer Tag. Die Anspannung der Menschen erinnerte mich ein wenig an Rio, den Vorabend zu Weihnachten. Jeder hatte sich auf den Festtag vorbereitet, aber irgendwie war es uns Briten falsch vorgekommen, Weihnachten bei strahlendem Sonnenschein und 75 Grad Fahrenheit im Schatten zu begehen. Hier in London war es ähnlich, nur dass es diesmal die ganze Stadt war, die das Gefühl hatte, etwas gehe nicht mit rechten Dingen zu. Die Londoner versuchten, gute Miene zum bösen Spiel zu machen, aber eigentlich wollten sie diesen ganzen Trubel nicht.

Ich sah einige Schweizer, oder vielleicht waren es Deutsche, die eine alte Frau bedrängten, ihnen den Weg zu weisen, und die alte Frau versuchte zu entkommen, aber sie ließen sich einfach nicht abwimmeln. Ich sah eine Gruppe dunkelhäutiger Männer in Anzug und Zylinder, die ganz offensichtlich wenig Erfahrung damit hatten, Anzug und Zylinder zu tragen und sehr viel angeheiterter waren als ich. Einer von ihnen versuchte, ein Zitroneneis zu essen, schaffte es aber nicht, was bei seinen Freunden zu unkontrollierten Lachkrämpfen führte. Ich sah eine Sänfte, die von dicken, geschminkten Männern getragen wurde, und hinter der Sänfte war ein Kamel angebunden. Ich sah einen Affen, der eine Laterne erklommen hatte und den Polizisten, der versuchte, ihm nachzuklettern, mit Kot bewarf. Nein, das war nicht mehr London, und die Londoner wussten das. Es war eine Sache, ein Empire zu haben, aber eine andere, es plötzlich vor seiner eigenen Haustür zu finden.

Ich bog in eine Seitenstraße, um flotter voranzukommen. Die Seitenstraße war voller Bettler und Obdachloser, und ich kam fast noch langsamer voran, weil ich jetzt über die hingestreckten Leiber in der Gosse steigen musste, aber darin hatte man als echter Londoner immerhin Erfahrung. Dennoch bog ich bei der ersten sich bietenden Gelegenheit wieder auf eine größere Straße, denn ich wollte keinen Schmutz an den Füßen haben, wenn ich Adas Haus betrat.

Unser Haus, berichtigte ich mich.

Erleichtert stellte ich fest, dass der Hauptstrom exotischer Besucher nicht durch unsere Straße ging. Tatsächlich sah unsere Straße fast so aus, wie ich sie in Erinnerung hatte. Ehe ich mich's versah, hatten mich meine Schritte vor unsere Tür gelenkt. Eine Weile stand ich auf der anderen Straßenseite und betrachtete unsere Tür.

Unser Haus war klein, aber es lag in einem guten Viertel, wenn der Prinzgemahl die Tore der Stadt nicht gerade für Gott und die

Welt geöffnet hatte, und es war unser Haus. Das hieß, Ada hatte es mit in die Ehe gebracht, vorher hatte es ihrem Vater gehört, dem Baron Berwick, der ja Geld genug hatte. Ich hatte bis dahin eher asketisch gelebt, weil ich fand, dass ich nicht viel brauchte, wo ich doch ohnehin oft im Einsatz oder auf Reisen war und es in jeder Stadt einen Club gab, wo ich willkommen war. Am Anfang war es deshalb ungewohnt gewesen, mit Ada zusammenzuwohnen, und es hatte eine Weile gebraucht, bis ich sie davon überzeugt hatte, sich von einigen der alten Möbel ihres Vaters zu trennen, und ich mir nicht mehr wie ein Gast in meinem eigenen Heim vorkam.

Ich sparte. Das meiste Geld, das ich verdiente, lag auf einem Konto bei der Bank, damit wir uns eines Tages ein eigenes Haus kaufen konnten. Ein Landhaus vielleicht, irgendwo in Kent oder sogar auf den Inseln. Ich glaube nicht, dass Ada das von mir erwartete – ihr ein neues, größeres Haus zu kaufen, meine ich –, aber wenn man erst einmal einen Blick auf die ruhigeren, sonnigeren Flecken des Planeten geworfen hat, lernt man ein bisschen Sonne und Einsamkeit zu schätzen. Australien vielleicht ausgenommen.

Ich lächelte, als ich daran dachte, wie wir uns im Sommer nach der Hochzeit eine Kutsche gemietet hatten und durch Südengland gefahren waren. Ich hatte Urlaub gehabt, und wir waren vier Tage oder fünf unterwegs gewesen wie zwei reiche, vornehme Herrschaften und hatten uns mögliche Häuser und sogar das ein oder andere Stückchen Land angesehen. Wir hatten uns benommen wie ein verdammter Earl und seine Frau und uns schließlich entschlossen, keins der Objekte zu kaufen, denn irgendwie war alles nicht so gewesen, wie wir es uns vorgestellt hatten. Entweder war das Haus zu kalt oder der Garten zu steil, die Nachbarn zu unhöflich oder die Gegend zu verkommen gewesen. Ada wollte aber nicht einfach irgendetwas, nur weil wir gerade Zeit und Geld hatten, und ich wollte Ada glücklich machen, und so hatten wir beschlossen, noch eine Weile zu warten.

Natürlich war das vor China und dem Krieg gewesen.

Als ich vom Yong zurückkam, war alles anders.

Ich riss mich aus meinen Gedanken, als ich eine Bewegung hinter den Vorhängen sah. Höchstwahrscheinlich stand ich schon seit zehn Minuten hier auf dem Gehweg, wenn nicht länger, und ich wollte Ada nicht glauben machen, ich bekäme kurz vor dem Ziel noch kalte Füße. Außerdem gab ich ein schlechtes Bild für die Nachbarn ab.

Ich strich meinen schmutzigen Anzug glatt und biss die Zähne zusammen, als ich an meine schmerzenden Rippen stieß. Dann überquerte ich die Straße. Wie es meine Art war, griff ich im Gehen nach dem Schlüssel in meiner Tasche. Im letzten Augenblick besann ich mich eines Besseren und klopfte an.

Zuerst regte sich nichts. Dann hörte ich gedämpfte Schritte. Die Riegel auf der Innenseite wurden umgelegt, und die Tür öffnete sich.

Vor mir stand Ada.

„Hallo, Sokrates“, sagte sie.

„Hallo, Ada“, sagte ich.

Ihr Gesichtsausdruck war geistesabwesend, fast reglos. Sie war blasser, als ich sie in Erinnerung hatte, aber noch genauso schön. Ihr Kinn trug sie hoch, wie immer, aber ihre Augen waren gerötet, und sie war wacklig auf den Beinen. Hatte sie geweint? Verdammt, ich hoffte, sie hatte nicht getrunken oder so etwas.

„Kann ich hereinkommen?“

Sie nickte und machte ein paar zögernde Schritte in den Flur zurück, ohne den Blick von mir zu nehmen. Was war mit ihr los?

Ich trat ein und schloss die Tür hinter mir.

„Wie geht es dir?“, wollte ich fragen, und vielleicht fragte ich es auch, als ich mich ihr wieder zuwandte, doch im selben Augenblick gab es hinter ihr ein Flackern in der Luft, wie wenn einer Flamme das Öl ausgeht, und auf einmal stand dieser Niederländer hinter ihr und hielt ihr etwas an den Hals, bei dem es sich offenbar um eine Waffe handelte, denn er grinste mich ziemlich selbstzufrieden an. Ich registrierte, dass er eines meiner Hemden und eine meiner Hosen trug, die ihm beide zu groß waren, und fand, mit seiner dicken Nase und den Schatten unter den Augen sähe er aus wie ein Clown. Mir war aber nicht zum Lachen zumute.

Ada zuckte zusammen, regte aber keinen Muskel.

„Willkommen daheim, Captain", sagte der Niederländer. „Wir begannen schon zu fürchten, Sie würden gar nicht mehr kommen."

Ich sagte nichts und trat einen Schritt auf ihn zu.

„Das ist nah genug", warnte er mich und hob einen Finger. „Dieses Ding hier an meinem Handgelenk" – er drehte es etwas, damit ich einen besseren Blick darauf hatte – „kann äußerst starke Stromschläge austeilen. Todbringende, wenn ich es will. Sie wissen, wozu ich in der Lage bin."

Ich zögerte. Ich hatte keine Ahnung, wozu er in der Lage war. Er hatte einen Freimaurer erschossen, war nackt durch den Hydepark gerannt und hatte die australische Abteilung im Kristallpalast verheert. Noch konnte ich darin kein Muster erkennen.

Ein Blick in Adas Augen aber zeigte mir, dass sie Angst vor ihm hatte. Höchstwahrscheinlich hatte er ihr das Ding an seinem Arm schon demonstriert, und ich nahm an, dass er damit auch den Dinosaurier gesprengt hatte. Ich wünschte, ich hätte die Angst in Adas Augen früher gesehen. Leider war sie immer gut darin gewesen, ihre Gefühle zu verbergen.

„Wie Sie meinen", sagte ich und entspannte mich.

Er wich in den Flur zurück und zog Ada dabei mit sich. „Warum begleiten Sie mich nicht in den Salon?", schlug er vor.

„Sie laden mich in mein eigenes Haus ein?", fragte ich ihn.

„Nach Ihnen", grinste er, „und stellen Sie doch bitte Ihren Stockdegen in die Ecke. Ich habe gesehen, wie Sie damit umgehen, und habe bereits schlechte Erfahrungen mit versteckten Klingen gemacht."

Ich tat, wie mir geheißen, und trat langsam an ihm vorbei in den Salon. Mir entging nicht, wie zerschlagen er war. Er wirkte unruhig, wie ein Tiger vor dem Sprung, und manchmal zuckten seine Augen, als bemerke er aus den Augenwinkeln etwas, was nur er sehen konnte. Trotz der frischen Kleidung roch er immer noch nach Rauch und Schmutz. Wahrscheinlich hatte er sich seit unserer letzten Begegnung auch nur eine Katzenwäsche gegönnt, und sicher hatte er genauso wenig geschlafen wie ich.

Er vergaß jedoch nicht, einen Mindestabstand zu mir zu halten, und jede seiner Bewegungen war präzise und geübt wie bei einem Tänzer. In gewisser Weise beruhigte mich das. Ich war auf vertrautem Terrain. Natürlich würde ich ihn sofort töten, wenn er mir die Gelegenheit gab, aber bis dahin war mir die Gesellschaft gegnerischer Agenten deutlich lieber als die von Verrückten.

Leider meinte es das Schicksal nicht gut mit mir. Kaum hatten wir den Salon betreten, tauchte die wahnsinnige Inderin neben ihm auf. Sie bewegte sich steif, vermutlich trug sie Verbände, wo ich sie mit meinem Degen erwischt hatte. An der Schläfe hatte sie eine Hautabschürfung, und ihrem Blick sah ich an, dass sie keinen meiner Treffer vergessen hatte. Ihr seltsames Schwert trug sie immer noch auf dem Rücken.

Was mich aber zur Weißglut brachte, war, dass sie eines von Adas Kleidern genommen hatte. Ich kannte es gut; ich hatte es selbst gekauft, ehe ich nach Südamerika aufgebrochen war. Es hatte mir gefallen, weil es etwas mehr Farbe und etwas weniger Stoff hatte als die Sachen, die Ada normalerweise trug. Ada war das Kleid, glaube ich, immer zu freizügig gewesen, und es nun am Körper der Inderin zu sehen und Adas Seife an ihrer Haut zu riechen machte mich nur noch wütender.

„Nehmen Sie Platz“, sagte der Niederländer, und ich umrundete den Wohnzimmertisch und ließ mich auf mein Sofa sinken. Ich bewegte mich langsam, denn ich wollte nicht, dass man meine eigenen Verletzungen bemerkte.

Einen Augenblick schien die Zeit stillzustehen, denn auf lachhafte Art war alles wie immer: das sanfte Geräusch, mit dem die Sitzbank nachgab, das schwache Aroma der Möbelpolitur, das leise Ticken der Uhr am Kamin. Ganz sicher hatte ich mir meine Rückkehr nicht so vorgestellt.

Der Niederländer feixte und nickte der Inderin zu. Sie schob einen Sessel für Ada heran. Mit einer gewissen Genugtuung stellte ich fest, dass sie Schwierigkeiten hatte, den rechten Arm zu benutzen. Das hinderte sie aber nicht daran, Ada grob in den Sessel zu stoßen. Dann zog sie ihr Schwert und hielt es ihr von hinten an die Kehle, damit der Niederländer einen Abstecher zur Bar machen konnte.

Ada sah mich herausfordernd an, und ich vergaß alle Zweifel, die mich die letzten Tage gequält hatten.

„Lassen Sie meine Frau gehen", sagte ich. „Sie haben ja jetzt mich."

„Ihrer Gattin wird nichts geschehen", sagte der Niederländer, während er schnüffelnd den Inhalt unserer Bar untersuchte. „Tun Sie einfach, was wir sagen."

„In Ordnung", sagte ich. „Was wollen Sie?"

„Bringen Sie uns den dritten Kristall", sagte die Inderin.

Fast hätte ich laut gelacht. „Was?", fragte ich.

Ada wandte den Blick von mir ab.

„Tun Sie nicht dümmer, als Sie sind", fauchte die Inderin. Ich war recht sicher, dass sie Schmerzen hatte. Unseren nächsten Kampf würde sie verlieren, und das wusste sie. „Was glauben Sie eigentlich, was Sie da bewachen? Ihre Leute haben den Bau des Palastes von Anfang an überwacht. Es würde mich nicht überraschen, wenn es sogar Ihre Idee war."

„Sie tun dem Prinzgemahl unrecht", sagte ich. „Er war es, der eine Ausstellung wollte."

„Er hat aber höchstwahrscheinlich nicht die leiseste Ahnung von der wahren Funktion des Palastes. Ebenso wenig wie die meisten Mitglieder der Kommission. Was ist mit Paxton? Haben Sie ihn gekauft?"

„Augenblick", sagte ich und schüttelte den Kopf. „Der wahren Funktion?"

„Sie denken doch nicht etwa, der Palast wurde tatsächlich für so etwas Schwachsinniges wie eine Weltausstellung gebaut?", lachte der Niederländer über die Schulter. Er zog einen Mundwinkel hoch und sah aus wie ein Marder vor dem Zubeißen. „Seien wir mal ehrlich, niemand braucht eine Weltausstellung, schon gar nicht in London."

„Damit haben Sie recht", kam ich ihm entgegen. „Doch warum wurde der Palast dann gebaut?"

Der Niederländer öffnete eine Flasche Port, hob eine Braue und goss uns ein. Die Inderin schüttelte ungeduldig den Kopf, als er ihr ein Glas anbot, und Ada würdigte ihn keines Blickes, was er mit einem Achselzucken quittierte.

„Drei Steuerelemente aktivieren den Palast", erklärte die Inderin, als rede sie mit einem begriffsstutzigen Kind. „Eines war im Besitz Sir Malcolms, wie Sie wissen."

„Ach?"

„Ein weiteres haben Sie versucht, mit Gewalt an sich zu bringen", fuhr der Niederländer fort und schob mir über den Tisch hinweg ein Glas zu. „Sie haben ein ziemliches Durcheinander in einem Büro in den Docklands hinterlassen."

„Ich habe keine Ahnung, wovon Sie reden", sagte ich wahrheitsgemäß.

„Sir Malcolm wollte Ihnen seinen Stein verkaufen", beharrte die Inderin.

„Sie waren auch bei de Boer, als er starb", ergänzte der Niederländer. „Auf äußerst unappetitliche Weise, wie ich anmerken möchte."

„Alle Fäden laufen bei Ihnen zusammen", schloss die Inderin. „Sie waren es die ganze Zeit."

„Sie würden auch nicht einen solchen Aufwand betreiben, wenn Sie nicht genau wüssten, wo sich das letzte Artefakt befindet, das es zum Antrieb des Palasts benötigt", lächelte der Niederländer und nippte an seinem Glas. „Also?"

Ich war sprachlos. Nicht nur der absonderlichen Anschuldigungen wegen, mit denen man mich konfrontierte, sondern weil Teile – winzig kleine Teile – dessen, was sie sagten, Sinn zu ergeben schienen. War de Boer nicht dieser Kaufmann, den die Sektion schon länger im Verdacht hatte, mit mehr als nur Tabak und Kaffee zu handeln? Hatte der Wicket-Keeper mich nicht selbst auf diesen Sir Malcolm gestoßen? Hatte er nicht vielleicht etwas mehr Interesse am Palast gezeigt, als es für einen reinen Wachauftrag notwendig gewesen wäre – und wieso dieses seltsame Gefühl, das mich immerzu überkam, wenn meine Gedanken zu lange um den Palast kreisten?

Mir schwirrte der Kopf. Ich fragte mich, was diese beiden Verrückten, die einander noch vor kurzem wie Katz und Maus gejagt hatten und nun in trauter Eintracht in meinem Wohnzimmer saßen, wussten, das ich nicht wusste.

„Ich will nicht, dass Ada etwas geschieht", erklärte ich, „und will Sie daher nicht ärgern. Aber verflucht, wenn Sie wollen, dass ich Ihnen helfe, müssen Sie sich schon klarer ausdrücken."

„Er weiß es wirklich nicht", seufzte die Inderin.

Der Niederländer warf ihr einen zweiflerischen Blick zu. „Im Ernst? Möglicherweise ..."

Sie hob die Hand, starrte mich angestrengt an, dann nickte sie.

Der Niederländer seufzte nun seinerseits und stellte sein Glas ab. „Ich bin gleich wieder da." Er verschwand in die Küche, wo ich ihn herumwühlen hörte. Die Inderin ließ mich die ganze Zeit nicht aus den Augen, aber ich wandte meinen Blick nicht von Ada, was die Inderin zu ärgern schien. Ada aber hatte den Kopf zur Seite gedreht, so dass sie weder mich noch die Klinge an ihrem Hals sehen musste, und studierte die Uhr auf dem Kamin.

Der Niederländer kam mit zwei großen, doldenförmigen Objekten zurück, die er vor uns auf den Tisch stellte. Dann ließ er sich in den letzten freien Sessel fallen und öffnete eines davon.

Im Inneren befand sich ein funkensprühender Kristall, so groß wie eine Kastanie.

„Wir suchen so etwas", erklärte er höflich.

Ich staunte. Ich hatte noch nie ein so großes Juwel gesehen.

Außer natürlich ...

„Ich kann Ihnen helfen", sagte ich. „Es wird aber etwas dauern."

Die Augen der Inderin zuckten gereizt.

„Der Stein ist im Hauptquartier“, erklärte ich, „und wie Sie sich denken können, kann ich nicht einfach ins Hauptquartier spazieren und ihn mitnehmen.“

„Sie werden sich schon etwas einfallen lassen“, sagte die Inderin und drehte ihre Klinge wenige Millimeter, so dass sie blitzte. Ada versteifte sich. „Sonst ...“

„Das werde ich wohl müssen“, stimmte ich zu, und die Inderin verstummte. „Unter einer Bedingung.“ Ich richtete den Blick auf den Niederländer, der sich gemütlich mit seinem Portwein im Sessel fläzte, und atmete tief durch. „Ich will dabei sein.“

„Oh?“ Den Niederländer schien meine Bedingung zu belustigen.

„Allerdings“, nickte ich und war selbst überrascht über meine Worte. Ich wartete, bis ich sicher war, dass er mich verstanden hatte. „Ich bringe Ihnen den Stein, aber was immer Sie im Palast vorhaben – ich werde dabei sein.“

Die beiden tauschten Blicke. Ich sah, dass es ihnen missfiel und dass sie mir und auch einander nicht viel mehr trauten als ich ihnen. Schließlich zuckte er die Achseln.

„Drei Steine“, sagte er. „Drei von uns, die den Palast öffnen.“

Die Inderin biss die Lippen zusammen und erwiderte nichts.

„Wir treffen uns am Nordeingang“, beschloss er. „Eine Stunde nach Sonnenuntergang. Sie bringen den Stein, und Sie kommen allein und pfeifen die Wachen zurück. Wir werden uns erst zeigen, wenn Sie alle Bedingungen zu unserer Zufriedenheit erfüllt haben. Dann kriegen Sie Ihre Gemahlin und die Gelegenheit, einem Meister bei der Arbeit zuzusehen.“

„Woher weiß ich, dass ich Ihnen trauen kann?“

Der Niederländer lachte und prostete mir zu. „Sie haben mein Ehrenwort.“

Ich erhob mich. Mein Glas hatte ich nicht angerührt. „Leider gibt es nichts, was Sie tun können, um mich glauben zu lassen, dass das etwas wert wäre.“ Langsam ging ich um den Tisch herum. Er erhob sich und trat zwischen mich und Ada. Gerne hätte ich ihm einen Schlag auf den Kehlkopf verpasst, aber ich hatte ich die

Inderin erlebt; sie war schnell genug, Ada zu töten, ehe ich sie entwaffnen konnte, wenn sie es wollte. „Ich fordere Sie aber auf, sich Folgendes vor Augen zu halten: Wenn meiner Frau etwas zustößt oder Sie auch nur ein Haar an ihr in einer Weise berühren, die mir missfällt, werden Sie weder den Stein noch die Gelegenheit bekommen, Ihren Fehler in der kurzen Ihnen verbleibenden Zeit zu bedauern."

„Große Worte", spottete die Inderin. „Sie sind ein Mann der Tat, das gefällt mir an Ihnen." Sie blickte auf Ada hinab. „Ihnen vermutlich auch."

„Verlassen Sie sich nicht darauf", murmelte Ada. Sie löste ihren Blick aus der Ferne und sah mich an. „Er hat meinen Bruder ermordet. Das wussten Sie, oder?"

Da sah ich zum ersten Mal einen Ausdruck der Verunsicherung auf den Gesichtern meiner Gegner.

Ich ging wortlos aus dem Zimmer. Der Niederländer folgte mir.

„Ich brauche etwas zum Anziehen", sagte ich und wies auf die Flecken an meinem Anzug. „So kann ich nicht ins Hauptquartier."

Er grunzte und wies auf die Tür. „Warten Sie draußen."

Also nahm ich meinen Stockdegen und verließ unser Haus. Kurz darauf öffnete sich ein Fenster im Obergeschoss, und er warf mir ein paar Sachen auf die Straße. Dann schloss sich das Fenster.

Fluchend raffte ich meine Sachen zusammen. In einem Hinterhof zog ich mich um. Allmählich begann mir klarzuwerden, was ich da eigentlich vorhatte, und mir schwindelte. Wollte ich mich wirklich mit diesen Leuten verbünden? Wieder gegen meine Befehle handeln – und überhaupt, wie wollte ich das anstellen? Der Koh-i-Noor – denn nichts anderes konnte es sein, das sie suchten – lag nach allem, was ich wusste, im Safe unter dem Schwimmbecken. An den kam man nur heran, indem man die Pumpen aktivierte. Das wiederum konnte nur der Wicket-Keeper, und an ihn war unmöglich heranzukommen, wenn er und Miss Hollister das nicht wollten.

Ich bestieg einen Bus Richtung Westminster.

Ich brauchte einen Plan, und zwar rasch. Eine Weile überlegte ich, ob ich versuchen sollte, dem Niederländer und seiner Partnerin die Kopie aus dem Palast anzudrehen, aber ich hatte die starke Befürchtung, dass sie in der Lage waren, ein echtes von einem falschen Steuerelement, wie sie es nannten, zu unterscheiden. Außerdem wäre es während des Tagesbetriebs fast genauso schwer, an die Kopie zu kommen, wie an das Original, denn immerhin wurde sie ja von allen für echt gehalten. Vielleicht am Abend, wenn mir bis dahin nichts Besseres eingefallen war.

In der Pall Mall sprang ich vom Bus. Der Himmel war dunkel, aber es regnete nicht. Über den Dächern wagte sich ein Ballon in den Farben des Union Jack zu einem kurzen Testflug empor. Wohin man schaute, sah man Fremde mit Gepäck auf der Suche nach einer Unterkunft, und die Straßen waren voller Polizisten. Straßenhändler versuchten, mir und allen anderen, die nicht schnell genug an Ihren vorbeigingen, geschmacklose Souvenirs und noch geschmacklosere Häppchen anzudrehen, und Zeitungsjungen und Plakatwände wiesen jeden, der die letzten Monate verschlafen hatte, auf die morgige Eröffnung des Kristallpalasts hin. Erstaunlicherweise waren die Vorkommnisse des Vortags in keiner Form ein Thema. Nach allem, was man hörte, liefen die Vorbereitungen zum großen Tag wie am Schnürchen.

Ich ignorierte die salutierenden Pagen vorm Club und trat ein. McKenzie war nirgends zu sehen. Ich durchquerte die Halle, betrat die Lounge und nahm Platz an der Bar.

Fred, der Water-Boy, nickte mir zu und erkundigte sich, wie es mir ginge. Ich antwortete etwas, ohne wirklich bei mir zu sein, und er schien zu spüren, dass ich nicht hier war, um mich mit ihm zu unterhalten, und ließ mich erst mal in Ruhe. Dann trat er wieder näher, senkte seine Stimme zu einem Flüstern und sagte: „Der Admiral ist nicht verfügbar, Sir."

Ich nickte und verarbeitete diese Information. Überhaupt, fiel mir auf, war der Club verhältnismäßig leer, und die wenigen, die da waren, suchten nicht meine Nähe. Es ist eigenartig, aber die meisten Männer haben ein Gespür dafür, wann man allein sein will. Mit Frauen ist das meist etwas anders.

„Wenig los, was, Fred?"

„Commander Russell und Major Brown sind im Spielzimmer."

Ich brummte zustimmend.

„Kann ich Ihnen etwas bringen?"

Ich überlegte.

Es war Zeit, eine Entscheidung zu treffen.

„Kaffee", sagte ich und reagierte nicht auf seine überraschte Miene. Kaffee war ein nicht gerade häufig gehörter Wunsch in diesen Hallen. Fred stellte keine Fragen, sondern brachte mir einen. Ich kostete davon. Es war guter Kaffee, stark und schwarz, und ich spürte, wie sich mein Herzschlag beschleunigte.

„Das ist guter Kaffee", sagte ich. „Haben Sie auch etwas zum Schreiben für mich?"

„Natürlich." Er brachte mir Stift und Papier. Ich schrieb eilig ein paar Zeilen auf das Blatt, faltete es und steckte es ein.

„Warum gehen Sie nicht eine Runde in die Bruise Box oder ziehen ein paar Bahnen im Pool?", schlug Fred vor. Ich glaube, er machte sich Sorgen um mich.

„Das ist eine gute Idee", nickte ich. Dann trank ich in raschen Zügen meinen Kaffee aus, stellte ihn auf die Bar, stand auf und ging Richtung Keller.

Ich hielt mich nicht mit den Umkleiden auf, sondern lief die Treppe hinunter und wandte mich zum Lager. Ich würde einiges Werkzeug benötigen, um auch nur eine minimale Aussicht auf Erfolg zu haben.

Das Kellergeschoss war so gut wie verlassen. Auch aus Richtung des Schießstands war nichts zu hören. Der alte Linus hatte Lagerdienst und schob seine Mütze hoch, als er mich kommen hörte.

Ich fluchte leise, denn ich hatte gehofft, jemanden anzutreffen, den ich kürzer kannte als ihn.

„Wenn das nicht Captain Royle ist“, sagte Linus. Er saß auf der anderen Seite eines Gitters mit einer kleinen Durchreiche an einem Schreibpult.

„Ich habe eine Materialanforderung“, sagte ich und schob ihm das Blatt hin. Linus runzelte die Stirn und faltete es auf. Noch während er sich mühte, Sinn aus meiner Kritzelei herauszulesen, griff ich durch die Öffnung, packte ihn am Kragen und schlug ihn hart gegen das Gitter. Wie ich gehofft hatte, war dieser Schlag genug, ihn benommen zu machen, und so riss ich ihn mit einem Arm empor und setzte ihn auf sein Pult, wo er wie ein Sack Wäsche in sich zusammensank, und drehte und wendete ihn, bis ich an seine Tasche und seinen Schlüssel herankam. Dabei stieß ich mit meiner Rippe gegen meine Seite des Schalters und zog zischend die Luft ein.

Der Schlüssel hing an einer Kette. Ich riss die Kette entzwei. Meine Brust pochte.

Mit dem Schlüssel schloss ich die Tür zum Lager auf, hob Linus von seinem Schreibpult und legte ihn in sanft in eine Ecke. Er war nicht schwer verletzt. Ich kettete ihn mit ein paar Handschellen an ein Regal und knebelte ihn.

Dann begann ich, mich auszurüsten.

Unser Lager bot alles, was man sich wünschen konnte, und machte wenig Unterschied zwischen Sportausrüstung, Werkzeug und Waffen. Nur die Talente und die Kristalle, die sich im Besitz der Sektion Cricket befanden, wurden nicht hier, sondern im Safe unter dem Pool aufbewahrt, wo ich wahrscheinlich auch den Koh-i-Noor finden würde. Ein paar der Apparate im Lager hatten nicht den geringsten Sinn, wenn man sie nicht mit einem Kristall bestückte, aber kein treuer Soldat der Krone hat sich je über Apparate gewundert, deren Sinn sich ihm nicht erschloss.

Nach einigem Suchen fand ich einen strapazierfähigen Bohrer mit Diamantkopf. Dann einige Ankerbolzen, Ringe und eine leichte Kette. Ich fand sogar einen Dreifuß mit Flaschenzug und

Winde. Dazu warf ich mir einen Beutel mit Werkzeug, Brecheisen und einem Satz Dietriche über die Schulter. Ich sah noch einmal nach Linus, dann schloss ich ihn im Lager ein und trug meine Ausrüstung hinüber zum Schwimmbecken.

Auch der Pool war wie immer verlassen.

Ich warf mein Werkzeug auf den Boden und lehnte meinen Stockdegen an eine Säule. Dann zog ich Schuhe, Hemd und Hose aus und stieg ins Becken. Das Wasser war angenehm kühl und half, die Schmerzen zu vergessen und meine Gedanken zu klären.

Die richtige Fliese war leicht zu finden. Sie zu heben würde nicht so leicht werden.

Ich nahm den Bohrer und tauchte auf den Grund des Schwimmbeckens. Setzte an. Bohrte. Tauchte auf, um nach Luft zu schnappen. Tauchte nochmals. Nach zehn Minuten war ich kurzatmig wie ein alter Kohlebergmann, und mein Brustkorb fühlte sich an, als habe jemand eine Kanonenkugel auf mich fallen lassen, aber schließlich gelang es mir, einen Bolzen in die Oberseite des Safes zu treiben. Keuchend tauchte ich auf, holte Dreifuß und Werkzeug und baute ihn in der Mitte des Beckens auf. Dann befestigte ich den Flaschenzug. Das Becken war gerade flach genug, dass ich noch auf Zehen stehen konnte, und die Rollen des Flaschenzugs lagen knapp über der Wasseroberfläche.

Ich prüfte die Konstruktion und war zufrieden. Ich verließ das Becken, warf das restliche Werkzeug auf den Boden, nahm die Kette und stieg wieder ins Wasser. Ich war gerade im Begriff, die Kette am Safe zu befestigen, als ich Wymers Stimme hinter mir hörte.

„Ich würde das lassen", sagte er. „Unterzutauchen war noch nie deine Stärke."

„Hallo, Bowler."

„Leg das weg", sagte er. Aus dem Klang seiner Stimme schloss ich, dass er eine Waffe auf mich gerichtet hielt. Also ließ ich die Hand mit der Kette langsam sinken, ließ die Kette aber noch nicht los. „Dreh dich um. Schön langsam."

Ich gehorchte. Wymer stand im Eingang der Schwimmhalle, einen Revolver auf mich gerichtet.

„Was soll das?", fragte ich, obwohl es ziemlich klar war.

„Was ist los mit dir?" Wymer schüttelte den Kopf und kam gemächlich zum Beckenrand. „Dass mein Freund sich als unfähig entpuppt, ist schlimm genug. Aber ausgerechnet du, ein Verräter? Das verstehe ich nicht."

„Laß es gut sein", sagte ich. „Du musst mir vertrauen."

„Vertrauen?", spottete er. Er schien weniger verletzt als belustigt. Das wiederum verletzte mich in gewisser Weise.

„Ich kriege das wieder hin", sagte ich. „Du kennst mich doch. Du weißt, ich würde die Krone nie verraten."

„Die Krone?" Er lachte. „Du arbeitest jetzt schon so lange für die Sektion und glaubst immer noch, für die Krone zu arbeiten?" Anscheinend versuchte er, mich auf den Arm zu nehmen. Oder meinte er, was er sagte? „Du hast uns verraten, Batsman. Dein Team."

„Du verstehst das nicht", sagte ich. „Sie haben meine Frau."

„Ich verstehe das nicht?", fragte er. „Ach ja, jetzt fällt es mir wieder ein: Meine Wohnung ist leer, mein Bett ist kalt ... ich habe einfach nicht dein Glück."

Ich dachte an unser drei Tage zurückliegendes Gespräch und verzog gequält das Gesicht. „Ich glaube, du brauchst eine Abkühlung", sagte ich, und spritzte ihm mit der Linken eine Handvoll Wasser ins Gesicht. Verärgert blickte er mich an. Immerhin schoss er nicht. Ich fragte mich, ob wir das Spiel lange genug spielen konnten, dass das Pulver in seinen Kammern feucht wurde. Ich wollte mich nicht darauf verlassen.

„Laß den Quatsch", sagte Wymer. „Nicht um alles in der Welt wollte ich mit dir tauschen."

„Warum bist du dann so scharf darauf, dich einzumischen?" Langsam näherte ich mich dem Beckenrand.

Er schnaubte. „Ich will dir sagen, wie sich mir die Sache darstellt: Da ist ein Mann, der sich und sein Privatleben nicht im Griff hat; der die Verantwortung für eine der wichtigsten Operationen der Sektion übertragen bekommt und es nicht einmal schafft, den Palast vor dem Eindringen feindlicher Agenten zu schützen – von denen er sich dann noch ausspionieren lässt; der die Tage vertrödelt und sich die Nächte in Whitechapel um die Ohren schlägt, während ich die ganze Drecksarbeit mache. Hast du eigentlich eine Ahnung, wie schwer es mir fiel, mich vom Palast fernzuhalten – und jetzt finde ich dich hier, wie du dir Zugang zu unserer geheimen Ausrüstung verschaffst. Also, erkläre es mir, welchen Teil habe ich nicht begriffen?"

„Du hast mich verfolgt?", staunte ich und schlang unter Wasser die Kette um meine Hand. Ich hatte die unterste Stufe erreicht und setzte meine Füße auf. „Ich dachte, du hast Urlaub."

Wymer schüttelte lachend den Kopf. „Ich sage es nicht gern, aber dein Talent ist wirklich für den Arsch. Ich hoffe nur, dass auch der Wicket-Keeper das endlich begreift. Du kommst mit mir."

Ich riss die Kette hoch und schlug nach seinem Waffenarm. Leider war ich durch das Wasser nicht sehr schnell, Wymer sprang mit schier unglaublicher Geschwindigkeit beiseite, und ich traf nur die Säule, vor der er eben noch gestanden hatte.

Er trägt sein Talent, dachte ich. Wieso trägt er sein Talent?

Wir standen einander nun gegenüber, ich halb im Wasser, er am Rand, nur durch wenige Schritte getrennt. Wie ein Gladiator ließ ich die Kette über meinem Kopf kreisen, bemüht, keine Schwäche zu zeigen, und schätzte die Lage ein. Mir war mulmig zumute, weil ich Wymers Talent schon im Einsatz erlebt hatte; er konnte einen Vogel mit der bloßen Hand fangen. Er aber wusste, dass ich ihm kräftemäßig weit überlegen war, und war deshalb wie immer auf Distanz bedacht. Die Frage lautete: Wie weit war er bereit zu gehen?

Ich wusste, ich hatte höchstens noch eine Chance. Langsam wanderte ich zur Seite, die Kette über dem Kopf. Ich ließ Wymer nicht mehr aus den Augen, und er folgte mir, Auge in Auge, den Revolver auf meine Brust gerichtet, um das Oktogon des

Schwimmbeckens und stakste über meine Sachen, die am Beckenrad verteilt lagen.

„Du willst mich nicht auf dem Gewissen haben", sagte ich. „Ich weiß, wie sich das anfühlt, und das willst du nicht."

„Ich will, dass du die Kette weglegst und aus dem Wasser kommst", sagte Wymer.

„Weshalb?", fragte ich. „Wieso ist das so wichtig?"

Er spannte den Hahn. „Ich glaube, du weißt, warum."

„Und du solltest wissen, dass mir keine Wahl bleibt."

Ich machte einen letzten Schritt, und da sah ich sie in seinen Augen: seine eigenartige Angst, vielleicht vor mir, vielleicht vor dem, was nun geschehen könnte. Vielleicht glaubte er immer noch, wir wären Freunde, und ein Teil von ihm wollte mich nicht töten – er würde aber zulassen, dass es geschah.

Vielleicht war es dieses Zögern, was mich rettete, an dem auch sein Talent nichts ändern konnte. Ich glaube, wäre er nur ein weniger entschlossener gewesen, hätte er mich da besiegt.

Stattdessen folgte er mir.

Der Schraubenzieher lag auf einem der dunkelbraunen Mosaiksteine und war kaum zu erkennen. Ich bemerkte ihn auch nur, weil ich etwas tiefer stand. Wymer aber trat auf ihn, der Schraubenzieher rollte weg, und er schrak hoch wie eine Katze, der man an die Pfote fasst. Im selben Augenblick ließ ich die Kette vorschnellen. Ein Schuss löste sich, ging aber ins Leere. Die Kette schlang sich um Wymers Beine. Er schrie, ich zog, und er fiel ins Wasser.

Ich warf mich auf ihn, aber er tauchte weg und legte mir die Kette um den Hals. Dann zog er sie zusammen und drückte mich unter Wasser. Einen Moment lang war ich so verdutzt, dass ich die Orientierung verlor. Da waren nur das Wasser, der Schmerz in meinem Kehlkopf und in meiner Brust und das Dröhnen des Bluts in meinen Ohren.

Dann rammte ich ihm mit voller Wucht den Ellbogen in die Seite. Sofort ließ der Druck um meinen Hals nach. Ich befreite mich, packte ihn und verpasste ihm mehrere Kinnhaken. Ich wollte ihn nicht töten, aber ich war ziemlich ärgerlich.

Als er nur noch schlaff im Wasser hing, schleppte ich ihn zum Beckenrand und wuchtete ihn keuchend aus dem Schwimmbecken.

Ich hätte mich gerne einen Augenblick ausgeruht, aber wenn Wymer mich gefunden hatte, dann blieb mir nicht mehr viel Zeit. Außerdem könnte jemand den Schuss gehört haben, und ein einzelner Schuss im Schwimmbad klang schon etwas anders als eine Reihe von Schüssen auf dem Schießstand.

Ungeduldig befestigte ich die Kette unter Wasser am Haken und legte sie über die Rollen des Flaschenzugs. Dann montierte ich die Winde und stemmte mich fluchend dagegen.

Der geheime Panzerschrank der Sektion Cricket war ein Würfel von gut zwei Fuß Kantenlänge. Ihn gegen das Gewicht des Wassers nach oben zu wuchten war in etwa wie der Versuch, einen kleinen Schrank durch eine Wand zu ziehen. Ich suchte mit den Zehen so gut es ging Halt auf den Fliesen und drehte die Winde wie ein verdammter Sklave. Meine Muskeln spannten sich, und meine Adern traten hervor, als wollten sie platzen. Es gab einen Ruck, aber das war alles. Ich ließ los, atmete tief durch und wurde fast besinnungslos vor Schmerz. Dann drehte ich wieder, so stark ich konnte, bis Sternchen vor meinen Augen tanzten. Dann endlich hob sich die Oberseite des Kubus an. Ich spürte, ich zog nicht nur gegen das Wasser an, sondern auch gegen die Mechanik, die den Safe im Boden festhielt. Dann brach ein Widerstand entzwei, und der Kubus hob sich ein weiteres Stück empor, ehe er wieder festsaß.

Ich arretierte die Winde und tauchte, um nachzusehen. Ich hatte ihn etwa einen Fuß aus dem Boden gehoben. Noch ein Stückchen – dann konnte ich mich um die Schlösser kümmern.

Da setzte plötzlich ein lautes Tosen ein. Das Wasser um mich geriet in Aufruhr.

Jemand hatte die Pumpen aktiviert.

Ich blickte hoch, und durch das Wasser, flackernd wie eine Fata Morgana, sah ich zwei Beine am Beckenrand. Es waren nicht Wymers Beine.

Zögernd tauchte ich auf.

„Guten Tag“, sagte der Wicket-Keeper.

Es war seltsam, ihn da stehen zu sehen, außerhalb seines Arbeitszimmers, ohne den Schutz seines Schreibtischs. Er hatte nur seinen Stock dabei, auf den er sich stützte, und als er ein paar Schritte am Schwimmbecken entlangging, um einen Blick auf Wymer zu werfen, konnte ich deutlicher als sonst das Hinken seines künstlichen Fußes sehen.

Im Gegensatz zu Wymer schien er es nicht für nötig zu halten, mich zu bedrohen. Ihm war klar, dass ich ihn nicht einfach angreifen würde, bevor wir geredet hatten. Dazu kannten wir uns schon zu lange, und er hatte zu viel für mich getan.

So stand ich also halbnackt inmitten des gurgelnden Beckens, das schon bis zu meiner Hüfte abgelaufen war, und wartete darauf, dass er das Wort an mich richtete.

„Sie haben gute Arbeit geleistet“, sagte er dann und deutete mit dem Stock auf den Safe, der gerade aus dem Wasser auftauchte.

„Ich verstehe nicht ganz, Sir.“

„Ich fragte mich, wie weit Sie gehen würden, um an den Stein zu kommen“, sagte er. „Ich muss bekennen, ich bin beeindruckt. Vielleicht war meine Neugierde etwas zu groß? Na, immerhin haben Sie weder Captain Wymer noch unserem Panzerschrank nicht wiedergutzumachenden Schaden zugefügt.“

„Sie wussten, dass Wymer hinter mir her war?“, fragte ich, und er nickte. „Wie lange schon?“

„Eine ganze Weile“, sagte der Wicket-Keeper. „Der Auftrag erforderte, dass Sie sich in unmittelbarer Nähe des Palastes aufhalten, und er erforderte ein gewisses Maß an Exposition. Gleichzeitig gab es aber noch mehr zu tun, denn unsere ausländischen Freunde waren nicht untätig, und Sie können ja schlecht zur selben Zeit im Hydepark und in den Docklands sein.“

„Wollen Sie damit sagen, wir haben die ganze Zeit zusammengearbeitet?"

Der Wicket-Keeper lächelte. „Wie man's nimmt. Wymer war überzeugt, dass Sie uns verraten würden, und recht motiviert, als ich ihm Gelegenheit gab, sein Talent zu tragen und Ihre Treue auf die Probe zu stellen."

„Wymer dachte, er nähme an einer Maulwurfsjagd teil?"

„Wymer glaubte, Sie seien nur die Ablenkung und es ginge in Wahrheit um ihn und seinen Einsatz. Sie wissen, wie es mit den Talenten ist. Sie können Ihrem Gefährten einen gewissen Größenwahn kaum zum Vorwurf machen; sein überhöhtes Konkurrenzdenken schon eher. Doch auch das kommt vor." Gedankenvoll betrachtete er den Bewusstlosen. „Jetzt wissen Sie, warum normalerweise nur ein Mann pro Team talentiert ist."

„Sie haben uns gegeneinander ausgespielt", stellte ich fest. „Bei allem Respekt ..."

„Sie sind der Batsman", unterbrach mich der Admiral. „Die Aufgabe des Bowlers war es, Ihnen die Bälle zuzuspielen, und das hat er getan." Er hob die Hände. „Gratulation. Sie haben vollbracht, was niemand für möglich hielt. Sie haben die drei Steine beizeiten wieder vereint. Nach sechs mal zwölf langen Jahren."

„Sir ...", zögerte ich.

„Wissen Sie, was ich so an Ihnen schätze, Captain?", fuhr der Wicket-Keeper fort und schmunzelte. „Immer schon, auch als Sie noch bei den Marines waren?" Er sah auf mich herab, und es war fast wie damals, nach dem Krieg, als er das erste Mal zu mir kam. Allerdings hatte ich damals nicht in einem Schwimmbecken gestanden, sondern unter einem Tisch in einer Hafenkneipe in Hongkong gelegen, und die Nässe an meinem Körper war eine andere gewesen; das Trinken war mir damals noch leichter gefallen. Ich hatte ihm vor allem deshalb zugehört, weil ich dachte, ich läge wieder in meinem alten Bett, und mein Vater beuge sich über mich.

„Sie treffen Ihre Entscheidungen Schritt für Schritt", sagte der Wicket-Keeper, „und haben, wie Sie selbst sehr gut wissen, die

Angewohnheit, einmal Angefangenes auch zu Ende zu bringen. Niemand außer Ihnen hätte einen Einsatz wie den am Yong so durchgeführt wie Sie, und niemand außer Ihnen war besser geeignet, Sektion Cricket an ihr Ziel zu bringen. Ich wusste, wenn ich Sie hier unten antreffe, sind Sie nur noch einen Schritt vom Ziel entfernt."

„Sir", sagte ich. „Sie haben meine Frau in ihrer Gewalt."

Ich war nicht sicher, warum ich ihm das sagte oder was ich von ihm zu hören hoffte. Wahrscheinlich wollte ich einfach, dass er mich verstand.

Doch der Admiral zuckte nur die Achseln. „Das ist bedauerlich, aber ich bin sicher, ihr wird nichts zustoßen. Der Niederländer und Aarons Mädchen wollen doch beide dasselbe. Dasselbe wie Sie." Er schmunzelte wieder und wirkte auf seltsame Weise wehmütig dabei. „Dasselbe wie ich."

„Sie wollen, dass ich ihnen den Koh-i-Noor bringe", sagte ich und kam mir schon ein wenig merkwürdig vor, ihm das alles erklären zu müssen. „Sir."

„Aber sicher", sagte er nur. „Gehen Sie nur und tun Sie, was immer notwendig ist."

Einen Augenblick schien er ehrlich verwirrt, dass ich einfach weiter dort unten im Schwimmbecken stand und vor mich hin tropfte, neben mir sein Safe am Haken des Dreifußes wie ein kapitaler Karpfen an der Angel, dann lachte er entschuldigend. „Ach ja, das wissen Sie noch nicht", meinte er dann und ging zu einer Stelle an der Wand, die sich durch nichts vom Rest der Wand unterschied, und hob seine Hand. Ich glaube, er tat etwas mit einem seiner Ringe, dann öffnete sich eine kleine Klappe in dem tiefroten Marmor. Dahinter war ein Hebel. Er zog ihn, und der Kubus glitt stotternd aus dem Boden und öffnete sich. Darin war der Safe, der mit einem großen Zahlenschloss gesichert war.

„Wählen Sie der Reihe nach die folgenden Nummern an", sagte der Wicket-Keeper. „1, 5, 18, 5, 1. Sie wissen, wie es geht."

Während ich mich bückte und die Zahlenräder abwechselnd im Uhrzeiger- und Gegenuhrzeigersinn drehte, wanderte er am Beckenrand entlang, damit er besser sehen konnte, was ich tat.

„Öffnen Sie ihn", befahl er.

Die Tür des Safes schwang auf, und ich musste die Augen verschließen vor der Helligkeit im Inneren. Die Kristalle brachen nicht nur das Licht der Umgebung, sie leuchteten von innen heraus. Die meisten waren nicht größer als Kirschen; ein Stein jedoch war größer und irgendwie auch anders als alle anderen.

„Geben Sie ihn mir", sagte der Wicket-Keeper, und ich ergriff den Koh-i-Noor.

Kaum, dass ich ihn aus dem Panzerschrank genommen hatte, erlosch das Licht in ihm.

Der Wicket-Keeper streckte die Hand aus. Ich zögerte kurz, dann warf ich ihm den Stein zu. Der Wicket-Keeper legte ihn vor sich auf den Boden.

Dann trat er mit seinem künstlichen Fuß darauf, und zu meinem Erstaunen zerbrach der Stein unter seinem Absatz in tausend Stücke.

„Der echte Stein", sagte ich, „war die ganze Zeit im Palast."

Der Wicket-Keeper nickte. „Ich wusste, er war bei Ihnen gut aufgehoben – und Sie bei ihm." Er kam zu mir ins Becken und legte mir die Hand auf die Schultern. „Manchmal ist es eine Qual, den Ruf zu hören und nicht zu wissen, woher er kommt und wie man den Drang stillen kann ... Spüren Sie es?" Dann lachte er. „Wymer und die anderen waren die letzten Tage verrückt wie die Hutmacher. Sie freilich waren der einzige Talentierte im Palast. Ich mag mir kaum ausmalen, wie es für Sie war." Dann zog er die dichten Brauen zusammen, bis seine Augen fast darunter verschwanden, und senkte den Kopf. „Ich lebe schon so lange damit. Sie aber, Sie und die anderen beiden, haben die Möglichkeit, es zu Ende zu bringen."

Drei von uns, die den Palast öffnen.

„Gehen Sie und vollenden Sie, was Sie begonnen haben."

Neumond im Palast der Welten

Als er mit leeren Händen kam, fürchtete ich einen Augenblick, er würde zum Äußersten greifen, und schalt mich eine Närrin: Ich hätte erkennen müssen, dass Captain Royle kein Mann war, den man erpressen konnte, und wie viel weniger noch war ich eine Mörderin, die sich tatsächlich an seiner Frau vergriffen hätte, gleich, wie sehr er mich verletzt hatte. Bei Frans war ich mir da nicht so sicher; er machte den Eindruck, als kämpfe er in jeder Sekunde gegen seine Dämonen, und ich mochte nicht in seiner Nähe sein, wenn er diesen Kampf verlor. Eigentlich hätte ich es vorgezogen, überhaupt nicht in seiner Nähe zu sein, und gerne hätte ich mir eingeredet, diese ganze Sache mit Adas Entführung und der Erpressung sei seine Idee gewesen. Ich konnte nur hoffen, dass diese neue Seite an mir, die die letzten Stunden zum Vorschein gekommen war, wieder verschwinden würde, wenn wir unser Ziel erst erreicht hatten.

Ananda, dachte ich. Wie wenig der Begriff Glückseligkeit doch geeignet war, all das zu beschreiben, was in diesen Minuten nur eine Handbreit entfernt schien. Gegenwart und Vergangenheit zu vereinen; das älteste Rätsel meines Lebens zu lösen; wie im Gebet vor einen Gedanken hinzutreten, der älter war als alle Menschen, die ihn hätten denken können, und als neuer Mensch in die Zukunft zu gehen. Ich wusste nicht, was mich erwartete; niemand hatte das gewusst, wenn er zum ersten Mal auf einen Gipfel gestiegen war oder durch ein Teleskop zu den Sternen geblickt hatte. Ich dachte an die Kammer der Spiegel und wie allein ich mich in einer

Unendlichkeit gefühlt hatte, in der nur ich selbst zu existieren schien, bis ich jeden Sinn für mein Selbst verloren hatte. Wäre es nicht das, was von mir bliebe, verlöre ich sie? Ob es Ananda auch so erging? Hatte mich die Stimme im Tempel damals gerufen, damit ich die Einsamkeit von ihr nahm?

Ich wünschte mir Bailey an meiner Seite. Er war alles an Familie, was ich je gehabt hatte, der einzige, der mich je verstand. Doch er würde seiner Loge die Treue halten, auch wenn die meisten ihrer Mitglieder bereits den Verstand verloren hatten und sich allen Ernstes einzubilden schienen, Ananda mit ihren magischen und technischen Spielzeugen einfangen oder beherrschen zu können. Was diese Männer nie gelernt hatten, war, dass der Dienst an einem höheren Prinzip nicht nur Arbeit, sondern auch die Bereitschaft zur Unterwerfung bedeutete.

Ich war bereit.

Ich warf einen Blick zu Frans. Er erwiderte ihn, aber nur kurz. Seine Augen blieben nie lange auf eine Sache gerichtet, und immerzu fuhr er sich mit der Hand übers Gesicht, als würde er von einem unsichtbaren Bienenschwarm bedroht, und zuckte zusammen, wenn er an den Verband auf seiner Nase stieß.

Wir hatten uns im Unterholz des Hydeparks verborgen gehalten und verfolgt, wie die Palastwachen wie von Geisterhand gezogen eine nach der anderen verschwanden, bis die Kuppe des Palasts, selbst ein einziger, dunkler Kristall in der mondlosen Nacht, sich wie ein jungfräuliches Eiland vor uns erhob.

Dann trat eine einsame Gestalt mit Stock und Laterne aus einem Nebenausgang beim Kesselhaus und bezog breitbeinig davor Position. Sie schwenkte die Laterne und wartete.

Frans bedeutete mir mit gespielter Verbindlichkeit voranzugehen, und so verließ ich die Deckung der Bäume und näherte mich dem Palast. Frans hielt sich mehrere Schritte hinter mir und schubste die gefesselte Frau vor sich her, deren Kleider ich noch immer trug.

Ada hatte es in all den Stunden, die wir nun gemeinsam verbracht hatten, so gut es ging vermieden, mit uns zu sprechen und unsere Befehle meist kommentarlos und ohne uns eines Blickes zu würdigen erfüllt. Nur ihre Gefühle verrieten sie: Sie verachtete uns, und wir machten ihr Angst, und das machte sie wütend. Ich bewunderte daher umso mehr, wie sie es schaffte, ihre Würde zu bewahren, indem sie in keiner Sekunde einen Zweifel daran ließ, dass sie uns für nicht mehr und nicht weniger als gewöhnliche Kriminelle hielt. Ada war eine der Frauen, die dieses Land und seine Regeln nicht nur verstanden und zu ihrem Vorteil benutzten, sondern es erst zu dem gemacht hatten, was es war. Ihre Macht bestand nicht in ihrer Schönheit, sondern in ihrer Verweigerung. Ich war mir sicher, sollten wir nach dieser Nacht tatsächlich am Strang enden, sie würde sich nicht einmal die Mühe machen, dem Ereignis beizuwohnen.

Ich hielt einige Schritte vom Captain entfernt an, und wir musterten einander. Die Laterne hatte er auf einen kleinen Sockel gestellt, der Stockdegen lehnte lässig daneben. Ich spürte seine Wut und wie er sich Mühe gab, sich zu beherrschen, als er Frans mit seiner Frau erblickte. In gewisser Weise, stellte ich fest, ähnelten seine Gefühle denen Adas, nur dass man von ihm immer erwartet hatte, sich zu erklären und Entscheidungen herbeizuführen. Ich ahnte, dass alles in seinem Leben darauf ausgerichtet war, den Bruch zwischen ihm und seiner Frau zu heilen. Er liebte sie, das spürte ich ganz deutlich. Wenn ich das bei unserem ersten Treffen schon erkannt hätte, hätte ich uns vielleicht viel Leid ersparen können.

Irgendwie schien es falsch, dass wir einander mit so viel Hass behandelten. Wollten wir denn nicht das Gleiche?

„Die Wachen sind weg“, sagte er, als ich das Wort nicht ergriff.

„Wo ist der dritte Kristall?“, fragte ich ihn.

„Wann bekomme ich meine Frau?“

„Erst den Kristall“, sagte ich und hoffte, dass er es nicht auf eine Konfrontation anlegen würde.

„Er ist im Palast“, sagte er und nahm Laterne und Waffe wieder auf. Er hatte immer noch starke Schmerzen und bewegte sich sehr aufmerksam, damit ich es nicht mitbekam. Genau wie ich. „Kommen Sie."

Ich sah zu Frans und zuckte die Achseln. Trotz der Kristalle, die Frans am Körper trug, konnte ich seine Gefühle inzwischen besser wahrnehmen. Es gefiel ihm nicht, wie leicht ich Royle seinen Willen gelassen hatte, aber seine Gier und seine Ungeduld zu Ende zu bringen, was immer er in diesen Stunden für seine eigentliche Mission hielt, ließen ihn von Diskussionen absehen.

Wir folgten Royle ins Innere.

Ein Schauder überlief mich, als ich über die Schwelle trat. Es war, wie eine Kathedrale zu betreten; die Geräusche, die Luft, alles im Palast atmete Geheimnis, und unsere Schritte hallten in der Ferne wider. Royles Laterne schimmerte auf den blutroten Baldachinen, und hoch über uns konnte man die dunklen Rippen des Gewölbes erkennen, wie das Skelett eines großen Fischs, der uns verschluckt hatte. Von der Westseite des Palasts, wo wir uns noch in der Nacht zuvor unter Urzeitechsen bekämpft hatten, blies ein kalter Wind herein und ließ die Vorhänge und Wimpel flattern.

Royle führte uns durch den Schatten eines monumentalen Keltenkreuzes und den stillen Wald der Statuen, durch den ich zwei Tage zuvor Frans gejagt hatte, zu dem zentralen Bereich, wo tropische Pflanzen und der duftende Brunnen ein orientalisches Märchenland entstehen ließen. Ich sah die indische Ausstellung mit ihrem Elefanten und den sechs Fuß hohen goldenen Käfig, aus dem ich zuletzt ein überirdisches Leuchten hatte dringen sehen. Ein rotes Tuch bedeckte nun den Käfig. An der nächsten Wand prangten Portraits von Victoria und Albert. Sie waren nicht gut getroffen.

Royle hielt vor dem Käfig an. Frans zog Ada an sich heran und hielt ihr wieder seine unheimliche Waffe an den Hals.

„Was ist, Captain?", fragte ich. „Skrupel? Kommen Sie, die Königin wird es Ihnen nachsehen."

Frans nickte Royle aufmunternd zu.

Statt einer Erwiderung zog er das Tuch vom Käfig und gab den Blick auf die vergoldeten Streben frei.

Der Käfig war leer.

„*Welaan,* mein Herr“, rief Frans verärgert. „Was nun?“

„Der Koh-i-Noor wird nachts in diesem Sockel verwahrt“, erklärte Royle und deutete auf die hohe Basis des Käfigs.

Ich schüttelte ungläubig den Kopf. „Der Koh-i-Noor ist der fehlende Stein?“, lachte ich. Dabei war es so einleuchtend: Der größte Diamant der Welt, der wahrscheinlich wertvollste Schatz, den England meiner Heimat gestohlen hatte ...

Royle zuckte die Achseln.

„Ich kann Ihnen nicht sagen, ob dieser Stein wirklich der Koh-i-Noor ist. Ich sage nur, er ist das, wonach Sie suchen.“

„Wenn beide Steine aber nicht identisch sind, wo ist dann der Diamant, den Maharadscha Dalip Singh letztes Jahr nach England sandte?“

„Ist das jetzt wichtig?“, fragte Royle.

„Nein.“

Er grunzte. „Ich breche den Sockel jetzt auf.“

„Nicht doch“, lächelte Frans. „Warum rohe Gewalt, wenn auch Feingefühl zum Ziel führt? Sehen Sie, ich wollte mich immer schon als Juwelendieb versuchen, und welcher Stein wäre dieses Traums wohl würdiger?“

Ich bat den Captain freundlich, zurückzutreten. Dann drückte ich der Kleinen seine Frau in den Arm und befahl ihr, sie irgendwo festzubinden, vorzugsweise am Vorderbein des Elefanten, wo ich sie gut im Blick hätte, und ein wenig mit der Klinge zu kitzeln, der Dramatik des Augenblicks zuliebe. Dann krempelte ich die Ärmel hoch, holte mein Werkzeug aus dem Seesack und machte mich an meine Herausforderung.

Feierlich ging ich vor dem Käfig in die Hocke und studierte die Konstruktion. Insbesondere mehrere kleine Austrittsöffnungen und eine Reihe von Spiegeln, die um das Zentrum des Sockels herum angeordnet waren, weckten mein Interesse.

„Sicherheitsvorkehrungen“, sinnierte ich.

Der Captain schnaubte gereizt. „Das Ding weigert sich zu leuchten“, grollte er. „Das ist alles.“

Ich grinste verstehend. Die Engländer hatten sich alle Mühe gegeben, die Brillanz des Steins mit Tricks aufzubessern. Die Austrittsöffnungen gehörten allem Anschein nach zu Gasbrennern. Dabei hätten diese Ignoranten nur die wahre Natur des Steins erkennen müssen, seine stoische Trauer; ihn künstlich auszuleuchten war genauso abartig, wie ein Pferd vor eine Eisenbahn zu spannen.

Ich tippte vorsichtig gegen den Käfig. Sofort gab es ein schnappendes Geräusch, und ein ausgeklügelter Mechanismus öffnete eine versteckte Klappe im Sockel, die den Stein, so er noch dort gelegen hätte, spätestens jetzt im Sockel hätte verschwinden lassen.

„Ich hole ein Brecheisen. Damit werde ich ...“, begann der Engländer, aber ich hob die Hand und erbat mir Stille. Dann machte ich mich am Sockel zu schaffen. Wie erwartet befand sich unter dem Holz ein verschlossener Eisenkasten – mit einem Chubbschloss.

„Diese Schlösser gelten als unknackbar“, erläuterte der Captain.

„Glauben Sie alles, was man Ihnen erzählt?“

Er wollte etwas entgegnen, aber die Kleine hielt ihn zurück.

Was soll ich sagen? De Boers Safe war die größere Herausforderung gewesen, selbst wenn mir nach den Strapazen der letzten 48 Stunden doch ein wenig die Finger zitterten und jede hastige Bewegung kleine Glöckchen in meinem Kopf klingeln ließ.

Die Tür schwang auf.

Auf dem Boden des Sockels, auf einer filigranen Mechanik, saßen der Koh-i-Noor und zwei kleinere Steine, die ihm Gesellschaft leisteten. Ich streckte gierig die Hand danach aus, als die Kleine mir auf die Finger schlug. Meine Mutter hatte das immer getan, wenn ich wieder nach etwas gegriffen hatte, was ich nicht haben sollte.

Wütend schaute ich zu ihr hoch.

„Sie kennen doch sicher den Fluch, der auf dem Stein lastet, oder?“, fragte sie freundlich. „Wem immer dieser Stein gehört, besitzt die Welt – und all ihr Leid. Nur ein Gott kann ihn gefahrlos tragen. Oder eine Frau.“

Gegen so viel weibliche Überzeugungskraft war ich machtlos, also gestattete ich ihr, den Kristall an sich zu nehmen. Ich fragte mich, ob sie es nicht vielleicht auf die beiden Diamanten abgesehen hatte, aber als sie sich mit verzücktem Gesicht wieder aufrichtete, den großen Stein auf ihrer Handfläche, erkannte ich, dass sie gar nichts anderes im Sinn hatte. Auch über die Leuchtkraft des Kristalls konnte man sich nicht mehr beschweren – es war, als spürte er unsere wohlmeinende Nähe, und wieder einmal war damit bewiesen, dass in den richtigen Händen einfach alles erblühte.

Erschrocken riss ich mich aus meinen Gedanken, als ich erkannte, dass wir Royle für einige Momente unbeobachtet gelassen hatten. Doch meine Sorge war unbegründet; er war ebenso in den Anblick des kleinen Wunders versunken wie wir, und sein leicht dümmlicher Gesichtsausdruck erinnerte mich an den eines Knaben, den ich einmal in einem Amsterdamer Bordell gesehen und der gerade gelernt hatte, was eine Frau mit ihren Lippen und Zähnen noch alles tun konnte außer essen und sprechen.

Tatsächlich, so fand ich, entbehrte unsere Zusammenkunft zu dieser unwahrscheinlichen Stunde, an diesem unwahrscheinlichen Ort, nicht einer gewissen peinlichen Intimität. Ein Teil von mir hätte dem störrischen Engländer gerne den Hals umgedreht, und ich nahm an, dass es ihm nicht viel anders erging. Bei der Kleinen folgte ohnehin eine absonderliche Gefühlsregung der nächsten. Dies war sicher auch auf die Übermüdung zurückzuführen, gegen die wir beide anzukämpfen hatten (seit unserem stürmischen Kennenlernen gestern Nacht hatten wir schließlich auf die frigide Kleiderpuppe achtgeben müssen, die der Captain ein Eheweib schimpfte). Wir waren aber auch ein wenig übergeschnappt, wir alle drei, und irgendwie hassten wir einander und brauchten einander doch, und obwohl es uns Angst machte und vielleicht auch ein wenig ekelte, was mit uns geschah, konnten wir uns doch ebenso wenig davon lösen, wie jener Junge damals im Amsterdam die schmatzenden Lippen aus seiner Leistengegend hatte drängen können.

Ich zurrte meinen Sack wieder zu und schlang ihn mir um die Schultern.

„Was jetzt?", fragte der Captain, und ich grinste, als ich sah, wie sein Blick auf der Kleinen ruhte, oder genauer auf dem, was sie in ihrer Faust hielt, und gar nicht mehr auf seiner Frau, die sich nicht schlecht machte als fünftes Bein eines ausgestopften Dickhäuters.

„Jetzt steigen wir empor ins Licht", erklärte ich und wandte mich dem nächsten Aufgang zum Transept zu.

Es war an der Zeit – das Pfeifen und Surren in meinem Kopf war zurück, und es fühlte sich an wie ein dunkler Heuschreckenschwarm, der über uns aufzog.

Der Ingenieur ist am Ziel!

Der Niederländer machte ein Gesicht, als habe eine kalte Hand seine edelsten Teile zusammengedrückt. Ich war weder froh noch sonderlich stolz darauf, mit ihm und der Inderin gemeinsame Sache zu machen. Eigentlich hätte ich sie im ersten Augenblick, da ihre Aufmerksamkeit nachließ, überwältigen sollen. Ich war sicher, ich hätte es geschafft, vor allem, nachdem Ada nicht mehr in direkter Gefahr schwebte. Ich hätte sie beide in Gewahrsam bringen können; ihn hätte man höchstwahrscheinlich gehängt, ehe irgendwer davon Wind bekam, und sie wäre lange Zeit in einer Anstalt oder einem Arbeitshaus verschwunden. Oder ich hätte sie einfach beide erledigt und als Einbrecher hingestellt. Was meiner Geschichte an Glaubwürdigkeit fehlte, hätte der Admiral mit seinem Einfluss wettgemacht.

Ich tat jedoch nichts von alldem. Stattdessen ließ ich sie gewähren und billigte nicht nur, dass sie den Koh-i-Noor unter den strengen Blicken der Königin und ihres Gemahls aus seinem Safe entnahmen, ich freute mich sogar darüber. Alles, was in diesen Minuten geschah, fühlte sich so ungeheuer richtig an, und gerne hätte ich geglaubt, dass alles, was ich tat, seine Richtigkeit hatte. Das war aber absurd, denn nichts hatte in diesen Stunden mehr seine Richtigkeit: Mein Partner hatte versucht, mich zu töten; meine Frau war an einen ausgestopften Elefanten gefesselt; der Admiral hatte uns alle betrogen; der Palast, in dem die Königin am nächsten Tag die Ausstellung eröffnen wollte, war dank der Sektion Cricket zum Schauplatz einer Verschwörung geworden; und ich war irgendwie Teil davon und im Begriff, mit einem Edelstein, der vielleicht der wertvollste Diamant der Welt, vielleicht aber auch etwas völlig anderes war ... ja, was eigentlich zu tun?

Den Palast zu öffnen, dachte ich und gluckste wie ein junger Fähnrich, der zum ersten Mal ein Lob seines Vorgesetzten erhält. Wem aber galt meine Loyalität, wenn mein vorgesetzter Offizier allem Anschein nach doppeltes Spiel trieb? Ich dachte daran, was Wymer gesagt hatte, und versuchte, mir nicht wie ein Verräter vorzukommen.

Mit einer fast tragikomischen Feierlichkeit nahmen wir die nächste Treppe nach oben. Ada kämpfte gegen ihre Fesseln an, als wir uns abwandten, aber sie rief nicht meinen Namen. Einen kurzen Moment lang blickten wir einander in die Augen, und ich versuchte, Zuversicht auszustrahlen; keine Ahnung, ob mir das gelang, und im nächsten Moment schaute ich nur noch nach oben, in Richtung des Transepts, und hatte Ada und alles andere vergessen.

Unter dem Transept schwebte die merkwürdige Konstruktion, unter der ich den Niederländer und die Inderin schon am Vortag erwischt hatte. Sie war mir während meiner ersten Runden im Palast aufgefallen, aber keiner der anderen Wachleute hatte mir erklären können, wozu das Gewirr aus Metallreifen und verästeltem Gestänge gut war. Ein alter Schotte hatte die Achseln gezuckt und getippt, dass man zur Eröffnung vielleicht etwas daran aufhängen wollte, und sein Kollege, ein untersetzter Junge mit einem starken Cockney-Akzent, hatte widersprochen und behauptet, es habe etwas mit der Statik des Palasts zu tun, aber selbst nicht gewusst, ob er mit „Statik" nun die schiere Masse des Palasts oder die elektrische Leitfähigkeit seiner Eisenträger meinte. Für mich sah das Ding aus wie der fehlgeschlagene Versuch, einen Globus zu bauen, aufgespießt auf dem Essbesteck eines Riesen.

Dem Anschein nach hatten wir alle gründlich danebengelegen.

Wir bezogen um die Konstruktion herum Stellung wie Feldherren um ihren Schlachtplan. Der Niederländer kramte die Schatullen aus seinem Seesack, in denen sich die anderen Kristalle befanden. Als sei es die selbstverständlichste Sache auf der Welt, reichte er mir einen davon, und ich nahm ihn ohne zu zögern entgegen.

Wir hielten nun alle einen Stein in der Hand. Sie hatten fast die gleiche Größe – größer als alle anderen Kristalle, die ich während meiner Einsätze für Sektion Cricket gesehen hatte –, unterschieden sich jedoch im Detail. So war der Koh-i-Noor in den Händen der Inderin flacher und runder als der Stein, den der Niederländer für sich behalten hatte. Dieser war etwas länger als meiner, der mir wiederum etwas spitzer vorkam. In jedem Fall war die Formgebung verwirrend, fremd, einfach wie nichts, das man in der Auslage eines Londoner Juweliers sehen würde.

Wie wir da standen, die Steine in der Hand, geschah etwas Eigenartiges: Die Kristalle begannen, in einem schwachen, bläulichen Licht zu erstrahlen, das innerhalb weniger Sekunden deutlich heller wurde als der schwache Schein der Gaslaternen unter uns, die sich in der Weite des Palasts verloren, oder der Sterne über uns am Nachthimmel, der in diesen Minuten greifbar nahe schien. Zugleich meinte ich, ein Kribbeln in meiner Hand zu spüren, wie von einer schwachen elektrischen Ladung, das sich durch meinen ganzen Körper ausbreitete und eine seltsame Wärme an dem Ort hervorrief, an dem ich mein Talent verwahrte.

Meine Hand wurde schwer. Nicht von Müdigkeit, sondern als würde sie von einer magnetischen Kraft auf die Konstruktion herabgezwungen. Ich sah, dass es den anderen ähnlich ging: Die Inderin keuchte wie eine Kurtisane, der Niederländer zitterte wie ein Opiumkranker. Ich für meinen Teil glaubte, dem Druck nötigenfalls widerstehen zu können, aber wahrscheinlich hätte der Stein mir die Hand zerschnitten oder gar die Finger gebrochen, so stark war seine Kraft.

Einer nach dem anderen gaben wir nach. Das Mädchen setzte seinen Stein zuerst ein, in eine Fassung an seinem Ende der Konstruktion. Der Niederländer gab dem Ding einen leichten Schwung, bis eine zweite, ähnliche Fassung vor ihm zum Stillstand kam, und tat es ihr gleich. Das Leuchten und Ziehen des Steins in meiner Hand verstärkte sich. Nach kurzem Zögern glaubte ich zu durchschauen, was sie getan hatten und wie ich es ihnen gleichtun könnte: Eine dritte und letzte Fassung befand sich gerade außerhalb meiner Reichweite. Ohne weiter nachzudenken, was ich da tat und woher wir das alles wussten, drehte ich die Sphäre in der dafür vorgesehenen Art und Weise, bis die Fassung direkt vor mir lag wie ein erwartungsvolles Schlüsselloch.

Ich streckte den Arm aus und führte den drängenden Stein ein.

Das Gefühl der Erleichterung, das mich überkam, war unbeschreiblich.

In dem Augenblick, in dem ich den letzten Stein eingesetzt hatte, vollführte die Konstruktion eine rollende Bewegung, als werde sie von einem unsichtbaren Uhrwerk angetrieben. Die Steine glommen wie geisterhafte Kohlen, die gesamte Konstruktion erglühte, dann schoss eine gewaltige Explosion aus den Dornen und Stangen und Klingen des Dings. Ein Lichtbogen blitzte hinab und traf den Kristallbrunnen im Zentrum des Palasts, der zu singen begann und gleißte, wie die Sonne im Winter durch Eiszapfen gleißt. Von dort verzweigte sich der Blitz und schoss hakenschlagend den Boden entlang, vorbei an dem Elefanten, den Ulmen, und wilden Mustern folgend unter Kisten, Vasen und Statuen hindurch. Maschinen erwachten zum Leben, wo der Blitz sie berührte, Bogenlampen blitzten auf, und Dampf zischte aus den Rohren. Die Planken unter meinen Füßen bebten, der ganze Palast vibrierte. Schließlich fand jeder der Zweige eine der Eisenrippen, die den Rumpf des Palasts stützten. An diesen leckten sie empor wie Elmsfeuer, um sich dann schließlich wieder am Kreuzpunkt der beiden Schiffe zu vereinen.

Die Welt war in weißes Feuer getaucht. Ich schloss die Augen und hätte doch nicht sagen können, ob sie offen oder geschlossen waren, denn das Weiß war überall. Trotzdem konnte ich in diesem Weiß Konturen ausmachen. Staunend hob ich die Hände, die wie fahle Fackeln vor mir loderten und auch nicht viel mehr Substanz zu besitzen schienen als Feuer oder vielleicht Nebel. Ich griff wieder nach der Sphäre und spürte einen leichten Widerstand, den ich beiseiteschob, und dann griff ich durch die wirbelnde Sphäre hindurch.

Ich verlor jeden Orientierungssinn, jedes Gefühl für oben und unten, innen und außen, selbst für die Grenzen meines eigenen Körpers. Es war ein berauschendes, aber auch schreckliches Gefühl, und ich wusste, fühlte oder sah, dass es den anderen genauso erging. Wir waren verloren in diesem Sturm weißen Lichts und in der Verlorenheit verbunden wie Seeleute in einem Orkan. Ich spürte den Herzschlag der Inderin, die nicht wusste, ob sie lachen oder vor Angst laut schreien sollte. Ich spürte die Gedanken hinter der Stirn des Niederländers rasen; am liebsten wären sie davongelaufen wie die Ratten.

Ich musste mich arg zusammenreißen, um überhaupt noch zu wissen, wer sie, wer er und wer ich waren. Ein bisschen war es so, wie ich mir immer vorgestellt hatte, dass es sein müsse, wenn man sich mit altem, schottischen Whisky zu Tode soff. Bei dem Gedanken musste ich lachen. Ich lachte immer lauter, denn ich ahnte, wenn ich zu lachen aufhörte, würde eine Angst auf mich warten, der sich kein Mann stellen müssen sollte.

Der Palast war offen, und ich trieb in die Unendlichkeit.

Irgendwo vor mir im Licht glaubte ich die Silhouette eines großen Tempels auszumachen. Breite Stufen führten zu seinem Eingang empor, und auf den Stufen saßen wie Staubkörner auf den Facetten eines Diamanten Kinder, die bettelnd die Hände ausstreckten. Sie waren abgemagert, trugen Lumpen und waren grau wie Rauch auf den schneeweißen Stufen, so blendend war die alles erfüllende Helligkeit. Es war Kalighat und auch wieder nicht, wie ein Traum, der im einen Moment eine Erinnerung und im nächsten eine Hoffnung oder eine Sorge ist.

Ich näherte mich einem der Kinder und fragte mich, was es in mir sehen würde; nur eine weitere Pilgerin oder einen Geist? Das Kind drehte den Kopf und lächelte. Es war ein Mädchen, höchstens zehn Jahre alt. Sie hatte dunkles Haar und große mandelförmige Augen in einem zerbrechlich wirkenden Gesicht. Ich sah in sie und wusste, dass sie keinen Namen, keine Familie, keine Hoffnung und keine Angst kannte. Ich sah das alles, denn ich kannte sie: Sie war ich.

Sie lächelte, nahm mich bei der Hand und führte mich die Stufen empor. Bis zu diesem Augenblick hätte ich nicht zu sagen vermocht, ob ich überhaupt einen Körper besaß, doch bei ihrer Berührung fuhr mir ein Stich ins Herz. Auf seltsame Art war ihre Nähe tröstlich, wie etwas Liebgewonnenes, das man verloren, eine Melodie, die man vergessen hatte. Ohne zu zögern folgte ich ihr, vorbei an den Schatten der *Pandas* und durch sie hindurch, als wären sie nur Traumgespinste. Nur manchmal wandte einer von ihnen den Kopf und blickte uns nach, wie man einem Vogel nachblickt, den man im nächsten Moment schon wieder vergessen hat. Dann war da der alte *Sebait* mit seinem grimmigen Blick und seinem Bambusstock; doch auch er ließ uns passieren.

Sie führte mich an den Ort, den ich nie hatte betreten können. Den nur Bailey gesehen hatte.

Der Tempel wuchs um uns wie eine Stadt aus Meerschaum, Elfenbein und Licht. Die Pilger trieben wie die Schatten ferner

Wolken über den Platz, und einen Augenblick lang drehten wir uns um uns selbst, ließen uns treiben von ihrem Tanz. Ich spürte die Strömung, der wir folgten, den verheißungsvollen Ruf, den ich Zeit meines Lebens wahrgenommen hatte, wenn auch immer schwächer, je älter ich wurde. Ich lauschte der Stimme, forschte nach ihrem Puls, ließ mein Herz in ihrem Takt schlagen, ließ sie mein Wesen erfüllen. Das kleine Mädchen, das ich selbst war, lachte und zog mich durch ein hohes Portal, hinter dem eine weite Halle lag, die schimmerte wie polierter Marmor. Als wir die Schwelle überschritten, verschwand sie, und nur ihr Lachen hing noch in den Hallen und rannte hierhin und dorthin. Das Portal hinter mir schwang zu. Es wurde dunkel.

„Komm näher", sagte die Stimme, und ich gehorchte. Es wurde kühler, je tiefer ich in die Finsternis drang, und ein schwerer Geruch nach altem Weihrauch lag in der Luft. Ein endloses Muster gleichseitiger Dreiecke verzweigte sich über den Boden des Tempels, und an den Eckpunkten jedes Dreiecks flackerten Lichtchen wie Kirschblüten in einer Brise.

„Näher", sagte die Stimme. „Hab keine Angst."

Ein weißer Vorhang hing in meinem Weg. Ich zog ihn beiseite und betrat ein Labyrinth senkrecht gespannter Stoffbahnen, die den Mustern des Bodens folgten. Jedes der Tücher bildete die Wand eines regelmäßigen, sechseckigen Segments, und die flackernden Lichter warfen meinen Schatten auf die straff gespannten Segel, bis ein Heer dunkler Geister mir bei jedem Schritt zu folgen schien. Ich zog ein weiteres Tuch beiseite, dann noch eines, bis ich plötzlich einen Schatten vor mir sah, der anders war als die anderen. Der Weihrauchgeruch war jetzt stärker.

Der Schatten stand ganz still, und bewegte sich doch, ein Spiegelbild in unruhigem Wasser. Ich ging einen Schritt nach vorne.

„Wer bist du?", fragte ich.

Der Schatten neigte langsam den Kopf.

„Ich bin die, die du gesucht hast", sagte die Stimme. „Dein Leben lang."

„Sati", sagte ich. „Dakshayani."

„Ich war immer schon hier", sagte die Stimme. „Ich habe auf dich gewartet."

„Ananda", wisperte ich und streckte die Hand aus.

„Hebe den Vorhang", sagte die Stimme. „Zerreiße den Schleier."

Der Stoff in meiner Hand zerfiel wie Spinnweben, und vor mir, in dem sechseckigen Gemach, stand eine Frau mit gesenktem Haupt, die mir den Rücken zuwandte. Sie stand reglos wie eine Statue, doch ihre Gewänder wogten mit der hypnotischen Anmut eines Schlangenleibs.

Ich schauderte. Nein, ich zitterte vor Kälte. Vorsichtig streckte ich die Hand nach ihrer Schulter aus. Da wandte sie sich mir zu, ganz langsam, und ich wusste, wen ich sehen würde, noch ehe meine Finger ihre Haut berührten, ihr Blick den meinen traf. Die Haut wie junge Erde, die hohen Wangen, die dunklen Augen ...

„Erkenne dich selbst", sagte die Stimme, und ich erstarrte.

In diesem Moment flogen die Türen des Tempels weit auf, und ich taumelte, als ein Windstoß durch die Hallen fuhr, den Weihrauch vertrieb, und alle Lichter erloschen.

Gemächliche Schritte hallten über den Marmor, und von fern drang eine Stimme an mein Ohr, die mich im Innersten wärmte, kräftig und laut wie der Bariton eines Operettensängers, und Verse in einer Sprache schmetterte, die so anders war als die, in der die Stimme zu mir gesprochen hatte. Es war weder Englisch noch Bengali.

Es war die Sprache der Menschen.

So fiel Saturn; soll fallen nun auch ich?
Und diese lieblichen Gefilde flieh'n
Den ruhigen Hafen, Wiege meines Ruhms
Die stille Fülle segensvollen Lichts
Die Pavillons und Tempel aus Kristall
Mein ganzes weites, lichtes Reich? Es liegt
Verlassen, leer, nicht länger mir ein Heim
Den Glanz, die Herrlichkeit, das Ebenmaß
Seh' ich nicht mehr – nur Dunkel, Tod und Dunkel.

„Bailey!“, rief ich, und Tränen liefen mir über die Wangen. „Hier! Hier drüben!“

Ich fragte nicht, wie er den Weg zu mir gefunden hatte; er hatte ihn ja stets gefunden. Mein Herz schlug vor Freude, ihn bei mir zu wissen, und je näher er kam, desto neidvoller brannten die Augen meiner furchtbaren Zwillingsschwester, die mich festzuhalten versuchten.

Ich aber wollte nicht länger in ihrem Tempel sein.

Nicht länger allein.

„Nein“, dachte ich.

Ich löste meinen Blick von ihr und sie den ihren von mir. Ich wandte mich ab, sie ebenfalls, und dann erstarrte sie. Ihre Stimme verstummte in meinem Kopf, während jene andere, jüngere Stimme sich zu einem Gesang erhob, endgültig wie ein Abschied, Trost spendend wie eine Umarmung, und ich warf mich ihr entgegen, voller Klage – denn ich wusste, mein altes Leben war nun vorbei, und ließ los und fiel und weinte und fiel.

Der Gesang aber war nun ganz nah. Mir wurde wärmer, und dann spürte ich ihn: Er war da, mich zu fangen.

Wir fallen im Wandel der Natur, nicht kraft
Des Donnerschlags, noch Jupiters. Saturn,
Wie wohl hast Du Atom und All erforscht
Gerade aber, da Du König bist,
Und blind allein von schierer Übermacht,
Blieb ein Pfad Deinem Blicke stets verhüllt
Auf dem zu ewiger Wahrheit ich gelangt
Und wie du nicht der Mächte Erste warst
Bist du auch nicht die letzte; kannst's nicht sein:
Bist weder Anfang noch das End'.

Im Anfang gebar der ewige Vater das All, mit dem er eins war, und die Sterne waren sein Körper, denn sein Wesen ist Glanz und Licht. Schwer zu sagen, ob ich die Worte dachte oder schrie. Ich wusste es nicht: Zuckte ich vor Ekstase oder krümmte ich mich vor Schmerz? Ich war aber ziemlich sicher, dass ich lachte. Feuer schoss mir aus den Augen und der Stirn, und Sturm blies aus meinen Nüstern und aus meiner Faust, meine Macht umfasste einen Moment lang die gesamte Welt, doch mein Fleisch fühlte sich an, als ob es verbrannte und zur selben Zeit gefror. Da aber nichts außer Licht und Atem war, stand der Sohn ungeschützt vor dem Antlitz des Vaters, schrie oder dachte oder kicherte ich. Wie das Oben so wie das Unten ist, so ist der Weg des Lichts, denn der Weg nach oben ist derselbe wie der nach unten. Wir aber, die Materie, brechen das Licht, wie ein Kristall die Weiße des Lichts in unreine Farben.

Ich versuchte, dem Weg des Lichts mit den Blicken zu folgen, blickte also nach oben und unten und verzweifelte an der schrecklichen Vielfalt der unreinen Farben, die sich an meinem und in meinem Körper brachen. *Jeetje*, ich brach und ich wurde gebrochen, und das Ergebnis war in der Tat unreiner, als ich es jemals für möglich gehalten hätte.

Behutsam versuchte ich, an mir herabzusehen, ohne dass das Licht mich fortbrannte oder mir übel wurde. Ich glaubte, nackt zu sein, ein stechender Schmerz saß in meiner Stirn, und meine Haut roch nach Rauch wie die brennenden Leichen in den Öfen der *Heeren*. Ich sah sie vor mir, die brennenden Hütten, die gerodeten Wälder, die versiegenden Flüsse, die fruchtlosen Leiber auf den Feldern, wie biblische Zeichen, und dann schlug eine Glocke in meinem Kopf, die mir das Fleisch von den Knochen schmolz mit ihrer Macht, und ich sah sie, siebzehn Stück an der Zahl, in einem doppelten Kreis, wie die Blüte einer fleischfressenden Blume, das Maul weithin aufgerissen, ein Geschwür, herausgewuchert aus dem weißen Feuer, das den Palast erfüllte.

Es heißt, einst wird ein Palast erstehen zum Fron der Materie. In ihm bricht sich das Licht und das Licht die Materie. Der Tag des Palastes wird kommen, der Tag des zerbrechenden Lichts, denn so steht es in den Sternen, und der Untergang wird der Aufgang sein, wie der Bogen des Lichts.

Die Särge umstanden den Brunnen in der Mitte der Halle, der zum Leben erwacht war unter ihrem Würgegriff und in konvulsivischen Zuckungen sein Lebenselixier verspritzte. Ich konnte nicht sehen, ob die Särge offen oder geschlossen waren, doch ich spürte das bleierne Murmeln der Mumien, ihr Aschеflüstern, ihren Brandgeruch, wie sie sich in diesem Regen der Elemente badeten wie Greise, die sich die schalen Kleider vom Leib rissen und ihr faltiges Fleisch in Morast und in Blut suhlten, um ihm neues Leben zuzuführen. Das war es also! Der Palast war für die *Heeren* nicht Linse, nicht Werkzeug, sondern ein großer Kessel, eine Lebensmaschine, an der sie sich labten wie schmatzende Egel. Darauf hatten sie jahrzehntelang gewartet. Nur deshalb hatten sie mich geschickt, deshalb waren sie um die halbe Welt gereist.

Eine Gestalt schritt ruhig von Sarg zu Sarg und führte verschiedene Handgriffe aus. Es war der hagere Schemen des Arztes, der mich in Sumatra geöffnet und wieder geschlossen und mich zu dem gemacht hatte, was ich nun war. Was war ich? Ein Ingenieur oder ein einfacher Heizer? Ein Dienstbote, nein, weniger noch, ein Wärter, der Futter herbeischleppte für das blutige Mahl der Zerstörung, wenn die *Heeren* über die Welt herfallen und sich an ihr gütlich tun würden!

Das Licht verlor seinen Glanz, und der Palast schien mir bejammernswert, wie eine entweihte Kirche, eine ausgeschlachtete Lok. Ich konnte nicht sagen, dass mich das glücklich machte. Mein Gehirn fühlte sich an, als seien glühende Messingdrähte hindurchgespannt. Die Worte der Prophezeiung kamen mir in den Sinn.

Ich bin der Ingenieur!

Ich bringe den Untergang!

Ich hob die Hände und sandte das Feuer meines Geistes aus. Ich suchte nach den anderen beiden, die irgendwo hier inmitten dieser wirbelnden Galaxie bei mir sein mussten. Ich fand die Kleine, zusammengekauert wie ein Kind, dann den Captain, dessen weiße Knöchel das rotierende Kristallrund umklammerten und der bewegungslos und mit schreckgeweiteten Augen ins Nichts blickte, als stünde er am Bug eines Schiffs und stürze die Enden der Welt hinab, und ein Gedanke formte sich in der gleißenden Leere wie ein Echo des ersten Gedankens, der am Anfang gewesen war. Ich weiß nicht, wer von uns ihn zuerst dachte und den anderen zurief; wer zuerst erkannte, was für eine grässliche Torheit wir begangen hatten und eingestehen musste, dass das Licht nicht gut war. Aber sie oder ich oder er dachten ihn, sprachen den Gedanken aus und gaben ihn weiter, und dann war es nicht mehr aufzuhalten, und ich lachte wie wahnsinnig, als ich meine Macht erkannte, diesen Gedanken zu denken, meinen Kopf endlich wieder für mich zu haben, und ich lachte und lachte, obwohl das Feuer meine Seele verbrannte und die *Heeren* in der Tiefe sich daran berauschten.

„Nein!", dachte ich.

Aus meiner Perspektive sah es aus, als habe sich ein gewaltiger Schlund aufgetan, wo eben noch nur die Fenster des Palasts und dahinter die pechschwarze Nacht gewesen waren, und aus diesem Schlund ergoss sich das Licht auf uns. Der Niederländer schien nicht mehr neben, sondern eher über mir zu sein, aber das mochte Teil der ganzen Täuschung sein, denn jeder Begriff von Richtung oder von eben und jetzt schien nur noch ein willkürlich gewählter Gedanke. Das einzige, was vielleicht noch einen Sinn ergab, war das Hier und das Dort, das Nahe und das Ferne. Die Inderin hatte es am weitesten von uns weggerissen; sie war so fern, dass ich sie kaum noch sehen konnte. Ich weiß nicht, was es war, was mich im Hier festhielt, außer vielleicht meine Weigerung, meine Phantasie mit mir durchgehen zu lassen.

Dabei konnte ich mich der Masse der auf mich einprasselnden Eindrücke kaum erwehren; mit jeder neuen Woge des Lichts, die uns traf, wurden es mehr. Wollte ich diese Eindrücke beschreiben, würde ich sagen, es waren Eindrücke der Ferne, ob Orte oder Zeiten, wusste ich nicht, aber ich entdeckte Landschaften, ja ganze Kontinente in diesem Licht, die vielleicht die Silhouette Australiens waren, wie die ersten Seefahrer sie durch ihr Fernrohr gesehen hatten, oder die öden Ebenen des Mars oder ein Ort, der noch gar nicht existierte. Der Punkt ist, sie waren nicht hier.

Verblüfft stellte ich fest, dass das aber nicht so bleiben musste.

Wenn ich wollte, dann waren all diese Orte, genau hier, genau jetzt, und einer von ihnen drängte mehr als alle anderen nach meinem Ruf. Es war, wie ein Wildpferd zu reiten, das sich seinen Weg durch einen Wald voller Möglichkeiten sucht. Überall waren Wege, doch das Pferd hatte seinen eigenen Willen, und wenn ich, der Reiter, es nicht zügelte, würde es einen eigenen Weg wählen.

Mit einer Mischung aus Belustigung und Bestürzung erkannte ich, was der Palast war – und was der Wicket-Keeper sich davon erhofft hatte. Er hatte geglaubt, dieses wilde Wesen reiten und die Unendlichkeit dieser Wege ordnen zu können wie eine alte Frau die Fäden an ihrem Webstuhl. Ich lachte, denn es war ebenso einfach wie genial und absurd – ein Raum, der einen anderen einnahm, Zeit, die zu vergehen aufhörte.

Ich sah, wie sich Wege nach überall hin öffneten und die Truppen des Empires in derselben Zeit, die es brauchte, ein Auge zu schließen und wieder zu öffnen, nach Ägypten, China oder an den Nordpol sandten. Mühsame Truppentransporte, wochenlange Schiffsreisen, eingekesselte und vom Nachschub abgeschnittene Einheiten, all das gab es nicht mehr. Bald marschierte unser Heer über den ganzen Planeten und alle Planeten, die es sonst noch gab. Alles in mir schrie, weil ich die furchtbare Gefahr darin erkannte, nicht für unseren Verstand oder die Ordnung der Dinge, falls so etwas denn existierte, sondern für die Zukunft des Empires selbst: Der Admiral hatte dieses Machtinstrument nicht ersehnt, um Ihrer Majestät zu größerem Ruhm zu verhelfen. Hätte er es wirklich unter seiner Kontrolle, könnte er seine Männer ebenso in den Buckingham Palast schicken wie dessen Bewohner auf den Mond oder auf den Meeresgrund. Er war in der Tat der Wicket-Keeper – und er wartete darauf, das Wicket zum Einsturz zu bringen.

Ich glaube, der Gedanke erschien mir einen Moment lang reizvoll. Ein Teil von mir wollte, dass das Wicket zusammenbrach. Ein Teil von mir wollte sehen, was dann geschah.

Eine Entscheidung musste her. Noch immer stürmte das wilde Pferd, immer schwerer wurde es, es im Zaum zu halten. Noch immer goss sich das fremde Licht über uns aus, und in dem Licht schien der Palast zum Leben zu erwachen. Ich hörte die Geräusche wilder Tiere, sah die hohen Bäume und die fernen Saurier dazwischen, roch das Öl und den Dampf großer Maschinen, vernahm das Stampfen von Kolben und den Sturm in den Rohren und Fenstern und Vorhängen, ahnte die Geister all der Menschen, die diese Schatzkammer zusammengetragen hatten. Die ganze Welt war in dieser Halle vereint und wartete darauf, abgeholt zu werden. Alles, was ich tun musste, war, die Zügel fahren zu lassen.

„Nein“, dachte ich.

Möglich, dass ich die letzten Stunden mehr als einmal gegen meine Überzeugungen gehandelt hatte. Ich hatte die im Stich gelassen, die ich hätte schützen sollen, hatte zu täuschen versucht und war doch selbst nur getäuscht worden, und all das, wie es schien, um mich für diesen Augenblick, diese größte aller Täuschungen, zu gewinnen.

Ich glaubte aber nicht, dass es in diesem Spiel einen Sieger geben konnte.

Ich wusste, was ich für meine Königin tun konnte.

„Nein!“, rief ich, diesmal laut, und es klang, als sprächen drei Stimmen gleichzeitig. Ich glaubte, die Stimmen des Niederländers und der Inderin zu hören und fragte mich, ob sie ebenso wie ich erkannten, dass allein die Tatsache, dass wir alle drei nichts sehnlicher wünschten, als dieses Tor aufzustoßen, Beweis genug dafür war, dass uns das niemals gelingen durfte.

Leider konnte ich sie nicht finden, und sie konnten mir nicht helfen, denn sie waren zu weit weg. Also lag es an mir.

Ich packte die wirbelnde Sphäre unter meinen Händen, was nicht einfach war, denn immer noch schienen meine Hände durch alles, was sie zu greifen versuchten, einfach hindurchzugleiten, und das Konstrukt floss wie Wasser und Licht um sie herum. Dann aber, unter Aufbietung aller mir verbliebenen Geisteskraft, schaffte ich es, meine Hände aus diesem merkwürdigen Traumland zu reißen, und fühlte kaltes Metall in meine Finger schneiden. Ich hielt es fest und zog immer fester.

Meine Muskeln brannten, und das Hämmern meines Herzens füllte meinen Brustkorb aus. Dann fühlte ich ein Nachgeben, etwas zerbrach, und dann hatte ich das riesige Konstrukt auf den Armen, und mit ihm das stürmende Licht und alles, was darinnen lag. Ächzend wuchtete ich die Sphäre auf meine Schultern, bis ich glaubte, mein Rückgrat müsse jeden Augenblick brechen, und dann tat ich, was Atlas sich in seinen Träumen wahrscheinlich immer ausgemalt hatte, und warf das verdammte Ding in die Tiefe.

Es stürzte, glaube ich, volle zwei oder drei Sekunden lang. Dann schlug es auf dem Boden auf, gerade neben den rosafarbenen Brunnen, und zerbarst in einem gewaltigen Blitz.

Ein tiefes Grollen erfüllt den Palast. Der Boden erzittert, und alle Vasen und Teller und Scheiben klingen wie ein einziges Glockenspiel, als ferne Räder in der Tiefe einem ungewissen Ziel entgegendonnern. Staubkörner wirbeln wie winzige Schneeflocken durch die Luft.

Dann verebbt das Grollen. Der Palast ist geschlossen. Luft füllt die entstandene Leere.

Du kannst uns nicht aufhalten.

Da erhebt sich ein lauter Schrei. Der Schrei kündet nicht von Trauer noch von Wut, nur von unfassbaren Schmerzen.

Ein Schuss fällt, und auch das Schreien verstummt.

Langsam verblasst das Licht, der Staub legt sich, und alles, was noch zu hören ist, sind die Spatzen in der Ulme, die schimpfen und aufgeregt hin und her flattern.

Als ich wieder sehen kann – und ich – und ich –, klettern wir in die Buntglasgalerie hinab. Unter den dunklen Blicken der Könige und Heiligen vergangener Jahrhunderte schreiten wir langsam den Gang mit den schwarzen Vorhängen entlang, bis wir die Treppe nach unten erreichen. Dort suchen wir in der Verwüstung zuerst nach dem Elefanten, befreien die Frau – meine Frau – und hoffen, bald wieder bei Sinnen zu sein, auf dass dieser unerfreuliche Zustand bald ende. Ada ergreift – jaja, schon gut – meine – Hand und hofft ihrerseits, dass wir nun endlich gehen. Doch ich ziehe sie mit mir unter das Transept, und ich folge, und auch ich.

Um den Brunnen stehen siebzehn schwarze Kisten, die nach Rauch und Asche riechen. Als wir eine von ihnen öffnen, rieselt nur dunkelgrauer Staub aus ihr heraus; ein Staub von sehr eigener Schönheit, wie ich finde. Zwischen den Kisten aber liegt die verbrannte Gestalt eines dürren Mannes – Dr. Fleerackers –, jemand hat ihm eine Kugel in die Brust geschossen, und eigentlich ist es erstaunlich, dass er in dem Feuer, das die Kisten und seine Herren verzehrte, überhaupt so lange überlebt hat.

Wir entdecken den Wicket-Keeper. Der Admiral stützt sich auf seinen Stock und hat einen rauchenden Revolver in der Hand. Seine Augen liegen tief unter den buschigen Brauen, wie bei einem Mann, der sehr viele Nächte nicht mehr geschlafen hat.

Ihm gegenüber steht Lord Bailey. Bailey hat seinen Schirm auf die Schulter gelegt und zieht den Bauch ein, als posiere er für das Foto einer Großwildjagd. Er und der Admiral stehen einander gegenüber wie bei einem Duell, und eine Weile sieht es so aus, als würde der Admiral auf ihn anlegen. Aber die Hand, die den Revolver hält, zittert, und er lässt ihn schließlich sinken. Bailey lächelt, schwingt seinen Schirm, schlendert näher. Etwas an ihm ist verändert.

Ich gehe zu ihm, während ich zum Admiral gehe.

„Jupiter ist gefallen“, flüstere ich und denke an die Ätherbahn, die sich unaufhaltsam in Bewegung setzt, als der Palast sich öffnet, getrieben vom Vakuum des Tunnels, und ein kalter Schauder läuft mir über den Rücken. Ich schweige betroffen – ich, weil ich nicht weiß, was sie meint und wo der Schauder herkommt –, während Bailey mich in den Arm nimmt und nickt. Dann hebt er das Kinn und ruft uns zu: „Sie sind der Letzte, mein Freund!“

Der Admiral lacht entkräftet und geht humpelnd ein paar Schritte durch den Staub und die Trümmer. Dann stehen der

Admiral, Bailey, Ada und wir in den Trümmern, Schiffbrüchige am Strand. „Der letzte welcher traurigen Brigade könnte ich wohl sein?“, fragt er.

„Sie folgten Blakewell in die Wälder. Doch nur Sie und Aaron kamen zurück. Blakewell rettete Ihr Leben, und Sie nahmen seine Geheimnisse an sich, als es mit ihm zu Ende ging. Habe ich recht? Wie muss das den armen Aaron geärgert haben! Doch nun ist es vorbei, und Sie sind der Letzte.“

„Der Major“, flüstert der Admiral und sieht an uns vorbei, und ich ahne, er sieht Wälder und Tiger und Elefanten dort, wohin er blickt. „Der Major ist ein Phantom. Ein Traum, den keiner mehr träumt.“

„Wirklich keiner mehr?“

Wir lauschen auf das Flüstern des Shilas – dein Stein in meiner Brust – mein Talent – und erkennen, dass der Admiral recht hat.

Es ist vorbei. Ich empfinde noch immer die Gefühle der anderen – das Geschick meiner Hände – meine eigene Kraft, und doch ist es anders. Anandas Stimme ist verklungen, die künstlichen Nerven in meinem Gehirn sind verdorrt, und der Palast ist nur noch ein Palast. Die letzten Brücken zu jener anderen, älteren Welt sind abgebrochen, und der Abgrund zwischen den Sternen klafft wieder wie eine alte, tiefe Wunde.

Der Admiral blickt mich an und breitet die Arme aus.

„Was nun, Captain? Erschießen Sie mich?“

Ich sehe ihm in die Augen und denke einen Moment darüber nach.

„Nur zu“, sagt er. „Ich habe keine Angst, denn ich bin schon einmal gestorben.“

„Wir schaffen hier besser Ordnung“, murmele ich und wende den Blick von ihm ab.

Die elektrische Uhr unter dem Transept ist stehengeblieben. Bailey zückt seine Taschenuhr und verzieht das Gesicht. „Gute Idee. In weniger als zwölf Stunden steht die Königin vor der Tür und will ihre Ausstellung eröffnen.“

Wir scharren mit den Füßen im Staub. Nichts ist von der Sphäre und den Kristallen geblieben. Auch in meinem Armband, stelle ich fest, haben sich die letzten Reste verbraucht. Ich denke an den Fluch des Koh-i-Noor und die vielen Leben, die die Kristalle gekostet haben. Der Admiral greift in seine Tasche und wirft mir etwas zu. „Das werden Sie brauchen."

Ich schaue, was ich da gefangen habe: eine weitere Kopie des Steins, auf den ersten Blick nicht von den anderen zu unterscheiden. Doch das Licht, das in ihm glänzt, ist nur das gewöhnliche Licht dieser Welt.

Wir legen den Stein zurück an seinen Platz im Sockel und verschließen den Mechanismus.

Eine nach der anderen kehren die Wachen zurück. Ungläubig starren sie auf die Verwüstung und auf uns. Doch Bailey drückt einem von ihnen einen Besen in die Hand, der Admiral schickt sie an die Arbeit, und sie gehorchen ohne Widerrede, wie gute Soldaten. Dann nicken wir einander zu und gehen zum Ausgang.

Ich spüre, wie mir Blut übers Gesicht läuft. Ich fühle die Wunden überall an meinem Körper, meine Rippen, die versengte Haut, die Schnitte, meine Nase, meinen Arm. Doch mir geht es so gut wie schon lange nicht mehr.

Ich frage mich, was ich nun tun werde.

Meine Frau zieht an meiner Hand.

Ich drehe mich noch einmal zu Bailey um.

„Ihr Auge", sage ich, als ich sehe, dass der Kristall in seinem Gesicht verschwunden ist. Er sieht mich aus zwei blauen Augen an und zwinkert.

„Es ist ein Geben und Nehmen", sagt er.

Wir treten nach draußen, in den Park.

Hydepark

But yesterday a naked sod
The dandies sneered from Rotten Row,
And cantered o'er it to and fro:
And see 'tis done!
As though 'twere by a wizard's rod
A blazing arch of lucid glass
Leaps like a fountain from the grass
To meet the sun!

– William Makepeace Thackeray, *May-Day Ode*

Am Vormittag des 1. Mai 1851 hat sich ganz London im Hydepark versammelt. Viele harren seit dem frühen Morgen aus. Die Stadt ist mit Fahnen geschmückt. Ein leichter Regen setzt ein, aber niemand will sich davon vertreiben lassen. Fast eine halbe Million Menschen drängt sich im Park, und weitere Dreißigtausend, mehr als je zuvor in einem einzigen Gebäude, haben sich im Palast selbst eingefunden und warten auf ihren teuer erkauften Plätzen auf das Eintreffen der königlichen Familie.

Zur Mittagszeit fahren neun prunkvolle Kutschen durch den Park und halten punkt zwölf vor der Nordseite des Palasts. Der Himmel reißt auf, und Sonnenlicht schimmert auf den nassen Scheiben. Die Königin entsteigt ihrer Kutsche, gefolgt von ihrem Gemahl, ihrer ältesten Tochter Vicky mit Rosen im Haar und dem kleinen Prince of Wales in schottischer Tracht.

Victoria ist eine kleine Frau mit einem rundlichen Gesicht, deren Augen aufmerksam jedes Detail registrieren. Sie trägt ein Kleid aus rosa Moiré und ein diamanten- und federbesetztes Diadem. Dennoch wirkt sie verloren in der jubelnden Menge und unscheinbar neben ihrem stolzen Gemahl in der Uniform eines Generalfeldmarschalls, dem sie gerade bis an die Brust reicht. Sofort wird sie von ihrem Hofstaat und ihrer Leibwache umringt. Ihr alter Freund, der Duke of Wellington, ist da, der an diesem

Tag seinen zweiundachtzigsten Geburtstag feiert, und natürlich Joseph Paxton, der Architekt, und Fürsten und Bischöfe und Botschafter und Menschen, ach, so viele Menschen, die die Königin nicht kennt und die doch nicht von ihrer Seite weichen, so wie der schweigsame alte Admiral mit seinem Gehstock oder dieser schnauzbärtige Mann in seinem furchtbaren weißen Aufzug, wie war noch sein Name – hatte sie nicht ausdrücklich Hofkleidung oder Abendgarderobe gewünscht?

Zu Fanfarenklang betritt die Prozession den Palast, während auf dem Transept der Royal Standard gehisst wird und die Menge ergriffen die Hüte abnimmt: Die Königin hat Einzug gehalten! Eine Militärkapelle vor dem Palast stimmt „Rule, Britannia!“ an, während im Palast zwei Orgeln und sechshundert Stimmen die Nationalhymne schmettern, doch der Klang verliert sich beinahe unter der Weite des Glasdachs.

Der Reihe nach schreiten die Königin und ihr Gefolge durch ein schmiedeeisernes Tor, das zwei Beefeater bewachen, und betreten den zentralen Bereich. Nichts kündet mehr von den Verwüstungen der vorigen Nacht, und die Luft riecht nach Zedernholz und frischer Farbe, nach Blumen und den parfümierten Wasserspielen, die auf ihren Einsatz warten. Das Mittagslicht fällt grünlich durch die Palmwedel und die Ulmen, in denen die Spatzen aufgeregt flattern. Die Königin lächelt, aber der Duke of Wellington wünscht sich nicht zum ersten Mal, sie hätte seinen Rat befolgt und ein paar Sperber im Palast ausgesetzt.

Unter dem Transept, Purpur und Indigo, ist nun ein hoher Baldachin über einem Podium mit einem Thron aufgespannt. Die Königin entdeckt das preußische Kronprinzenpaar samt Sohn – eine gute Partie für ihre Vicky – und den Prinzen der Niederlande, und einen Moment hält sie Ausschau nach ihrem Onkel Leopold, doch der König von Belgien ist nicht zu entdecken.

Stille kehrt ein. Sechzigtausend Augen richten sich erwartungsvoll auf ihre Herrscherin und die winzigen Menschen unter dem Baldachin. Albert von Sachsen-Coburg und Gotha tritt vor und hält eine Rede im Namen der Kommission. Er dankt zunächst dem Architekten, den fleißigen Arbeitern und der Kommission, die noch wenige Tage zuvor einen tragischen Verlust in ihren Reihen zu bedauern hatte. Bei diesen Worten schluchzt Lady Sedgwick, ganz in Schwarz gekleidet, leise auf und greift nach der Hand des Mannes neben ihr. Diese Hand gehört Lord Bailey, der erst zusammenzuckt und dann seinerseits die Hand Lady Sedgwicks ergreift und tätschelt. Er sieht sich betreten um und entdeckt Isambard Kingdom Brunel in der Menge, sein Blick so eisern wie eine seiner Maschinen, und weiter hinten Rear-Admiral Shiels, aber auch der Admiral begegnet seinem Blick nur kurz und richtet seine Aufmerksamkeit dann wieder auf die Hundertschaften von Soldaten und Polizisten, die meisten davon in Zivil, die die Sicherheit der Königin gewährleisten sollen.

Jetzt spricht Albert von der Ausstellung, und der ganze Saal atmet Geschichte. Wann zuvor waren je die Völker der Welt in Frieden zusammengekommen, um ihre Einigkeit und die Errungenschaften ihres Verstands zu feiern? Die Reporter machen sich Notizen und überschlagen sich in ihren Vergleichen: allein, ob zum Anbeginn der Menschheit im Ersten Garten, dem Turmbau zu Babel oder doch gleich zur letzten Zusammenkunft, der Apokalypse, darüber herrscht Uneinigkeit.

Victoria dankt ihrem Gatten. Der Erzbischof von Canterbury spricht ein kurzes Gebet. Orgeln und Chor intonieren das Halleluja aus Händels Messias, und alle, die bis dahin noch nicht ergriffen waren, wischen sich nun die Augen.

Man macht sich bereit zur feierlichen Begehung. Einen kurzen Moment kommt Verwirrung auf, als ein Chinese in der bunten Seidenrobe eines Mandarins nach vorne stolpert und sich vor der Königin verbeugt. Hat das Reich der Mitte nicht abgelehnt, sich an der Weltausstellung zu beteiligen? Was, wenn es seine Meinung geändert und doch noch einen Repräsentanten entsandt hat? Zwar ist der Mann niemand anderes als der chinesische Dschunkenkapitän, aber keiner kennt ihn, und jeder fürchtet, das Protokoll zu verletzen; man weiß ja, wie empfindlich die Chinesen sind. Die Königin weist ihm daher nach kurzer Beratung einen Platz zwischen dem Erzbischof und dem Duke of Wellington zu, was den Fremden, der kein Wort mit irgendjemandem wechselt, sehr glücklich zu machen scheint, und das wiederum macht die Königin glücklich, denn sie will an Alberts großem Tag nur glückliche Gesichter um sich sehen.

Erneut bricht tosender Jubel aus, als sich die Prozession, angeführt von mehreren Herolden, in Bewegung setzt: zuvörderst Joseph Paxton und seine Geschäftspartner; dann die Kommissare und Botschafter, gefolgt von den Vertretern des Kabinetts und der Kirche; dann die königliche Familie und ihre Ehrengäste nebst Hofstaat. Nie zuvor hat man Monarchen sich solcherart unter das Volk mischen sehen, und die Herzen der Menschen entflammen in Stolz auf ihre mutige Königin. Zu Militärmusik geht es erst durch das Erd- und dann das Obergeschoss. Paxton versteht es, den in Mitleidenschaft gezogenen Westteil des Palasts geschickt zu umgehen, dennoch runzelt Victoria einen Moment lang die Stirn, als sie den von schwarzen Tüchern abgeteilten Bereich inmitten des australischen Farnwalds bemerkt und fragt sich, ob man diesen Raum nicht besser hätte nutzen können. Doch glücklicherweise ist dies das Einzige, was ihr missfällt, und niemals würde sie die Leistungen ihres geliebten Gemahls in der Öffentlichkeit kritisieren.

Über die Buntglasgalerie geht es hinab und zurück ins Zentrum des Palasts, wo die Zurückgebliebenen aufgewühlt das Urteil der Königin erwarten. Doch muss das Urteil eindeutig ausfallen: Wann hat es jemals zuvor eine vergleichbare Demonstration menschlichen Schaffens gegeben? Wann eine reicher gefüllte Schatzkammer unter der Sonne? Einen imposanteren Beweis weltweiter Macht? Muss Britanniens Glanz nicht vom heutigen Tag an noch heller bis in die hintersten Winkel seiner Kolonien und der Schwärze jenseits der zivilisierten Welt hinaus erstrahlen?

Victoria blickt zu Albert hoch und lächelt.

Die Königin, so erfährt man später, fand großen Gefallen an amerikanischen Landwirtschaftsmaschinen und Porzellan aus Sèvres. Ob die Statue ihres Gemahls, dargestellt als arkadischer

Schäfer, ihr eine deutbare Reaktion entlockte, ist nicht in Erfahrung zu bringen. Den Koh-i-Noor würdigte sie keines Blickes. Der Stein gilt allgemein als Enttäuschung; das Blut nicht wert, das an ihm klebt.

Joseph Paxton tritt vor und verneigt sich. Die Königin dankt ihm für seine Verdienste, doch Paxton bleibt bescheiden. „Ich habe nur meine Pflicht getan", sagt er gefasst, den Kopf gesenkt, eine stille Vorbereitung auf seinen baldigen Ritterschlag: „Ich habe für meine Königin einen Palast gebaut."

Doch herrscht allgemeine Einigkeit, dass seine außergewöhnliche Konstruktion wegweisend für Bauvorhaben der kommenden Jahre und Jahrzehnte sein wird. Vielleicht, so die Königin, werde es bald überall auf der Welt solche Paläste geben.

„Vielleicht", antwortet Paxton. „Doch dieser Palast, hier im Herzen des Empire, wird immer einzigartig bleiben. Man wird zurückblicken und sagen: Dieser Palast war etwas ganz Besonderes."

Diese Bemerkung ruft zustimmendes Gemurmel und auch das eine oder andere erleichterte Seufzen unter den Zuhörern hervor. Dann bittet die Königin Paxton, sich zu erheben, und wendet sich von ihm ab. Der Duke of Wellington tritt an ihre Seite.

„Natürlich kann dieses Glashaus nicht ewig hier stehen", raunt sie ihm zu.

„Natürlich nicht, Ma'am", antwortet der Duke. „Doch ist dafür schon Sorge getragen – im Oktober schaffen sie es fort."

„Das ist gut", nickt die Königin. „Der schöne Park – und das von einem Gärtner!"

Der Duke will noch etwas erwidern, aber der Prinzgemahl nähert sich, und sie verstummen und lächeln wieder wie zuvor.

Dann machen sich Victoria und ihre Familie zum Aufbruch bereit. Die Königin gibt das Zeichen, noch einmal erklingt die Nationalhymne, nördlich des Serpentine Lake feuern Kanonen einen Salut, die Springbrunnen im Palast erwachen zum Leben, und der Lord Chamberlain erklärt die Weltausstellung für eröffnet.

LETZTE TRIADE

Die ganze Nacht und den ganzen Tag war ich ohne Ziel durch London marschiert. Vom Hydepark aus nach Westen, bis nach Hammersmith, dann nach Süden über die Themse nach Brixton und nach Osten bis Greenwich. Irgendwann wurde mir klar, dass ich noch nie zuvor irgendwo hingegangen war, ohne dabei ein konkretes Ziel zu haben. Doch an diesem Tag ging ich einfach dahin, wohin mich meine Füße trugen, und fragte mich weder, wohin ich ging, noch wann ich dort ankommen würde. Eine Weile hatte ich jedes Gefühl für Zeit oder Richtung verloren und wanderte, ohne meine Füße zu spüren.

Zur Mittagszeit war London wie ausgestorben. Ich nahm meinen Lunch in einer Gaststätte in Deptford ein. Es war ein einfacher, aber urbritischer Pub, mit Sägespänen auf dem Boden und dem Geruch abgestandenen Biers und von Zigarren in der Luft. Aus einer Laune heraus bestellte ich mir eine indische Mulligatawny-Suppe und ein niederländisches Grolsch und fragte mich dann, woher diese Laune wohl kam. Schließlich mochte ich weder indische Gerichte noch holländisches Bier. Immerhin, nach dem langen Marsch hatte ich auf beides Appetit, also zuckte ich die Achseln und ließ mir das Mahl munden.

Dann zog es mich wieder hinaus in die Stadt, und erneut ließ ich mich dahin treiben, wo es meine Füße hinzog. Ich überquerte die Themse per Schiff nach Norden, wanderte durch das East End und die Docks und störte mich nicht an den getuschelten Bemerkungen der Dockarbeiter, denen auffiel, dass der Gentleman, den sie beobachteten, seinem Aussehen nach wohl gerade eine schlimmere Kneipenschlägerei hinter sich gebracht hatte, als sie jemals erlebt hatten.

In der Bond Street bog ich in die Burlington Arcade ein und studierte die Schuhe und Kleider in den Schaufenstern, aber als mir klar wurde, dass ich mir noch nicht mal ansatzweise vorstellen konnte, wie Ada wohl darin aussehen würde, sah ich ein, wie absurd mein Besuch war. Ohnehin waren die meisten Läden geschlossen, wegen des Feiertags, und seit ich die Arcade betreten hatte, war mir ein Beadle, einer der privaten Sicherheitsleute der Ladenbesitzer, gefolgt, der mich misstrauisch beäugte. Das konnte ich ihm nachsehen, immerhin hatte ich seit über vierundzwanzig Stunden meine Kleidung nicht mehr gewechselt, kein Bad genommen und meine Blessuren noch nicht verarztet. Trotzdem behandelte mich alle Welt so zuvorkommend, als trüge ich Prinz Alberts feinsten Zwirn für den Besuch des Pferderennens in Ascot. Ich war dankbar für diesen wenn auch noch so kleinen und beiläufigen Beleg, dass die englische Art und das britische Imperium nicht nur auf Geistesabwesenheit und Zufall beruhten.

Danach bummelte ich zurück zum Tower, wo ich die Beefeater auf ihrer Patrouille beobachtete. Ich fragte mich, ob an dem Gerücht, bei den Kronjuwelen im Tower, die die Beefeater bewachten, handle es sich um Imitate, wohl etwas dran war. Ich hatte mir noch nie Gedanken darüber gemacht, ob dieses Symbol des britischen Weltreiches nun echt oder falsch war. Aber nun fragte ich mich: Wenn die Kronjuwelen tatsächlich nicht echt waren, wo waren dann die echten – und, noch interessanter, wer hatte wohl das Gerücht, dass die Juwelen nicht echt waren, unter die Leute gebracht? Möglicherweise die Bewacher der Juwelen selbst, damit potentielle Juwelendiebe einen Diebstahl gar nicht erst in Erwägung zogen? Wenn das stimmte, waren dann die Juwelen vielleicht doch echt, weil man davon ausging, dass sie ja sowieso niemand stehlen wollte? *Bommen en Granaten*, sagte ich mir, A-nan-da brauchte kein Geschmeide.

Als die Sonne sich bereit machte unterzugehen – viel war von ihr nicht zu sehen, denn sie hatte sich in die grauen Kohlestaubschwaden der Stadt gehüllt –, fand ich mich vor dem Buckingham Palast wieder. Zum zweiten Mal an diesem Tag tat ich etwas, das sonst nicht meine Art war: Ich gab mich Gerüchten hin. Nämlich dem Gerücht, dass Victoria und Albert ganz im Gegensatz zu der Fassade, die sie bei öffentlichen Anlässen zur Schau stellten, es hinter den zugezogenen Vorhängen des Schlafzimmers so richtig krachen ließen. Es gab sogar Stimmen, die behaupteten, dass die Königin den sieben Kindern, die sie von 1840 bis 1851 geboren hatte, deshalb kritisch gegenüberstand, weil Schwangerschaft und Babys sie vom Beischlaf abhielten.

Und ich Tropf stand hier vor ihrem Palast, hatte während des Zeitraums, in dem meine Königin sieben Kinder in die Welt gesetzt hatte, nicht eine Nacht mit meiner Gemahlin verbracht und sah es trotzdem als meine Aufgabe an, die Überlegenheit der britischen Lebensart in die Welt hinaus zu tragen und das Empire vor allem Fremden zu beschützen.

Ich musste an Ada denken, die sofort, nachdem wir den Kristallpalast verlassen hatten, nach Hause gefahren war, und wusste nicht, ob ich sie für die stoische Gelassenheit, mit der sie die Ereignisse im Palast hingenommen hatte, bewundern oder für die emotionslose Gleichgültigkeit, mit der diese Ereignisse an ihr vorbeigegangen waren, verfluchen sollte.

Plötzlich kam mir die Inderin in den Sinn, wie sie die Kleider meiner Frau getragen hatte, in die sie nicht hineingehörte. Als wir in den Kristallen aufeinanderprallten – verwirbelten, verschmolzen, was auch immer das Wort war für etwas, für das es kein Wort gibt, – als ich fühlte, dass die rigide Korsage, die nicht für sie gemacht war, ihr die Luft abschnürte und sie nicht nur nach Wasser und Seife roch, sondern nach Gewürz und nach Frau: Da spürte ich ihre Sinnlichkeit, die nicht wie Puder und Perücken war, sondern wie die Erde.

Aber dann wusste ich nicht mehr, ob ich es gewesen war, der das gefühlt hatte, oder der Niederländer, und als ich an den dachte, widerte mich die Wache, die vor dem Palasteingang stand, plötzlich unendlich an. Das dämliche Karminrot der Uniformjacke, die auch ich in China getragen und die trotz ihrer Farbe mit dem Blut eines Soldaten nichts gemein hatte. Das schmutzige Schwarz der Bärenfellmütze, die keinen Sinn hatte außer den Soldaten größer erscheinen zu lassen, als er es in Wirklichkeit war, und vor allem das fahle Grau des unbewegten Gesichts.

Was war denn eigentlich so bemerkenswert an der Fähigkeit, weder zu erröten noch zu erbleichen noch sonst irgendwelche Gefühle zu zeigen? Warum durfte die Wache nicht auf das reagieren, was sich um sie herum abspielte? Wir lebten im Zeitalter der Maschine, die Kraft des Dampfes regierte die Welt, und wir kannten die physikalischen Gesetze, die unsere Maschinen bewegten.

Aber mussten wir uns darum selbst in Maschinen verwandeln?

Denn die Wache vor mir war eine Maschine. Eine Maschine, die man so gebaut hatte, dass sie auf nichts reagierte, was einem Menschen erstaunlich erschienen wäre.

Eine Straßenverkäuferin ging an mir vorbei. Sie trug einen halb leeren Weidenkorb mit Kartoffeln auf dem Rücken und unter dem Arm ein Schild: „Einen Penny das Pfund."

Ich wusste nicht, ob es meine Enttäuschung über mich selbst war, die mich auf die Idee brachte, oder die zynische Freude des Niederländers, Menschen zu verwirren, aber ich warf der Verkäuferin einen Penny zu und nahm mir die größte Kartoffel, die ich sah. Ihr Durchmesser war etwas größer als der eines Cricketballs, und ich konnte sie gerade noch so in der Hand halten.

Die Frau dankte und ging ihres Wegs.

Ich hielt dem Wachmann die Kartoffel in Armesabstand vors Gesicht, so dass er genau sehen konnte, was ich tat. Dann zerdrückte ich die rohe Kartoffel mit dem größten Genuss und ohne die geringste Anstrengung mit einer Hand und weidete mich daran, wie die Augen der Maschine immer größer wurden, während der Kartoffelmatsch mir durch die Finger rann.

Während die Hand unbewusst arbeitete, fing mein Geist an, meine Handlung zu hinterfragen, und langsam erkannte ich, was ich da eigentlich tat. Es war ja wahr: Wir lebten im Zeitalter der Maschine, die Kraft des Dampfes und die Macht des Schießpulvers regierten die Welt, und wir kannten die physikalischen Gesetze, die unsere Maschinen bewegten und die die Wilden in Asien und Afrika und Südamerika nicht kannten, und darum waren wir stärker als sie.

Aber wenn nun ein Wilder im afrikanischen Busch einen Dreyse-Zündnadel-Hinterlader fände und durch Herumprobieren herausfände, was er tun musste, damit die Waffe schoss, dann wäre er damit zwar stärker als alle Wilden um ihn herum, die er nun nach Belieben töten konnte, aber er wüsste immer noch nicht, warum das Gewehr so funktionierte, wie es das tat, warum es schoss und wer es gebaut hatte. Einem Wilden eine moderne Schusswaffe zu geben war genauso verantwortungslos, wie ein Kind mit einem Messer spielen zu lassen.

Keiner der Kristalle gehörte in unsere Hand.

Egal ob es der Niederländer gewesen war, der die Sinnlichkeit der Inderin gerochen und empfunden hatte oder ich selbst: Es war im Kristallpalast geschehen und hätte nie sein dürfen.

Es war an der Zeit, dass ich mich Ada stellte und, noch wichtiger, es war an der Zeit, dass ich Ada zwang, sich mir zu stellen. Die absurde Fassade unserer Ehe musste entweder eingerissen oder das Haus dahinter mit Leben erfüllt werden.

Dann warf ich die Reste der Kartoffel auf den Boden und schüttelte mir die Finger sauber. Ich – oder der Niederländer oder die Inderin – konnte nicht widerstehen, der Wache, die immer noch starrte, als sei ein Geist vom Himmel herabgestiegen, zuzuzwinkern. Danach winkte ich eine Kutsche herbei.

Die Kutscher hielt vor mir an. Links und rechts vom Kutschbock leuchteten Blendlaternen, die Lichtkegel aus dem Dunkel schnitten. Ich freute mich an dem warmen, gelben Licht, so ganz anders als das grelle Weiß der vergangenen Nacht.

„Wohin soll's gehen?", fragte der Kutscher, während er nach unten griff und mir die Tür öffnete.

Ich wollte ihm gerade sagen, wo ich zu Hause war, da wanderte mein Blick nach oben. Im rauchverhangenen Nachthimmel riss die Decke grauer Wolken auf, und das schwarze Firmament kam dahinter zum Vorschein. Ein einzelner Stern funkelte dort, ich wusste nicht welcher, und mir war, als fiele ich nach oben, wenn ich mich nicht an der Kutschentür festhielte; durch den Riss in den Wolken in die Schwärze des Himmels und hin zu diesem einzelnen Stern, der mich anzog, und ich wusste, wenn ich dort hineinfiele, dann wäre ich verloren und mit mir alles, was ich war, und alles, was mich umgab. Mir schwindelte, und ich schüttelte den Kopf.

„Wohin soll's gehen?", fragte der Kutscher erneut.

Ich ließ mich auf den Rücksitz der Kutsche fallen. Es war gut, dass die Schwerkraft mich anzog.

„Wohin nun?", fragte der Kutscher zum dritten Mal.

Ich seufzte und zog die Vorhänge der Kutschentür zu, um die Nacht draußen zu halten.

„In den Guards' Club."

Wenn ich gedacht hatte, London böte meinen Augen einen trostlosen Anblick, dann bewies dies nur, dass ich nicht auf die Beleidigung gefasst gewesen war, die Liverpool für sie bereithalten würde. Angeblich lief fast die Hälfte des Welthandels über Liverpool, aber wenn diese rußverschmierten Steinkolosse, durch deren Schluchten sich Heerscharen halbverhungerter Iren schoben, alles waren, was das „New York Europas" zu bieten hatte, wurde es höchste Zeit, dass ich das echte New York kennenlernte.

Wenigstens hatte ich ein feines Schiff, und ich war überrascht, ja höchst erfreut, als ich vernahm, dass ein alter Bekannter es gebaut hatte, der tüchtige Tunnelgräber Isambard Brunel. Wenn nur alle Engländer so ingeniös wären wie er, dachte ich, es ließe sich direkt mit Ihnen auskommen.

Die SS Great Britain (welch klangvoller Name! Welch Einfallsreichtum!) war das erste Eisenschiff mit Propellerantrieb, das je gebaut worden war, und das größte Passagierschiff der Welt – wie mir sowohl das Röhren der Maschinen, das sich gerade zu einem infernalischen Toben steigerte, als auch das Gedränge überall an Deck um mich herum eindrucksvoll demonstrierten.

„98 Meter Länge und eine Verdrängung von über 3000 Tonnen – britische Tonnen, Verehrteste – und sechs Kessel auf zwei Maschinen, beide mit einem Kolbenhub von 1,80 m und je 500 Pferdestärken. Das ist eine anständige Leistung! Angetrieben wird das Schiff von einem Propeller, 4,70 m im Durchmesser und 3.900 kg Gewicht."

„Ja, und den ganzen Segeln da", ergänzte Sam.

Ich seufzte. „Genau", sagte ich, während wir unter dem Jubel und Winken der ahnungslosen Massen, die sich an der Mole versammelt hatten, ablegten und gemächlich Fahrt aufnahmen, „und diesen ganzen Segeln da oben."

Samantha – Sam für ihre Freunde – hatte nicht viel übrig für die technologischen Errungenschaften unserer Zeit; für die Vertreterin einer Agrarnation war dies aber nichts Ungewöhnliches. Ihre Familie, hatte sie mir fröhlich beim Einsteigen erzählt, kam aus der US-amerikanischen Provinz und machte in Rindern. Davon schien sie eine Menge zu verstehen.

„Wie Sie wissen, liebe Freundin", rief ich ihr nicht zum ersten Mal ins Gedächtnis, „bin ich Ingenieur. Sehen Sie es mir bitte nach, wenn ich dazu neige, mich in technischen Details zu verlieren."

Sie tat es ab, als habe ich tatsächlich einen Fehltritt begangen, über den Sie gönnerhaft hinwegsehen konnte. „Vergeben und vergessen, mein Bester. Sie sind auch Niederländer, sagten Sie?"

Ich wusste zwar nicht, was das damit zu tun hatte, nickte aber, um nicht in ihrer Gunst zu sinken; ich gedachte, die zwei Wochen der Überfahrt nicht ungenutzt verstreichen zu lassen. „Auf dem Weg vom alten ins neue Amsterdam, wenn Sie so wollen. Tatsächlich bin ich als Vertreter der alten Niederlande wie geschaffen dazu, die Flamme der Kultur nun über den Ozean zu tragen – denn weiß man, wie etwas zugrunde geht, dann weiß man auch, wie es entsteht. So bin ich, Ma'am: Immer auf der Wanderschaft, immer auf der Suche nach dem nächsten Tempel."

Sie blickte verwirrt, aber ich sah mich nicht bemüßigt, die verschiedenen Aspekte meines persönlichen Millenarismus mit ihr zu erörtern. Dass mein Entschluss, einem weiteren Kontinent den Rücken zu kehren, auch eher spontan aus der akuten Notwendigkeit zur Flucht geboren worden war, brauchte sie ebenso wenig zu wissen. Vielleicht musste ich auch erst einmal selbst herausfinden, was ich mit meiner unverhofft erlangten Freiheit zu tun gedachte. Auf keinen Fall wollte ich Trübsal blasen; daher auch der feine Gehrock, und eine frische Rasur hatte ich mir am Morgen ebenfalls gegönnt. Auch meine Nase versprach bald wieder ihre alte Form anzunehmen, auch wenn ich befürchtete, dass ein gewisser kecker Knick ihr erhalten bleiben würde.

Fast fühlte ich mich wieder wie ein Mensch.

„Wollen wir einen Abstecher in den Saloon wagen?", schlug ich vor, denn es wurde frischer, je weiter wir uns aus dem Hafen entfernten, und es wurde Zeit für meine Medizin. Ich hatte die letzten Tage gemeint, eine leichte Form von Agoraphobie an mir zu beobachten, die mir den Aufenthalt auf dem gedrängten, vibrierenden Deck mit all dem Wasser außen herum und ganz besonders dem vielen Himmel über mir gerade ernsthaft zu verleiden begann. Manchmal wachte ich nachts immer noch auf und glaubte, nach oben zu fallen, und das war ein untragbarer Zustand, insbesondere für einen Mann der Wissenschaft. Glücklicherweise hatte ich es verstanden, meine Sinne mit verschiedenen Spirituosen so weit zu trainieren, dass spätestens gegen Mittag meist kein Zweifel mehr daran bestand, in welche Richtung die Gravitation unseres treuen Planeten auf mich wirkte. Die Nächte verbrachte ich trotz allem noch nur in geschlossenen Räumen, mit so viel Böden über dem Kopf wie möglich. Nur, um sicherzugehen.

„In welchen Saloon möchten Sie?", fragte Sam. „Es gibt so viele davon auf diesem Schiff!" Ich zuckte die Achseln. Ich hatte die schwimmende Dekadenz des Empires gesehen – Samt und Marmor, Leuchter und Teppiche, Spiegel und Stuck – und war momentan lediglich am Inhalt der Bar interessiert. „Saloonfragen überlasse ich Ihrem fachmännischen Urteil als Amerikanerin", erwiderte ich daher gelassen und legte sachte den Arm um ihre Hüfte.

Mein anderes Leiden, für das ich noch nicht das passende Tonikum entdeckt hatte, war die deprimierende Einsicht, dass es mir nach meinem absonderlichen Einsatz in London vor allem an einem mangelte: dem geeigneten Umgang. Wie sollte man Freude am großen Spiel des Lebens empfinden ohne einen adäquaten Partner oder wenigstens einen fordernden Gegner? Fast wünschte ich mir, ich könnte die Sicherheit dieses Schiffes für die Gelegenheit eintauschen, mich noch einmal mit dem Mädchen und Royle zu messen.

Langsam schoben wir uns Richtung Achterdeck.

„Sie waren wohl kaum wegen der Weltausstellung in England, oder?", fragte Sam. „Ich meine, wo Sie doch Niederländer und Ingenieur sind und alles."

„Nein", antwortete ich. „Sie?"

Sie schüttelte den Kopf. „Ich hatte nicht die Zeit."

„Sie haben nichts versäumt", versicherte ich. „Nach allem, was man hört, soll die Ausstellung eine große Enttäuschung sein."

„Also, da habe ich ganz anderes ..."

Ich winkte ab. „Die Engländer sind nicht in der Lage, etwas anzufangen, ohne dass ihm der Anschein des Kleinlichen anhaftet! In Ihre Heimat, liebe Sam, setze ich dagegen die größten Hoffnungen. Wer weiß, vielleicht werde ich noch einmal ganz von vorne anfangen, frei von alten Irrlehren, frisch und unverbraucht, und eines Tages meine eigene Ausstellung eröffnen?"

„Eine schöne Vision", nickte sie, und ihre Brüste hüpften wie kleine Kolben, als wir über eine Türschwelle ins Innere traten. Die Decke war niedrig, und ich nahm meinen Hut ab und half ihr einzutreten. „Ich glaube, das verbinden viele mit meiner Heimat. Gerade der Süden bietet nahezu unbegrenzte Möglichkeiten." Sie schlug mir freundschaftlich auf den Arm, als habe sie gerade einen ausgezeichneten Einfall gehabt. „Warum begleiten Sie mich nicht nach Atlanta? Wir haben viele Eisenbahnen da, es wird Ihnen gefallen!"

Ich lächelte entzückt und hielt Sam den Arm hin. Gemeinsam flanierten wir Richtung Saloon, und gerade wollte ich meine Pläne einer strahlenden Zukunft weiter ausführen, als aus heiterem Himmel eine vertraute Stimme erklang, die zu einem nicht minder vertrauten Schopf blonden Haares gehörte.

„Frans!"

„Betty", erwiderte ich mit vorgeschützter Freude, als meine Spielgefährtin aus dem Lyceum mit einem Mal vor mir stand. „*Wel, wel,* wenn das nicht Betty Capote ist." Sie hatte sich seit unserer letzten Begegnung kaum verändert, sah man einmal von der Begleitung ab, die sie sich seitdem zugelegt hatte und bei der es sich um einen windigen, nicht allzu großen Mann handelte, der sich das dunkle Haar mit einer gehörigen Menge Pomade nach hinten gelegt hatte. Es entging mir nicht, dass sie ihn mit einer gewissen Schadenfreude präsentierte.

„Sam, das ist Betty", stellte ich vor. „Betty, das ist Sam."

„Frans, das ist Archie", strahlte Betty, und der Dunkelhaarige streckte mir die Hand hin. Irgendwie kam er mir bekannt vor. Vielleicht aus dem Zug.

„Archie und ich haben uns in London kennengelernt", gab Betty bekannt. „Er hatte Urlaub, und da dachte ich mir, weshalb den weiten Weg nach Hause ohne Gesellschaft antreten? Wo er mir doch eine so große Hilfe war."

„Wie schön", sagte ich und schüttelte ihm die Hand. Er hatte einen festen Händedruck. Ein wenig zu herzlich für meinen Geschmack.

„Sie sind Amerikanerin?", fragte Sam, und darüber kamen sie ins Gespräch. Gerne hätte ich genau das vermieden und unseren Weg fortgesetzt, aber zwischen den beiden Frauen und Bettys Trophäe gab es kein Vorwärtskommen für mich.

Der Dunkelhaarige wippte frohgemut auf den Zehenspitzen auf und ab und musterte mich.

„Nun? Auch das erste Mal auf dem Weg nach New York?", erkundigte er sich.

Ich nickte. „Geschäfte."

„Oh? In welcher Branche arbeiten Sie denn?"

„Ingenieurswesen", entgegnete ich lässig.

„Davon müssen Sie mir unbedingt erzählen", sagte er. „Sehen Sie, ich trage mich mit dem Gedanken, eine neue Laufbahn einzuschlagen."

„Was tun Sie denn bisher?", erkundigte ich mich.

„Import/Export", feixte er. „Aber die Geschäfte laufen schlecht, und da fragte ich mich, ob das vielleicht einfach nicht das Richtige für mich ist."

„Wieso nicht", meinte ich und zuckte die Achseln. „Wie ich immer zu sagen pflege: Wenn du eine Sache nicht verstehst, such dir eine andere. Es gibt genug."

„Weise Worte", nickte Archie.

„Also dann", sagte ich und zog Sam bei der Hand. „Möglicherweise sehen wir uns ja alle einmal zum Kartenspiel? Es wird eine lange Überfahrt."

„Gerne", sagte er und nahm seinerseits Bettys Hand. „Ich denke, ich habe ein Händchen fürs Glücksspiel."

„Wir werden sehen", lachte ich. „*Welaan!*"

Der Clarence ratterte durch die Nacht. Ich hatte lange die Orientierung verloren, aber es machte mir nichts. Ich hatte auf eine geschlossene Kutsche bestanden, weil ich mich noch nicht bereit fühlte, der Stadt entgegenzutreten.

Einige Tage war ich nur zu Hause geblieben. Ich hatte mich um Shah Jahan gekümmert, und manchmal war mein Blick auf das Cello in der Ecke gefallen, aber beide hatten mich nicht aus meiner Starre lösen können. Was ich brauchte, hatte ich mir bringen lassen. Irgendwann hatte Mrs. Lincoln vor der Tür gestanden und mir ausgerichtet, Lord Bailey mache sich Sorgen und wolle mich sehen. Ich hatte sie unverrichteter Dinge fortgeschickt, doch am nächsten Tag war sie wieder dagewesen. Diesmal hatte sie gesagt, Lord Bailey habe ein Picknick im Sinn, und ich hatte die Einladung ausgeschlagen und gesagt, ich fühle mich nicht wohl. Am dritten Abend hatte ich zugestimmt, unter der Bedingung, dass ich selbst bestimmen konnte, wohin es ging.

Er war zu früh aufgetaucht und hatte geduldig gewartet, bis ich soweit war. Ich trug ein gewöhnliches dunkles Kleid und eine Haube und er entgegen seiner Art einen braunen Mantel über dem weißen Dreiteiler.

Wir fielen kaum auf, als wir die Kutsche bestiegen.

Ein Weilchen fuhren wir einfach durch die Gegend, denn eigentlich wusste ich nicht, wohin ich wollte. Natürlich hatte Bailey mehrere Vorschläge parat, und ich merkte, er wollte mir eine Freude machen. Aber mir stand der Sinn weder nach Musik noch nach all den Dioramen, Cycloramen und anderen Attraktionen des West Ends. So klapperten wir unverrichteter Dinge erst den Strand entlang und überquerten dann mehrfach die Themse. Den Hydepark und den Palast wollte ich nicht sehen.

„Sie haben die richtige Entscheidung getroffen“, sagte er schließlich.

Ich sah aus dem Fenster und betrachtete die Lichter der Trinkhallen, lauschte auf die Musik und das Gelächter aus den Tanzsälen. Ich empfand nichts dabei. Es waren nur Laute, nur Lichter. Nichts von Bedeutung.

„Ich weiß“, sagte ich. „Doch das macht es nicht leichter.“

Er brummte: „Ich nehme an, die Welt stellt sich anders für Sie dar, seit Sie den Stein nicht mehr tragen.“

Unwillkürlich fasste ich mir an den Hals, doch natürlich war da nichts. Der Shila lag in einem Schmuckkästchen, das ich unter dem Dach versteckt hatte. Ich wusste noch nicht, wie lange ich es ohne ihn aushalten würde, aber ich hatte mir eine Woche als

Minimum gesetzt. Vielleicht einen Monat. Möglicherweise auch länger.

„Wie steht es mit Ihnen?", fragte ich und sah ihn an. Zu meiner Überraschung wich er meinem Blick aus und blickte aus dem Fenster. „Ab und zu braucht man eine andere Sicht auf die Dinge", sagte er. „Das habe ich immer gesagt. Leider war Aaron nie dazu bereit."

„Wussten Sie, dass es so kommen würde?", fragte ich. „War das Ihre Absicht?"

Er schwieg eine Weile, und ich dachte, er würde mir nicht antworten und war kurz davor, die Kutsche zu verlassen und nach Hause zu laufen. „Es war meine Hoffnung", entgegnete er dann. „Sie waren meine Hoffnung, Miss Niobe." Er warf mir einen kurzen Blick zu und lächelte.

„Eigentlich", dachte ich, „war es wie immer: Er schmeichelte mir oder tischte mir Lügen auf, und ich hatte keine Ahnung, was er im Schilde führte. Wenn das alles war, was Shilas und Kristalle uns gebracht hatten, kamen wir auch gut ohne sie aus."

„Wie lange leiden Sie schon unter dieser Vorstellung?", erkundigte ich mich, und er lachte.

„Länger, als Sie glauben. Leider nicht lange genug, um zu merken, wie tief ich mich in Aarons Krieg verstrickt hatte. Seinen Krieg und seine Regeln. Die Eide, die man seiner Loge leistet, sind schwer zu brechen, wissen Sie."

„Deshalb brauchten Sie mich", sagte ich. „Eine Außenseiterin."

„Sie waren die Einzige, die ich kannte, die zwei wichtige Eigenschaften mit sich brachte: Sie trugen ein Talent und waren daher in der Lage, das Potential des Palasts zu erkennen und einzusetzen, und Sie waren nicht völlig übergeschnappt."

„Nicht völlig", schmunzelte ich. „Aber fast."

Bailey überging die Bemerkung und klopfte dem Kutscher, er solle anhalten. Das Klappern der Hufe verebbte, und wir kamen zum Stehen.

„Es tut mir leid wegen Aaron", sagte ich, auch wenn es nicht stimmte. „Was wird nun aus der Loge?"

„Die Götter versuchten, die Titanen zu stürzen", sagte Bailey, „und sind dabei selbst gefallen. So was kommt vor."

„Sie saßen alle ...?", begann ich, doch er hob die Hand und öffnete mit der anderen die Tür. „Erwähnen Sie diesen Teufelszug bitte nie wieder. Aber ja, nur ich bin übrig – Aurvandils Zeh kam wieder einmal ungeschoren davon. Wenn Sie eine Idee haben, was ich einem Haufen ahnungsloser Akolythen erzählen kann, lassen Sie es mich bitte wissen. Nun aber raus mit Ihnen."

„Wo sind wir?", fragte ich vorsichtig.

„Vauxhall Gardens", entgegnete er. „Keine Sorge, wir mischen uns nicht unters gemeine Volk. Ich möchte nur, dass Sie mir ein wenig Gesellschaft leisten – wenn das Ihren Ansprüchen genügt."

Ich nickte und rutschte zur Tür. Er half mir auszusteigen, dann drückte er dem Kutscher ein Bündel Geldscheine in die Hand und schickte den Mann fort.

Wir standen mitsamt der Kutsche am Straßenrand, irgendwo in Kennington.

Überrascht sah ich, wie Bailey auf den Kutschbock kletterte und mir die Hand reichte. „Kommen Sie."

Ich nahm seine Hand, packte meinen Rock mit der anderen und stieg zu ihm hoch.

Da saßen wir dann und sahen zu den hohen Bäumen und den Lichtern und Kolonnaden und exotischen Bauwerken des Parks hinüber. Es herrschte reger Betrieb im Park, aber auf der Straße war wenig los. Bailey begann, sich eine Pfeife zu stopfen.

„Hat Aaron auch den Palast geplant?", fragte ich ihn.

„Nein", sagte er. „Aaron glaubte lange, ein Meisterstein reiche, um das Werk zu vollenden. Als er erkannte, dass er sich geirrt hatte, war es zu spät, das Ruder zu ergreifen. Ihm blieb nur der Versuch, sich sein Stück vom großen Verschwörungskuchen abzuschneiden."

„Es ist ihm nicht bekommen", versuchte ich einen Scherz zu machen. Es war kühl auf dem Kutschbock, und ich schlang die Arme um mich. „Sagen Sie, worauf warten wir eigentlich?"

„Geduld", sagte er und klopfte auf den Kutschbock. „Ist das nicht ein schönes Stück?" Dann zog er den Mantel aus und legte ihn mir um. Da ich noch nie eine Kutsche gelenkt hatte, blieb mir nichts anderes übrig, als abzuwarten.

„Dann also die Cricketspieler?", fragte ich.

Bailey nickte und hielt ein Streichholz an seine Pfeife. „Höchstwahrscheinlich", murmelte er, während er paffte. „Sie hatten als einzige die Ressourcen, das Wissen und vor allem auch die nötigen Kontakte."

„Was war mit der Kommission?"

„Nun", sagte er und stieß eine duftende Wolke Pfeifenrauchs aus, „ich bin nicht sicher, wie viel die Herrschaften im Einzelnen tatsächlich wussten oder was sie da eigentlich zu tun glaubten. Aber es gibt diese wundervolle Redewendung, die auf Mr. Paxton, wie ich denke, zutrifft: He builded wiser than he knew."

Ich nickte und dachte nach. Langsam fand ich wieder zu mir. Nachdem ich tagelang weite Plätze und offenen Himmel gemieden hatte und kein Tag vergangen war, an dem ich nicht den Wunsch verspürte hätte, zu schreien oder zu weinen, obgleich ich ganz genau wusste, dass nichts davon es jemals besser machen würde, tat es mir gut, hier mit Bailey auf einem Kutschbock irgendwo in Kennington zu sitzen.

Auf eigentümliche Weise fühlte ich mich älter, aber auch befreit, als wäre ich nach langer Zeit aus einem Traum erwacht, den ich allmählich zu vergessen begann. Ich fragte mich, ob es den anderen auch so erging. Ich hatte die letzten Tage oft an sie denken müssen, obwohl es mich schmerzte: an den Captain, wie er selbstsicher vor mir gestanden und all meine Versuche, ihn zu betören, einfach hatte abperlen lassen, nur das Quengeln eines kleinen Mädchens in einer fremden Sprache. Dann sein Blick, als ich das Leben seiner Frau bedrohte; die Verachtung, die er in diesem Moment empfunden hatte, würde mich mein Leben lang begleiten.

Frans im Laubwerk der Platane, eine grinsende Katze, die ein Vogelnest geplündert hat. Das Leuchten in seinen Augen, als wir unter dem Transept standen und versuchten, die Kristalle nach den Sternen auszurichten, wie Kinder, die ganz heimlich mit etwas spielen, das sie im Zimmer ihrer Eltern gefunden haben.

„Das war ihr einziger Sinn, nicht wahr?", fragte ich und riss Bailey aus seinen Gedanken. „Der Kristalle, meine ich, und auch der Talente: Die Shilas mögen ihre Träger stärker, schneller oder klüger machen, und wir verehrten sie und hielten ihre Gaben für ein Geschenk – ihr eigentlicher Sinn aber ist es, Menschen in Versuchung zu führen, die Macht der Kristalle zu entfesseln."

Bailey nickte.

„Woher stammen sie?", fragte ich und senkte die Stimme, so dass sie kaum mehr als ein Flüstern war. „Wer hat die Steine zu uns gebracht und weshalb? Wer hätte denn etwas davon, wenn wir ..." Mir fehlten die Worte.

„Diese Frage", sagte Bailey ruhig, „sollten Sie nicht stellen, Miss Niobe. Sie haben sich schon dagegen entschieden. Es herauszufinden, meine ich."

„Ich war kurz davor", sagte ich. „Ich habe so lange darauf gehofft, und als es dann soweit war, bekam ich Angst."

„Gut", sagte Bailey.

„Was wäre geschehen, wenn Sie sich geirrt hätten?"

„Wenn Sie vollendet hätten, was Sie angefangen hatten?"

Ich nickte.

„Ich weiß nicht. Aber eines kann ich sagen: Wir wären jetzt nicht hier."

Ich zog den Mantel enger um mich. „Wenn ich den Shila wieder anlegte", fragte ich, „wäre dann alles wieder wie früher?"

„Nichts kann wieder sein, wie es war", sagte Bailey. „Das Rad des Schicksals dreht sich weiter. Doch irgendwann wird es eine weitere Drehung vollendet haben. Wir werden es merken, wenn es soweit ist."

„Es ist nicht vorbei?“

„Das liegt an Ihnen“, sagte er. „Wie weit reicht Ihre Sehnsucht, Miss Niobe?“

Ich sah zum Himmel empor. Die Wolken rissen auf, und das alte Schwarz zwischen den Sternen lag bodenlos und vollkommen über der Welt. Die Sternen schienen mir nackt und ohne Schutz in diesem Schwarz, und ihr Funkeln war böse, geheimnisvoll und wunderschön zugleich, wie die Augen eines Raubtiers, ein sterbendes Feuer, ein Glockenschlag in der Nacht.

„Was hätte Keats gesagt?“, flüsterte ich, und auch ohne einen magischen Stein an meiner Brust wusste ich, Bailey dachte dasselbe wie ich.

Oh Göttin, weis mir, was ich nie gekannt'
Ist fernab dieses Eilands sonst nichts mehr?
Was sind die Sterne? Sieh die Sonne, sieh!
Die Sonne! Und des Monds geduldig' Glanz!
Und Sterne tausendfach! Weis mir den Weg
Hinauf zu irgendeinem schönsten Stern
Dass ich mit meiner Leier zu ihm eil'
Und seine Silberpracht vor Freude jauchzt.

„Schauen Sie“, rief Bailey, und mit einem gewaltigen Krachen stieg die erste Rakete über Vauxhall Gardens empor und versprühte ihren purpurnen Funkenregen über dem Park.

Wir saßen nebeneinander auf dem Kutschbock und beobachteten das Feuerwerk.

Als es vorbei war, nahm Lord Bailey die Zügel auf und fuhr mich nach Hause.

ENDE

ZEITTAFEL

1772	Kalkutta wird zur Hauptstadt Britisch-Indiens ausgerufen.
1779	Eine niederländische Expedition unter Führung Johan Vanderbilts entdeckt im Hinterland Arakans eine unbekannte Urwaldstadt. Der letzte Überlebende der Expedition transportiert mehrere Kisten geborgener Schätze nach Chinsura, eine niederländische Niederlassung am Hugli nördlich Kalkuttas.
1784	König Bodawpaya von Burma überfällt Arakan und zerstört die alte Hauptstadt (Mrauk U).
1785	Edmond Cartwright entwickelt die erste dampfbetriebene Webmaschine. Jean-Pierre Blanchard und der Amerikaner John Jeffries überqueren mit einem Wasserstoffballon den Ärmelkanal.
1795	Frankreich besetzt die Republik der Sieben Vereinigten Provinzen (Vereinigte Niederlande). Ausrufung der Batavischen Republik.
1795-1815	Chinsura fällt unter britische Herrschaft. Im Fort werden die Aufzeichnungen der Vanderbilt-Expedition hastig versteckt.
1798	Offizielle Auflösung der Niederländischen Ostindien-Kompanie (VOC). Die Heeren XVII ziehen sich mit ihren Geheimnissen in den Untergrund zurück.
1801	Joseph Marie Jacquard stellt einen verbesserten Webstuhl vor, der von Lochkarten gesteuert wird.
1804	Richard Trevithick entwirft die erste auf Schienen fahrende Dampflokomotive.
1806	Ausrufung des Königreichs Holland unter Herrschaft Louis Bonapartes.
1810	Annektierung Hollands durch Louis' Bruder, Napoleon Bonaparte.

1815 Der Duke of Wellington schlägt Napoleon in der Schlacht von Waterloo. Ausrufung des Vereinigten Königreichs der Niederlande.

1819 Geburt Alexandrina Victorias, der späteren Königin.

1824 William Buckland beschreibt in einer wissenschaftlichen Zeitschrift erstmals ein Wesen, das er als Megalosaurus bezeichnet.

1824-1826 Im ersten Anglo-Birmanischen Krieg wird Arakan durch die Briten erobert. Akyab wird neue Hauptstadt. In England entwickeln Goldsworthy Gurney und Walter Hancock die ersten dampfbetriebenen Omnibusse.

1825 Chinsura wird gemäß des Londoner Vertrags permanent an die Briten abgetreten, im Handel für Liegenschaften in Sumatra. Dort entsteht in Folge ein geheimes Ausbildungslager der VOC, die weiter das Geheimnis der Kristalle erforscht. Die Briten entdecken die Aufzeichnungen der Vanderbilt-Expedition im Fort.

1827 Eine britische Expedition unter Führung Samuel Blakewells bricht nach Arakan auf. Begleitet wird er von Miles Shiels und Aaron Cray.

1829 Sir Robert Peel gründet mit Hilfe des ehemaligen Kriminellen Eugène-François Vidocq die Metropolitan Police London.

1830 Zwischen Liverpool und Manchester verläuft die erste öffentliche Eisenbahnstrecke, auf der dampfgetriebene Züge nach einem festen Fahrplan verkehren.

1831 Michael Faraday beschreibt das Prinzip der elektromagnetischen Induktion und entwirft einen einfachen Generator.

1834 Ein Feuer zerstört den Westminster-Palast.

1835 Louis Daguerre entwickelt das nach ihm benannte Fotografieverfahren.

1836	Gründung Adelaides, South Australia.
1837	Lord Bailey bereist Indien und nimmt Niobe unter seine Fittiche. Ableben William IV. Victoria wird Königin. William Cooke und Charles Wheatstone lassen sich zeitgleich mit dem Amerikaner Morse verschiedene Telegraphensysteme patentieren.
1839	Hochzeit Sokrates Royles und the Hon. Ada Woosters. Beginn des ersten Opiumkriegs.
1840	Hochzeit Victorias und Alberts von Sachsen-Coburg und Gotha. Der Grundstein des neuen Westminster-Palasts wird gelegt.
1842	Ende des ersten Opiumkriegs. Hongkong fällt an Großbritannien. Shiels rekrutiert Royle für Sektion Cricket.
1843	Öffnung des Themsetunnels. Baubeginn am zukünftigen Glockenturm des Westminster-Palasts (Big Ben).
1844	Inbetriebnahme der ersten Atmosphärenbahn zwischen Dún Laoghaire und Dalkey, Irland.
1845	Jungfernfahrt der SS Great Britain.
1845-1846	Erster Sikh-Krieg. Der Koh-i-Noor gelangt in britischen Besitz.
1847	William Staite und William Petrie entwickeln eine verbesserte Kohlebogenlampe. Ascanio Sobrero entdeckt einen neuen Sprengstoff, den er Pyroglycerin nennt.
1848-1849	Schwere revolutionäre Unruhen erschüttern Europa.
1850	Einberufung der königlichen Kommission. Frans Ovenhart beendet seine Ausbildung auf Sumatra. Royle und Wymer reisen nach Brasilien.

Nachwort

Was kommt dabei heraus, wenn drei Literaturwissenschaftler sich entscheiden, gemeinsam ein Buch zu schreiben?

Ein Überschuss an guten Ideen – und wenig Chancen, sie je zu verwirklichen.

Der Grund hierfür liegt jedoch nicht so sehr an der oft unterstellten Unfähigkeit von Akademikern, ihr Theoriewissen auch in die Praxis umzusetzen; eher schon darin, dass Literaturwissenschaften so ziemlich das Brotloseste sind, was man studieren kann und die meisten von uns daher ständig damit beschäftigt sind, um ihren Lebensunterhalt zu kämpfen oder etwas „Sinnvolles" zu tun.

Während ich diese Zeilen schreibe, ist Dr. „Alex" Flory Dozent für Wirtschaftsenglisch an der Studienakademie Bautzen, und „Matt" Mösch strebt an einer beständig steigenden Zahl englischer und amerikanischer Eliteuniversitäten höhere Würden an. Ich selbst versuche mit langsam wachsendem Erfolg, mich als Schriftsteller und Übersetzer durchzuschlagen.

Die Idee, einen Roman im viktorianischen England anzusiedeln, stammt ursprünglich von Matt. Matt hat früher Drehbücher geschrieben und kennt die geheimen Regeln, nach denen jeder erfolgreiche Film funktioniert und die Leuten wie mir nie auffallen. Von ihm stammt das dramaturgische Grundgerüst des Romans; eine Arbeit, die mich mit Grauen erfüllt hätte und die er, wie ich glaube, an einem einzigen Nachmittag erledigte. Warum er mir von der Idee erzählte, statt das Buch einfach selbst zu schreiben, weiß ich bis heute nicht.

Er tat es aber, wir spannen herum, irgendwie kamen wir auf den Kristallpalast und die *Great Exhibition*, und wenn ich mich recht entsinne, fragte ich irgendwann: „Was, wenn dieses Riesending in Wahrheit gar kein Ausstellungsgebäude war? Du weißt schon, wie das Hochhaus in *Ghostbusters*?" Das war vermutlich, was man den zündenden Funken nennt.

Ich hatte damals gerade meinen ersten Roman, *Fairwater*, veröffentlicht, und war erpicht darauf, einen zweiten nachzulegen, bevor mein Verlag zu lange darüber nachdenken konnte, was er da eigentlich tat. Außerdem hatten Matt und ich als Herausgeber schon ein erfolgreiches Projekt hinter uns und wussten, dass eine Zusammenarbeit funktioniert. Ich spreche natürlich von jener Kurzgeschichtensammlung des – keine falsche Bescheidenheit! – legendären *Creative-Writing*-Kurses, den Peter Bews seit vielen Jahren an der Heidelberger Uni hält. Darauf angesprochen, behauptet Peter meistens, sein eigener Beitrag beschränke sich auf das Reichen von Tee und Sherry, aber trotzdem oder gerade deswegen hat dieser Kurs einige der talentiertesten Autoren hervorgebracht, die ich kenne (wer braucht Schreibratgeber, wo es doch Sherry gibt?)

Alex gehörte zum Urgestein dieses Kurses. Er hatte, als Matt und ich ihn kennenlernten, schon ein Rollenspiel im Selbstverlag vertrieben. Außerdem lag in seiner Schublade der beste unveröffentlichte Roman, den ich je gelesen habe (und liegt dort, wie ich annehme, noch heute). Während eines der berühmten Pub Crawls, die regelmäßig nach den Treffen stattfanden, kam Alex die Idee zu einem Multiautorenprojekt. Ich glaube, es ging ihm vor allem darum, mittels rollenspielerischer Kniffe den Handlungen von Romanhelden zu größerem Realismus zu verhelfen. Ich bin nicht sicher, ob Matt und ich je verstanden, was er eigentlich vorhatte, aber wir wussten, wir hatten unseren dritten Mann.

Eines Abends in Matts Garten (wir hatten gegrillt und erfrischten uns mit im Goldfischteich gekühlten Bier) begann das Ganze, Gestalt anzunehmen: Wir wollten eine *Urban Fantasy* schreiben, sie sollte aber ohne „echte" Magie auskommen. Sie sollte auch nicht in einer alternativen Zeitlinie spielen, sondern dem London, wie es tatsächlich war. Die einzige Ausnahme sollten die Artefakte zur Aktivierung des Palasts sein, die allesamt vor langer Zeit von einer unbekannten Macht an abgelegenen Winkeln der Welt deponiert worden waren.

Noch am selben Abend entwarfen wir unsere Charaktere: Matt den selbstverliebten niederländischen Agenten Frans, ich die unnahbare Emma Peel des fernen Orients und Alex den letzten aufrechten Streiter der Krone, Sokrates Royle.

Dann passierte, wie es so häufig der Fall ist, eine Weile lang einfach nichts.

Matt machte seine letzten Prüfungen und bewarb sich um Promotionsstipendien; ich jonglierte mit meiner Dissertation und verschiedenen Projekten, die nach und nach vorgezogen wurden; und Alex, der das alles schon hinter sich hatte, ging auf Stellensuche. Irgendwie blieb *Der Kristallpalast* dabei auf der Strecke, und nur einem glücklichen Zusammentreffen naiven Ehrgeizes und einer größeren Anzahl von Caipirinhas am Rande der Frankfurter Buchmesse ist es zu verdanken, dass *Der Kristallpalast* nicht zu einem weiteren Schubladenprojekt unter vielen wurde.

Es geht nichts über ein gehöriges Maß an Naivität und einen fröhlichen Verleger, um sich darüber klarzuwerden, was man eigentlich will.

Was also wollten wir? Steampunk – das ist zumindest mein Blick auf die Dinge – ist der Versuch, die postmodernen Elemente, die mit dem Cyberpunk Einzug in die Science-Fiction hielten, in einen pseudo-historischen Kontext rückzuführen. Oft bedeutet dies eine Anreicherung dieses Kontexts mit anachronistischen und fantastischen Dreingaben. Diese waren für mich aber nie die zentralen Elemente des Genres, selbst wenn Frans' technologische Spielereien oder Baileys Kristallauge eine gewisse Nähe zu kybernetischen Implantaten aufweisen.

Was mich an den Geschichten William Gibsons und anderer früher Cyberpunkautoren immer faszinierte, war die Beschreibung einer Welt im Taumel, wahrgenommen durch ein Kaleidoskop widerstreitender Perspektiven. Eine fragmentierte Welt, in der Ekstase und Hoffnungslosigkeit, Allmacht und Rebellion eng beieinander liegen. Eine Welt, beherrscht von unsichtbaren Mächten, in die schleichend fremdartige Einflüsse einsickern, bis die wahre Bedrohung aus dem Inneren, nicht von außen kommt. Eine hochspezialisierte, tödliche Welt, die von ihren Bewohnern oft selbst nicht mehr verstanden wird, so dass es schwer fällt, zu entscheiden, wer die Opfer, und wer die Stützen dieses Systems sind, und wer es vielleicht eines Tages zu Fall bringen wird.

War dieses Experiment im London einer jungen Königin Victoria machbar?

Die Recherche brachte allerhand Überraschungen mit sich.

Es war ein London ohne Big Ben und Tower Bridge. Es gab weder prächtige Hotels noch eine funktionierende Kanalisation. Pferdelose Omnibusse waren erfunden, aber man hatte sie bereits wieder verworfen. Aber was gab es nicht alles stattdessen! Chinesische Dschunken und dampfbetriebene Orgeln, Atmosphärenbahnen und Ätherschiffe und obendrein den größten Diamanten der Welt.

Tatsächlich war die Wirklichkeit des Jahres 1851 so reich und überbordend, dass wir selten das Bedürfnis verspürten, sie mit fantastischen Dreingaben zu bereichern. Angefangen beim launischen Wetter und aufgehört beim Ablauf der Eröffnungszeremonie sind die meisten Beschreibungen der Stadt in diesem Roman, ihrer Sonnen- wie ihrer Schattenseiten, zu weiten Teilen zeitgenössischen Quellen entnommen. Das gilt für Mr. Soyers Symposium ebenso wie für den Themsetunnel und seine Bewohner, die katastrophalen Zustände im East End oder die Märchenwelt des Kristallpalasts mit seinen Ulmen und parfümierten Springbrunnen.

All diese Wunder gab es, ebenso wie die meisten der beschriebenen Exponate – auch wenn wir uns schon aufgrund der Verwüstungen, die wir im Westflügel anzurichten gedachten, nicht an den historisch korrekten Ausstellungsplan gehalten haben. Besonders mit der Aufnahme von Mr. Hawkins' berühmten Saurierskulpturen und Mr. Blands *atmotic ship* haben wir uns Freiheiten erlaubt, denn diese gehören in den neuen Kristallpalast, der drei Jahre später in Sydenham seine Wiederauferstehung feierte.

Wo immer möglich sind wir den historischen Begebenheiten, Daten und Personen aber mit größter Vorsicht und Respekt begegnet. Dass Sir Joseph Paxton und Mr. Brunel dann doch zu Verschwörern wurden, bitten wir zu entschuldigen.

Insgesamt ließe sich sagen, dass Mr. Faradays Satz von der Wundermacht des Wirklichen für die Weltausstellung 1851 wie für *Der*

Kristallpalast gleichermaßen gilt. Es ist ein gutes Gefühl, es geschafft zu haben.

Dass es soweit kam, dafür danken wir allen Menschen, die uns mit ihrer Kreativität und ihrer Zuversicht unterstützt haben; allen voran unseren *fellow creative writers* für viele aufregende Abende, Majo und Fiede für die Hilfe mit exotischen Sprachen und dem Team von Feder&Schwert, das sich wieder einmal getraut hat, mit der Reihe *origin* neue Wege zu beschreiten.

Oliver Plaschka
Speyer, Frühjahr 2010

Literatur

Unzählige Bücher und Aufsätze wurden zur Weltausstellung von 1851 geschrieben, und viele zeitgenössische Führer und Kataloge, wie der *Official Descriptive and Illustrated Catalogue*, *Tallis's Illustrated London* oder der in Wien erschienene *Besuch in London während der großen Industrie-Ausstellung: Ein verläßlicher Führer und Wegweiser für den deutschen Reisenden*, sind auch online verfügbar. Als besonders hilfreich für die Entstehung dieses Buches seien jedoch John R. Davis, *The Great Exhibition*, und Christopher Hobhouse, *1851 and the Crystal Palace*, genannt; ferner die Arbeiten von Utz Haltern, *Die Londoner Weltausstellung von 1851*, und Sumita Chaudhuri, *Beggars of Kalighat*; eine gute Einführung in den viktorianischen Alltag bietet Liza Picard, *Victorian London*; und zu guter Letzt sei auch auf Lee Jacksons *Victorian Dictionary* verwiesen, eine umfangreiche Sammlung historischer Dokumente, die man unter http://www.victorianlondon.org/ einsehen kann.

978-3-86762-055-0

Mehr spannende Unterhaltung von Bestseller-Autorin Charlaine Harris bei Feder&Schwert!

Sookie Stackhouse, Kellnerin im Süden der USA, hat ein Problem. Nicht etwa die Vampire und Werwölfe, die überall herumstreunen, auch wenn man dies durchaus verstehen könnte. Jene Wesen der Nacht sind schließlich unterdessen vollkommen normal. Zumindest für Vampire gilt dies, denn die Erfindung synthetischen Blutes sichert ihr Überleben ohne Schaden für andere. In der Folge dieser Entwicklung zeigten sich weltweit Vampire, die bis dahin im verborgenen gelebt hatten.

978-3-937255-15-6

Nein, das ist nicht Sookies Problem. Sookie ist Telepathin – und was auf den ersten Blick gut klingt, ist eigentlich ziemlich ärgerlich. Sookie hört ständig die Gedanken anderer, antwortet auf Fragen, die ihr niemand gestellt hat – und weiß oft mehr, als ihr selbst lieb ist.

978-3-86762-057-4

Dann lernt sie den Vampir Bill kennen. Er ist groß, düster, gutaussehend – und sie hört kein Wort von dem, was er denkt.

Die Geschichten, in die Sookie und Bill im Fortgang der Reihe verwickelt werden, sind eine wundervolle Mischung aus Mystery und Phantastik, in der auch mit spannenden Krimianteilen und einem guten Schuß Erotik nicht gespart wird.

978-3-937255-94-1

978-3-86762-004-8

978-3-86762-026-0

GESCHICHTEN AUS DER NIGHTSIDE

Die Nightside – das neonschwarze, geheime Herz Londons, zweieinhalb Quadratkilometer Hölle mitten in der Stadt, wo es immer drei Uhr morgens ist. Wo man mit Mythen spazierengehen und mit Monstern zechen kann. Wo nichts ist, wie es scheint – aber doch alles möglich.

John Taylor ist „Privatdetektiv", nun, eigentlich hat er die Gabe, Dinge zu finden, ob sie gefunden werden wollen oder nicht. Vor langer Zeit war es ihm gelungen, der Nightside zu entfliehen, und er hatte damals geschworen, niemals zurückzukehren. Doch ein verzwickter Fall läßt ihm eines Tages keine Wahl, und so kehrt er heim ...

978-3-86762-061-1

978-3-86762-027-7

978-3-86762-045-1

978-3-86762-051-2

WWW.FEDER-UND-SCHWERT.COM